KB211362

소양강

다트앤

목 차

　　사람들이 평생 기억하거나 이용해야 할 숫자들이 있다. 주민등록번호, 생일, 결혼기념일, 학번, 군번, 신용카드 번호, 통장번호, 자가용자동차 번호, 자물쇠 번호…… 그리고 집의 번지수, 아파트 동 호수 등등. 일생을 살아가면서 이들 숫자를 멀리할 수 없다. 숫자는 현대사회에서 생존과 생활을 위한 근거이자 필수도구가 되어버렸다. 현대인들은 숫자의 강물 속에서 숫자를 헤아리다가 죽음의 순간에 숫자와 결별한다. 그러나 세상과 결별하는 순간에도 고인은 제삿날이라는 최후의 숫자를 남긴다. 사람의 생애는 숫자와의 관계로부터 자유롭지 못하다.

　　숫자는 국가와 사회의 역사적 사건과 상황을 설명하는 수단이 된다. 이를테면 해방, 건국, 전쟁, 휴전, 혁명, 정변, 쿠데타, 테러 등은 8.15, 6.25, 4.19, 5.16, 10.26, 12.12, 5.17, 6.29, 9.11 등으로 기호화된다. 경제성장율, 인구, 인구증가율, 국민소득, 연봉액 등 경제지표는 때때로 사람들에게 민감한 반응을 불러일으킨다. 숫자는 상징이며 웅변이다. 중요 사건을 기호로 변용해 영화처럼 비추는.

　　숫자 안에는 대하와도 같은 역사적 사건들이 통절임처럼 담겨있다. 강물이며 역사이며 변화의 기호인 숫자. 역사의 강에서는 찬란한 햇빛

이나 황홀한 저녁노을 같은 숫자가 명멸하는가 하면 시커먼 소나기구름이나 폭풍우 같은 숫자도 휘몰아친다. 사람의 인생도 숫자로 표시된 생일에서 출발하여 간난과 행운의 물살을 타고 흐르다가 숫자로 표시된 어느 날 레테의 강 저쪽으로 사라진다. 인간도 사회도 국가도 하나같이 숫자로 가늠할 수 있는 존재들이다. 인류의 역사는 숫자의 강물 속에서 흐르는 셈이다. 그러므로 숫자=역사=강물이라는 관계가 성립한다고 해도 크게 틀린 말은 아니리라.

　내가 태어난 고향에도 강이 흐른다. 설악산에서 발원하여 서해로 흘러가는 한강의 지류. 길이는 짧지만 맑고 아름다웠던 소양강. 그러나 지난날 소양강에는 행복한 숫자보다는 불운한 숫자가 더 많이 흘렀다. 고향의 중심을 흐르는 강에는 사람들이 잘 기억하지 못하는 사건들이 은둔의 역사로 저장되어 있다. 소양강의 역사는 춘천의 역사이자 대한민국과 한반도의 역사였으며 세계사와 직간접적으로 연결되었다. 이런 사실을 사람들이 잘 알고 있을까. 젊은이들은 더 알기 어렵지 않을까. 대부분의 사건들은 시간이 흐르면 점점 잊히게 마련이니까.

　나는 강에서 역사를 읽고 역사에서 강의 존재를 천착해왔다. 티그리
스나 유프라테스, 도나우나 볼가 강보다 작고 소박한 내 고향의 작은
강. 소양강에서 나는 인류사의 여러 구간을 점철해 온 의미심장한 사건
들을 읽었다. 소양강은 어릴 적 물고기를 잡고 헤엄을 치던 추억의 강
이다. 필자와 같은 시대에 소양강의 도시에서 태어나 살아가는 사람들
이 아직 많이 남아있다. 나는 그들 중 누군가가 소양강의 이야기를 해
주기를 기다려왔다. 강이 호수로 변한지 사십 년이 넘도록, 내 나이 칠
십 가까이 되도록 이 강에 관한 이야기를 해주는 이가 없었다. 나는 더
기다리지 않았다. 그리하여 소양강에서 얻은 영감과 발견한 것들, 강에
담긴 역사를 한 남자의 생애 속에, 강의 연대기에 담기로 했다. 이것이
이 소설을 쓰게 만든 동기다.

　소설의 일인칭 주인공은 작가 자신이기도 하며 작가와 동시대를 살
아온 불특정의 타인일 수도 있다. 나는 주인공의 경험을 통해 오늘을
사는 사람들, 특히 젊은이들이 역사에 관심을 갖게 되기를 아버지의
마음으로 소망한다. 오늘의 한국사회와 세계가 앞으로 어떻게 진화할
것인지에 관심 있는 젊은이들에게 오늘을 만든 과거사를 차가운 시선,

따듯한 가슴, 넓은 도량으로 바라보라고, 개인의 삶 속에도 타인과 공유할 수 있는 가치와 연민어린 경험이 깃들어 있음을 스스로 확인해보라고 권하고 싶다.

나는 왜 젊은이들에게 역사의 친구가 되기를 권하는가. 역사는 과거의 사건과 시행착오에 대한 성찰과 미래를 예견하는 근거를 제공하는 동시에 도전에 대한 응전의 전략을 암시해주고 생활의 지혜를 제공해주는 보물창고이기 때문이다. 역사에서는 아무런 교훈도 얻을 수 없다고 말하는 사람들이 있다. 그들은 역사의 본질이 무엇인지 모르는 사람들이다. 그들은 역사가 교훈과 계몽의 수단이라기보다는 성찰과 실존의 근원임을 알지 못한다. 이 글을 읽는 독자들의 삶 속에도 인류가 공감할 수 있는 역사적 경험과 세계관이 존재할 것이다. 그들 또한 현대와 미래를 만들어가는 역사의 생산자이기 때문이다.

가난한 청년시절 나는 대학에서 역사를 공부했으며 역사가가 되는 것이 꿈이었다. 동서 문화교류사는 내가 지향하는 탐구와 사유의 대상이었으며 오래 전부터 역사에 관한 글을 쓰고 싶었다. 나는 공직에 몸을 담았던 사람이지만 공직은 생존을 위한 어쩔 수 없는 선택이었을

뿐 천직이 아니었다. 공직에 휘둘리면서 나는 소망을 이루지 못했다. 지난 세월 신군부의 5공 정권은 공직자인 나에게 가혹한 시련을 안겨 주었다. 그러나 그 당시 겪은 간난이 나로 하여금 다시 역사에 – 특히 내가 직접 겪은 현대사에 – 눈을 뜨게 했다.

이제 공직과 모든 공적 관계에서 벗어나 자유로운 나그네가 되었으므로 역사를 집필하는 마음으로 이 소설을 쓰게 되었다. 소설의 시간적 배경인 해방 이후 오늘에 이르기까지 혼란, 전쟁, 분단, 빈곤, 쿠데타, 경제개발, 유신독재, 신군부 전횡, 부패, 문민화로 이어지는 혼돈의 역사 속에서 민주화와 산업화와 인간화는 내내 불협화음을 냈다. 나는 불협화음의 한가운데서 공직을 수행했고 특별하고도 불운한 경험을 했다. 그 경험이 역사학도 출신인 나의 본능을 자극하여 기록을 축적하게 했고 소설을 쓰게 만든 것이다.

나로 하여금 소설의 세계에 눈을 뜨게 한 고마운 분들이 있다. 재주 없는 필부를 소설가로 등단하게 해준, 우리 시대를 대표하는 원로작가 정소성 교수, 소설을 출판하도록 면밀하게 살펴준 존경하는 소설가 안혜숙 님. 이 두 분께 진심으로 감사를 드린다. 촛불을 들고 별을 바라

보며 기도하는 마음으로.

　아울러 지난 세월 시련과 간난 속에서도 생의 반려로서 나를 지탱해
주었고 특히 지난 수년 동안 이 글을 쓰는데 격려와 응원을 해준 아내
에게 내 생애 처음 '진심으로 사랑한다'는 말을 전한다.

2015년 초여름

남동우

1부 소양강

전 쟁

1.

서른다섯 해 동안의 비원 그리고 광희와 함성의 물결. 그러나 광풍이 지나간 뒷자리를 메운 것은 분단과 무질서였다. 해방 직후 시작된 미군정이 3년째로 접어든 1947년. 남한은 정부수립을 위한 준비로 부산한 가운데 사회는 여전히 혼란스러웠고 사람들의 살림살이는 궁색하기만 했다.

하늬바람이 아직 가시지 않은 쌀쌀한 초봄, 박정희 소위가 신설된 군대의 초급지휘관인 소대장을 시작한 곳은 조선경비대 8연대 경비중대였다. 지난해 12월 조선경비사관학교(육군사관학교의 전신) 2기를 3등으로 졸업했던 박정희는 이해 4월 1일 춘천 소양강변에 주둔한 8연대로 배속명령을 받아 경비중대 제4경비초소 소대장으로 임명되었다. 경비초소의 주된 임무는 삼팔선을 넘나드는 사람들을 조사하는 일이었다. 삼팔선이 완전히 차단되기 이전이었으므로 장사꾼들이나 친척들은 아직 남북을 왕래할 수 있었다.

경비중대장 김점곤은 박정희보다 넉 달 먼저 조선경비사관학교에 입교해 1기로 졸업했지만 나이는 박정희보다 여섯 살 아래여서 사석에서는 박정희를 형으로 불렀다. 와세다 대학 재학 중 학도병으로 징집되어 관동군 소대장을 지낸 적이 있는 김점곤은 박정희와 가까운 사이였다. 객지에서 근무하며 외로움을 느끼던 박정희는 경비임무를 끝내고 8연대 작전참모 대리가 되면서 김점곤과 더욱 가깝게 지냈다.

두 사람은 가끔 춘천 시내에 나가 일식 목욕탕에서 함께 목욕을 한 뒤 대폿집에서 어울리며 신상 이야기로 시간을 보내곤 했다. 박정희가 자주 술 신세를 졌던 김점곤은 그의 상관이었지만 부대 안팎에서 터놓고 대화할 수 있는 유일한 지기였다.

보통 때 같으면 별로 말이 없던 박정희가 어느 날 느닷없이 김점곤에게 술을 대접하겠다고 말했다. 그답지 않은 뜻밖의 제안이었다. 벌목으로 돈을 번 삼촌이 마침 춘천에 왔으니 온 김에 저녁을 모시겠다는 그의 제안에 따라 술자리를 갖게 되었다. 이날 저녁 봉의산 뒤쪽 소양강변에 있는 요릿집 춘주산장에 나타난 사람은 남로당 군사총책 이재복이었다.

그는 담비 목도리에 최신 유행 양복을 걸쳐 입고 머릿기름을 바른 단정한 차림새를 하고 있었다. 술자리에 뒤늦게 연락받은 8연대장 원용덕이 합석했다. 술자리가 한창 무르익었을 때 취기가 오른 원용덕이 박정희에게 물었다.

"삼촌이 왜 성이 다르지?"

당황한 박정희가 순간적으로 둘러댔다.

"아, 제 외삼촌입니다."

박정희 옆자리에 앉았던 이재복이 잠시 어색한 표정을 짓다가 자세를 바로 했다. 밤늦도록 계속된 술자리에서 박정희와 이재복은 별로 말이 없었다. 중대장 김점곤은 이 순간까지 박정희가 남로당에 포섭된 사실을 알지 못했다.

교회 목사인 이재복은 남로당 조직의 확산을 위해 주요인물을 포섭하는 일을 담당하고 있었다. 그는 박정희의 셋째 형 박상희와 매우 절친한 친구였다. 박정희는 상희 형이 경찰의 총에 맞아 억울한 죽음을 당한 후 형의 가족을 보살펴준 이재복을 늘 고맙게 생각해왔다.

이재복은 만주군, 일본군 출신과 가깝고 군내 상하관계뿐 아니라 동기생 간에도 친분과 신망이 두터운 박정희를 오랫동안 주목했다. 그는 박정희를 끈질기게 설득해 남로당에 가입하게 했다. 해방 후 왜경출신의 우파경찰과 그 배후세력인 미군 지배에 대한 반발의식, 경찰에 의해 억울한 죽음을 당한 상희 형에 대한 상실감이 박정희를 이재복에게 기울게 하고 남로당에 가입하게 한 동기가 되었을 것이다. 박정희는 남로당 조직에 연루되어 있었지만 공산주의 사상에 대한 매력을 느끼거나 사상적 확신이 서 있지는 않았다.

이해 9월 말 박정희는 곧바로 대위로 승진해 경비사관학교로 전보되었다. 그의 춘천 근무기간은 짧았지만 소양강과의 인연은 이때 시작되었다.

여수순천 반란사건을 계기로 숙군작업이 진행되고 있을 무렵인 1948년 11월 11일 박정희는 공산당 활동에 연루되었다는 죄목으로 군 수사기관에 체포되어 명동 증권거래소의 지하 감방에 갇혔다. 그러나 정보국이 조사한 결과 박정희가 다른 군인들을 남로당 조직에 끌어들인 증거는 발견되지 않았음이 확인되었다. 박정희는 수감되어 있는 동안 자신의 잘못을 반성하고 스스로 군내부의 남로당조직을 수사관들에게 알려주었다. 이점이 박정희의 구명을 가능하게 한 명분이 되었다.

그는 군사재판에 회부되어 군 검찰로부터 사형을 구형받았으나 무기징역을 선고받은 뒤 형 집행정지로 겨우 풀려났다. 그를 살려준 사람은 정보국장 백선엽이었고 구명을 도운 사람은 김안일 방첩과장과 김점곤, 미군 고문관 하우스만이었다.

박정희는 기적적으로 살아났지만 그와 함께 체포되었던 군인들은 사형을 당했다. 소양강변 요릿집에서 박정희와 그의 상사들에게 저녁 술자리를 베풀었던 이재복도 총살형에 처해졌다. 박정희는 군복을 벗고 문관 신분으로 군에 남았다.

2.

1949년 5월 초 숙군작업이 막바지에 접어들 무렵 전 국민을 놀라게 한 사건이 춘천에서 발생했다. 그것은 춘천에 주둔한 국군 8연대 소속 2개 대대 병력이 무장 월북한 사건이었다. 숙군작업이 진행되면서 좌익에 몸담았던 일부 장병들은 자신의 정체가 탄로 날 것이 두려워 궁지에 몰린 끝에 북행을 선택했다. 8연대 산하 대대장인 강태무 소령과 표무원 소령, 그리고 그를 따르는 좌익계열 장병들이 주인공이었다.

평소 좌익사상에 깊이 빠져있던 강태무와 표무원은 1946년 10월 북한의 평양학원 대남반 제1기를 졸업한 후 곧바로 월남하여 경비사관학교에 입교한 뒤 박정희와 함께 2기로 졸업하면서 국군에 침투했다.

1946년 2월 평안남도 진남포에 설립된 평양학원은 북한 최초의 군사정치 학교였다. 평양학원은 해방 직후 남한에서 입북한 군 출신들을 입교시켜 공산주의 사상학습, 정치교육, 군사훈련을 실시할 목적으로 창설되었으며 여성중대, 노어중대, 항공중대, 통신중대, 대남반, 문화부, 교무부의 일곱 개 조직으로 편성되었다. 학원 졸업자들은 노동당과 공공기관의 간부로 채용되거나 대남활동에 투입되었다. 평양학원은 1947년에 평양으로 옮겨갔고 그 후 제2군관학교로 개칭되다가 제1종합 군관학교로 편제와 이름을 바꿨다. 강태무와 표무원은 바로 이 평양학원 대남반 출신들이었다.

1949년 5월 4일 춘천에 주둔해 있던 국군 4여단 8연대 1대대장 표무원 소령은 며칠 전 사전 내통한 인민군 측의 비밀지령에 따라 이날 오후 한 시 야간훈련 명목으로 508명의 병력을 인솔하고 대대본부를 떠났다. 출발한 지 세 시간 후 춘천 서북방 20킬로미터 떨어진 사북면 신포리 말고개 근처의 삼팔선에 접근한 표무원 일행은 매복 중이던 인민군 포위망 안으로 천천히 행군해 들어갔다. 대대병력을 적진 깊숙이 유인한 표무원이 갑자기 큰 소리로 부하들에게 외쳤다.

"우린 인민군에게 포위됐다. 탈출할 수도 없고 싸움을 벌여도 소용없다. 쓸데없이 희생되지 말고 인민군에게 투항하자!"

표무원이 인민군 진지 안으로 들어서고 있을 때 2중대장 최동섭 중위가 표무원의 말에 반기를 들며 외쳤다.

"아니, 투항이라니요? 적에게 우릴 넘겨주기 위해 여기까지 끌고 왔습니까?"

"남조선 군대는 썩었다. 우리 조국은 조선민주주의 인민공화국이다. 우리 모두 인민공화국 군대가 돼 조국에 충성을 바치자! 남조선의 개가 되지 말고 나를 따르라!"

언제부턴가 표무원의 태도를 이상하게 여겨오던 최 중위가 그 순간 부하 사병들을 향해 격한 어조로 명령했다.

"우리는 대대장에게 속았다. 즉시 퇴각해 원대 복귀하자!"

최 중위가 2중대 병력을 이끌고 퇴각하려고 하자 인민군들이 사격을 시작했다. 2중대 병력이 인민군과 교전을 벌이는 도중 최 중위는 왼쪽 팔에 총상을 입었다. 사태를 파악한 2중대원들의 강력한 저항으로 인민군의 공격이 멈칫하는 사이에 최 중위는 휘하 사병들을 이끌고 3중대, 4중대와 함께 가까스로 포위망을 뚫었다.

투항을 거부한 장병들은 박격포, 기관총 등 중화기를 수습해 사지를 탈출했다. 그러나 1중대장 김관식 중위를 포함한 214명의 장병들은 표무원 소령과 함께 북한 땅인 화천으로 넘어갔다. 두 명의 장교를 포함한 장병 293명은 엠원 소총, 카빈 소총, 경기관총, 68미리 기관포 등 290여정의 무기를 짊어지고 저녁 늦게 대대로 귀환했다.

홍천에 주둔해 있던 4여단 8연대 2대대장 강태무 소령도 인민군 측의 비밀지령을 받았다. 5월 3일부터 참호구축 공사를 지휘하던 강태무는 201명의 병력을 인솔하고 5일 새벽 한 시 삼팔선 근방의 소양강 상류 현리에 도착했다. 그는 현리에 파견 나가 있던 대대병력 100명을 포함한 301명을 이끌고 5일 오후 삼팔선 접경인 인제군 하답리에 이르렀다. 강태무는 하답리 북쪽에 주둔중인 인민군 보안대를 공격한다고 대원들을 속여 삼팔선을 넘었다.

강태무의 인솔 하에 2대대 병력이 북한 땅을 넘어선 뒤 어느 산등성이를 오르고 있을 때 갑자기 인민군의 사격이 시작되었다. 강태무 대대는 곧바로 전투태세에 돌입했다. 이때까지 아직 쌍방 간에 사상자는 발생하지 않았다. 오후 다섯 시가 되었을 때 대열의 중간에서 지휘하던 강태무가 갑자기 선봉에 나서면서 소리쳤다.

"우리는 포위됐다. 무기를 버리고 인민군에게 투항하자!"

그 순간 강태무의 명령에 의심을 품은 8중대장 김인식 중위가 부대원에게 외쳤다.

"8중대원은 들어라! 중대장 명령이다. 항복은 안 된다. 빨갱이에게 속아 이북으로 넘어갈 순 없다. 너희 가족을 남겨두고 월북하겠느냐?

나와 함께 싸우겠느냐?"

중대원들은 즉시 김인식 중위의 명령과 지휘에 따랐다. 강태무에 반대하는 8중대와 함께 5중대, 7중대 사병들은 인민군과 격렬한 전투를 벌이기 시작했다. 교전 중에 강태무 소령과 휘하의 일부 병력은 재빨리 우회하여 인민군 진지로 숨어들었다. 실탄이 떨어진 사병들은 인민군과 백병전을 벌였다. 산등성이와 골짜기는 핏빛으로 물들고 시체에서 뿜어져 나온 피가 실개천으로 흘러내렸다. 붉게 물든 실개천은 그 아래쪽 소양강 상류로 천천히 흘러들어갔다.

처절한 전투 끝에 5중대는 전멸되다시피 했고 7중대원 중 몇 명은 중과부적으로 인민군에게 투항했다. 이 전투에서 장교 한 명과 병사 157명이 사망했고 장교 두 명과 사병 136명 등 138명은 간신히 탈출에 성공했다. 강태무를 포함한 여섯 명은 월북했다. 귀환 장병들은 엠원소총, 경기관총, 기관포 등 130여정의 무기를 걸머지고 부대로 귀환했다.

8연대의 월북은 안정을 필요로 하는 신생국가에 큰 충격을 던져준, 전쟁의 전조를 암시한 사건이었다. 전쟁이 시작되기 전부터 좌우익의 대립과 음습한 이념투쟁은 곳곳에서 가면을 벗고 실체를 드러냈으며 그런 혼란스러운 상황이 소양강 주변지역에서 월북과 군사적 충돌로 나타났던 것이다.

3.

삼팔선은 춘천시내에서 가까운 원평리를 통과하고 있었다. 개울 하나 사이로 남북이 갈린 원평 마을의 도로에는 철책 대신 엉성한 철조망과 목책이 세워졌다. 분계선 너머 북쪽 산 밑에는 인민군 막사 여러

채가 지어졌다.

폭 6미터 길이 12미터의 다리 원평교 아래쪽으로는 소양강으로 연결되는 북한강 줄기가 춘천을 향해 흐르고 있었다. 강을 따라 5번 국도가 춘천과 화천을 잇고 있었지만 5번 국도는 1945년 10월 이후로 통행이 단절되었다. 삼팔선이 지나는 원평교에서 춘천까지는 버스나 화물차로 40분 정도밖에 걸리지 않았다. 소양강의 도시 춘천은 삼팔선이라는 눈썹 밑에 붙은 작은 눈동자였다.

해방이 되던 해 9월초 미국과 소련은 삼팔선을 경계로 한반도를 분할 점령했다. 춘천군 지역 대부분이 미군정 관할아래 들어갔고 삼팔선 이북의 사내면 전 지역과 북산면, 사북면 일부는 소련군정 관할지역이 되었다. 가까운 이웃에 살던 친척들은 남북으로 갈리고 삼팔선이 춘천군 원평리를 거쳐 인제군 부평리, 양양군 잔교리로 이어지면서 강원도 땅은 반쪽으로 나뉘었다. 강원도 사람들에게, 춘천 사람들에게 삼팔선은 사실상 국경이 되어버렸다.

해발 1400미터의 화악산이 병풍처럼 감싸 안은 원평리 지역에서는 일찍이 겪어보지 못했던 일들이 벌어지기 시작했다. 8연대 표무원 소령의 월북사건도 그 중 하나였다. 1947년 말부터는 미군정과 소련군정 당국의 양해아래 남북 간에 밀무역이 공공연하게 이루어지고 있었다. 삼팔선을 사이에 두고 소양강과 북한강을 낀 지역에서도 뱃길이나 육로를 통해 남북 간에 물건을 사고팔거나 교환하는 행위가 이어졌고 사람들의 은밀한 왕래와 잠행은 계속되었다. 삼팔선과 좌우익의 이념 갈등은 생존에 필요한 거래를 막지는 못했다.

해방과 분단은 신생 독립국가를 운영할 능력이 모자라는 상황에서 어쩌면 운명적으로 받아들일 수밖에 없었을 것이다. 소양강변 사람들은 처음에 단절과 불통을 낯설고 어색한 상황으로 여겼다. 이념의 색깔도, 이념 때문에 빚어지는 지역 내부의 갈등도 받아들이기 어려운 것이었다. 끼니를 걱정해야 하는 사람들에게 이념 따위는 관심의 대상이 되지 못했다.

그러나 사정은 급변하기 시작했다. 집안일과 마을 일에 관심을 쏟던 사람들 가운데 살림살이와는 동떨어진, 전혀 추상적인 세상에 열광하는 사람들이 나타나기 시작했다. 그런 움직임이 해방 이듬해부터 시작되더니 1949년에는 부쩍 심해졌으며 낯선 이념에 물든 사람의 숫자가 눈에 띄게 늘기 시작했다. 소양강의 물빛은 늘 맑고 푸르렀지만 물줄기에 비친 이념의 그림자는 점점 어두워지고 있었다.

4.

해방 이후 사람들은 한때나마 새 삶에 대한 기대와 희망으로 부풀었다. 그러나 해방은 행복으로 가는 입구가 아니었다. 정치적 요구와 주장들은 봇물처럼 터져 세상이 혼란스러웠다. 내가 소양강변 마을에서 태어난 1946년 2월은 그런 혼란의 와중이었다. 태어난 곳은 왼쪽으로 소양강이 흐르고 뒤쪽에 야트막한 동산이 솟았으며 남쪽으로는 봉의산 정상이 보이는 평지 마을이었다. 실제로 소머리처럼 생기지는 않았지만 정확한 유래를 알 수 없는 이 마을의 이름은 우두였다. 삼십여 가구가 모여 사는 우두는 평범한 농촌마을이었다.

내가 태어나던 해 우두마을에도 좌익에 기운 사람들이 있었다. 소작일을 하던 어떤 사람은 머슴살이가 싫어 좌익에 가담했다가 어느 날 갑자기 고탄리로 월북해버렸다. 동네 이장 일을 보던 서른두 살의 이두삼은 마을 친구 두 명을 꾀어 함께 원평리 쪽으로 넘어갔다. 우두마을에서 삼팔선까지는 가까웠고 군인들의 경계도 그리 삼엄한 편이 아니었으므로 삼팔선을 넘는 일은 어렵지 않았다.

아버지가 우두로 이사 오기 전에 살던 북산면 내평리는 삼팔선 바로 밑에 붙어있는 마을이었다. 해방되기 훨씬 전인 1937년 아버지는 할머니 송종숙과 함께 내평리에서 춘천 우두마을로 이사해왔다. 내평리 집과 몇 마지기 전답을 처분한 돈으로 우두에 두 칸짜리 초가를 얻었다. 아버지가 태어나 어린 시절을 보내며 보통학교를 마친 내평리도 소양강변의 산간마을이었고 이사해온 우두 역시 소양강변 마을이었다.

일찍 남편을 잃은 할머니가 조상 대대로 살던 내평리를 떠나 춘천으로 이사를 한 이유는 슬하의 두 아들을 가르치기 위해서였다. 두 아들 위로 딸 둘이 있었지만 할머니는 아들들에게 더 정성을 쏟았다. 할머니가 이사를 한 데에는 다른 이유도 있었다. 내평리 이웃에서 살던 할머니의 친정 동생 송종주 일가가 그에 앞서 춘천으로 옮겨왔기 때문이다.

송종주 일가는 아버지에게 진외가 댁이었다. 아버지, 할아버지, 증조부, 고조부는 칠십년 이상을 송 씨 집안과 함께 내평리에서 살아왔으며 그들 두 집안은 운명공동체처럼 지냈다. 진외조부 송종주는 슬하에 아들 셋, 딸 셋을 두었다. 아들딸들이 모두 어려서부터 총명했기 때문에 누구보다 일찍 교육에 눈을 뜬 진외조부는 자식들을 가르치기 위해 일찌감치 벽촌을 떠날 결심을 했다. 그리고 해방되기 십년 전인 1935년 소양강변 가라매기 부락으로 이사를 해와 자식들을 소학교와 고등보통학교에 입학시켰다.

종숙 할머니는 송종주 일가보다도 두 해 늦게 우두마을로 옮겨왔지만 집안일과 자식 기르는 일에는 내평리 시절보다 더 부지런해졌다. 텃밭을 일궈 채소를 기르고 사시사철 이어지는 동네 두렛일과 허드렛일은 몸을 돌보지 않고 거들었다. 마을행사마다 참여해 일을 돕고 추렴에도 이웃에 뒤지지 않았다. 집안 살림에 여유가 없었지만 할머니는 하루하루를 살아가는데 고달플 겨를이 없었다. 할머니가 흘리는 땀은 아비 없는 자식들을 위해 흘리는 소금기어린 눈물이었고 요절한 남편에게 바치는 추모와 헌신의 제물이었다. 할머니는 이웃 가라매기에서 사는 동생 송종주 집안과 가까이 지냈으며 내평리에서와 다름없이 빈번하게 왕래했다.

할머니는 글을 읽을 줄 몰랐지만 자식만큼은 가르쳐야 한다고 생각했다. 남편이 서른두 살 나이에 세상을 떠 청상과부가 된 후 자식교육에 대한 할머니의 집념은 생존의 이유이자 확고한 신앙으로 변했다. 할머니는 1937년 봄 큰 아들을 춘천의 농업학교에 입학시키고 몇 해 뒤 무선통신사가 되고 싶어 하는 작은 아들을 인천의 상선학교에 입학시켰다.

할머니에게 친정인 송종주 일가는 자식 교육을 위해, 가난한 과부집안이나마 갖춰야 할 가풍이라는 것을 일으켜 세우기 위해 본받아야할 모범이었다. 할머니는 부지런히 우두마을과 가라매기를 오가면서 학교와 가정교육에 필요한 것들을 익혔으며 두 아들의 학교생활을 뒷바라지했다. 자식교육에 쏟는 할머니의 정성은 사별한 남편에 대한 그리움의 표현이었을 것이다. 할머니는 춘천으로 이사 온 것을 더없는 다행으로 여겼다. 두 아들은 할머니에게 빛이며 희망이었다.

아버지는 해방 전인 1942년 농업학교 임학과를 졸업하고 난 뒤 도청 산림과의 촉탁 공무원으로 취직이 되어 두 해 가까이 근무했다. 그리고 도청 근무 시절에 어느 중매쟁이의 소개로 어머니 김지숙을 만나 혼례를 올렸다. 그러나 공무원 시절은 오래 가지 않았다. 공무원을 그만둔 아버지는 1945년에 창간된 춘천 지방신문사의 기자로 입사해 신문사의 창간멤버가 되었다. 아버지의 꿈은 농업학교 임학과 출신이라면 당연히 선택했을 법한 산림공무원이나 산림간수가 되는 것이 아니라 글을 쓰는 직업이었다. 농업학교는 아버지의 이상과 취향에는 맞지 않았던 것이다. 아버지가 신문사에 입사한 이듬해인 1946년, 음력설이 지난 며칠 뒤 나는 행복이라는 것을 꿈꾸기 어려운 어수선한 세상에 태어났던 것이다.

5.

우두에서 여러 해를 살다가 아버지는 1947년 이른 봄에 다시 집을 옮겼다. 춘천 남쪽의 석사리에 싼 값에 살 수 있는 적산가옥이 있다는 어느 지인의 소개로 우두의 집을 팔고 그곳으로 이사했다. 그런데 석사리로 이사를 하고난 뒤에도 아버지는 집문서를 손에 넣지 못했다. 무슨 까닭인지 소개해 준 사람은 아버지 대신 자신이 집문서를 가지고 차일피일 시간을 끌었다. 그러던 어느 날 그가 아버지에게 말했다.

"남 선생, 적산가옥이 값이 싼 만큼 등기절차가 좀 복잡하구려. 등기이전은 내가 책임지고 해 줄 테니 안심하시오. 아무 걱정 말고 우선 살고 계시오."

아버지는 지인을 믿고 그에게 매매대금까지 맡기고 기다렸지만 약속한 등기이전은 끝내 이루어지지 않았다. 아버지는 자신이 꾐에 빠졌다는 사실을 알지 못했다. 아버지는 사기나 횡령이 무엇을 의미하는지조차 모르는 위인이었다.

석사리 집은 방 다섯 칸에 넓은 마루가 있고 지하실까지 갖춘 일본식 가옥으로 온돌방과 함께 다다미방도 있었다. 뜰 안에는 채소를 키우는 텃밭이 있었고 집 뒤쪽에는 작은 연못도 있었다. 남향집 오른쪽으로는 소양강으로 흘러내려가는 공지천이 있었다. 등기서류 때문에 불안하기는 했지만 가족은 그래도 평안한 나날을 보냈다.

석사리 집에는 다섯 식구 ─ 할머니, 아버지, 어머니, 아버지의 남동생 그리고 나 ─ 가 모여 살았다. 아버지의 두 누이는 이미 출가한 지 오래였다. 인천 상선학교에서 무선기사 자격을 따고 졸업한 삼촌이 돌아와 잠시 함께 지내고 있었다. 아버지보다 키가 훤칠하고 얼굴도 잘생긴 삼촌은 부지런한 청년이었다. 매일 빗자루와 걸레를 들고 집안청소를 했고 톱과 망치를 들고 구석구석을 손보았다. 책을 읽다가도 틈틈이 화단과 채소밭을 돌보고 잡초를 뽑았다.

그럴 때 삼촌은 나를 곁에 두고 자기가 하는 일을 지켜보게 했다. 삼촌은 손재주가 뛰어났으며 무선통신사자격을 갖게 된 것도 우연은 아니었다. 삼촌은 나무를 깎아 오뚝이 인형을 만들어 내게 주었다. 삼촌이 만든 오뚝이는 바닥에 아무렇게나 던져도 제자리에 똑바로 섰다.

이사한 지 석 달이 안 돼 삼촌은 취직을 한다며 부산으로 떠나갔다. 집을 떠날 때 삼촌이 내 손을 잡고 말했다.

"세호야, 다음에 삼촌이 올 땐 더 근사한 오뚝이 장난감을 사다줄게. 그동안 삼촌이 만들어준 오뚝이인형을 가지고 놀고 있거라. 잃어버리지 말고, 알았지?"

그렇게 부산으로 떠나간 삼촌이 며칠 후 할머니 앞으로 편지를 보내왔다.

'어머니, 기뻐해 주십시오. 제가 상선회사에 선원으로 취직이 되었습니다. 무선기사로 외항선을 타게 되었는데, 월급도 괜찮은 편입니다. 지금까지 어머니께 불효막심한 자식이었지만 이제부터는 효자노릇을 하겠습니다. 어머니께 용돈도 매월 보내드리겠습니다.'

실제로 삼촌이 떠나간 후 두 달 뒤부터 할머니 앞으로 얼마간의 용돈이 송금되어오기 시작했다. 세상에 부러울 것이 없는 처지라도 된 듯 할머니의 가슴은 뿌듯해졌고 집 등기서류에 대한 걱정 따위는 잊혀졌다. 그러나 할머니와 삼촌 사이에는 운명의 덫이 숨어 있었다. 부산으로 떠나가던 날 할머니에게 작별인사를 하던 삼촌. 그것이 가족이 평생 마지막으로 본 삼촌의 모습이었다. 할머니에게 슬픈 날이 다가오고 있었다.

6.

해방 직후 한반도는 삼팔선으로 분단되었지만 남북 간 교역은 한동안 지속되었다. 북한이 남한에 전력을 공급하는 대가로 남한은 북한에 생필품과 잉여물자를 공급하는 형태로 교역은 이어졌다. 미 군정당국이 쌀, 귀금속 같은 몇 가지 품목은 교역을 통제하지만 다른 품목은 남북 간에 자유롭게 거래할 수 있다는 지침을 공식 발표하면서 민간차원의 교류도 활발해졌다. 북한은 비료와 수산물, 남한은 면화와 생고무 등을 물물교환 형태로 주고받았다.

한편에선 해외무역도 시작되었다. 1948년 2월 열 명 – 무선기사 한 명을 포함한 – 의 선원을 태우고 건어물, 홍삼, 한천을 실은 화물선 한 척이 부산항을 출발하여 며칠간의 항해 끝에 홍콩 빅토리아 부두에 입항했다. 앵도환(櫻桃丸)이라는 이름의 이 배는 1918년 일본 하라다 조선소에서 건조된 2,200톤급의 화물선이었다. 앵도환 호는 일본 미쓰비시 상사의 조선지점에 소속되었다가 해방 후 해운공사의 소유가 되었다.

앵도환의 홍콩 출항은 중국 상인들의 독점 하에 있던 조선 무역업계가 태극기를 달고 해외에 나가 무역활동을 시작한 역사적인 사건이었다. 앵도환 호는 본격적인 해외시장 개척에 나선 한국 최초의 무역선이었다. 홍콩에서 한천을 비싼 가격에 판 앵도환 호는 현지에서 생고무, 신문용지 원료인 펄프 등을 싣고 부산항으로 귀환했다.

그러나 해외교역이 시작되고 나서 석 달 뒤 남북 간 교역에 어두운 그림자가 드리우기 시작했다. 1948년 5월 10일 유엔 감시 아래 남한에서 단독선거가 실시된 후 나흘이 되던 날 북한은 남한에 대한 전력 공급을 일방적으로 끊어버렸다. 가까스로 이어오던 남북교역도 중단되었다.

8월 15일 수립된 이승만 정부는 북한과의 송전 재개를 위한 교섭과 중단된 남북교역의 재추진을 골자로 하는 남북교역세칙을 발표했다. 이 조치에 따라 화신무역 사장 박흥식은 최초의 무역선 앵도환 호를 12월에 북한으로 보낼 계획을 세웠다. 앵도환 호는 북한의 대외무역 창구인 조선상사와 계약을 맺고 북한이 필요로 하는 물자를 싣고 원산으로 출항한 다음 돌아올 때는 흥남비료공장에서 비료를 싣고 오기로 예정되어 있었다. 선박의 안전은 조선상사가 보증하기로 했다.

1948년 12월말 앵도환 호는 수천만 원어치의 생고무, 면사, 휘발유 등을 싣고 동해를 거쳐 흥남 항에 입항했다. 배에는 교역책임자인 K 전무의 인솔 하에 선원 아홉 명이 타고 있었다. 나의 삼촌도 아홉 명 선원 가운데 한 사람이었다. 앵도환 호는 흥남 부두에서 화물을 하역하고 나서 북한이 남한에 제공하기로 약속한 1600톤의 비료가 선적되기를 기다렸다. 그러나 북한 당국은 무슨 이유에서인지 비료선적을 지연시키고 있었다. 선원들은 초조하고 불안해지기 시작했고 비료는 여전히 선적될 기미가 보이지 않았다.

불투명한 상황 속에서 1949년으로 해가 바뀌었다. 해를 넘겨 일주일이 지나도록 선원들은 배에서 초조하게 기다렸지만 북한 측에서는 아무 연락이 없었다. 그러던 중 1월 8일 남한에서 소위 반민특위가 설치되고 친일 반민족행위자 제1호로 지목된 화신무역 박흥식 사장이 구속되는 사태가 벌어졌다.

27

이 사태를 지켜보던 북한 측은 선적을 재촉하는 남한 측 교역책임자인 K전무에게 반민족행위를 한 반동분자의 재산을 압류한다는 통보를 해왔다. 이와 동시에 정박해 있던 선원 전원을 원산형무소에 가두어버렸다. 반민특위사건은 엉뚱하게 앵도환 호로 불똥이 번졌고 배는 북한 측에 의해 압류 당했다. 선원들은 두 달 동안 원산형무소에 감금돼 모진 수모를 겪다가 3월에 석방되었다. 그러나 한 사람만은 끝내 풀려나지 못했다. 그가 바로 나의 삼촌이었다.

왜 삼촌만 억류된 것일까. 삼촌은 북한 사람들에게 저항을 한 것일까. 탈출을 시도하다가 붙잡힌 것일까. 그 당시 흔치 않던 무선기술자였으므로 이용가치 때문에 화유되거나 강제로 억류된 것일까. 북한 측의 침묵. 베일 속의 실종. 사건은 미궁에 빠지고 삼촌의 납북은 시간의 무덤 속에 묻혀버리게 되었다.

모든 것이 불확실해도 한 가지는 분명했다. 삼촌은 이념이 무엇인지 모르는 사람이었다. 할머니는 작은 아들의 속내를 아는 어머니였고 아버지는 동생의 눈빛을 읽을 줄 아는 형이었다. 두 형제의 삶의 공약은 어머니에 대한 효도였다.

작은 아들의 북한 억류소식을 듣고 할머니는 실신했다. 몇 달 동안 세끼 밥 먹는 일을 잊어버리다시피 했고 밤낮으로 눈물을 흘리며 한 해를 보냈다. 한 해를 넘기고도 삼촌의 소식은 깜깜 무소식이었다. 정부당국도, 석방된 동료 선원들도, 그 누구도 납북된 삼촌의 소식을 알지 못했고 북한 측에 아무리 수소문해도 소용이 없었다.

남북분단의 첫 번째 희생자. 오뚝이 장난감을 사다주겠다며 조카의 머리를 쓰다듬고 떠난 삼촌은 미로 속의 타인이 되어버렸다. 그리고 역사의 뒷길로 영원히 사라졌다. 삼촌의 납북은 아버지의 마음을 외롭게 만들고 고모인 누이들을 슬프게 했으며 할머니의 가슴에 한의 강물을 흐르게 만들었다. 그러나 절망 중에도 작은 위안은 있었다. 지난해에 태어난 둘째 손자가 할머니 무릎에서 제법 재롱을 부리기 시작한 것이다. 그리고 1950년으로 해가 바뀌었다.

7.

역사가 증명해주듯 이 세상에는 좋은 전쟁이 없고 나쁜 평화도 없다. 전쟁에서는 어느 한쪽이 스스로를 승자라고 부를지언정 승자는 없고 모두 패배자일 뿐이다. 이런 주장에 대해 전쟁을 겪은 사람들은 기꺼이 동의할지도 모른다. 이런 생각의 이면에는 본질적인 문제가 숨어있다. 즉 인간은 전쟁으로부터 도피할 수 없는 형이상학적 불가피성을 숙명으로 여기며 살아오고 있다는 점이다. 인간의 역사를 뒤돌아볼 때 이것은 결과론적으로 타당한 말일 수도 있다.

그런데 신의 입장이라면 어떨까. 전쟁과 평화는 선택할 수도 있는 것이 아닐까. 인간도 신의 뜻을 실천할 의지만 있다면 전쟁은 피할 수 있지 않을까. 그러나 불행히도 인간의 의지는 생각만큼 견고한 것이 아니고 의지가 늘 순수한 이성의 토대 위에서 솟아난다고 확신할 수도 없다는 게 많은 경험자들의 공통된 생각이다. 더구나 신도 전쟁을 선택할 때가 있었다. 역사상 신의 이름으로 벌인 전쟁은 또 얼마나 많았던가.

전쟁교향곡은 역사의 모든 구간에서, 언제 어디서나 들려온다. 평화도 행복도 유리잔만큼이나 깨지기 쉽다. 전쟁 교향곡의 주제 가운데 하나는 불신이며 불신이 싸움판의 도화선이 된다. 그렇게 시작된 전쟁의 과정은 복잡하며 결과는 참혹하다. 그것은 일만 년의 역사가 인류에게 남긴 아포리즘이며 평화의 소망에 대한 돋을새김이다. 그런데도 참담한 결과 앞에서 눈물을 흘리는 어리석음을 반복하는 것은 동물 가운데 오직 인간뿐이다. 과거를 제대로 기억하지 못하는 사람도 전쟁은 나쁜 일이라고 생각한다.

전쟁은 거의 언제나 정의 - 전쟁이 사랑하는 단짝인 - 라는 가면을 쓰고 시작된다. 그러나 어떤 가면도 진짜는 아니다. 전쟁광이 세상에 따로 존재하는 게 아니라 전쟁 앞에서는 누구나 짐승이 되기 마련이다. 내가 상대를 죽이지 않으면 내가 죽어야 하고 둘 다 살아남는 것은 전쟁이 아니다.

전쟁은 폭력, 광기, 변명이며 자기부정일 수밖에 없다. 그러므로 적을 죽여라. 총탄을 퍼붓고, 수류탄으로 박살내고, 칼로 찌르고 개머리판으로 짓이겨라. 적진을 네이팜탄으로 쓸어버려라. 자비와 동정은 불속에 던져버려라! 살아남는 자가 세상의 주인공이다. 전장의 병사에게 유일한 정의는 솔직하고 과감한 살육이다. 살육은 인간의 모든 사유와 인식을 공제한 기계적 동작이며, 전투는 정의를 배제한 자연법에 따라 피를 흘리는 적자생존의 행위일 뿐이다.

전쟁의 문은 모든 세대 앞에 공평하게 열려있으며 모든 인간을 가해자인 동시에 피해자로 만든다. 전쟁은 군인들보다 전쟁터에 더 큰 피해를 입힌다. 전쟁을 이해하는데 철학적으로 깊은 사유는 불필요하다. 전쟁은 비극이며 슬픔이다.

8.

1950년 6월 25일 새벽 전쟁은 시작되었다. 북한 인민군이 삼팔선의 주요 지점에서 기습공격을 해왔다. 인민군이 탱크를 앞세우고 포격을 가하며 남침을 개시하는 순간 북쪽에서 울리는 포성이 무엇을 의미하는지 알아챈 사람들은 많지 않았다. 대통령 이승만도, 국방부장관도, 참모총장 채병덕도, 도쿄 극동군사령부의 맥아더 사령관도 처음에는 삼팔선의 대포소리가 무슨 소리인지, 그것이 실제상황인지 알지 못했다.

그러나 서울 북쪽 문산과 삼팔선 전역에서 벌어지고 있는 사태는 이내 초여름 주말을 보내는 사람들에게 혼란과 공포감을 안겨주었다. 북방에서 접근해오는 침입군의 대포소리와 낯선 금속성은 그 후 3년 동안 계속될 비극적이고 지루한 전쟁의 서막에 불과한 것이었다.

춘천 소양강 이북에서도 비극은 시작되었다. 일요일인 6월 25일 새벽 춘천에는 가랑비가 내리고 있었다. 동이 트기 직전 춘천 북방 삼팔선 부근에서는 느닷없이 "쿵, 쿵"하는 소리가 들렸다. 가끔은 멀리서 가끔은 가까이서, 높고 낮은 소리가 음산하고 후덥지근한 대기 속에서 울려왔다. 그것이 대포와 중화기가 불을 뿜는 소리인 줄을 시민들은 몰랐다.

석사리 사람들은 아침밥을 먹고 나서 여느 날과 다름없는 일상을 시작했다. 어머니는 아침상을 물린 뒤 설거지를 하고 있었고 할머니는 불붙은 담뱃대를 문채 뻐끔거리고 있었다. 작은 아들이 흥남에서 납북된 뒤부터 입에 대기 시작한 할머니의 담배는 어느덧 버릴 수 없는 습관이 되었다. 작은 아들 생각이 간절할 때마다 할머니는 담뱃대를 물었으며 그때마다 눈시울은 젖어 있었다. 일 년도 훨씬 전에 일어난 사건이지만 할머니에게 앵도환 호의 납북은 여전히 아물지 않은 비극이었다.

아버지는 아침 일찍 모내기 일손을 돕기 위해 이웃동네로 갔다. 오전 열 시경이 지나 포성은 더 가까이 들려왔다. 모내기를 하러 나갔던 아버지가 급히 돌아와서 할머니에게 말했다.

"어머니, 읍내에 좀 다녀와야겠어요. 아무래도 무슨 일이 벌어진 것 같아요. 알아보고 곧 돌아오겠습니다."

아버지는 우비를 걸친 채 자전거를 타고 읍내로 달렸다. 페달을 밟으며 아버지는 생각했다. '아무래도 무슨 일이 터진 게 분명해. 폿소리도 전과 다르고. 삼팔선이 너무 가까운 거리에 있어. 내평리도 원평리도 엎어지면 코 닿을 거리나……'

불길한 생각을 하며 춘천 중심가에 들어섰을 때 아버지는 시가지 분위기가 여느 때와는 다르다는 것을 감지했다. 거리에는 음산한 기운이 감돌고 왕래하는 사람들이 뜸했다. 아버지는 중앙로 네거리에서 가까운 옥천동 언덕의 신문사로 급히 달려갔다. 2층짜리 적산가옥 한 채를 세내어 쓰고 있는 신문사 사무실에는 마침 일요일 당직을 위해 출근한 이대선 기자가 누런 16절지 원고지를 뒤적이고 있었다.

"이 기자, 대포소리 들었소? 혹시 전쟁이 터진 게 아닐까?"

"저도 들었습니다. 점점 더 크게 들리는 걸 보니 소양강 건너 쪽에서 나는 소리 같은데……"

"이 기자, 우리 소양강 쪽으로 한번 가봅시다."

아버지와 이 기자는 자전거를 타고 급히 봉의산 뒤 소양강으로 달려갔다. 소양강변과 봉의산 언덕 위에는 많은 사람들이 몰려와 있었다. 두 사람은 소양정이 있는 봉의산 언덕 위로 올라가 우두벌판을 응시했다. 우두는 아버지가 여러 해 동안 살던 곳이며 바로 옆의 사농동에는 아버지의 모교인 농업고등학교가 있었다. 포성은 농업고등학교 뒤쪽을 넘어 화천 방면으로부터 울려오고 있었다.

포성과 함께 멀리서 희뿌연 연기가 구름을 이루며 피어오르고 작은 섬광들이 불꽃처럼 반짝였다. 포연과 섬광은 조금씩 가까워지고 있었다. 그것은 너무나도 이국적인 광경이었다. 마치 그리스 신화를 소재로 만든 서양 고전영화에서 연무 속에 벌어지는 마법의 전투장면과도 같았다. 소음 가운데는 정체를 알 수 없는 금속성이 간간히 섞여왔다.

신문사로 급히 돌아온 아버지는 서랍에서 원고지를 꺼내 무언가를 서둘러 썼다. 그것은 강변너머 쪽에서 벌어지고 있는 상황을 급히 정리한 기사내용이었다. 원고지를 이대선 기자에게 맡긴 아버지는 자전거를 타고 급히 석사리 집으로 달려왔다. 아버지는 걱정스런 표정으로 집안을 두리번거렸다. 할머니가 아버지에게 무슨 일이냐고 자초지종을 묻자 아버지가 잠깐 망설이다가 말했다.

"어머니, 아무래도 피난을 가야할 것 같아요."

어머니가 놀라며 말했다.

"아니, 그럼 난리가 났단 얘기예요?"

"그렇소. 전에도 가끔 폿소리는 들렸지만 이번에는 그런 게 아닌 것 같소. 인민군이 시빗거리로 총질하는 게 아니라 쳐내려오고 있소. 전쟁이 일어난 거요, 전쟁아……."

아버지의 목소리는 두려움으로 떨렸다. 해방된 지 겨우 다섯 해, 그새 분단된 한반도, 그동안의 좌우대립. 삼팔선의 충돌…… 지금 벌어지는 사태는 전쟁임이 분명하다. 그렇다면 지난해 앵도환 호 사건과 남북교역 중단은 전쟁을 예고하는 서곡이었을 것이다. 아버지는 소양강 너머에서 울려오는 포성에 공포를 느끼며 엄청난 현실 앞에서 전율하고 있었다. 어머니가 겁먹은 목소리로 물었다.

"여보, 어디로 피난을 간다는 거예요?"

"피난을 간다면…… 아무래도 횡성 누님 댁으로 가야겠소."

9.

다섯 살 어린아이의 머리에 저장되었던 그때 그 시절의 기억은 희미하기 짝이 없다. 그렇다고 유년의 영상이 완전히 사라진 것도 아니다. 나는 전쟁이라는 것이 무엇인지, 전쟁은 무서운 것인지, 전쟁이 나면 왜 피난을 가야 하는지 몰랐다. 다만 어렴풋이 전쟁이라는 것은 어린 애들과는 아무 상관없는 일이며 딴 세상 사람들이 벌이는 시끄러운 장난 같은 것, 어른들끼리 벌이는 무서운 놀이 같은 것. 막연하나마 그런 유아적 상념에 젖어있었던 것 같다.

어떻든 전쟁은 시작되었고 소양강과 춘천은 서울 북쪽 의정부와 함께 한국전쟁의 최전선이 되고 있었다. 그것은 해방 이후 수년 동안 지리산과 태백산 일대에서 벌여 온 공비토벌 수준의 전투와는 양상이 다른 전면적인 전쟁이었다. 그리고 그것이 전면전임을 증명하는 실체가 마침내 춘천 소양강변에 모습을 드러냈다. 그것은 인민군의 SU-76 자주포 - 사마호트라는 이름의 - 와 T-34 탱크였다.

6월 25일 국군 전방 부대에는 많은 장병들이 모내기일손을 돕기 위해 휴가를 가거나 외출 외박을 나가 있었으므로 전투 병력이 모자라는 상황이었다. 전날인 6월 24일 토요일 저녁. 전방지역의 병영은 평소보다도 고요했으며 적막하기까지 했다. 바로 그 시간 육군본부 장교 클럽에서는 클럽의 낙성을 축하하는 파티가 벌어지고 있었다. 술에 취한 장교들이 저속한 춤판을 벌이는 가운데 파티는 새벽 두 시까지 이어졌다. 같은 시각 평양에서는 인민군 최고사령관 김일성이 전선지휘관들에게 진격명령을 내리기 위한 최종점검을 하고 있었다.

얼마 전부터 입수되는 북한의 남침 가능성에 관한 정보에도 불구하고 국방부나 육군본부 지휘부 사람들에게 전쟁은 여전히 현실 너머에 존재하는 가상의 상황으로 여겨졌다. 며칠 전 6월 10일에는 일선 사단

장의 대규모 인사이동을 단행할 만큼 그들은 전쟁에 대해 어떤 경각심
도 품지 않았다. 개전을 몇 시간 눈앞에 두고도 세상만사가 태평이었다.

삼팔선 지역의 적정에 대한 상황판단도 비현실적이었다. 그들은 정
치나 사상의 동향에는 민감했지만 제대로 된 작전교리와 전투실무에는
무지하고 무능력했다. 이승만 대통령 자신의 상황인식은 더욱 잘못된
것이었다. 그는 고무총을 들고 북진통일을 외치고 있었다.

그러나 춘천을 중심으로 중동부 전선을 지키는 6사단은 육군본부와
는 달랐다. 6사단장 김종오 대령은 한 달 전부터 전방상황의 심각성을
감지하고 장병의 외출 외박을 금지했다. 6사단의 주력부대는 임부택
중령이 지휘하는 7연대였다. 사단장과 연대장에게 춘천 북방의 원평리
부근과 내평리 너머 인민군의 움직임은 평소와 다른 낌새를 느끼게
했다.

전쟁이 발발하기 한 달 전 임부택은 사북면 말고개의 지형적 이점을
이용해 그곳에 방어진지를 구축했다. 그는 수시로 정찰대를 보내 인민
군의 동태를 살피고 부대를 경계상태로 유지했다. 6월 25일에 6사단 7
연대와 사단 소속부대 영내에는 그나마 온전한 규모의 병력이 대기 중
이었다.

6월 25일 새벽 춘천 북방에 나타난 것은 인민군 2사단 소속 4연대와
6연대 병력이었다. 그들은 국군 6사단 7연대를 정면으로 공격해 왔다.
춘천지구 전투에 동원된 인민군 주력군은 2군단장 김광협 소장, 2사단
장 이청송 소장, 7사단장 전 우 소장, 15사단장 박성철 소장 휘하의 병
력이었다. 인민군 2군단의 작전목표는 휘하 2사단을 투입해 당일 춘천
을 점령한 뒤 7사단을 인제, 홍천 사이로 진격시켜 국군 6사단의 퇴로
를 끊고 원주방면으로 진격해 국군을 동서로 갈라놓는 것이었다.

김광협은 오대산에서 활동 중인 유격대로 하여금 인민군 7사단을 측

면에서 지원하도록 작전계획을 짜놓고 있었다. 춘천을 점령한 인민군 2사단은 가평을 거쳐 서울 동남방으로 진출해 한강 이북의 국군을 포위하고 남쪽에서 올라오는 국군 증원부대의 접근을 막도록 할 계획이었다.

말고개 전방 진지에서 7연대 장병들은 공격해 오는 인민군에 맞서 방어전을 펼쳤다. 그들은 인민군과 교전하면서 연대장 임부택의 작전 지시에 따라 조금씩 후방으로 물러났다. 시간을 벌며 사상자를 최소화하기 위한 작전을 펴면서 우두평야에 포진한 본대 병력에 인민군의 공격상황을 알렸다. 그러고 나서 그들은 본대에 합류했다.

7연대 16포병대대장 김 성 소령은 춘천 북방 용산리를 거쳐 옥산포 쪽으로 몰려오는 인민군을 주시했다. 인민군은 열 대의 SU-76자주포를 앞세우고 공격대형을 유지하며 내려오고 있었다. 김 소령이 발포명령을 내리자 포병대대의 105밀리 포가 포격을 시작했고 57밀리 대전차포와 박격포도 불을 뿜었다. 포병대대의 포와 장비는 모두 낡은 것이었다.

잠시 후 인민군 자주포에서 발사하는 76밀리 포탄이 포병진지에 떨어지기 시작했다. 사병들은 병과에 상관없이 모두 전투에 투입되었다. 진지 앞쪽의 보병 전투병들이 접근하는 인민군을 향해 소총과 기관총을 발사하기 시작했다. 7연대 장병들은 인민군이 밀고 내려오는 자주포가 탱크인지 자주포인지조차 구분할 수 없었다. 그들은 생전 처음 보는 신무기를 앞세우고 공격해오는 적 앞에서 몸을 움츠릴 수밖에 없었다.

교전이 치열해지면서 피아간에 사상자가 늘기 시작했다. 우두평야를 가로질러 남하해오는 인민군들은 숫자를 헤아릴 수 없을 만큼 많았다. 국군이 격렬하게 교차사격을 하고 쓰러뜨려도 공격해오는 인민군의 숫자는 줄지 않았다. 진지를 지키던 국군 병사들이 쓰러지면서 주변이 피로 얼룩지기 시작했지만 부상병들을 호송할 틈이 없었다. 쓰러지는 군인들 가운데는 "어머니!"를 외치는 병사도 있었다.

7연대는 조금씩 뒤로 밀렸다. 우두 벌판에서 고막을 찢는 듯한 총포 소리 이외에는 이 세상 모든 것이 침묵이었다. 전장에서는 말소리가 들리지 않았으며 모두가 침묵의 전사가 될 수밖에 없었다. 병사들에게는 가족이나 그 어떤 가까운 사람들도 생각할 겨를이 없었다. 유일하게 주어진 선택은 생사였으며 삶보다는 죽음이 더 손쉬운 선택이었다.

인민군 자주포 행렬이 가까이 접근하고 있었다. 7연대 57미리 대전차포중대 2소대장 심 일 소위 뒤를 다섯 명의 병사가 따르고 있었다. 그들은 옥산포 지점을 통과하는 도로 옆에 몸을 숨겼다. 그들의 양손에는 화염병과 수류탄이 쥐어져 있었다. 자주포 행렬이 굉음을 울리며 그들 옆을 통과하는 순간 심 소위가 재빨리 1번 자주포로 접근했다. 그 순간 뒤따르던 특공대원들이 카빈 소총으로 자주포를 향해 엄호사격을 했다. 포탑에 있던 인민군 병사가 옆으로 쓰러졌다.

심 소위가 차량에 뛰어올라 포탑의 인민군 병사를 밀치고 해치 안으로 수류탄과 화염병을 밀어 넣는 순간 그를 따르던 두 명의 대원이 자주포의 궤도에 화염병을 던졌다. 몇 초 후 포탑이 파괴되면서 격렬한 폭발음이 울렸다. 몸으로 포탑의 해치를 막고 있던 심 소위의 몸이 공중에 떴다가 도로 아래로 굴러 떨어졌다.

다른 대원들이 같은 방법으로 2번 자주포를 공격했다. 그들이 공격한 두 대의 자주포는 캐터필러가 떨어져나갔다. 소대원 두 명이 중상을 입은 소대장을 부축했고 다른 대원들은 3번 자주포를 향했다. 3번 자주포도 파괴되어 화염에 휩싸였다. 기습공격을 당한 자주포 대열은 잠시 멈칫거리다가 방향을 돌려 퇴각하기 시작했다. 자주포들이 퇴각하면서 뒤를 따르던 인민군 병사들도 퇴각하기 시작했다. 6월 25일 저녁 우두 평야에는 어둠이 내리고 이슬비는 멈춰 있었다.

6월 26일 월요일. 비가 그친 하늘은 맑게 개어 있었다. S 대학교 문리과대학 국문과 신입생인 박완서는 강의에 참석하기 위해 돈암동 집을 나섰다. 학교가 있는 동숭동 쪽으로 걸어가는데 어제부터 들리던 포성이 조금 더 가까워진 것 같았다. 철모와 군복에 나뭇잎을 꽂은 군인들을 실은 트럭들이 흙먼지를 일으키며 미아리 고갯길을 오르고 있었다. 문학 지망생인 그녀는 트럭에 실려 가는 군인들을 쓸쓸한 눈빛으로 바라봤다. 연도의 시민들이 군인들에게 박수를 치며 손을 흔들었지만 군인들의 표정은 굳어 있었다.

이날 문리과대학에서는 모든 학과에서 정상적인 수업이 진행되었다. 전공수업이 끝났을 때 누군가가 박완서에게 양주동 교수의 특강을 도강하러 가자는 제안을 했다. 문리과대학 7강의실에는 양주동 교수의 한국고전문학 특강이 진행되고 있었다. 강의실을 메운 칠십여 명의 학생들은 입담이 센 양 교수의 강의에 몰입해 있었다.

"내가 국보1호라는 건 우리 집 강아지도 알아. 내가 왜 국보인지 제군들은 아시는가? 향가를 해독했기 때문이야. 우리 고전문학이라는 곰탕국물 속엔 금보다 귀한 소 뼈다귀가 있지. 일본 사람 코빼기 낮추고 우리 문화의 자존심을 높이려면 이 소 뼈다귀를 우려먹어야 된다는 말씀이야. 학생들이 나보고 한 얘기 또 하고 자꾸 반복한다고 성토하는데 나도 이유가 있다고! 소뼈는 자꾸 우려야 진국이 되는 법이야. 진국 같은 명 강의 하려고 우려먹는데, 제군들, 내가 뭐 잘못했나?"

해박한 지식, 독설과 구수한 입담으로 변설을 토해내는 양주동 교수의 강의는 학생들의 이목을 집중시켰다. 강의가 진행되는 동안 간간이 울리는 포성이 강의에 몰입하던 학생들을 조금씩 불안하게 만들었다. 포성으로 인해 강의실 유리창이 흔들리는 것으로 보아 포성의 진원지가 가까워지고 있는 것이 분명했다. 강의실 유리창이 부르르 흔들리는 소리를 내자 양 교수가 말했다.

"이것 참! 김일성이 내 강의를 방해하려고 대낮부터 방귀를 뀌어대는군 그래."

양주동은 이승만보다도 더 큰소리를 치며 학생들의 불안감을 떨쳐버리려고 했다.

동숭동의 문리과대학 7강의실에서 양주동 교수의 한국고전문학 특강이 진행되고 있을 때 춘천 소양강변과 우두마을 맞은편 장학리에서는 국군과 인민군 사이에 생사를 건 전투가 벌어지고 있었다. 박완서의 국문과 선배인 C 일등병도 소양강변에서 전투를 벌이고 있었다.

6월 26일 아침부터 인민군의 공격이 다시 시작되었다. 인민군 예비대인 17연대가 새로운 공격조가 되어 전투에 투입되고 원주에서 올라온 국군 19연대가 새로 공격에 가담했다. 남북의 군인들은 엄폐물도 없이 공격과 방어를 계속했다. 포격과 기관총 사격, 소총 사격과 수류탄 투척이 계속되었다. 전날 파죽지세와도 같았던 인민군의 공세가 잠시 주춤해진 사이 국군 6사단 7연대는 임부택 연대장의 지휘 아래 소양강을 건넌 뒤 강변 언덕과 봉의산 아래에 진지를 구축했다.

소양강을 사이에 두고 얼굴도 나이도 비슷한 남북의 젊은이들이 하루 종일 광란의 전투를 벌였다. 포성과 총소리, 고함과 신음소리는 장송곡이 되어 강변을 덮었다. 인민군 수천 명이 하루 종일 때로는 밀집대형으로, 때로는 산개대형으로 도강을 시도했다. 인민군이 강을 건너는 동안 인민군 포병이 소양강 건너로 격렬한 포격을 계속했다.

7연대 장병들은 소양강변과 봉의산 아래쪽에서 박격포와 기관총으로 맞서고 있었다. 강물을 향해 퍼붓는 박격포탄, 기관총탄, 소총탄에 아무런 엄폐물 없이 노출된 인민군들이 무더기로 쓰러졌다. 가까스로 강을 건넌 인민군 병사들도 국군의 소총사격으로 목숨을 잃었다.

아침부터 밤늦게까지 전투가 계속되는 동안 소양강변과 강물에는 시체가 쌓이기 시작했다. 장마가 시작되기 전이었으므로 강물은 깊지 않았다. 우두마을 건너 동쪽 장학리에도 시체들이 널브러져 있었다. 소양강은 1253년(고려 고종 40년) 몽골군이 춘주성을 함락한 후 칠백년 만에 다시 피 – 동족상잔이란 이름의 – 가 흐르기 시작했다.

이 죽음의 전투를 직접 목격한 사람들이 있었다. 그들은 춘천 시내에서 달려온 시민들이었으며 국군진지 뒤쪽에서 숨죽이며 전투 현장을 지켜봤다. 춘천에서 생전 처음 겪는 현대전에 대한 시민들의 호기심은 총탄이 빗발치고 포격이 격렬해지자 경악과 공포로 변했다. 그리고 공포감은 곧 목숨을 걸고 싸우는 군인들에 대한 연민과 초조감으로 변했다. 그들은 몸을 낮추고 조심스럽게 국군 진지로 접근했다. 아낙네들이 주먹밥을 장병들에게 나눠주고 시민과 학생들이 탄약을 방어진지로 날랐다. 그들은 인민군 부상자들도 보살폈다. 춘천 시민들은 6.25의 전투현장을 처음 관전한 한국인들이었다.

6월 27일에도 인민군은 소양강을 건너지 못했으며 병력을 재정비하기 위해 잠시 시간을 미루고 있었다. 서울은 함락 직전의 상황이었다. 동부전선에서는 8사단이 후퇴하고 있었고 수도권 전체가 이미 방어를 포기한 채 남쪽으로 물러날 수밖에 없는 지경에 이르렀다. 전선이 무너지자 육군본부 참모부장 김백일 대령이 전화로 6사단장 김종오에게 지시했다.

"서부전선이 무너져 육군본부는 시흥으로 철수한다. 6사단은 사단장 판단 하에 철수하면서 중부전선에서 최대한 지연전을 전개하라."

6월 28일 오전 6사단 병력은 혼전 속에서 철수작전을 벌이며 소양강 이남으로 후퇴하기 시작했다. 후퇴하는 국군에게 인민군은 집요한 공격을 가해 왔고 피아간의 격렬한 교전으로 사상자는 계속 늘어났다. 6사단은 6월 29일 춘천 원창고개를 넘어 남쪽으로 40킬로미터 후방의 홍천으로 물러났다.

사흘 밤낮을 가리지 않고 계속된 소양강 전투는 끝났다. 소양강 전투에서 인민군은 6,700여명의 사상자를 냈고 122명이 포로로 잡혔으며 국군은 208명의 전사자와 353명의 부상자를 냈다. 숫자상으로는 승자와 패자가 분명히 갈리는 전투였다. 그러나 전쟁의 잔혹성이라는 면에서는 양쪽 모두의 희생과 광기로 얼룩진 공멸의 혈전이었다.

소양강 전투는 전쟁의 양상에 중대한 변화를 초래한, 국군에게나 인민군에게나 불가사의한 전투였다. 예상치 못한 6사단의 저항으로 인민군 2사단이 예정된 시간에 서울 동남방에 도달하지 못하자 국군의 주력을 한강 이북에서 포위 섬멸하려던 북한의 기도는 좌절되었다. 6사단이 지연작전을 벌이며 퇴각하는 동안 국군은 후퇴하는 병력을 수습해 한강 방어작전을 벌이면서 미군이 도착할 때까지 시간을 벌게 되었다.

김일성은 작전실패의 책임을 물어 지휘관을 바꿨다. 7월 10일 2군단장 김광협 소장은 2군단 참모장으로 강등되고 김무정이 새로 2군단장에 임명되었다. 인민군 2사단장은 최현 소장으로, 7사단장은 최충국 소장으로 교체되었다.

소양강 전투는 두 달 뒤에 벌어진 낙동강 방어전에 비해 규모가 작은 전투였다. 그러나 6사단 병사들의 꺾이지 않은 사기, 죽음 앞에서도 침착성을 잃지 않은 응전, 사단장 김종오와 연대장 임부택의 냉철한 상황판단 ─ 전쟁 전야 육군본부 장교클럽 낙성축하파티에서 장교들이 취중에 벌린 난잡한 춤판의 모습과는 너무도 상반된 – 은 개전 초 전열을 수습할 수 있는 시간을 제공했으며 한국전쟁의 흐름을 수수께끼처럼 바꿔놓은 중대한 계기가 되었다.

6사단 병력이 소양강 방어선에서 사흘 동안의 열세를 버텨내지 못했다면 어떻게 되었을까. 국군과 유엔군이 낙동강 전투에서 반격의 전열을 갖출 수 있었을까. 방어선은 파죽지세에 밀려 무너지고 인민군은 대구로 부산으로 밀물처럼 내달았을지 모른다. 맥아더의 인천상륙작전은 불가능했을 것이고 전쟁의 균형추는 사라졌을 것이다. 육탄전의 전설은 묻혀버리고 상상 밖의 현실이 남한 땅을 지배했을 것이다.

역사에 가정은 불가능한 것일까. 아니, 가정이 없는 역사적 상상이나 해석 또한 불가능할 것이다. 소양강전투가 아니었더라면 한국의 현대사는 분명 다른 방향으로 진행됐을 것이다. 분단이 사라진 대신 아마도 한반도 전역에서 청홍색 인공기가 펄럭이게 되었을 것이다. 우리 가족은 인민공화국의 인민이 되었거나 죽음을 맞거나 했을 것이다.

소양강 전투는 휴전 이후 반세기 동안 젊은 세대의 무관심과 현대사의 그늘 속에 묻혀왔지만 외롭게 잊혀가던 한국전쟁의 실상을 새로운 시선으로 돌아보게 만든, 너무나도 역사적인 사건이었다.

개전 당시 국군은 명색이 정규군이기는 했지만 탱크 한 대, 전투기 한 대 없는 군대였으며 동남아시아 민병대 수준의 군대나 다를 바 없었다. 국군은 무기와 병력, 병참과 보급, 작전능력과 전투경험에서도 인민군과는 비교될 수 없었다. 그에 비해 1만2천 킬로미터의 대장정을 치른 모택동의 중공군과 2차 대전의 승자인 소련군에 의해 조련을 받은 인민군은 승리의 자신감에 넘치는 현대식 군대였다.

42

10.

국군이 후퇴하면서 그 뒤를 따라 춘천시민들도 피난을 떠나기 시작했다. 피난길에 오른 도청의 위기대처 능력은 비현실적일 만큼 희극적이었다. 6월 25일 개전 당일 도청의 주요 간부 몇 명이 도지사 비서실에 모였지만 그들은 철수여부에 대한 아무 결정도 내리지 못하고 청내에서 우왕좌왕했다. 그들은 일단 해산했다가 오후부터 인민군의 포탄이 시내 곳곳에 떨어지자 제각기 피난길에 나섰다. 도지사를 비롯한 몇몇 간부들은 중요 서류도 챙기지 못한 채 그날 밤 잠시 홍천으로 피난했다가 다음날 다시 춘천으로 돌아왔다.

민심의 동요를 막기 위해 잔류해달라는 군의 요청에 따라 도청지휘부는 일단 춘천으로 돌아왔지만 6월 28일 다시 피난길에 올랐다. 도청 직원들은 평소 전쟁에 대비한 준비나 도상훈련 같은 것을 해본 적이 없었으며 비밀서류의 조직적인 파기나 처리를 생각할 겨를이 없었다.

수도 사수를 약속했던 이승만과 정부각료들이 6월 27일 남행열차를 타고 이미 서울을 탈출한 상황에서 6월 28일 새벽 2시 30분 육군본부는 한강다리를 폭파했다. 예고 없이 단행된 한강교 폭파는 수많은 사람들을 죽게 하고 병력과 물자수송에 심각한 타격을 입혔다. 비극은 중앙청과 강원도청 양쪽에서 동시에 연출되고 있었다.

6월 28일 오후 석사리 집 앞을 인민군들이 종대를 이루어 지나가고 있었다. 인민군 행렬의 선두에서 이상하게 생긴 물체가 달리고 있었다. 사흘 전 소양강 건너에 나타났던 자주포와 비슷하게 생긴 기계 여러 대가 굉음을 울리며 신작로에 먼지를 일으키고 있었다.

철모르는 아이는 집 앞의 도로에서 그들이 행군하는 모습을 멍하니 지켜봤다. 아이는 그들이 무엇을 하는 사람들인지, 군인인지 경찰인지, 남쪽 군대인지 북쪽 군대인지 알 수 없었다. 아이가 군복 입은 사람을 본 것은 그 때가 처음이었다. 그들이 어깨에 멘 것이 총인지 막대기인지, 무엇 때문에 남쪽으로 걸어가는지, 그들이 부르는 노래가 무슨 노래인지, 그들이 앞세우고 가는 청홍색 깃발이 무슨 깃발인지 알 수 없었다.

그러나 아이는 그들 행렬의 선두에서 달리는 흉측하게 생긴 어떤 물체로부터 눈을 뗄 수 없었다. 그것을 목격한 경험으로 인해 다섯 살이던 아이는 그날 이후 삼십 년 가까이 그 물체의 꿈을 꾸어야만 했다. 캐터필러의 굉음을 내며 달리는 거대한 몸통, 상체를 드러낸 채 기관총좌를 잡고 있는 군인, 그 군인이 쓴 괴상한 모자, 먼지를 일으키며 신작로를 질주하는 무시무시한 모습, 괴물 같은 기계에 매단 이상한 깃발. 지축을 뒤흔드는 기계는 소련제 T-34탱크였던 것이다.

"T-34탱크는 인민군의 위대한 상징이자 영웅이지!"

인민군 장성들과 전차병들은 전쟁 전부터 소련제 탱크를 그렇게 자랑했다.

2차 세계대전 때 스탈린그라드 전선에 첫 모습을 드러낸 전설적인 중형 전차. 유선형 장갑판으로 무장한 미끈한 몸체, 금속성의 공포와 카리스마를 느끼게 만드는 철제 괴물 앞에서 국군 병사들은 전율하지 않을 수 없었다. 처음 보기에 그것은 살상용이라기보다는 위협용이나 과시용 같았다. 폭격기 같은 엔진이 토해내는 굉음은 방아쇠를 당겨야 할 국군 소총수들의 손끝을 마비시키고 주눅이 들게 만들었다. 탱크는 전장의 제왕이었으며 심리전의 영웅이었다.

6월 29일 아침에 가족은 피난길에 올랐다. 아침밥을 지어먹을 새도 없이 어른들은 요, 이불, 옷가지를 둘둘 말아 묶은 보따리를 멘 채 양손에는 작은 짐을 들었다. 할머니는 주먹밥을 만들었고 언제 준비했는지 미숫가루도 짐 속에 꾸려 넣었다. 동네사람들은 하루 먼저 떠난 뒤였다.

인민군이 행군해 간 도로를 따라 피난을 갈 수는 없었다. 가족은 춘천 서남쪽으로 발길을 재촉해 신동면 삼포마을을 지나 덕만이 고개를 넘었다. 아버지가 앞장서서 길잡이 역할을 했는데, 더운 날씨에 무거운 짐을 메고 길을 걷는 것은 어른 아이 할 것 없이 고역이었다. 나도 등에 봇짐을 멨다. 걷다가 쉬고 또 걷다가 멈추기를 수백 번이나 했을 것이다. 나는 겨우 걸을 수 있었지만 두 살 아래 동생은 아버지와 할머니의 등짐 위에 번갈아 업혔다.

가족의 피난길에는 군인이나 차량은 보이지 않았지만 동행하는 피난민들은 많았다. 그들이 가는 목적지가 어딘지는 알 수 없어도 남쪽을 향한 발길인 것만은 분명했다. 사흘 밤낮이 지났을 때 가족은 광판리라는 곳에 도착했다. 광판리 앞을 흐르는 홍천강을 건너 꾸불꾸불한 산길을 따라 그 후 며칠 동안을 더 걸었는지 모른다. 산길에서 쉬고 있을 때 어머니가 아버지에게 물었다.

"신문사는 어떻게 됐어요?"

"당분간 휴간하기로 했소. 전쟁 끝날 때까지……."

낮에는 걸었지만 해가 저물면 민가에서 잠을 잤다. 가족은 피난길에 텅 빈 집에서 자기도 했고 가끔 주인이 있는 집에서 하룻밤 신세를 지기도 했는데, 피난길에 그렇게 도움을 받은 집이 많았다. 피난민이 걸어온 뒤쪽과 춘천방면은 조용했지만 피난길 앞쪽에서는 끊임없이 포성이 울렸다.

아버지는 홍천 서면의 산길을 헤매다 남면 양덕원을 거쳐 횡성 쪽으로 발길을 돌렸다. 이미 장마철인 칠월 중순에 접어들어 날씨는 점점 후텁지근해지고 있었으며 피난길은 어린 아이들에게도 견디기 어려운 유랑 길이었다. 걷다가 지친 나는 가끔 울었고 동생은 더 자주 울었다.

석사리 집을 떠난 지 스무날 쯤 되었을 때 가족은 횡성군 창봉리 마을에 도착했다. 그곳에는 십여 년 전에 정씨 집안으로 시집을 간 아버지의 큰 누님인 고모 댁이 있었다. 국도를 따라 걸었다면 춘천에서 횡성 고모 댁까지는 어른 걸음으로 늦어도 사흘이면 충분히 도착했을 것이다.

전쟁은 이미 남한 전역으로 확대되어 인민군은 대구와 낙동강 쪽으로 진격하고 있었다. 가족은 고모 댁 뒤란의 토굴 속에서 숨어 지냈다. 아버지는 밤낮으로 피신해야 했으며 대낮에는 뒷산에, 밤에는 토굴에 숨었다.

그러나 숨어 지내는 데도 한계가 있었으므로 아버지는 인민군의 남진로를 피해 대구로 간다며 단신으로 다시 피난을 떠났다. 아버지가 떠난 후 어머니와 할머니는 걱정이 되어 잠을 이루지 못했다. 피난길에서 인민군에 잡히지 않았는지, 폭격을 당하거나 총에 맞아 죽지 않았는지, 대구까지 무사히 빠져나갔는지 초조하고 불안해했다.

가끔 인민군과 붉은 완장을 찬 낯선 사람들이 고모 댁에 와서 집안을 뒤지고 사람을 찾았는데, 그때마다 내가 어머니로부터 배워 익히게 된 단어가 하나 있었다. 그것은 의용군이라는 단어였다. 언젠가 인민군 몇 명이 고모 댁에 들이닥쳐 사내들을 찾기 위해 집안을 수색했다. 붉은 줄이 박힌 군복바지를 입은 인민군이 어머니에게 물었다.

"아주머니, 남편 동무는 어디 갔소?"

어머니는 아버지가 의용군에 입대했다고 대답했다. 기억은 전혀 나지 않지만 - 어머니 말에 의하면 - 그때 인민군 장교가 내게 똑같은 질문을 했을 때 나도 어머니가 시킨 대로 아버지가 의용군에 갔다고 대답했다고 한다.

할머니와 고모부의 어머니는 나이도 비슷한 사돈 간이었지만 사이가 좋은 편이 아니었다. 고모 댁이기는 해도 사실 얹혀 지내는 신세였으므로 어머니나 할머니도 마음이 편치 않았을 것이다. 무슨 일인지 알 수 없었지만 두 할머니는 가끔 언성을 높이며 다투기도 했다. 스무 해가 넘게 청상과부로 살면서 험한 세상에 단련된 할머니도 쉽게 물러서지 않았다. 사돈 할머니가 손자들에게 언짢은 말이라도 하면 할머니는 분노의 표정을 감추지 않고 맞섰다. 그럴 때마다 고모부 내외는 입장이 난처해 어쩔 줄 몰라 했다. 그러나 고모부 내외는 심성이 착한 사람들이었다. 그런 피난 생활이 두 달이나 계속되었다.

그 동안 전황은 바뀌어 맥아더의 인천상륙작전으로 국군과 유엔군의 반격이 시작되었으며 9월 28일에 서울이 수복되고 10월 2일에는 춘천도 수복되었다. 서울이 수복되고 나서 며칠 후 대구로 떠났던 아버지가 횡성 고모 댁으로 돌아왔다. 어머니는 낯빛으로 재회를 반겼지만 할머니는 아들의 손을 잡고 하염없이 눈물을 흘렸다. 아버지가 돌아와서 나는 너무나 기뻤다. 아버지는 대구에서 이대선 기자를 비롯한 동료 기자들을 만나 부산까지 피난을 했다가 돌아왔다고 했다.

가족은 아버지를 따라 10월 초에 춘천으로 돌아왔다. 석사리 집은 별로 손상되지 않은 채 남아 있었다. 아버지는 이제 전쟁이 끝나가고 있는 것을 다행으로 여기며 안도하고 있었다. 신문사도 다시 문을 열게 될 터였다.

11.

그러나 전쟁의 신은 종전을 아직 시기상조라고 여기는 듯했다. 북으로 미처 퇴각하지 못한 인민군 잔류부대들이 한 달 뒤인 11월 18일 대규모의 공세를 펴 춘천을 습격해왔다. 금강산에 집결해 있던 인민군 2

군단 패잔병들이 만여 명의 대 부대를 편성해 철원, 평강, 양구, 화천을 거쳐 춘천을 겨냥한 공격을 감행한 것이다. 그것은 개전 초 소양강 전투에서 당했던 사실상의 패배에 대한 보복이기도 했다.

제2의 소양강 전투에서 피아간에 격전이 벌어졌으나 춘천이 의외로 간단히 점령됨에 따라 춘천시민은 다시 피난길에 올라야 했다. 홍천으로 가는 국도가 인민군에 의해 차단되면서 일찌감치 피난길에 나섰던 사람들은 광판리 앞 홍천강 쪽으로 우회하여 남쪽을 향했다.

그러나 뒤늦게 홍천강에 도착한 피난민들은 강을 건너기도 전에 국군과 인민군의 총격전에 휘말리게 되었다. 전투가 계속되는 동안 교전의 틈바구니를 가까스로 빠져나온 수백 명의 피난민들은 골짜기를 따라 춘성군 남면 가정리로 발길을 돌렸다. 그곳에 죽음의 덫이 기다리고 있었다. 피난민들이 아무 것도 모른 채 인민군 진지 앞쪽을 통과하는 순간 진지로부터 총탄이 쏟아졌다. 그것은 민간인을 조준한 무차별 사격이었다. 어른 아이를 가릴 것 없이 유효 사격범위 안에 들어선 사람들은 대부분 총알받이가 되어 쓰러졌다.

가정리 강변은 순식간에 핏빛으로 물들었다. 공교롭게 양군 진지 사이에 피난민들이 끼어들었기 때문에 국군 병사들은 인민군 진지로 사격을 하지 못했다. 두 시간 후 교전이 끝났을 때 인민군들은 어디론가로 사라졌고 나머지 피난민들은 간신히 살아났다. 아버지는 나와 동생을 양쪽 겨드랑이에 낀 채 엎드려 있었다. 우리 가족은 그렇게 살아난 피난민들 중 하나였다. 가족 모두 상처 하나 입은 데 없이 살아남은 것은 설명하기 어려운 기적이었으며 행운이었다.

가족은 그길로 살아남은 피난민들과 함께 경춘가도를 따라 서울 쪽으로 향했다. 춘천을 탈출한 피난민들은 서울이 국군에 의해 수복된 지역이므로 안전할 것으로 판단했다. 경춘가도는 서울로 향하는 피난

만들로 붐볐다. 그러나 서울로 향하던 피난민들은 경기도 마석에서 발길을 멈춰야 했다. 정부가 춘천 피난민의 서울 유입을 막는 조치를 취했기 때문이다. 작전상의 이유라고도 하고 심리적인 이유라고도 했지만 피난민들은 정부가 그런 조치를 내린 정확한 이유를 알 수 없었다.

구호당국은 마석국민학교를 비롯한 몇 곳에 피난민수용소를 만들고 양곡을 배급했다. 우리 가족도 마석 수용소에서 두 주일 동안 머물다가 12월 2일 춘천이 다시 수복되자 집으로 돌아왔다. 가족은 생사의 고비를 몇 차례 넘기고 있었다.

12.

전쟁이 시작된 지 다섯 달이 지났다. 그런데 석사리 집으로 다시 돌아왔을 때에도 전쟁은 끝난 것이 아니었다. 춘천이 처음 수복되었던 10월 2일로부터 보름이 조금 지나고 있을 무렵 한반도에서는 이미 또 다른 전쟁이 시작되고 있었다. 10월 하순에 중공군의 대병력이 평안북도 적유령산맥 속에 깊숙이 잠입해 유엔군을 기다리고 있었다.

1950년 10월 중순 국군 1사단이 진출한 평안북도 운산에는 그곳이 전장인지 아닌지조차 알 수 없을 만큼 괴이쩍은 적막감이 감돌았다. 1사단 주둔지 앞에는 사람의 그림자가 보이지 않았고 그 흔한 피난민 행렬도 눈에 띄지 않았다. 사단장 백선엽은 불길한 예감에 사로잡히기 시작했다. 10월 24일 1사단 15연대는 정체불명의 적군과 벌인 야간전투에서 중공군 포로 한 명을 잡았는데, 사단본부로 이송해온 포로를 백선엽 사단장이 중국어로 직접 심문했다. 그는 중공군 정규군인 39군 소속의 사병임이 밝혀졌다.

포로 심문 결과 중공군 수만 명이 이미 10월 19일에 압록강을 건너

적유령 산맥 깊숙이 잠복해 있었음이 확인되었다. 그때 벌써 중공군은 동계작전을 염두에 두고 두툼한 방한복에 귀마개와 고무운동화까지 갖추고 있다는 사실도 밝혀졌다. 그들이 입은 방한복은 겉은 누런 연두색, 안은 하얀색이어서 뒤집어 입으면 겨울철 위장복이 될 수도 있었다. 미군기가 공중정찰을 했지만 중공군의 움직임은 전혀 눈에 띠지 않았다. 험준한 적유령 산맥 은밀한 곳에 숨었을 뿐 아니라 흰 위장복을 걸치고 낮에는 나뭇가지를 머리에 올린 채 이동하고 정찰기가 나타나면 꼼짝하지 않고 있었기 때문이다.

적유령은 2천 년 전부터 대륙과 반도를 넘나들며 진행된 전쟁의 관문이며 전흔이 깊은 곳이었다. 해발 800미터에서 1800미터에 이르는 험준한 적유령을 넘어서 북방의 한(漢), 거란, 여진, 몽골, 청나라 군대가 쳐들어 왔었다. 이 역사적인 침공루트를 통해 새로운 군대가 침입해 온 것이다.

적유령의 10월은 만주에서 불어오는 찬바람과 함께 이미 겨울철로 접어들고 있었다. 백선엽의 예감은 불행히도 적중했다. 지금까지 진행되어 온 전쟁과는 또 다른 형태의 전쟁이 적유령 산맥 부근에서 시작되고 있었다. 운산 북방 20킬로미터 전방에는 인민지원군이라는 이름의 중공군 총사령부가 설치되어 있었고 총사령관은 모택동의 혁명동지인 팽덕회였다. 전쟁은 동아시아를 무대로 한 국제전쟁의 양상을 띠기 시작했다.

국군과 미군은 처음 중공군을 맞아 고전했다. 낯선 군대의 매복과 기습, 밀물처럼 전개되는 인해전술, 야간의 피리와 나팔소리의 공포 속에서 그들은 위기를 맞고 있었다. 중공군과 벌인 첫 전투에서 국군과 미군은 심각한 타격을 입었다. 미 1기병사단 소속 8기병연대 3대대는 중공군에 포위되어 대대병력 800명 가운데 600여명이 전사하거나 실종되었다. 1기병사단장 게이 소장은 예비 병력을 투입해 8기병연대 3대대를 구출하려고 했지만 중공군의 은폐작전 때문에 실패했다.

더 이상의 손실을 피하기 위해 게이 소장은 미군의 철수를 결심했다. 미군 역사상 포위된 병력의 구출을 포기하고 철수한 예는 일찍이 없었다. 철수하지 않으면 고립되거나 전멸할 수도 있는 상황에서 미군과 국군은 결단을 내려야만 했다.

10월 31일 미 1군단장 밀번은 철수명령을 내렸다. 국군 1사단도 백선엽의 지휘 아래 철수를 시작했다. 적유령과 운산에서 중공군과 대규모의 전투를 벌여 큰 손실을 입었음에도 불구하고 미군은 중공군의 전력을 여전히 얕잡아보고 있었다.

미군은 크리스마스를 집에서 보낸다는 목표에 집착하면서 11월 말의 대공세를 준비했다. 대공세의 준비를 위해 10월 26일 미 해병1사단 병력이 원산에 상륙했다. 해병 상륙부대는 인민군과 국지전을 벌이며 흥남, 함흥을 거쳐 황초령을 넘었고 그 뒤를 이어 미 보병3사단도 북쪽으로 올라갔다.

흥남에서 120여 킬로미터 떨어진 내륙 깊숙한 곳에 개마고원과 장진호가 있었다. 미군은 개마고원을 거쳐 낭림산맥을 넘어 평안도 지역으로 진격할 예정이었다. 그러나 미군의 진격은 재앙을 자초하는 무모한 작전의 시작이었다. 미군은 장진호 지역에서 중공군 제9병단에게 포위되어 전멸위기에 몰렸다.

11월 중순의 장진호와 개마고원은 이미 한겨울이었다. 11월말에는 장진호가 완전히 얼어붙어 영하 25도를 오르내리는 혹한기에 접어들고 있었다. 미군은 중공군의 기습과 매복, 인해전술과 심리전에 맞서 싸웠지만 야간전투에 턱없이 취약했다. 한밤중의 적막을 깨고 울려오는 피리와 나팔, 꽹과리와 징 소리는 미군에게 소름끼치는 저승사자의 신호였다.

미군에게 또 하나의 무서운 적은 추위였다. 12월로 접어들자 장진호 일대는 눈보라가 몰아치고 기온은 영하 30도 이하로 떨어지기 시작했다. 미군은 급격히 전투의지를 상실하기 시작했고 크리스마스에 집에 간다는 설렘은 망상에 지나지 않았음을 깨닫게 되었다. 이제 미군은 작전상 후퇴가 아닌 생존을 위한 후퇴를 해야 했다.

이 지역의 전투를 책임진 미 제10군단장 에드워드 알몬드 소장은 진격이 아닌 철수를 지휘해야 하는 새로운 임무를 떠맡게 되었다. 그러나 알몬드 소장의 작전계획은 미 해병1사단장 올리버 스미스 소장의 생각과 전술상의 마찰을 빚었다. 알몬드는 해병대의 특성을 제대로 이해하지 못했다. 해병1사단장 스미스는 자신의 구상에 따라 철수작전을 진행했다. 그의 목표는 무엇보다도 부대원의 생명을 살리는 것이었고 장비의 보전은 그 다음이었다.

철수작전은 12월 1일부터 시작되었다. 영하 30도의 추위 속에서 미 해병대는 장진호 왼쪽의 유담리에서 출발해 신흥리를 거쳐 덕동고개를 넘는 동안 곳곳에서 출몰하는 중공군과 격전을 벌였다. 동상에 걸린 장병들은 들것에 싣고 후송했으며 사망자는 언 땅을 파헤치고 묻었다. 하갈우리로 빠져나온 해병대원들은 중공군 포위망을 간신히 뚫어가면서 죽음의 계곡을 건너 황초령을 넘었다. 사상자수가 늘고 있었지만 철수작전은 최악의 상황 속에서도 비교적 질서 있게 진행되었으며 부대의 건제는 유지되었다. 지옥을 넘나드는 2주일간의 전투 끝에 미 해병대는 고토리, 진흥리, 수동을 거쳐 함흥에 이르렀으며 함흥에서 기차를 타고 흥남에 도착했다.

장진호 지역에서 미 해병1사단과 교전한 중공군 병력은 10개 사단 안팎이었다. 미 해병1사단은 중공군 7개 사단에게 치명적인 타격을 입혔고 다른 3개 사단에 대해서도 부분적인 손실을 안겨줬다. 의도된 작전대로 된 것은 아니지만 미 해병대는 송시륜 장군이 지휘하는 중공군 제9병단의 전력을 무력화시키는 결과를 가져왔다. 중공군 9병단에는 10월 15일에서 12월 15일까지의 전투에서 약 2만5천명의 전사자와 1만 2천5백 명의 부상자가 발생했다. 미 해병대는 700여명의 전사자, 200여명의 실종자, 3,500여명의 부상자가 발생했다.

보름간에 걸친 미 해병대의 탈출 작전은 중공군 제9병단 병력 대부분의 발을 묶어 놓았다. 함경도 지방으로 진출한 미군과 국군은 흥남으로 철수할 시간을 벌게 되었다. 예상과 달리 9병단은 전투력을 상실할 정도로 막대한 타격을 입은 결과 한 달 뒤 중공군 13병단이 삼팔선을 넘어 후퇴하는 유엔군을 추격할 때 함께 공격대열에 참가할 수 없었다.

중공군 13병단만으로도 서울을 다시 내주고 오산, 제천, 원주를 잇는 37도선까지 후퇴했던 상황에서 9병단까지 참전했더라면 미군은 한국 전선에서 완전히 그리고 영원히 철수했을지도 모른다. 그렇게 되었을 경우 한반도는 중국의 길림성이나 비슷한 운명에 처하게 됐을지도 모른다. 전쟁의 역사에서도 보이지 않는 예정조화의 법칙이 작용하는 것일까.

13.

장진호에서 미군이 철수하기 시작한 지 열흘 뒤부터 철수로 주변에서 놀라운 일이 벌어지기 시작했다. 후퇴해 오는 미군 대열을 따라 모여들기 시작한 피난민들의 수가 흥남 교외에 이르렀을 때에는 수만 명에 달했다.

피난민들은 각자 보따리와 짐을 메었고 어른들은 아이들에게 목말을 태우거나 손을 단단히 잡고 가족의 대열을 유지하기 위해 안간힘을 썼다. 밀고 밀치는 혼란의 대열 가운데는 소달구지의 모습도 보였다. 거대한 대열을 이룬 피난민들은 부두가 있는 흥남으로 가기 위해 목숨을 걸고 있었다. 그들은 엄청난 혼잡 속에서도 질서를 유지했고 믿을 수 없을 만큼 정연한 대열을 갖추면서 걸었다. 잠시도 미군 대열에서 멀어지지 않기 위해 흘끔흘끔 미군들을 쳐다보며 발걸음을 재촉했다.

그러나 피난민은 미군은 물론 피난민 자신의 안전에도 위협이 되었다. 인민군은 첩보수집이나 기습공격을 위해 기회만 있으면 민간인을 가장해 피난민대열로 숨어들었기 때문에 심각한 군사적 위협요인이 되곤 했다. 더구나 미군의 철수루트는 함경도의 구불구불하고 험준한 산길을 따라 적의 은폐가 가능한 지형 가운데 있었기 때문에 위험성은 더 커졌다. 미군은 따라오는 피난민들을 떼어놓을 수 없었다.

미군의 철수가 진행되는 동안 제10군단장 알몬드 소장의 보좌관인 알렉산터 헤이그 대위 – 뒷날 나토 사령관을 거쳐 레이건 행정부의 국무장관이 되었다 – 는 경비행기 L-19를 타고 피난민 대열 위로 비행했다. 알몬드 장군도 다른 L-19를 타고 하늘에서 이 광경을 지켜보고 있었다. 알몬드와 헤이그는 흥남 상공을 비행하면서 무전으로 대화를 주고받았다. 알몬드가 헤이그에게 말했다.

"헤이그 대위, 저 사람들을 두고 미군이 철수할 수 있을까? 구출해야 되지 않겠나?"

"가능하다면 구출해야 할 것입니다."

10군단의 수륙양용 작전 전문가인 에드워드 포니 대령은 흥남부두 근처에 마련된 군단 지휘본부에서 흥남부두의 작전을 지휘하고 있었다. 알몬드 소장의 부참모장인 포니 대령은 군인의 승선, 피난민의 안전한 대피, 적에게 이용될 보급품과 장비의 파괴를 포함한 철수작전 전체를 맡고 있었다. 그 곁에서 군단 병참장교 로우니 대령이 그를 돕고 있었다.

전쟁에서 피난민을 군인과 함께 탈출시킨 사례는 없었다. 알몬드는 피난민들을 탈출시킬 방법을 잠깐 생각해 보았지만 사실 그것은 비현실적이었다. 2차 세계대전이 진행되던 1940년 5월 28일에서 6월 4일 사이의 덩커르크 철수작전은 34만 명의 연합군 병력을 영국으로 철수시킨 역사적 사건이었지만 민간인까지 철수시킨 작전은 아니었다. 덩커르크 작전에 참여한 적이 없는 알몬드도 그 작전의 내용은 알고 있었다.

그러나 역사상 유례없는 민간인 철수작전을 위해 미군이 생명의 위험을 감수해야 할 것인가에 대해서는 그도 회의를 품을 수밖에 없었다. 더욱이 그것은 자신의 판단만으로 결행할 문제가 아니었다. 그것은 도쿄의 극동군 사령부는 물론 워싱턴의 정치적, 전략적 결단에 의해 이루어질 문제였다. 이 문제가 워싱턴 정가에서 공론화된다면 틀림없이 막후에서 관리들의 설전이 전개되리라는 것을 알몬드 자신도 충분히 짐작하고 있었다. 고심하던 알몬드는 피난민 철수는 없던 일로 덮어두는 쪽으로 생각이 기울어졌다.

그때 한 사람이 알몬드 소장 앞에 나타났다. 그는 알몬드의 통역이자 민간문제 고문으로 있던 현봉학이었다. 현봉학 – 훗날 펜실바니아 대학에서 의학박사 학위를 받고 필라델피아의 토마스 제퍼슨 대학병원의 병리학교수가 되었다 – 은 포니 대령에게 알몬드 장군을 어떻게든 설득해서 피난민들을 포기하지 말고 구출해줄 것을 간청했다. 포니 대령은 알몬드 소장에게 현봉학의 부탁을 전하고 그의 답변을 기다렸지만 알몬드는 침묵으로 일관했다. 며칠 후 현봉학이 다시 포니 대령에게 부탁했을 때 포니 대령이 말했다.

"현 박사, 어려운 일이지만 한번 해봅시다."

포니 대령은 세브란스 병원에서 의사로 일하다 참전한 현봉학을 늘 박사로 불렀다. 포니는 현봉학의 인간성과 성실한 태도를 존경했다. 걱정스런 표정을 한 현봉학의 손을 잡고 포니 대령이 말했다.

"현 박사, 나폴레옹이 불가능이라는 말을 사용한 적이 있었던가요? 다시 한 번 해봅시다!"

11월 30일 현봉학과 포니 대령은 알몬드 소장을 만났다. 이번에는 현봉학이 직접 나서서 알몬드를 설득했다.

"장군님, 저 피난민들을 부디 살려주십시오. 그들은 신의 뜻을 따른 사람들입니다. 공산체제 하에서도 공산주의자들에 대항해서 싸웠습니다. 미군의 철수를 돕고, 미군의 탄약을 나르고, 부상한 미군을 등에 업어 날랐습니다. 얼어 죽은 미군전사자들의 유해를 땅에 묻도록 도왔습니다. 그들은 미국인 이상으로 미국인을 도운 사람들입니다. 장군님, 그들을 도와주십시오!"

현봉학의 고향은 함흥이었다. 그는 고향 사람들에게 연민을 느끼고 그들이 겪는 고통을 이해했으며 공산주의자들의 사고방식과 행동을 누구보다도 잘 알고 있었다. 현봉학은 피난민 탈출문제 때문에 미군의 생명이 위험해지는 것에 대한 강한 반발이 있다는 사실을 알면서도 자신의 의지를 굽히지 않았다. 그가 알몬드에게 다시 말했다.

"장군님! 미군이 한국 땅에 와서 피 흘리는 이유를 알고계시지 않습니까? 미국인이 소중히 여기는 가치…… 인간의 존엄성 때문이 아닙니까? 피난민을 구해야하는 이유도 그것이 아닐까요? 그들을 도와주십시오!"

침착과 냉정을 잃지 않으려고 애쓰던 현봉학의 눈이 조금씩 흐려졌다. 알몬드가 현봉학을 물끄러미 쳐다봤다. 포니 대령이 현봉학을 거들며 말했다.

"그들은 미군 철수작전 때 목숨을 걸고 우리를 도왔습니다. 미군을 돕다가 죽은 피난민도 많습니다."

현봉학이 다시 말했다.

"미군을 도운 사람들을 어떻게 해야 할까요? 공산군 수중에 그냥 넘겨야 할까요? 그들은 돌아갈 곳이 없습니다. 그들을 도와주십시오. 부디……!"

알몬드 소장이 두 사람의 말을 듣고 나서 대답했다.

"동의합니다. 그러나 현재로서는 우리 미군이 탈출할 수 있을지 조차도 확신할 수 없습니다."

면담이 끝난 후 알몬드는 도쿄의 유엔군 총사령부에 건의해보겠다는 답변으로 현봉학의 호소를 받아들였다. 그러나 도쿄의 반응은 부정적이었으며 피난민에게는 절망적인 상황이 계속되었다. 12월 13일, 그래도 한 가닥 희망을 버리지 않은 현봉학은 10군단 군종신부로 근무하는 패트릭 클리어리를 만나 피난민 철수를 도와달라고 부탁했다.

그때 기적이 나타나기 시작했다. 클리어리 신부와 현봉학이 미군과 국군 측에 끈질기게 요구한 결과 가까스로 군사 장비를 싣고 갈 두 척의 상륙정을 구했다. 상륙정은 군사장비 사이사이에 4천명의 피난민을 싣고 흥남을 떠났다. 중공군은 이제 함흥 앞까지 접근하고 있었다. 12월 15일 미 해병1사단의 생존자들이 상륙정을 타고 흥남부두를 떠나는 것을 확인한 알몬드 소장은 현봉학과 포니 대령을 불러 이렇게 말했다.

"피난민 5천명을 기차에 태워 함흥에서 흥남으로 운송할 작정이오."

현봉학은 희망이 생기고 있음을 느끼고 가슴이 뛰기 시작했다. 그는 이 소식을 전하기 위해 급히 지프를 타고 함흥으로 달렸다. 함흥 중심가의 어느 교회를 찾아갔을 때 교회 지하실에서는 50명의 신도들이 기도를 올리고 있었다. 현봉학은 그들에게 외쳤다.

"여러분, 지금이 기도할 수 있는 마지막 시간입니다. 기도를 끝내는 즉시 가족들과 함께 함흥 역으로 가서 기차를 타십시오!"

"오, 하느님, 감사합니다!"

현봉학은 함흥 시내 구석구석을 돌아다니며 다른 피난민들에게도 기차를 타라고 독려했다. 그의 도움으로 피난민들은 새벽 두 시에 기차를 타고 다섯 시에 흥남에 도착했다. 기차에 탈 수 없었던 피난민들은 밤새도록 얼어붙은 논과 산길을 걸어서 흥남으로 향했다.

함흥에서의 철수가 끝난 상황에서 남은 문제는 이미 흥남에 도착해 며칠째 배를 기다리고 있는 9만 명의 피난민을 어떻게 처리해야 하느냐는 것이었다. 피난민들은 버려진 학교 건물이나 민간인 주택에 수용되었다. 운이 없는 사람들은 아무런 주거시설도 없는 학교운동장이나 노천에서 몸을 부들부들 떨며 기다려야만 했다. 아직 피난민을 철수시키겠다는 미군 측의 계획이나 발표는 없었다.

그러나 12월 17일 마침내 알몬드 소장의 피난민 철수명령이 떨어졌다. 남한 해군이 보낸 3척의 상륙정과 일본으로부터 파송된 6척의 수송선이 흥남부두에 도착했다. 피난민들의 철수는 12월 19일부터 시작되었다. 함정들은 승선 정원보다 훨씬 많은 피난민들을 태웠다. 어떤 경우엔 천 명을 태우도록 건조된 배에 5천명 이상을 태우기도 했다. 2천 명이 최대승선인원인 어떤 배는 1만 명을 태웠다는 이야기도 들렸다.

현봉학은 12월 21일 서전트 앤드류 밀러 호에 승선하도록 명령을 받았다. 그는 밤새도록 갑판에서 피난민 철수가 계속되는 광경을 가슴 조이며 지켜봤다. 일부 피난민들은 승선할 공간이 없을까봐 두려운 나머지 아우성을 치기도 했다. 중공군의 포성이 점점 더 가까워지면서 피난민들의 공포감은 커졌다.

그때 캄캄한 바다 밖 멀리서 불빛이 명멸하면서 미 해군의 함포사격이 시작되었다. 야간 함포사격은 마치 수평선 위에서 무리를 지어 번쩍이는 번갯불 같았다. 현봉학이 탄 배는 12월 22일 아침 흥남부두를 떠났다.

14.

장전호 전투에서 철수한 미 해병1사단의 작전을 두고 전쟁사를 연구하는 사람들은 두 가지 주장을 한다. 한 쪽은 전술적 패배라는 것이고 다른 한 쪽은 전략적 승리라는 것이다. 그러나 그로부터 60여년이 지난 지금도 뚜렷한 결론은 없다. 그야 어찌되었든 미 해병대의 장전호 철수 소식이 흥남 시민들에게 전해진 것은 12월 초였고 12월 15일 미 해병1사단 병력이 상륙정을 타고 부두를 떠나는 광경을 목격한 흥남 시민들은 미군의 철수를 기정사실로 받아들였다.

미군의 철수작전을 도왔던 흥남 시민들은 중공군과 함께 접근해 오는 인민군이 중공군보다 더 두려웠다. 그들은 피난할 수밖에 달리 선택의 길이 없었다. 고향에 남아 있겠다는 사람들은 드물었으며 철수하는 미군을 따라 남쪽으로 피난하려는 사람들은 어느새 흥남부두로 몰려들었다.

철수를 택한 피난민들은 대부분 인민공화국의 정책과 노역에 시달린 사람들이었으며 해방 전까지만 해도 그럭저럭 살던 중산층 출신이었다. 분단 이후 토지개혁으로 인해 인민공화국 정부로부터 토지를 빼앗긴 사람들도 적지 않았다. 지하에 숨어 신앙생활을 해온 가톨릭 신자들도 많았다. 자영업자나 보따리 장사꾼들 중 많은 사람들이 피난을 선택했다. 박용수 일가도 그런 부류에 속하는 피난민 중 하나였다.

박용수는 해방 전부터 흥남에서 대한양행이라는 간판을 걸고 금, 은, 시계를 파는 가게를 운영해왔다. 논밭 열 마지기 정도가 있었지만 흥남에서 3대를 살아온 그의 주된 생활기반은 상업이었다. 그러나 해방 후 인민공화국이 수립되면서 장사에 이런저런 제약과 어려움이 따르기 시작했다. 금 은 같은 귀금속은 자본주의 추종자들의 사치품이며 개인이 사고파는 생필품이 아니라 국가가 관리해야 할 전략물품이라는 것이 공화국 지도부의 시각이었다.

사치세 비슷한 명목으로 세금을 거둬가는 것은 참을 수 있어도 공화국에 대한 충성표시로 요구하는 헌금은 착취나 다름없었다. 그것은 또 다른 공물이며 부역이었다. 박용수가 가게에 내건 대한양행이라는 명칭의 간판도 흥남시 인민위원회의 감시 대상이었다. 박용수는 피난을 선택했다. 미군이 포위되고 흥남이 곧 중공군과 인민군 수중에 떨어질 것이라는 소문이 퍼지면서 박용수는 급히 짐을 꾸렸다. 결혼한 지 두 해가 지난 스물일곱 살의 박용수에게는 두 살 연하의 아내 김오순과 태어난 지 넉 달 밖에 안 되는 딸 소희가 달려 있었다. 위로는 59세의 어머니 이모종을 모시고 있었다.

아내 김오순은 원래 함흥 위쪽 신흥군의 농사꾼집안 출신이었다. 3남 3여중 셋째인 오순은 아버지가 일찍 돌아가시자 큰아버지가 함흥에서 운영하는 상점에서 심부름을 했으며 그 슬하에서 소학교를 다녔다. 다른 남매들도 나중에 함흥으로 합류해 큰 아버지의 보살핌을 받고 자랐다. 오순은 남매들 가운데 남동생 관교와 가장 가까이 지냈으며 바로 위의 오빠인 덕교는 늘 어려워했다. 소학교시절 내내 우등생이던 덕교는 중학교를 마치고 1947년 나진에 있는 해군 군관학교에 입학했고 한국전쟁이 터지기 전에 인민군 해군장교가 되었다.

오순은 전쟁이 터지기 한 해 전 큰아버지가 중매를 선 박용수를 만나 혼례를 올리고 전쟁이 한창이던 1950년 8월에 딸 소희를 낳았다. 그러나 그때까지만 해도 오순은 오랫동안 함께 살아온 형제자매들과 이별을 해야 할 시간이 다가오고 있다는 사실을 알지 못했다.

박용수 가족은 12월 20일 아침에 흥남부두로 와서 피난민 대열에 합류했다. 승선 순서를 기다리는 것은 생전 처음 겪는 고역이었다. 살을 에는 영하의 바람이 몰아쳤고 콧물은 얼어 고드름이 되어버렸다. 박용수는 그들 가족보다 먼저 배를 타고 떠나간 피난민들이 부러웠다. 그들이 향하는 목적지가 어디인지도 모른 채 배에 올랐을 테지만 배를 탔다는 사실만으로도 그들은 행복해 할 터였다.

피난민들은 이제 남은 배는 단 한 척 뿐이라는 사실을 미군 측으로부터 전해 들어 알고 있었다. 박용수는 침통하게 생각했다. 만약 그 배를 타지 못하면 가족의 운명은 어떻게 될 것인가. 박용수는 가족을 둘러봤다. 함께 왔던 아내의 남동생 관교의 모습이 보이지 않았다. 아내가 울상이 되어 동생을 찾아 사람들 숲을 이리저리 밀치고 다녔지만 찾을 수가 없었다. 박용수가 아내를 달랬지만 아내는 울며불며 동생의 이름을 불렀다.

"관교야……! 관교야……!"

그러나 동생은 어디에서도 보이지 않았다. 오순은 딸아기를 끌어안은 채 그냥 울기만 했다.

이미 박용수 가족에 앞서 8만 명 이상의 피난민을 실은 배들이 흥남을 떠났다. 미군의 병력과 장비를 실은 수십 척의 상륙정과 화물선들도 시시각각 떠나고 있었다. 흥남부두에는 아직 떠나지 못한 1만 오륙천 명의 피난민이 남아 있었지만 그들을 태울 배는 보이지 않았다. 허기에 지친 피난민들은 추위와 피로, 초조와 불안 속에서 하루 종일 발을 굴렀다.

그때 마지막 배를 기다리던 피난민들의 눈앞에 저녁의 어둠 속에서 낯선 배 한 척이 희미한 모습을 드러냈다. 그 배의 이름은 메러디스 빅토리 호였다. 메러디스 빅토리 호가 흥남부두에 닻을 내린 다음 날 아침 미 10군단 소속 존 차일즈 대령이 배에 올라 선장 라루를 만났다. 빅토리 호의 선장실에서 차일즈 대령이 라루 선장에게 물었다.

"이 배가 피난민을 싣고 부산으로 갈 마지막 배입니다. 저 부두에 있는 피난민중 몇 명이나 태우고 갈 수 있습니까?"

라루 선장이 말했다.

"이 배는 화물선입니다. 승무원들 외에 열두 명의 승객만을 태울 수 있도록 설계돼 있습니다. 승객을 몇 명이나 태울 수 있을지는 모르겠습니다."

차일즈 대령이 다시 말했다.

"우리가 당신에게 피난민을 태우라고 명령하지는 않겠소. 그러나 당신이 스스로 판단해서 몇 명을 태울 수 있겠는지 알고 싶소. 선원들과 상의해서 결정을 내려주기 바라오."

그러자 라루 선장은 망설이지 않고 대답했다.

"최대한 많은 피난민을 태우겠습니다."

선원들 가운데 라루 선장의 결정에 이의를 제기하는 사람은 없었다. 즉각적이고 단호한 결정을 내린 라루 선장의 얼굴에는 희미한 빛이 어렸다. 그것은 보이지 않는 그 무엇인가를 향해 간구하는 수도자의 표정이었다.

화물선 메러디스 빅토리 호는 한국전쟁이 한창 진행 중인 1950년 가을 내내 전쟁 물자를 운송하기 위해 인천, 부산, 일본을 왕복했다. 그리고 일주일 전 52갤런 짜리 드럼통에 담긴 제트연료 10만 톤을 도쿄에서 흥남 연포공항의 해병대 항공단까지 운반하라는 명령을 받았다.

그러나 메러디스 빅토리 호가 흥남에 도착했을 때 라루 선장은 중공군의 공세 때문에 연료를 하역할 수 없다는 사실을 알았다. 배는 부산으로 가서 연료를 하역하라는 명령을 받았지만, 부산에서 하역을 마치기도 전에 다시 흥남으로 돌아오라는 긴급명령을 받았다. 이에 메러디스 빅토리 호는 12월 20일 저녁 흥남부두로 돌아왔던 것이다.

메러디스 빅토리 호 옆에는 철수하는 미군 장비를 싣기 위한 수송선 노큐바 호도 정박해 있었다. 12월 21일 미 육군 보병 7사단 병력이 다른 배를 타고 흥남을 떠났다. 그 사이 12월 22일 저녁까지 메러디스 빅토리 호는 승선을 위한 준비를 하느라 분주했다. 12월 22일 저녁 어둠이 완전히 깃들었을 때 부두를 가득 메운 피난민들은 초조한 눈빛으로 승선을 기다리고 있었다. 저녁 9시 30분 라루 선장이 일등항해사 디노 사바스티오를 돌아보며 승선을 명령했다.

"피난민들을 승선시키시오! 그리고 승선한 피난민들이 1만 명에 달하면 나에게 보고하시오"

피난민들이 임시통로를 통해 배안으로 쏟아져 들어가기 시작했다. 승무원들이 화물운반용 줄사다리를 배의 측면에 내리자 피난민들이 그쪽으로도 다투어 기어오르기 시작했다. 박용수 가족도 임시 통로를 통해 배에 오르기 시작했다. 그때 낯익은 목소리가 앞쪽에서 들려왔다. 오순이 찾던 동생 관교가 사람들 틈에서 손을 흔들며 외치고 있었다.

"누나, 나 여기 있소!"

오순은 놀란 나머지 무의식적으로 "아이고!"하는 비명을 질렀다. 일행이 배 안에서 다시 합류했을 때 오순은 동생을 껴안고 울면서 말했다.

"내 속이 숯검정이 됐다. 어디 갔다 이제 오니?"

"나, 누나 찾느라 헤맸소."

그때 줄사다리를 타고 배에 오르던 사람들이 여기저기서 물속으로 떨어졌다. 배에 올라탄 사람들과 부두에서 기다리던 사람들은 졸지에 눈앞에서 벌어진 참혹한 광경에 경악한 나머지 일제히 비명을 질렀다. 바닷물에 떨어진 사람들을 구하기 위해 메러디스 호의 선원들이 급히 달려와 몇 명은 건져냈지만, 물에 빠져 아주 사라져버린 사람들은 그들로서도 어쩔 수 없었다. 선원들은 그들을 포기하고 승선하는 피난민들을 돕는 일에 매달려야 했다.

피난민들은 짊어지고 온 짐 보따리를 부둥켜안고 배에 올랐다. 아이들이 아이를 업고 있었고 어머니는 젖먹이를 안은 채 다른 아이를 등에 업고 있었다. 노인들은 한 손에 먹을 것을 쥐고 다른 손에 손자, 손녀의 손을 붙들고 있었다. 맨발인 채로 배에 오른 사람도 있었고 추위를 막으려고 얇은 옷 위에 신문지를 걸친 사람도 있었다. 피난민들의 얼굴마다 절망과 공포가 가득했다. 선원들은 피난민들이 앉을 자리를 정리하며 한국어로 "빨리 빨리"라는 말을 외쳤다.

피난민들은 배의 모든 화물창고와 갑판 사이의 공간에 화물처럼 실렸으며 갑판은 인간으로 가득 찬 콩나물 시루였다. 배안에는 피난민들에게 제공할 물도 음식도 없고 의사나 통역도 없었다. 선상의 기온은 영하 30도였으며 화물 창고에는 담요도, 난방도, 전기도, 화장실도 없었다.

메러디스 빅토리 호가 피난민을 승선시키고 있을 때 바다 멀리서 미주리호를 비롯한 전함들이 흥남 후방의 중공군 진영을 향해 함포사격을 시작했다. 미주리호가 16인치 포를 발사할 때마다 메러디스 빅토리 호의 갑판이 흔들렸으며 라루 선장은 미군의 포탄이 혹시라도 배에 떨

어질까 봐 전전긍긍했다. 피난민을 태우기 위해 배는 대부분의 화물을
폐기해버렸거나 바다에 버렸지만 300톤의 제트연료가 남아있는 배에
포탄이라도 떨어진다면 상상할 수 없는 대참사가 발생할 터였다.

　레이트 호를 포함한 세 척의 항공모함에서 날아온 미 해군 비행기들
이 흥남의 공장시설에 네이팜탄을 떨어뜨리고 있었다. 피난민들은 두
려움 속에서 몸을 떨며 그들의 고향이 불타는 모습을 말없이 지켜봤다.

　덮을 것을 미처 준비하지 못한 오순은 아기를 여름강보에 싸안았다.
엄마는 온몸으로 아기를 끌어안고 체온으로 덥히려고 했다. 아기가 숨
소리를 내고 있는지 걱정이 되어 오순은 가끔씩 강보를 젖혀보곤 했다.
박용수 가족은 이틀 동안 주먹밥 한 개씩 먹은 것 이외에는 음식이라
곤 입에 대지 못했다.

　12월 23일 오전 11시 10분 피난민의 승선이 끝났다. 메러디스 빅토
리 호에는 1만4천명이 타고 있었으며 피난민 가운데는 출산을 앞둔 임
산부 다섯 명도 있었다. 배는 정오를 조금 지나 흥남부두를 떠났다. 멀
어져가는 흥남 부두를 바라보며 박용수가 아내에게 중얼거리듯 말했다.

　"전쟁이 끝나면 돌아올 거야……."

　박용수도 아내 김오순도 그것이 고향과의 영원한 이별이라고는 생각
하지 않았다.

　한겨울의 바람이 몰아치는 동해바다 위에서 남쪽으로 향하는 사흘간
의 항해는 고통과 슬픔 속에 안도와 희망이 뒤섞인 악몽 속의 여로였
다. 피난민들은 공포, 추위, 탈진의 위협 속에서 몸을 부둥켜안고 있었
다. 화장실이 따로 없는 배 안팎에서는 악취가 진동했다. 높은 파도 때
문에 배가 출렁이고 있었으므로 볼일은 그냥 앉은 자리에서 볼 수밖에
없었다. 먹지 못한 사람들도 추위 때문에 더 자주 엄습해오는 자연의
욕구는 참기 어려웠다. 게다가 피난민들은 목이 말랐다.

모든 면에서 항해는 지옥의 여정이었으며 항해 도중 다섯 명의 아기가 태어난 것은 기적이었다. 박용수 가족은 웅크린 채 서로를 부둥켜 안고 있었다. 아기의 체온은 유지되고 있었다.

12월 24일 메러디스 빅토리 호는 부산항에 도착했다. 그러나 배는 부두에 정박할 수 없었다. 부산은 이미 백만 명 이상의 피난민들로 가득 차 있었다. 항만관리들의 설명을 듣고 라루 선장은 다시 선수를 돌려야만 했다. 라루 선장은 부산 남서쪽에 있는 거제도로 가라는 명령을 받았다. 부산을 떠나기 전 라루 선장은 미군 보급창으로부터 음식, 물, 담요, 약간의 옷가지를 공급받아 피난민들에게 나눠주었다. 피난민들은 오랜만에 음식을 먹고 물을 마셨다.

12월 25일 메러디스 빅토리 호는 거제도에 도착해 지루하고 힘든 상륙준비를 끝낸 다음 피난민들을 하선시켰다. 피난민들은 여러 척의 상륙정에 나누어 타고 낯선 섬에 올라섰다. 거제도는 선착장도 부대시설도 없는 섬이었다. 그들을 기다리고 있는 것은 수용소도 난민텐트도 아닌 거친 황무지였다. 운명의 신은 피난민들을 그냥 황량한 섬에 풀어놓았던 것이다.

박용수 가족이 거제도에 발걸음을 내딛는 순간 그로부터 5년간의 피난생활이 시작되었다. 그러나 박용수는 자신이 다시는 고향으로 돌아갈 수 없는 운명의 길에 들어섰음을 깨닫지 못했다. 또한 5년 뒤에 그들이 터 잡고 살게 될 장소가 춘천이 되리라는 것도 상상할 수 없었다.

15.

1951년 1월 1일 밤 춘천시민들은 재 수복한 지 한 달 만에 다시 피난길에 올랐다. 우리 가족도 다시 피난 짐을 쌌다. 역사에서 흔히 1·4

후퇴라고 일컫는 두 번째 피난 – 우리 가족과 춘천시민에게는 세 번째 인 – 은 서울시민의 피난일자를 두고 하는 말이지만, 춘천시민은 서울시민보다 사흘 앞선 1월 1일에 다시 남행을 해야 했다. 그러나 이날 밤 춘천-원주간 도로와 춘천-가평간 도로가 모두 중공군 선발대에 의해 막혀버렸다. 특히 춘천-원주간 국도가 홍천 삼마치 고개에서 끊기는 바람에 춘천은 중공군 포위망 속에 갇히게 되었다.

1월 2일 아침 철수하던 국군부대가 남쪽으로의 유일한 탈출구인 삼마치 돌파작전을 벌여 다음날 새벽 가까스로 포위망을 뚫었다. 이 틈을 타 도청과 경찰국 직원들이 삼마치 고개를 넘었고 시민들도 그 뒤를 따라 횡성까지 빠져나갔다. 삼마치 고개 차단소식을 미리 전해들은 피난민들은 홍천강을 건너 여주, 이천 방면으로 피난했다.

가족은 다시 횡성 창봉리의 큰 고모 댁으로 향했다. 아버지를 따라 흩버선에 짚신을 신고 영하의 바람이 부는 삼마치 고개를 넘는 것은 여섯 살 난 아이에게는 너무 힘겨운 일이었다. 삼마치 고개에는 중공군의 시체와 미처 수습하지 못한 국군의 시체가 겹겹이 널려 있었다.

가족이 큰 고모 댁에서 피난을 하고 있던 2월과 3월 홍천, 횡성 일대에서는 침입군과 방어군 사이에 밀고 밀리는 대 격전이 벌어지고 있었다. 2월 11일부터 사흘간 벌어진 삼마치 전투에서 국군 3군단이 중공군에게 패해 후퇴하고 있을 때 경기도 양평 부근 지평리에서는 미군과 중공군 사이에 사활을 건 전투가 벌어지고 있었다.

고모 댁에서 직선거리로 30킬로미터도 되지 않는 지평리는 지옥이었다. 프리만 대령이 지휘하는 미 23연대가 중공군 5개 사단에 포위돼 혹한 속에서 처절한 전투를 벌였다. 언 땅에 판 참호 속에서 미군들은 인해전술로 공격해오는 중공군을 사격과 수류탄 투척, 육탄전으로 맞섰으며, 미 해병대 콜세어 전투기가 공중지원에 나서 폭탄과 로켓포를 퍼부었다. 미 8군사령관 리지웨이 장군은 헬기를 타고 눈 덮인 전투현장 위를 날며 미군을 독려했다.

미군과 함께 프랑스 군도 한겨울 추위 속에서 지옥의 전투를 벌이고 있었다. 프랑스 군 대대를 지휘하던 몽끌레르 중령이 중공군의 피리, 꽹과리, 북에 맞서 한 병사로 하여금 수동식 사이렌을 작동하게 하자 믿을 수 없는 일이 벌어졌다. 갑자기 울린 요란한 사이렌 소리가 중공군의 피리와 꽹과리 소리를 삼켜버리면서 신호와 연락이 끊긴 중공군은 순식간에 우왕좌왕하기 시작했다. 소나기 같은 사격을 퍼붓다가 어느 순간 진지를 박차고 나간 프랑스 군은 중공군을 닥치는 대로 쏘고 찌르며 육탄전을 벌였다. 몽끌레르 대대 병사들은 마치 네팔의 구루카 용병들이 태평양전쟁 때 버마전선에서 일본군을 사냥했던 것처럼 중공군을 공격했다.

58세의 몽끌레르 중령은 1, 2차 대전에 참전한 프랑스 육군 중장 출신의 노장이지만, 한국전 참전을 위해 중령 계급장을 달고 지원해서 한국전선으로 달려왔다. 지원병들이 대부분인 그의 부하들은 용맹스러웠고 전투능력은 뛰어났다. 프랑스 군이 중공군의 인해전술에 맞서 격전을 벌이기 직전 몽끌레르는 부하들에게 이렇게 외쳤다.

"나는 2차 대전 후 침묵하면서 살았다. 내 인생에 다시는 전쟁이 없기를 기도하면서…… 그러나 지금은 침묵하지 않겠다. 병사들이여, 노르망디와 알사스, 프로방스와 몽펠리에, 조국 프랑스에서 제군들을 위해 기도하고 있을 가족을 생각하라. 우리는 이겨야 한다. 나를 따르라!"

몽끌레르 대대는 이틀 동안 계속된 전투 끝에 중공군을 격퇴했다. 프랑스 군의 전투에 이어 탱크 스물세 대를 동원한 미군 크롬베즈 특수임무 부대와 미 23연대의 연결 작전이 이루어졌다. 크롬베즈 부대는 중공군 지휘본부와 탄약고를 비롯한 전투지원시설을 파괴하는 전격적인 충격작전을 벌였다.

야간전투가 벌어진 지평리 상공은 조명탄, 예광탄, 신호탄으로 불야
성을 이루었고 흑야의 불빛 아래서 밤새도록 처절한 백병전이 벌어졌
다. 패주하는 중공군을 포위한 미군과 프랑스 군은 전의를 상실한 중
공군을 쓰레기 청소하듯 소탕했다. 중공군은 불타는 풀밭에 날아든 메
뚜기 떼였다.

미군과 프랑스군은 사흘 동안 차른 운명의 지평리 전투에서 중공군
39군 소속 5개 사단을 패주시켰다. 지평리 전투의 승리로 전선은 한강
-양평-원주-제천-영월-대관령을 잇게 되었다. 3월 18일 유엔군과 국
군은 서울을 다시 탈환했고 3월 23일에는 문산, 임진강의 38선에 접근
했다.

그동안 이상하게도 인민군은 자취를 감추고 있었다. 가족이 두 달
동안 고모 댁에서 피난하는 동안 창봉리에서도 치열한 전투가 벌어졌
다. 밤마다 검은 하늘을 빨갛게 뒤덮은 총탄 빛줄기, 소름끼치는 꽹과
리와 피리 소리, 짐승울음 같은 함성, 방공호 입구에서 터진 박격포
탄……. 그 외중에 폐렴에 걸려 죽게 된 여섯 살 아이, 피난길을 지나
가던 어떤 간호원이 놓아준 페니실린 주사, 다시 살아난 아이의 목
숨……. 나와 가족도 지옥의 한가운데 있었던 것이다.

중공군이 점령하고 있던 창봉리 마을에는 여기저기 부서진 탱크와
대포, 소총, 탄약, 탄피들이 무더기로 널려 있었고 미처 치우지 못한
중공군 시체들이 눈 속에 쌓여 있었다. 전투가 없어 며칠 조용한 날이
계속될 때 동네 아이들은 포탄더미 위에 올라가 놀았다.

고모 댁에는 매일 중공군들이 들어와 음식을 만들거나 해진 군복을
깁거나 했으며 가끔 조리를 위해 솥, 냄비, 세숫대야, 심지어는 놋쇠로
만든 요강까지 빌려갔다. 그들은 빌려간 것들은 이내 돌려주었고 사람

들을 해치거나 괴롭히는 일은 결코 하지 않았다. 그렇게 창봉리에 주둔하던 중공군들은 어느 날 밤 수수께끼처럼 사라졌다. 나는 어린 생각에 그들도 사람일까 하는 의문이 들었다.

고모 댁에서 두 달을 머문 후 가족은 아버지를 따라 4월 중순 원주로 향했다. 원주에는 1.4후퇴 당시 부산으로 이전했다가 전세가 호전됨에 따라 옮겨온 강원도청 임시사무소가 개설되어 있었다. 조선시대에 지은 원주 향교는 피난민 수용소로 변해 있었다. 가족은 향교에 새 피난처를 마련했다.

원주로 피난한 지 며칠이 안 되어 중공군의 춘계 대공세가 시작되었다. 그것은 유엔군과 공산군 양측 120만 병력이 맞붙은 최후결전의 시작이었다. 4월 22일부터 시작된 1차 공세는 철원, 김화 등 중부 산악지대에서 벌어졌고 5월 16일부터 시작된 2차 공세는 춘천, 홍천, 인제를 관통하는 소양강을 사이에 두고 벌어졌다. 소양강은 또 한 차례 유혈의 강으로 변했다. 춘천은 사람의 발길이 끊긴 유령의 도시가 되었고 건물들은 형체를 분간할 수 없을 만큼 파괴되었다. 춘천 시가지와 소양강변은 야외 전쟁박물관으로 변했다.

한반도 중부의 좁은 땅에서 전개된 전쟁의 강도(强度)는 상상할 수 없을 만큼 높았으며 단위지역에서 발생한 피해는 2차 세계대전보다 더 심각했다. 유엔군으로서는 처음 상대하는 카키색 누비군복을 걸친 이상한 군인들이 낯선 전술로 끈질기게 밀어붙이는 혼란스런 전쟁이었다.

중공군은 국군뿐 아니라 미군에게도 지긋지긋하고 성가신 군대였다. 그러나 미 8군 사령관 리지웨이는 중공군의 전술과 약점을 꿰뚫어보고 있었으며 중공군 사령관 팽덕회의 의도를 간파했다. 리지웨이는 너구리의 꾀를 가진 호랑이였고 팽덕회는 소걸음에 능숙한 하이에나였다. 리지웨이의 작전에 따라 미군 24사단과 7사단, 국군 6사단은 중공군 2

개 군단과 격전을 벌이며 화천까지 밀고 올라가 발전소를 탈환했다. 중공군은 더 이상 베일에 싸인 해방군도 아니고 공포의 야간전투를 연출하는 유령군대도 아니었다.

중공군이 전략 목표인 화천발전소를 빼앗기자 발전소가 있는 구만리 저수지를 중심으로 중공군과 국군 6사단 사이에 대규모 전투가 벌어졌다. 장도영 소장이 지휘하는 6사단 장병들은 숱한 희생을 치른 끝에 중공군을 물리쳤다.

화천지구 전투에서는 믿기 어려운 일들이 벌어졌다. 5월 28일 패주하던 중공군들이 무기를 버린 채 무더기로 투항하며 길가에 엎드렸는데, 그 숫자를 일일이 헤아릴 수 없었다. 6사단 5연대 장병들은 중공군 포로들을 짐짝 던지듯 트럭에 담아 실었다. 연대 소속의 어떤 소대는 단지 총탄 몇 발만 발사함으로써 중공군 대대병력을 생포하는 무혈극을 벌였다. 5연대는 하루 동안에 중공군 3만8천명을 포로로 잡았고 중공군은 1만7천명의 전사자를 냈다.

전투가 끝나고 며칠 뒤 승리를 거둔 6사단 장병을 격려하기 위해 이승만 대통령이 화천 전투현장에 왔다. 대통령은 6사단에게 특별표창을 하고 화천댐의 탈환을 기념하여 파로호(破虜湖)[1]라는 제자를 썼다. 파로호 언덕에 모인 국군 장병들 앞에 이승만 대통령이 소형 마이크를 잡고 섰다. 이승만은 장병들 앞에서 목이 멘 탓인지 쉽게 말문을 열지 못했다. 잠시 후 그는 손수건으로 눈을 닦으며 떨리는 목소리로 말했다.

"사랑하는 장병 여러분, 우리는 승리했습니다. 나는 여러분이 자랑스럽습니다. 내 나라 내 강산이 피로 물들었는데…… 우리 동포의 피를 헛되게 할 수 없습니다. 그러니 갑시다. 저 북쪽을 향해! 북진통일을

---

1) 오랑캐를 격파한 호수라는 뜻

합시다!"

이승만은 파로호 너머 쪽으로 몸을 돌렸다. 그는 손가락으로 북쪽을 가리키고 있었다.

그러나 전쟁을 오래 끌거나 피해가 쌓이면 아군이나 적군 모두가 피로해지기 마련이다. 1951년 6월말부터 유엔군과 공산군 측 간에 휴전협상이 시작되었다. 그로부터 2년 이상을 끌게 될 휴전회담은 양쪽이 무력보다는 협상을 통해 전쟁을 끝내겠다는 분명한 신호였다. 지지도 말고 이기지도 말라. 그것이 유엔군의 전략이었다. 이승만 대통령의 북진통일은 점점 더 공허한 메아리가 되고 있었다.

휴전회담이 진행되면서 중부전선에서는 치열한 고지 쟁탈전이 전개되기 시작했으며 전쟁의 양상은 제한전쟁의 성격을 띠게 되었다. 전력이 약해진 중공군과 인민군은 공격의 초점을 산악지대인 중동부 전선으로 돌려 집중공세를 벌이기 시작했다. 강원도 북쪽의 산과 들은 다시 격전지가 되기 시작했고 소양강과 북한강 상류에는 검붉은 기운이 가득했다.

16.

피난민 수용소의 생활은 시간이 지나면서 조금씩 안정되어 갔다. 피난민들에게는 쌀, 보리, 밀가루가 배급되었고 어떤 때는 미군의 전투식량인 C-레이션을 나눠주기도 했다. 배급받은 쌀은 알맹이가 길쭉하게 생긴 안남미였다. 안남미에서는 석유냄새 같기도 하고 화학약품 냄새 같기도 한 이상한 냄새가 풍겼다. 수용소 사람들이 '알랑미'라고 부른 그 쌀로 밥을 지어도 냄새는 사라지지 않았다. 그러나 배고픈 피난민들에게 냄새 따위는 문제가 되지 않았다. 밀가루는 칼국수를 만들어

먹거나 뜨덕국 – 피난민들은 수제비를 그렇게 불렀다 – 을 해먹었다. 보리겨울로 만든 개떡은 하도 많이 먹어 나중에는 냄새조차 맡기 싫을 정도였다.

피난민들은 모자라는 음식이나 물건을 서로 나누면서 궁핍과 불편을 참고 견뎠다. 인간의 존엄성 따위는 시궁창 속에 폐기된 냉혹한 전시였지만 수용소 사람들 간에 그래도 상부상조의 미덕과 인정은 살아 있었다. 피난민들은 전시의 고달픔 속에서도 언젠가는 전쟁이 끝나리라는 기대 속에 하루하루를 보내며 북방에서 들려오는 포성에 귀를 기울였다.

우리 가족 다섯 식구는 향교건물 별채 중 한 칸을 배정받아 지냈는데, 방은 제법 널찍했다. 향교에 만들어진 수용소와 수용소 주변 건물 그리고 인근 천막과 움막에는 수천 명의 피난민들이 몰려와 있었다.

어느 날부턴가 어머니는 미제물건 장사를 시작했고 장사로 번 푼돈으로 멸치, 된장, 고추장 따위를 사왔다. 보따리 장사를 하던 어머니는 또 언제부턴가 피난민 수용소로부터 가까운 곳에 있는 제사공장에 나가 일하기 시작했으며 공장 일을 마치고 돌아올 때마다 번데기를 한 봉지씩 들고 왔다. 구수한 냄새를 풍기는 번데기는 가족에게 단백질 공급원이 되었다.

나는 수용소에서 미군 C-레이션의 숭배자가 되었다. 두 달에 한 번씩 피난민들에게 배급된 레이션 박스 안에는 '천사의 물건들'이 들어 있었다. 박스 안에는 크기가 다른 국방색 캔 속에 비스킷, 치즈, 콩 통절임, 쇠고기 통절임 등이 차곡차곡 담겨 있었고 초콜릿, 젤리, 껌, 낙타 담배도 있었다. 나는 납작하고 동그란 캔 속에 담긴 노란색 크림덩어리의 맛에 특히 반했다. 그것은 치즈라는 음식이었다. 묘한 맛과 냄새를 풍기는 작은 깡통 음식은 먼 훗날 전시의 추억으로 남게 될 터

73

였다.

수용소 아이들에게 "핼로, 깁 미 쪼꼬렛"의 우상이었던 자주색 허쉬 초콜릿의 맛은 신비함 자체였다. 한 끼 밥을 제대로 먹기 힘든 때에 미국 사람들이 매일 먹는다는 선진국 식품의 별미를 나는 전시 수용소에서 생전 처음 경험했다. C-레이션은 전쟁이 가져다 준 마법의 선물이었다.

피난민 수용소 생활이 계속되는 동안 가족에게 변화가 생겼다. 1952년 3월 누이동생이 태어났다. 아버지는 딸이 향교에서 태어난 것을 기념하여 향희라는 이름을 지어주었다. 그것은 신문기자다운 아버지의 발상이었을 것이다.

전쟁으로 휴간되었던 아버지의 신문사가 5월에 원주에서 복간되었다. 아버지는 신문사에 출근하기 시작했고 출근을 시작한 지 며칠 후에는 종군기자가 되어 화천지역 전선에 나가 취재활동을 벌이기 시작했다. 아버지는 수용소를 떠날 때 할머니에게 전선으로 간다는 이야기는 하지 않았다. 춘천과 서울 쪽에 취재할 일이 있어 가는 것이라고만 말했다.

화천 전선에서 국군과 미군이 중공군과 격전을 벌이던 어느 날 아버지가 탄 군용 지프차가 취재를 마치고 후방 캠프로 돌아오던 도중 중공군의 포탄에 맞아 논둑 밑으로 전복되었다. 아버지는 목숨은 건졌지만 왼쪽 눈을 크게 다쳤다. 급히 군 야전병원으로 후송되어 치료를 받았지만 워낙 상처가 깊은 중상이어서 치유가 불가능했다. 아버지는 피난민 수용소를 떠난 지 석 달 후 결국 완치되지 못한 눈으로 원주로 돌아왔고 그 뒤로도 몇 달 동안 도립병원을 들락거리며 치료를 받았다. 상처가 아문 뒤에도 아버지의 일그러진 왼쪽 눈은 원형을 되찾지 못했고 시력도 거의 상실했다. 그때부터 아버지는 짙은 회색 안경을 쓰기 시작했다.

1952년 봄 나는 일곱 살의 나이로 피난민수용소 부근에 있는 국민학교 분교에 입학했다. 천막 교실 바닥에는 가마니를 깔아놓았고 교실 앞쪽에는 낡은 칠판이 세워졌다. 책상이나 걸상 같은 것은 없었다. 서둘러 닦은 운동장 옆 언덕에는 야외 화장실을 만들어 놓았는데, 지붕도 칸막이도 없는 변소에서 아이들은 아무 거리낌 없이 볼일을 봤다. 아이들의 숫자에 비해 턱없이 좁은 변소에는 언제나 대변이 넘쳤다. 아이들은 볼 일을 보고 나면 적당히 밑을 닦았고 어떤 아이들은 풀잎이나 나뭇잎으로 대강 씻어내는 흉내만 냈다.

1학년 수업은 한글과 숫자를 익히는 것으로부터 시작되었다. '아야어여오요우유', '가갸거겨고교구규'를 간신히 끝낸 아이들은 얼마 뒤에 국어책을 받았는데, 책의 부제가 바둑이와 철수였다. '바둑아 바둑아 나하고 놀자', '달달 무슨 달 어디 어디 떴나? 남산 위에 떴지' 같은 짧은 문장들이 담긴 조그만 교과서는 생전 처음 대하는 신기한 물건이었다. 아이들은 선생님을 따라 새 새끼들처럼 요란한 목소리로 읽었다. 셈본 책에는 처음 보는 아라비아 숫자가 있었다. 아이들은 누런 갱지로 만든 공책에 침칠한 연필로 숫자 쓰는 연습을 반복했다.

교과서마다 맨 앞장 표지에는 문교부라는 글자가 적혀있었고 뒷장 속표지에는 한국 사람과 미국사람이 악수하는 그림이 그려져 있었다. 문교부장관 백낙준의 이름도 찍혀 있었다. 아이들은 매일 조회시간마다 우리의 맹세를 큰 소리로 외쳤다. 모든 교과서의 뒷면에는 우리의 맹세가 적혀 있었다.

'우리는 대한의 아들 딸 죽음으로써 나라를 지키자. 우리는 강철같이 단결하여 공산침략자를 쳐부수자. 우리는 백두산 영봉에 태극기를 휘날리고 남북통일을 완수하자.'

아이들은 학교에서 나누어준 책을 보자기에다 싸서 허리춤에 매거나 작은 군용가방 속에 넣고 학교를 오갔다. 나는 아버지가 구해준 군용가방을 메고 다녔다. 오전수업이 끝나면 아이들은 집에서 싸가지고 온 도시락을 먹었다. 도시락이라는 것이 대부분 벤또라고 부르는 네모난 알미늄 그릇 속에 담긴 보리밥, 밀가루 떡, 보리개떡, 삶은 감자 같은 것이었다. 어떤 아이는 바가지에 점심을 싸오기도 했다. 전시의 아이들에게 도시락의 내용물은 중요하지 않았다. 끼니를 거르지 않고 배만 채우면 그만이었다.

수업이 끝나면 아이들은 편을 나누어 전쟁놀이를 했다. 학교 뒷산에서 벌인 전쟁놀이는 하루 일과를 마무리하는 행사였다. 총 대신 나무막대기를 손에 들고 종이에 그린 태극기를 어깨에 꽂은 아이들은 몇 명씩 조를 짜서 적진으로 향했다. 상대방 아이들도 똑같이 그렇게 했다. 아이들은 배낭 대신 보자기를 메거나 군용가방 끈을 조절해 배낭처럼 메고 야산을 달렸다. 총소리는 입으로 대신했고 승부는 적의 고지에 먼저 올라가 깃발을 꽂는 쪽이 이기는 것으로 정해졌다. 아이들은 아군과 적군 역할을 바꿔가면서 매일 전쟁놀이를 했다. 전쟁놀이는 아이들에게 전란의 고단함을 잊게 하는 놀이였으므로 모두가 진지한 태도로 참여했다.

수용소에서 계속되는 피난민 생활, 국민학교에서 시작된 새로운 경험은 일곱 살 된 내가 더 이상 유아가 아니라는 사실을 일깨워주었다. 원주에서의 생활이 그렇게 이어지고 있을 무렵 전방 상황은 나아지는 기색이 보이지 않았다. 북쪽에서는 여전히 포성이 울려오고 있었다.

1953년으로 접어들면서 전국적으로 휴전반대 집회가 열리기 시작했다. 원주에서도 휴전반대 궐기대회가 여러 차례 열렸다. 국민학교 2학년생인 나도 한 번 시가행진에 동원된 적이 있었다. 그때 나는 '휴전회담 결사반대'라고 쓴 어깨띠를 걸치고 있었다. 피난민 수용소 생활은 그렇게 계속되었다.

1953년 7월 23일 지루하게 끌던 휴전협정이 체결되고 모든 전선에서 총성이 멈췄다. 2차 대전보다 더 냉혈적인 전쟁은 멈췄지만 그것은 종전이 아닌 휴전에 불과했다.

남남북녀

1.

휴전협정이 체결되고 나서 한 달이 지난 1953년 8월 어느 날 가족은 귀향을 위해 춘천으로 향했다. 아버지가 다니는 신문사도 춘천으로 복귀해 있었다. 여섯 식구로 늘어난 가족이 화물차를 타고 춘천 원창고개를 넘고 있을 때 아버지가 고갯마루에서 잠시 차를 세웠다. 차에서 내린 가족은 한동안 선 채로 물끄러미 춘천읍내를 바라봤다.

잠시 후 고개 아래쪽 학곡리를 지나 전쟁 전에 살던 석사리 옛집 앞을 지날 때 아버지가 손가락으로 그쪽을 가리켰다. 3년 전의 건물은 형체조차 없었고 집터는 온통 잡초로 덮여 있었다. 할머니는 적삼 깃으로 눈물을 닦았다. 믿었던 사람의 거짓말에 속아 집문서도 없이 살다가 피난생활 끝에 찾아온 집이 흔적도 없이 사라졌다. 집도 땅도 완전히 없어진데 대한 상실감 때문이었을까. 할머니가 눈물을 훔치는 까닭을 알 수 없었지만 아버지와 어머니까지 눈물을 글썽이는 모습을 보자 나도 슬퍼질 수밖에 없었다.

춘천으로 돌아온 가족은 약사동 국민학교 옆에 있는 방 두 칸짜리 판잣집에 세를 들었다. 아버지는 신문사에 출근하기 시작했고 나는 아버지가 수속해 준 대로 2학년 2학기 때 사범부속국민학교에 전학했다. 전학은 했지만 학교생활에 적응하기가 웬일인지 너무도 어려웠다. 공부도 잘 하지 못했고 모든 것이 낯설기만 했다. 여덟 살 소년은 학교에서 친구도 없었으며 늘 혼자였고 우울했다.

수업시간에 선생님의 설명을 제대로 알아듣지 못해 수업에 집중하지 못하고 가끔 딴 생각에 잠겨 멍하니 밖을 쳐다보곤 했다. 글자는 익혔지만 학교공부는 다른 아이들만큼 따라가지 못했다. 아버지는 내가 저능아나 지진아인 줄 알았다. 나는 선생님들이 공연히 무서웠으며 집에서 학교로 향하는 발걸음이 무겁고 지루하기만 했다.

약사동에서 살던 가족은 1954년 봄 춘천 중심가에서 가까운 운교동 언덕으로 이사했다. 놀랍게도 이사한 집은 하얀 회칠을 한 아담한 새 기와집이었다. 세상에 기와집이라니! 그 집을 처음 보는 순간 어린 내 가슴은 마구 뛰었으며 감격과 기쁨은 이루 말할 수 없었다.

가족은 이사하기 한 달 전 상량식이라는 것을 했다. 아버지와 할머니는 목수들과 함께 돼지머리, 시루떡, 북어, 막걸리를 놓고 고사를 지냈다. 상량식이 끝난 뒤 아버지는 목수들을 따로 불러 후한 대접을 했고 초대한 이웃들과 함께 막걸리를 마시고 떡과 음식을 나눠 먹었다. 아버지는 흥분되고 들뜬 표정으로 막걸리를 연신 들이켰다. 그리고 한 달 뒤 낙성식이라는 것을 했다. 그것은 집이 완성되었음을 알리는 행사였다. 다섯 해 동안 집 없이 떠돈 피난살이 끝에 비로소 우리 집이라는 것이 생긴 것이다. 나는 더없이 행복했다.

그런데 집을 마련했다는 기쁨 속에서도 어머니에게는 알 수 없는 의문이 생겼다. 남편은 어떻게 집을 지은 것일까. 전쟁은 끝났어도 전시나 다름없는 때에 빈 털털이로 집을 짓는다는 것은 이해할 수 없을뿐더러 주변머리 없는 남편으로서는 감당할 수 없는 일일 터였다. 어디서 돈을 빌려 집을 지은 것일까. 혹시 땅 부자인 작은 고모부에게 돈을 빌려 지은 것은 아닐까. 그러나 고모부는 술과 여자는 밝혀도 처남에게 쌀 한 가마조차 빌려줄 사람이 아니었다. 가족에게 남겨진 이 비밀은 그 후 16년 세월이 흘러 할머니가 돌아가셨을 때 내 진외조부의 입을 통해 밝혀졌지만, 어찌 됐든 가족이 고향으로 돌아오고 전후 어려운 시기에 새 집을 마련했다는 사실은 너무나 기쁜 일이었다. 새 집으로 이사 온 뒤 막내 동생이 태어났다. 가족은 일곱 식구로 늘어나고 형제는 3남 1녀가 되었다.

2.

1950년 12월 25일 낯선 섬 거제도에 도착한 뒤 박용수 가족은 살아남기 위한 모든 일을 시작했다. 다섯 식구의 잠자리를 마련하기 위해 해변마을 가가호호를 수소문한 끝에 겨우 농가의 헛간 하나를 얻었다. 처음 몇 주 동안은 북에서 가져온 시계를 판 돈으로 잡곡을 사서 하루 두 끼로 연명했다. 동네 사람들이 버린 고구마 껍질을 주워와 잡곡에 섞어 죽을 끓여 먹기도 했다. 거제도의 날씨가 흥남과 비교할 수 없을 만큼 따뜻한 것은 다행이었다. 박용수와 어린 처남은 장터에 나가 막노동 품팔이를 했고 동네 농사일을 거들어 먹을 것을 구했다. 둘은 가끔 야산에 올라가 땔나무를 베어왔다.

섬에 함경도 사람들의 피난민촌이 생기자 박용수는 그곳에 작은 판잣집을 지었다. 초라한 움막이지만 남의 집 헛간에 비하면 그래도 편안한 거처였다. 난민촌이 생기면서 당국에서 양곡을 배급하기 시작했지만 양이 모자라 보릿겨, 밀가루 따위로 배고픔을 이겨냈다. 바닷가에 나가 조개와 물고기도 잡았으며 남의 땅을 빌려 감자농사도 짓고 채소도 길렀다.

한동안 피난민 촌에서 살던 박용수 가족은 두 해가 지난 뒤 민가로 옮겨 세를 들어 살았다. 박용수는 흥남 철수 때 어렵게 챙겨온 시계와 약간의 금붙이를 밑천으로 거제도와 부산을 오가며 장사를 했다. 전시의 뜨내기장사이긴 했지만 박용수는 남한 사람들의 씀씀이에 눈을 뜨면서 장사요령을 익혔다.

피난처 부산의 분위기는 서민적인 활력과 국제적인 흥청거림이 뒤섞였고 사람들의 소비성향도 높았다. 전시 하의 부산, 특히 국제시장은 장사하기에 좋은 곳이었고 박용수에게는 고향 흥남을 꿈꾸게 하는 곳이었다. 그의 꿈은 전쟁이 끝난 뒤 흥남으로 돌아가 금은방을 차리고 대한양행의 간판을 다시 흥남 거리에 내거는 것이었다. 그는 한 달에 열흘씩 부산에 머물며 장사를 하다가 섬으로 돌아오곤 했다.

박용수는 북한에서 배웠던 수리기술을 이용해 틈틈이 민가를 돌며 고장 난 시계와 전기제품도 고쳐주었다. 그의 재봉틀 수리 기술은 남한에서 더 빛을 발했다. 거제도는 피난민들이 살아가는데 낙원은 아니었지만 지옥도 아니었다. 가끔 포로수용소에서 포로들 간에 싸움이 벌어지고 미군 포로수용소장이 납치되는 돌발사건도 발생했지만 피난민들이 먹고 사는 데는 별다른 지장이 없었다.

거제도에서의 5년은 가파르게 흘러갔다. 섬에서 피난생활을 마치고 박용수 가족이 춘천으로 온 것은 1956년 1월 하순이었다. 박용수는 전쟁이 끝난 뒤에도 언젠가는 고향 흥남으로 돌아가리라는 꿈을 포기하지 않았다. 거제도에서 박용수 가족과 함께 지내던 동향 출신들은 박용수보다도 3년 앞서 거제도를 떠나기 시작했는데, 그들 대부분은 강원도 속초로 향했다. 속초 읍은 함경남도와 접한 강원도에서 흥남으로 갈 수 있는 최단 지점이었다. 속초 읍내에 함경도 사람들이 모여들기 시작하면서 아바이 촌이 생겨났다.

그러나 박용수는 속초로 가는 대신 강원도청 소재지인 춘천을 택했다. 언젠가 통일이 되면 속초에서 흥남으로 가는 것이나 춘천에서 흥남으로 가는 것이나 별 차이가 없을 것으로 믿었다. 사람들이 많이 모여 사는 춘천이 장사하기에는 오히려 더 나을 듯싶었다.

춘천으로 옮겨온 박용수 가족은 시내 중심가에서 가까운 동네에 셋방을 얻었다. 두 칸짜리 좁은 방에 부엌이 달린 셋방은 다섯 식구가 살기에 크게 부족함이 없었다. 박용수는 중심가 로터리 부근의 골목상가에 작은 금은방을 차렸다. 시계포를 겸한 금은방의 상호는 대한양행이었다. 흥남 거리에 내걸겠다고 작정했던 대한양행의 간판을 그는 춘천에 걸었다.

전후의 상경기라는 것이 대개 그렇듯 처음에는 장사가 잘 되지 않았지만 차츰 자리가 잡혀갔다. 거제도와 부산을 오가며 경험했던 시계장사와 수리업이 점포 운영에 도움이 되었다. 더구나 젊은이들이 전쟁 때문에 미뤘던 결혼이 봄 가을철로 크게 늘어나면서 1956년 가을부터는 금반지, 은수저, 시계 같은 결혼예물의 판매가 눈에 띄게 늘어나기 시작했다.

일곱 살이 된 박용수의 딸 소희는 이해 봄 국민학교에 입학했다. 소희는 집에서 가까운 곳에 있는 학교에 동네 아이들과 함께 어울려 다녔다. 아내 김오순은 아들을 낳겠다는 간절한 마음에서 춘천 부근의 절을 찾아다니며 불공을 드리기 시작했다. 박용수는 아들이 없는 것을 늘 서운하게 생각했고 아내에게 득남에 효험이 있다는 한약을 사방으로 구해 달여 먹게 했지만 아이를 낳는 일이 쉽지는 않았다.

할머니 이모종은 소희를 늘 가까이서 보살폈고 손녀가 귀찮아할 정도로 하루 종일 따라다녔다. 집안에 혈육이라고는 하나뿐인, 혹한 속의 흥남 철수 후 낯선 섬에서 폐렴에 걸려 하마터면 죽을 뻔한 손녀. 손녀는 손자가 태어날 때까지는 결코 마음을 놓을 수 없는 유일한 핏줄이었다. 시간이 지나면서 박용수는 외동딸에게 정을 붙일 수밖에 없음을 깨닫기 시작했다.

3.

아버지가 다니는 신문사는 도청 바로 아래쪽에 있는 2층 목조건물이었다. 그 건물은 일제 강점기에 지은 적산가옥이었다. 원주에서 춘천으로 복귀한 신문사에서 아버지는 편집국 책임자로 일했다. 4학년 끝 무렵부터 나는 아버지의 신문사에서 발간한 신문을 매일 빠짐없이 읽었다. 신문기사는 1면부터 4면까지 한자가 압도적으로 많은 국한문 혼용이어서 국민학생이 읽기에는 이만저만 힘든 것이 아니었다.

아버지는 학교 수업이 끝나면 나를 신문사로 오게 했다. 매일 오후 수업이 끝나자마자 나는 신문사로 달려갔다. 신문사 건물에서 풍겨오는 소나무 냄새가 좋았고 직원들의 활판작업을 구경하는 것이 재미있었다. 신문사에서 시간을 보내는 동안 직원들은 자기네 직원이라도 된 듯 나에게 잔심부름을 시켰고 공무국 사람들은 틈틈이 식자 심부름을 시켰다.

짧막한 납 막대 끝에 양각된 한문 활자를 읽을 수는 없었지만 직원들은 나를 훈련시켜 그 작은 한자 세상으로 끊임없이 빨려 들어가게 했다. 납 활자를 심는 일도 어려웠지만 빽빽이 꽂힌 식자판에서 해당 음가의 한자를 뽑아내는 일도 힘들었다.

학교수업이 끝난 뒤 거의 매일 신문사에서 익힌 식자와 문선은 어느덧 취미생활이 되어버렸다. 나는 그런 심부름을 하는 것이 좋았고 신문사 직원들과 어울리는 것에 익숙해졌다. 국민학교 6학년이 될 때쯤이면 신문 1면을 완전히 읽을 수 있게 될 터였다. 한자는 더 이상 소년의 적이 아니었다.

아버지는 몹시 감상적인 사람이었다. 내가 5학년이던 1956년 5월 어느 날 신문사 일을 마치고 귀가한 아버지가 안방에서 신문을 펼쳐든 채 눈물을 훔치고 있었다. 곁에 있던 할머니가 걱정스러운 눈길로 아버지에게 물었다.

"애비야, 무슨 일이냐? 왜 눈물을 흘리고 그러느냐?"

"……."

"답답하구나. 무슨 일인지 말 좀 해보려무나."

"어머니, 별일 아니에요."

이번에는 어머니가 다가앉으며 물었다.

"무슨 일이예요? 당신 어디가 아픈 거예요?"

"아프기는……. 그런 게 아니라니까."

"갑자기 애 아버지가 식구들 앞에서 눈물을 보이다니, 대체 무슨 일이예요?"

"그분이 돌아가셨소……."

"그분이라뇨? 누가 돌아가셨단 말이예요?"

"해공 선생……."

"해공 선생이 누구예요?"

"……대통령 후보로 나선 신익희 선생 말이오."

아버지는 들고 있던 신문을 어머니에게 건네주며 읽어보라고 말했다. 한참 신문을 훑어본 어머니가 말했다.

"신익희 후보가 돌아가셨으면 돌아가셨지 당신이 왜 식구들 앞에서 눈물을 흘리고 그래요?"

"대통령이 돼야 할 분이 돌아가셨소."

"대통령은 이승만 박사 아니예요? 우리나라가 이 박사 없이 뭐가 될 거 같아요?"

"······."

"당신이 정치인이라도 된다는 말씀이세요? 신문기자 노릇이나 잘 하세요. 정치는 무슨 정치예요?"

"여보, 나는 신문기자요! 정치와 세상의 진실을 알리는 게 내가 할 일이란 말이오."

"기사나 쓰고 정치 같은 데는 신경 쓰지 마세요. 애들이 배울까봐 겁이 나요."

"······."

이야기를 듣던 할머니가 얼굴을 붉히며 담뱃대를 들고 건넌방으로 갔다. 아버지가 왜 그렇게 슬퍼하는지 궁금하기조차 했으므로 나는 조심스럽게 물었다.

"해공 선생님이 그렇게 훌륭한 분이세요?"

"그래, 훌륭한 분이었단다. 독립운동을 하셨고 임시정부에도 계셨고, 우리나라를 이끌 지도자였단다. 인물도 잘 생기고 영어도 잘 하셨지."

"이승만 박사님도 훌륭한 분 아니세요? 독립 운동가이고 나라를 세우신 대통령이잖아요? 훌륭한 분이기 때문에 돈에도 대통령 얼굴이 찍혀 있는 거라고 선생님이 말씀하셨어요."

"두 분 다 훌륭한 분들인 건 틀림없다. 그래도 민주주의를 할 수 있는 분이 대통령이 돼야 한단다."

"민주주의를 할 수 있는 분이요?"

어머니가 또 끼어들며 말했다.

"애들한테 정치 얘기는 하지 마세요. 지금은 이승만 박사 세상이에요. 민주당원도 아닌 사람이 왜 민주당 후보를 추켜세우고 야단이세요? 어차피 돌아가셨잖아요?"

"난 자유당도 민주당도 아니오. 신문기자일 뿐이지. 그래도 글을 쓴다는 사람이 세상이 어떻게 돌아가는지는 알아야 하지 않소? 민심의 동향을 알리는 것도 신문기자가 할 일이오."

"그만 좀 하세요. 애들 앞에서……."

"민심이 천심이오. 나흘 전 한강 백사장에서 해공 선생이 유세를 했는데, 오십만 명이나 모였소. 이게 민심이란 거요!"

"아무튼 이승만 박사가 대통령이 돼야 해요. 우리나라에는 그분밖엔 없어요. 애들한테 뭘 가르치려고 해요?"

아버지는 더 이상 어머니와 말이 통하지 않는 다는 듯 벌떡 일어나더니 사랑방으로 건너갔다.

대통령 선거가 다가오고 있었다. 자유당의 대통령 후보는 이승만, 부통령 후보는 이기붕이었으며, 민주당의 대통령 후보는 고인이 된 신익희, 부통령 후보는 장면이었다. 민주당은 '못 살겠다 갈아보자', 자유당은 '갈아봤자 별 수 없다. 구관이 명관이다'라는 구호로 맞섰다. 진보진영에서는 전 농림부 장관 조봉암이 무소속으로 출마했다. 신익희와 조봉암은 비밀리에 협의해 신익희를 단일후보로 내세우기로 했으나 5월 5일 신익희가 전라북도 지방 유세를 위해 열차를 타고 가던 중 뇌일혈로 쓰러져 사망하자 선거운동의 양상이 급변했다.

유력 후보가 사라졌으므로 이승만의 당선은 결정된 것이나 다름없었다. 5월 15일 선거는 치러졌고 제3대 대통령에는 이승만이 당선되었다. 신익희 후보를 지지하던 유권자들 가운데는 기권하는 대신 다른 방식으로 자신의 권리를 행사하는 사람들이 많았다. 투표수 906만 표 가운데 20퍼센트가 넘는 185만 표의 무효표는 사실상 신익희를 추모하는 표였다. 장면은 이기붕을 물리치고 4대 부통령에 당선되었다.

선거가 끝나고도 아버지의 우울하고 슬픈 표정은 한동안 변하지 않았는데, 나는 그런 아버지를 이해할 수 없었다.

아버지는 가끔 신문사 직원들을 집으로 불러 술자리를 벌이기도 했다. 안주라곤 김치, 두부찌개, 부침개가 고작인 술상에는 찌그러진 알미늄 주전자에 담긴 막걸리가 등장했다. 술자리 중간에 막걸리가 떨어지기라도 하면 나는 빈 주전자를 들고 동네 가게로 달려갔다. 술이 몇 순배 돌면 직원들은 젓가락으로 상을 두드리며 유행가를 불렀는데, 그때마다 아버지가 즐겨 부른 노래는 〈방랑시인 김삿갓〉이었다. 직원들은 〈이별의 부산 정거장〉, 〈굳세어라 금순아〉, 〈신라의 달밤〉을 소리높여 불렀다. 유행가 소리가 밤공기를 타고 이웃으로 퍼져나갔지만 이를 이상하게 여기는 동네사람들은 없었다.

4.

신문사 직원들은 봄 여름철에 강변으로 천렵을 갔다. 천렵은 일요일이나 공휴일에 가족을 동반하는 제법 규모가 큰 행사였는데, 천렵의 장소는 언제나 소양 강변이었다. 어느 초여름 날 동면 지내리에 있는 솔밭에서 천렵을 했다. 솔밭 앞으로 흐르는 소양강에서 직원들은 물고기를 잡고 있었다. 그런데 물고기를 잡는 방법이 상상을 뛰어넘었다. 낚시나 그물로 잡는 것도 아니고 어항으로 잡는 방식도 아니었다.

어떤 직원이 손에 네모난 금속 덩어리를 쥐고 무릎까지 차오르는 강물 속에 들어갔다. 그는 금속 덩어리에 연결된 끈에 불을 붙인 뒤 그것을 강물 속으로 던졌다. 강물 밖에서 이 광경을 지켜보던 직원들과 가족은 몇 초 후에 엄청난 폭발음과 함께 하얀 물기둥이 솟는 것을 목격했다. 폭발물을 던진 직원이 다른 직원들을 물속으로 부르자 나도 그들을 따라 물가로 갔다. 그곳에서 놀라운 광경이 벌어지고 있었다. 엄청나게 많은 물고기들이 허연 배를 드러낸 채 물 위에 둥둥 떠올랐다. 직원들은 물고기를 바구니와 양동이에 주워 담았다.

물고기를 잡는 위력적인 폭발물은 일종의 사제 수류탄이었으며 직원들은 그것을 깡이라고 불렀다. 깡을 터뜨려 물고기를 잡는 방법은 - 나중에 알게 된 일이지만 - 이때 벌써 널리 일반화된 방법이었으며 그 후로도 신문사 직원들은 강가에서 천렵을 할 때마다 깡으로 물고기를 잡곤 했다.

직원들은 강변에 커다란 냄비를 걸어놓고 매운탕을 끓였으며 소금을 뿌린 물고기를 석쇠에 구웠다. 부인들은 가마솥에 노란 기름이 둥둥 뜬 닭국을 끓였다. 신문사 직원들은 음식을 먹고 술자리가 벌어지자 노래자랑을 벌였다.

함께 따라간 아이들은 따로 모여 보물찾기를 했다. 풀 속이나 돌 틈에 숨겨놓은 종이쪽지를 찾아낸 아이들은 쪽지에 적힌 보물 이름에 따라 상품을 받았다. 상품은 주로 연필, 크레용, 노트, 삼각자, 분도기 같은 문방구였다. 디자인도 품질도 조잡했지만 상품을 받은 아이들은 발을 구르며 기뻐했다. 소양강변의 보물찾기는 유년의 추억을 수놓은 잊지 못할 놀이였다. 그러나 깡으로 물고기를 잡는 일은 위험하기 짝이 없는 모험으로 기억 속에 오래 남았다.

운교동 언덕의 양지바른 동네. 우리 동네에는 열두 가구가 모여 살았다. 우리 뒷집은 목수 한 씨 댁이었고 앞집인 바우 - 동네사람이 지어준 아이의 애칭인 - 집에는 주인인 김 형사 가족 외에 세 가족이 세를 들어 살고 있었다. 바우네 앞쪽에는 산파집, 그 건너편에 고등학교 독일어 교사인 L 선생 댁, 그 바로 옆에 별명이 똘똘이인 상모네 집과 내가 수시로 들락거리며 놀던 충부 형제 집이 있었다.

집집마다 죽데기 판자로 엉성한 울타리를 만들어 담장을 대신했는데, 블록 담장을 쌓은 집은 상모네 집과 충부 형제 집뿐이었다. 동네 사람

들은 심성 착한 충부 형제네 집을 이 씨 댁이라고 불렀다. 널찍한 이
씨 댁 마당은 동네 아이들이 모여 제기차기, 사방치기, 구슬치기, 딱지
치기를 하는 소운동장이었고 뒤란에 파놓은 방공호는 소꿉놀이를 하거
나 비밀회의를 하는 장소였다. 동네 한복판에 공동수도가 있었고 그
아래쪽에 두레박으로 물을 푸는 공동우물이 있었다.

5.
  1958년 7월 4일 춘천에 주둔한 미4유도탄 사령부에서는 한미 장성들
이 참석한 가운데 미국 독립기념일 축하모임이 열렸다. 이날 축하모임
에서는 유도탄 사령부의 주둔지를 캠프 페이지(Camp Page)로 명명하
는 기념식도 동시에 거행되었다. 캠프 페이지의 발족을 기념해 미군은
어네스트 존 미사일 한 발을 화천방향으로 발사했다. 사전에 미리 예
고된 일이기는 했지만 미사일 발사순간에 울린 거대한 폭발음은 춘천
시민들을 놀라게 했고 시가지 주변의 학교와 공공건물의 창문을 심하
게 흔들리게 했다. 미군부대 바로 옆에 위치한 고등학교에서는 수업
중이던 학생과 교사들이 갑작스런 폭음과 함께 유리창이 깨지는 바람
에 놀라 교실 밖으로 뛰쳐나왔다.
  중학교 1학년생인 나도 교실 안에서 엄청난 폭발음을 들었다. 내가
다니는 중학교는 미군부대로부터 직선거리로 500미터쯤 떨어져 있었는
데, 수업 중이던 학생들은 갑작스런 폭발음에 까무러칠 듯 놀랐다. 나
는 순간적으로 혹시 전쟁이라도 난 것이 아닐까 하는 두려움에 몸을
떨었다. 나중에 들은 미확인 소문에 의하면 그 소리에 놀라 기절한 학
생들도 있었다고 했다.
  근화동과 소양로 일대에 남북으로 길게 자리 잡은 캠프 페이지는 전

체 면적이 20만 평이 넘는 널찍한 대지 위에 세워졌다. 춘천 사람들이 흔히 미군부대로 부른 캠프 페이지는 전쟁이 한창인 1951년부터 미군들이 비행장을 닦아놓은 것을 시작으로 1953년에 크게 확장되었으며 1958년 1월에 공식적인 미군부대 부지로 지정되었다. 그리고 이해 7월 캠프 페이지라는 부대명칭을 처음 사용하기 시작한 후 반세기 이상을 그 자리에 주둔하게 되었다.

캠프 페이지가 들어서면서 춘천 시가지는 기형적으로 발달하기 시작했다. 전쟁 전에 춘천의 중심가인 중앙로 로터리에서 춘천 역까지 직선으로 개설되었던 도로는 미군부대를 돌아 소양강 주변의 우회로를 거쳐 춘천 역으로 연결되었다. 처음에 캠프 페이지에는 L-19 같은 경비행기만 뜨고 내려 소음공해가 크지 않았지만 미군의 공격형 헬리콥터와 최신 병기가 배치되면서부터 인근 주민들은 헬기 소음에 시달렸다. 미군부대 옆에 위치한 동네 주민들, 고등학교와 국민학교 학생들은 소음공해를 가장 많이 받는 피해자들이었다.

캠프 페이지의 주둔은 춘천에 큰 변화를 가져왔다. 미군부대는 시민들에게 일자리를 제공했다. 시민들 가운데 운 좋은 사람들은 미군부대에서 군속이나 일용잡부로 일하게 되어 제법 높은 수입을 올렸고 미군부대로부터 청소용역을 의뢰받은 민간인들도 괜찮은 돈벌이를 하게 되었다.

우리 집 바로 뒤에 사는 한 목수의 처남인 철수 삼촌 - 나는 그렇게 불렀다 - 은 미군부대 세탁소에 취직이 되어 가뜩이나 일자리 얻기가 어려운 때에 노른자를 얻었다고 동네 사람들로부터 부러움을 샀다. 철수 삼촌은 가끔 초콜릿을 가져와 내게 나눠주곤 했는데, 원주 피난민 수용소에서 처음 맛보았던 허쉬 초콜릿의 매혹적인 맛은 여전히 그대로였다.

미군부대의 청소를 맡은 용역업자들은 미군들이 배출한 쓰레기와 분뇨를 춘천 교외의 밭이나 경작하지 않는 들판에다 실어 날랐다. 쓰레기는 여러 곳에 간이처리장을 만들어 불태웠고 분뇨는 구덩이를 파고 묻었다. 그런데 분뇨를 묻은 구덩이에 사람들의 접근을 막는 안전시설을 만들지 않은 채 구덩이 위에 흙을 살짝 붓기만 한 결과 사람들이 구덩이에 빠지는 사고가 빈번하게 일어났다. 어린이들의 경우 사고의 위험성은 더욱 컸다. 겉으로는 깊이를 알 수 없는 위험한 구덩이에 빠져 아이들이 목숨을 잃는 사고도 발생했다. 사람들은 그런 분뇨 구덩이를 똥통이라고 불렀다.

춘천 시내에서 뒷두룩[2]으로 가는 길 주변에 미군들의 똥통이 유별나게 많았다. 말탕개미 마을 앞쪽 들판에는 그렇게 해서 생겨난 저분지(貯糞地)가 군데군데 시커멓고 흉측한 모자이크를 만들어놓았다. 미군의 똥냄새는 지독했다. 먹는 음식이 다른 탓인지 미군의 똥에서 풍기는 냄새는 한국 사람들의 구린 똥냄새와는 근본적으로 달랐다. 어른들은 아이들에게 똥통을 조심하라고 단단히 일러주었다.

분뇨 구덩이 부근에 만들어놓은 쓰레기 처리장에는 아이 어른 할 것 없이 사람들이 몰려들었다. 미군이 버린 쓰레기 가운데는 먹다가 버린 빵, 과자, 소시지, 커피, 설탕, 통조림 캔 같은 것이 많았다. 가난하고 배고픈 사람들에게 그곳은 보물창고나 다름없었다. 미군 쓰레기장에서 횡재를 하기 위해서는 남보다 부지런해야 했고 쓰레기장을 뒤지는 데는 특별한 요령이 필요했다. 그런 쓰레기장이 춘천에 다섯 군데가 넘었다.

미군이 춘천에 주둔하자 미군부대 주변에 성매매 업소들이 생겨나기 시작했다. 소양로 3가 언덕의 판자촌에는 장미촌으로 불리는 사창가가

---

2) 현재의 후평동

만들어졌다. 장미촌은 주로 미군들을 상대로 영업을 했지만 점차 일반 인들도 출입하게 됨에 따라 춘천에는 공식화되지 않은 명소로 자리잡아갔다. 많은 미군들이 휴일은 물론 평일에도 근무시간이 끝나면 장미촌을 찾았다. 그들이 장미촌의 애인들을 찾아가기 위해 캠프 페이지 정문을 나설 때에는 저마다 큼직한 봉투를 하나씩 들고 있었다. 미군 부대 PX에서 구입한 캔 맥주, 통조림 캔, 화장품 같은 것을 들고 두셋씩 짝을 짓거나 무리를 지어 장미촌을 향하는 미군들의 모습은 춘천에서는 새롭게 목격하는 풍속도였다.

일제 강점기에는 춘천에 사창가가 없었다. 기껏해야 요릿집이 있어서 성매매 여성을 비공식적으로 공급할 정도였다. 한국전쟁이 끝날 무렵인 1953년부터 춘천 역 주변에 난초 촌으로 불리는 소규모 사창가가 처음 생겨났지만 소방서 뒤편 소양로 3가에 형성된 장미촌이 본격적인 것이었다.

미군들 가운데는 장미촌의 여성이 아닌 진짜 애인을 사귄 다음 춘천 시내에 셋방을 얻어놓고 단골로 출입하는 군인도 있었다. 사람들은 그런 미군의 애인을 양공주라고 불렀다. 어떤 이들은 양공주를 양갈보라고 빈정거리거나 낮춰 부르기도 했지만 사실 그녀들은 미국식 첨단문화의 전도사이기도 했다.

양공주들은 영어를 잘 하는 것은 물론이고 그 시절 구하기 어려운 미제 물건을 어렵지 않게 구해주는 중개인 역할도 했다. 운 좋은 양공주들 가운데는 귀국하는 미군을 따라 본국으로 가서 결혼을 하는 여자도 있었다. 흔한 일은 아니지만 아예 춘천 현지에서 부부가 되는 경우도 있었다. 양공주의 숫자가 늘어나면서 혼혈아의 수도 늘었는데, 혼혈아는 흑인일 경우가 백인일 경우보다 훨씬 더 많았다.

1960년대 초부터는 캠프 페이지 정문 근처에 미군 전용 클럽이 생기기 시작했다. 미군 클럽은 한국인의 출입을 통제했지만 가끔 호기심으로 미군 클럽에 들어간 한국인들이 가게주인이나 미군들과 시비를 하는 광경도 흔히 목격되었다. 미군을 상대로 하는 옷가게, 구두점, 잡화점, 바와 소규모의 나이트클럽도 생겼다. 춘천 시내 중앙시장 안에는 미제물건을 전문으로 취급하는 점포들 수십 개가 생겼는데, 사람들은 이를 양키시장이라고 불렀다. 양키시장은 각양각색의 미제 물품들을 쌓아놓고 손님들을 끌었다.

평일 저녁때나 휴일 명동 거리에서는 외출 외박을 나온 사복차림의 미군들이 무리를 지어 여기저기를 기웃거리는 모습을 볼 수 있었다. 그런 모습의 미군들 자체가 시민들에게는 구경거리였다. 캠프 페이지와 미군은 전후 침체되었던 춘천의 지역경기에 활기를 불어넣었다.

미군의 출현은 춘천 태생인 소년에게나 흥남 태생인 소녀에게 모두 낯설고 신기한 광경이었다. 거리에서 남쪽의 소년이 호기심어린 시선으로 미군을 쳐다보고 있을 때 북쪽 출생의 소녀도 미군을 신기한 듯 바라보고 있었을 것이다. 두 소년 소녀는 이방인들이 출현한 도시에서 아직은 남남인 채로 자라고 있었다. 소년 소녀가 자라 성인이 되어 만나려면 아직 십 수 년이 더 흘러야 할 터였다.

아 버 지

1.

나는 국민학교 5, 6학년 시절을 잊을 수 없다. 휴전 직후 춘천으로
돌아와 사범부속국민학교 2학년에 전학한 뒤 3, 4학년 때까지 학교생
활은 스산하기만 했고 재미라곤 없었다. 성적도 중하위권이었고 학교
에서나 집에서나 매사에 서툴러 아버지는 여전히 나를 지진아로 의심
하고 있었다. 학교에는 말동무도, 함께 놀아줄 친구도 없었다.

그런데 4학년을 넘기고 5학년이 되면서부터 학교가 좋아지기 시작했
고 성적도 좋아졌다. 나는 국어와 사회 과목을 좋아했으며 미술과목을
가장 좋아했다. 산수는 별로 좋아하지 않았고 음악을 가장 싫어했다.
음악수업은 가끔 공포의 시간처럼 느껴지기도 했는데, 나도 왜 그런지
그 이유를 알 수 없었다. 그래도 풍금소리는 늘 정답게 들렸고 학교
주변의 어느 집에서 들려오는 피아노 소리는 무엇인가 아련하고 행복
한 향수 같은 것을 느끼게 했다.

특별활동 시간에는 미술부에 들어가 사생연습도 하고 수채화도 그렸
다. 그림 그리기를 본격적으로 지도해 준 교사는 나중에 6학년 담임이
된 H 선생이었다. 나의 주먹 그리기, 주전자 그리기 등 옥내 정물 그
리기로부터 출발한 데생연습은 야외 풍경화 그리기로 진전되었다. 그
림솜씨가 좋아지면서 나는 학교 대표로 각종 사생대회에 나가기 시작
했고 대회 때마다 입선했으며 특선에 뽑힌 적도 여러 번 있었다.

또 하나 기억할 만한 것은 아버지가 다니는 신문사에 들락거리면서 익힌 한자와 글짓기였다. 신문사 직원들로부터 배운 – 사실 아버지 덕분이었던 – 식자와 문선 연습은 국민학교 6학년생에게 한자의 두려움을 잊게 했다. 글짓기는 특별히 배운 적이 없지만 신문을 읽으면서 자연스럽게 익힌 결과였을 것이다. 교내외 글짓기 대회에 제출한 작품 – 소양강이란 제목의 글도 있었다 – 이 입상해 가끔 상을 받기도 했다.

국민학교 졸업식 때 담임선생은 나에게 졸업생 답사를 읽게 했다. 졸업생 답사를 읽는다는 것은 내가 졸업생 가운데 최우등생이라는 것을 의미했지만 나는 그런 사실을 전혀 몰랐다. 담임선생은 내가 최우등으로 졸업하게 되었다는 것을 내가 아닌 아버지에게 알려주었다. 졸업식장에서 교장선생님으로부터 우등상장을 받고나서도 그냥 학급의 우등생인줄로만 여겼다. 나는 공부만 했지 무엇이 어떻게 돌아가는지 알지 못했다. 뭐니 뭐니 해도 그림그리기와 글짓기는 국민학교 시절을 가장 선명하게 떠올리는 마음속 활동사진이었다.

2.

집안이 어떻게 먹고 살고 있는지 생계에 관한 내역을 알 수는 없었다. 고모님의 도움을 많이 받고 있는 것은 분명했다. 아버지가 신문기자로서 얻는 수입은 보잘 것이 없었다. 어머니를 통해 아버지가 봉급을 타지 못할 때가 더 많다는 사실도 어렴풋이나마 알게 되었지만 가족이 하루 세 끼를 굶지 않는 것만으로도 다행이었다.

나는 중학교에 입학한 후 2년 동안 우등생을 유지했다. 그런데 2학년이 될 때부터 집안에 어두운 그림자가 드리우면서 학교생활에 먹구름이 끼기 시작했다. 아버지는 신문사 일 이외에 부업으로 다른 일을 벌이기 시작했다.

전후 공공건물과 주택신축이 늘면서 벽돌과 기와 같은 건축자재의 수요가 증가함에 따라 모래, 자갈 등 골재 채취업이 유행하게 되었다. 건축자재에 관한 지식이 없는 아버지가 동향임을 내세운 사람의 꾐에 빠져 그와 동업자의 자격으로 기와공장을 차렸다. 기와공장을 세운 장소가 우두마을 소양강변의 모래벌판이었다. 질 좋은 모래가 사방에 널려있고 소양강 물이 일 년 내내 풍부하게 흐르는 강변 기와공장은 공장부지로서는 최적의 장소였다.

그러나 인부를 고용할 현금을 조달하기 어렵고 시멘트를 외상으로 구입할 만한 신용도 없는데다 제대로 된 판로정보조차 알지 못하는 풋내기 사업자들에게 사업은 처음부터 무리였다. 공장을 차린 후 한두 달 동안은 기와를 찍어내고 어디론가 팔려나가는 기색이 보였다. 반년도 못가서 공장은 문을 닫았다. 그 사이에 아버지는 얼마간의 빚을 졌던 모양이지만 어머니는 그 내막조차 알지 못했다.

중학교 2학년 중반쯤에 이르렀을 때 집안 형편이 급속히 악화되었다. 집안에 양식이 떨어지는 일이 빈번해졌고 학교에 내야 할 월사금도 제때 내지 못했다. 운동화는 사서 신은 지 벌써 한해를 훌쩍 넘긴 채 뒤축을 꺾어 신을 정도로 망가져 있었지만 새 것을 살 엄두를 내지 못했다. 할머니는 점심을 거르기 일쑤였고 어머니는 양키물건 같은 것을 떼어다 파는 보따리장사를 다시 시작했다. 변두리에 사는 고모가 동생의 집안 사정을 눈치 채고 가끔 곡식과 먹을 것들을 가져다주었다.

고모는 주말이면 가끔 나를 시골집으로 데려가 밥을 잔뜩 먹이고 약과, 다식 같은 간식을 주면서 하룻밤을 재웠다. 일요일에 집으로 돌아올 때 고모는 할머니에게 드릴 간식과 고구마, 감자를 보따리에 싸서 내 등에 짊어주었다. 무거운 등짐을 지고 십리 길을 걸어 온 나는 집에 도착하자마자 지쳐서 드러눕기 일쑤였다. 그때마다 나는 서글픈 생각이 들었다.

중3이 되면서 나는 공부할 의욕을 완전히 잃어버렸다. 학교에서 귀가하면 버릇처럼 앉던 앉은뱅이책상도 마주하기 싫어졌다. 재미있던 영어수업도 흥미를 잃어 타인의 시간이 되어버렸다. 수학시간은 악마의 숫자가 지배하는 시간이었고 방정식도, 삼각함수도 모두 낯선 세계의 숫자놀이였다. 특기이자 취미였던 그림도 남의 일이 되어버렸다.

배가 고파지면서 가난에 대한 증오도 깊어져 학교생활에 대한 흥미를 잃어버렸다. 우울증은 심해지고 사는 게 재미없어졌다. 아버지를 존경하고 따르던 마음의 기둥이 무너져 내리고 아버지를 바라보는 시선도 예전과 달라졌다. 세상사에 대한 회의가 열네 살 소년의 가슴을 덮기 시작했다.

아버지도 속상하고 답답했는지 가끔 술에 만취해 귀가하는 경우가 잦아졌다. 신문사 일도 아버지의 뜻과는 달리 순조롭게 진행되지 못했고 편집국 책임자로서 신문에 올라는 기사의 논조가 윗사람과 맞지 않아 갈등을 겪고 있었던 것이다. 신문사에서도, 바깥일에서도 아버지는 뜻대로 돼가는 일이 없다는 사실에 좌절하고 있었다.

집안이 빚에 쪼들리고 점점 더 궁색해지는 것을 느끼게 되면서 나는 아주 비현실적인 생각을 하기 시작했다. 집을 뛰쳐나가고 싶었다. 서울로 가서 고등학교를 다녀야겠다는 엉뚱한 생각이 머릿속을 가득 채우기 시작했다. 서울 외삼촌이나 이모 댁에서 이삼년 동안만 신세를 지면 대학교는 혼자 힘으로 어떻게든 다닐 수 있을 것이라는 막연한 계산을 했던 것이다. 집, 학교, 성적표, 선생님, 고향 등 나의 현실을 만들고 있는 모든 것들이 싫어지기 시작했다.

내가 중학생으로서 내리막길을 걷고 있을 때 몇몇 친구들은 부지런히 오르막길을 달리고 있었다. 1,2학년 때 같은 반에서 나와 우등을 다투던 친구들은 3학년 끝 무렵 학교생활의 정상에 서 있었다. 그들 대부분은 서울로 진학할 준비를 하고 있었다. 나는 자신의 처지에 절망하면서도 가슴속에서 끓어오르는 자존심을 견딜 수 없었다.

'나는 왜 이렇게 가난한 거지? 부모 없는 고아가 아닌데도 우리 집은 왜 이 모양이지? 난 열심히 하려고 했어. 이젠 더 못하겠어. 아버지도 선생님도 나에겐 관심이 없는 모양이야. 집도 싫고 가난도 싫어졌어. 앞뒤가 꽉 막히고 답답하기만 해. 춘천에서 산다는 게 창피해. 어떻게 해서든지 서울로 가서 고등학교를 다녀야만 해……'

허욕은 잘못된 확신을 낳고 최면과도 같은 착각에 빠지게 했다. 1961년 2월 나는 아버지도 동반하지 않고 말리는 어머니를 뿌리친 채 서울 외삼촌댁으로 갔다. 그리고 사대부속 고등학교 입학시험에 응시했다. 혹시나 합격할 수도 있지 않을까하는 가냘프고 헛된 기대는 빗나갔다. 입학시험에 불합격했지만 그대로 물러서기 싫었으므로 서울의 후기 고등학교 입학시험에 다시 응시했다. 내가 지원한 학교는 역사가 오랜 명문 사립 고등학교인데, 이번에도 역시 불합격했다.

당연한 결과였지만 결과를 그대로 받아들이기가 싫었다. 집에 돌아가고 싶지 않았다. 사방이 온통 절벽으로 둘러싸인 것만 같았고 모든 것이 암담하기만 했다. 눈앞에서 검은 그림자 같은 것이 왔다 갔다 했다. 거리에서 울리는 〈슬픈 영화〉의 주제가가 무거운 발걸음 위로 흘러내렸다. 노래가사 '슬픈 영화는 언제나 나를 울려요……'가 나를 울리고 있었다.

문득 죽고 싶은 생각이 들었다. 세상만사가 내 곁을 떠나버린 것 같았다. 합격자 발표를 보고난 뒤 나는 점심도 굶은 채 종로에서 삼각지를 거쳐 한강 쪽으로 터벅터벅 걸어갔다. 눈앞에 한강의 모습이 나타나자 가슴이 두근거리기 시작했다. 한강은 낯설고 두려운 강이었다. 강물은 절망의 파문을 그리며 흐르고 있었다. 나는 찬바람을 맞으며 다리난간에 기대 하염없이 강을 바라봤다. 그러다가 눈물을 흘리기 시작했다. 울음소리도 내지 못한 채. 지나가는 행인들이 이상한 눈빛으로 훔쳐보는 시선을 나는 느끼지 못했다.

막막하고 비참한 심정이었다. 자신이 왜 춘천에서 올라와 서울 한강 다리 난간에 기대 있는지를 깨닫지 못했다. 단순히 죽고 싶다는 생각에 빠져 자신을 가누지 못했고 사려 깊지 못한 치기에 갇혀 갈팡질팡했다. 그런데 내가 정말 죽을 수 있을까. 저 차가운 강물에 빠지면 쉽게 죽을 수 있을까. 쉽게 죽지 못할 경우 호흡이 고통스럽지 않을까. 죽으면 정말 모든 게 끝나버리는 걸까. 열여섯 해밖에 못살고 죽는다는 게 옳은 일일까. 삶을 일찍 포기한다는 게……

내가 죽으면? 식구들이 슬퍼하겠지. 할머니가 우시겠지. 그 끔찍한 광경을 상상하기 싫다. 나는 죽는다는 게 겁이 났다. 죽음의 옆에 공포의 그림자가 어른거렸다. 죽고 싶은 생각, 죽을 용기, 죽음에 대한 공포, 죽음의 정체에 대한 불확실성이 갑자기 뒤엉키는 것을 느꼈다. 흐르는 눈물을 소매로 닦았다. 흐릿한 눈으로 한강을 바라봤다. 문득 사람의 인생도 저 강물 같은 것이 아닐까 하는 생각이 들었다. 물길을 유지하며 변함없이 흘러가고 있는 한강. 저 한강물에 떠있는 조각배처럼 인생이라는 것도 강물을 따라 그렇게 흘러가는 것일까. 강은 물길이 허용된 거리만큼 최종목적지를 향해 흘러갈 것이다. 그런데 목적지에 도달하기도 전에 삶을 포기한다고? 죽음이 무엇인지 모르면서? 죽을 용기도 없으면서?

그러면서 나는 눈앞에 흐르는 한강 위쪽에 소양강이 있을 것이라는 생각을 했다. 내가 태어난 우두마을 옆으로 흐르고 있을 소양강, 신문사 가족들이 천렵을 할 때 보물찾기를 하던 솔밭 강변이 어렴히 떠올랐다. 소양강이란 제목으로 작문을 해 상을 탔던 일, 버스를 타고 소양 강변을 달려 할아버지 산소에 성묘 갔던 일도 떠올랐다. 모든 추억이 뚜렷한 영상으로 머릿속에 그려졌다. 죽기가 싫어졌다. 죽음을 생각한 것이 쑥스러워졌다. 아니 죽음이 무서웠다. 마침내 죽어선 안 된다는 생각이 발길을 돌려세웠다. 슬프게, 무겁게, 부끄럽게……

이해 3월에 있은 중학교 졸업식에 주인공이어야 할 나는 참석하지 않았다. 아버지가 대신 졸업장을 받아왔다. 이때부터 나는 내가 다녔던 중학교를 기억 속에서 지워버렸다. 그리고 5.16쿠데타가 일어나기 한 달여 전인 4월초 고향의 C 고등학교에 입학했다. 입학식이 끝난 뒤 나는 배정된 교실로 걸어가며 스스로에게 다짐했다. '이젠 고등학생이야. 흔들리지 말고, 딴 생각하지 말고, 나 자신을 믿어야 해.'

내가 정말 변한 것일까. 확신할 수는 없다. 그러나 어쨌든 앞으로 3년 동안 딴 마음 먹지 않고 C 고등학교에 충실히 다니기로 결심하게 된 데에는 이유가 있었다. 그것은 추상적으로나마 내가 '생명의 강'이라고 이름 지은 소양강 때문이었다. 한강다리 난간에 서서 죽음을 생각한 끝에 떠올렸던 소양강. 소양강은 어느새 다른 모습으로 비치기 시작했다. 강은 새로운 무엇을 생각하게 하는 공간으로 조금씩 바뀌고 있었다.

맑은 강물을 바라보면 웬일인지 가슴이 부풀어 오른다. 미지의 세상에 대한 막연한 그리움과 삶에 대한 욕구가 은근히 솟는다. 강가에 서면 어느덧 행복의 미답지를 향해 돛을 올리고 싶은 마음이 생긴다. 무슨 변화일까. 열여섯 살 청소년에게 강이라는 보통명사가 점점 희망이라는 추상명사처럼 여겨지기 시작했다. 물고기가 비늘을 반짝이며 헤엄치는 희망과 미덕의 강에 빠져죽을 생각을 했다니……

개울은 강을 이루고 강은 바다로 흘러간다. 강물은 자신에게 허용된 거리만큼 바다로 흘러간다. 강에는 분명 시작과 끝이 있다. 바다는 세상의 모든 강을 받아들이는 모성의 공간. 강이 소멸하는 동시에 새로운 생명이 시작되는 곳이다. 강은 그저 사라지거나 죽는 것이 아니라 바다가 지닌 생명력의 원천이다. 나도 그 강가에서 태어났다.

인제 설악산 계곡에서 시작된 소양강은 한강이 되어 서해로 태평양으로 흘러갈 것이다. 바다로 흘러간 소양강물은 고래와 상어의 고향으로 변신할 것이다. 나는 이 작은 도시에서 소양강을 생명의 강으로 품으며 십대의 삶을 새로 시작해야 한다는 현실을 조용히 받아들이기로 했다. 내 고향을 춘천이라기보다는 소양강의 도시로, 절망의 은둔지가 아닌 희망의 전진기지로 만들고 싶었다.

3.

고등학교 1학년 때부터 나는 작은 혁명을 시작했다. 그것은 암울한 청소년시절을 탈피하기 위한 번데기의 몸부림이었다. 아버지는 이미 신문사를 그만 두고 실직상태에 있었다. 나는 하루 두 끼만 먹어도 얼마든지 살 수 있다는 생각을 혁명신조의 밑바닥에 깔아놓았다. 그리고 혁명의 성취를 위해 공부벌레가 되기 시작했다.

그러나 아버지는 다시 다른 사람들과 어울려 이런저런 사업을 시도하고 있었다. 버스종사원 양성소사업, 휘발유 판매대행, 젖소사육 같은 것은 아버지의 성격과는 어울리지도 않고 실패할 것이 뻔한 모험이었다. 어머니는 보따리장사를 계속했다. 그런 가운데 더 나쁜 일이 벌어지기 시작했다.

아버지 종친 가운데 할아버지뻘이 된다는 어떤 사람이 집을 들락거리기 시작하면서 아버지를 부추겨 광산개발에 발을 들여놓게 했다. 낯선 종친은 집에 올 때마다 반짝반짝 빛이 나는 검정색 광석을 들고 와서 그것이 노다지를 안겨줄 보물덩어리라고 목소리를 높였다. 그리고 그것은 아연이라는 광물이며 단순한 아연이 아니라 다량의 금을 함유한 아연광이라고 했다. 종친이 늘어놓는 황당한 이야기에 아버지는 보물섬 이야기라도 듣는 듯 귀를 기울였다.

나는 어머니에게 그 종친이 더 이상 집에 출입하지 못하도록 해달라고 부탁했지만 그 사람은 막무가내로 들락거리며 일을 벌이기 시작했다. 아버지는 종친과 함께 화천 어딘가에 있다는 광산현장을 다녀온 뒤 관청을 들락거리며 개발절차를 밟기 시작했고 여기저기 자금을 빌리러 돌아다니기도 했다. 언젠가 종친이라는 어른이 아연광석을 들고 집에 다시 찾아왔을 때 나는 종친에게 그동안 벼르던 이야기를 쏟아냈다.

"할아버지, 저는 할아버지가 뉘신지 모르지만 제발 우리 집에 더 이상 오시지 않았으면 좋겠습니다. 할아버지가 자꾸 오시면 우리 집에 나쁜 일이 생길 것 같은 예감이 듭니다. 광산이고 뭐고 우리 집에는 당치도 않은 일이예요."

"아니, 이 녀석이 할아버지한테…… 네가 뭘 안다고 어른들 얘기에 끼어드는 거냐?"

"아버지가 광산 하는 것도 싫고 빚지는 것도 싫습니다. 앞으로 광산 일 때문에 저희 집에 오시지 않으면 좋겠습니다. 제가 공부하는 데도 방해가 되니까요."

"이 녀석 봐라. 버릇이 없구나. 상신이, 자네 아들을 어떻게 키웠나?"

"아버지를 나무라지 마세요. 저는 할아버지라는 분이 투전판을 벌여 남의 집 재산까지 축냈다는 사실도 알고 있습니다. 종친이라는 분이

남에게 피해를 주면 되겠습니까?"

잠자코 듣고 있던 아버지가 나를 말리며 타일렀다.

"네가 나설 자리가 아니다. 건너가서 공부나 해라."

"아버지, 여러 번 사업에 실패하고 또 무슨 일을 꾸미시는 거예요? 제발 그만 두세요! 광산은 투전판이에요."

"공부나 하라니까!"

"아버지, 집안이 불안해서 공부를 못하겠어요. 이 분은 대체 누구십니까? 자꾸 할아버지라고 말씀하시는데, 아버지를 낳은 친할아버지와는 도대체 어떤 관계입니까?"

"그만두라니까! 너와 상관없는 일이다."

"아버지, 그게 어째서 저와 상관이 없어요? 빚더미에 올라앉으면 집안이 망하는데 상관이 없다니요?"

아버지는 당황했고 종친이라는 사람은 노기를 참지 못해 안절부절못했다. 아, 망상과 헛된 낙관주의에 빠진, 구름 속의 보물을 찾는 아버지. 아버지가 원망스러웠다. 나는 아버지에게 다시 신문사에 들어가실 수 없느냐고, 고모에게 부탁해서 농사라도 지을 수 없겠느냐고 애원했다. 아버지는 광산에 정신을 빼앗기더니 나중에는 집에 귀가하지 않는 일도 잦아졌다.

그러던 어느 날부터 집에 낯선 사람들이 출입하기 시작했다. 처음에는 그들이 누구이며 왜 집에 찾아오는지 알 수 없었지만 곧 그들이 빚쟁이라는 사실을 알게 되었다. 빚쟁이들의 출입이 빈번해지면서 아버지와 그들 사이에는 높은 언성이 오가기 시작했다. 아버지는 그들을 피해 다른 곳으로 가서 며칠씩 묵다가 돌아오곤 했다.

결국 아무도 모르는 사이에 집문서는 타인의 손으로 넘어가버렸던 것이다. 아버지를 말리지 못하는 어머니도 딱했지만 나는 할머니가 더

불쌍했다. 지아비를 일찍 잃고 청상과부로 세월을 보낸 할머니. 평생 호강 한 번 누리지 못하고 앵도환 호 사건 때 납북된 작은 아들 걱정으로 시름에 잠겨온 할머니. 집안 식구를 제대로 먹여 살리지 못하는 아들을 보고도 어미로서 싫은 소리 한 마디 하지 않는 할머니. 할머니의 속 깊은 모정은 세상사의 속절없음을 초월한 무상의 체념이었을지도 모른다. 나는 할머니가 측은했다.

그런 할머니를 위해 손자인 내가 할 수 있는 일이 없었다. 가끔 고모 댁에 다녀올 때 고모가 건네준 봉지담배와 간식이 할머니에게는 작은 위안이 됐을 것이다. 할머니는 고모가 준 약과나 다식을 농속에 숨겨뒀다가 손자들에게 꺼내주곤 했다. 할머니는 내가 의지할 수 있는 힘이며 정신적 부도옹이었다.

가장의 의무를 다하지 못하는 아버지가 원망스러웠다. 그러나 소양강이라는 상징 – 희망의 지표이기도 한 – 속에 담아놓은 나의 혁명신조를 포기할 수 없었다. 아니 오히려 혁명신조를 더욱 풀무질해야 했다. 나는 아버지라는 존재를 내가 시작한 혁명의 무대 밖에 옮겨놓기로 했다.

고등학교 1학년 때부터 나는 봄 여름철 내내 일요일과 공휴일이면 버스를 타고 소양강으로 나갔다. 그때마다 내 곁에는 친구 헌이가 있었다. 헌이의 집은 우리 집으로부터 오십 미터밖에 떨어져있지 않았다. 헌이의 어머니와 나의 어머니는 어릴 적부터의 단짝 친구였다.

아버지가 오래 전 졸업했던 바로 그 농업고등학교에 다니는 헌이는 물고기 잡는 기술이 뛰어났다. 어항을 놓는 기술, 견지낚시 기술, 낚시미끼를 선택하고 매다는 기술, 돌팡으로 물고기를 잡는 기술은 흉내 내기 어려운 전문가의 솜씨였다. 흐르는 여울에 웅덩이를 파고 깻묵을 붙인 어항을 물 흐름의 반대방향으로 놓은 다음 강물 밖으로 나와 30

분 정도 기다리면 어항 속에는 피라미나 참마자가 바글바글 했다. 헌이는 그런 어항을 여울 서너 군데에 설치해 놓았다.

어항으로 잡은 물고기는 피라미, 참마자, 모래무지, 쉬리, 동자개, 종개 같은 것들이었다. 가끔 육식어종인 꺽지가 어항 속에 들어가게 되면 어항 주변에서 놀던 피라미 떼는 모두 도망해 버리기 일쑤였다. 그럴 때면 헌이는 어항 둑을 허물고 다시 다른 곳에 어항을 놓았다. 어항을 설치해 놓은 뒤 둘은 여울 아래쪽으로 내려가 견지낚시를 했다. 구더기를 미끼로 달면 물고기는 곧잘 낚였지만 물속에서 사는 고나[3]를 미끼로 하면 더 잘 잡혔다. 고나를 미끼로 단 낚싯줄을 당겼다 늦췄다 하면 끄리나 누치, 피라미들이 곧잘 낚여 올라왔다. 헌이는 나의 낚시 선생님이었다.

잡은 물고기는 불에 굽거나 매운탕을 끓였다. 헌이의 매운탕 끓이는 솜씨는 신기할 정도였다. 그는 매운탕을 안주 삼아 술을 곧잘 마셨다. 그의 아버지는 소문난 호주가였는데, 고교 일년생인 아들의 음주를 일찌감치 눈치 채고도 눈감아주고 있었다. 헌이는 점잖은 폼으로 소주를 마셨으며 주량이 네 홉들이 한 병을 넘기는 일이 없었다. 친구는 나에게 술을 권하지 않았다. 굵은 소금을 뿌려 석쇠에 구운 참마자와 동자개의 담백하고 독특한 풍미가 혀를 즐겁게 만들었다. 피라미나 끄리 같은 맛이 덜한 물고기들은 창자를 걷어내고 소금을 뿌린 뒤 자갈 위에 널어 햇볕에 바짝 말렸다.

둘은 하루 종일 강가에서 천렵을 하며 시간을 보냈다. 어항에 물고기가 들기를 기다리는 동안 나는 모래밭에서 영어 명문과 수학공식을 외우고 한국 현대시를 소리 내서 암송했다. 일요일은 잠시 세상과 일상으로부터 격리되는 시간이었으며 소양강은 내 혁명신조를 벼리는 자

---

3) 날도래 유충인 암녹색 벌레

유와 해방의 공간이었다. 봄, 여름, 가을철에는 비가 내려도 둘은 소양 강으로 나가 천막을 치고 하루를 보냈다. 현이는 나의 혁명신조를 이 해하고 실천을 돕는 친구였다. 나는 친구와 함께 고등학교 3년 내내 소양강으로 나가 물고기를 잡을 터였다.

4.

고등학교 2학년까지 나는 우등생이었다. 우등상장은 대수로운 것이 아니지만 내가 소양강이라는 마음속 표지판에 새겨놓은 혁명신조를 지 키기 위해서는 스스로를 독려하고 확인할 필요가 있는 증표이기도 했 다. 그러나 3학년이 되면서 나는 우등생이 되기를 포기했다. C 고교의 우등생들이 서울의 일류 대학에 합격하는 예를 볼 수 없었기 때문이다. 나는 깡패학교라는 불명예스러운 별명이 붙은 - 주먹클럽이 많은 탓이 었으리라 - C 고교의 학력수준을 믿을 수 없었다.

3학년이 되면서부터 몇몇 교사들이 어느 대학을 지망하는지를 묻기 시작했다. 고교1년 때부터 미술시간에 내 그림을 눈여겨보던 미술교사 L 선생은 미술대학 진학을 권유하기도 했다. 나는 이미 역사학자가 되 기로 마음먹고 있었다. 고등학교 2학년 시절에 이미 여러 권의 역사책 을 읽었다. 토인비의 역사의 연구 축약판, 헤로도토스의 역사, 플루타 르크 영웅전, 조좌호 교수의 세계사 개관, 단제 신채호의 조선상고사를 읽으며 역사의 매력을 느꼈다.

적어도 나에 관한 한 역사는 대하처럼 흐르는 서사시 - 인간사를 엮 어놓은 - 로 여겨졌다. 역사는 상상속의 현실이었고 세상을 조망하는 창이었다. 나는 국한문 혼용의 역사책을 읽는 데 어려움을 느끼지 않 았다. 아버지의 농업학교 동기생 한 분이 소장하고 있던 몇 권의 역사책을 주셨다. 그 가운데는 영문으로 된 희귀본 원판도 있었다. 1958년 영국 런던에서 처음 발간된 르네 알브레히트 까리에의 유럽외교사 (Diplomatic History of Europe since the Congress of Vienna) 초판본도 희귀본 중의 하나였다. 아버지 친구 분 – S 법대를 졸업한 – 은 어렵게 구한 책이니 사학도가 되기를 원하는 내가 장차 대학생이 되거든 꼭 읽어보라며 그 귀한 책 – 대학생이 된 후 이 책의 엄청난 진가를 알게 됐지만 – 을 나에게 주었던 것이다.

역사책 읽기만큼 재미있는 일도 있었다. 그것은 친구 헌이로부터 배워 만든 광석 라디오로 뉴스와 음악을 청취하는 일이었다. 집안에 라디오를 구경하기 어려운 시절 직경 15센티미터 정도의 소형 스피커와 손톱만한 트랜지스터 광석 한 개를 조립해서 만든 광석라디오는 보물 같은 청각기기였다.

광석 라디오를 듣기 위해서는 긴 안테나선이 필요했다. 헌이와 나는 동네 언덕에 있는 아카시아 나무들 사이에 칠팔십 미터의 전선을 연결하고 전선의 중앙부에 인입선을 달아 집안으로 끌어들이는 작업을 함께 했는데, 그 작업이 얼마나 힘든지 몰랐다. 기다란 전선을 든 채 남의 집 대문을 열거나 담을 넘어야 할 때가 많았고 전선을 허리춤에 묶고 나무에 오르는 위험을 감수할 때도 있었다. 고생스러운 작업 끝에 헌이와 우리 집에는 광석라디오가 설치됐다. 볼륨을 조정할 수도 없고 소리가 작아 혼자서만 들을 수 있는 간이 라디오였지만 바깥세상의 소식을 접할 수 있는 귀한 음향 기기였다.

학교에서 돌아오면 집에 틀어박혀야 하는 나에게 광석라디오는 큰 위안과 즐거움을 주었다. 그것은 대학입학시험에 관한 정보도 알려주었다. 광석 라디오로 듣는 가장 즐거운 프로그램은 음악이었다. 국민학교 시절 가장 싫어하고 두려워한 과목이 음악이었지만 음악은 점점 친근한 벗이 되고 있었다.

고교 3년 동안 나를 사로잡은 노래 하나가 있었다. 점심시간마다 옥상 스피커에서 울려 퍼지는 노래는 들을수록 가슴을 파고들었고 마음속에 애수와 그리움 같은 것을 쌓이게 했다. 그 노래가 너무 좋아 점심시간이면 도시락을 들고 뒷마당 잔디밭으로 나갔다. 도시락을 먹으면서 노래를 들었고 먹고 나서 잔디에 누워 또 들었다. 방송실 음악담당 친구는 점심시간 내내 그 노래를 반복해서 틀어주었다. 그 노래는 노르웨이 작곡가 그리그가 작곡한 솔베이지의 노래였다.

5.

3학년 2학기에 접어든 어느 날 담임선생이 나를 교무실로 불렀다. 담임은 내가 우등생을 포기한 이유와 S 대학교를 목표로 입시준비를 해오고 있음을 알고 있었다. 담임이 내게 최종적인 대학진로를 물었을 때 나는 S 대학교 문리과대학 사학과라고 답했다. 담임은 정치학과나 법과대학은 어떻겠느냐고 의사를 타진했다. 나는 다른 학과는 관심이 없고 오직 역사를 공부하고 싶으며 장차 교수가 되고 싶다는 평소의 생각을 말했다.

담임선생은 6.25전쟁 때 부모를 잃어 고아가 되었으나 어렵게 독학을 해 S 사범대학에 진학한 경력의 소유자였다. 뒷날 알게 된 사실이지만 대학 합격통지서를 들고 신문사를 찾아와 아버지에게 등록금을 마련해줄 독지가를 찾아달라고 호소했던 장본인이기도 했다. 담임은 내 실력을 믿고 있는 것일까. 혹시 과신하고 있는 것은 아닐까.

나는 내 실력이 어느 정도인지 가늠할 수 없었다. 내가 다니는 C 고교의 수업내용과 입시지도 방식에 대해서도 불안감을 느꼈다. 3학년을 담당한 일부 교사들은 지적 준비상태가 부족한 것처럼 보였고 학습지도 방법도 우물 안 개구리처럼 구태의연했다. 교사 자신이 대학별 입시정보에 어두웠으며 학생들에게 입시 가이드로서의 자신감을 보여주지 못했다. 학교 수업에만 의지했다가는 목표로 하는 대학에 합격할 수 없을 것이라는 두려움 때문에 나는 내 나름의 방식으로 입시준비를 하지 않을 수 없었던 것이다.

나는 지구의 자전주기를 무시해야만 했다. 일일 학습목표량을 달성하는데 스물네 시간은 부족했다. 돈이 없어 학원과외나 방과 후 보충수업도 받을 수 없었으므로 학교수업이 끝나면 곧바로 귀가했고 귀가 후의 시간을 더 쪼개고 늘려야 했다.

나는 저녁에 내가 만든 시간표에 따라 공부했다. 매일 밤 자정을 넘기며 영어문장 - 링컨의 게티즈버그 연설문 분량의 - 한 개씩을 외우고 수학문제 50개를 풀었다. 1,2학년 때 받았던 우등상장은 이미 마음 속에서 폐기처분했으므로 S 대학교 입시에 필요한 다섯 과목을 집중적으로 공부했다. 서울의 명문 K 고교생들이 나의 경쟁자라는 생각으로 그들이 공부한다는 참고서, 문제집, 심지어는 대학교재를 구해 읽고 외우고 풀었다. 이것이 나의 자가 학습 방식이었다.

나는 필요한 책을 사기 위해 K 서점 - 내가 고3때 처음 생긴 춘천의 대표적인 헌 책방이었다 - 을 이용했다. 책방 주인 H 씨는 내가 부탁한 책을 준비해 두었다가 싼 값으로 팔았으며 나는 다 읽은 책을 다시 K 서점에 되팔았다. 내가 도서관장님이라고 부른 H 씨는 나를 특별고객으로 취급했다. K 서점은 내 단골서점이자 지식창고였다.

아버지는 가끔 영자신문 코리아 헤럴드와 영문 잡지 아시아 매거진을 구해다 주었다. 그것은 영문 사설과 좋은 문장을 골라 외우는데 유용한 교재들이었다. 나는 영자신문과 잡지에서 좋은 글들을 오려내 주머니에 넣고 다니며 외웠다. 도시락을 먹으며 외우고 틈틈이 화장실에서도 꺼내 외웠다.

밤샘공부를 하고 체력을 유지하기 위해서는 영양보충이 필요했지만 나는 고기 구경을 하지 못한 채 채식으로 버텼다. 밤중에 배가 고프면 멀건 배추 죽으로 허기를 때우고 책장을 넘겼다. 보통 새벽 세 시가 되어서야 잠자리에 들었는데, 아침에 등교한 뒤로는 수업시간에 코피를 자주 흘렸다. 거울에 비친 나의 얼굴은 늘 백지장처럼 창백했다.

이 모든 간난을 견디게 한 것이 있었다. 그것은 오뚝이였다. 고등학생이 되던 날 할머니가 내 책상에 갖다놓은 오뚝이. 6.25 한 해 전 삼촌이 장난감으로 만들어줬던, 전쟁기간 내내 그리고 그 이후로도 할머니가 보물처럼 간직해 온 오뚝이. 할머니에게는 납북된 작은 아들의 분신이기도 했다.

어머니는 나의 대학진학을 탐탁지 않게 여겼다. 대학은 무슨 대학이냐며 면서기라도 해서 빨리 취직이나 하라는 식으로 아들의 기를 꺾어 놓곤 했다. 나는 3년 전과 같은 실패를 반복하기 싫었다. 나는 반드시 대학을 가야만 했다.

국립대학 진학은 선택의 여지가 없는 일이었다. 사립대학은 등록금이 비싸 합격을 해도 다닐 엄두가 나지 않았다. 대부분의 사립대학 등록금은 국립대학보다 세 배 이상 비쌌다. S 대학교에 진학하면 아르바이트를 해서 학비문제는 어떻게든 혼자 해결할 수 있을 것 같았다. 아버지는 나의 대학진학을 바랐지만 뒷받침을 할 아무런 대책도 마련하지 못했다.

3년이라는 세월. 아버지에 대한 애증이 계속 마음의 갈등을 일으켰지만 고교시절을 그런 감정의 굴곡에 맡기며 보낼 수는 없었다. 열여덟 살의 청소년에게 고교 3년은 중3 시절의 악몽과 싸우는 전시였으며 출감을 기다리는 죄수의 형기나 다름없는 시간이었다. 돌이켜보면 중학교 시절은 가난, 우울, 치기어린 병적 감수성에 갇힌 시기였던 게 분명했다. 그러나 고등학교 시절에 나는 마침내 염세적 세계관과 병적 감수성에서 벗어났다. 아무도 모르게 그리고 기쁘게.

소양강물이 흐르듯 시간은 흘러갔다. 그리고 마침내 졸업이 다가왔다. 졸업식이 끝난 뒤 담임선생과 아버지와 나는 학교 근처에 있는 설렁탕 집으로 점심을 먹으러 갔다. 점심을 먹는 도중 담임이 낡은 앨범 한 권을 펼쳐 보이며 말했다.

"이 스크랩이 제가 대학 합격자 발표 후 신문사에 찾아가 독지가를 구해달라고 호소했던 내용입니다. 그때 편집국장이셨던 세호 아버님이 기사를 실어주셔서 독지가 몇 분으로부터 도움을 얻게 됐습니다. 그때를 잊을 수 없어서 이렇게 스크랩을 해두었죠. 다시 한 번 감사드립니다."

아버지는 뜻밖이라는 듯 놀라면서도 약간 쑥스럽고 겸연쩍은 표정이었다. 이날 점심 값은 담임선생이 지불했다. 나는 제자에게 점심을 사주는 담임이 고마웠지만 아들의 스승에게 점심 한 끼 대접하지 못하는 아버지 때문에 부끄러웠다.

담임은 아버지에게 내가 목표하는 대학에 진학할 수 있을 것이라는 낙관적인 견해를 표명했다. 아버지는 담임선생의 이야기에 "그렇습니까?"라는 한 마디로 대꾸했을 뿐 그 밖에 다른 특별한 말은 하지 않았다. 자식이 고등학교를 졸업했는데 이렇다 할 감회도 없이 무덤덤할 수가 있을까. 아버지의 태도는 평소 지나칠 정도로 감상적인 모습을 보여 온 것과는 너무 달랐다. 나는 아버지의 생각을 읽을 수 없었다.

졸업식 날 오후 내내 나는 집에서 잠을 잤다. 오래간만에 꿀맛 같은 숙면을 했는데, 아마 열두 시간 이상 잤을 것이다. 잠을 자면서 S 대학 입시에 떨어진 꿈을 꾸었다.

6.

추위가 한창인 1월 어느 날 나는 입학시험을 치르기 위해 서울로 왔다. 종로5가 여인숙에서 아버지와 함께 하룻밤을 보낸 뒤 아침에 동대문시장에서 해장국을 먹고 동숭동에 있는 문리과대학으로 갔다. 학교 정문에는 전국의 명문 고교 선배들이 후배 입시생들을 격려하기 위해 준비한 플래카드와 벽보가 빽빽이 나붙었다. 모교인 C 고등학교의 플래카드는 어디에도 보이지 않았다. 나는 약간 외롭다는 생각이 들었다.

마침내 입학시험이 시작되었다. 긴 시간을 기다리며 벼려온 운명의 첫 전투가 70분 동안 진행되었다. 첫 번째 과목인 국어시험을 치르고 나서 뒤늦게 교실 밖으로 나오자 기다리던 아버지가 초조한 얼굴로 물었다.

"국어 시험이 어땠니? 잘 봤니?"

"……고등학교 때 배운 게 모두 허탕이에요. 잘못하면 낙제할 거 같아요."

"너는 신문사설도 많이 읽고 한자도 그만하면 두려울 게 없잖니? 국어가 그렇게 어렵든?"

"너무 힘들었어요. 교과서 밖에서 출제된 문제가 많았어요. 현대문은 처음 보는 예문이고요. 과락 할까봐 겁이 나요. 그냥…… 집으로 내려가야 할 까 봐요."

"무슨 소리냐? 포기하면 안 돼! 끝까지 치러야 돼!"

다음 과목인 수학 시험까지 20분이 남아 있었다. 아버지는 잠깐 기다리라며 어디론가로 사라졌다가 뜨거운 커피가 든 플라스틱 컵을 들고 돌아와 아들에게 건네면서 말했다.

"너만 잘못 본 게 아니다. 다른 서울 학생들한테 물어봤더니 모두가 국어 시험을 망쳤다고 하더라. 그러니까 아직 실망하긴 이르다. 다음

과목부터 잘 치르면 돼."

"서울 학생들이 그렇게 말해요? 국어를 망쳤다고요? 정말 그렇다면 해봐야죠! 그래도 작문 하나는 끝까지 완성했거든요."

"작문? 작문이 출제됐다고? 그래 무엇에 대해 쓰라고 했니?"

"하늘이라는 제목으로 천 자 내외의 자유 작문을 하라는 거였어요."

"그래, 무슨 내용을 어떻게 썼니?"

"……갑자기 생각이 나질 않네요……. 이런 내용을 쓴 거 같아요…… 하늘은 자유의 공간이다. 하늘은 인간이 처해 있는 시간과 장소…… 그것을 바라보는 감정에 따라서 다르게 보일 것이다…… 고교 시절 소양강에서 쳐다보던 하늘과 S 대학 캠퍼스에서 보는 하늘이 다르듯…… 춘하추동 계절에 따라 달리 느껴지고 아침 낮 저녁을 거치면서 시시각각 다른 얼굴을 드러내고……."

"그래, 내용은 좋다. 육하원칙은 따르지 않더라도 기승전결의 맥락만 제대로 갖추면 될 거다. 그뿐이냐? 다른 내용은?"

"……하늘은 모든 인간에게 평등하게 주어진 공간이지만 인간이 어떻게 사유하느냐에 따라 달리 보일 수도 있다…… 희망, 기쁨, 절망, 고독의 감정에 따라 밝게도 어둡게도 보일 것이다…… 하늘 자체는 형이하학적 자연이지만…… 인간이 하늘에 거는 소망이나…… 인간이 하늘을 해석하는 관념은 형이상학의 대상이 될 수도 있다……."

"형이상학? 좋다! 그래서 결론을 어떻게 내렸니?"

"인내천이라는 거 있잖아요? 동학사상 말씀이에요…… 인간과 하늘과의 관념론적, 철학적 관련성도 슬쩍 언급했죠. 민심이 천심이다. 순천자는 흥하고 역천자는 망하니…… 천명에 따르면…… 인간의 정성은 하늘도 움직일 수 있다…… 그리고…… 나의 하늘은 나의 가슴에 펼쳐질 것이니…… 평생 내 가슴 속의 하늘을 만들어야 하지 않겠는가……

대충 이렇게 쓴 거 같아요."

"그렇게만 썼다면 됐다. 낙제는 면할 수 있을 게다."

"고문도 어려웠어요. 답을 쓰지 못한 게 많았어요. 낙제 점수만 면하면 참 좋겠는데……."

"오냐. 끝까지 해 봐야지."

"아버지, 아무튼 최선을 다해볼 게요."

옆에서 부자간의 대화를 듣고 있던 수험생 두 명이 내 얼굴을 힐끗 쳐다봤다. 그들은 세칭 일류학교인 K 고등학교 학생들이었으며 마름모꼴 배지를 단 교복을 입고 있었다. 나는 C 고등학교의 배지와 명찰이 달린 교복차림이었다. 작문시험의 결과를 궁금히 여겨 아들에게 기승전결과 육하원칙을 묻고 글의 내용을 확인하는 아버지는 참으로 오랜만에 신문기자의 직업의식으로 돌아온 것 같았다. 아버지는 수험생인 아들에게 그래도 한 가닥 기대를 걸고 있는 게 분명했다. 아버지의 그런 마음을 눈치 채니 비장한 생각마저 들었다.

수학과목이 희망을 안겨주었다. 넘을 수 없는 장벽처럼, 난제의 바다처럼 두려워하던 수학에서 나는 선전했다. 주관식 문제 여섯 개 가운데 세 개를 완전하게 풀고 두 문제는 확신이 서지 않는 해답을 썼으며 나머지 한 문제는 포기했다. 수학과목에서 절반만 확실하게 득점한다면 희망을 걸 수도 있을 것이다. 수학 시험이 끝나고 감독관이 "그만!" 하며 외치는 순간 나는 믿지도 않는 신을 부르며 기도했다. '하느님, 천지신명님! 도와주세요. 3년 동안 참고 기다려 왔어요……. 제발 수학문제 세 개만이라도 맞게 해 주세요!'

내가 교실 밖으로 나오자 아버지가 궁금해서 못 견디겠다는 표정으로 무엇인가를 물으려고 했다. 나는 아버지에게 자신감을 드러내고 싶지 않았다. 그래도 아버지는 또 물었다.

"세호야, 수학은 어땠니?"

"정말 어려웠어요. 원래 S 대 수학시험은 어렵다고 소문났잖아요. 운명에 맡겨야죠."

"포기하지 마라. 서울 학생이라고 별 수가 있는 건 아니잖니?"

아버지의 말은 사실 옳았다. 서울 학생이라고 별 수가 있는 것은 아닐 것이다. 나에게 어려운 문제는 서울 학생들도 어려울 테니까. 공부도 그렇고 시험도 그렇고 세상살이도 다 그럴 것이다. 그래, 지난 3년 세월이 너무 힘들고 억울해서 끝까지 해보는 거다.

다음날도 시험은 계속되었다. 영어와 나머지 선택과목 두 개를 치르고 나서 나는 마음속으로 미소를 지었다. 영어 시험을 치를 때 객관식 문제 마흔 개의 답을 풀면서 '하느님, 고맙습니다.'를 여러 번 되풀이했다. 'What I did yesterday'라는 제목으로 출제된 영작문에서는 입시 전날 느낀 감회를 담담하게 적어 내려갔다. 지난 3년간 공부하며 다짐해 온 자신의 혁명신조를 실천할 기회가 왔음을 술회하는 시골학생의 각오와 고교시절 소양강에서의 추억을 중문과 복문을 섞어가며 써내려갔다.

예를 들어 나는 resolution, revolutionary, commitment니 하는, heaven, tranquility니 하는 제법 고급스런 단어를 사용해 영작문을 했다. 스스로 생각하기에 그럴듯하고 결의에 찬 문장을 만든 것으로 여겨져 은근히 만족한 기분이 들었다. 평소 영자신문과 영문 잡지에서 발췌해 외워두었던 수십 개의 문장들이 제한된 시간에 어떻게 그렇게 머리에서 술술 쏟아져 나오는지 내가 생각하기에도 신기하기만 했다. 영어시험을 끝낸 뒤에도 나는 아버지에게 자신 있다는 얘기를 입 밖에 내지 않았다. 속으로는 은근히 미소를 지었지만 아버지 앞에서는 끝까지 불안한 표정을 지었다.

이틀 동안의 시험을 끝낸 나는 아버지를 먼저 춘천으로 보내드리고 서울 이모 댁에서 며칠간 묵으며 시간을 보냈다. 남산에 올라 서울 시내를 바라보기도 하고 한강변에 가서 스케이트를 즐기는 시민들의 모습을 지켜보기도 했다. 3년 전 고교입시에 두 번씩 낙방한 후 죽을 생각으로 찾았던 한강. 그 한강을 3년 만에 다시 찾은 느낌이 새로웠다. '이번에는 죽을 생각으로 찾아온 게 아니야. 살 생각으로 온 거지. 인생을 사람답게 살 생각으로 말이야…….' 이모가 "세호야, 합격 자신 있니?"라고 물었을 때 나는 빙그레 웃으며 "모든 건 이미 정해졌어요."라고 알 듯 모를 듯한 말로 대답했다.

춘천으로 돌아오고 나서 열흘 후에 합격자가 발표되었다. 합격자 발표가 있던 날 나는 소양극장에서 그레고리 펙이 주연하는 전쟁영화 〈나바론의 대포〉를 관람하고 있었다. 영화를 보고 나서 집에 돌아오자 집 앞에서 기다리던 같은 반 친구 두 명이 내가 합격했음을 알리며 축하해주었다. 나는 다시 한 번 확인하기 위해 친구들과 함께 학교로 달려갔다. 교무실에 들렀을 때 교사들이 기다리고 있었다는 듯 악수를 하며 축하했다. 내 손을 잡는 담임선생 앞에서 나는 고개를 숙였고 담임은 내 어깨를 두드려주었다.

"세호, 축하한다! 그동안 고생이 많았다."

"선생님 덕분입니다……."

"내 후배가 돼 자랑스럽구나. 이제부터 시작이야. 잘 해야 된다."

"알겠습니다."

교장 선생은 말없이 내 손을 잡고 어깨를 다독여주었다. C 고등학교에서 50여 명이 S 대학교에 응시했는데, 합격자는 세 명이었다. 합격자 발표가 있던 날 저녁 아버지는 평소보다 늦게 귀가했다. 식구들이 모인 자리에서 술 냄새를 잔뜩 풍기며 아버지가 말했다.

"아버지 친구들이 축하해 주는 바람에…… 술 좀 마시고 왔다. 네가 S 대학교에 합격하니까…… 친구들이 법석이더라. 법대 출신인 상명 아저씨가 제일 기뻐했지. 음…… 아무튼 집안에 경사가 나긴 났구나."

어머니는 겉으로 기뻐하는 기색이었지만 벌써부터 입학금 걱정을 하는 것 같았다. 할머니가 내 손을 잡았다.

"우리 손자가 합격을 했다고?"

"예, 할머니, 합격했어요!"

"오냐, 내 손자가 장하다."

"할머니 덕분이에요. 할머니가 간수해 오신 오뚝아…… 오뚝이가 힘이 됐어요!"

나는 할머니를 끌어안았다. 할머니는 나를 아기처럼 감싸 안았다. 오뚝이를 조카에게 만들어주고 영원히 떠나간 나의 삼촌. 할머니는 다시 작은 아들 생각에 눈시울을 붉혔다. 나는 할머니 품에서 눈시울을 붉혔다.

다음날 나는 서둘러 기차를 타고 서울로 왔다. 성동역에 도착하자마자 다시 전차를 타고 종로5가로 갔다. 거기서부터 동숭동 문리과대학까지는 숨이 턱에 차도록 뛰어갔다. 대학본부 건물에 합격자 명단이 걸려 있었다. 하얀 종이에 학과별로 적어놓은 수험번호를 읽어나가다가 내 수험번호가 적혀있는 것을 발견했다. 1370번 틀림없는 나의 수험번호였다. 내 번호 앞뒤로는 합격자가 없었으며 몇 번씩 건너뛰어서야 합격자가 나왔음을 알았다. 대학본부에서 합격증을 받아든 나는 그날로 춘천으로 돌아와 식구들에게 보여주었다.

아버지는 며칠 동안 여기저기 불려 다니며 술을 마시고 귀가했다. 합격은 아들이 했지만 영광은 아버지의 몫이었다. 나는 중앙로 네 거리에 있는 빵집이 생각났다. 고교 3년 동안 빵 냄새의 유혹을 견디기 어려워 일부러 피해 다녔던 그 제과점에 앉아 크림빵을 먹고 싶었다. 긴 세월 나의 코와 침샘을 자극했던 빵가게에서 나는 맨 처음 합격소식을 알려준 두 급우들과 함께 평생 처음 빵을 배부르게 먹었다. 크림빵의 감칠맛은 혀를 행복하게 했다. 극장구경이라도 하라며 용돈 몇 푼을 쥐어준 아버지가 고마웠다.

참기 어려운 향기를 거리에 풍겼던 만나당이라는 상호의 빵가게. 만나당은 나에게 고교생활의 간난을 반추하게 만든 기억의 건널목이자 용돈이 없어 마음대로 출입할 수도 없는 낯선 기항지였다. 그동안 나는 먹고 싶은 크림빵 대신 어쩌다 노상에서 파는 붕어빵으로 혀를 달랬던 것이다.

아버지의 수중에는 돈이 없다는 것을 나는 알고 있었다. 아버지는 아들의 입학금을 마련하기 위해 부지런히 움직이는 눈치였지만 나는 입학금 걱정보다는 서울에 가서 아르바이트를 할 궁리에 더 몰두했다.

조용히 중3시절을 떠올렸다. 서울에서 고교입시에 두 번씩이나 낙방했을 때 느꼈던 끝없는 패배의식과 모멸감. 한강 난간을 붙들고 죽음을 생각했을 때의 고독과 절망. 그 때 나는 세상 밖에 살고 있었던 것이다. 그러나 그 시절은 갔다.

어쩌면 넘지 못할 장벽일 것만 같았던 대학의 문턱을 나는 넘어서고 있다. 이제 나는 인생을 새로 시작해야 하리라. 궁핍과 악몽의 터널을 빠져나와 새로운 세상의 일부가 되었으니 내가 걷는 길에 다시는 고난의 그림자가 드리우지 않기를……

가정교사

1.

1964년 3월 나는 목표로 했던 대학에 입학했다. S 대학교 문리과대학은 내가 낭만적으로 생각하던 대학이 아니었으며 사학과는 관념적으로 선호했던 학과가 아니었다. 역사학은 고교 3년 동안 소양강변을 들락거리며 꿈꾸고 구상하던 학문이었고 인간사회에 대한 탐구와 사유의 대상이었다. 나는 구체적인 연구 분야와 방법도 마음속으로 생각해 놓았다. 동서양 문명의 교류는 가장 큰 관심사이며 연구대상이었다. 하고 싶은 공부를 하게 되었다는 것은 행운이며 기쁨이었다.

입학금은 아버지 친구 몇 분의 도움으로 겨우 해결했지만 숙식할 곳을 찾는 것이 급했다. 나는 서대문구 교외에 있는 이모 댁에서 우선 몇 달 동안 의탁하기로 했다. 이모 댁에는 국민학교에 다니는 이종형제들이 있었는데, 낮에는 대학에 나가 수업을 받고 저녁에는 그들을 가르쳤다.

1964년 봄 학기가 시작되면서 서울의 대학가는 최루탄가스와 학생들의 함성에 휩싸이기 시작했다. 입학한 지 한 달도 못되어 학교는 데모로 인해 휴강하는 일이 잦아졌다. 서울시내 곳곳에서는 대학생들의 가두시위가 벌어지면서 시위대와 경찰이 충돌하는 상황이 빈번하게 발생하기 시작했다. 나는 학문을 해보겠다던 시골 청년의 꿈이 최루탄 연

119

기 속에서 살아지지나 않을까 은근히 걱정되기 시작했다.

그런데 시간이 지나면서 눈앞에서 전개되는 상황이 결코 우발적인 것이 아니며 나 자신과 아무 관련이 없는 사태가 아니라는 것을 깨닫기 시작했다. 대학가의 혼란은 내가 선택한 역사학이라는 학문과 직접 관련이 있는 시대 상황이며 국가가 해결해야 할 시급한 현실을 반영하는 것이었다. 그것은 한일외교 정상화라는 정치적 현안이었다.

내가 다니는 학교뿐 아니라 고려대, 연세대, 성균관대, 동국대 등 서울 시내 주요 대학 학생들이 한일협상 반대데모에 가세하면서 정국은 점점 혼란스러워지고 민심은 뒤숭숭해졌다. 동숭동의 문리대 캠퍼스는 한일협정뿐만 아니라 박정희 정권에 반대하는 집회와 시위의 중심이 되어버렸다. 봄철 내내 학생들은 교문을 나선 후 스크럼을 짜고 종로 거리를 거쳐 광화문, 국회의사당, 시청 앞까지 진출하곤 했다. 학생들은 경찰과 밀고 밀리는 공방전을 벌였고 경찰저지선과 대치할 때마다 경찰이 쏜 최루탄 가스에 눈물을 흘리며 퇴각하곤 했다.

종로 3가에서 데모를 벌이다가 경찰에 쫓길 때는 숨기에 좋은 장소가 있었다. 그곳은 세간에서 흔히 종삼으로 불리는 집창촌인데, 집창촌은 공교롭게 동대문경찰서 맞은편에 위치해 있었다. 미로처럼 얽힌 무허가 건물 속에 은거하는 종삼 아가씨들은 대낮에 경찰에 쫓기는 대학생들을 곧잘 숨겨주었다.

언젠가 철학과 친구와 함께 경찰의 추적을 피해 종삼 골목으로 뛰어들어 허겁지겁 숨을 곳을 찾고 있을 때 어떤 아가씨가 손짓을 하며 둘을 판잣집 뒤쪽 골방으로 피신하게 한 적이 있었다. 아가씨는 쟁반에다 먹다 남은 과자와 오징어 다리를 내오고 그녀의 동료들을 골방으로 불렀다. 그녀들은 두 명의 대학생을 가운데 두고 소주를 마시며 화투를 쳤다. 두 사람을 불러들인 아가씨가 나에게 소주잔을 건네며 말했다.

"학생들 왜 숨겨줬는지 알아요?"

소주잔을 받아 마신 나는 맥 빠진 목소리로 말했다.

"……모르겠는데요."

"대학생이기 때문이에요. 내가 보니 댁들은 S 대학생이네요. 우리도 S 대학이 어떤 대학인지 알아요."

"우리가 S 대학생이라는 걸 어떻게 알았죠?"

"S 대학교가 여기서 가깝잖아요? 우리도 그 학교에 가봤다고요. 학생들이 지금 입고 있는 교복에 마크가 달려 있잖아요. 그게 무슨 뜻인지는 모르지만……."

"우리 학교를 와 봤다고?"

"왜요? 우리 같은 여자는 S 대학교에 가보면 안 돼요? 나도 남동생이 있어요. 그래서 가 본거지만…… 학생들이 종로거리에서 데모하는 걸 한두 번 본 줄 아세요?"

"……우리가 데모하는 이유를 알고 있어요?"

"일본을 반대하기 때문 아니에요? 자세한 건 몰라요. 그렇지만 우리나라 처녀들이 일본에 강제로 끌려가서 짐승 취급을 받은 건 알고 있어요. 우리 할머니가 얘기하셨는데 정신대라나 뭐라나…… 어쨌든 일본 놈들이 식민지 하면서 나쁜 짓 한 건 알고 있다고요."

침묵을 지키던 친구가 말문을 열었다.

"나라를 멋대로 팔아먹으면 아가씨들처럼 불행한 사람들이 생기기 때문이지. 정신대도 그래서 생겨난 거지만……."

"우린 불행하지 않아요. 그냥 가난할 뿐이에요."

"정말 그렇게 생각해요?"

"그럼요. 우린 일본 놈들한테 끌려간 정신대완 다르잖아요? 돈을 벌면 여길 떠날 거예요. 언제까지나 이런 데 있을 순 없잖아요?"

121

"……."

"난 알아요. S 대학생들 중에 부잣집 자식들도 많지만 가난한 학생들이 더 많다는 거. 부잣집 자식들은 데모하지 않는다는 것도 알고 있어요."

"우리가 가난뱅이 자식들처럼 보이는 모양이지……."

"그건 알 수 없지만…… 데모하다가 쫓겨 온 걸 보니까 부잣집 학생들은 아닌 거 같고……."

"졸지에 가난뱅이가 됐군."

"학생은 고향이 어디에요?"

"……강원도…… 춘천."

"그것 봐요! 강원도는 가난한 산골이에요. 시골에서 S 대학을 들어왔으니 개천에서 용 났네요."

"지렁이를 용으로 만들어줘서 고맙군……."

"학생은 나이가 어려 보이네요. 머리도 짧고 얼굴도 앳되고…… 미안하지만 몇 살이죠?"

"……상상에 맡기죠."

"어차피 오늘은 영업하기도 글렀네요. 우리 집에 모처럼 왔으니 노래나 한 곡조 불러 줄게요."

소주잔을 앞에 늘어놓은 채 아가씨들은 얼마 전부터 유행하기 시작한 가수 이미자의 동백아가씨를 불렀다.

헤일 수 없이 수많은 밤을
내 가슴 도려내는 아픔에 겨워
얼마나 울었던가. 동백 아가씨……

아가씨들은 자신이 동백아가씨라도 된 것처럼 목소리를 높여 합창을 했다. 두 대학생들이 피신하는 동안 아가씨들은 소주를 마시며 화투놀이로 시간을 보냈다. 그녀들은 굴욕외교라는 것이 무엇을 의미하는지 이해하지 못했지만 공권력에 의해 쫓기는 시위학생들에 대해서는 심정적으로 한편이 되어 주었다. 학생들이 데모하다가 경찰에 잡히면 모진 수모를 당하리라는 것을 알고 있었다. 그날 둘은 종삼 골목 아가씨들 덕분에 경찰추적을 피할 수 있었다.

2.

세상에서 흔히 6.3사태 또는 6.3항쟁이라 부르는 사건은 1964년 6월 박정희 정권의 한일국교 정상화 회담에 반대하여 일으킨 학생운동을 가리킨다. 그것은 6월 3일 박정희 정부가 계엄령을 선포함으로써 당시 타결을 향해 진행되던 한일회담에 반대하는 학생시위를 군사력을 동원해 진압한 사건이었다.

내가 대학에 입학한 해인 1964년 초부터 박정희 정부는 한일교섭을 비밀리에 추진해 서둘러 매듭지으려는 움직임을 보였다. 도쿄 쪽에서는 정치협상을 서둘렀고 2월이 되자 정부와 공화당은 3월중에 대일본 교섭의 기본방침을 관철시키겠다는 결정을 발표했다. 박정희 정권은 여론의 흐름을 외면하고 3억 달러의 청구권자금을 보상받는 선에서 어민의 생명선인 평화선을 일본에 양보하려는 움직임을 보였다.

박정희 정부는 3월 10일부터 농상회담, 3월 12일부터 본 회담, 4월에 외상회담을 개최한다는 한일협상 일정을 발표했다. 정부가 대일협상을 서두르자 재야세력이 반발했다. 3월 6일 민주당을 비롯한 모든 야당과 종교, 사회, 문화단체 대표를 포함한 저명인사 200명이 중심이 되어 윤보선을 의장으로 한 대일굴욕외교반대 범국민 투쟁위원회를 결성했다. 위원회를 중심으로 한 각계 인사들은 3월 9일 종로예식장에서 모여 구국선언을 채택하고 범국민 반대투쟁에 나설 것을 결의했다.

5월 20일 한일굴욕외교반대 대학생 총연합회가 문리과대학 교정에서 민족적 민주주의 장례식과 성토대회를 열었다. 아침부터 잔뜩 찌푸린 날씨에 교정에는 '축, 민족적 민주주의 장례식'이라고 쓴 만장이 바람에 펄럭이고 있었다. 건을 쓰고 죽장을 든 네 명의 젊은이가 검은 관을 메고 대회장에 입장했다. 교정에는 학생, 시민 4천여 명이 모여 있었으며 나도 그 중의 하나였다. 정치학과 4학년생 송철원이 미학과 학생 김지하가 쓴 조사를 낭독했다.

"시체여! 너는 오래 전에 죽었다…… 넋 없는 시체여! 반민주적 비민주적 민족적 민주주의여! 썩고 있던 내 죽음의 악취는 사꾸라의 향기가 되어…… 시체여! 우리 삼천만이 모두 너의 주검 위에 지금 수의를 덮어주고 있다. 백의민족이 너에게 내리는 마지막의 이 새하얀 수의를 감고 훌훌 떠나가거라! 너의 고향 그곳으로 돌아가거라. 안개 속으로! 시체여!"

대한민국에는 표현의 자유, 집회의 자유 따위는 존재하지 않았다. 그는 다음날 새벽 중앙정보부 요원들에 의해 납치되어 남산 모처에 끌려가 폭행을 당했다. 이 사건을 계기로 학생 시위는 다시 격렬해지기 시작했다.

5월 30일 문리과대학생들이 다시 교정에 모였다. 학생들은 자유쟁취 궐기대회를 열어 한일회담 반대와 박정희 정권 성토대회를 연 뒤 단식농성을 시작했다. 학생회장인 사회학과 4학년생 김덕룡은 '오늘은 단식투쟁으로, 내일은 피의 투쟁으로!'라는 요지의 선언문을 낭독한 뒤 단식농성에 들어갔다. 단식농성에 참여하는 학생 수는 시시각각 늘어났다. 학생들의 농성 장소에는 교수와 시민들이 찾아와 이들을 격려했고 김밥, 빵, 우유 등을 놓고 갔다. 윤보선과 재야인사 함석헌도 현장에 나타나 단식중인 학생들을 격려했다.

이날 오후 교정에서는 박정희 정권과 김종필을 규탄하는 민족적 민주주의 화형식이 거행되었다. 하얀 보자기를 덮은 관 위에 민족적 민주주의라고 쓴 글씨는 학생들이 불을 붙이자 천천히 타들어갔다. 학생 대표들은 마로니에 나무 밑에서 한일협정반대 서명운동을 벌였다. 나는 몇몇 학생들과 함께 서명자 명부에 이름을 적고 사인했다.

단식투쟁은 며칠간 계속되었다. 단식농성을 하다가 쓰러진 학생들은 들것에 실려 학교 맞은편의 의과대학병원으로 옮겨졌다. 의대생과 간호학과 학생들이 교대로 밤을 새워 단식학생들을 보살폈다. 동숭동캠퍼스의 단식농성은 다른 대학생들도 자극하여 서울 시내 각 대학교 학생들이 거리로 쏟아져 나와 군사정권 타도를 외치며 시위를 벌이기 시작했다.

6월 2일 오전부터 시작된 서울지역 대학생들의 가두시위는 규모가 더욱 커졌다. 공화당 의장 김종필은 이때 이미 한일협상을 위해 일본으로 건너가 있었다. 6월 3일 낮 12시경 거리로 진출한 1만2천여 명의 학생들은 서울시내 여기저기서 경찰과 충돌하여 유혈극을 벌이며 도심으로 향했다. 대학생 7천여 명이 중앙청 앞으로 몰려들면서 세종로 일대는 무질서와 혼란에 빠졌다. 중앙청 앞에 설치되었던 바리케이드는 무너지고 경찰은 청와대로 향하는 도로 앞에 저지선을 만들었다.

이날 오후 문리과대학생들은 다시 교문을 나섰다. 최루탄 가스가 대학로 일대를 덮은 가운데 학생과 경찰 간에 치열한 공방전이 벌어졌다. 경찰과의 충돌과정에서 부상당한 학생들이 속출하기 시작했다. 부상자들 가운데 송철원은 데모대의 선두에서 들것에 실린 채 시위를 진두지휘했다. 그는 얼마 전 문리과대학 안의 학원사찰 요원과 극우파 학생 집단인 YTP(청사회)의 존재를 신문에 폭로해 세상을 놀라게 했고 이 때문에 중앙정보부로부터 보복을 당한 바 있는 학생운동의 지도자였다. 이날도 송철원은 부상당한 몸으로 시위대의 선두에 섰다. 시위대는 중앙청 앞까지 진출했다가 경찰의 최루탄 공세에 밀려 저녁 무렵 학교로 철수했다.

시위대열에 참여했던 나도 최루탄 가스를 뒤집어쓴 채 학교로 돌아왔다. 한쪽 눈이 부어오르고 충혈 되어 몇 시간 동안 눈을 뜰 수 없었다. 고려대와 연세대 학생들도 시위에 가담해 이날 오후 서울 시내 18개 대학의 학생과 시민단체 등 3만여 명이 시위를 벌였고 시위대는 한때 국회의사당을 점거하기도 했다. 장준하, 유진오, 윤보선, 장택상이 주도하는 한일굴욕외교반대 투쟁위원회는 학생들의 투쟁을 독려했다. 서울의 하늘에 어두운 그림자가 드리우기 시작했다.

6월 3일 밤 8시 박정희 정부는 서울시 전역에 비상계엄령을 선포했다. 계엄령에 따라 집회 시위의 금지, 언론검열, 대학교 휴교조치, 주동자 검거가 시작되었다. 이 조치로 시위주동 인물과 배후로 지목된 학생, 언론인, 정치인 등 1,120명이 체포되었고 김덕룡, 현승일, 이재오, 이명박 등 348명이 내란 및 소요죄로 서대문형무소에 수감되었다. 6월 3일 저녁 문리과대학 교정에는 김복동 대령이 지휘하는 수도경비사령부 소속 계엄군이 진주했고 교문은 굳게 닫혔다.

6.3사태로 한일회담을 추진해 오던 공화당 의장 김종필은 6월 5일 사임했다. 약 두 달간 계속된 계엄령은 7월 29일 해제되었다. 그러나 대학은 9월초에나 다시 문을 열어 수업에 들어갔으며 9월 중순에 1학기말 시험을 치렀다.

시위와 집회, 폭력과 진압으로 얼룩진 1964년은 군사정권의 서슬이 시퍼렇게 살아있음을 세상에 드러낸 한해였다. 이 혼란기에 나도 몇 번 시위에 참여했지만 학비를 벌기 위해 가정교사 아르바이트를 계속하는 일이 사실 더 중요했다. 불안한 캠퍼스 분위기와 계속되는 소요 속에서 공부를 제대로 할 수 없었고 책 한 권을 변변히 읽을 수 없었다. 1964년은 기대와는 달리 우울한 분위기 속에 저물어갔다.

1965년 3월 대학가에는 또다시 한일협정 체결과 관련한 심상치 않은 움직임이 나타났고 학생시위도 재연될 조짐이 보이기 시작했다. 2학년 1학기 추가등록을 하기 위해 대학본부 건물에 줄을 서서 기다리고 있을 때였다. 낯선 사내가 접근하더니 잠깐 보자며 나를 캠퍼스 밖으로 데리고 나갔다. 교문 밖으로 나온 순간 사내는 나를 검정색 지프차에 강제로 밀어 넣고 종로5가 쪽으로 향했다. 지프에는 다른 학생 두 명도 타고 있었다.

지프에 실린 세 사람은 청계천 6가인지 어딘지 정확히 알 수 없는 곳의 어느 허름한 건물 안으로 끌려갔다. 대낮에도 햇빛이 차단된 컴컴한 건물 안에서 정체불명의 사내 서너 명이 기다리고 있었다. 다른 대학교 학생 이십여 명도 끌려와 있었다. 우리가 건물에 들어선 뒤 사내들은 기다렸다는 듯 주먹으로 복부와 옆구리를 때리기 시작했다. 나는 갑자기 얻어맞은 탓에 숨을 쉴 수 없었고 정신이 몽롱해졌다.

한 사내가 학생서명부에 이름을 올린 동기와 이유가 무엇인지, 누가 서명하도록 배후에서 조종했는지 사실대로 진술하라며 나를 윽박질렀다. 그러면서 몇 가지를 물었다.

"민비연4)에 가입했나?"

"아니오, 가입한 적 없습니다."

"그럼 왜 민비연 세미나 등록부에 이름이 적혀있지?"

---

4) 민족주의 비교연구회의 약자

"어떤 등록부를 말씀하시는 겁니까?"

"작년 10월 말 문리대에서 민비연 애들이 한일관계 세미나를 열었지? 그 때 참석자의 이름을 적은 등록명부 말이야. 거기 왜 학생 이름이 적혀 있었지?"

"……민비연이 주최한 순수 학술세미나였고 한일관계에 관심이 많아 참석했을 뿐입니다."

"민비연이 순수한 학술단체라고?"

"예, 그렇게 알고 있습니다."

"학술단체? 야, 이 새끼야, 그건 빨갱이 조직이란 말이야!"

"저는 그렇게 생각하지 않았습니다."

"이봐, 그건 반국가 단체라고. 지도교수가 W지?"

"……."

"앞으로 가입할 작정인가?"

"……."

그는 민비연 같은 단체에 가입하면 가만두지 않겠다고 협박했다. 그러면서 다시는 학생서명운동에 가담하지 않겠다고 서약하는 요지의 진술서를 쓰라고 강요했다. 나는 어떤 배후도 없이 자진해서 학생서명에 참여했다고 진술서를 썼다. 끌려간 학생들은 모두 진술서를 써야만 했다. 나는 학생들을 연행해간 사내들에게 신분을 밝히라고 요구하고 싶었지만 험악한 분위기 속에서는 그것이 불가능했다.

정체불명의 사내들 가운데 대학캠퍼스에서 몇 번 본 적이 있는 한 젊은이의 얼굴을 목격했지만 그가 누구인지 알 수 없었다. 혹시 YTP 회원이 아니었을까. 학생들은 물 한 모금 마시지 못한 채 건물에 갇혀 있다가 캄캄한 밤중에 그곳에서 풀려났다. 우리 일행을 지프에 태우고 간 사람은 누구였을까. 그는 끝내 자신의 신분을 밝히지 않았다.

나는 수강신청을 포기하고 휴학원을 제출했다. 살벌한 분위기 속에서 학교를 다니기 싫었으므로 학점을 따는 대신 당분간 아르바이트를 하기로 결심했다. 캠퍼스에는 여전히 기관원들이 들락거리며 학생들의 동향을 살피고 있었다. 1965년의 대학은 더 이상 상아탑이 아니었다.

3.

미아리고개 바른쪽 돈암동 언덕에 자리 잡은 남향 기와집은 마당이 넓고 방이 여덟 칸이나 되는 저택이었다. 그 집은 내가 가정교사로 입주하게 된 외교관 L 대사의 집이었다. 나는 이모부의 소개로 L 대사 댁에 가정교사로 입주해 대사의 아들인 중학교 3학년생을 가르치게 되었는데, 중학생 위로는 여고 2학년에 재학 중인 누나가 있었다. 나는 L 대사 댁에서 일 년 동안의 가정교사 생활을 시작했다. 아르바이트는 저녁에 세 시간씩 진행했다.

낮에는 학교에 나와 듣고 싶은 강의를 수강했고 각종 학술세미나에도 참여했다. 휴학생 신분이었지만 같은 학과 동기생들과 어울리며 캠퍼스의 분위기로부터 소외되어서는 안 되겠다는 생각이 나의 발길을 매일 학교로 이끌었다.

문리과대학에는 소위 3대 명 강좌라는 것이 있었다. 미학과 조가경 교수의 현상학, 외교학과 이용희 교수의 국제정치학 특강, 사학과 민석홍 교수의 서양사 특강 시간에는 학생들이 교실을 가득 메웠다.

조가경 교수의 현상학은 아무리 정신을 집중하고 들어도 이해하기 어려웠다. 그의 강의에는 독일어로 된 용어가 많이 등장했으며 사상(事象), 의식, 사변, 직관 등의 난해한 개념들이 나의 머리를 혼란스럽게 만들었다. 이용희 교수의 국제정치학 특강에 수강생이 많은 이유는 정치, 지리, 종교, 문화 - 그는 한국미술사에도 일가견을 지니고 있었다 - 등에 걸친 이 교수의 해박한 지식과 달변 때문이었을 것이다. 그는 강의 중에 민족주의를 강조하면서도 무분별한 배타주의를 경계했지만 은연중 힘과 질서에 기초한 국가권력의 미덕과 지식인의 현실 참여 필요성을 시사하기도 했다.

서양사 특강을 담당한 민석홍 교수는 서양근대사에서 등장한 자유와 평등의 개념, 산업화와 민주화의 관계를 새로운 관점에서 조명했고 프랑스 혁명에서 나타난 민중운동의 성격을 비교론적으로 설명했다. 그의 강의에는 한국이 처한 정치적 상황에 대한 비판적인 해석과 비유적 사례를 암시하는 내용이 간간이 비쳤다. 그는 강의를 부드럽고 감성적으로 진행함으로써 학생들에게 역사에 대한 관심을 높여주었고 현실사회를 바라보는 객관적 시각이 필요함을 암암리에 일깨워주었다.

문리과대학 7, 8강의실은 원로교수의 강의나 소위 명 강의가 많이 행해지는 교실인데, 보통 70명 내외의 인원을 수용할 수 있었다. 수강생의 수가 많을 때는 학생들이 뒤편에 서서 강의를 듣는 경우도 있었다. 법대를 비롯한 다른 단과대학 그리고 가끔 다른 대학교에서 청강하러 온 학생들도 있었다. 강의실에 마이크라는 것은 존재하지 않았다.

수업이 없을 때 학생들은 마로니에 주변 벤치나 4.19기념탑 앞에 모여 시국토론을 벌였다. 휴강이라도 하는 날에는 학생들은 학교 앞에 있는 학림다방에 몰려가 커피 혹은 계란 노른자를 띄운 쌍화차를 마시거나 위스키 티 - 홍차에 국산 위스키를 탄 - 를 홀짝거렸다. 학림다방에서는 하루 종일 클래식음악을 틀어줬다. 차 한 잔을 시켜놓고 몇 시간을 앉아있어도 마담은 싫은 내색을 하지 않았다. 오히려 학생들이 무료해 할까봐 가끔 과자나 떡 같은 간식을 제공하기도 했다. 다방 여주인은 대학생들에게 마담이라기보다는 누님 같은 존재였다.

그녀에게는 E 여자대학에 다니는 딸이 있었다. 키가 크고 얼굴도 예뻐 이따금씩 다방에 들르는 딸을 보기 위해 학생들이 몰려가기도 했다. 마담은 대학생들을 좋아했고 학생들은 학림다방을 제집 사랑방처럼 들락거렸다. 마로니에 캠퍼스의 학생들이 25강의실이라는 별명을 붙여준 학림은 1956년에 문을 연 후 십년 째를 맞고 있었다.

학림다방 위쪽에는 교수들의 단골인 대학다방이 있었고 삼백여 미터 아래쪽에는 법대생들의 단골인 낙산다방이 있었다. 학림다방 바로 위에는 1925년에 개업한 중국음식점 진아춘이 있었다. 진아춘의 자장면은 그것을 맛본 학생들에게 잊을 수 없는 풍미와 여운을 남겼다. 진아춘에는 자주 도시락을 싸들고 와 짬뽕국물이나 우동국물을 시켜 먹는 학생들도 많았다. 마음씨 너그러운 식당주인은 국물이 모자라면 늘 더 채워주곤 했다. 값싼 국물 값만 치르고 먹는 도시락은 배고픈 학생들에게 넉넉한 포만감을 안겨주었다.

학생들은 가끔 가까운 명륜시장 골목에 있는 쌍과부집에 몰려가 막걸리를 마셨다. 두 명의 과부 아주머니가 운영하는 막걸리 집은 교수보다는 학생들이 단골손님인데, 안주는 동그랑땡, 전, 빈대떡 같은 것이었다. 쌍과부집에는 각 대학별, 학과별, 개인별로 외상장부를 만들어 두고 있었다. 학생들이 현금이 없어 외상을 할 때는 장부에 날짜와 금액을 적고 사인을 해야 했다. 처음 찾아온 학생은 반드시 현금을 내야 했고 두 번째 출입부터는 외상도 허용했다. 돈 없는 학생들이 어쩌다가 시계나 만년필 같은 것을 저당 잡히려고 했지만 쌍과부는 그런 짓은 허용하지 않았다. 여러 번 들락거려 쌍과부 아주머니의 눈에 익게 되면 외상은 어렵지 않게 허용되었지만 외상값을 떼어먹는 학생들은 거의 없었다.

쌍과부 중 언니뻘인 큰 과부 아주머니는 학생 고객들에게 마치 선생님이라도 된 듯 세상살이 강의를 하곤 했다.

"이봐, 학생들, 쌍과부 술 먹고 잘못된 학생 봤어? 장관, 총장, 교수, 박사 된 사람들 죄다 쌍과부가 만든 동그랑땡 먹고 공부했어. 술 마시고 주정하면 못써! 데모할 때는 해야지. 그렇지만 공부할 땐 목숨 걸고 하라고!"

아주머니는 가끔 벽에 걸린 낙서판을 가리켰다. 거기에는 학생들의 낙서와 함께 쌍과부집을 거쳐 간 사회 각계각층 인사들의 친필 사인이 어지럽게 적혀 있었다. 쌍과부집에서는 막걸리 한 주전자에 30원, 안주 한 접시에 30원씩 받았다. 알루미늄 주전자를 가득 채운 텁텁한 막걸리, 접시에 수북이 쌓인 동그랑땡 안주, 청춘의 목소리 가득한 분위기가 쌍과부집이 풍기는 매력이었다.

나는 돈암동에서 학교까지 전차를 타고 다니거나 걸어 다녔다. 일반 요금 5원, 학생할인요금 3원인 시내버스 요금이 비싼 것은 아니지만 전차요금은 그보다도 더 쌌다. 돈암동에서 전차를 타고 혜화동 로터리에서 내려 동숭동 쪽으로 3백 미터쯤 걸어간 곳에 학교가 있었다. 학교 앞으로는 작은 개천이 흘러내렸고 교문 입구에는 다리가 놓여 있었다. 학생들은 개천을 센 강, 다리를 미라보 다리라고 불렀다. 교문을 들어서면 가장 먼저 눈에 띠는 것이 나무들이었다.

대학 교정에 심어놓은 나무들 가운데 유난히 눈길을 끄는 나무들이 있었다. 4월이면 센 강변을 따라 노란 개나리가 피고 가을이면 교정 군데군데서 은행나무가 황금의 숲을 이루었다. 겹겹이 쌓인 노란 낙엽 위를 걷는 학생들의 모습은 사뭇 낭만적이었다. 교문에서 정면으로 바라보는 대학원 건물 앞에는 몇 그루의 마로니에가 심어져 있었다.

일곱 개의 잎사귀를 가진 마로니에의 한국 이름은 칠엽수였다. 5월이나 6월에 흰색 꽃이 피고 20센티미터 크기의 원추꽃차례가 나오며

한 개의 꽃에서 200개 안팎의 작은 꽃술이 피어나는 너도밤나무 과의 아름다운 교목이었다. 마로니에는 8월에 공 모양의 열매를 맺고 열매 속에는 밤알처럼 생긴 알맹이가 들어있었다. 마로니에는 이곳을 거쳐 간 학생들에게 추억과 낭만의 상징이었다.

1965년 5월 문리과대학 캠퍼스에서는 대학축제인 학림제가 열리고 있었다. 한일협정 체결을 한 달 앞두고 시국이 뒤숭숭한 때였지만 교정은 쌍쌍파티, 음악회, 막걸리마시기 시합 등으로 흥청거렸고 문리대생뿐만 아니라 초대받은 타 대학 학생들까지 어울려 북적거렸다. 축제가 열리는 동안에도 중앙도서관은 문을 열고 있었고 도서관 입구에는 모든 S 대학생들의 명물인 수위 L씨가 지키고 있었다. 학생들이 도서관 안에서 떠들거나 잠을 자며 코를 골기라도 하면 L씨는 학생들을 사정없이 밖으로 내쫓았다. 사실상의 도서관장이자 감독인 그의 엄격한 통제에 학생들은 고분고분하게 따를 수밖에 없었다.

한 해 전 학교에 나타나 학생들을 사찰하던 기관원의 모습은 보이지 않았지만 캠퍼스 안에서는 여전히 YTP에 관한 논쟁이 끊이지 않았다. 교수와 학생들은 대학의 자율성을 주장하며 정부당국의 과잉개입과 학원사찰에 불만을 제기했다. 대학가의 목소리는 스쳐가는 바람소리에 불과했다.

이런 상황 속에서 문리과대학에서 발간되는 두 간행물이 박정희 정권에 맞서고 있었다. 잡지 〈형성〉은 젊은 세대가 지켜야 할 리버럴리즘, 현실에 대한 통찰력, 이성과 지적 감각을 창간이념으로 내세우는 비판적 잡지였다. 단과대학 신문인 〈새 세대〉도 이성과 저항의 목소리를 쏟아냈다. 잡지와 신문의 필자들은 감시당국의 눈길 속에서도 시대의 요구를 담은 주장과 의식이 뚜렷한 글을 게재했다. 그들은 학생들이 인내와 저항의 덕목을 잃어서는 안 된다고 일관되게 주장했다.

그러나 대학의 발간물들은 한겨울 강풍에 휘청거리는 깃대 위의 깃발과도 같았다. 학문적 논리를 내세워 대학의 갈 길을 밝히는 이들 잡지와 신문에 대해 박정희 정권의 권부에서는 의심과 경계의 눈초리를 보내고 있었다. 당국에서는 어떤 계기가 조성되기만 하면 이들 잡지와 신문의 발간을 정지시키거나 폐간시킬 준비를 하고 있었다.

4.

내가 가르치는 중학교 3학년생은 아버지가 전직 멕시코 대사였다. 멕시코시티의 외국인 학교에서 공부를 하다가 얼마 전에 귀국했기 때문에 국내학교 수업을 따라가기가 어려웠다. 영어와 스페인어에는 뛰어났지만 국어, 수학, 사회 과목은 힘들어 했다. 그러나 대사의 아들은 두뇌가 명석한 학생이었으며 암기력도 뛰어나고 말귀를 곧잘 알아듣는 소년이었다. 소년은 나의 지도를 고분고분하게 잘 따랐다. 공부한 내용을 질문하면 가부가 분명하게 대답을 했다. 게다가 공부하는 자세가 흐트러지는 적이 없었고 이따금 농담도 곧잘 해 시종일관 긍정적이며 유쾌한 자세를 잃지 않았다.

나는 얼굴도 잘 생긴 이 소년이 마음에 들었으므로 최선을 다해 가르치고 소년의 성장을 위해 작은 힘이라도 보태야겠다는 생각을 했다. 저녁식사가 끝나면 30분쯤 쉬다가 공부를 시작했다. 하루저녁에 세 시간씩 가르쳤는데, 사실 가르친다기보다는 설명하고 질문하고 토론을 하는 편이었다. 과목별로 주제, 개념, 내용을 설명한 다음 문제를 풀게 하고 수업이 끝나기 전에 그날 학습한 것을 나에게 설명하게 했다.

내가 소년을 교사가 되도록 유도함에 따라 가정교사와 제자 사이에는 긴장감 대신 친밀감과 유대가 형성되었다. 나는 소년이 조금이라도 피곤한 기색을 보이면 공부를 중지하고 놀거나 쉬도록 했다. 그러나 공부를 하자고 조르는 편은 소년 쪽이었다. 공부 도중 가끔 소년의 어머니가 과일이나 간식을 들고 방에 들어와 아들이 공부하는 모습을 지켜보기도 했다. 어떤 때는 아들이 나에게 설명하는 모습을 지켜보며 방긋이 미소를 짓곤 했다. 소년의 어머니는 자식들에게 헌신적이었다.

내가 처음 L 대사 댁에서 가정교사를 시작했을 때 소년은 한 학급 60명 가운데 석차가 58위였다. 입주한지 석 달이 지난 뒤 제자의 성적은 40위 이내로 올라갔고 여섯 달 후에는 30위권으로 올라섰다. 소년의 어머니는 기뻐했다. 그녀가 나에게 "세호 선생, 고마워요. 정말 수고가 많아요."라고 말할 때 나는 오히려 "아드님이 대견합니다."라는 말로 답례했다. 그것은 내가 제자 운이 좋았기 때문이다.

소년의 누나도 명랑하고 쾌활한 소녀였다. 명문 K 여고 2학년생인 소녀는 피아노의 영재였다. 이미 고교 1학년 때 동아음악 콩쿠르에서 피아노 부문 2위에 입상한 적이 있었고 공부도 곧잘 해 학급에서 중상위 수준을 유지하고 있었다. 소년의 공부가 끝나거나 내가 쉬고 있을 때는 가끔 책을 들고 찾아와 모르는 것을 묻곤 했다. 여고생이 가장 어렵게 여긴 것은 수학과 국사였다. 국사는 아무리 읽고 암기해도 어렵고 복잡하며 특히 연대를 암기하는 것이 골치 아프다고 푸념했다.

나는 중학교 소년에게 했듯이 누나에게도 비슷한 방식으로 가르쳐주었다. 여고생은 그에 대한 답례로 나에게 피아노 연주를 가르쳐 주었다. 틈틈이 바이엘에서 시작해 체르니 초기단계까지 강습을 받은 결과 나는 웬만한 가곡이나 민요는 악보 없이도 연주할 수 있게 되었다. 여고생은 농담도 곧잘 하고 장난기도 있는 유머러스한 소녀였다.

L 대사 댁에는 가끔 군 고위인사와 정관계 인사들이 찾아왔다. 전현직 장성, 국회의원, 고위 관료, 전직 대사들의 출입이 잦았는데, 김

종필도 그중 하나였다.

1965년 초는 한일협상의 타결을 위해 박정희 정부가 전력을 다하고 있을 무렵이었다. 지난해 6.3사태로 계엄령이 선포된 직후 공화당 의장직을 물러났던 김종필은 미국으로 건너가 하버드 대학에서 잠시 유학을 하다가 연말에 귀국했다. 귀국 후 박정희의 지시를 받아 그는 다시 한일협상의 일선에 나섰다. 그 결과 1965년 2월 한일기본조약이 체결되고 6월에는 이른바 김종필-오히라 메모에 합의하여 6월 22일에는 한일기본조약이 정식으로 조인되었다.

김종필은 한일협정 체결에 결정적인 역할을 했다. 그러나 협상과정에서 식민지배 사과, 약탈문화재 반환, 어업권 문제, 강제동원 피해자 보상, 원폭피해자 문제 등의 현안은 매듭짓지 못한 채 보상과 차관을 대가로 모든 문제의 종결을 선언함으로써 이후 한일관계에 파문과 논란을 일으키고 여론의 거센 반발을 불러왔다. 그는 한일문제의 중심인물이었다.

그런 그가 1965년 늦여름 어느 날 저녁 L 대사 댁에 나타났다. 그는 무슨 일로 L 대사를 찾아왔을까. 다시 정치일선에 나서려고 움직이는 것일까. 그러기 위해 자신의 정계복귀를 도와줄 후원세력을 찾고 있는 것은 아닐까. 나는 그의 방문 목적이 몹시 궁금했다. 한일협정 반대운동에 참여했던 대학생과 한일협정을 밀어붙인 당사자가 같은 시각 한 지붕 밑에 있었다. 나는 그가 방문을 마치고 돌아갈 때 가까운 발치에서 그와 얼굴을 마주쳤지만 인사 대신 그냥 바라보기만 했다.

5.

가정교사를 하는 동안 나는 집 주인인 L 대사가 어떤 인물인지 알고 싶어졌다. 1962년 멕시코 대사, 외교관이 되기 전에는 육군 장성으로 사단장, 군단장, 육군대학 총장을 역임했던 사람. 5.16군사 쿠데타에 가담하지 않고 비 혁명세력으로 비켜섰던 사람. 이 사람은 어떤 인물 일까.

나는 L 대사가 어떤 경력의 소유자인지 알아보기 위해 관련문헌을 찾았다. 국회도서관, 국립중앙도서관, 국방부 전사편찬 자료실 등을 찾 아 그에 관한 공부를 했다. 그리고 문헌탐색과 함께 군 현역시절 전방 에서 함께 근무한 경험이 있고 나를 L 대사 댁 가정교사로 천거한 장 본인인 이모부의 말도 참고했다. 그 결과 나는 군 장성 출신 외교관이 걸어온 길을 대강이나마 파악했고 L 대사가 범상한 인물이 아님을 알 게 되었다.

그는 1922년 10월 9일 만주 통화에서 태어났지만 원적지는 평안북도 자성군 삼풍면 인풍리였다. 그의 부친 관석 옹은 1870년 평안북도 자 성군 출신으로 청년시절부터 항일운동에 뛰어든 독립투사였다. 부친은 1919년 3.1운동이 일어나자 고향에서 만세운동을 주도하다가 왜경의 체포망을 피해 만주로 망명했다. 그 뒤 독립군 간부육성 기관인 만주 유아현 신흥무관학교의 분교를 칠도구(七道溝)에 설립해 그 분교장이 되어 독립군을 양성했다. 그는 평안북도와 한만국경지대에서 군자금 모금활동을 벌이기도 했다. 1920년부터 1927년까지 그는 독립군과 의 용대원을 이끌고 만주와 평안도 일대에서 일본군에 맞서 수차례 전투 를 벌였다. 1932년에는 상해임시정부 통림총관소 총관과 강계군, 자성 군의 통감으로도 활동했으며 후에 임시정부 참의원을 지내기도 했다. 그는 평생 독립운동에 몸을 바쳤으나 해방을 보지 못하고 1942년에 세 상을 떠났다.

L은 부친의 유언에 따라 1943년 3월 중국 남경군관학교에 입교했다.

그는 졸업 후 중국군 북경관할 책임자인 진영륜 장군 밑에서 소령 계급장을 달고 정보요원으로 복무했고 중국군의 대일항전에도 참여했다. 1945년 해방이 되어 귀국한 뒤 1946년 군사영어학교를 졸업하고 육군 중위로 임관한 L은 제1연대를 창설하는 등 국군 창군의 일원으로 활동했다. 1948년 10월에 발생한 여수 순천 반란사건 진압작전에도 참가했으며 1949년 10월에는 태백산지구 전투사령관이 되어 6.25전쟁 전까지 공비토벌 작전을 지휘했다.

1950년 6월 25일 한국전쟁이 터졌을 때 국군 8사단장을 맡고 있던 L은 주문진을 공격해오던 인민군 5사단을 강릉과 주문진에서 막아 남진을 지연시키고 대관령을 넘어 남한강 유역에서 인민군 8사단의 공격을 저지했다. 그가 지휘하는 8사단은 남한강 도하를 시도하는 인민군 8사단을 공격해 타격을 입히고 죽령으로 철수해 그곳에 방어진지를 구축했다. 8사단은 죽령 방어선에서 일시적이나마 인민군의 남진을 막아 측면을 공격해오던 또 다른 인민군 사단의 전술에 차질을 빚게 했다. 그는 소백산맥 방어선을 구축하는데 주도적 역할을 했다.

9월 10일 영천전투에서는 인민군 15사단의 주력을 물리치고 낙동강 반격작전에서 의성, 영천을 탈환했으며 예천, 풍기에서 퇴각중인 적을 섬멸했다. 국군과 유엔군이 북진 할 때에 그는 공격의 선봉에서 장병들을 독려하며 외쳤다. "가자, 가자위! 북쪽으로!" 장병들은 그의 말에 따랐다.

1951년 9월 국군과 유엔군은 중동부 전선의 전략요충인 양구 방산면의 백석산을 공격했다. 백석산에는 인민군 32사단과 12사단이 배치되어 있었다. 국군 7사단과 8사단이 동원된 전투에서 선공에 나선 7사단은 주봉인 1142고지를 탈취했으나 인민군의 반격을 받아 엄청난 피해를 입고 퇴각했다. L의 8사단이 재탈환 공격에 나서 격전을 치른 지

이틀 만에 백석산 고지를 점령했다. 백석산 전투의 승리로 인민군은 북쪽으로 물러갔다. 국군은 전략적으로 유리한 고지를 확보하고 견고한 주저항선을 구축하게 되었다.

L은 적이 선호하는 공격과 후퇴의 시점, 적이 회피하는 진퇴의 경로를 알고 있었으며 정공법과 유격전의 장단점을 숙지하고 있었다. 그는 인민군과 중공군에 맞설 때 전투 환경에 맞는 전술을 구사하여 적은 병력으로 수가 많은 적의 공격력을 분산시켰다. 그리고 예상되는 적의 전술과 진공로를 미리 파악해 적보다 한 발 빠르고 효과적인 공격을 감행했다. 그에 맞서는 인민군 사단장이나 군단장 중에는 그와 동향이거나 중국에서 군관학교를 함께 다닌 동료와 선후배들이 많았다. 그는 인민군 지휘관들의 전술을 훤히 꿰뚫고 있었다.

휴전 후 L이 3군단장과 5군단장, 육군본부 정보참모부장을 거쳐 1960년 10월부터 육군대학 총장으로 재임하고 있던 중 1961년 5월 16일 박정희 소장이 주도하는 군사 쿠데타가 일어났다. 그는 쿠데타 세력에 가담하지 않았다. 박정희는 대통령 직에 오른 후에도 그를 무시하거나 방치할 수 없었다. 1962년 3월 그는 육군 소장으로 예편한 후 멕시코 대사로 부임하여 외교관으로 근무하다가 귀국했던 것이다.

L 대사 댁에 놀러오는 사람들 가운데는 별난 오락을 즐기는 사람들이 있었다. 보통 서너 사람씩 짝을 지어 방문하는 그들은 한 번 집안에 들어오면 오랫동안 시간을 보내다가 밤늦게 돌아가곤 했다. 나는 제자의 어머니로부터 설명을 듣고 그들이 어떤 오락에 그토록 열중하는지 알게 되었다. 그것은 마작이라는 놀이였다.

마작은 보통 네 사람이 상아나 물소뼈로 만든 골재에 대나무 조각을 붙인 136개의 패를 가지고 여러 가지 모양의 조합을 만들어 승패를 가리는 실내 오락이다. 원래 중국에서 시작된 놀이이므로 오락용어 자체도 중국어를 사용해왔다. 패를 섞을 때 나는 소리가 대나무 숲에서 참새 떼가 지저귀는 소리를 닮았다고 해서 붙여진 이름 – 마작(馬雀)은 언제 누가 고안해 낸 것인지는 기원이 분명치 않다. 화투나 트럼프에 비해 독특한 분위기 속에서 진행되고 규칙이나 방법도 복잡한 게임. 마작은 우연과 확률, 기술의 적정한 배합에 의해 승패가 갈리곤 했다. 부정한 수법을 저지르기 어려운 매력 때문에 행해지는데, 한번 게임을 시작하면 보통 네다섯 시간은 걸렸다.

L 대사가 마작을 즐기는 이유는 그의 부친으로부터 배운 일종의 전승기예라는 점도 있었지만 마작은 진행방법이 군사전략이나 전술을 빼닮았기 때문이다. L 대사는 중국인들로부터 배우고 그들과 오래 겨뤄본 경험을 통해 이미 마작의 고수가 되어 있었다. 고수의 기예를 배우기 위해 군의 후배들과 외교관, 정관계 인사들이 그의 집을 자주 찾았다. 마작 판은 윷판이나 화투판처럼 시끄럽지 않고 조용해서 방안에서 게임이 진행 중인지 여부를 밖에서는 전혀 알 수 없었다.

6.

L 대사의 돈암동 집은 기와를 올린 정통 한옥이었다. 마당에는 정원이 있고 방이 여덟 칸인 다근자 모양으로 된 남향집이었다. 내가 묵고 있는 방은 대문에서 가까운 사랑채인데 햇볕도 잘 들고 방안도 넓어 지내기에 불편함이 없었다. 안주인의 방과는 대각선으로 멀찌감치 떨어져 있었다. 나는 소년을 사랑채에서 가르쳤다. 사랑채는 집안사람들로부터 거의 방해를 받지 않아 여유로움을 즐길 수 있었고 나름대로 독서와 사색의 공간이 될 수도 있었다.

널찍한 마당에 잘 가꾸어진 정원과 모양새가 좋은 한옥은 영화촬영

장소로도 이용되었다. 1965년 초가을 이 대사 댁에서 〈색소폰 부는 처녀〉라는 제목의 영화를 촬영했다. 영화는 가족사를 주제로 한 멜로드라마였다. 한옥 촬영 현장에 몰려온 배우들은 스크린에서 보았던 낯익은 사람들이었다. 최무룡, 태현실, 최남현, 허장강 등의 얼굴이 보였다. 그들이 연기하는 것을 지켜보니 화면에서 보던 것과는 달리 조금은 어색했다. 과장된 몸짓과 목소리가 국산 영화의 딱딱함과 정형화된 틀 같은 것을 느끼게 했다. 하나의 장면을 찍기 위해 두 세 번씩 촬영을 반복했으며 가끔 배우들도 자신의 연기가 뜻대로 되지 않았는지 쑥스러운 웃음을 짓기도 했다.

한 번은 배우 허장강이 촬영 도중 쉬는 시간을 틈타 내 방에서 저녁식사를 함께 하게 되었다. 단 둘이 겸상을 받은 자리에서 나는 허 씨와 이런저런 얘기를 주고받았는데, 그의 말투와 표정 자체가 오히려 자연스럽고 살아있는 연기였다. 그래서 나는 일부러 "지금 저는 눈앞에서 명배우의 생생한 연기를 보고 있습니다."라고 그를 추켜세웠다. 그가 웃으며 대답하는 모습은 영화에서 보던 것보다 더 익살맞고 자연스러웠으며 한량기가 넘쳤다. 그의 긴 얼굴과 높고 긴 코의 응집된 매력 앞에서 재미있고 맛있는 저녁식사를 즐겼다. 허장강이 식사를 끝내고 내게 무엇인가를 물었다.

"학생은 이 댁에……?"

"네, 저는 이 댁의 가정교사입니다."

나는 짧은 스포츠머리를 하고 있었으므로 그는 내가 대학생인 줄을 금방 알아차렸을 것이다.

"어느 대학교에 다니죠?"

"데모 많이 하는 대학이죠."

"고려대학?"

"가난해서 국립대학 다닙니다."

"아하, S 대학생이로구나."

그는 책상에 놓인 나의 대학노트에 넌지시 눈길을 던지며 그렇게 말했다.

1925년에 서울에서 태어난 뒤 1940년대 초에 악극단 태평양에 입단한 것을 계기로 배우생활을 시작한 허장강은 그 후 육군 군예대에서 연극배우로 활동하다가 1954년에 이강천 감독의 아리랑에 출연해 영화계에 데뷔한 사람이었다. 그는 평소 능글맞고 음흉한 성격의 악역으로, 때로는 서민적인 소탈함과 독특한 스타일로 개성 있는 조연을 많이 맡았다. 나도 몇 편인가 그가 출연한 영화를 본 적이 있었다. 저녁상을 물리고 나서 그에게 넌지시 몇 마디를 물었다.

"허 선생님 존함은 예명으로 알고 있는데, 본명을 여쭤봐도 되겠습니까?"

"……허장현이요."

"허 선생님은 악역을 맡는 걸 좋아하십니까?"

"웬걸, 감독이 그게 어울린다고 하니까."

"영화 속의 성격과는 반대일 것 같은데요?"

"허허, 나도 사람 하나는 좋다는 소릴 듣고 살지."

"혹시 저 같은 아들을 두고 계시지 않습니까?"

"아들이 있지. 학생보다는 조금 어릴 거요."

후식으로 나온 과일을 먹으면서 그가 내게 물었다.

"학생은 고향이 어디요?"

"강원도 춘천입니다."

"춘천! 나도 몇 번 가봤지."

"허 선생님은 서울이 고향이신 걸로 압니다만……."

"맞아요. 한데 말이야, 고향은 시골이라야 해."

"혹시 춘천 소양강에 가보신 적이 있으십니까?"

"소양강 말이지? 그럼, 배삼룡이 따라 몇 번 가봤지. 물이 맑더구먼 배삼룡이 하고 천렵도 했는데?"

"배삼룡이 누구신지…… 배우인가요?"

"배우이긴 하지. 희극배우. 아직 활동이 없어. 그 친구 잘 돼야 할 텐데.……."

그것이 배우 허장강과의 처음이자 마지막 만남이었다. 뒷날 코미디언으로 세상에 이름을 알리게 될 배삼룡의 고향이 강원도 양구라는 것도 그를 통해 알게 되었다.

7.

가정교사 생활은 힘들기는 했지만 내가 맡은 임무와 목표가 뚜렷한 것인 만큼 사명감과 함께 가르치는 보람을 느끼게 했다. 나의 지도를 열심히 따라준 덕분에 소년의 학교성적은 눈에 띄게 향상되었다. 내가 입주한 후 아홉 달이 지났을 때 소년의 성적은 학급에서 10위권으로 올라섰다. 나는 자신이 우등생이라도 된 것 같은 기분을 느꼈다. 소년의 어머니는 어린아이처럼 기뻐했고 아버지 L 대사도 드러내놓고 내색하지는 않지만 흡족해 하는 표정을 감추지 않았다.

내가 매달 받는 월급은 3천원이었다. 올해 등록금이 8천원 수준이므로 일 년만 저축한다면 내년 두 학기 등록금은 별 문제없이 마련할 수 있을 터였다. 내 월급은 다른 친구들의 아르바이트 보수에 비해 높은 편이었다. 교통비와 책값을 제외하면 크게 용돈이 들 것이 없었기 때문에 여유가 생긴 셈이었다.

춘천의 가족들은 나의 근황을 궁금해 했다. 나는 가끔 아버지 앞으로 편지를 보내 잘 지내고 있으니 안심하시라는 요지의 소식만을 간략히 전했다. 내가 휴학 중이라는 것과 그동안 겪었던 일들은 구체적으로 알리지는 않았다. 아버지의 답장에 의하면 할머니가 손자를 몹시 보고 싶어 하셨지만 나는 가정교사 일 때문에 춘천에 갈 기회를 미룰 수밖에 없었다.

이듬해인 1966년 초 가정교사 생활은 막바지에 이르렀다. 지난 겨울 방학을 끝으로 16세 소년의 중학교 과정은 사실상 마무리되었다. 며칠 전 소년이 학교에서 받아온 성적표는 L 대사 집안을 기쁨으로 가득 채웠다. 제자는 학급에서 3등을 했다. 그날 저녁 나는 안채에서 L 대사 가족과 함께 저녁식사를 했다. 맥주와 양주가 나오고 처음 보는 반찬과 안주거리가 교자상을 가득 채웠다. L 대사는 나에게 술을 권했으며 나는 크게 사양하지 않고 대사가 따라주는 술잔을 받아 마셨다. L 대사는 그동안 아들을 가르치느라 수고가 많았다며 고마워했고 내게 보너스가 담긴 봉투까지 주었다.

그날 저녁 L 대사는 자신과 이모부와의 관계, 군 생활 경험, 6.25당시 강원도에서의 전투, 멕시코 대사 시절에 겪었던 이야기들을 들려주었다. 이야기가 여러 방면으로 진전되다가 어느 순간 한일협정 문제에 이르렀을 때 L 대사가 내게 물었다.

"남 선생, 한일협정 어떻게 생각해요? 학생들은 한일협상을 반대했는데……."

"세부내용까지는 모르겠습니다만, 문제가 해결된 건 아닌 것 같습니다."

"걱정이야. 전에 김종필이가 왔을 때 얘기했지만 굴욕협상이 돼버렸어."

"한일협정은 정권의 문제가 아니라 역사의 문제라고 생각합니다. 36년 식민통치가 청구권자금 3억 달러로 보상이 되겠습니까?"

"경제를 일으키려면 돈은 절대적으로 필요하지. 그렇다고 거지 구걸하는 꼴이 되면 곤란해. 앞날이 걱정이구만."

"한일협정이 현안의 해결이 아니라 새로운 문제의 시작이 된 것 같아 걱정스럽습니다. 협상과정도 불투명했고 명쾌하게 매듭지지 못한 게 너무 많습니다."

"내 생각도 그래요."

"대사님 어르신은 독립투사라고 알고 있습니다만……."

"항일투쟁을 하셨지. 그러니 내 입장이 어려운 거야. 나도 일본에 대해서는 아버님과 같은 입장인데, 왜들 그렇게 졸속으로 회담을 서둘렀는지 모르겠네."

"아드님…… 뛰어난 학생입니다. 잘 키우십시오. 큰 일 할 재목이니까요."

"고맙네, 우리 아들 잘 지도해 줘서…… 곧 고등학교 입학시험이 다가오는데, 합격할 수 있을까?"

"아드님을 믿고 기다려 보십시오."

한 달 뒤 제자는 명문 S 고등학교 입학시험에 합격했다. 돈암동 L 대사 댁에서의 나의 임무는 그렇게 끝이 났다. 나는 이모부의 부름을 받고 다시 이모부 댁으로 들어갔다. 그동안 이모부 댁은 서대문에서 영등포 쪽으로 옮겨가 있었다. 국민학교 6학년이 된 이종 여동생이 중학교 입학시험을 준비해야 할 비상한 상황이 이모부 가족과 나를 기다리고 있었다.

8.

1966년 3월 나는 2학년으로 복학했다. 낮에는 학교에 나가 수업에 출석했고 저녁에는 이모부 댁에서 이종 여동생을 가르쳤다. 나는 이모부 내외에게 양해를 구하고 여동생을 매몰차게 다뤘다. 이모부의 소원은 제발 자식들 가운데 한 명이라도 제 실력으로 입학시험에 합격해주었으면 하는 것이었다. 그 동안 아이들마다 돈을 들여 보결로 상급학교에 진학시키다보니 이모부 내외도 체면이 서지 않고 자존심이 상했던 것이다. L 대사 댁에서 거둔 가정교사의 성과를 상세히 전해들은 이모는 나에게 거는 기대가 컸다. L 대사 댁에서 나오는 즉시 다른 집에 가정교사로 입주할 기회가 있었지만 나는 이모부 내외의 부름에 응하지 않을 수 없었다.

입시경쟁은 대학뿐만 아니라 고등학교, 중학교에 이르기까지 전국적으로 과열되고 있었다. 집집마다 과외공부 바람이 불고 실력 있는 과외교사나 입주 가정교사를 구하는 것이 입시생을 둔 부모들의 큰 관심사였다. 광기어린 과외열풍 속에서 입시를 준비하는 학생이나 학부모들은 입시지옥을 당연하고 일상적인 현상으로 받아들였다. 국가적으로 입시제도를 해결하지 않을 경우 그 결과는 가정과 자녀는 물론 대학과 사회전반에 심각한 문제를 야기할 수밖에 없는 상황이었다.

그러나 입시제도는 가난한 대학생에게 학비를 벌 수 있는 기회를 제공했다. 가정교사 아르바이트는 나 같은 처지의 대학생에게는 필요악이자 구원의 밧줄이기도 했다. 나는 독학을 하다시피 하여 대학에 입학했지만 과외나 학원수업을 받지 않고 입시를 준비한다는 것은 상상할 수 없는 현실이 사회 전체를 지배하고 있었다.

나는 이종 여동생을 엄하게 다루었다. 연민이나 자비심 따위는 접어두고 국민학교 6학년생을 가혹할 정도로 외우게 하고, 읽게 하고, 쓰

146

게 하고, 풀게 했다. L 대사 댁에서 써먹었던 부드럽고 민주적인 방식이 아니라 마치 군대식 명령을 내리듯 숨 막힐 정도로 학습 분위기를 몰고 갔다. 어린 동생이 안쓰럽기도 했지만 짐짓 냉정하게 대했고 때로는 체벌도 가했다. 외할머니는 공부에 시달리는 외손녀가 가여웠는지 공부가 끝나면 할머니 방으로 데리고 가 잠을 재웠다.

가르치는 사람이나 배우는 사람이나 암기와 주입의 노예가 되어 지식습득이 아니라 문제풀이에 매달리는 반교육적이고 비인간적인 입시노역이 한 해 동안 계속되었다. 고달픈 학습노동은 시간의 흐름을 잊게 했다. 일 년은 잠깐 사이에 지나갔다.

1967년 몹시 추운 1월 어느 날 여동생은 J 여중에 응시해 입학시험을 치렀다. 키 작은 열세 살 소녀가 파리한 얼굴로 교실에 입장할 때 나는 연민의 눈길을 보내는 대신 마음속에서 급조해 낸 입시의 신을 향해 살벌하고 냉혈적인 주문을 외웠다. 나의 주문은 무조건 합격이었다.

며칠 후 합격자 명단이 발표되었다. 여동생은 합격했다. J 여중은 경기, 이화, 숙명여중에 버금가는 세칭 일류 학교였으므로 이모부 내외는 뛸 듯이 기뻐했다. 집안에 처음으로 자기 실력에 의해 입시경쟁을 뚫은 승리자가 탄생했다는 사실에 이모부는 우쭐했고 이모는 사방으로 돌아다니며 딸 자랑하기에 바빴다. 나는 합격한 여동생에게 말했다.

"수혜야, 참 장하구나. 네가 합격해 오빤 기쁘지만 그동안 미안했단다. 이제부턴 네가 모든 걸 혼자 해 나가야 해!"

이모부 댁에서의 입시노역도 끝이 났다. 일 년 간의 대학 수업도 끝나 휴식기를 맞고 있었다. 내 인생에 홍역처럼 거쳐야 할 시간이 다가오고 있었다. 그것은 군 입대였다. 나는 1967년 가을에 입대하도록 징집영장을 받아놓고 있었다.

군 대

1.

1967년 2월 8일, 영하의 찬바람이 부는 날 나는 내 생일인 줄도 모른 채 논산훈련소로 향하는 장정열차를 탔다. 처음부터 입대를 하기 위해 열차를 탄 것이 아니었다. 논산행 열차를 타기 위해 소집된 친구들을 배웅할 목적으로 춘천에서 원주 역으로 함께 갔던 것이다.

그들이 열차에 탈 때 나도 함께 열차에 올라 청량리 역까지 동행했다. 운행 도중 열차 안에서 호송헌병들이 장정들의 기록카드를 펴들고 일일이 대조하면서 입대 예정자의 신원을 확인했다. 나는 단순히 배웅하러 간 사람이므로 기록카드가 있을 리 없었다. 헌병들의 신원 확인을 피해 열차 안을 숨어 다니던 나는 청량리 역에 도착했을 때 마음이 완전히 바뀌었다. 이 틈에 입대해 버릴 참이었다. 기록카드는 논산 훈련소 현지에서 어떻게든 만들 수 있을 것이므로 고교동기생들을 따라 아예 입대해 버리기로 마음을 굳혔던 것이다. 나는 용케도 논산 연무대 역에 도착했다.

세상에서는 논산훈련소를 연무대라고 불렀다. 논산훈련소 수용연대에서 나는 장정들 틈에 끼여 입대절차를 밟았다. 신체검사와 간단한 아이큐 테스트를 받았으며 주특기도 부여받았는데, 내 주특기는 무특기 — 숫자 00으로 표기되는 — 였다. 무특기라는 것이 대체 무엇일까. 기간사병들과 친구들에게 물어봤지만 그들도 모른다고 했다. 친구들은 보병, 포병, 공병, 병참 등 다양한 특기를 부여받았다.

　며칠 후 나는 훈련소 23연대 7중대 1소대에 배속되었고 소대배속 다음날부터 6주간의 훈련에 들어갔다. 2월의 날씨가 아직 너무 추워 견디기가 어려웠다. 소대 내무반 귀퉁이에 페치카라는 난방시설이 있었지만 실내에는 한밤중에도 냉기가 가득해 숙면을 할 수 없었다. 나는 강원도 영월 출신인 옆자리 훈련병 친구와 끌어안고 몸을 덥히며 잠을 청하곤 했다.

　훈련병에게 제공되는 음식은 인간에게 주는 사료나 마찬가지였다. 어쩌다 쇠고깃국이 나오기는 했지만 고깃덩어리는 한 개도 보이지 않았다. 맛을 분별하기 힘든 멀건 국물뿐이어서 훈련병들은 이것을 황우도강탕이라고 불렀다. 콩나물국도 집에서 먹던 것과는 달리 국물에서 퀴퀴한 냄새가 났다. 훈련병 식사메뉴에 가장 많이 등장한 것은 갈치국이었다. 비린내가 풍기는 국물 속에 갈치 조각은 한 개뿐, 나머지는 무로 채웠다. 기름에 튀긴 두부는 상한 냄새를 풍겼고 두부로 만든 국이나 반찬도 그나마 양이 적었다.

　훈련이 강도를 높여갈수록 배고픔은 심해졌다. 훈련병들은 틈만 나면 연병장 건너편의 PX로 달려가 빵을 사먹었다. 허기에 지친 훈련병들은 팥고물도 거의 들어있지 않고 소다 냄새만 짙게 풍기는 연무대의 빵을 씹을 새도 없이 삼켰다. 그래도 배고픔은 가시지 않았다. 어느 날 한밤중에는 배고픔을 참지 못한 몇몇 훈련병들이 소대 막사 옆에 있는 부식창고의 열쇠를 따고 들어가 - 우리 소대 안에 열쇠전문가가 있었다 - 날두부를 훔쳐 소대원들끼리 나눠 먹은 적도 있었다. 날두부가 그렇게 맛이 있을 줄이야……

　훈련병들이 걸친 누더기 메뚜기 점퍼는 미군이 2차 대전 때 입었던 것인데, 몸에 맞는 것이 드물었다. 그것을 걸친 훈련병들의 몰골은 베트콩 반군보다도 나을 게 없었다. 철모는 한참 쓰고 있으면 머리를 짓눌렀다.

훈련 기본병기인 엠 원 소총은 너무 무거웠다. 사격장에서 사격을 할 때 총신의 윗덮개가 빠져나오는 것은 예사였다. 2차 대전과 6.25전쟁의 유물인 엠 원 소총은 명중률이 낮았다. 사격점수가 기준에 미달되는 훈련병들은 사격이 끝난 뒤 조교로부터 기합을 받았다. 나도 기록사격에서 불합격해 오리걸음 기합을 심하게 받았다. 한국전쟁 당시 국군이 이런 무기를 들고 어떻게 전투를 했을까 쉽게 상상이 되지 않았다. 지급된 무기 가운데 성능이 정상적인 것은 거의 없었으며 그나마 소총에 부착하는 대검 하나만은 그런대로 쓸 만했다.

2주에 한번 씩 하는 목욕은 아주 신속한 방법으로 행해졌다. 훈련병들은 일열 종대로 늘어서서 목욕실로 들어간 뒤 30초 이내에 샤워꼭지에서 뿜는 물줄기에 몸을 적셨다. 그러나 비누칠을 제대로 할 새도 없이 밖으로 나와야만 했다.

살슬(殺虱)이라고 불리는 이를 잡는 작업도 일주일에 한 번 꼴로 벌였다. 내의 속에 어찌나 이가 많은지 잠을 잘 때는 물론 훈련을 받을 때도 몸이 근질근질해 참기가 어려웠다. 훈련병들은 디디티 가루를 내의 속에 쏟아 붓고 머리부터 발치까지 온 몸에 뒤집어썼다. 그래도 이들은 건재했으며 훈련병들의 몸속에서 느릿느릿한 각개전투를 멈추지 않았다. 훈련병들은 한밤중에 내의를 벗어 내무반 페치카 위에서 한참 동안 불에 쬐다가 훌훌 털어버리곤 했다. 그때마다 석탄불 속에서 장렬한 최후를 맞는 이들이 참깨를 볶는 듯한 소리를 냈다. 그것은 연무대에서나 볼 수 있는 작은 폭죽놀이였다.

훈련병들은 사열이나 제식훈련을 할 때마다, 야외훈련장을 오가며 행군할 때마다 쉴 새 없이 군가를 불렀다. 군가 가운데 논산훈련소 가는 라데츠키 행진곡 같은 우아한 박력은 없었지만 발을 맞춰 부르기에 좋은 행진곡이었다.

백제의 옛 터전에 계백의 정기 맑고
관창의 어린 뼈가 지하에 혼연하니
웅장한 호남무대 높이 우러러 섰고
대한의 건아들이 서로 모인 이곳이
아, 젊은이의 자랑 제2훈련소

군가를 부르는 동안만큼은 그래도 모든 시름과 잡념을 잊을 수 있었다. '사나이로 태어나서 할 일도 많다만……'으로 시작되는 〈진짜 사나이〉. '동이 트는 새벽꿈에 고향을 보며……'로 시작되는 〈행군의 아침〉. 그 친숙한 리듬과 가사는 훈련병들을 엄숙하게도 만들고 신명나게도 만들었다. 훈련병들은 행군할 때마다 〈육군 김일병〉이라는 유행가도 불렀다. 그 노래는 시중에서 유행하는 가요였지만 훈련소에서는 군가처럼 불렸으며 훈련병들이 가장 좋아하는 노래였다. 훈련병들은 목덜미에 핏대를 세우며 김일병 노래를 목이 쉬도록 불러댔다.

그러나 파월장병을 위해 만들어진 노래 〈맹호들은 간다〉와 〈달려라 백마〉를 부를 때는 훈련병들의 목소리는 지치고 맥이 빠졌다. 박자가 느리고 경쾌함과 패기도 부족한 멜로디 때문에 훈련병들은 행군 도중 발을 맞추기가 어려웠고 조교들도 나중에는 맥 빠지는 파월군가를 피하는 눈치였다. 뭐니 뭐니 해도 훈련병들이 가장 좋아하는 군가는 〈진짜 사나이〉이었다. 그것은 훈련병들이 겪는 심신의 고단함과 집 생각을 잠시나마 잊게 만드는 최고의 군가였고 제대 후 대폿집에서 젓가락을 두드리며 합창을 해도 어울릴 명곡이었으며 사내들의 세대를 초월해서 불릴 고전 중의 고전이었다.

연무대의 야외훈련장에는 황량하고 을씨년스러운 분위기가 감돌았다. 훈련장 주변에는 냇물도 강도 보이지 않았다. 각개전투 훈련과 행군으로 반들반들해져 벌거숭이가 된 벌판에는 지친 훈련병들이 손이라도 씻을 실개천조차 없었다. 먼지바람 부는 황토 벌 위에 세워진 가난한 전사들의 양성소. 돈 있고 배경 있는 청년들이나 고관의 자식들은 얼씬거리지 않는 곳. 질 낮은 사료를 먹고도 탈 없이 훈련을 받으며 묵묵히 전후방으로 떠나는 가난뱅이와 권세 없는 무지렁이들의 수용소. 이곳이 1960년대 젊은이들이 거쳐 간 논산훈련소였다.

2.
6주간에 걸친 신병교육을 끝내고 이병 계급장을 단 졸병들은 배출대대로 이동했다. 함께 훈련받은 동기생들은 사나흘 만에 전후방 부대로 배속을 받아 어디론가 뿔뿔이 흩어져갔다. 훈련동기생들 가운데 나 혼자만 배출대대에 남게 되었는데, 나는 그 이유를 알 수 없었다. 그렇게 배출대대에서 열흘을 넘기며 대기하던 중에도 훈련을 마친 다른 이등병들이 계속 배출대대로 들어왔다가는 다시 전후방으로 떠나곤 했다.

배출대대에서 배속 받지 못하고 머무는 동안 배출대대 기간사병들은 나를 고문관 – 바보 또는 병신이라는 의미였다 – 이라고 부르며 놀려댔지만 나는 어느새 그들과 친숙해졌다. 배속을 기다리는 동안 보름이 지나갔다. 나 혼자만 배속 받지 못하는 데 대해 점점 초조하고 불안해졌다. 내 신상에 무슨 문제라도 있는 것은 아닐까. 혹시 6.3사태 당시 한일협정 반대 서명부에 날인한 것이 연좌의 불씨가 되어 따라다니는 것은 아닐까. 혹시 북에 납치된 삼촌 때문에? 부대 배치를 받지 못하는 이유가 대체 무엇일까.

그런데 배출대대에서 대기하던 어느 날 논산훈련소 방첩대로 불려가 신원진술서를 쓰고 양손으로 손도장을 찍고 났을 때 무엇인가 어렴풋이 짐작되는 것이 있었다. 혹시 방첩대나 첩보부대 같은 특수부대로 끌려가는 것이 아닐까. 방첩대라면 사람들이 꺼리는 정보기관이고 권력을 휘두르는 특수부대이며 정권의 하수인 노릇을 하는 두렵고 으스스한 부대일 것이다. 캠퍼스 안을 들락거리며 대학생들을 감시하는 기관원들 중에도 방첩대원은 있었을 것이다. 방첩대 같은 특수부대라면 내 취향에는 맞지 않는 부대 – 한국판 게슈타포나 다름없는 – 일 뿐이다. 그런 곳으로 끌려간다면 대학 교수를 꿈꾸는 자신으로서도 좋을 리가 없을 것이다.

배출대대에서 대기생활을 하며 20여일을 보내던 어느 날 밤, 그때 시각이 새벽 한 시쯤 되었을 것이다. 잠자던 나를 누군가가 깨우며 급히 군복을 입고 더블 백을 챙기라고 지시했다. 준비를 끝내고 건물 밖으로 나왔을 때 연병장에 서너 명의 병사가 정렬해 있었고 그 앞에 드리쿼터 한 대가 대기하고 있었다. 어느 하사관의 인솔에 따라 그 자리에 모인 일행은 드리쿼터에 올라탔다.

드리쿼터는 한밤중의 어둠 속을 달렸다. 차는 가림 막을 치고 있었기 때문에 밖을 내다볼 수 없었다. 설령 내다보더라도 밤중이었기 때문에 어디가 어딘지 전혀 알 수 없었을 것이다. 나는 방향감각을 완전히 잃었다. 긴장감에 싸인 나와는 달리 다른 이등병들은 비교적 침착하게 앉아 있었다.

다음 날 새벽 다섯 시쯤 드리쿼터가 도착한 곳은 아주 낯익은 장소였다. 그곳은 중앙청 서쪽 J 여고 옆에 자리 잡고 있는 방첩부대 본부였다. 논산에서 인솔되어온 일행은 모두 다섯 명이었다. 일행은 곧 부대본부 안으로 들어가 휴게실에 더블 백을 놓아두고 목욕탕으로 안내

되었다. 방첩부대 본부의 목욕탕은 군부대 시설이라고는 믿을 수 없을 만큼 깨끗했다. 나는 따뜻한 욕조에 몸을 담그고 오랜만에 씻는 즐거움을 누렸다. 논산 훈련소의 30초짜리 샤워 실이 눈에 어른거렸다.

목욕이 끝난 뒤 휴게실로 돌아왔을 때 테이블 위에는 새 군복이 기다리고 있었다. 일행은 새 군복으로 갈아입고 구내식당으로 가서 아침식사를 했다. 아침식사 내용 – 식단이 적힌 군대 메뉴를 처음 보았다 – 은 논산훈련소의 그것과는 비교가 되지 않았고 음식 냄새부터가 달랐다.

아침 아홉 시, 일행은 부대장 실로 안내되어 비서실에서 잠시 대기하고 있다가 집무실 안으로 들어섰다. 잔뜩 긴장하고 있던 일행 앞에 한 장성이 나타났다. 그는 방첩부대장 윤필용 소장이었다. 일행은 윤필용 부대장에게 전입신고를 했다. 신고를 받은 부대장이 일일이 졸병들과 악수하며 어깨를 가볍게 두드렸다. 윤필용이 입을 열었다.

"제군들은 지금부터 방첩부대원이다. 국가를 지키고 안보를 책임지는 국군의 보루다. 살신성인의 정신으로 대공 업무에 임해주기 바란다. 이상!"

신고는 그것으로 끝났다. 신고가 끝나는 순간 긴장감 속에서 막연하게나마 지금까지와는 전혀 다른 군대생활이 시작될 것 같다는 예감이 들었다. 불현 듯 '×으로 밤송이를 까도 시간은 간다.'는 군대속담이 생각났다. 때가 오면 전역할 때가 오겠지. 나는 자신을 그렇게 위안했다.

그로부터 닷새간의 짧은 휴가기간에 나는 친구들을 만나고 영등포 이모부 댁에도 찾아갔다. 내가 가르친 이종 여동생은 중학생이 되어 있었고 단정한 교복 앞가슴에는 명문 여중의 배지가 빛나고 있었다. 방첩대로 배속 받은 이유가 여전히 궁금해 군 출신인 이모부가 혹시 막후에서 어떤 조치를 취하지 않았는지 물었지만 이모부는 그런 일은 없었다고 했다.

나는 하루를 틈내 춘천 본가로 향했다. 춘천으로 가는 버스 안에서 몇 달 동안 읽지 못한 신문을 뒤적였다. C 일보 사회면을 훑던 눈길이 번갯불처럼 어떤 기사제목에 꽂혔다. 사회면 상단에 톱기사로 인쇄된 제목은 '논산훈련소장 횡령죄로 구속'이었다. 기사는 훈련소장이 훈련병에게 지급해야 할 급식비를 착복해 훈련병들이 부실한 식사를 감수할 수밖에 없었다는 요지의 내용이었다. 훈련소장이 저지른 착복행위의 시점은 내가 한참 훈련을 받고 있을 때와 일치했다.

나는 훈련당시 제공된 황우도강탕 – 훈련병들이 그렇게 부르던 – 이란 이름의 소고기국을 떠올렸다. 고기 건더기라고는 한 개도 없었던 멀건 국물. 음식인지 사료인지 분간할 겨를도 없이 후루룩 국물을 들이켠 훈련병들. 그랬었구나. 훈련소장이란 자가 그렇게 착복했으니 훈련병들이 배를 주릴 수밖에. 오죽 배가 고팠으면 한밤중에 부식창고를 털어 날두부를 훔쳐 먹었을까. 나 자신도 착복의 희생자였던 것이다. 별을 단 도둑놈……. 그런 작자가 과연 한둘일까.

내가 집에 도착했을 때 식구들은 기절이라도 할 듯 반가워하고 기뻐했다. 할머니는 손자의 손을 잡고 눈물을 흘렸다. 어머니는 내가 군대에 입대할 줄을 전혀 예상하지 못하고 논산에서 집으로 부친 소포꾸러미를 받고 나서야 입대한 사실을 알았다며 소포 속에서 꺼낸 옷을 보고 가슴이 메어졌다고 말했다. 아버지는 애써 반가운 표정을 감춘 채 무덤덤했으며 "고생했다."는 말 밖에 다른 말이 없었다. 동생들은 훈련소 생활이 궁금하다는 듯 이런저런 질문을 했다. 집안에는 여전히 궁기가 가득했지만 나는 식구들이 어떻게 살아가는지 묻지 않았다.

닷새 동안의 휴가를 끝낸 나는 방첩부대 본부의 명령에 따라 서울 모처에 있는 방첩학교에 입교했다. 봄꽃이 만개한 4월 중순이었다. 한

밤중 논산에서 방첩부대 본부로 차출되어 드리쿼터를 타고 올라온 네 명의 동료들도 함께 입교했다.

9주 동안 계속된 방첩학교의 교육훈련은 논산의 그것과는 전혀 달랐다. 강의실에서 진행되는 학과수업은 공산주의 이론, 북한의 현황, 북한의 대남전략, 반탐투쟁론, 스파이전의 실상, 간첩에 관한 이론과 사례 같은 것이었다. 무인포스트 탐색 같은 전문기법도 학과내용에 포함돼 있었다. 교육생들은 매일 새벽 6킬로미터의 달리기를 했고 전문사범의 지휘에 따라 아침저녁으로 태권도 훈련을 받았다.

내무반 생활은 논산훈련소 때와는 비교할 수 없을 정도로 고달팠다. 기합이나 구타 같은 체벌이 가해지는 것이 아니라 정신적으로 견디기가 어려웠다. 관물정돈, 개인청결, 실내청소, 총기수입, 암기상태 점검, 조별 단체행동 등에서 조그만 미비점이나 실수가 지적되면 밤늦도록 야간 비상훈련이 실시되어 밤잠을 설치기 일쑤였다.

구대장 M 소위는 악명 높은 감독관이었다. 작은 실수도 용납하지 않는 그의 지휘감독과 눈빛에 교육생들은 주눅이 들었고 늘 긴장해야만 했다. 단 하루도 야간 비상이나 기합을 당하지 않고서는 잠을 청하기가 어려웠다. 그는 교육생들의 정신 상태를 개조하기 위해 세상에 태어난 사람처럼 보였다. 스물 네 시간 눈을 번득였고 자신의 직무를 천직으로 여기며 자랑스러워하는 것 같았다. 대공실무반 XX기 교육생들은 그를 두려워하면서도 내심 존경했다.

방첩학교에서 교육을 받는 동안 나는 평생 잊지 못할 특기 한 가지를 익혔다. 그것은 사격술이었다. 사격훈련은 태릉에 있는 육군사관학교 사격장에서 실시되었다. 훈련에 사용된 총기류는 카빈 소총, 콜트 45구경 권총, 기관단총, 그리고 월남 전선에서 새롭게 사용하기 시작한 M 16소총이었으며 논산훈련소에서 훈련병들을 애먹이던 엠 원 소총은 다루지 않았다. 야간사격 훈련은 주간사격보다 더 높은 집중력과 긴장을 필요로 했다. 2,3초간 표적을 비치던 조명탄 불빛이 꺼진 다음 암흑 속으로 사라진 표적을 향해 방아쇠를 당기는 동작은 예민한 순발력과 어둠을 앞지르는 방향감각을 요구했다.

혹독한 사격훈련은 나를 특등사수 겸 저격수로 만들어 놓았다. 나는 M 16 소총 사격에서 100퍼센트, 카빈 사격에서는 98퍼센트, 권총사격에서 90퍼센트의 명중률을 기록했다. 그러나 살인기술이 우수하다는 것을 자랑할 수는 없으리라. 사격술은 자신을 지키는 방어기술일 뿐. 9주 동안의 특수교육은 군대와 세상을 또 다른 시각에서 바라보게 만들었다.

3.

40명의 교육생들은 9주간의 고된 훈련을 견뎌냈다. 방첩학교를 졸업할 때 교육생들은 방첩부대장 윤필용으로부터 은으로 만든 타원형의 작은 메달 - 월계수 문양이 새겨진 - 을 받았다. 메달은 방첩대원임을 확인하는 신분증이었고 메달 뒷면에는 메달 소지자에게 임무수행에 필요한 제반 편의를 제공해 달라는 내용이 적혀 있었다. 그것은 일종의 군용 마패였다.

1967년 6월 말 방첩학교에서 교육훈련을 마친 나는 춘천지구 방첩대로 전속 명령을 받았다. 내가 배속 받은 부대는 2군단 지역을 관할하는 방첩대였다. 도청 뒤쪽 산자락에 자리 잡은 부대 옆에는 천주교 성당과 작은 절이 있고 부대 앞쪽으로는 멀리 소양강이 내려다 보였다. 고향에서 군대생활을 하게 된 것이 다행이라고는 생각하면서도 세상 사람들에게 좋지 않은 인상을 주는 기관에서 근무하게 되었다는 사실이 마음에 걸렸다. 고향 춘천에서 군대생활은 그렇게 시작되었다.

내가 근무하는 부대는 대외적으로 XX공사라는 명칭을 사용했다. 부대원들은 군복을 착용하고 근무했지만 필요에 따라 사복을 입을 수도 있었다. 나는 군복을 입고 영내에서 근무했다. 내가 맡은 특별한 임무나 보직이 아직 없었으므로 대공과, 보안과, 행정과에 근무하는 상사들과 선임들은 틈나는 대로 나를 불러 이런저런 심부름을 시켰다.

근무하면서 알게 된 사실의 하나는 이 부대에 근무하는 사병들 대부분이 원래 방첩대 소속이 아니라 타 부대에서 파견 나온 요원이라는 것이었다. 장교들은 모두 방첩대 소속이지만 일반 사병들과 하사관들은 대부분 타 부대에서 파견 나온 병력이었다. 야전공병단, 병참대대, 수송대대, 병기대대 등에서 파견 나온 사병들이 전체 사병의 9할을 차지하고 있었다. 부대 사병 가운데 방첩학교를 졸업한 사람은 네 사람에 불과했다.

타 부대 출신들이 어떻게 방첩대로 파견된 것일까. 또 그들이 어떻게 방첩대의 안주인 행세를 할까. 이런 의문은 당연한 일처럼 지속돼 온 군 내부의 오랜 인사 관행과 관련된 것이었다. 방첩대근무 사병 전원을 방첩학교 졸업생으로 충원할 수 없는 현실적 이유, 그리고 군 안팎으로 연결된 병무와 인사 뒷거래가 이런 의문에 대한 답이었다. 재벌, 고관, 국회의원 집안의 자제들은 병역을 면제받는 경우가 흔했다. 그들은 입대하더라도 방첩대 같은 기관에서 근무하기를 선호했고 돈이나 권력을 거머쥔 아버지들은 군부에 줄을 대 자식들을 기관이나 특수 보직으로 보내려고 애썼다. 1967년도 그런 시절이었다.

밤마다 내무반에서 행해지는 줄 방망이 점호에서 나는 최하급자로서 비합법적이며 관행적인 기합을 감내했다. 방첩학교에서 교육받은 내용은 내무반에서 조용히 잊어야 했다. 그래도 선임들은 나를 함부로 대하지 못했다. 내 목에 걸린 은메달 덕분이었는지도 모른다.

여름이 지나고 초가을이 되었을 때 나는 어느 검문소로 파견명령을 받았다. 사람을 검문한다는 것은 직무상 불가피한 일이라고는 해도 남들이 보기에 좋은 모습은 아닐 것이다. 검문소 조장 Y 중사는 심성이 곱고 너그러운 사람이었으며 사실 방첩대 같은 기관에서 근무할 사람으로는 보이지 않았다. 내가 Y 중사에게 검문 같은 일은 하지 못하겠다고 조심스럽게 말하자 Y 중사는 그런 일은 자기에게 맡기라며 다른 보조업무를 처리하도록 지시했다. 그것은 매일 업무일지와 근무지 상황보고서를 작성하는 것이었다. Y 중사의 배려 덕분에 나는 몇 달 동안 그나마 평온한 군 생활을 할 수 있었다.

그러나 1967년에도 휴전선은 준전시상태였다. 인민군은 시간과 장소를 가리지 않고 휴전선을 넘어와 미군과 국군을 사살했다. 한 해 동안 휴전선에서는 170여 차례의 교전이 발생함으로써 남북한은 이틀에 한 번 꼴로 무력충돌을 벌인 셈이다. 4월 어느 날 중부전선에서 인민군 백여 명이 휴전선 이남으로 침투해 국군 전방 초소를 공격하자 육군 7사단 포병대는 포탄 500여 발을 북쪽 땅에 쏟아 부었다.

4.

1968년 1월 13일 북한 민족보위성 정찰국장으로부터 청와대 기습에 관한 세부지시를 받은 124군부대원 31명은 1월 16일 밤 10시 황해북도 연산군의 제 6기지를 차량으로 출발했다. 그들은 1월 18일 서울 북쪽의 휴전선을 돌파한 뒤 1월 19일 얼어붙은 임진강을 걸어서 넘었다. 경기도 고양시 삼봉산에서 하룻밤을 보낸 그들은 1월 20일 앵무봉을 넘고 비봉을 넘었다. 미처 쉴 틈도 없이 종로구 구기동의 승가사로 이

어지는 산길을 타고 1월 21일 밤에는 세검정 파출소가 관할하는 자하
문 초소에 이르렀다.

미군 2사단이 담당하고 있던 서부전선 철책선 근무는 허술하기 짝이
없었고 한미 양국군이 담당하는 지역의 경계선 일대에는 빈틈이 많았
다. 124부대원들은 감시와 경계의 사각지대인 이 틈을 따라 침투했고
예상 밖으로 손쉽게 진행된 이들의 침투를 어느 누구도 알아챌 수 없
었다.

남쪽으로 향하던 124부대원들은 산중에서 우연히 나무꾼인 우씨 삼
형제를 마주쳤다. 당황한 그들은 나무꾼들을 잡아놓고 죽일 것인지 살
려 보낼 것인지를 두고 고민하다가 자신들의 정체가 노출된 사실을 평
양에 보고하려고 했다. 그러나 무전상태가 나빠 회답을 받지 못했으므
로 자신들이 결정을 내려야만 했다. 그들은 즉석에서 나무꾼 형제 사
살여부를 놓고 토의를 벌였다. 그러면서 나무꾼 형제들에게 근처에 검
문소가 몇 개 있는지, 쌀밥은 일 년에 몇 번 먹는지, 입고 있는 옷이
미제인지 등 남한사람이 납득하기 어려운 질문을 했다. 낌새를 눈치
챈 형제들이 남한에서 소작농으로 어렵게 살고 있다고 말하자 공비들
간에 의견이 분분해졌다.

"이 사람들도 소작농이고 무산자입네다. 우리 인민입네다. 함부로 죽
일 수는 없디요."

"동무들은 경험이 없어 기러는 건데 안됐지만 죽여야 하오."

"맞디요. 내려가서 신고 않는다는 보장이 어드메 있음둥."

"세 명이 동시에 사라지문 수색이 있을 거이구, 숨길라면 땅에 파묻
어야 되는데 기걸 어갑니까?"

결국 그들은 투표를 해 나무꾼을 살려주기로 결론을 내렸다. 살려주
자는 의견에 찬성한 대장 김종웅은 나무꾼들에게 신고하면 자식까지

몰살하겠다고 협박했다. 그런 뒤 배낭에 든 엿과 비상식량을 나눠주고 일제 세이코 시계를 선물했다. 공비들은 형제들에게 충성서약서를 쓰게 하고 공산당 입당원서를 받아 손도장을 찍게 했다. 김종웅은 즉석에서 형제들 중 첫째를 경기도지사로, 둘째를 파주 군수로 임명했다. 그러면서 남조선은 곧 망할 테니 조금만 참고 기다려라, 신고하면 가족을 몰살하겠다고 거듭 협박했다. 그들은 나무꾼 형제들을 살려 보냈다.

공비들은 나무꾼들을 죽이려고 했지만 눈 덮인 산에서 시체를 처리하는 것이 번거로울 뿐 아니라 나무꾼의 신분이 무산계급이므로 신고하지는 않을 것이라고 판단했다. 이때까지만 해도 인민을 함부로 해치지 않는다는 소위 유격대 정신이라는 것은 남아 있었던 것이다. 결국 다수결로 투표를 해 나무꾼들을 살려준 것이 그들에게는 결정적 실수였다.

나무꾼 형제들은 국군복장을 한 그들의 정체를 알아차리고 그길로 경찰에 신고했다. 서른한 명의 무장공비들은 자하문 초소에 도달할 때까지 아무런 검문도 받지 않았으나 자하문 초소에 도착했을 때 마침내 경찰의 검문을 받게 되었다. 자하문 도로로 병력이 이동할 예정이라는 보고를 사전에 받지 못한 종로경찰서장 최규식은 경찰병력으로 이들을 저지했다.

경찰의 검문에 공비들은 방첩대원임을 사칭했다. 수상한 낌새를 눈치 챈 최규식 서장이 직접 이들의 신분을 확인하려고 하자 특공대장 김종웅이 갑자기 기관단총을 발사했다. 최 서장은 쓰러져 현장에서 사망하고 근처에 있던 열 서너 명의 경찰들이 죽거나 중상을 당했다.

그때 버스 두 대가 도로를 따라 올라오고 있었다. 군 병력이 지원하러 오는 것으로 여긴 공비들은 기관단총을 난사하고 버스에 수류탄을 던진 뒤 사방으로 흩어져 달아났다. 무장공비들이 병력이동 차량으로 착각한 것은 통근버스였다. 공비들이 버스에 던진 수류탄으로 민간인 여러 명이 죽거나 중상을 입었다. 버스 안에서 사망한 어느 중학생의 가방 속에는 동생의 생일선물로 줄 초콜릿이 들어 있었다.

무장공비들은 흩어져 사방으로 도주했고 그들 중 일부는 성북동 뒤쪽 성곽길 마루까지 진출해 군경과 총격전을 벌였다. 주변의 바위와 소나무에 무수히 총탄이 박혀 상처를 남겼다. 특공대장 김종웅은 군경의 매복작전에 걸려 전신에 총탄을 맞았다. 그는 총격을 받아 한쪽 팔이 잘린 상태에서 수류탄을 들고 돌진하다가 쓰러졌다.

북한에 두고 온 홀어머니가 아들의 죽음을 알았다면 어떻게 했을까. 인연이라곤 없는 남한 땅에서 아들은 그렇게 죽었다. 그는 김일성이 요구하는 혁명영웅이 되기는 했지만 결국 남조선 혁명을 위해 허무하게 이용된 노리개로 삶을 마감했다. 엄동설한에 뒹구는 낙엽인들 이보다 외롭고 비참하지는 않았으리라.

동료 김신조는 살아남았다. 그는 군경에 포위되자 수류탄을 터뜨려 자폭하려고 했지만 안전판을 만지작거리다 마침내 두 손을 들고 투항했다. 살고 싶다는 본능이 고개를 쳐든 것일까. 무장공비들 가운데 스물아홉명이 사망하고 한 명이 투항했으며 나머지 한 명은 행방을 찾을 수 없었다.

공비들이 사용한 장비는 PPS-43 기관단총, 토카레프 권총, 세열수류탄, 대전차 수류탄, 절단기, 단검 등이었다. 원래 이들에게 맡겨진 임무는 일부는 청와대를 기습하고 나머지는 미국대사관을 공격하는 동시에 국방부 건물을 파괴하고 교도소를 습격한 뒤 죄수를 석방하는 것이었다. 체포된 간첩을 석방한 후 이들을 동반 월북하는 것도 그들의 임무였다. 김신조에게 맡겨진 임무는 교도소를 공격하는 것이었다.

북한 무장공비들의 기습은 남한의 실정을 고려하지 않은 무모한 행위였지만 기습공격 자체만으로도 사회혼란과 불안을 가중시키기에 충분했다. 1.21사태 후 기자회견이 열렸을 때 침투공비 가운데 유일하게 살아남은 김신조는 왜 청와대를 공격하려 했느냐고 묻는 기자의 질문에 무뚝뚝하게 답했다.

"박정희의 멱을 따러 왔수다."

라디오 실황 방송을 통해 김신조의 기자회견을 청취한 시민들은 경악했다. 김신조의 기자회견은 뜻밖에도 위세 당당하던 방첩부대장 윤필용을 난처하게 만들었다. 사람들은 김신조가 자신을 살려준데 대한 최소한의 성의를 표시하기 위해서라도 북한을 비난하는 성명을 발표하거나 청와대를 기습한 이유를 설명할 것으로 기대했다. 그러나 그는 그런 것은 생략한 채 방송을 통해 그냥 '박정희의 목을 따러 왔다'는 말만 내뱉었다. 시민들은 소름끼치도록 놀랐으며 대통령은 화가 나고 불쾌했다. 박정희는 윤필용을 21사단장으로 내보내고 방첩부대장 자리에 김재규를 앉혔다. 세상에서 흔히 1.21사태라고 부르는 무장공비 기습공격은 한반도의 위태로운 안보상황과 남한의 허술한 군사대비태세를 나라 안팎에 드러낸 충격적 사건이었다.

5.

수구동이라는 마을 이름의 유래를 자세히 알 순 없지만 이곳에서 오랫동안 살아온 노인들의 설명에 의하면 이 마을은 청평사가 있는 오봉산 - 청평산의 다른 이름인 - 계곡에서 흘러내린 청평내가 내평리에서 흘러온 소양강과 마주치는 물 어귀에 있었기 때문에 그런 이름이 붙여졌다는 것이다. 그러므로 물 어귀를 한자로 표기하여 수구동(水口洞)이라고 한 것은 자연스러운 것이었다. 외부사람들은 이 마을을 청평리로도 불렀지만 마을 사람들은 누구나 수구동이라고 불렀다.

1.21사태가 일어났을 때는 내가 수구동으로 근무지를 옮긴 직후였다. 나의 소속부대는 춘천 관할지역 여러 곳에 파견대와 검문소를 운영했다. 그 중 하나인 수구동 검문소는 소규모의 파견대 역할을 하는 곳이었다. 1.21사태의 충격이 가시지 않은 가운데 북한으로부터의 간첩침투와 크고 작은 국지적 공격은 멈추지 않고 있었다. 군 내부에서는 대공방첩업무가 더욱 중시되기 시작했고 자체단속을 위한 보안업무도 강화되었다. 대통령 박정희의 지시에 따라 155마일 휴전선에 철책공사가 진행되기 시작한 것도 1.21사태 이후였다.

1.21사태가 일어나고 얼마 안 되었을 때 나는 전방부대 보안상황 점검을 위해 방첩부대 본부에서 온 군 관계관들을 따라 화천지역 최전방을 둘러봤다. 그곳을 둘러보고 나서 나는 충격을 금치 못했다. 남방 한계선에는 철조망과 목책조차 없는 곳이 많았고 설치해 놓은 것들도 방치된 채 녹슬고 있었다. 피아간에 마음만 먹으면 얼마든지 넘나들 수 있을 정도로 휴전선의 경계시설은 남북이 똑같이 허술했다. 휴전 후 15년이 지났지만 전방의 경계태세는 형편없었다.

한국전쟁 이전에 화천, 양구는 북한 땅이었다. 전쟁의 상흔이 깊은 최전방에는 유비무환이라는 말이 무색할 정도의 무방비상태가 방치되고 있었다. 전방의 허술한 경계태세뿐만 아니라 북에서 내려온 간첩과 남한 내부에서 활동하는 첩자들 간의 공작도 큰 불안요인이었다. 춘천은 수많은 고정간첩과 첩자들이 암약하는 도시였으며 전국 주요 도시 가운데서 대간첩작전상 가장 민감한 곳의 하나였다. 춘천에 주둔한 군단사령부와 미군의 유도탄 사령부가 있는 캠프 페이지는 북한에게 감시와 침투, 파괴와 교란의 목표물이었다.

수구동 검문소는 간첩 루트를 중간에서 차단하는 역할을 하는 전술

거점이었다. 양구—춘천 국도와 화천 간동면—춘천 간 지방도가 만나는 수구동 삼거리에는 경찰, 헌병, 방첩대 요원이 주재하여 경찰지서와 검문소를 운영하고 있었다. 휴전 이후에도 이 길을 통해 양구, 화천과 춘천 사이를 고정간첩과 첩자들이 들락거리며 이 연결로를 공작루트로 삼았다. 실제로 수구동 삼거리를 통과한 고정간첩이나 첩자들 가운데 상당수가 나중에 검거되면서 수구동의 임무는 더욱 커졌다.

검문소 요원들은 24시간 무장을 하고 있었다. 밤낮으로 교대근무를 하면서 콜트 45구경 권총을 휴대했다. 검문소 무기고에는 카빈소총, 기관단총을 보관해 두고 실탄도 총기별로 수천 발씩 비치해두고 있었다. 고립된 곳에서 무장공비나 간첩들이 불시에 공격해 오면 자위수단을 강구할 수밖에 없었다. 1.21 무장공비 침투사건이 터진 것은 두세 달 전이었지만 이런 사건은 언제 어느 곳에서도 예고 없이 발생할 수 있을 터였다. 수구동 검문소도 전방에서 가까운 테러 목표의 하나였으므로 검문소 근무자들은 늘 긴장해야만 했다.

그 두세 달 동안 집안에 경사가 났다. 동생이 S 대학교에 합격한 것이다. 아버지의 거듭된 실패로 인해 집안이 기울고 난 뒤 가족에게 남은 것은 궁색함과 우울한 분위기였다. 그런 분위기 속에서 동생이 S 대학에 합격했으므로 형인 나도 기쁠 수밖에 없었다. 동생도 집안 사정 때문에 국립대학을 선택했고 그것도 학비가 싸고 졸업 후엔 교사취업이 보장된 사범대를 선택했던 것이다. 동생은 형의 대학 입학에 자극을 받아 내가 고등학교 때 했던 것 이상으로 열심히 공부했던 것이다. 집안에는 두 명의 S 대학생이 생겼다.

수구동 검문소 뒤쪽으로는 내평리에서 흘러내린 소양강이 완만한 곡선을 이루며 굽이치고 있었다. 물은 너무나 투명해 모래와 자갈이 완벽한 모습을 바닥에서 드러냈다. 맑은 날 흐르는 수면에는 하늘에 떠가는 구름이 수채화처럼 비쳤다. 강폭은 백 미터가 넘었고 야트막한 여울과 깊은 소가 군데군데 걸쳐있는 강에는 물고기들이 많았다.

1968년의 봄이 무르익고 있을 때 나는 야간근무를 마치고 낮에 비번일 때에는 가끔 어항과 낚시를 들고 강으로 나갔다. 그럴 때면 동네 사람들도 낚시와 족대를 들고 따라나섰다. 두 세 시간 동안 파리낚시와 견지낚시, 어항과 족대로 건져 올린 물고기의 종류는 다양했다. 여울에서는 피라미, 끄리, 꺽지, 누치, 쉬리, 동자개, 모래무지 같은 물고기가 잡혔고 바위가 많은 소와 깊은 물에서는 민물장어와 쏘가리, 메기가 잡히곤 했다. 소양강은 물고기의 밭이었다.

잡은 물고기를 요리하는 것은 동네 사람들의 몫이었다. 사람들은 강변에 솥을 걸고 매운탕과 어죽, 튀김을 만들었으며 집에서 담근 막걸리로 조촐한 천렵마당을 펼쳤다. 어떤 사람들은 물고기를 회쳐서 초고추장에 찍어먹기도 했는데, 나도 민물회의 담백한 맛에 조금씩 길들여지기 시작했다.

동네 사람들은 가끔 음식을 만들어 수구동 요원들에게 가져다주고 집으로 불러 대접하기도 했다. 요원들은 동네 박 포수 댁에서 세끼 식사를 했다. 전문사냥꾼인 박 포수는 마적봉, 청평산 일대 숲을 돌며 멧돼지와 꿩, 산토끼, 노루 등을 잡아 포획물을 춘천시내에 나가 팔기도 했지만 가끔 동네사람들을 불러 잔치를 베풀기도 했다. 박 포수 댁에서 식사하는 비용은 군단 급양대를 통해 지급받았다. 지급품의 대부분은 현물로, 일부는 부대본부로부터 현금으로 지급받았다. 급양대로부터 지급받은 보급품은 쌀, 보리, 빵 같은 주식과 돼지고기, 두부, 생선, 콩나물, 어묵 등의 부식이었으며 검문소 근무자수에 비해 양이 넉넉한 편이었다. 주부식 재료가 급양대 차량 편으로 도착하면 나는 그것을 박 포수 댁으로 가져다주었다.

안보상황이 비상한 시기였으므로 위험지역으로 분류된 수구동의 근무요원들과 동네사람들은 좋든 싫든 서로를 의지해야 했다. 동네사람들은 마을주변에서 일어나는 크고 작은 모든 상황을 검문소로 알려왔다. 그들은 수구동 근무자들의 충실한 협력자였다. 버스나 화물차 운전기사들도 전방에서 차를 몰고 오는 동안 도로주변에서 목격한 특이한 상황이나 거동수상자가 있으면 검문소에 들려 곧바로 신고했다. 신고를 통해 실제로 지난 수년 동안 상당수의 간첩, 간첩용의자, 간첩과 접선중인 첩자, 탈영병, 지명수배자, 불법 벌목자가 검거되었다.

가끔 양구 쪽에서 내려오는 임산물 벌채차량과 고철을 실은 화물차가 수구동을 통과할 때면 화주들은 수고비 명목으로 검문소에 돈 봉투를 놓고 갔다. 검문소에서는 화주들이 전방지역 관청에서 발급한 반출증을 소지하고 있는지 여부를 조사했고 화주들에게 교통안전상 또는 군사보안상 문제가 없다는 것을 확인해 주는 확인서를 써주기도 했다.

화주들이 봉투를 전하고 가는 일은 6.25 이후 전국 각지에서 행해진 오랜 관행이었다. 그것은 정량초과를 눈감아달라는 부탁이거나 반출이 금지된 품목의 고철을 적재했을 경우 선처해 달라는 뜻이었다. 이런 일이 전방지역에서는 더 흔했다. 금액이 크지는 않지만 그것은 일종의 뇌물이며 비공식적인 통과세 같은 것이었다. 군경이 요구하거나 압력을 넣지 않아도 화주들은 자발적으로 통과세를 냈다. 나의 선임자는 한 달에 한 번씩 열리는 부대 보고회의에 참석할 때마다 소속 상사들에게 봉투를 전하곤 했다. 그것도 역시 오랜 관행이었다.

1.21 무장공비 사건을 계기로 방첩부대장은 윤필용에서 김재규로 바뀌었다. 방첩부대본부는 보안사령부로 이름을 바꾸었으며 일선 방첩대도 보안부대로 명칭이 바뀌었다. 보안부대는 여전히 일반인이 꺼리는 특수부대였으며 그 이전보다도 업무와 역할이 더 커졌다. 수구동 검문

167

소의 임무도 늘어났다. 그것은 화천 오음리에 파월장병 훈련부대인 7 보충단이 창설되었기 때문이다. 파월장병을 실은 차량은 언제나 수구동 삼거리를 통과했고 검문소에서는 이들의 이동상황을 상부에 보고했다.

수구동 검문소가 특별히 관찰하고 보호해야 할 또 다른 보안 목표물이 검문소 바로 아래쪽에 생겨났다. 북한의 민족보위성 정찰국이 이미 태업 목표로 선정했을 국가적 프로젝트인 거대 토목공사가 그것이었다.

6.

수구동 삼거리 아래쪽으로 500여 미터 떨어진 소양강에서는 지난해 봄 착공한 댐 공사가 한창 진행되고 있었다. 사람들은 강에 물길을 새로 내고 임시제방을 만들었으며 흙을 실은 덤프트럭이 하루에도 수백 대씩 들락거리며 강바닥에 흙을 퍼부었다. 각종 중장비와 컨베이어 벨트가 공사현장에서 바쁘게 움직였고 공사에 동원된 인부들도 어림잡아 수백 명쯤 되어보였다. 공사현장에는 골조용 철근이나 콘크리트 같은 자재가 보이지 않았다. 덤프트럭이 실어 나르는 화물은 모래, 흙, 돌멩이 뿐이었다. 수구동에 세워지는 댐은 춘천댐과 의암댐 같은 콘크리트 댐이 아닌 것이 분명했다.

소양강 다목적댐 공사는 내가 수구동에서 근무를 시작하기 훨씬 전인 1967년 4월 15일에 착공되었다. 소양강 댐 공사는 대통령 박정희가 오래 전부터 야심차게 구상해온 대규모 국책사업의 하나였다. 박정희는 소양강 댐 공사를 제2차 경제개발 5개년계획의 첫 번째 사업으로 정해 착수했다. 소양강 댐은 그 뒤 1968년 2월에 착공한 경부고속도로, 1970년 4월에 착공한 포항제철, 1971년 4월에 착공한 서울지하철

1호선과 함께 한국경제의 도약과 고도성장을 선도하는 상징적 국책사업이자 이정표가 될 터였다.

　후진국으로서는 감당하기 어려운 박정희의 댐 구상에 대해 야당, 학계, 지식인, 종교계 인사들은 반대했다. 건설부는 이미 일본의 실력 있는 토건회사인 카시마 건설의 콘크리트 댐 공사견적을 받아놓고 대통령에게 보고를 마친 상태였으며 조만간 계약과 함께 공사에 착수할 예정이었다. 그러나 공사가격이 너무 높아 박 대통령은 공사를 시작할 엄두를 내지 못했다. 고심하던 그는 결국 국내업체를 선정하는 쪽으로 마음을 돌리고 현대건설 사장 정주영을 청와대로 불러들였다. 그것은 박정희와 정주영의 첫 번째 만남이었다. 청와대 집무실에서 박정희는 정주영과 단 둘이 머리를 맞대고 댐 공사에 관한 의견을 나누었다. 두 사람은 첫 만남이었음에도 불구하고 구면인 듯한 말투로 이야기를 주고받았다.

　"정 사장, 흙과 돌만으로 댐을 만들 수 있겠소?"

　"각하, 물론입니다. 오히려 안보 면에서 유리합니다."

　"안보 면이라니? 댐으로 적의 공격이라도 막는단 말이오?"

　정주영은 박정희가 포병장교 출신임을 이미 알고 있었다. 그는 박정희를 만날 것을 대비해 포탄의 종류와 위력, 탄도와 탄착점 같은 군사물리학의 기초지식을 사전에 머릿속에 준비해 두고 있었다. 안보에 관한 대통령의 질문에 대해 정주영 사장이 되묻는 형식으로 답했다.

　"각하, 유사시 콘크리트댐을 폭격하면 부서지지 않겠습니까? 또 복구하는데도 시간이 걸리지 않겠습니까?"

　포병 출신인 박정희에게 전투기의 폭격장면과 겹치는 하나의 희미한 실루엣이 그려졌다. 그는 대포로 적이 토치카나 콘크리트 건물을 공격해올 때 구조물들이 파편을 뿌리며 파괴되는 장면을 떠올렸다. 진흙구덩이 참호는 폭격을 당해도 병사가 안전할 수 있지만 토치카가 무너지면 살아남기 어려울 것이다. 시멘트는 깨어지지만 흙은 웅덩이만 생길 뿐이며 훼손된 부분을 복구하기가 쉽다. 흙은 자연의 산물이고 콘크리트는 인공의 구조물이다. 자연 상태의 강바닥에 또 하나의 자연을 쌓아올리는 것은 거대한 토성을 쌓는 것이나 다름없으며 이것은 자연의 섭리에 어긋나는 일이 아닐 것이다. 박정희는 자신의 결심을 확인하려는 듯 정주영에게 물었다.

"사력댐이라는 말을 들었는데, 다른 나라에도 이런 전례가 있소?"

"2차 대전 이후 여러 나라가 사력댐을 쌓고 있습니다. 이집트 아스완 하이댐이 대표적인 예입니다."

"댐 완공 후에 제방이 누수가 되거나 넘치면 위험하단 얘기를 들었소."

"각하, 록필 댐이라는 말씀을 혹시 들으셨습니까? 댐이 중력을 받는 부분에 돌을 쌓아올리고 가운데 점토로 차수벽을 만드는 겁니다. 지반이 약한 곳에서 만들 수 있는 공법이지요. 소양강 주변은 충적토 지대라 지반이 약합니다. 넘치는 걸 막기 위해 여수로를 만들면 됩니다. 사력댐은 안전합니다!"

정주영은 박정희 앞에서 일본 건설회사의 콘크리트 댐 제안에 이의를 제기하고 사력댐 건설방식을 제시했다. 그는 비싼 철근을 쓰지 않고 모래와 자갈, 진흙을 토성처럼 쌓아올리는 방식으로 한국 지형에 맞는 새 공법을 시도할 것이라고 설명했다. 그리고 즉석에서 카시마 건설의 절반 가격으로 공사를 할 수 있을 것이라고 말했다. 이 소식을 전해들은 일본 건설회사 관계자들은 어이가 없다는 듯 비웃었고 건설부를 비롯한 정부 관계자들은 의심의 눈길을 보냈다.

박정희는 공사비를 두고 고민할 수밖에 없었다. 대일청구권자금의 일부를 투입하더라도 국내자금이 절대적으로 부족하므로 결국은 차관을 도입해야 할 텐데, 차관이라는 것도 원리금 상환을 생각하자면 말처럼 쉬운 것이 아니다. 국가신용이 낮은 나라에 차관을 선뜻 빌려줄 나라가 지구상에 얼마나 될 것인가. 이것은 대통령인 자신의 리더십이나 신용에 관한 문제가 아니라 국가가 당장 겪고 있는 빈곤이라는 현실의 문제다. 선진국이란 나라들은 가난한 나라 한국이 벌이는 거대한 토목공사를 섣부른 모험이나 곡마단 서커스 정도로 여길 것이 틀림없다.

박정희는 깊은 상념에 빠졌다. 당면한 경제적 곤경을 극복하는 데는 자금과 물자가 필요하지만 그것이 턱없이 부족하다. 그 부족함을 다른 곳에서 메워야 한다. 궁지에서 탈출하는 길을 돈보다는 다른 어떤 것, 이를테면 정신적인 에너지 속에서 찾아야 한다. 그는 그렇게 믿고 싶었다. 그는 자신이 그렇게 믿고 싶은 유혹을 정주영의 눈에서 읽고 어느새 정주영에게 의지하고 싶은 마음이 생겼다. 그리고 군 출신답게 밀어붙이고 싶은 오기와 뱃장이 발동하기 시작했다.

박정희는 정주영에게 댐 건설을 맡겨야 되겠다고 생각했다. 정주영의 확신에 찬 설명에 결국 박정희는 정주영 쪽으로 기울어졌다. 서당과 보통학교가 학력의 전부인 정주영의 자연친화공법 논리는 마침내 박정희의 마음을 움직였다. 박정희는 다시 정주영을 청와대로 불러 자신의 결심을 밝혔다.

"정 사장, 소양강 댐 건설을 현대건설에 맡기겠소. 정부 예산이 부족하다는 점을 고려해주기 바라겠소."

"각하, 걱정하지 마십시오. 일본 회사가 제시한 금액의 절반 이하로 만들겠습니다."

"고맙소. 정 사장을 믿겠소. 그리고 정 사장이 꼭 알아둬야 할 게 있소"

"예, 각하! 무슨 말씀이신지요?"

"나는 경제개발에 성공해서 반드시 한강의 기적을 이룩할 것이오. 소양강 댐은 한강의 기적을 상징하는 첫 번째 사업이 될 거요. 그러니까 소양강 댐은 단순한 댐이 아니요."

"알겠습니다. 각하! 그럼 두 번째 사업이 있지 않겠습니까?"

"물론이요. 곧 알게 될 것이오. 소양강 댐 진행을 봐가면서 조만간 두 번째 사업을 시작할 계획이오."

"각하, 신명을 바쳐 댐 공사를 하겠습니다!"

"두 번째 사업은…… 아마 만리장성을 쌓는 것이 되겠지."

"덩치가 큰 사업이 되겠군요."

"단군 이래 최대 역사…… 국토의 대동맥을 만드는…….."

박정희는 국토의 대동맥이라는 표현에서 더 이상 말을 잇지 않고 풀어지는 눈빛으로 정주영을 쳐다봤다. 정주영은 그 순간 호랑이 같은 오감을 발동하며 머릿속에 번쩍이는 어떤 영상을 떠올렸다. 두 사람의 만남은 뒷날 고집스런 유신 카이사르의 질주와 겁 없는 건설계의 불도저를 탄생하게 하는 운명적 계기가 되었다. 박정희는 소양강에 자신의 꿈을 담기 시작했고 소양강의 꿈은 또 다른 꿈을 꾸게 만들었다.

댐 공사가 조금씩 진척되면서 수구동에도 전에 없던 변화가 나타나기 시작했다. 내가 수구동에 파견 나온 지 몇 달 안 되어 검문소 위쪽 양구로 가는 도로변에 술집이 두 군데나 생겼다. 술집이 생기면서 지금까지 보지 못했던 사람들의 모습이 보이기 시작했다. 대낮에도 화장기 짙은 여자들이 삼거리 주변을 서성거렸고 가끔 두세 명씩 짝을 지어 강 아래 공사현장 쪽으로 내려가 한참동안 왔다 갔다 하며 구경을 하기도 했다.

댐 공사장에서 일하는 사원들과 인부들은 작업이 끝나면 술을 마시러 오기 시작했다. 그들은 현대건설 마크를 단 근무복과 헬멧을 착용하고 있었다. 저녁에 어둠이 내리면 술집에서는 젓가락을 두드리며 합창하는 소리가 들렸다. 작부들이 찢어질 듯 쉰 목소리로 부르는 대중가요도 동네 사람들이나 검문소 근무자들에게는 새롭게 받아들여야 하는 풍속도가 되었다. 산골짜기에 간간이 울리는 암비둘기들의 노랫소리는 그래도 적막했던 동네에 생기를 불어넣었다.

7.

1968년 5월 9일 오후 네 시 춘천에 아프리카의 황제가 나타났다. 하일레 셀라시아 에티오피아 황제가 귀빈용 헬기를 타고 소양강변 공지천 제방에 완공한 에티오피아군 참전 기념비 제막식에 도착한 것이다. 셀라시에 황제 곁에는 에티오피아 상원의장인 아베베 중장 등 16명의 공식 수행원이 따르고 있었다. 국무총리 정일권도 황제와 함께 도착했다. 3군 군악대의 주악 속에 콧수염과 턱수염을 기른 하얀 얼굴에 군모를 쓴 황제는 붉은 카펫을 밟고 단상에 올라 귀빈석에 앉았다.

아프리카에서 온 귀빈을 맞은 춘천의 하늘은 황제가 서울에 도착했을 때와는 달리 구름 한 점 없이 맑았다. 소양강에서 불어오는 오월의 훈풍 속에 강변에 몰려온 춘천 시민들은 태극기와 에티오피아 삼색기를 흔들며 76세의 황제를 환영했다. 제막식은 유엔참전국협회 사무총장의 개회선언과 3군 군악대가 애국가와 에티오피아 국가를 연주하는 가운데 스물 한 발의 예포발사와 더불어 시작되었다. 국무총리 정일권이 기념사를 읽어 나갔다.

"······18년 전······ 에티오피아 군은 자유 수호를 위해 강원도 지역에서 공산군과 여러 차례 격전을 치러 혁혁한 공을 세웠으며, 여기 세우는 이 기념비는 침략자에 대한 자유민의 승리의 상징으로 두 나라 역사에 길이 남을 것입니다······."

국무총리가 기념사를 끝냈을 때 셀라시에 황제가 총리와 무엇인가 귀엣말을 주고받았다. 황제는 애초에 식순에도 없는 답사를 하겠노라고 요청한 뒤 로열박스의 단상에 나와 즉석연설을 했다.

"이 기념비는 한국과 에티오피아가 만든 우정의 기념비입니다. 에티오피아 군은 여기서 싸우고 죽었습니다. 그들은 전쟁의 역사를 썼습니다. 한국인과 에티오피아인의 가슴 속에 영원히 살아남을······."

답사를 마친 황제는 기념비 앞으로 걸어가 덮여있던 휘장을 걷어내고 비를 제막했다. 제막식이 진행되는 동안 군악병의 진혼나팔이 구슬프게 울렸다. 황제는 기념비에 화환을 바치고 한참동안 묵념을 하고난 뒤 기념비 오른쪽에 방문 기념으로 상록수 한 그루를 심었다. 제막식을 끝낸 황제는 리무진을 타고 잠시 의암댐에 들려 상념에 잠긴 표정으로 호수를 바라보다가 서울로 향했다.

셀라시에 황제의 춘천 방문과 참전 기념비 제막식은 단순한 의전행사가 아니었다. 그것은 에티오피아의 슬픈 역사를 한국에서 되돌아보게 한 사건이었다. 개막식에 참석한 사람들은 황제가 먼 길을 돌아 춘천 소양강변을 찾은 사연을 알지 못했다. 그저 파병한 국가의 원수로서 자국 군인들의 희생을 기리는 통상적인 추념행사 정도로 여겼을 뿐이다.

그러나 셀라시에 황제의 춘천 방문에는 에티오피아와 한국을 연결하는 역사의 연결고리가 있었다. 그 연결고리 한쪽 끝에는 황제의 발길을 소양강의 도시로 옮기게 한 에티오피아 역사의 상처 – 춘천시민,

한국인, 인류가 기억해야 할 — 가 있었다. 작가는 잠깐 그 역사의 상처 속으로 독자 여러분을 안내하고자 한다. 황제의 춘천방문의 진정한 의미를 알기 위하여.

* * *

기원전 3천년 경부터 나일 강 상류에 터를 잡은 에티오피아의 조상은 함족과 셈족이었다. 그들은 솔로몬 왕국의 혈통을 계승해 온 북아프리카 문명의 주인공이었다. 다른 하나의 주인공은 고대 이집트 왕국이었다. 고대 에티오피아의 조상들은 악숨을 수도로 하여 왕조를 세우고 악숨 왕조는 4세기 초에 기독교를 받아들임으로써 역사적, 지리적, 경제적으로 유럽과 깊은 관계를 맺어 왔다.

왕조는 오랜 역사를 점철해 온 외침에도 불구하고 단 한 차례도 외국으로부터 영토를 빼앗긴 적이 없었다. 에티오피아는 20세기 초 아프리카 후진국들 가운데 가장 먼저 입헌군주제와 민주주의 헌법을 선포하고 국제무대에서 집단안보를 주창하며 자국민을 수호하는데 앞장선 나라였다. 에티오피아는 자유민의 땅(Land of free men)으로 불렸다.

에티오피아는 역사적으로 타국을 침략한 적이 없고 타국의 자유와 주권을 존중해 왔다. 에티오피아의 전통적인 외교목표는 이웃나라와 평화관계를 유지하는 것이었으며 평화, 질서, 교류협력은 에티오피아의 번영을 위한 기본 노선이었다. 고원과 숲, 풍요로운 초원으로 이루어진 아름다운 국토, 풍부한 천연자원, 평화를 누리는 비무장의 국가는 늘 타국이 노리는 탐스러운 먹잇감이었다. 에티오피아가 20세기 초까지 근대식 군대를 갖추지 않은 이유도 모든 국제적 분쟁을 평화적으로 해결할 수 있다는 확신을 가졌기 때문이다. 에티오피아는 전쟁 준비는커녕 외침에 대비하는 조치도 취하지 않았다.

에티오피아는 1차 세계대전이 끝난 뒤 1923년 국제연맹 회원국이 되었다. 에티오피아는 국제연맹이 주도하는 집단안보장치가 국제평화를 유지할 것으로 믿었다. 에티오피아가 곧 닥쳐올 이탈리아의 침공에 대비하지 않은 것도 타국과 맺은 우호조약과 국제연맹에 대한 신뢰 때문이었다. 에티오피아 국민들은 외침이 있을 경우 국제연맹이 당연히 개입해 이를 저지할 것으로 믿었고 그것이 에티오피아가 국제연맹에 가입한 이유였다.

그러나 1935년 10월 무솔리니의 파시스트 정권이 에티오피아를 침공했을 때 국제연맹은 아무런 행동도 취하지 못했다. 에티오피아는 국제연맹이 내건 집단안보 구호가 공허한 이상이었음을 뒤늦게 깨닫고 뼈저린 현실 앞에 절망했다. 셀라시에 황제는 제네바의 국제연맹 본부로 가서 에티오피아를 지원해 줄 것을 요청했다. 1936년 4월 셀라시에 황제는 국제연맹 총회에서 비통한 심정으로 연설했다.

"……불과 8개월 전 국제연맹 52개 회원국은 이탈리아의 에티오피아 침공이 국제법 위반이라고 결의했습니다…… 나는 전지전능하신 신께 이민족의 침략으로 고통 받는 우리 백성을 구해주시기를 기도합니다…… 이탈리아 군은 반항이나 적의가 없는 사람까지 무차별로 학살했고…… 이탈리아 전투기들은 양 날개 끝에 독가스 분사기를 달고 편대를 지어 우리 병사들 머리 위로 이페리트 가스를 살포했습니다. 1936년 1월말부터는 병사, 부녀자, 어린이 할 것 없이 독이 섞인 물을 마셔야 했습니다…… 독가스를 맞은 자는 고통에 비명을 질렀고 감염된 물을 마신 자는 극심한 통증에 시달리다가 수천 명씩 죽어갔습니다…… 나는 이 야만적 행위가 용서받지 못할 엄연한 사실임을 여러분에게 증언합니다…… 국제연맹이 침략군의 이런 만행을 외면할 경우머지않아 유럽에 닥칠 비극적인 운명을 경고하기 위해 나는 이 자리에 왔습니다."

셀라시에 황제는 국제연맹에서의 연설을 통해 장차 유럽에 닥칠 2차 세계대전의 위험을 경고하고 이를 막기 위해 유럽 국가들이 단결해 적극 대처할 것을 역설했다. 그는 연맹 회원국들에게 이렇게 호소하면서 연설을 마쳤다.

"나 에티오피아 황제는 우리 백성과 더불어 외세에 굴복하지 않을 것임을, 정의가 승리할 것임을 천명합니다. 나는 국제연맹의 52개 회원국에게 침략자에 맞서 싸우는 우리를 지원해 줄 것을 강력히, 그리고 눈물로써 요청합니다."

황제의 호소와 경고는 받아들여지지 않았다. 국제연맹 회원국들은 알맹이 없는 세계평화를 토론하고 선언만 했을 뿐 행동으로 옮긴 것은 아무것도 없었다.

에티오피아 국민은 이탈리아 군에 맞서 싸웠지만 1936년 4월 끝내 점령되었다. 국제연맹의 외면으로 에티오피아는 5년 동안 이탈리아 점령군에 의해 짓밟혔다. 점령군 하에서도 에티오피아 국민들은 끈질기게 저항하면서 투옥과 처형을 감수했으며 셀라시에는 영국으로 망명했다. 에티오피아 국민들은 파시스트 국가에 합병 당했지만 항복하지 않았다. 그들은 외세의 지배를 쉽게 용납하는 허무주의적 현실론에 빠지는 것을 거부했다. 기원전 고대 이집트 왕조시대에 파라오의 지배를 물리치고 페르샤 침략군을 막아낸 저력을 그들은 기억하고 있었다.

에티오피아 인은 불가사의하고 신비에 싸인 국민이었다. 1896년 이탈리아 군이 침입해 왔을 때 메네리크 황제가 이끄는 에티오피아 군이 아두아 전투에서 거둔 승리는 믿을 수 없을 만큼 경이적인 것이었다. 현대식 무기로 무장한 이탈리아 군에 맞서 에티오피아 병사들은 활,

창, 도끼, 방망이, 돌멩이를 무기로 하여 싸웠다. 에티오피아 군은 이탈리아 군 요새를 점령하고 2만2천 명을 사살하거나 생포했다. 이탈리아 군의 패배는 상식으로는 설명하기 어려운 것이었고 에티오피아 군의 승리는 전설로 남게 되었다. 전쟁 결과 양국은 평화협정을 맺고 이탈리아는 에티오피아의 독립을 인정했다. 에티오피아 인은 이탈리아 군을 물리친 자부심을 잊지 않았다. 에티오피아 인의 무기는 무엇이었을까. 이 물음에 대한 답변은 아마도 에티오피아 국민들만이 할 수 있을 것이다.

셀라시에 황제의 기대와 달리 국제연맹은 평화유지에 실패했고 권위를 상실했다. 에티오피아뿐만 아니라 만주, 폴란드, 오스트리아 문제의 처리에서도 국제연맹은 실패했으며 2차 세계대전의 발발은 국제연맹이 평화의 탈을 쓴 허수아비였음을 증명했다. 1941년 영국이 이탈리아 군을 에티오피아에서 축출하자 셀라시에는 황제에 복위했다. 황제 복위 후 에티오피아는 연합국 일원으로 2차 대전에 참전했지만 에티오피아의 참전은 국민이 열망하던 집단안보와는 거리가 먼 것이었다.

그러나 1950년에 에티오피아에 기회가 찾아왔다. 한국전쟁이 발발하자 유엔이 취한 즉각적인 조치는 집단안보에 대한 에티오피아 인의 불신을 잠재웠다. 전쟁 발생 이틀 만에 유엔 안전보장이사회는 한국에서 인민군을 격퇴하기 위해 모든 회원국이 한국을 지원하도록 결의했다. 역사상 국제평화기구에 가입한 국가들이 침략자를 응징하기 위해 이처럼 즉각적인 행동에 나선 적은 없었다.

집단안보에 대한 에티오피아인의 믿음은 절대적이었다. 에티오피아가 열망하던 집단안보를 실천에 옮겨 한국전쟁에 유엔군을 파견하게 된 것은 셀라시에 황제와 그 국민에게는 오랜 꿈이 실현된 것이나 다름없었다. 유엔으로부터 파병요청을 받은 에티오피아는 기다렸다는 듯이 이에 응했고 그 첫 파병부대가 1950년 8월에 창설되었다. 유엔의 집단안보 조치에 부응하기 위해 셀라시에 황제는 에티오피아 파병부대를 최강의 군대로 창설할 것을 명령했고 그 명령은 황실근위대에 떨어졌다.

메할 세파리라는 이름의 황실근위대는 에티오피아 군에서 최신 무기로 무장하고 혹독한 훈련을 이겨낸 정예병으로 편성되었다. 병사들은 심신이 건강한 자로 엄선되었고 사관학교를 졸업한 장교들은 군사학과 영어, 프랑스어에 능통했다. 근위대 장교들은 에티오피아 해방군 당시 이탈리아 군과의 전투와 2차 세계대전을 통해 실전경험을 익힌 군인들이었다.

황실근위대장 무루게타 장군은 근위대에서 가장 자질이 뛰어난 장병들 가운데 지원자만 선발했다. 선발된 대대병력은 1951년 4월초까지 수도 아디스아바바 근교의 훈련장에서 영국군으로부터 강도 높은 훈련을 받았다. 훈련은 한국의 지형과 유사한 지역에서 진행되었고 그렇게 훈련받은 장병들이 1951년 4월 12일 셀라시에 황제로부터 부대기를 하사받기 위해 아디스아바바 메스켈 광장에 모였다.

셀라시에 황제는 이 자리에서 칵뉴 부대라는 명칭과 부대기를 하사했다. 칵뉴(Kagnew)는 에티오피아 어로 초전에 적을 격파한다는 뜻과 혼돈을 물리치고 질서를 확립한다는 두 가지 의미를 지닌 명칭이었다. 황제는 각료 전원, 군 수뇌부, 외교사절, 정부 고위관리와 수십만 명의 시민이 지켜보는 앞에서 참전 장병들에게 감격에 겨운 말로 훈시했다.

"사랑하는 나의 전사들이여! 오늘 그대들은 우리가 그토록 오랫동안 지켜온 대의를 위해 장정을 떠나노라…… 정확히 15년 전 4월에 그대들의 통수권자이며 황제인 나는 국제연맹을 향해 피맺힌 절규를 보냈노라. 연맹이 집단안보의 원칙을 존중해서 우리를 지원해 줄 것을 호소했었노라. 그러나 국제연맹은 집단안보 원칙을 지키지 못하고 우리를 저버렸노라. 이제 한국의 피침에 대응해 에티오피아는 유엔이 결정한 집단안보의 요구를 주저 없이 받아들임으로써 우리의 책무를 다하겠노라. 그리고 그것은 세계시민으로서 시대를 뛰어넘는 신성하고 엄숙한 우리의 의무임을 명심하라…… 나의 사랑하는 에티오피아 장병들이여! 우리의 독립을 지키기 위해 수천 년 싸워 온 조상들의 혼백이 그대들을 지켜 한국전선에서 싸울 그대들의 손발을 강건하게 하고 승승장구하게 하리라. 그리고 기억하라. 이 땅을 되찾은 것은 우리 선열들의 피뿐만 아니라 우리에게 베푼 우방국들의 도움도 있었다는 사실을……."

그리고 다음날인 4월 13일 에티오피아 군의 칵뉴 대대 제1진 장병 1,153명과 한국 파견 에티오피아 사령부 요원 35명으로 구성된 1,188명은 지부티 행 열차에 몸을 싣고 수도 아디스아바바를 떠났다. 그들은 4월 16일 지부티 항에서 미군 수송선 제너럴 매크리어 호에 승선했다. 21일 간에 걸친 1만4천5백 킬로미터의 항해 끝에 1951년 5월 7일 칵뉴 대대는 부산항에 도착했다. 형형한 눈빛에 건장한 구릿빛 피부를 지닌 사나이들이 배에서 천천히 내렸다. 그들은 부두에서 이승만 대통령과 주한 미국대사, 군수사령관, 부산시민의 환영을 받았다. 환영식이 끝난 뒤 칵뉴 대대는 부산 교외의 유엔군 특별훈련장으로 이동하여 그곳에서 6주 동안 신형무기 작동법과 한국지형에 적응하는 전술훈련을 받았다.

테쇼메 이르게투 중령이 지휘하는 칵뉴 대대 병력은 경기도 가평전선을 방어하는 미 7사단 32연대 4대대로 배속되었다. 칵뉴 대대는 미군들과 함께 중공군에 맞설 실전훈련을 받았다. 훈련을 소화해내는 장병들의 능력은 미군고문이나 안내자가 필요 없을 정도로 뛰어났다.

이 무렵 한국전쟁의 양측 당사자들은 본격적인 정전회담 단계에 접 어들고 있었다. 유엔군 사령관 리지웨이의 정전회담 제의를 공산군 측은 절호의 기회로 여기고 회담을 수락했다. 개성에서 정전회담이 열렸지만 공산군 측은 전술만 바꾸었을 뿐 시간을 벌면서 전선에서 공격을 강화했다.

1951년 7월말 진격명령을 받은 미 7사단은 8월 2일 중부전선의 요충지를 점령하고 중공군의 대규모 공세에 대비하고 있었다. 미군에 배속된 칵뉴 대대 장병은 최전선인 강원도 철원지역에 도착했다. 그들을 기다리고 있는 곳은 전략적으로 중요한 판당돈리의 1073고지였다.

8월 14일 첫 전투에서 칵뉴 장병들은 중공군의 박격포와 대포 공격에도 불구하고 게브레수스 중위의 지휘 아래 적의 인해전술을 백병전으로 격퇴했다. 이틀 뒤 아베베 소위가 인솔하는 소대는 중공군과 백병전을 벌여 한 명의 전사자도 없이 적군 수십 명을 사살했다. 8월 21일 네가투 대위가 이끄는 중대는 박격포와 자동소총으로 중공군 진지를 공격한 후 백병전을 벌여 수백 명의 적 사상자를 냈다.

8월 24일 데스타 중위가 인솔하는 소대는 적의 집중포화 속에서 적정을 정찰하며 무전기로 적의 위치를 알려 아군포대의 정확한 사격을 유도했다. 중공군의 진지와 포대는 파괴되고 중공군은 숱한 사상자를 내고 퇴각했다. 8월 24일에서 26일 사이에 벌어진 전투에서 칵뉴 대대는 중공군 연대규모의 공격에 맞서 백병전까지 치른 끝에 적을 물리쳤다. 에티오피아 병사들은 흑표범을 연상시키는 백병전의 명수였다. 8월의 전투에서 칵뉴 장병들은 매복, 수색, 정찰, 교전, 백병전 등 모든 전투임무를 완벽하게 수행하여 중공군을 물리쳤다. 몇 명의 부상자가 발생했지만 전사자는 없었다.

9월초의 전투에서도 월데 중위와 베르하누 중위가 이끄는 소대도 중공군과 백병전을 치른 끝에 승리했지만, 전사자는 발생하지 않았다. 9월 17일 관동리 전투에서 아네레이에 하사가 지휘한 분대원의 백병전, 9월 19일 아세파 중대장이 지휘한 삼현리 전략 요충지의 백병전, 9월 21일 중대장 메리드 대위가 지휘한 기관총 돌격 등 크고 적은 전투를 치를 때마다 칵뉴 대대 장병들은 중공군을 물리쳤다. 피로 얼룩진 백병전 끝에 칵뉴 대대는 전략적 요충인 삼현리 고지를 점령했다.

칵뉴 대대 병사들은 상식적으로 이해하기 어려운 특별한 전투기술 한 가지를 갖추고 있었다. 그것은 총검술이었다. 그들의 총검술은 날카로운 시선, 신체의 순발력, 기괴한 춤동작, 번개 같은 공격이 혼합된 아프리카 특유의 무예였으며 다른 나라 군대의 그것과는 전혀 다른 방식을 취했다. 그들은 적은 힘으로 중공군보다 두세 배 빠른 동작과 충격으로 상대를 쓰러뜨림으로써 신기와도 같은 전투기술을 발휘했다. 그것은 전투행위라기보다는 일종의 교전예술이었다. 중공군 병사들은 에티오피아 병사들의 눈빛에 주눅이 들고 얼이 빠졌다. 그들은 백병전을 치르기만 하면 순식간에 무너져버렸으며 나중에는 정면대결이 두려워 허겁지겁 도망치곤 했다.

에티오피아의 흑표범들에게도 시련과 고통은 따랐다. 그것은 한국의 겨울 추위였다. 연중 따뜻한 기후에 익숙해 있던 그들에게 영하 20~30도의 혹한은 적군보다 더 위협적인 존재였다. 추위와 싸우며 전투를 벌이던 칵뉴 대대 장병들도 사상자가 발생하기 시작했다. 사상자가 발생하는 즉시 그들은 부상자와 시신을 후방으로 옮겼다. 혹한이 계속되던 1951년 12월 27일부터 1952년 2월 14일까지 양구군 방산면 문둥리에서 벌어진 벽력작전에서 칵뉴 대대 수색대는 중공군 330명의 사상자를 내고 40명의 포로를 사로잡았다. 칵뉴 대대 병사들은 초인적인 인내심으로 추위를 견뎌냈다.

전투임무를 수행하면서 병사들은 늘 황제를 생각했다. 황제는 칵뉴 대대를 이끄는 나침반이었다. 비록 쿠데타로 집권해 황제의 자리에 오르기는 했지만 셀라시에 황제는 에티오피아 국민의 생존과 안전을 지켜주는 기둥이었다.

칵뉴 부대원들은 황제도 한 인간에 불과하고 장병들과 그들의 가족을 위해 신에게 기도하며 고뇌하는 인간이라는 것을 이해했다. 그들은 황제를 존경하고 사랑했다. 황제의 생일인 7월 23일과 즉위일인 11월 2일에는 황제를 기리는 행사를 벌였다. 황제의 건강을 위해 기도했고 밤늦도록 어깨와 가슴을 세차게 흔드는 에티오피아 전통춤을 추며 황제에 대한 충성을 다짐했다. 황제에 대한 존경과 충성심은 칵뉴 대대 장병들에게 사기와 전투력의 버팀목이 되었다.

1952년 3월 25일 칵뉴 대대 1진은 한국전선에서의 임무를 마치고 3월 27일 부산으로 향했으며 그곳에서 수송선을 타고 에티오피아로 떠났다. 그들은 조국을 떠난 지 1년만인 1952년 4월 23일 귀국했다. 1진에 이어 칵뉴 대대 제2진이 1952년 3월 29일 한국에 도착해 강원도 철원, 화천, 양구, 춘천 지역에서 전투를 벌였다. 아스파우 안다르게 중령이 지휘하는 칵뉴 대대 2진 장병들도 1진과 다름없는 탁월한 전술과 용맹성을 발휘했다. 2진 병력의 일부는 한미연합군의 춘천 탈환작전에도 참가해 중공군, 인민군 잔류병과 맞서 격렬한 시가지 전투를 벌인 끝에 적을 격퇴했다.

1953년 4월 16일에 도착한 월데 요하니스 쉬타 중령 휘하의 제3진 장병들은 휴전이 될 때까지 철원과 춘천지역에서 중공군과 치열한 전투를 벌였다. 춘천 전투에서 수류탄전과 백병전을 벌여 중공군 잔류병을 소양강 이북으로 몰아낸 칵뉴 장병들은 화천을 거쳐 칵뉴 본대가 있는 철원까지 진격했다. 특히 휴전 당일인 7월 27일까지 철원 금화지구 요케 진지와 독산리에서 벌인 전투에서 칵뉴 장병들은 자신들보다 열 배나 많은 중공군 병력을 백병전 끝에 물리쳤다.

칵뉴 장병들의 기적 같은 승리에 감명 받은 이승만 대통령은 칵뉴 대대에게 부대표창을 했다. 본국에서 칵뉴 대대의 전투상황을 보고받은 셀라시에 황제는 대대장 월데 중령에게 격려의 전문을 보내왔다.

"짐의 명령을 가슴 깊이 새긴 그대들은 한국전선에 배치된 지 짧은 기간임에도 불구하고 훌륭히 싸웠도다…… 그대들이 수적으로 훨씬 많은 적들과 맞서 불타는 투혼, 탁월한 용병술, 신기(神技)의 총검술로 성취한 전공은 그대들과 에티오피아 백성의 자랑이노라. 짐은 모든 백성들과 함께 이 기쁨을 함께 하며 그대들의 무운과 무사귀환을 기원하노라. 하나님이 그대들을 축복하시기를……."

아스파우 합테마리암 중령이 지휘하는 제4진으로 지휘관이 바뀌는 동안 칵뉴 대대는 연인원 6,037명이 한국전쟁에 참전하여 253회의 전투를 치렀다. 한국전쟁이 끝날 때까지 에티오피아 군은 124명의 전사자와 536명의 부상자를 냈다. 칵뉴 대대는 253회의 크고 작은 전투에서 한 번도 패한 적 없이 승리함으로써 전쟁 사상 전무후무한 기록을 남겼다.

칵뉴 대대는 단 한 명의 포로도 허용하지 않았다. 그들은 황실근위대 장병은 어떤 경우에도 포로가 되어서는 안 된다는 황실의 전통적인 신조를 지켰다. 칵뉴 대대는 한국전쟁에서 수수께끼 같은 존재가 되었다. 그들의 전과는 전설이 아니라 실존하는 전투기록으로 역사에 남았다. 다만 다른 전선에서 싸운 국군이나 연합군도, 후방의 국민들도 칵뉴 대대의 존재와 활약을 알지 못했을 뿐이다.

한여름의 하늘에서 강렬한 햇빛이 대지 위에 쏟아지고 있을 때, 북한강 상류지역에서 전투를 끝내고 춘천으로 돌아오던 칵뉴 대대 장병들은 소양강다리를 넘었다. 다리를 건너와 강변에서 휴식을 취하며 소양강 물에 몸을 씻은 황실근위대 장병들은 한 목소리로 외쳤다.

"메할 세파리 만세!"

에티오피아의 장병들은 중공군 병사들에게 사사로운 원한을 품고 적대시할 이유가 없었다. 중공군 병사들도 한 집안의 귀한 자식이고 집안일을 도와야 할 선량한 젊은이들이었을 것이다. 그들의 적은 중공군 개개인이 아니라 그들을 전선으로 보낸 독재자였다. 그들의 불꽃같은 공격은 독재자의 침략행위에 대한 집단안보 차원의 응징이었다.

부대원들이 한국을 떠나기 며칠 전 칵뉴 대대의 요하네스 메스켈 대위는 부하들에게 이렇게 말했다.

"형제들이여, 우리는 철원, 화천, 양구, 춘천에서 명예롭게 싸웠다. 단 한 번도 패배한 적이 없다. 솔로몬 왕과 시바 여왕 사이에 태어난 아들 메네리크의 직계자손이 누구인가? 우리를 여기에 보낸 셀라시에 황제다. 우리는 황실근위대답게 싸웠다. 우리가 싸웠던 전선과 우리가 흘린 피와 땀을 생각하자. 전쟁이 끝나면 언젠가 황제께서 이 나라를 찾아오시게 될 것이다. 그리고 우리가 목을 축이고 몸을 씻었던 강물을 기억하자. 저 북한강과 소양강을……."

전설처럼 한국 전선에 왔던 칵뉴 대대는 1956년 3월 한국에서 완전히 철수했다. 그들이 철수한지 12년 후인 1968년 5월 그들을 한국으로 보냈던 셀라시에 황제가 한국을 방문했다. 그리고 한국전쟁의 최대 격전지였던 춘천을 찾아와 소양강변에서 참전 기념비를 제막했다.

이날 황제의 먼발치에서 주변을 경계하며 만약의 위해사태에 대비해 은밀하게 황제의 신변을 보호하는 보안요원들의 눈길이 사방을 향하고 있었다. 수구동에서 일일 경호를 위해 긴급 차출되어 온 나도 그 일원이 되어 황제의 주변을 지켰다.

셀라시에 황제는 1.21무장공비 사건이 발생한지 넉 달도 안 된 비상한 시점에 춘천을 방문했던 것이다. 그의 춘천 방문은 한국 현대사에 기록되어야 할 의미 있는 사건이었다. 그러나 한국인은 칵뉴 장병들을 기억하는데 무심했고 에티오피아를 은혜와 우정의 나라로 기억하는데 인색했다.

8.

에티오피아 황제의 춘천 방문이 있은 뒤 여섯 달이 채 안 되었을 때 또 한 번 전 국민을 경악하게 한 사건이 일어났다. 그것은 삼척-울진 무장공비 침투사건이었다. 북한 민족보위성 정찰국 소속 124군부대원 120명은 1968년 10월 30일부터 11월 2일까지 세 차례에 걸쳐 울진, 삼척 해안으로 침투해왔다. 그들은 침투 후 소탕될 때까지 약 두 달 동안 강원도와 경상북도 지역에서 게릴라전을 벌였다.

북한이 다시 무장공비를 침투시킨 목적은 1.21사건 이후 대남공작 실패를 만회하고 남한에서 민중봉기를 유도하기 위한 거점을 마련하는 것이었다. 북한의 계속된 도발이 남한 사람들에게는 비현실적인 시도로 여겨졌을 테지만 김일성의 입장은 달랐다. 도발은 중단 없는 대남 혁명과업의 하나였다.

이 시기에 미국은 월맹에 대한 폭격을 중지하고 파리 평화협상을 통해 월남전을 종식시키기 위한 수순을 밟고 있었다. 월남전 종식에 초조감을 느낀 북한은 한반도에서 긴장을 조성해 중·소 양국으로부터 군사원조를 얻어내고 대내적인 정치 위기를 은폐하려고 했다. 인민공화국 수령 김일성은 한반도 적화통일을 포기할 인물이 아니었다.

무장 공비들은 15명씩 8개조로 편성되어 10월 30일, 11월 1일, 11월

2일의 사흘 동안 야음을 틈타 삼척군 원덕면 월촌리 고포 해안에 상륙한 뒤 울진, 봉화, 정선, 평창, 대관령 지역으로 침투했다. 그들은 군복, 신사복, 노동복 등을 걸치고 기관단총과 수류탄을 소지한 채 외딴 산촌에 잠입했다. 그들은 주민들에게 북한 책자를 나눠주고 북한의 발전상과 공산주의를 선전했으며 인민유격대 가입을 강요했다.

울진군 북면 고숫골에서는 11월 3일 새벽 다섯 시경 30여 명의 공비가 나타나 "경북 경찰대에서 주민등록증 사진을 찍어주러 왔다."는 말로 마을 사람들을 속여 모이게 한 다음 사진을 찍고 위조지폐를 나눠주면서 사상 교육을 했고 주민들에게 유격대 지원서에 서명할 것을 강요했다.

공비들은 저항하던 서른 두 살의 노동자 전병두를 대검으로 난자한 뒤 돌로 쳐 죽였다. 그들은 주민들이 신고할 경우 모두 죽여 버리겠다고 위협하고 노동당, 여성동맹에 가입하라며 총검을 들이대고 강요했다. 주민들이 공포에 질려 머뭇거리자 다시 몇 사람을 대검으로 찔러 죽이고 뒤늦게 도착한 주민을 돌로 쳐 죽였다. 이 죽음의 현장에서 비켜있던 주민 한 사람이 몰래 그곳을 빠져나와 이웃 마을에 릴레이식으로 이 사실을 알렸고 릴레이에 나선 주민들은 이를 지서에 신고했다.

군경당국은 11월 3일 오후 경상북도와 강원도 일부에 비상사태를 선포하고 대간첩대책 본부의 지휘 아래 군과 예비군을 출동시켜 공비 소탕작전을 벌였다. 공비들은 육로를 통해 북상을 기도하면서 강원도 평창지역에서 살육행위를 저질렀다. 12월 9일 평창군 산간마을에 침투한 공비들은 어느 민가에 침입해 어린이와 일가족을 살해했다. 내가 근무하던 수구동과 춘성군 북산면 일대, 양구, 인제지역도 공비들의 북상루트에 포함되어 있었다.

12월 26일까지 두 달 동안 계속된 토벌작전에서 공비 113명이 사살

되고 일곱 명이 생포됨으로써 침투한 공비 120명 전원이 소탕되었지만 토벌 과정에서 군인, 경찰, 민간인 20여 명이 사망했다. 삼척─울진 공비침투 사건은 1.21사건 못지않은 충격적 사건이었다.

특수기능 보유자로 차출되어 보름 동안 평창 횡계리 지역 토벌작전에 참가했던 나도 작전과정에서 하마터면 죽을 번한 아슬아슬한 고비를 몇 차례 겪었지만 무사히 부대로 귀환했다. 귀환 후에도 작전 도중 나의 시계에 포착된 무장공비를 향해 카빈총의 방아쇠를 당기려는 순간 공비가 두 손을 들고 투항하던 모습, 그리고 방아쇠에서 검지를 떼고 그에게 조심스럽게 다가갔던 일이 자꾸만 머리에 떠올랐다. 그 뒤로도 이름을 잊어버린 그 투항자의 얼굴이 가끔 눈앞에서 어른거렸지만 기억 속에서 차츰 잊혀갔다.

9.

1965년 3월 비둘기 부대의 파견을 계기로 시작된 월남 파병은 같은 해 10월 전투부대인 맹호부대, 1966년 9월의 백마부대 파병으로 이어졌다. 한 해 두 번씩 무장공비 침투사건이 발생한 1968년에도 국군은 계속 월남 전선으로 가고 있었다. 그것이 용병이든 평화유지군이든 간에 남의 나라 싸움에 끼어드는 것은 결국 젊은이들의 목숨을 거는 모험이었다. 자식을 전선으로 보낸 부모들의 가슴은 숯검정이 될 터였다.

파월장병 훈련소인 제7보충단이 들어선 화천군 간동면 오음리와 간척리는 1965년 전만 하더라도 세상에 알려지지 않은 산간벽지였다. 1965년 초 간동면 간척리에 있는 죽엽산자락 바람배탱이골 언덕에 장교와 하사관 등 20여명이 찾아와 그곳에 간이숙소를 마련하고 파월부대 창설준비 작업을 시작했다. 그에 앞서 1964년 8월 30일 국군의 월

남파병 동의안이 국회를 통과하고 이듬해 전투부대 파병이 결정되자 파월장병 훈련소 창설계획이 전격적으로 마련되었다. 그 결과 1965년 봄에 오음리에 7보충단이 창설되고 곧바로 훈련이 시작되었으며 훈련을 마친 장병들은 월남전선으로 향했다. 오음리는 1965년부터 그렇게 세상에 알려지기 시작했다.

1969년 2월 나는 오음리에 있는 파견대로 근무지를 옮겼다. 수구동에서 청평사 쪽으로 8킬로미터 쯤 거슬러 올라가 삼팔선상의 베치고개를 넘고 다시 8킬로미터를 더 가면 사방이 산으로 둘러싸인 벽촌이 나타난다. 그곳이 오음리였다. 파월 장병들은 월남 전선으로 떠나기 전에 7보충단에서 4주간의 훈련을 받았다. 전후방 각지에서 모여든 장병들에게 오음리는 두려움과 기대가 엇갈리는 내륙의 고도였다.

전투경험을 쌓거나 승진을 위해 파월을 지원한 장교들도 있었고 돈을 벌기 위해 지원한 사병들도 많았다. 동기야 어떻든 간에 월남 전선으로 가는 것은 목숨을 담보하는 일이었고 파월장병의 부모들로 하여금 가시방석에 앉아 애간장을 태우게 만드는 일이었다. 오음리는 낯선 나라 전선에 도사린 생사의 정글로 가는 길목이었다.

파월장병들 가운데 장교들이나 하사관들은 보안부대 파견대에서 신원조회를 거쳐 적부 판정을 받아야 했다. 내가 맡은 새로운 임무가 바로 파월 장병들에 대한 신원조회와 적부판정이었다. 신원 적부 판정에는 국가보안법 등의 실정법이 적용되었다. 이북에 가족을 두고 온 장병이나 가족 중에 월북자가 있는 장병은 파월대상자에서 제외시켰으며 나머지 장병들에게는 신원상의 특별한 문제가 없는 한 신원적합 판정이 내려졌다. 그것은 명백한 연좌제였다.

장병들 가운데는 신원에 명백한 문제가 있거나 판단하기 애매한 이력상의 흔적을 지닌 사람들도 있었다. 그럴 때 부적합판정을 내리면 당사자들은 제발 월남에 가도록 해달라고 애원하곤 했으며 돈 봉투를 내미는 장병들도 흔했다. 신원문제가 있는 영관장교의 경우에는 더욱 그랬다. 부당한 방법으로 한 번 눈감아주고 신원 적합판정을 내려줄 수도 있지만 그렇게 해서 월남전선으로 간 당사자가 전사라도 한다면 그것은 누구의 책임일까, 당사자일까, 나일까. 전사한 남편의 아내와 가족의 모습을 상상할 때마다 나는 몸서리를 쳤고 그럴 때마다 부적합 판정을 내리지 않을 수 없었다.

훈련장병에 대한 면회가 허용됨에 따라 오음리 주변에는 전국에서 가족 친지들이 몰려들기 시작했다. 이들 면회객들을 수용하기 위해 벽촌에 여인숙과 여관이 들어서고 합판으로 급조한 다방, 농가 창고를 개조한 간이음식점, 초가집 술집들이 우후죽순처럼 생겨났으며 심지어는 카바레도 등장했다. 춘천옥, 부산옥, 충주옥 등의 간판을 내건 술집에는 전국에서 모여든 가난한 여성들이 파월장병을 위로하는 작부가 되어 그들과 이별의 술잔을 부딪쳤고 생사를 가늠할 수 없는 청춘들과 하룻밤의 정분을 나눈 뒤 그들을 떠나보냈다.

오음리 주변에는 300여 군데의 술집이 생겼으며 여기에서 종사하는 여종업원들의 수는 천 명을 넘었다. 주말 저녁의 오음리는 가가호호마다 전깃불을 환히 밝히고 네온사인이 번쩍이는 환락의 도시로 변했다. 벽촌의 경기는 호황을 넘어 뜨겁게 달아올랐고 대폿집 술청에서는 질펀한 팁이 오고갔다.

내가 옮겨간 오음리 파견대에는 파견대장인 대위 밑에 열여섯 명의 사병과 한 명의 하사관이 근무하고 있었다. 대부분의 부대원들이 다른 부대에서 파견 나온 사병들이었고 파견대의 유일한 하사관인 J 중사도 방첩 특기가 없는 타 부대 출신의 파견관이었다.

파견대원 가운데는 보충단의 각 대대를 돌면서 보안부대 본연의 임무와 상관없는 일에 끼어들어 검은 돈을 챙기는 자들이 있었다. 그들은 보충단의 기간장병들이나 파월 장병들을 상대로 부대분류 작업에 간여하거나 군납업자들에게 접근해 용돈을 뜯어내기도 했다. 신원적부 판정을 엉터리로 해 돈을 뜯어내는 자도 있었다. 내 전임자도 그런 짓을 하다가 어느 파월사병의 투서에 걸려들어 군 형무소에서 복역을 하고 있었다. 군 특수부대의 지위를 악용한 월권행위가 파견부대에서 버젓이 자행되고 있었다. 군 내부의 도둑을 단속해야 할 부대가 스스로 도둑을 키우고 있었던 것이다.

무더위가 아직 가시지 않은 9월 초, 오음리 파견대 근무를 마치고 부대본부로 복귀명령을 받은 나는 제대 5개월을 앞두고 병장에서 하사로 진급했다. 하사관학교를 수료한 적이 없는 사병이 일반하사로 승진하는 일은 드문 일이지만 나 자신도 승진한 이유를 알 수 없었다. 3년간의 군 생활기간 중 나는 다섯 번이나 계급이 바뀌었다. 군번도 젓가락 군번으로 불리는 논산군번에서 하사관 군번으로 바뀌었다.

전역할 때까지 나는 부대본부에서 근무했는데, 고참병에 대한 부대원들의 예우 덕분에 큰 어려움 없이 군 생활 말년을 보냈다. 부대장 Y 대령이 나에게 중학교 3학년생 ― 고교입시 준비생인 ― 인 자기 아들의 지도를 부탁했을 때 나는 흔쾌히 그 학생을 가르쳐 주었다. 물론 무료봉사였지만 성의껏 지도해 주었고 부대장도 그것을 고맙게 생각했다. 제대를 앞둔 몇 달 동안은 군대 생활을 통해 가장 마음 편한 시기였다.

해가 바뀐 1970년 1월 말, 한겨울 추위가 절정이던 어느 날 나는 3년간의 군복무를 마치고 전역했다. 예비군복으로 갈아입은 나는 부대 정문을 나선 뒤 그 길로 소양강으로 향했다. 소양강은 여전히 유유히 흐르고 있었다.

그러나 춘천에 살던 가족은 이미 두 해 전 서울 뚝섬 쪽으로 이사를 간 뒤였다. 사범대학 2학년을 마친 동생은 군에 입대해 논산훈련소를 거쳐 전라북도에 있는 하사관학교에서 후반기 훈련을 받고 있었다. 춘천 집은 오래 전에 남의 손에 넘어가버렸고 서울로 이사 간 가족들은 뚝섬 셋집에서 살고 있었다.

무너진 꿈

1.

1970년 3월 나는 3학년으로 복학했다. 3년간의 군대생활은 대학생에게 긴 시간의 공백이었다. 학생으로 돌아왔지만 그동안 진공이 되다시피 한 두뇌를 충전하는 일은 쉽지 않았다. 강의실과 도서관을 시계추처럼 오갔으나 공부도 생각만큼 잘 되지 않았다. 오랫동안 멀어졌던 캠퍼스는 낯설었고 복학생 처지에 후배 학생들과 어울리는 것도 쉽지 않았다.

학비 조달은 여전히 스스로 짊어져야 할 나의 운명이었으므로 복학 후에도 시간제 아르바이트를 계속했다. 물심양면에서 구속받지 않는 자유로운 삶을 꿈꾸었지만 현실은 그것을 용납하지 않았다. 한 해 동안 학교수업에 집중하기가 어려웠고 마음의 평정을 유지하지 못한 채 3학년을 마쳤다. 1970년은 그렇게 흘러갔다.

1971년 5월 어느 날 열다섯 명의 문리과대학 복학생들이 종로5가 대폿집에 모였다. 그 자리는 시국토론을 하는 자리였으며 복학생 서클을 조직하는 모임이었다. 복학생들은 대학생교련, 병영화 되어가는 대학, 군사정권 하에서 실종되고 있는 민주주의 현실에 대해 평소 가슴에 담았던 울분을 토로했다. 열띤 토론 끝에 일행은 부문회(復文會)라는 이름의 모임을 결성하기로 뜻을 모으고 회장으로 정치학과의 제정구를 추대했다. 부문회는 세상에서 흔히 말하는 운동권 서클이었지만 반정부 모임일 뿐 반국가단체도 좌경단체도 아니었다.

그 뒤 부문회원들은 한 달에 한 번씩 종로5가 막걸리 집에서 모임을 갖고 사국 토론을 벌였으며 박정희와 군사독재를 비판하고 성토했다. 부문회장 제정구는 언뜻 과격주의자의 일면을 드러냈지만 그는 무정부주의자도 사회주의자도 아니었다. 겉보기의 과격함 속에는 인간에 대한 연민과 동정심 같은 부드러움이 숨겨져 있었다.

어느 날 오후 십여 명의 부문회 친구들이 모여 청계천으로 향했다. 일행은 청계천 일대의 판자촌을 돌아보며 사람들이 사는 모습을 살펴봤다. 청계천 둑에 빼곡히 들어선 판자촌은 전혀 딴 세상이었다. 그곳은 삶의 막다른 골목에 내몰린 가난뱅이들의 우리였으며 수도 한가운데 고립된 난민들의 피난처였다. 어느 텅 빈 판잣집 안을 들여다보던 제정구가 중얼거렸다.

"이런데서 어떻게 사람이 살지?"

청계천의 광경은 충격적이었다. 그날 저녁 종로5가 막걸리 집에 모인 부문회 멤버들 앞에서 제정구가 말했다.

"서울 한복판에 난민촌이 독버섯처럼 피어났어. 그것도 모르면서 핏대를 올린 내가 미친놈이지……."

그는 시위에 앞장서 경찰에게 돌을 던지고 정치학도로서 판자촌 현실도 모르면서 자유와 정의를 부르짖었던 자신이 부끄럽다고 고백했다. 그는 지난날을 참회하는 뜻에서 판자촌 사람들을 위해 일생을 바치겠노라고 말했다. 판자촌에서 야학을 운영하며 판자촌민들과 함께 생활할 계획도 밝혔다. 그러면서 자신의 생각에 동조하는 부문회원들은 앞으로 판자촌 일에 도움을 주기 바란다고 말했다. 나는 친구에게 내 자신이 판자촌에서 살 수는 없지만 그의 생각에 공감하므로 회비를 내서라도 그의 일을 돕겠다고 약속했다.

2.

학교수업과 일주일에 나흘씩 계속되는 아르바이트는 심신을 고단하게 했다. 아침에 뚝섬 집을 나와 수업에 참석하고 수업이 끝나면 도서관에서 시간을 보내다가 저녁 여섯시 두 차례 버스를 갈아타고 서교동 과외공부 집으로 달려갔다. 하루 세 시간의 아르바이트를 끝내고 집으로 돌아오면 밤 열두시가 가까워지곤 했다. 뚝섬 셋집은 아르바이트를 끝내고 돌아와 잠을 자는 숙소에 불과했다. 그것은 집이 아닌 취침용 막사였다. 애착도 없고 다만 연민으로 가득했던.

아버지는 매일 어디론 가로 외출했다가 저녁 늦게 귀가했다. 일정한 직업이 없이 소일한다는 것도 가장으로서 괴로웠을 것이다. 나이 오십 줄의 무직자를 기다리는 취직자리는 어디에도 없었을 테니. 아버지는 몇 번에 걸친 사업 실패를 통해 무능력자라는 것이 드러났고 사실상 경제적인 면에서는 금치산자나 다름없었다. 오히려 아무 일도 벌이지 않는 것이 집안을 위해서는 다행일 터였다.

누이동생이 작은 회사에 취직해 적은 월급이라도 타 살림에 보태는 것이 어머니에게는 위안이 되었을 것이다. 누이동생은 여고를 졸업한 후 진작 대학진학을 포기하고 집안의 어려움을 덜기 위해 취업을 택했다. 여동생이 "두 오빠가 S 대학을 갔는데 설마 이다음에 밥이야 굶을라고? 취직은 내가 했으니까 얼른 졸업해서 돈이나 벌어와."라며 오빠를 위로할 때 나는 그저 미안할 수밖에 없었다.

4학년 끝 무렵인 11월 어느 날 할머니가 돌아가셨다. 일흔 아홉 해 동안 주변머리 없는 아들에게 의지해 청상과부로 시름의 세월을 보낸 할머니. 앵도환 호 사건으로 북한에 납치된 작은아들을 끝내 되찾지 못한 한을 가슴에 묻은 채 할머니는 노환으로 숨을 거두셨다. 할머니는 평생 병원은커녕 약방의 소화제 한 알 신세진 적이 없었다. 호강

한 번 누리지 못한 가엾은 할머니. 그래도 큰 손자가 용돈을 아껴 사다드린 권련담배와 사탕봉지를 보물처럼 끌어안고 고마워했다. 그런 할머니가 가족에게 짐을 덜어주기라도 하듯 밤사이에 조용히 세상을 하직한 것이다. 잠든 할머니 머리맡에 오뚝이가 놓여 있었다. 할머니는 세상을 뜨는 순간까지 작은아들의 분신을 지키고 계셨던 것이다. 삼촌이 나에게 만들어준 장난감을.

집안에는 장례를 차릴 돈이 없었다. 아버지의 친구들이 찾아와 문상을 했지만 조의금 몇 푼으로 묏자리를 얻을 수는 없었다. 경황이 없는 아버지의 딱한 처지를 구해준 것은 할머니의 동생인 진외조부 송종주였다. 진외조부 덕분에 아버지는 경기도 양주군 교외에 할머니 묏자리를 마련했다.

묏자리에 봉분을 만들고 모든 장례절차를 끝냈을 때 아버지가 잠깐 자리를 비운 사이 진외조부가 어머니와 얘기를 나누고 있었다. 두 분의 말을 무심코 듣고 있던 나는 갑자기 떠오른 어떤 기억으로 인해 가슴이 떨렸다.

".……옛날 춘천 운교동 집, 무슨 돈으로 지은 지 아나? 세호 아범이 무슨 돈이 있겠어? 세호 할아버지가 일찍 돌아가시니까 내평리 친척들이 집문서고 땅문서고 자기네가 간수하려 드는 거야. 아범이 나이 일곱 살 때였으니…… 그래서 종숙 누님한테 말씀드려 내가 문서를 보관하고 있었지. 내평리 땅 마지기를 처분한 돈으로 우두 건너에 내 이름으로 밭떼기를 사놨어. 아범에게도 그동안 알리질 않았지. 그 밭을 매각한 돈에 내가 조금 보태서 아범이 운교동 집을 짓게 된 거야."

"어머나, 세상에…… 그런 일이 있었나요? 아저씨 덕분에 집을 지은 줄은 전혀 몰랐어요. 그이가 그런 말을 한 번도 한 적이 없어서…… 죄송합니다."

"그 집을 잘 간수했어야 하는데…… 광산 투기에 집문서를 잡히다니, 정신 차리고 살아야 해."

"아이고, 아저씨, 정말 죄송합니다."

진외조부의 말을 듣고 나자 마음속에서 소나기구름 같은 것이 솟아올랐다. 그 집이 그렇게 해서 지어졌었구나. 전쟁이 끝나고 춘천이 수복된 후 운교동 언덕에 지은 기와집. 상량식을 치를 때 우리 집을 갖게 되었다는 사실에 어린 마음에도 얼마나 벅찬 감격을 느꼈던가. 새 집에서 살던 어릴 적 기억들. 그러나 광산 때문에 종친이라는 사람에 의해 끝내 집문서까지 날리게 했던 일. 그 일로 인해 지금까지 전세와 사글세방을 떠도는 처지를 숙명처럼 여기며 살고 있는 가족들.

장례가 끝나고 집으로 돌아온 뒤 나는 방안에서 소주를 병째로 들이켰다. '아버지, 집안을 어떻게 이 지경으로까지 몰고 오셨나요……?'

3.

대학 생활도 끝 무렵에 접어들었다. 노역처럼 계속되는 아르바이트, 복학생 모임과 시국 토론, 학점에 대한 걱정, 졸업논문 준비, 그리고 졸업 후의 진로 문제가 나를 깊은 상념에 빠져들게 했다. 역사학 교수가 되겠다던 꿈은 어느새 현실로부터 멀어졌다. 대학 교수가 된다는 것은 시간적 경제적 여유를 바탕으로 장기간의 노력 끝에 어렵사리 이루어지는 일이지만 나는 어느 조건도 갖추지 못하고 있었다.

나는 이제 구체적으로 집안형편을 생각해야 했다. 어디에 취직할 것인가. 집 마련을 어떻게 해야 할 것인가. 이런 현실적인 문제를 어떻게 풀어나가야 할 것인가를 고민해야 했다. 대학교수의 꿈은 멀어졌지만 은행이나 회사에 취직하고 싶은 생각은 없었다. 그런 직업은 나에게 어울리지 않는 것으로 여겼다. 나는 착잡한 심정으로 취직문제에 몰두했다.

그러다가 공무원이 되기로 결심했다. 그런 결심은 갈등과 번민을 거듭한 끝에 내린 자위적 결정이었다. 공무원 — 내 선택의 끝 순위에 있었던 직업. 행동의 자유가 제한되고 개인의 창의성 따위는 무시되는 공무원이 되더라도 거대 관료조직의 톱니바퀴나 다름없는 존재가 될 터였다.

그러나 집안을 안정시켜야 할 장남으로서의 책임을 외면할 수 없었다. 아버지의 무기력한 모습을 답습해서는 안 되겠다는 생각도 내게는 어울릴 것 같지 않는 공무원의 길을 선택하게 한 이유의 하나였다. 아버지도 아들이 공무원이 되기를 은근히 바라는 눈치였다. 적어도 공무원은 월급을 받지 못하는 일은 없을 것이 아닌가 하는 생각을 했을 것이다.

대학생활이 끝날 무렵인 1972년 1월, 졸업을 한 달 앞둔 어느 날 나는 종로 5가 막걸리 집에서 부문회장 제정구와 마주앉았다. 그와 함께 판자촌과 시국에 관한 이야기를 나누던 끝에 나는 졸업한 후 공무원이 되겠다는 뜻을 밝혔다. 친구는 전혀 뜻밖이라는 기색이었지만 반대하거나 이유를 따져 묻지는 않았다. 나는 자신이 공무원이 되더라도 부문회의 목적과 판자촌 사업의 정신을 잃지 않겠다고 말했다. 내 말에 귀를 기울이던 친구가 말했다.

"판자촌 문제는 판자촌 사람들이 해결하기 어려워. 나라가 해결할 일인데, 개 같은 관료 놈들이 그런데는 전혀 관심이 없단 말이야. 하나같이 부패했어! 그렇지만 자네가 관료 되는 거 내 받아들이마. 그 대신 매판관료가 돼선 안 된다! 세호, 내 말에 동의하나?"

"동의하고말고!"

제정구는 막걸리 사발을 들이켜고 난 뒤 그 사발을 내게 건네면서 계속했다.

"투쟁하는 공무원이 돼라. 부패관료, 매판관료와 싸우는 공무원말이야. 자네 자신 있나?"

"공무원이 권력을 상대로 투쟁할 수는 없을 거야. 그러나 부패관료는 되지 않겠다. 빈민들 편에 서는 공무원이 되겠다. 약속하마!"

"박정희의 주구가 되지는 마라."

"내가 개띠긴 하지만 군견이 되기는 싫다."

나는 그가 투쟁하는 공무원이 되라고 한 말을 그 뒤로도 오래도록 음미해야 했다.

그로부터 한 달 뒤 나는 대학을 졸업했다. 졸업논문으로 제출한 〈청년 터키혁명에 관한 연구〉는 논문을 심사했던 Y 교수로부터 놀랍다는 칭찬을 받았다. Y 교수는 후속 연구를 위해 나에게 대학원에서 공부를 계속하라고 권고했다. 대학원에서의 연구. 학자로 가는 길. 그토록 염원했던 일. 그러나……

터키혁명을 주도한 무스타파 케말 아타튀르크. 터키공화국의 초대 대통령이 된 그는 박정희가 혁명의 영웅으로 흠모한 군인이었다. 한국의 군인과 터키의 군인은 군사혁명을 일으킨 주인공이라는 점에서는 닮았으나 넘을 수 없는 차이가 있었다. 박정희는 민주정권을 전복시키고 군사독재정권을 세웠지만 아타튀르크는 전제왕정을 무너뜨리고 민주정권을 수립했다. 박정희가 존경하고 군사혁명의 모범생으로 여긴 아타튀르크는 박정희와는 다른 인물이었다. 나는 두 사람을 문명사의 관점에서 비교하고 싶었던 것이다.

2월 26일 문리과대학 운동장에서 열린 졸업식장에는 대통령 박정희도 참석해 졸업생 치사를 읽었다.

"……젊은 지성인들은 정형화된 이상만을 추구할 것이 아니라 조국이 처해있는 여건 속에서 스스로의 슬기와 힘으로 민족의 새 역사를 창조하겠다는 정열과 지성을 발휘해야 합니다……."

간간이 햇빛이 비치고 눈발이 날리는 가운데 아직 차가운 기운이 감도는 졸업식장에 아버지와 어머니, 누이동생, 막내 동생이 참석했다. 졸업은 했지만 기쁜 마음이 들지 않았다. 교수의 꿈을 접어야 하는 울적함을 조용히 달래야 했다. '그래, 대학교수가 되려던 꿈은 박 대통령이 말했듯 아마 정형화된 이상일지도 몰라…….' 졸업식을 마치고 교문을 나오면서 한참동안 교문 입구에 서있는 마로니에를 쳐다봤다.

4.

대학을 졸업한 뒤 나는 행정대학원에 입학했다. 행정대학원에서 가르치는 과목은 대부분 재미도 매력도 없는 것들이었다. 행정학이라는 학문은 일종의 잡학처럼 보였다. 그것은 고유의 영역이 없는 무정형 – 경영학, 정치학, 사회학, 심리학, 심지어는 생물학에서 내용과 방법론을 빌려와 복합과학과 실용주의의 옷을 걸친 – 의 신학문이었고 행정대학원은 고급 공무원 지망생들을 끌어 모으는 특수대학원이었다.

대학원에서 학생들에게 가장 인기 있는 교수는 경제학 교수인 S였다. S 교수 역시 행정대학원을 졸업한 뒤 영국에 유학하여 경제학 박사학위를 받은 실력 있는 30대 교수였다. 강의 내용이 신선했으며 학생들과 어울려 커피도 자주 마시고 등산을 함께 하기도 했다. S 교수는 대통령의 조카사위였다.

가끔 학생들이 S 교수에게 정부에 입각하지 않느냐고 질문하기라도 하면 그는 손사래를 치고 자신은 정치와는 담을 쌓은 학자이며 교수

본연의 길을 걸을 뿐이라고 말하곤 했다. S 교수는 학생들에게 매력 있고 존경스러운 사람이었다. 물론 학생 가운데 아무도 그가 뒷날 20여 년 동안 역대 정권을 거치면서 국회의원, 장관, 대통령비서실장, 국무총리가 되리라고는 상상하지 못했지만.

나는 대학원 학생들을 끌어 모아 등산모임을 만들었다. 그들과 함께 주말이면 도봉산, 수락산, 관악산 등으로 산행을 했다. 가끔 등산을 좋아하는 교수들도 학생들을 따라 나섰다. 언젠가 춘천 삼악산에 올랐을 때 산 정상에서 굽어본 춘천의 경치에 매료된 교수들이 멀리서 굽이쳐 흐르는 소양강을 카메라에 담느라 바빴다. 고교시절 내 마음속 혁명의 강이었던 소양강. 소양강은 수줍은 촌색시의 미소를 연상하게 했다.

나는 낮에는 대학원 수업을 받고 남는 시간에는 공무원시험 준비를 했다. 학부생이나 대학원생들 가운데는 공무원이 되기 위해 5급 공무원시험 준비에 매달리는 학생들이 많았다. 사무관으로 채용되는 5급 공무원시험은 과목 수도 많고 어려운 시험이었다. 100명 안팎의 최종 합격자를 뽑는데 전국에서 1만여 명이 몰려들었다.

수험준비를 능률적으로 하기 위해 나는 학교에서 가까운 곳으로 공부장소를 옮겼다. 낙산 언덕의 단칸 지하 월세 방. 그곳이 나의 고시방이었다. 어느 날 청계천 헌책방을 기웃거리다가 우연히 군대동기인 최이도를 만났다. 그가 혼자 적적한데다 마침 학교에서 가까운 곳에 자신의 자취방이 있으니 시험 차를 때까지 함께 지내는 것이 어떻겠느냐는 제안을 했다. 나는 흔쾌히 응해 군대친구와 합류했던 것이다. 군대 친구는 을지로에 있는 목재회사에 다니고 있었다. 나는 손수 밥을 짓고 빨래를 하고 청소를 했다. 자취를 하며 공부를 하는데 스물네 시간은 너무 짧았다.

자취방에서 여섯 달을 보낸 뒤인 1973년 1월초 나는 5급 공무원채용

2차 시험에 응시했다. 시험의 명칭도 바뀌어 행정고시라는 이름으로 치러진 시험의 2차 관문에서 헌법과목이 수험생들을 당혹스럽게 만들었다. 지난해 객관식인 1차 시험은 십여 년 동안 시행해오던 종전 헌법으로 치렀지만 주관식인 2차 시험은 불과 석 달 전에 개정된 유신헌법으로 치렀다.

1972년 10월 17일 박정희는 종전 헌법을 완전히 뜯어고쳐 소위 유신헌법이라는 것을 만들었다. 이것은 권위주의 체제의 강화를 의미했으며 사람들은 이 사건을 10월 유신으로 부르기 시작했다. 표면상 개정의 형식을 빌었지만 제정이나 다름없을 만큼 헌법의 내용이 바뀌었다. 유신헌법은 통일주체 국민회의 대의원에 의한 대통령 간선제, 대통령의 비상조치권, 의회권한 축소, 국회 해산권, 대통령 임기연장과 연임조항 철폐 등을 주요 내용으로 했으며 궁극적으로 박정희의 종신집권을 목적으로 만들어진 헌법이었다.

헌법 내용이 완전히 바뀐 만큼 단기간에 내용을 숙지하기가 쉽지 않았다. 2차 시험 헌법과목에 출제된 두 문제 중 하나는 〈현행 헌법상 대통령의 지위를 논함〉이었다. 이것은 유신헌법상 전권을 장악한 대통령의 지위를 종전과는 다른 통치권자로 인정하라는 묵시적인 메시지를 담은 것이었다. 요컨대 대통령은 비상대권을 행사하는 통치자이고 통치행위는 사법적 판단에서 제외된다는 것이 골자였으며 10월 유신의 목적을 법률적으로 정당화하는 것이었다.

선택과목으로 치른 정치학도 시사성이 짙은 내용이 출제되었는데, 결코 10월 유신과 무관한 것이 아니었다. 〈한국이 당면한 현실에 비추어 향후 한국 민주주의가 지향해야 할 방향〉이라는 문제에 대해 나는 답안 내용을 고민하지 않았다. 답안작성에는 용기 있는 아첨이 필요했을 뿐이다. 답안의 요지는 산업화와 민주화를 조화시키는 것이며 이를 위해 한국의 상황에 걸맞은 민주주의 - 요컨대 한국적 민주주의로 정의되는 - 를 정착시켜야 한다고 결론짓는 것이었다.

나는 시험에 합격하기 위해 평소의 신념과는 전혀 다른 답안을 작성해야 했던 것이다. 나중 확인한 바에 의하면 나의 정치학 점수는 88점으로 역대 정치학 응시자의 점수 중 가장 높은 점수였음이 밝혀졌다. 3차 면접시험 때 면접관인 어떤 교수가 나에게 질문했다.

"수험생은 사학을 전공했는데, 정치학 점수가 어떻게 이렇게 높았나요?"

나는 이론적 아첨의 효과로 점수가 높게 나왔음을 짐작했지만 일부러 다른 답변을 했다.

"역사학은 정치학도 품고 있습니다. 모든 학문의 아버지라고 생각합니다."

면접 교수는 더 이상 묻지 않았으나 아마 속으로는 나를 매우 건방진 녀석이라고 욕했을 것이다.

1973년 2월 말에 나는 행정고시에 최종 합격했다. 기쁘기는 했지만 사무관이 되었다는데 대한 기쁨보다는 취직이 되었다는데 대한 기쁨이 훨씬 컸다. 그러나 임용과정에서 나는 연좌제라는 덫에 걸려 고민해야 했다. 1949년 앵도환 호 사건 당시 북한에 납치된 삼촌 때문에 임용 전 신원조회에서 중대한 난관에 부딪쳤다. 경찰은 나에게 신원 보증인을 요구했으며 총무처에서는 신원보증 없이는 임용이 불가능하다고 했다. 나는 청와대 경호실에 근무하는 아버지의 친척과 행정대학원의 P교수, K 교수에게 부탁해 신원보증서에 서명을 받아 당국에 제출했다. 신원조회는 힘겹게 일단락되었지만 나에게는 분단이라는 현실이 안겨준 작은 상처였다.

합격생들은 청량리에 있는 중앙공무원 교육원에서 6개월간의 교육을 받은 후 다시 3개월 동안 중앙 부처에 배치되어 실무수습을 받았다. 행정고시 동기생 가운데 유일한 여성 합격자인 J — 훗날 보건복지부장관이 된 — 는 일과가 끝난 뒤 가끔 남자 동기생들과 어울려 청량리 시장 대폿집에서 막걸리 잔을 기울였다. 대부분 나이가 아직 서른 전인 동기생들은 젊음의 혈기가 남아있을 때였으므로 공무원이라기보다는 또 하나의 대학을 다니는 학생의 기분에 젖어 있었다.

중앙부처 실무수습 기간 중 나는 한 가지 모험을 했다. 은행에 다니는 어느 친구의 권유에 따라 주택담보 대출로 집을 지어보겠다는 계획을 세운 것이다. 총무처에서 공무원 복무확인서를 발급받아 주택은행에 제출하자 뜻밖에도 쉽게 대출을 받을 수 있었다. 대출금액은 90만 원이었고 담보물은 나의 공무원 신분과 장차 지어질 집이었다.

전셋돈과 대출금을 합친 돈으로 동대문 밖 묵동 허허벌판의 밭을 싼 값에 사서 넉 달 동안 방 세 칸에 작은 마루가 달린 18평짜리 블록 집을 지었다. 마당은 세 평 남짓했지만 장독 몇 개는 놓을 정도가 되었다. 국민학교 3학년 시절인 1954년 춘천에서 올린 적이 있는 상량식을 우리 가족은 1973년 11월에 서울에서 다시 올렸다. 마침내 집 없는 설움에서 벗어났다.

5.

1973년 12월 20일 나는 강원도청으로 발령을 받았다. 내무부는 희망하던 부처였고 강원도는 내 희망과 상관없이 연고지에 따라 배정된 근무지였다.

도청으로 출근을 시작한 첫 번째 토요일 나는 태생지를 찾아갔다. 나지막한 산 아래 오십여 가구가 모여 사는 우두마을. 나의 출생지는 우두동 188번지였다. 그러나 출생지로 여겨진 곳에 집으로 보이는 구조물의 흔적은 없었고 무엇을 심었는지 알 수 없는 텅 빈 밭이 눈에 덮여 있었다. 집터가 남아 있었더라면 추억이라도 더듬었을 것이다.

나는 마을을 한 바퀴 돌아본 뒤 마을 옆을 흐르는 소양강으로 갔다. 유년 시절 마음을 설레며 보물찾기를 했던 강, 고등학교 때 친구 헌이와 함께 물고기를 잡았던 강, 군 복무 시절 수구동에서 밤낮으로 지켜보았던 강, 그때 이미 한강의 기적 만들기 1호 사업인 소양강 댐 공사가 시작되던 산업의 강, 파월장병들을 실은 군용트럭이 수구동을 지나 강변도로를 달릴 때 그들의 가슴에 눈물을 흐르게 했던 망향의 강, 아버지의 고향과 할아버지의 산소를 물속에 잠기게 한 상실의 강. 그런 기억을 간직한 소양강이 여울이 되어 흐르고 있었다.

그러나 소양강은 예전의 소양강이 아니었다. 불과 두 달 전인 10월 15일 완공돼 담수를 시작한 소양강 댐 – 길이 530미터, 높이 123미터의 거대한 규모였다 – 은 강의 흐름을 막았고 댐 아래로 흐르는 강물은 수량이 줄어들었다.

다음날은 일요일이었다. 나는 버스를 타고 소양강 댐으로 갔다. 댐의 제방 위에서 담수를 시작한 호수를 바라봤다. 수위가 낮아 호수라고 하기에는 아직 수량이 부족한 저수지였지만 여섯 달 뒤에는 거대한 호수로 변할 것이다. 이제 대통령 박정희의 야망이 담긴 동양 최대 규모의 사력댐이 탄생했으니 이 댐에 물이 차면 어떤 모습이 될까.

소양강 댐 공사가 시작된 지 8개월이 지난 1968년 2월에는 한강의 기적 만들기 2호 사업인 경부고속도로 공사가 착공되어 2년 반만의 돌관 작업 끝에 1970년 7월에 완공되었다. 소양강 댐 축조로 한강 상류의 중부지역을 가로지르는 거대한 청룡이 탄생한데 이어 서울과 부산을 잇는 또 하나의 거대한 흑룡이 탄생했다. 박정희는 두 마리의 용을 타고 다음에 또 어디론가 날아갈 것이다. 이제 그의 앞을 가로막는 어떤 장애물도 존재하지 않는 것처럼 보인다.

12월 말 나는 도청 새마을지도과에 배치되어 공식 근무를 시작했다. 특별히 전문지식이나 기술을 요하는 일거리는 없었지만 새마을로 통칭되고 분류되는 업무는 예상 밖으로 많았다. 새마을이라는 명칭만 갖다 붙이면 관련되지 않는 업무가 없을 정도였다. 관청이 행하는 모든 사업이 새마을에서 시작되고 새마을로 끝나는 것처럼 보였다.

1970년 4월 22일 한해대책을 논의하기 위해 소집된 전국 지방장관 회의에서 박정희 대통령은 새마을 가꾸기 운동을 제창했다. 이를 계기로 1971년부터 본격적으로 시작된 새마을운동은 농어민 소득증대와 농촌근대화를 앞세운 운동으로 전개되기 시작했다. 그것은 대통령 박정희가 소양강 댐과 경부고속도로라는 두 마리 용 위에 올라 장기집권을 향해 야심찬 비상을 시작한 대중 동원이자 정치적 장정이기도 했다.

새마을 노래 – 1972년에 박정희가 작곡 작사한 것으로 전해지는 – 는 사실상 제2의 애국가였다. 새마을 노래가 풍기는 중독성 매력은 사람들을 하나의 감성, 하나의 목적, 하나의 무대로 끌어들였다. 관청이 주관하는 모든 행사에서 새마을 노래 제창은 필수적이었고 마을회관, 학교, 관청, 거리에서 새마을 노래는 밤낮으로 울려 퍼졌다. 새마을 노래에 이어 〈좋아졌네 좋아졌어〉가 곳곳에서 불리기 시작했다.

나는 새마을운동의 현장 확인을 위해 도내 시군 전역으로 자주 출장을 다녔다. 시군 새마을 담당 공무원들은 사업을 지도하고 독려하느라 바쁘게 움직였다. 그들의 근무태도는 둥지를 짓기 위해 검불을 나르는 까치들처럼 열성적이었다. 지붕개량을 하는 초가에서, 다리를 놓는 개울에서, 농로를 닦는 길바닥에서 읍면 공무원들은 주민들과 함께 일했다. 퇴근시간은 따로 없었으며 야근은 일상화되어 자정을 넘길 때가 흔했다.

전국적으로 일일결산이 엄격하게 실시돼 당일 각 읍면동에서 시행한 새마을사업 실적은 다음날 시군, 시도를 거쳐 내무부로 보고되어 전국 실적이 집계되었으며 그날 저녁 대통령에게 최종 보고되었다.

새마을운동은 시행과정에서 부작용도 많았다. 새마을담당 공무원들과 주민들 간의 크고 작은 마찰, 토지편입에 따르는 주민들의 이해 대립, 시멘트 철근 등 자재 배정을 둘러싼 마을 간의 갈등, 새마을 지원금과 성금 유용, 새마을지도자 선출을 둘러싼 아름답지 못한 일들이 가끔 발생했다. 그럼에도 불구하고 새마을운동은 역동적으로 전개되었고 새마을 기관차는 기적을 울리며 전국 방방곡곡을 달리고 있었다. 대통령 박정희도 자신이 발명한 새마을 기관차에 올라 전국을 돌아보며 회심의 미소를 짓고 있었을 것이다.

6.

1950년 12월 23일 흥남을 탈출한 뒤 거제도를 거쳐 춘천으로 옮겨온 월남 가족의 외딸과 춘천이 고향인 가난한 집안의 장남이 어느 날 춘천에서 만났다. 세상에서는 이런 일을 두고 운명이니 인연이니 하는 말로 표현하기도 하지만 나는 그저 단순하고 자연스러운 만남으로 생각했을 뿐이다.

1974년 1월 초 소희를 처음 만났을 때 나는 소희가 여동생 같다는 생각을 했다. 오랫동안 한 지붕 밑에서 살다가 잃어버렸던 가족을 다시 찾은 것 같은 느낌이었다. 여러 번 만난 뒤로는 스스럼없이 친누이처럼 대하게 되었고 소희도 나를 친오빠처럼 따랐다. 소희는 명랑하고 쾌활한 성격의 처녀였다. 늘 웃는 표정의 얼굴, 유머감각과 재치, 약간의 장난기가 나를 편안하게 만들었다. 여럿이 모인 자리에서 어쩌다 어색한 분위기라도 만들어지면 이내 농담으로 상황을 반전시켜 좌중을 웃겼다. 무남독녀의 속내 어디에 그런 게 숨어 있었는지.

다방이나 제과점에서 내가 친구들을 만날 때 소희는 아무도 모르게 살짝 요금을 지불해준 적이 몇 번인가 있었다. 퇴근 후 사무실 직원들과 대폿집에서 어울릴 때에도 소희는 몇 번 그렇게 한 적이 있었다. 어떻게 알았는지 다람쥐처럼 나타났다가 다람쥐처럼 사라지곤 했던 것이다.

처음에는 놀라기도 하고 이상하게 생각했지만 그때마다 소희는 "오빠, 빌려주는 거예요. 나중에 갚아주세요."하면서 웃어넘겼다. 나는 미안하고 부끄러웠지만 점차 그런 일에 익숙해져 나중에는 못이기는 척 소희가 하는 대로 따랐다. 찻값이나 목로주점 술값 정도는 지불할 수 있었으나 소희에게 맡기는 것이 오히려 마음은 편했다.

얇은 지갑은 사람을 불편하게 만든다. 고향에서 하숙을 하는 공무원을 힘들게 만든 것은 돈이었다. 1974년 1월 사무관 직급인 나의 월급은 1만 2천 원이었고 한 달 하숙비는 5천 원이었다. 내 월급에서는 주택담보 대출에 대한 원리금 상환액도 공제되었는데, 이런 저런 공제액을 빼고 나면 실제수령액은 얼마 되지 않았다. 1970년대 초반의 공무원 봉급은 신혼부부가 굶지 않을 정도의 생계비를 지급하는 수준이었다. 소희도 이런 사정을 눈치 채고 있었을 터였다.

화창한 봄날. 그날은 일요일이었다. 나는 소희와 함께 버스를 타고 소양강 댐으로 산책을 나갔다. 댐 제방에서 호수를 가리키며 내가 말했다.

"저 물속에서 군 복무를 한 적이 있지…… 아마 수심 오륙십 미터쯤 될 거야. 우리 집안 고향도 저 물 속이야."

"저기 물속이라고요? 오빠 고향은 춘천 아니에요?"

"나는 우두에서 태어났지만 할아버지와 아버지는 저 물속이 고향이지. 북산면 내평리. 조상 대대로 살던 곳……."

"거길 가 본 적이 있어요?"

"어릴 때 아버지를 따라 할아버지 산소에 성묘하러 몇 번 가봤지. 동생하고 같이."

"그럼 할아버지 산소는 지금 물에 잠겨 있겠네요?"

"2년 전에 유골을 화장해서 강물에 뿌려드렸어."

아버지는 소양강 댐이 수몰되기 전인 1972년에 내평리에 있던 할아버지의 산소를 이장하라는 군청의 통보를 받고 유골을 화장한 다음 뼛가루를 소양강에 뿌렸다. 그것은 우리 집안이 호적상으로 내평리와 결별하는 동시에 아버지의 고향과도 완전히 인연이 끊긴다는 것을 의미했다.

내평리 산 중턱에 있던 할아버지의 산소를 나는 뚜렷하게 기억했다. 어린 시절 두 형제는 아버지를 따라 버스를 타고 소양강변 신작로를 두 시간 반 동안 달려 내평리에 도착했었다. 버스정거장에서 산소까지 가려면 경사가 가파른 산길을 한참 걸어야 했다. 얼마나 오래 걸었는지 숨이 막힐 지경이었다. 산소에 오르는 길 중턱에는 칡넝쿨과 아카시아 나무가 무성하게 자라 아버지는 낫을 들고 쳐내야만 했다.

산소에서 동쪽을 바라보면 멀리 홍천 쪽으로 가리산 봉우리가 또렷이 보였다. 아버지는 명산을 바라보는 할아버지 묏자리가 명당이라고 말했지만 내 눈엔 그것이 명당인지 아닌지, 그리고 명당이라는 것이 대체 무엇인지 알 수 없었다. 중 고등학교 시절 몇 차례 할아버지 산소를 찾아 성묘를 했지만 대학생이 된 후로는 산소를 찾지 못했다.

수몰된 할아버지 산소는 그로부터 뇌리에서 잊혔으며 손자가 내평리를 찾아갈 이유도 없어졌다. 서예에 능하고 선비의 풍모를 지녔다는 할아버지. 나이 스물에 면서기를 지내고 요절하기 전 제례와 상례에 관한 보기 드문 유작 - 아름다운 서체로 쓴 책의 제호는 상제례비요(喪祭禮備要)였다 - 을 남긴 할아버지는 자신이 요절하리라는 것을 예감하고 계셨던 것은 아닐까. 아버지 나이 일곱 살 때 할아버지는 서른두 살의 나이로 돌아가셨으니. 사진 한 장 뵌 적이 없는 구전 속의 할아버지는 얼굴을 상상조차 할 수 없어 다만 제사상에서 고인의 유작을 펼쳐놓고 그리워 할 뿐이다.

소희의 말에 나는 할아버지라는 존재를 새삼스럽게 머리에 떠올렸다. 앞으로 소양강 어디에서도 찾을 수 없게 된 선대의 흔적. 상상 속에서도 떠올리기 어려운 할아버지의 모습. 이 모든 것이 그저 담담히 받아들여야 할 현실이 된 것이다. 내평리의 오랜 기억으로부터 돌아온 내가 소희에게 말했다.

"소희 할아버지 산소는 흥남에 있겠지."

"어딘지 모르지만 그럴 거예요."

"남쪽이나 북쪽이나 조상 묘 잃어버린 건 똑같군."

"아직 우리 할머니는 살아계셔요."

"소희네 집이나 우리 집이나 다 실향민이야. 한쪽은 전쟁 실향민, 다른 쪽은 수몰 실향민……."

소희 아버지 박용수는 1956년 춘천에 정착한 이후 소규모의 금은방을 차려 착실히 돈을 모았다. 중앙시장 근처에 점포 두 채를 사두고 지방 건설회사에도 소액의 투자를 하고 있었다. 소희네 가족은 춘천의 번화가인 명동 한복판 주상복합 건물에서 살고 있었다. 네 식구뿐인 단출한 가족이었으므로 건물 3층과 4층에 있는 살림집은 지내기에 널찍했으며 집 바로 옆에는 규모가 큰 시장이 있었다.

어느 날 소희가 집에서 마련한 저녁식사에 나를 초대했다. 마침 고등학교 동기생 몇 명도 자리를 함께 했는데, 그 가운데는 내게 소희를 소개한 육촌 오빠 운이도 있었다. 식사 전에 소희가 나를 자기 부모에게 소개했다. 소희 아버지는 키가 크고 얼굴도 점잖게 생긴 50대 중반이었으며 언뜻 회사 사장의 풍모를 느끼게 했다. 오래 전부터 불교신자였다는 소희 어머니는 내가 인사를 드리자 왠지 부끄러워하는 것 같았으며 함경도 말씨와는 달리 몸가짐이 매우 조신했다.

저녁상에는 육류와 어류, 채소류가 골고루 섞인 음식이 가득 차려졌다. 고교 동기생들과 함께 한 자리였으므로 사양하지 않고 먹고 마시는 가운데 취흥은 돋워졌고 대화는 즐겁게 이어졌다. 친구들 중 하나가 나에게 말했다.

"세호, 소희 괜찮은 처녀지? 소희 좋아하는 친구들이 많아. 우리 동기생들 가운데 소희 모르는 친구는 드물걸."

"그래? 성격이 좋은 모양이지."

"동기생들 모두가 소희 오빠인 셈이야. 이게 모두 운이 덕이지."

"그런가? 그럼 다 같이 한 잔 들자. 우리 모두 초대받은 오빠들이니까."

"브라보!"

소희네 집에서의 저녁식사는 친구들을 즐겁게 했다. 저녁초대는 내가 소희네 집을 자주 방문하는 계기가 되었다. 친구들은 내가 소희와 사귀고 있다는 사실을 알고 있었으며 나도 숨길 이유가 없었다. 나는 도청에서 퇴근하면 소희네 집에 가서 저녁을 먹곤 했다. 소희네 식구와 어울려 먹는 분위기는 따듯한 안식처 같은 느낌을 갖게 했다. 소희 할머니는 어느새 나를 손자처럼 반기고 있었다.

그러나 서울에 있는 나의 부모는 이런 사실을 알지 못하고 있었다. 어머니는 친척이나 중매쟁이를 통해 여러 군데 아들의 혼처를 물색하고 있었다. 서울 본가에 어느덧 중매가 들어오기 시작했지만 나는 단 한 번 선을 보았을 뿐 어떤 여성과도 사귄 적이 없었다.

중앙청에서 실무수습을 하고 있을 때 어떤 중매인의 소개로 모 자동차회사 사장의 딸과 선을 본 적이 있었다. 그 회사는 유명한 재벌회사였고 사장도 이미 세상에 널리 알려진 인물이었다. 선을 보는 자리에서 나는 색싯감보다는 그녀의 어머니에 더 관심이 쏠렸다. 대갓집 마님 같은 기품이 흐르고 만에 하나 사위가 될 지도 모를 청년에게 말 한마디도 조심성 있게 가려서 하는 부인의 태도가 무척 인상적이었다.

선을 본 뒤에도 딸의 어머니는 수습중인 중앙청 사무실로 여러 번 전화를 걸어 만나자는 청을 해왔다. 그러나 그 처녀는 내 마음속에 담기에는 너무 부담스러웠다. 외모 때문이 아니라, 나는 공주를 모시고 살 생각이 없었던 것이다. 처녀는 첫 만남에서 재벌 집 티를 냈다. 딸이 어머니를 닮았더라면 어떻게 되었을까. 내 인생이 바뀌었을지도……. 그 일은 그렇게 끝이 났지만 처녀 어머니의 인상은 오래도록 뇌리에 남았다. 석 달 간의 중앙청 수습이 끝난 뒤 나는 도청으로 발령을 받아 춘천으로 왔으며 그로부터 얼마 안 돼 소희를 만났던 것이다.

7.

공무원은 특수한 일을 수행하는 직업이 아니고 권력을 행사하는 자리도 아니라는 것. 일반인들도 할 수 있는 일을 대신 맡아 처리해주고 나랏돈으로 월급을 받는 직업이라는 것. 국민의 봉사자라는 것. 누구나 아는 교과서적인 얘기지만 공무원은 물론 일반인들도 그렇게 생각하는 것 같지 않았다. 민원인들이 관청에 제출하는 잡다한 인허가 서류는 처리에 장시간을 요구했고 일반인들에게 관청의 문턱은 높게 느껴졌다.

5.16 이후 행정사무 처리가 빨라진 것은 사실이지만 공무원들은 권위주의적인 자세를 벗어나지 못했다. 도청 공무원들 역시 마찬가지였고 시 군청 공무원들은 그 정도가 더 심했다. 읍면 사무소 공무원들 가운데는 불필요하게 관내를 돌아다니거나 마치 잡무에 종사하는 임시직의 행태를 벗어나지 못하는 직원들도 많았다.

시장군수들 가운데는 지역 토호들의 텃세와 압력에 부화뇌동하거나 한패가 되어 관리자로서의 임무를 소홀히 하는 사람들이 적지 않았다. 퇴근 후 관사에서 지역유지들과 어울려 화투를 치는 일은 예삿일이었다. 대통령이 서정쇄신이니 부조리 척결이니 하는 서슬 퍼런 지시와 명령을 내려도, 10월 유신의 정신으로 총화단결과 지역개발에 앞장서도록 독려를 해도 그들의 지역할거와 관료주의 행태는 달라지지 않았다. 중앙과 지방에서 공무원의 부정부패, 탈법행위가 끊이지 않았다.

지방공무원들은 일제강점기는 물론 해방 이후로도 케케묵은 관료주의의 옷을 걸치고 지역 주민들 위에서 골목대장 노릇을 해왔다. 그들은 그런 사실조차 의식하지 않았다. 그들은 오랜 관행이 된 아전행태와 관료문화를 당연한 것처럼 받아들였다. 애당초 공무원이라는 직업이 취향에도 맞지 않고 인생의 목표도 아니었지만 공무원이 된 이상 나는 지방관청의 이런 분위기에 적응해야만 했다.

1974년 2월 6일 박정희 대통령이 도청을 연두 순시했다. 도지사로부터 도정보고를 받은 후 그는 훈시를 했다. 강원도민과 전 국민이 유신이념과 새마을정신을 생활화하고 국민총화와 총력안보 태세를 확립하는데 거국적으로 참여해 달라는 것이 훈시의 요지였다. 국가적 과업의 중단 없는 전진을 위해 공무원들이 앞장서서 헌신해달라는 당부도 잊지 않았다.

대통령의 훈시내용은 전국 어느 시도를 방문하더라도 비슷비슷했다. 국력배양, 총화단결, 총력안보, 서정쇄신, 새마을운동, 10월 유신은 박정희가 구상하고 집착하는 통치 모자이크의 확고한 조각들이었다. 그의 훈시는 교시였다. 나는 보고회의 장소의 맨 뒷자리에 앉아 박정희 대통령의 모습을 지켜보며 그의 훈시내용을 메모했다.

박 대통령은 연두순시를 끝내고 수행원들과 함께 요선동 골목의 꼬리 곰탕집에 들려 점심식사를 했다. 소주와 막걸리 한 잔 씩을 곁들인 곰탕은 그가 즐겨먹는 메뉴였으며 춘천을 방문할 때 그는 가끔 그 곰탕집에 들렀다. 박 대통령의 식성은 세상 사람들이 생각하는 것과는 달리 소탈했다. 요선동은 박정희가 27년 전 8연대에서 소위로 근무할 당시 경비중대장 김점곤과 함께 자주 찾았던 곳이다.

연두순시 일정을 끝낸 대통령은 소양강 댐으로 향했다. 넉 달 전에 완공된 소양강 댐은 아직 담수중이어서 물이 가득하지는 않았다. 그는 댐 제방 위에서 묵묵히 호수를 바라봤다. 댐에서 내려와 소양강을 끼고 서울로 향하는 차 안에서 그는 내내 침묵을 지켰다. 그는 27년 전 자신이 소위로 임관한 후 첫 소대장으로 근무했던 8연대의 옛터를 물끄러미 쳐다봤다. 그리고는 곧장 서울로 향했다.

3월초에 나는 기획관실로 자리를 옮겼다. 시군과 내무부에 출장을 다니느라 바쁜 시간을 보내던 4월 어느 날 부문회장 제정구가 구속되었다는 놀라운 뉴스를 들었다. 독재타도, 유신철폐, 국가변란 획책, 폭력혁명 시도, 공산주의 인민혁명 실현…… 제정구, 조영래, 송두율, 지학순 등 180여 명 구속…… 그것은 이른바 민청학련사건이었다.

나의 가슴이 뛰었다. 제정구? 그 친구는 아닐 것이다. 단연코. 그는 군사독재와 유신에 반대했지만 공산주의자가 아니다. 건강하고 철저한 민주주의자다. 판자촌민과 빈민들의 희망이다. 틀림없이 권부의 어떤 자들이 그를 공산주의자로 몰아 사건을 조작했을 것이다.

1967년 동베를린 간첩사건 때도 사직당국은 무고한 사람들을 구속하고 법원은 사형선고까지 내렸었다. 이 사건으로 박 정권은 독일, 프랑스와 외교마찰을 빚고 나라의 체면이 구겨지지 않았던가. 결국 국제적인 비난에 굴복해 모든 사람들이 석방되지 않았던가. 친구여, 걱정하지 마라. 자넨 곧 자유의 몸이 될 거야. 나는 여전히 부문회원이며 자넬 믿는다.……

5월에는 행정고시 합격자 열 명이 도청으로 실무수습을 하러왔다. 나는 선배 입장이었으므로 그들과 자주 어울렸다. 수습 사무관 가운데 W는 사교성이 좋고 키가 훤칠하고 얼굴도 잘 생긴 청년이었는데, 수습 기간에 나와 가까운 사이가 되었다.

W가 가끔 "선배, 목이 컬컬해요."하며 나를 찾는 것은 막걸리를 한 잔 사달라는 신호였다. 그와 막걸리를 마실 때마다 소희도 자리를 함께 했는데, 그는 어느새 소희를 형수라고 부르기 시작했다. 붙임성이 좋은 그의 행동을 보고 나는 그가 공무원으로 출세할 것 같다는 생각이 들었다. 그러나 이때만 해도 그가 37년 후 국가정보기관의 최고책임자가 되리라고는 상상하지 못했다. 하물며 그가 대선 불법개입 혐의로 법정에 서게 될 줄이야 어떻게 짐작이나 할 수 있었을까.

5월 28일 화요일 오후, 대통령 부인 육영수 여사가 딸 근혜와 함께 소양호에서 치어방류 행사를 치렀다. 이날은 소양강 댐에 구경꾼들이 많이 찾아오지 않는 평일임에도 불구하고 공무원들과 주민들 수백 명이 참석했다. 참석자들 - 나도 그중 하나였다 - 이 지켜보는 가운데 육 여사는 소양호에 민물고기 치어를 방류했다. 비단잉어를 비롯해 잉어, 백연어, 금붕어 등 70여만 마리의 새끼 물고기들이 수면에서 바글

거리다가 가뭇없이 물속으로 사라졌다.

치어방류는 독실한 불교신자인 육 여사가 남편이 주도하는 경제개발 계획의 성공과 소양호의 미래를 축원하기 위해 마련한 행사였다. 그러나 이것이 이승에서의 삶을 석 달 앞둔 영부인에게 생애 마지막 공식 행사가 될 줄은 아무도 몰랐다. 한국자연보존협회 총재 자격으로 방류 행사에 참가한 딸은 어머니와 함께 자연보존협회가 세운 기념비를 제막했다.

치어방류는 인간 삶의 원형을 간직한 고향의 어족자원을 풍요롭게 하기 위한 것이다. 자연에 역행하는 일이 아니다. 방류된 물고기들이 호수에 적응해 잘 자라주면 될 것이다. 그런데 수천 년 동안 소양강에서 살아 온 고유 어종들은 어떻게 될까. 열목어, 쏘가리, 참마자, 동자개, 쉬리, 갈겨니, 어름치, 돌고기들은 고인 물속에서 잘 자랄 수 있을까. 새끼를 까고 제대로 번식할 수 있을까. 오랫동안 소양강을 벗해온 사람들에게는 당연히 떠오르는 궁금증이었다.

소양호가 이전과 다름없이 건강한 생태를 유지한다면 다행일 것이다. 그러나 예상치 못한 수질오염이나 수온변화 같은 현상이 발생한다면 다목적 댐으로서의 역할에 이상이 생길 수도 있다. 그렇게 되면 열목어, 쏘가리, 참마자는 전설의 물고기로 남을지도 모른다. 게다가 전에 없던 새로운 담수어종들이 등장한다면 내수면 생태계가 변이를 일으켜 소양강의 원초적 이미지가 퇴색할 수도 있다.

육 여사 일행이 소양호를 떠난 뒤에도 나는 댐 제방에 남아 잠시 소년시절을 더듬으며 어떤 생각에 잠겼다.

'……소양강은 물고기를 잡는 강. 생명의 강이었지. 소양강 댐은 다시 허물 수가 없게 됐어. 소양호가 그냥 산업의 물을 담아두는 저수지가 돼선 곤란해. 누군가가 말했지. 하늘에서 내려다보면 소양호는 푸른

216

날개를 펴고 비상하는 청룡의 모습을 닮았다고. 누가 말했더라? 박정
희 대통령 자신이 그렇게 말했어. 이 호수에 통치자의 야망만 가득 채
운다면 소양호는 덩치 큰 연못에 불과한 게 아닐까? 사람들이 물고기
를 잡고 유람선을 타고 구경하며 고향에 대한 향수를 간직하려면 정결
한 호수가 돼야 해. 통치자가 케말 아타튀르크 같은 애국자 소릴 들으
려면 자연생태의 보존도 그의 마음속에 새겨둬야 할 거야. 박정희건
그 이후의 누구건 간에······.'

8.

내가 공무원 교육원으로 자리를 옮긴 뒤 한 달이 지난 8월 15일, 육
영수 여사 저격사건이 발생했다. 하숙집에서 텔레비전을 통해 광복절
기념행사를 지켜보던 나는 단상에 앉아있던 육 여사가 느닷없이 쓰러
지는 장면을 목격했다. 저게 무슨 일일까. 영부인이 왜 쓰러지지? 그
순간 나는 육 여사의 움직임이 죽음을 의미하는 것이라고는 생각하지
않았다. 그러나 몇 시간 후 뉴스는 육 여사의 서거를 보도했다.

육 여사의 죽음은 우발적인 사건이었다. 불가사의하고 비극적인 수
수께끼였다. 석 달 전 소양호에서 치어방류를 하던 육 여사의 모습이
떠올랐다. 죽음은 과정을 생략할 수도 있는 것인가. 며칠 뒤 영부인의
시신을 모신, 국화꽃으로 장식된 영구차가 청와대를 나설 때 박 대통
령이 고인의 마지막 길을 전송하는 모습을 텔레비전으로 지켜봤다. 무
겁고 착잡한 마음······.

늦더위가 한창인 9월초 나는 수원 새마을 중앙연수원에 입교해 3주
간의 합숙교육을 받았다. 육 여사 저격사건에도 불구하고 새마을 교육
은 계속되었다. 차출된 연수생 가운데는 장차관, 사회 각계각층 인사

들, 공무원, 새마을지도자가 골고루 섞여 있었다. 유신체제 하에서 행해지는 새마을교육의 진행방식과 분위기는 엄격하고 일사불란했다. 강의 막간마다 부르는 노래 〈좋아졌네 좋아졌어〉는 새마을운동의 '역사적 당위성'을 고취하는 최면효과를 발휘했다.

새마을지도자들이 발표하는 성공사례는 연수생들에게 깊은 관심을 불러일으켰다. 전국 각지에서 새마을지도자로 활동해 온 발표자들의 공통된 주제는 '잘 살아보자'는 것이었다. 새마을운동에 관한 분임토의는 구체적 과제나 사례를 놓고 진행되었다. 토론의 기회는 참여자 모두에게 의무적으로 주어졌으며 밤늦게까지 열띤 분위기 속에서 진행되었다.

새마을 중앙연수원장 김 준은 새마을운동의 열렬한 전도사였다. 그는 박정희의 통치철학에 심취한 사람이었지만 그는 대통령을 들먹이지는 않았으며 비정치적인 언사로 수강생들에게 깊은 인상을 남겼다. 그가 열정을 기울여 쏟아내는 특강의 주제는 이농심무불성사(以農心無不成事)였다.

새마을 중앙연수원에서 돌아온 뒤 9월말부터 공무원교육원에서 새마을교육이 시작되었다. 시군에서 선발한 남녀 새마을지도자, 초중등학교 교장, 교감, 교사, 사회단체 간부, 시군 공무원을 대상으로 한 새마을 정신교육은 아침 여섯 시 체조와 달리기로부터 시작해 저녁 10시 분임토의까지 쉴 틈도 없이 진행되었으며 월요일부터 토요일 오전까지 실시되었다.

나는 새마을교육 계획과 진행과정을 관리하고 분임토의를 지도하는 일을 맡았다. 교육원 안에서 하루 스물 네 시간의 빡빡한 일정을 보내고 있을 때 소희가 매일 저녁 도시락을 싸들고 찾아왔다. 소희는 함께 일하는 동료 직원의 몫까지 도시락을 준비했다.

새마을교육은 6주 동안 계속되었다. 교육을 마치고 귀향한 새마을지도자들로부터 편지가 오기 시작했다. 내게 답지한 편지는 대부분 교육이 유익했으며 자신이 새마을지도자로서 자랑스럽다는 것이 주된 내용이었다. 나는 그들이 왜 그렇게 새마을교육을 인상 깊게 받아들이고 감동하는지 솔직히 의문스러웠다. 그들은 새마을운동이 잘 살기 운동이고 농촌근대화 운동이라는 것쯤은 알고 있을 것이다.

그러나 새마을운동이 유신체제의 강화를 위한 국민동원의 방편이 되고 있다는 것을 알면서도 그렇게 생각하는 것일까. 대통령의 훈시와 격려에 감동을 받은 것일까. 정부의 새마을 홍보와 타 지역의 새마을 성공사례가 자기마을을 일으키고자 하는 자극제가 된 것일까. 새마을교육을 통해 농촌의 답답한 현실을 벗어날 수 있다는 자신감이라도 발견한 것일까. 나는 이 모든 것들이 궁금해지기 시작했다.

11월 어느 날 나는 교육을 받고 귀향한 시군 새마을지도자들의 마을을 찾아갔다. 새마을지도자들은 출장을 간 일행을 맞아 새마을사업 현장 여러 곳으로 안내했다.

군청이 지원해준 소량의 시멘트와 철근으로 폭 6미터 길이 20미터의 다리를 만든 마을이 있었다. 동네 인력을 동원해 1.5킬로미터가 넘는 마을진입로를 만들어 시멘트 포장을 한 마을도 있었다. 꾸불꾸불하고 지저분하던 소하천은 깨끗이 정리되어 있었다. 시·군청이 마을마다 지원한 시멘트 300포는 그 몇 배의 효과를 내고 있었다. 스무 가구가 넘는 동네 초가집을 모두 슬레이트로 개량한 마을이 있었고 재래식 아궁이를 전부 연탄보일러로 바꿔놓은 마을도 있었다. 어떤 마을에서는 부녀자들이 절미운동을 벌여 불우이웃을 돕고 있었다.

농민들은 돈벌이가 되는 농사에 이미 눈을 뜨고 있었다. 어떤 새마을지도자는 마을 공동으로 비닐하우스를 짓고 고소득 채소를 재배해 백화점으로 납품하면서 이웃 사람들에게 영농지도를 하고 있었다. 마을 공동출하는 낯설지만 안정적인 이문을 남겨주는 판매방식이었다.

여러 곳에서 마을회관 신축공사도 벌어지고 있었다. 아무리 냉정한 시각으로 보더라도 농촌이 변하고 있는 것은 분명했다. 농촌계몽이나 정치적 동원쯤으로 여겼던 새마을운동. 그것은 농민을 움직이고 농촌을 바꿔놓고 있었으며 열기를 머금은 선풍이 되어 신촌에 불고 있었다.

새마을현장을 보고 나서 나는 권력이 부여하는 동기의 힘, 인간의 감성과 자극이라는 것을 생각했다. 그리고 새마을운동을 다른 관점에서도 바라볼 필요가 있음을 느꼈다. 그렇다. 새마을운동이 잘 살기 운동이고 10월 유신의 순수한 목적이 부국강병이라면 얼마나 좋을까. 정치적 동기만 없다면!

9.

한해가 저물어갈 무렵 서울로 출장을 간 길에 본가에 들러 아버지 어머니와 마주 앉았다. 그리고 두 분 앞에서 단도직입적으로 소희와 결혼하겠다고 말씀드렸다. 부모는 약속이나 한 듯 반대했다. 반대의 이유는 단순했으며 보수적이다 못해 천박스럽기까지 했다. 집안을 책임을 져야 할 4남매의 장남이 어떻게 무남독녀를 신부로 맞을 수 있으며, 남한에 연고도 없는 월남가족을 사돈으로 맞을 이유는 또 무엇이냐며 반대했다. 아버지도 어머니도 아들이 어려운 고시를 합격했으니 사방에서 좋은 혼처가 나타날 텐데 하필이면 내력도 잘 모르는 집안의 외딸과 혼사를 맺으려고 하느냐며 나무랐다.

나는 고민했다. 부모의 입장은 어떻게 보면 옳을 수도 있지만 선뜻 받아들이기 어렵다. 그런 생각은 너무 일방적이고 부모 입장만 고집하는 것이어서 이기적이라는 느낌을 지울 수 없다. 부모와 자식 간에 세상을 보는 눈이 다르다. 방 한 칸 마련해주기는커녕 빚만 남기고 아들에게 등록금 한 번 마련해준 적이 없는 부모는 왜 장남의 입장과 의무만 강조하는 것일까. 어른은 거울 뒤에 숨은 허상을 보는 것일까.

"대학을 부모님 뒷받침 없이 제 힘으로 졸업했어요. 집안형편과 아버지의 소망을 고려해 원치 않던 공무원을 선택했어요. 그러니 며느리 고르는 일만큼은 자식에게 맡겨 주세요."

나는 부모에게 그렇게 부탁드렸다. 집안을 돌보지 않은 아버지는 더이상 자식 일에 관여해서는 안 된다는 생각에서, 어떻게 보면 자식의 도리에 어긋날 정도로 강경하게 내 입장을 고수했다. 부모에게 환멸이나 노여움 같은 괴로운 감정을 품고 싶지 않았다. 결혼문제 때문에 앞으로 다시는 아들을 찾지 마시라는 말을 남기고 나는 집을 나섰다.

춘천에 돌아온 나는 오래 망설이지 않았다. 나는 소희에게 "더 이상 오빠로 남고 싶지 않아. 내 아내가 되어줘."라고 청혼했다. 소희는 나의 청혼을 기쁘게 받아들였다. 그러나 내가 부모의 결혼허락을 받아내지 못한 것을 알고는 서운해 하고 불안해했다. "언제 결혼허락이 떨어질 것 같아요?"라고 묻는 소희에게 나는 걱정하지 말라고 안심시켰다.

내가 기대고 싶은, 나를 믿고 따르는 여성은 내 곁에 있어야 옳다. 죽을 때까지. 그게 인생이고 결혼이다. 나는 소희의 얼굴에서 웃음이 사라지게 해서는 안 된다고 생각했다. 그리고 어느 날 소희의 부모를 모신 자리에서 소희와 결혼하겠다고 선언했다. 다른 생각을 할 수 없었고 그렇게 해야 뒤틀린 내 인생을 바로잡을 수 있다고 믿었다. 고교시절 소양강의 기억 이후 줄곧 간직해 온 내 혁명신조. 나는 소희가 나의 혁명신조 - 인간답게 살자는 - 를 실현하는데 필요한 동반자라고 믿었다. 고향에서 하숙생활을 하기도 싫었으며 십년이 넘도록 집밖을 떠돌며 옮겨 다니는 처지가 혐오스러웠다.

나는 소희 아버지에게 댁에 들어가 살 테니 방 한 칸을 달라고 요청했다. 그리고 허락 여부와 상관없이 어느 날 불쑥 짐 보따리를 싸들고 소희네 집으로 들어갔다. 소희는 환영했지만 그녀의 부모들은 당황해서 어쩔 줄을 몰랐다. 예의도 염치도 없는 모험인 줄 알면서도 다른 생각은 하지 않았다. 결국 나는 소희와 한 지붕 밑에서 지내는 소희네 가족이 되었고 소희네 가족은 나의 가족이 되었던 것이다!

그러나 소희네 집에서의 그런 모험이 오래 계속되지는 않았다. 1975년으로 해가 바뀐 어느 날 아버지가 춘천으로 아들을 찾아왔다. 아버지는 나와 소희가 함께 한 자리에서 두 사람의 결혼을 허락하겠다는 뜻을 전했다. 소희는 기뻐했고 결혼을 허락해 준 아버지에게 감사했다. 부모의 허락을 받는다는 것은 결혼을 앞둔 자식에게는 성혼선언문이나 다름없는 증표이자 축복일 터였다.

1975년 2월 나는 행정대학원을 졸업했다. 그리고 3월에 서대문구에 있는 예식장에서 소희와 혼례를 올렸다. 공무원 임용 당시 내 신원보증을 서준 행정대학원의 P 교수를 결혼식 주례로 모셨다. 고교 동창들, 대학과 대학원의 동창들, 공무원 동기생들, 양가의 친척들이 참석해 축하를 해 주었다. 민청학련 사건으로 구속 수감되었다가 며칠 전 형 집행정지로 풀려난 부문회 친구 제정구는 건강이 좋지 못해 참석하지 못한다며 지인을 통해 축하의 뜻을 전해왔다. 나는 예물로 소희에게 금반지 한 돈과 손목시계를 선물했는데, 소희가 내게 해 준 예물에 비해 형편없이 초라했으므로 부끄럽고 미안했다.

이날 소희와 나는 김포에서 비행기를 타고 제주도로 3박4일의 신혼여행을 떠났다. 둘은 북제주의 해변에서 한라산을 바라보며, 한림 해변 식당에서 점심을 먹으며, 정방폭포 아래서 함께 사진을 찍으며, 성산 일출봉에 올라 바다를 바라보며 설레는 마음으로 앞으로 맞이하게 될 생활에 대해 이야기했다. 유채꽃이 만발한 들판에서 서귀포 앞바다에 떠있는 섬들을 바라보며 내가 소희에게 말했다.

"소희야, 너를 잘 지켜줄 게."

"오빠…… 기뻐요."

"이젠 더 이상 오빠가 아니야."

부부가 된 남남북녀에게 무슨 말이 더 필요하랴. 둘이서 주고받을 이야기는 이것으로 충분할 터였다.

이해 7월 초에 첫 아기가 탄생했다. 아기는 아들이었다. 혼례를 올리고 다섯 달 만에 태어난 아기였지만 사실 나는 더 일찍 아빠가 될 수도 있었다. 나도 소희도 모두 진작부터 아빠 엄마가 되기를 원했고 아들이 없는 장인 장모에게 하루라도 빨리 외손자를 안겨드리고 싶었다.

외손자가 태어나자 소희 아버지와 어머니는 뛸 듯이 기뻐했다. 아기가 태어난 소희네 집은 25년 만에 듣는 아기 울음소리에 집안 분위기가 바뀌었고 잔칫날 같은 날이 계속되었다. 장인은 바깥일을 보다가 틈만 나면 집에 돌아와 곁에서 아기와 딸을 보살피고 가끔 아기의 기저귀를 갈아주었으며 아기를 품에 안고 어르기도 했다.

아버지도 손자의 탄생을 반기기는 했지만 장인 장모의 경우와는 달랐다. 어머니는 소희가 혼전 임신을 했다는 사실을 탐탁지 않게 여겼다. 그러나 결혼과 출산으로 모든 것은 정상적인 생활 속으로 정리되었고 아버지와 어머니도 이제 아들의 인생이 달라졌음을 인정해야 했다. 아기는 무럭무럭 자랐고 소희는 서툰 엄마 노릇을 하느라 바빠졌다. 엄마는 저절로 만들어지는 것이 아니라 고된 수업이 필요했다.

뜨고 지는 해와 더불어 바쁘게 돌아가는 집안 일. 그와는 달리 반복적이고 틀에 박힌 관청 일. 재미라곤 없는 관청에도 파격은 필요할까.

분명히 필요할 것이다. 나는 공무원교육원에서 특별한 일 한 가지를 벌였다. 계획서를 직접 만들고 원장과 도지사의 결재를 받아 공무원교육원 안에 국난극복 사례실이라는 역사전시관을 만든 것이다.

한국사를 통해 선대가 겪은 전쟁과 국난을 사례별로 정리해 만화 — 유명한 만화가 S 화백이 그린 — 로 그렸고 국난을 통해 얻은 교훈을 이야기체로 설명했다. 국난의 사례와 관련된 이동식 지도와 도해를 곁들여 시각적인 효과를 돋보이게 했다. 한국이 국난을 겪는 동안 서양과 세계 각국에서는 무슨 일이 일어나고 있었는지를 비교 설명했다. 국난 사례별로 아나운서의 해설을 담은 녹음 재생장치도 설치했다.

역사전시관에 대한 도지사의 관심은 특별했으며 도지사는 전시관 설치를 위한 예산을 지원하는데 인색하지 않았다. 전시관은 공무원과 학생들에게 한국사 교육의 현장으로 활용되기 시작했다. 이 사실이 신문과 라디오를 통해 알려지자 관람객들이 몰려들기 시작했다. 춘천은 물론 강원도 전역과 경기도 지역의 초중등학교 교사와 학생들이 몰려와 역사전시관을 견학하기 시작했다. 사실 학생들은 역사에 목이 마른 것이 아니라 호기심 때문에 공무원교육원을 찾아왔을 것이다.

그런 가운데 새마을교육은 각계각층을 대상으로 확대되었고 새마을 연수생들에게 역사전시관 학습은 필수가 되었다. 전국의 모든 공무원 교육원에서 새마을교육이 강화되고 있었다.

10.26

1.

내가 강원도에서 서울로 온 것은 1976년 3월 하순이었다. 강원도에서 2년 2개월간의 근무를 마치고 새로 옮겨온 곳은 중앙청의 국무총리실이었다. 나를 총리실로 추천한 사람은 1973년 총리실에서 실무수습을 할 당시 만난 적이 있는 P 조정관이었다. P 조정관이 무엇 때문에, 나의 어떤 점을 보고 천거했는지는 알 수 없다.

서울로 전근되면서 이사를 한 곳은 명륜동에 있는 조그만 한옥이었다. 총리실로 오기 전 한 달간의 발령 준비기간이 있었는데, 그 기간에 소희는 대학 다닐 때 살던 인사동의 전셋집을 정리하고 장인의 도움으로 명륜동에 열두 평짜리 한옥 - 그래도 방이 세 칸이나 되는 - 을 사 놓았던 것이다. 집은 새둥지 같았다. 내 이삿짐이라고 해야 두세 상자의 책이 전부였고 소희는 살림밑천인 장롱과 이불, 주방기구를 준비했다. 아기는 당분간 장인 댁에서 맡아 기르기로 했지만 사실은 내가 키워달라고 부탁을 드렸던 것이다. 외딸을 서울로 보내고 나면 장인 장모가 너무 적적할 것이기 때문이었다.

국무총리는 최규하였다. 1948년 이후로 직업외교관 경력을 두루 거친 뒤 외무장관을 지낸 최규하는 내가 총리실로 발령받기 전인 1976년 3월 13일 김종필의 후임으로 국무총리에 임명되었다.

총리 기획조정실이 맡은 주요 업무는 국가기본운영계획 조정, 정부

정책에 대한 심사분석과 평가, 대통령 지시사항의 추진상황 점검 등이었다. 기본운영계획 조정은 경제기획원이 담당하고 있는 예산과는 분리된 업무였기 때문에 실효성이 적고 요식행위나 다를 바 없는 업무였다.

그러나 정부정책의 심사분석은 정책과 사업의 정상적 추진여부를 점검하는 중요한 업무였다. 분기별로 대통령에게 보고하도록 되어있는 심사분석 보고회의는 언제나 중앙청 제2회의실에서 대통령, 각 부처 장관, 3부 요인이 참석한 가운데 열렸다. 대통령 지시사항 점검은 대통령이 각 부처를 연두 순시하는 자리에서 지시한 내용과 수시로 내리는 특별지시에 대해 이행여부를 점검하는 업무로 심사분석 보고회의를 통해 직접 보고하도록 되어 있었다.

각 부처를 대상으로 한 심사분석과 대통령 지시사항 점검은 모든 담당관들에게 공통된 업무였다. 그러나 나에게는 통상업무 외에도 다른 특별한 업무가 주어졌다. 그것은 행정백서 발간과 대통령의 시정연설문 작성이었다.

행정백서 발간 — 지난해 정부가 시행한 정책과 사업의 성과, 올해의 정책방향과 사업계획 내용을 백서로 펴내 사회 각계각층에 배포하고 국민에게 알리는 작업. 그것은 생각만큼 어려운 일이 아니었다. 각 부처에서 제출받은 업무추진 실적과 익년도 업무계획 자료를 정리해 전체적인 내용을 일관성 있게 편집하는 일이 중요했다. 백서간행은 내용을 검토하고 교정을 꼼꼼하게 봐야 하는 지루한 작업이었지만 정부업무 전반을 폭넓게 파악할 수 있는 일이므로 그런 일을 맡게 되었다는 것은 어떻게 보면 행운이기도 했다.

백서 발간작업은 연초에 시작해 4월 중순이면 끝이 나고 백서가 발간되면 입법부, 사법부, 행정부의 모든 기관과 주요 사회단체에 배포했

226

다. 행정백서는 정부기록보존소에 영구 보존되는 국가기록이었으며 박정희 정부의 정책을 국민에게 알리는 중요한 홍보수단이었다. 정부간행물 심사위원회의 심의필 번호 1-1-1. 그것은 행정백서가 모든 정부간행물 가운데 우선순위가 첫 번째임을 나타내는 것이며, 왕조시대 실록의 성격을 띤 문헌이자 역사기록임을 의미했다.

중앙청 출입기자들은 백서가 출간되기도 전에 나에게 몰려와 백서의 주요 내용을 물었고 발간된 뒤에는 여분의 책을 더 얻어가기도 했다. 백서가 발간되기도 전에 내용이 언론에 공개되면 그 책임을 어떻게 져야 할까. 언로와 정보가 차단되고 감시는 엄중한 유신체제 하에서 보안유지는 공무원의 신분을 걸고 때로는 형사책임까지 각오해야 하는 일이었다.

행정백서 발간보다도 더 힘들고 심신을 압박한 업무는 대통령 시정연설문 작성이었다. 나는 대통령이 매년 발표하는 연설문 중 가장 중요한 시정연설문을 작성하는 정부의 실무담당관이 되었다. 그것은 내 결혼생활이 한해에 두 달 동안은 완전히 잠식당한다는 것을 의미했다.

시정연설문 작업은 총리실로 옮겨온 지 얼마 안 된 신참 공무원에게 맡겨진 국정 관련 특별 업무였다. 대통령이 발표하는 일반적인 연설문 - 3.1절 기념사나 광복절 경축사 같은 - 은 청와대 공보수석 비서관실에서 작성했지만 시정연설문만큼은 국무총리실에서 작성해왔다. 그것은 국무총리실이 정부업무를 통할하고 정책추진 상황을 평가 분석하는 기관이기 때문이다.

연설문 작업은 해마다 7월 말까지 정부가 다음해에 시행할 정책과 사업 내용을 부처로부터 제출받아 검토하는 일로부터 시작되었다. 연설문 내용에는 대통령의 통치철학과 국가목표, 핵심 정책방향, 외교 안보상의 현안, 경제 개발의 방향, 주요 국책사업, 그리고 대통령이 국정

분야별로 지향하는 미래의 비전이 담겨야 했다. 그것은 대통령 박정희가 지향하는 국가건설의 목표와 진로를 밝히는 것으로 연설내용의 결론부분에는 반드시 10월 유신과 새마을운동이 포함되어야 했다.

시정연설문 작성은 박정희 대통령이 주도하는 현재의 상황과 장밋빛 미래상이 담긴 국정 청사진을 제시하는 업무였다. 역사학자가 되기를 소망했던 내가 한국사를 기록하거나 성찰하는 것과는 전혀 다른 것이었다.

이 일을 맡고나서 나는 자신이 덫에 걸려버렸음을 느꼈다. 대학시절 부문회원들과 함께 박정희의 군부통치를 성토하던 내가 박정희의 시정연설문을 쓰게 되다니. 비난과 증오의 표적이던 군 출신 대통령의 통치를 정당화하는 연설문을 쓴다는 것은 얼마나 뒤바뀐 현실이며 모순인가. 이런 일이 기다리고 있을 줄 알았다면 나는 강원도에 머물러 있었을 것이다.

그러나 일은 이미 맡겨졌고 회피할 수도 없다. 대통령의 연설문을 쓰지 않으려면 공무원을 그만둬야 한다. 내가 당장 공무원을 그만둘 수 있을까. 선뜻 그만둘 용기가 생기지 않는다. 당장 생계를 책임져야 하는 한 가족의 가장으로서 먹고사는 문제로부터 자유롭지 못하다. 집에 조금만 여유가 있었더라면 대학에 남았을 텐데…… 왜 이렇게 자신이 왜소하고 초라하게 느껴지는 것일까.

나는 친구 제정구에게 박정희의 주구가 되지 않겠다던 약속을 떠올렸다. 그렇다면 나는 벌써부터 그와의 약속을 깨뜨리고 있는 것인가. 연설문 쓰는 일이 독재자의 개가 되는 일일까. 내가 직면한 문제와 고민의 본질이 무엇인지 명확한 판단이 서지 않는다. 그러나 달리 생각할 수는 없을까. 대통령의 시정연설문은 국가정책을 밝히는 문서다. 독재나 군부통치와 같은 부정적 이미지와는 상관없이 어떤 대통령이라도 정부가 해야 할 일을 밝히는 공식 문서다. 내가 아니라도 지시받은 공무원이라면 누군가는 써야 할 것이다.

그리고 더 근본적인 문제가 있다. 개인이나 국가나 빌어먹는 신세를 면할 수 없을 만큼 경제는 아직 가난하다. 다만 조금씩 형편이 나아질 조짐을 보이고는 있다. 그러니까 먹고사는 문제가 개선될 때까지 개발독재의 재갈을 눈감고 견뎌야만 할 것인가. 민주보다 생존이 더 시급히 해결해야 할 과제인가. 당장 내 집안 형편은 그렇다. 이 나라도 그럴까. 판단을 내리기가 어렵다. 어떻게 해야 하나…… 나는 고민 끝에 결심했다. 그래, 한발 물러서서 연설문을 쓰자. 잠시 나를 버리자.

나는 마음의 도피처를 만들어야만 했다. 루이 14세가 자신이 국가임을 선언했다고 해서 박정희도 자신을 국가와 동일시 할 수는 없을 것이다. 물론 박정희는 자신이 곧 대한민국이라고 확신할지도 모른다. 그러나 역사라는 여과장치 앞에서 그런 생각은 먹혀들지 않을 것이다. 박정희가 스스로를 국가와 동일시한다고 하더라도 어디까지나 정부의 수반일 뿐이다.

정부의 소임을 천명하는 문서를 작성하는 것은 사적 판단이나 감정이 개입할 여지가 없는 공식적인 일이 아닌가. 연설문을 쓴다고 내가 대통령의 개가 되는 것은 아니지 않은가. 개가 되기도 싫고 될 수도 없다. 개가 되기보다는 내 자신이 대통령이 되고 정부가 되어버리자. 시정연설문은 정부의 예산과 정책을 밝히는 기록이므로 이것을 전문적으로 쓰는 기계가 되자. 연설문 작성 기계가 될망정 영혼을 팔아먹는 노예가 되지는 않을 테니까. 박정희에 대한 정치적 판단 - 정통성, 도덕성, 독재니 하는 - 이나 역사적 평가는 공무원 신분인 나의 몫이 아니다. 통치자에 대한 사사로운 감정을 잠시 공제해버리자. 그러면 연설문 쓰는 작업은 조금 쉬워질 것이다. 나는 개가 아닌 기계가 되기로 작정했다.

매년 7월 말부터 시작되는 연설문 작업은 10월 2일까지 끝내고 10월 4일 국민에게 발표하도록 일정이 잡혀 있었다. 나는 사무관이라는 직급으로 이 작업을 진행했다. 그러나 연설문을 작성하다보면 각 부처의 실무자뿐만 아니라 국장, 차관보, 차관 등 고위관리들에게 중요 정책의 구체적인 내용을 확인해야 할 경우가 많았다.

사무관 신분으로 고위공직자들에게 전화를 걸어 구체적인 내용을 확인하는 것은 쉬운 일이 아니었다. 그때마다 나는 사무관이라는 직급의 한계를 느꼈다. 업무의 중요성이나 난이도는 높았지만 직급은 그에 비해 상대적으로 낮았던 것이다. 전화로 확인이 어려울 경우 부처 국장, 차관보, 차관들을 직접 찾아가 연설문에 실릴 내용을 직접 확인하고 배경설명을 들었다. 나는 직급의 한계를 굴신(屈身)으로 극복해야만 했다. 국무총리실로 전출된 뒤부터 업무량은 늘어나고 소희와 함께 보내는 시간은 조금씩 줄어들었다.

2.

1976년 5월 하순 어느 날 아침 국무총리실, 상공부, 석탄공사 직원으로 구성된 합동 출장 팀이 강원도 삼척군 장성읍에 있는 장성광업소 갱도 입구에 도착했다. 출장목적은 석탄광부들의 후생복지와 광산 안전실태를 확인점검하기 위한 것이었다.

한 달 전 박정희 대통령은 광부 후생복지 실태와 광산보안 상황을 점검하고 대책을 수립하라는 특별지시를 총리실에 내린 적이 있었다. 이에 따라 국무총리실 합동 출장요원으로 차출된 나는 출장 팀과 함께 강원도 황지와 장성, 정선 지역의 탄광을 찾게 된 것이다.

탄광 입구에는 석탄 운반용 레일이 깔려 있었다. 광부 작업복으로 갈아입은 출장팀원들은 광차를 타고 갱도 안으로 들어갔다. 광차가 노면 위에 깔린 레일 위를 지나가는 동안 갱내의 후덥지근한 공기가 일행을 감쌌다. 군데군데 전깃불을 켜놓았지만 가까이 있는 사람의 얼굴을 식별할 수 없을 만큼 불빛은 희미했다. 갱도 벽에는 갱이 무너지는 것을 방지하기 위해 나무기둥으로 만든 갱발을 세워놓았으나 기둥은 불안해 보였다. 곳곳에서 석탄가루가 조금씩 쏟아져 내리고 있었다.

20여분 뒤 광차에서 내려 지하로 승강기를 타고 내려가다가 어떤 지점에서 멈췄으며 다시 그곳에 있는 광차를 타고 갱도 끝부분에 이르렀다. 그곳이 탄광의 막장이었다. 갱도 입구에서 막장까지 도착하는데 35분이 걸렸다. 지하 800미터의 막장은 해수면보다 200미터 낮은 곳이었다. 그곳에서 광부들이 석탄을 캐고 있었다.

광부들은 헬멧에 부착된 헤드라이터의 불빛에 의지해 착암기로 막장의 탄층을 뚫고 있었다. 그들은 헤드라이터에 불을 밝히기 위해 허리에 갭부라는 충전기를 차고 있었다. 석탄가루가 광부들의 얼굴과 눈에 날아들었지만 그들은 아무렇지도 않은 듯 묵묵히 작업을 계속했다. 착암기의 소음으로 인해 사람들의 말소리가 들리지 않았다. 입과 코를 가린 마스크 때문에 숨이 막혀 견디기가 힘들었다. 막장에는 쉬는 곳도 없고 화장실 같은 곳도 없었다.

채탄작업이 끝나고 점심시간이 되자 광부들은 바닥에 앉아 집에서 싸가지고 온 도시락을 먹기 시작했다. 출장팀원들도 그들 곁에서 가지고 간 도시락을 먹었다. 광부들의 얼굴은 시커멓게 변해 있었고 하얀 눈자위만 헤드라이터의 불빛에 반사되어 번쩍거렸다. 그들은 도시락을 먹고 난 뒤 아무렇지도 않다는 듯이 갱 안에서 오줌을 누었다. 나중에 알게 된 사실이지만, 갱내에서 대변이 마려운 경우에는 막장 부근 아무데서나 일을 본 뒤 비닐이나 신문지에 싸 두었다가 채탄작업을 마치고 나올 때 가지고 나와 처리하곤 했다. 그리고 이런 일은 이미 오래 전부터 일상화되고 있었다.

출장 팀은 광부들의 작업 광경, 갱내 시설, 광부들이 도시락 먹는 모습, 소변을 보는 모습 등 현장의 모든 것을 슬라이드 카메라로 찍었다. 나는 광부들이 쉬는 동안 그들로부터 막장 작업의 어려움, 자주 발생하는 갱도붕괴와 진폐증에 대한 두려움, 그동안 일반인에게 가려졌던 탄광촌 생활의 이모저모에 관한 상세한 이야기를 청취했다. 그들의 작업현장을 지켜보면서 이런 곳에서 어떻게 석탄을 캐 왔을까 하는 의문이 솟았다. 막장은 인간세상과 완전히 격리된 공간이었다.

네 시간 후 출장 팀이 갱 밖으로 나왔을 때 나는 비로소 신선한 공기냄새를 맡으며 안도의 숨을 내쉬었다. 심지어 살아나왔구나 하는 느낌마저 들었다.

밖으로 나온 팀원들은 탄광에 종사하는 여러 분야의 사람들을 면담했다. 석탄공사 간부, 노조 관계자, 채탄반장, 덕대, 일반 광부들을 만나 그들로부터 많은 이야기를 듣고 궁금히 여겼던 것들을 물었다. 대통령의 지시에 따라 탄광촌에 왔다는 출장 팀의 설명에 가장 관심 있게 귀를 기울인 것은 광부들이었다.

나는 그들의 이야기와 현장 확인을 통해 덕대라는 생소한 직업인의 역할에 관심을 가지게 되었다. 탄광지역에는 어느 곳이나 광업권자로부터 광권을 위임받아 일종의 임차료인 분철료를 내고 캐낸 석탄을 직접 판매하기까지 하는 사람들이 있는데, 이들을 덕대라고 불렀다.

덕대의 수는 강원도 탄광지역에 줄잡아 400여 명에 이르고 그 밑에서 일하는 광부의 수는 3만 명이 넘었다. 덕대는 자금이 달리면 위임받은 광권을 다시 중간덕대나 분덕대에게 넘겨주었다. 덕대가 새끼를 치고 그 새끼가 또 새끼를 쳤다. 광권의 일부를 청부맡아 캐낸 석탄을 일정한 값에 광업주에게 넘겨주는 하청업자도 사실상 덕대와 다를 바 없었다. 또 십여 명의 광부들이 몰려다니며 채광작업의 일부를 맡아서 해주고 받은 돈을 그들끼리 나눠먹은 뒤 다른 탄광을 찾아가는 집시들도 있었다. 탄광촌에서는 이들을 막작이라고 불렀다.

덕대는 생산비를 부담하는 것은 물론 보험금도 납부해줌으로써 사실상 광업주 노릇을 해왔다. 그들은 광업권자에게 50만원에서 많게는 300만원의 보증금을 내고 생산량의 17~20퍼센트의 분철료를 매달 납부했다. 덕대는 탄광 길목에 경비원을 배치해 전표를 떼어 주고 생산량을 일일이 확인했다.

그들은 계약서에 명시되지 않은 사항은 사실상의 광업주인 그들 자신의 해석과 결정에 따른다는 일방적인 계약을 만들어 탄광을 운영해왔다. 일관된 생산계획을 세울 수도 없었고 광부의 복지는커녕 탄광 안전시설에 신경 쓸 여유도 없었다. 그저 닥치는 대로 캐기 쉬운 곳부터 석탄을 캐 들어가 제멋대로 광차에 실어 날랐다. 광맥이 끊기면 손 떼면 그만이라는 생각으로 여기저기 멋대로 파들어 가는 남굴(濫掘)이 강원도 일대의 광산을 쑥대밭으로 만들어 놓았다.

이렇게 탄광은 광산업자, 덕대, 분덕대, 하청업자, 막작들이 얽히고설킨 가운데 관행적으로 운영돼 왔지만 정부는 손을 쓰지 못하고 오랫동안 방치해 왔다. 광부들의 노임은 늘 제자리걸음을 했다. 탄광 안전시설도 개선되지 않아 하루가 멀다 하고 갱이 무너져 광부들이 목숨을 잃고 있었다. 광업권자나 광업주나 덕대들도 광부사택을 지을 엄두를 내지 못했다. 후생이니 복지니 하는 것은 생각할 수조차 없었다.

광부들은 내일을 기약할 수 없었고 하루하루 피난민 같은 생활을 해야만 했다. 그들은 한 달에 한 번 쉬면 그래도 잘 쉬는 편이었다. 하루

3교대 방식으로 일했지만 일요일도 공휴일도 없었다. 밤 11시부터 다음날 아침 8시까지 막장에서 일하는 병반 근무는 광부들이 가장 힘들어하는 중노동이었지만 이것을 피해갈 수는 없었다. 덕대 광부라는 것도 있었다. 정년퇴직 후 오갈 데 없는 늙은 광부들, 신체검사에서 불합격한 젊은이들, 광산을 떠났다가 장사나 자영업에 실패하고 다시 탄광촌을 찾은 광부들이 그들이었다.

출장 팀이 장성읍 화전리를 찾았을 때 가장 먼저 눈에 띤 것은 탄가루에 찌든 시커먼 움막과 초가였다. 움막은 낡은 골판지와 판자, 함석을 엮어 만든 것이었다. 그것은 집이라고 표현할 수도 없는 인간의 우리였다. 그런 움막이 화전리에만 수백 채나 되었는데, 탄광촌 어느 곳도 사정은 마찬가지였다. 움막으로 가득 찬 탄광촌은 전혀 다른 세상처럼 보였다.

화전리 탄광촌 앞으로 시커먼 개울이 흐르고 있었다. 개울가에서 마침 광부 몇 명이 손을 씻고 있었다. 나는 그들 중 한 사람에게 나의 신분과 임무를 밝히고 몇 가지 질문을 던졌다.

"혹시 덕대를 아십니까?"

"그거야 덕대 밑에서 일하니까……."

"어느 덕대 밑에서 일하십니까?"

"누구라더라……."

그는 고개를 저었다. 그러면서 묻지도 않은 말을 이어갔다.

"언제 탄맥이 끊겨 덕대가 그만 두거나 바뀔지 모르지. 또 우리도 언제 임금이 좀 더 나은 곳으로 갈는지 모르는 판에 그건 알아서 뭘 하오?"

"……채탄작업을 마치면 목욕은 어디서 합니까?"

"동네에 공동 수도가 있지. 거기서 대충 씻어요. 읍내에 목욕탕이 한 군데 있기는 한데, 거길 언제 간답디까? 일 끝내고 돌아오면 드러누워 잠자기도 바쁜데."

"집에 자녀들도 있을 텐데 중학교나 고등학교에는 보내고 있으신지요?"

"애들 국민학교는 보내야지. 중학교는 그렇다 쳐도 고등학교는 못 보내요. 그냥 집에서 놀지."

"혹시 저축을 하십니까?"

"저축? 오늘 벌어 오늘 술 한 잔 마시는 게 광부들 낙이요. 저축은 꿈도 못 꿀 일이지."

"근로자 숙소를 나라에서 지어주면 도움이 되겠습니까?"

나의 질문에 지금까지 시큰둥해 하던 광부의 눈빛이 빛났다. 대답하는 그의 말투가 갑자기 얌전하고 진지해졌다.

"집이요? 우리한테 집을 지어준다고? 나라에서 지어 준다면야 그거야 말해 뭘 하겠소. 고마운 일이지."

"어떤 규모의 집이면 되겠습니까?"

"가족이 발 뻗고 잘 수 있으면 바랄게 없어요. 수도가 있고 목욕할 수만 있으면 좋겠소. 그런데 그게 정말 가능한 일인지 의심스럽소. 이날 이때까지 정부에 속고 덕대에 속아 살아왔으니……."

"대통령이 직접 현지에 가서 광산근로자들의 이야기를 듣고 오라고 지시했습니다."

나는 광부들에게 광부라는 용어 대신 광산근로자라는 용어를 사용했다. 그것은 출장 오기 전에 미리 출장 팀들 간에 그렇게 부르기로 약속했던 일이었다.

광부들은 가까이 다가앉으며 그밖에도 여러 가지 질문을 했고 그동안 마음속에 묻어두었던 이야기를 꺼내기도 했다. 어떤 광부는 아내들이 바람이 나 탄광촌을 떠나는 경우가 많은데, 그렇게 되면 홀아비들만 남아 자식 키우기가 힘들기 때문에 탄광촌 부녀자들에게 취미도 살리고 돈벌이도 할 수 있도록 부업단지를 만들어 주면 어떻겠느냐는 제안을 내놓기도 했다. 나는 그들의 이야기를 노트에 적었다.

출장 팀은 장성광업소를 떠나 황지읍 일대의 탄광촌도 둘러봤다. 황지읍에도 광부들의 움막촌이 가득했고 모든 상황이 장성읍과 마찬가지였다. 나는 탄광촌이라는 곳이 일반사회로부터 고립된 사각지대였음을 확인했고 광부나 덕대라는 것도 생각하던 것과는 전혀 다른 직업임을 알게 되었다. 석탄이란 것의 정체. 감옥이나 다름없는 막장. 나는 구공탄의 존재를 새롭게 생각해야 했다.

출장 팀은 황지 읍에서 일을 마친 다음 날 정선군 사북읍에 있는 동원탄좌를 방문해 탄광촌의 실태를 확인했다. 민영탄광인 그곳도 사정은 마찬가지였다. 오히려 국영업체인 석탄공사보다도 상황은 더 심각했다.

광부들은 정부의 노동정책과 열악한 노동환경에 대해 불만을 품고 있었고 경영주의 임금책정과 어용노조의 횡포에 대해서도 반발하고 있었다. 나는 노조원 몇 명을 따로 은밀히 만났다. 그들은 관할 경찰서와 정보기관이 회사 측과 유착해 광부들의 동태를 감시하며 공권력을 이용해 노조활동에 부당하게 개입하고 있다고 털어놨다. 그리고 이런 상태를 오래 방치하면 장차 엄청난 노동쟁의나 폭동 같은 대형 사건이 발생할지도 모른다고 말했다. 탄광촌에서는 일반인들이 알지 못하는 복잡한 상황이 암암리에 진행되고 있었다.

공장에서 그냥 찍혀 나오는 줄로만 여겨온 구공탄. 사람들은 지하 수백 미터의 비인간적인 환경에서 석탄을 캐 올린다는 사실을 알지 못하고 알려고도 하지 않는다. 광부들은 고통을 참고 석탄을 캐고 있다.

지옥의 검은 광물은 언제든 광부들의 목숨을 앗아갈 수 있다. 그러나 정부는 석탄생산 2천 만 톤 목표달성을 독려하면서 광부들의 인권과 복지에는 무관심한 채 노조활동을 철저하게 억압해왔다. 탄광촌은 언제까지 검은 유배지로 남을 것인가. 탄광에는 꿈을 꾸는 인간도 없고 인권이라는 것도 존재하지 않았다.

출장 팀은 일을 마무리하기 위해 황지읍내로 돌아와 몇 군데를 더 돌아본 뒤 저녁 무렵 숙소로 향했다. 여관으로 걸어가는 도중 낯선 사내가 내 이름을 부르는 소리에 놀라 뒤를 돌아보았다. 30대 후반쯤으로 보이는 어떤 남자가 다가와서 말했다.

"혹시 남세호 교관님 아니십니까?"

"저를 어떻게 아십니까? 교관은 지난 일이고 지금은 서울로 전근을 갔습니다만…… 누구신지요?"

"2년 전, 그러니까 1974년 10월 초 공무원교육원에서 새마을교육을 받은 사영훈이라고 합니다. 1기생으로 수료했습니다."

"아, 그렇습니까? 몰라 뵈었습니다."

"여길 어떻게 오셨습니까?"

"출장을 왔습니다. 탄광촌 일로."

"황지에는 처음 오신 건가요?"

"그렇습니다. 사실은 1974년 11월 새마을교육이 끝난 뒤 강원도 내여러 마을을 찾아다니면서 교육을 마친 새마을지도자들을 만났지요. 그때 황지에는 미처 들리지 못했습니다."

"그때 오시는 줄 알고 기다리고 있었습니다."

"그랬습니까? 죄송하게 됐군요. 우리 그렇게 아니라 자리를 옮겨 저녁이라도 함께 하십시다."

"가시죠. 제가 모시겠습니다."

"모시다니요? 제가 술 한 잔 대접할 테니 어디 텁텁한 대폿집이라도 있으면 안내하세요."

나는 여관에 짐을 맡겨놓고 출장 팀에게 양해를 구한 뒤 사영훈과 함께 읍내로 저녁을 먹으러갔다. 두 사람은 돼지곱창집에서 삼겹살과 곱창을 안주로 하여 소주를 마셨다. 강원도는 내가 태어나 고등학교를 졸업하고 공무원 생활을 시작한 고장이지만 황지에 온 것은 처음이었다. 나는 사영훈에게 황지로 출장 온 목적과 탄광촌 여러 곳을 둘러본 이야기를 했다. 사영훈은 나를 만나 몹시 반가웠다면서 자신이 살아온 지난날을 이야기하기 시작했다.

사영훈은 1941년 서울에서 태어났으나 6.25전쟁 당시 피난길에서 폭격으로 부모를 잃고 고아가 되었다. 그는 한때 의정부에서 미군부대 하우스보이 노릇을 하며 지내다가 서울 교외의 어느 고아원에 의탁해 국민학교를 졸업했다. 중학교, 고등학교를 가까스로 마쳤지만 대학 진학은 꿈도 꾸지 못했다. 그는 자동차 정비소에서 일을 하다가 정비사 자격증을 따낸 뒤 1960년에 육군 기술하사관으로 지원 입대했다. 그리고 직업군인 생활을 하다가 중사계급을 끝으로 1968년 말에 전역했다.

그가 7년 동안 군 생활을 한 곳은 춘천의 어느 수송자동차 대대였다. 제대 후 특별히 할 일이 없었으므로 군 생활 동안 저축한 약간의 돈을 가지고 광산촌인 황지를 찾았다. 그는 황지의 어느 정비소에서 잠시 일하다 그만두고 곧바로 1969년 1월 장성광업소의 광부가 되어 막장일을 시작했다. 그는 덕대나 동료로부터 성실한 광부로 인정받았으며 자신이 좋아하는 술도 몇 년간 끊고 일에만 매달렸다. 결혼도 하지 않은 채 4년 동안 광부로 일하며 모은 돈을 저축해 1972년 12월 황지 읍내에 작은 구멍가게를 마련하고 광부를 그만뒀다.

광부가족을 주 고객으로 하는 구멍가게는 예상외로 장사가 잘 되었다. 그는 황지 읍내 음식점에서 일하는 어느 처녀를 만나 결혼을 하고 아내에게 구멍가게를 맡겼다. 아내는 천성이 착하고 부지런한 충청도 여자였으며 동네 사람들에게도 인사성이 밝고 친절해 단골손님을 많이 끌어 모았다.

군 생활에서 저축한 돈과 구멍가게에서 벌어들인 돈을 차곡차곡 모은 그는 황지 변두리 고랭지에 조그만 땅을 사서 비닐하우스를 짓고 고랭지채소 재배를 시작했다. 1973년 한 해 동안 그는 농촌지도소를 드나들며 영농기술을 익혔다. 사람들은 부지런한 사영훈 내외를 동네 일꾼으로 생각하기 시작했고 마침내 1974년 1월에 사영훈을 동네의 새마을지도자로 추대했다. 그는 농촌 새마을지도자로 변신했던 것이다.

두 사람이 기분 좋게 취해가는 동안 사영훈은 자신의 이야기를 계속했다. 그는 여전히 나를 교관이라고 불렀다.

"남 교관님, 새마을지도자 일을 제대로 해보려고 새마을교육을 받았던 겁니다. 지금도 2년 전 교육받을 때가 생각납니다. 교관님은 혹시 그때 결혼하셨습니까?"

"그땐 미혼이었고 작년 3월에 장가를 들었지요. 아내는 함경도 출신입니다. 1.4후퇴 때 남쪽으로 내려왔죠."

"춘천으로 월남하셨나요?"

"춘천이 아니라…… 이런 노래 아시죠? 눈보라가 휘날리는 바람찬 흥남부두에……."

"아! 굳세어라 금순아…… 그건 저도 좋아하는 노랩니다."

"아내는 부모님을 따라 배 타고 흥남을 탈출해서 거제도에서 살다가 춘천으로 왔죠."

"사모님은 실향민이시군요. 저도 실향민입니다. 그렇지만 지금은 여기 황지가 고향인 셈이죠."

"춘천에서 군 생활을 하셨다고 했는데, 제가 1970년 초에 전역했으니까 한때나마 춘천에 같이 있었군요. 제 고향이 춘천입니다. 소양강변 우두가……."

"소양강이오……! 눈에 선합니다. 소양강에 참 많이 놀러 갔습니다. 수영도 하고 부대원들과 천렵도 했죠. 세상에 그렇게 깨끗한 강이 없을 겁니다."

"지금은 댐이 생겨서 예전 소양강과는 많이 달라졌어요."

"참, 탄광촌 잘 돌아보셨습니까? 서울 가시면 윗분께 잘 보고해 주세요. 광부들 사는 게 말이 아닙니다. 읍내에 돈이 흔해 강아지도 만 원짜리를 물고 다니는 곳이 황지라지만, 광부들 인생은 그렇지 못합니다. 그날 벌어 그날 마셔버립니다. 희망이 절벽이지요. 높은 분들께 여기 탄광촌 실정을 확실히 알려주시면 고맙겠습니다."

"결과 보고를 잘 하겠습니다. 이것은 대통령께 직접 보고드릴 사항이고 대통령도 특별한 관심을 갖고 계시니까요."

사영훈은 오래간만에 기분 좋게 술을 마셨다고 했다. 나 역시 탄광촌의 우울한 실태와 광부들의 모습이 뇌리에서 떠나지 않았지만 사영훈과 함께 한 저녁 술자리는 잠시나마 그런 생각을 잊기에 충분할 만큼 기분전환을 가져왔다. 술자리가 끝나갈 무렵 사영훈은 글씨가 적힌 종이 한 장을 내게 건네주었다. 그는 자신이 직접 쓴 것이라며 집에 가서 한번 읽어보라고 말했다. 그것은 〈탄광아리랑〉이라는 노래의 가사였다.

태백선 기차소리는 매봉산을 울리고
막장 발파소리는 내 마음을 울리네
가기 싫은 병반 생활 어느 누가 알겠나
샛별 같은 자식 생각에 또 한 짐을 지네

오늘 떠날지 내일 떠날지 뜨내기 인생길
돈 떨어지면 술집 문전도 학대뿐이네
아리랑 아리랑 아라리가 났네
아리랑 고개고개로 나를 넘겨주게……

이날 저녁 술값은 나도 모르는 사이에 사영훈이 지불했다. 나는 그
의 끈질기고 친절한 고집에 양보할 수밖에 없었다. 헤어질 때 그가 내
손을 잡고 말했다.

"남 교관님, 탄광촌 실정을 각하께 잘 보고해 주세요. 막장이라는 곳
이 어떤 곳인지 확실히 알려주세요."

황지에서의 마지막 밤은 그렇게 지나갔다.

3.

1976년 6월 16일 중앙청 제2회의실에서 2·4분기 정부정책 심사분
석 보고회의가 열렸다. 박정희 대통령과 입법, 사법부의 요인들, 각 부
처 장관, 국영기업체 사장, 정부 산하단체장, 주요 민간단체장 등 각계
인사들이 참석했다. 이날 회의의 보고안건은 광부 후생복지 실태와 탄
광촌 대책이었다.

박정희 대통령의 지시에 따라 국무총리실이 상공부, 석탄공사 직원
들과 함께 강원도 황지, 장성, 사북의 탄광에 현지 출장하여 확인한 결
과를 종합한 보고였다. 광부들의 생활과 후생복지 실태, 주거 및 복지
향상대책, 광산 보안사고 실태와 안전대책이 보고의 주된 내용이었다.
현지 확인을 통해 건의했던 광부노조활동 개선방안은 보고내용에서 제
외되었다.

막장에서 석탄을 캐는 광부들의 모습, 광부들의 시커먼 얼굴, 흰 눈자위를 번득이며 쪼그리고 앉아 도시락을 먹는 광경, 갱내에서 소변을 보는 모습, 시커먼 개울에서 손발을 씻는 모습, 하루의 작업을 마치고 처진 어깨 아래 얼굴을 묻고 갱을 나서는 모습. 움막집 앞에서 대아에 담긴 물에 얼굴을 씻는 모습, 피로에 지친 파리한 표정…… 이런 장면들이 스크린에 비치는 동안 총리 기획조정실장은 내레이션을 읽어 나갔다.

화면의 어느 장면에서도 목욕탕이나 샤워시설 같은 것은 보이지 않았다. 함석과 골판지와 판자로 엮어 만든 광부 움막의 내 외부 모습, 여기저기 버섯처럼 널린 움막들이 마치 난민촌을 연상하게 하는 황폐한 풍경. 이런 우울한 탄광촌의 모습들이 시나리오 설명과 함께 스크린 위에 투사되었다.

참석자들은 숨소리를 죽여 가며 스크린 위에 비치는 장면에서 눈을 떼지 못했다. 나는 보고가 진행되는 동안 가끔 대통령의 표정을 살폈다. 대통령은 미동도 하지 않고 두 손을 깍지 낀 채 화면을 뚫어지게 지켜보고 있었다. 최규하 국무총리도 대통령 곁에서 굳은 표정으로 보고를 경청하고 있었다.

한 시간 가까이 진행된 보고가 끝났다. 중앙청 제2회의실은 3부의 별이 모인 대한민국의 수뇌부였다. 박 대통령은 물을 한 잔 마신 뒤 회의실에 모인 별들을 천천히 돌아봤다. 그러고 나서 누군가에게 시선을 고정시켰고 그를 향해 짤막한 질문을 던졌다.

"임자, 막장에 가본 적이 있소?"

질문을 받은 어떤 장관이 자리에서 벌떡 일어났다. 그는 고개를 들지 못했다. 그리고 잠시 침묵이 흘렀다. 들릴 듯 말 듯한 작은 목소리로 장관이 답했다.

"각하, 죄송합니다……."

좌중을 짓누르는 정적이 잠시 흐르고 물을 끼얹은 듯한 분위기가 중앙청 제2회의실을 덮었다. 그리고 몇 초가 흘렀다. 그 침묵의 몇 초는 그동안 사람들이 상상하지 못했던 광부들의 삶에 감았던 눈을 번쩍 뜨게 만든 긴 세월의 압축이었다. 보고회의에 참석한 대한민국의 별들은 이 순간까지도 광부들과 탄광촌의 실태를 전혀 알지 못했던 것이다.

나는 가끔 스크린을 응시하는 보고회의 참석자들의 모습을 지켜봤다. 그들은 마치 법정에 끌려나와 판결을 목전에 둔 피고인이라도 된 듯한 표정을 짓고 있었다. 단상에서 주먹을 쥐고 스크린을 응시하던 대통령 박정희와 단하에서 얼굴을 숙인 상공부장관의 굳은 표정. 그것이 이 순간 정부의 얼굴이었을까, 권력의 그늘 뒤에 숨은 관료주의의 모습이었을까. 앞으로 광부들에 대한 정책이 조금은 달라질 것이라고 내가 자위한 것도 대통령이 상공부장관으로부터 "각하, 죄송합니다."라는 말을 듣던 그 순간이었다.

이날 아침 내가 출근하기 전 소희는 연탄불로 밥을 짓고 국을 끓였다. 소희도 석탄이 어떻게 생산되는지 알지 못했을 것이다. 연탄은 그저 밥을 짓고 안방을 덥히며 삶의 온기를 지탱해주는 생계수단이라는 것, 그 이상은 몰랐을 것이다.

'……국민 여러분, 주부 여러분, 석탄은 에너지의 절대적 원천이며 비싼 석유를 대체할 고마운 자원입니다. 우리나라의 국부입니다. 그러므로 석탄증산에 박차를 가해야 합니다. 2천만 톤 생산목표를 기필코 달성해야 합니다…….' 정부는 이렇게 석탄생산을 독려했다. 그러나 고립된 곳에서 목숨을 걸고 석탄을 캐는 광부들의 안전과 복지문제는 외면했다.

나는 생각했다. 정부란 무엇인가. 공무원을 관리하고 공무원이 국민을 관리 — 조정, 통제, 지도라는 용어가 더 솔직한 표현일 테지만 —
하게 하는 대가로 그들에게 봉급이나 지급하는 조직일까. 나 자신은
월급을 꼬박꼬박 받는 공무원이지만 광부들의 임금은 몇 달 치씩 밀리
기 일쑤다. 내무부, 국방부, 농림부, 상공부…… 부처 장관들이 공무원
들을 장악하는 한 정부조직은 안정적일 것이다. 대통령이 행정부와 군
대를 장악하는 한 국가는 안정적일 것이다.

그러나 국민 개개인은 어떻게 장악해야 할까. 그 가운데서도 방치된
개인들, 막장에서 노동하는 광부들과 청계천 판자촌주민들은 어떻게
다뤄야 할까. 권력에 의존한다면 그것은 마지막 수단이고 위험한 발상
이다. 작더라도 온기 있는 방에서 잠을 자고 목욕을 하고 먹고 살 수
있게 만드는 방법으로 다뤄야 할 것이다. 그렇게 하려면 그들이 원하
는 최소한도의 요구를 들어줄 제도적 장치도 필요할 것이다. 억누르지
만 말고, 부작위만 앞세우지 말고.

먹구름 같은 생각이 나의 머리를 맴돌았다. 지금 광부들은 어둠의
세상에서 겨우 생존하고 있을 뿐 노예나 다름없다. 그들에게 당장 필
요한 것은 무지개 같은 꿈이 아니다. 먹고 사는 문제의 해결이다. 권력
관리는 통치자에게 중요하다. 그러나 권력관리의 절반만큼이라도 민생
에 관심을 쏟는 것이 민심을 관리하는 것이 아닐까. 이것이 추상적인
생각일까. 그렇게 하는 것이 유신체제 하에서는 불가능한 일일까.

경력 짧은 공무원인 나의 마음속에도 한 가지만큼은 확신이 서는 것
을 느낀다. 대통령이 유신체제의 안정을 위해 무소불위의 권력을 행사
하는 것과 그늘진 민생을 살피는 것은 별개의 일이라는 것을. 목숨 걸
고 번 돈을 하루 술값으로 탕진하는 것이 광부의 삶을 황폐하게 만들
수밖에 없다는 서당 훈장 같은 대통령의 말씀은 민심을 움직이지 못한
다는 것을. 그렇다면 필요한 게 무엇일까…… 권력의 실천의지가 필요

하다. 가난 때문에 흘린 눈물만큼의.

합동출장 팀의 출장목적은 탄광촌 실태를 점검하고 광부 후생복지 개선방안을 보고하라는 대통령의 지시를 이행하기 위한 것이었다. 그러나 내가 탄광촌에서 알게 된 것은 지시사항의 이행 자체보다 더 절박한 현실, 즉 인간의 최소 생존권이 탄광촌에서는 전혀 지켜지지 않고 있다는 것. 그것은 막장과 움막에서 실종돼버린 기본적 인권의 실상이었다.

나는 통치자에게 탄광촌과 광부의 실태를 가감 없이 보여주고 싶었다. 그러나 애써 만든 보고내용은 윗선으로 올라가면서 수정되었다. 직설적이거나 자칫 선정적으로 비칠 수 있는 내용은 삭제되거나 날카로움이 무뎌졌다. 그럼에도 불구하고 대통령에게 보고된 내용은 참석자들에게 긴장감과 수치심, 심지어는 죄의식마저 불러일으킨 것처럼 보였다.

보고는 끝났다. 정부는 탄광촌 정책이 달라질 것임을 보여줄 수 있을까. 광부들의 절박한 요구를 당장 받아들이기는 힘들 것이다. 그래도 광부들은 석탄을 캐야 한다. 도시에서 살고 있는 그들의 부모와 형제자매가 연탄을 때고 있으므로. 어쩔 수 없이 노예처럼 일하지만 그들은 서민의 안방을 따뜻하게 해주는 막장의 전사들이다. 고통을 잊기 위해 술을 들이켜고 〈탄광아리랑〉을 부르는 이방지대의 유랑자들이지만 그들도 국민이다. 이것이 그들의 요구를 들어줘야 할 단순한 이유다.

그들의 목소리는 분노와 절망을 공제당한 신음에 가까운 것이었다. 꺼져 들어가는 목소리로 겨우 내뱉은 임금인상 요구, 체불임금을 받게 해달라는 간절한 호소, 정보당국의 감사를 받는 노조 간부들로부터 회유와 협박에 시달려왔음을 토로하는 두려운 고백, 갱내시설을 보강해

245

생명의 안전을 보장해 달라는 요구, 진폐 치료를 제때 하게 해달라는 하소연, 지금까지 쉬쉬해 왔거나 외부에 누설될 것이 두려워 감추었던 내용들 ─ 그것이 광부들의 목소리였다.

가까스로, 힘겹게 그들을 설득한 끝에 밝혀낸 광부 인권실태와 노조 활동 개선방안은 보고내용에서 제외되었다. 심혈을 기울여 만든 보고 내용의 누락. 이것은 공무원인 나의 한계일까, 정부의 한계일까, 체제의 한계일까…… 그러나 나는 기자도, 시민운동가도, 학자도 아닌 공무원이다. 나는 침묵해야 한다. 공무원 신분으로 이런 일에 분노해선 안 되며 그럴 권리도 없으니까. 공무원은 대통령이 생각하는 바에 따라 생각하고 말하는 바에 따라 말해야 하니까. 10월 유신의 역사적 당위가 그렇게 요구하고 있으니까.

그렇다고 언제까지 검은 사각지대를 방치할 것인가. 언제까지 은폐할 것인가. 유신은 모든 것을 억누르고 모든 것을 정당화할 수 있는 것일까. 모든 언로가 감시와 권위주의의 장벽에 막혀있다. 소통이 아니라 통제가 미덕이 되고 있다. 행정부가 인권을, 광부의 최소생존권을 통제하고 있다.

나는 먹고사는 일만큼은 광부에 비해 비교할 수 없을 만큼 행복하다. 가족을 위해 공직을 유지하고 있다. 그러나 내 의지와 상관없이 진행되는 관료사회의 현실. 어떻게 해볼 수 없는 정치 상황. 사각의 벽에 갇힌 언로. 이것이 결국 정부와 권력의 한계일까. 그래도 3부의 별들에게 석탄을 어떻게 캐는지를 알려주기는 했다. 광부의 삶과 탄광실태를 대통령이 알게 된 것만 해도, 막장이 어떤 곳인지 알려준 것만 해도 다행이다. 그 이상을 기대했던 것이 순진한 욕심이었으리라.

보고회의가 끝난 뒤 중앙청 제2회의실을 나오면서 나는 황지에 있는 새마을지도자 사영훈을 생각했다. 광부였던 사영훈이 오늘의 이 회의를 목격했더라면 무슨 생각을 했을까.

보고를 마친 날 퇴근 후 사무실 직원들은 저녁 회식을 위해 서대문 로터리 근처의 돼지불고기 집 – 우리 사무실 직원의 단골이었다 – 으로 갔다. 그곳은 연탄불에 석쇠를 올려놓고 고기를 구워먹는, 봉급쟁이들과 서민들이 즐겨 찾는 대중음식점이었다. 직원들은 그래도 중요한 보고를 마쳤다는 홀가분한 기분으로 돼지갈비를 먹고 소주를 마셨다.

나는 두 손으로 소주잔을 감싸면서 황지에서 만났던 사영훈을 다시 머리에 떠올렸다. 소주를 삼키며 속으로 중얼거렸다. '사영훈 씨, 높은 사람들한테 광부들 사는 모습은 알려줬지만 노조문제는 입도 벙긋 못했습니다. 미안합니다.' 친구의 말이 귓전에서 맴돌았다. 매판관료가 되지 말라는, 군사독재의 주구가 되지 말라는……

탄광촌 실태보고 회의가 끝난 후 석탄광업 육성에 관한 임시조치법을 비롯한 관계 법령이 개정되기 시작했고 관련부처가 편성한 1977년도 예산안에 광산촌 지원을 위한 예산이 계상되기 시작했다. 그 가운데는 광부사택 신축과 공동목욕탕시설, 광부자녀 장학금 예산도 포함되어 있었다. 그러나 이런 몇 가지 변화에도 불구하고 나는 광부들을 위한 정책이 근본적으로 달라질 수 있을지 반신반의할 수밖에 없었다.

상부에서 연말 4/4분기에 대통령께 보고할 심사분석대상 과제를 선정하라는 지시가 떨어졌다. 나는 〈판자촌주민 생활실태조사〉라는 과제를 선정해 올렸다. 그러나 내가 올린 과제는 채택되지 못했다.

4.

7월 말부터 나는 대통령 시정연설문 작업을 시작했고 새로운 일도 떠맡게 되었다. 새로운 일이란 정부 각 부처 연수원에 출강하여 공무원을 대상으로 정부시책을 강의하는 일이었다. 지금까지 정부시책 출강은 C 과장이 맡아왔는데, C 과장이 상공부로 전출하면서 나를 지목해 상사에게 추천한 결과 출강하게 되었다. 나는 일상 업무에 한 가지가 보태지면서 더 분주한 나날을 보내게 되었다. 그것은 부담스럽기는 해도 귀찮은 것만은 아니었다. 사람들 앞에서 강단에 서는 경험을 쌓게 된 것, 그리고 강사료라는 수입이 생겼기 때문이다.

나는 정부시책 강의 내용에 새마을운동은 포함시켰지만 10월 유신에 관한 내용 — 유신의 당위성, 대통령의 헌법상 지위나 권한과 같은 — 은 언급하지 않았다. 정부가 시행하는 정책의 목적과 진행 상황만을 설명했다. 대통령이 야심차게 추진하는 중화학공업 육성은 사례별로 열거해 정책의 필요성, 진행상황, 예상효과만 설명했다. 그렇게 하는 것이 정부를 돕는 길이라고 확신했다. 강의 때마다 탄광촌의 실태와 광부들의 삶을 예로 들었으며 정부정책의 사각지대가 없게 만드는 것이 공무원이 해야 할 일이라고 역설했다.

나는 정부시책 강의로 받은 강사료의 절반은 직원 회식비에 쓰도록 담당자에게 맡기고 절반은 판자촌 빈민구호사업을 벌이고 있는 부문회 친구에게 보냈다. 월평균 강사료 수입은 내 월급액보다 많았다.

8월 18일 판문점에서 우발사고가 발생했다는 뉴스를 듣고 소희는 혹시 전쟁이라도 나는 것이 아니냐며 걱정을 했다. 8월 18일 오전 11시경 판문점에서 경계근무 중이던 미군 병사 두 명이 인민군 경비병의 도끼에 맞아 죽은 돌발사건이 발생했기 때문이다.

공동 경비구역 안에서 미루나무 가지를 자르던 미군의 피격사건은 한반도에 갑자기 긴장의 먹구름을 몰고 왔다. 주한미군은 전투태세에 돌입했고 청와대에서는 국가안전보장 회의가 열렸다. 대통령 박정희는 육군3사관학교 졸업식 훈시에서 '미친개에게는 몽둥이가 필요하다.'는 거친 표현을 써가며 김일성에 대한 단호한 입장을 표명했다. 박정희는 인민군이 도발하면 개성을 빼앗고 황해도 연백평야까지 밀고 올라간다는 작전을 구상하고 있었으나 미8군 사령관 스틸웰이 이를 제지했다.

미군은 미루나무 절단 작전 – 일명 폴 버니언 작전 – 을 벌였다. 미루나무 절단 작전을 지원하기 위해 B52 전폭기 몇 대가 괌 기지에서 판문점 상공으로 날아와 선회비행을 했고 일본과 미 본토에서 급파된 F111 및 F4 팬텀기 편대들이 서울주변 상공과 후방을 돌며 경계임무를 수행했다. 원자력 항공모함 미드웨이 호가 동해바다에 도착해 함재기가 출격하기 시작했고 엔터프라이즈 호와 레인저 호가 한국으로 항진해 왔다. 판문점 상공에는 수십 대의 미군 헬기가 선회비행을 했고 미군과 육군 1사단에는 데프컨 2 – 전쟁돌입 상황 – 가 발령되었다.

북한 측은 기세에 눌려 미루나무 제거작전이 진행되는 것을 방관할 수밖에 없었다. 문제의 미루나무는 잘렸고 8월 21일 아침 여덟 시에 작전은 종료되었다. 나무 하나를 놓고 남북 간에 벌어진 상황은 사람들에게 한반도의 아슬아슬한 안보현실을 다시 한 번 일깨웠다.

8월 말에 나는 판문점 도끼사건과 긴박한 안보상황 때문에 미뤄졌던 사흘간의 여름휴가를 얻어 춘천으로 갔다. 두 살 된 아기는 건강하게 자라고 있었다. 몸집은 토실토실했고 홍조를 띤 하야말간 얼굴은 더 귀여워졌다. 소희는 아기를 안고 어쩔 줄 몰라 했다. 이유식을 먹이고 기저귀를 갈아주며 그동안 엄마로서 다하지 못한 일을 챙기느라 부산을 떨었다. 그동안 아기와 떨어져 있던 것이 몹시 안쓰러웠으리라. 아기는 엄마 품에서 부지런히 얼굴을 익히고 있었다.

휴가 이틀째 나는 버스를 타고 소양강 댐을 찾아갔다. 소양호는 이제 만수위가 되어 내륙의 바다 같은 모습으로 바뀌어 있었다. 장마 뒤의 탁류가 가시지는 않았지만 오후의 강렬한 햇빛에 반사되어 반짝이는 수면 위로 여객선이 오가고 있었다. 호수를 굽어보니 8년 전 군복 무를 했던 수구동 - 수심 100미터 아래 잠겨있을 - 시절이 기억났다.

그 기억이 나를 다른 생각에 잠기게 했다. 세월이 흘러 이십대의 청년은 삼십대의 아빠가 되어 있다. 나는 지금 무엇을 하고 있는 것일까. 이 소양강 댐 - 한강의 기적 1호 사업인 - 을 건설한 통치자를 위해 마치 대변인과도 같은 일을 하고 있다. 대학시절 박정희를 성토하던 자신이 대통령 박정희의 시정연설문을 쓰고 있다. 분명 내가 지향하던 가치에 역행하는 일이며 상상하지 못했던 일이다. 그 결과 교수를 꿈꾸던 삶의 목표와는 전혀 다른 대척점에 서 있다. 내가 정치가라면 변신을 하거나 굴신을 해서라도 권력과 타협하는 행동을 할 수 있겠지만 나는 정치적으로 행동할 수 없는 공무원이다.

그렇더라도 민주주의를 억압하는 통치자를 위해 이런 연설문을 쓰는 것을 어떻게 생각해야 할까. 결국 어쩔 수 없는 상황 때문에 자신의 신념을 무너뜨리고 있는 것이 아닌가. 그래. 어쩔 수가 없다. 나는 공무원이니까. 그저 명령받은 직무를 수행하는 공무원일 뿐이니까. 그렇다면 나는 자아도 영혼도 없는 허수아비란 말인가…… 아니, 그저 공식적인 연설문을 쓰는 기계가 되고 있을 뿐이다.

마음 한구석의 갈등은 여전하다. 나는 민주투사도 아니고 지사적 존재도 아니지만 친구에게 다짐했던 약속을 잊을 수가 없다. 군부독재에 눌려 영혼마저 파는 군견이 되지는 않겠다던 친구와의 약속. 그 약속을 지켜야 한다. 친구여, 나는 독재자의 개가 아니다. 정치적 판단을 유보한 공무원일 뿐이다. 그대에게 약속한 것처럼 부패관료나 매판관료가 되지는 않을 것이다…….

소양호가 머릿속에 다시 떠올리는 상념들 - 소양강은 과연 나에게 무엇이며 나는 왜 소양강을 잊지 못하고 소양강이라는 사유의 공간으로부터 떠날 수 없는 것일까. 생명의 강이었기 때문에? 혁명의 강이었기 때문에? 나는 소양호를 바라보며 자신이 정체와 방류를 반복하는 역사의 저류지 한복판에 방랑자처럼 외롭게 서있음을 느꼈다.

5.

여름휴가에서 돌아와 9월 초부터 시정연설문 작업에 매달렸다. 내가 작성한 연설문 초안을 기획조정실장과 국무총리로부터 검토 받고나면 나는 수정된 문안을 인쇄소에 넘겨 소책자로 만들었다. 그리고 각 부처로부터 받은 보완자료를 토대로 수정안의 내용을 재수정한 뒤 국무총리의 검토를 거쳐 제2, 제3의 수정안을 만드는 작업을 반복했다.

9월에는 삼청동 국무총리 공관에서 매주 일요일마다 연설문 축조심의를 했는데, 이 자리에는 주요 부처의 장차관들이 모였다. 최규하 총리는 한문에도 조예가 깊었지만 한글 맞춤법과 문법에도 상당한 실력을 갖추고 있었다.

외교관 생활을 통해 다듬어진 그의 영어실력은 영문학자와도 겨룰 만한 수준에 달하고 있었다. 그는 연설문에 등장하는 외교 안보 분야의 용어에 특히 주의를 기울였으며 가끔 우리말을 영어로 번역해보는 습관이 있었다. 예컨대 '주한 미군의 단계적 철수에 유의하면서……'의 문장에서 '철수'라는 단어를 'withdrawal'로 번역하는 것이 좋겠는지 'phaseout'로 번역하는 것이 좋겠는지, 유의는 note, attend, heed 중에서 어느 것이 좋겠는지를 장차관과 참모들에게 자주 묻곤 했다. 장관들 가운데 국어나 영어실력에서 최규하를 따를 사람은 없었다.

일요일의 즐거운 계획 – 골프나 등산 같은 – 도 모두 취소하고 공관으로 불려와 온종일 축조심의에 시달리며 가끔 총리로부터 영어실력을 테스트 당하느라 곤욕을 치르는 장관들의 모습은 총리 공관에서나 볼 수 있는 특별한 광경이었다.

9월 마지막 주 청와대에서 대통령 특별보좌관들이 모인 가운데 연설 문안의 최종 축조심의가 있었다. 보좌관들은 연설문의 전개형식이나 내용에는 특별한 이견이 없었다. 다만 공보비서관은 대통령이 선호하는 용어와 표현을 삽입하는 등 정치적 표현에 관심을 가지고 부분적인 손질을 했다. 다른 연설에도 자주 등장하는 10월 유신, 새마을운동, 서정쇄신, 총화단결, 민족사적 정통성, 시련과 도전의 극복, 중단 없는 전진 같은 표현은 대통령 박정희가 주문하는 견결한 통치와 체제유지를 강조하는 핵심 용어들이었다.

9월의 마지막 날 박정희 대통령은 시정연설문 안을 최종적으로 결재했다. 연설문 내용은 최초 작성 단계 이후 스무 차례의 수정을 거쳤지만 내용의 골간은 유지되었다. 외교 안보정책의 민감한 부분에서는 구체적 전문적 용어가 신중하고 포괄적인 용어로 바뀌었으며 대형 국책 사업은 나열 순서를 약간 변경시켰다. 시정연설문안 가운데 최초 작성한 내용의 70퍼센트가 원안대로 반영되었다.

연설문 최종 결재 본에는 박 대통령 특유의 실매듭 문양 사인이 적혀 있었고 그 옆에 최규하 국무총리가 작은 글씨로 서명했다. 청와대 경호실장의 사인은 없었다. 각 부처 장관이 대통령에게 올리는 결재서류에는 부처업무와 아무 관련도 없는 청와대 경호실장의 서명이 끼어드는 것이 최근의 관행이었다. 그러나 시정연설문 겉표지에는 국무총리와 대통령의 결재란 밖에는 없었다. 국무총리는 유신의 그늘이 깊어가는 정치의 겨울에 대통령으로부터 얼마나 신임을 받고 있는 것일까.

나는 최종 결재 본을 복사한 사본을 인쇄소에 맡기고 꼬박 이틀 동안 현장에서 교정을 보았다. 연설문 전문 가운데 단 한 개의 오자나 탈자가 있어서는 안 되었다. 실수가 발견되면 변명의 여지없이 공무원 신분을 떠나야 할 터였다. 교정 작업을 끝내고 대통령 시정연설문 500부를 찍어냈다. 그리고 10월 3일 연설문을 청와대, 국회, 각 부 장관에게 배포했다. 전문 38페이지의 시정연설문 첫 부분에서 대통령은 1977년의 시정목표를 다음과 같이 제시했다.

'나는…… 새해에도 국가안보의 공고화, 착실한 경제의 성장 그리고 건전한 국민정신의 함양을 통한 국민 총화체제의 강화에 시정목표를 두고자 합니다.'

국가안보 공고화, 착실한 경제성장, 국민총화체제 강화…… 물론 실무자인 내가 작성한 연설문이었지만 그것은 대통령 박정희의 국정의지를 담은 박정희의 연설문이었다. 그러나 국민정신의 함양이나 국민총화체제 강화라는 표현은 내가 생각하기에도 교조주의의 냄새를 풍겼다. 나는 그런 용어가 그저 기계적인 표현일 뿐이라고 생각했다.

10월 4일 오전 10시 최규하 국무총리는 국회 본회의 석상에서 대통령의 시정연설문을 35분 동안 낭독했다. 박정희 대통령은 청와대 집무실에서 텔레비전 화면을 통해 이 장면을 지켜보고 있었다.

6.

박 대통령은 1977년 1월에 연두기자회견을 했고 중앙부처 연두순시를 시작했다. 대통령이 지시한 의료시혜 확대현황을 확인하기 위해 나는 2월초 강원도 지역에 일주일 동안 출장을 다녀왔다. 그것은 전면적인 국민 의료보장제도를 시행하기 위한 사전준비의 일환이었다.

출장기간에 도청직원과 함께 지프를 타고 눈 덮인 대관령을 넘다가 차가 눈길에 미끄러져 도로 아래로 전복되는 사고를 당했다. 도로 주변에 눈이 1미터 가까이 쌓인 덕분에 사람도 차도 다치지 않은 것이 다행이었다. 뜻밖의 사고 때문에 힘들게 출장을 마쳤지만 그 후로도 눈 덮인 대관령의 눈부신 설경은 좀처럼 잊히지 않았다.

3월 하순에 둘째 아이가 태어났다. 뱀띠해인 정사년에 세상에 나온 아기는 사내아이였다. 둘째가 태어나자 삶의 무게가 더 느껴지고 새삼 가장의 역할이라는 것을 돌아보게 되었다.

자식을 여럿 둔 부모와 외딸을 둔 부모가 손자를 맞는 태도에는 차이가 있어 보였다. 아버지와 어머니는 둘째 손자가 태어난데 대해 별로 반가워하는 기색이 없이 덤덤했다. 장인 장모는 딸의 득남 소식을 듣자마자 춘천에서 급히 상경했고 둘째 외손자와의 첫 대면에 기뻐서 어쩔 줄을 몰랐다. 장인은 아기 곁에 누운 딸의 손을 주물렀고 장모는 딸 옆에서 온종일 불경을 읽으며 염주를 돌렸다. 내 부모의 무덤덤한 태도는 의아스러울 만큼 서운했다. 나는 퇴근 후 집에서 미역국을 두어 사발씩 들이키는 것으로써 섭섭한 기분을 달랬다.

8월 어느 날 국무총리가 외무부와 교통부에 내린 지시사항 한 가지가 나의 관심을 끌었다. 서울시내 영업용 택시들 가운데 노란색, 빨간색, 녹색 칠을 한 택시들이 많이 운행하고 있는데, 이 색깔은 한국의 수교국인 이탈리아, 에티오피아, 아프리카 신생국들의 국기와 색깔이 비슷하므로 어떤 경우에 외교적 결례를 범할 수도 있는 만큼 깊이 검토해서 조치하라는 요지의 내용이었다. 총리는 외교적 감각에 미술을 끌어들인 것일까. 보통사람이 느끼지 못하는 일이 외교관 출신 총리의 눈에는 이런 식으로도 포착된 것일까. 수소문을 해보니 그는 미술전문가들로부터 자문을 받고 색채의 사회성이라는 것을 생각한 듯하다. 공무원들이 생각하지 못한 부분을 꼼꼼히 살폈다는 얘기이리라. 어떻게 보면 쩨쩨하다는 비판을 받을 수도 있지만 그런 점에서 최규하는 전직

254

총리 김종필과 달랐다.

　그에게는 카리스마 대신 돌다리도 두드려보고 건너는 꼼꼼함과 침묵하는 농부의 우직함이 있었다. 그는 대통령 밑에서 지켜야 할 운신의 폭을 인식하고 있었다. '작은 일을 잘 해야 큰일도 감당할 수 있다.'는 것이 평소 최규하 총리의 지론이었다.

　나는 최 총리가 외무부장관이던 시절 직원들이 꼼꼼한 성격을 빗대 그를 주사라고 부른 것은 지나친 결례라고 생각했다. 그런 외무부 직원들에게 너희들은 외국과 체결하는 협정문안을 얼마나 꼼꼼하게 살폈느냐고 묻고 싶었다.

　8월과 9월 꼬박 두 달 동안 나는 대통령 시정연설문 작성 때문에 일요일과 휴일에 한 번도 집에서 쉬지 못했다. 사무실과 국무총리 공관에서 일해야 했으며 집으로 퇴근하지 못할 때가 점점 많아졌다. 사무실에서 근무하는 동안 부처의 국장, 차관, 장관들이 나에게 직접 전화를 걸어오는 경우가 있었다. 그들은 자기 부처의 사업을 시정연설문에 꼭 반영해 줄 것과 중요정책이 누락되지 않게 해 달라고 당부했다.

　국방부차관은 국군전력증강과 방위산업 육성 그리고 지대지 유도탄 등 고도정밀병기 개발이 진전되고 있음을 연설문에서 강조해 달라고 부탁했다. 상공부장관은 내게 "각하께서 중화학공업에 얼마나 심혈을 기울이고 계신지 알고 있죠?"라며 중화학공업 육성을 강조했고 포항제철 4기 확장공사의 착수를 공업부문의 최우선사업으로 연설문에 넣어 달라고 주문했다.

　농수산부차관은 쌀 4,250만석 생산목표가 연설문에 명시돼야 한다고 당부했다. 건설부 기획관리실장은 부산~마산 간 고속도로와 경부선철도 복선공사를 우선적으로 연설문에 반영해 달라고 했다. 보건사회부장관은 공무원 의료보험제도의 신규실시가 누락되지 않게 해달라고 부탁했다.

산림청장은 제2차 치산녹화 10개년계획을, 수산청장은 어업기반시설의 확충을 반영해줄 것을 요구했다. 그밖에 많은 부처의 고위공무원들이 나에게 전화를 걸어 자기부처 중요사업을 연설문에 실어주도록 당부했다. 부처의 책임자들은 정책과 사업의 '족보화'를 염두에 두고 있는 듯했다. 대통령의 시정연설문에 일단 사업내용이 실리면 그 사업은 정부의 계속사업으로 확정되고 장기적으로 예산을 확보할 수 있기 때문이다.

그들의 부탁과 요구를 반영하고 안하고는 내가 아니라 국정차원에서 대통령과 총리가 내리는 정책판단에 따를 터였다. 나는 담당관으로서 대통령과 총리의 의중과 판단기준을 헤아려야 했다. 그러나 시정연설문 작성은 그 자체가 나도 모르게 권력이 되고 있음을 느끼게 했다. 게다가 연설문의 내용을 취재하려고 출입기자들이 수시로 접근해 보안을 유지하기가 어려웠다. 나는 사무실에서 연설문을 쓰는 일이 쉽지 않음을 알고 상사에게 장소를 옮겼으면 좋겠다는 건의를 했다.

사무실에서 중앙청 바로 앞에 있는 N호텔 - 2급 호텔이긴 하지만 - 에 빈 객실 한 칸을 마련해주었다. 호텔 바로 옆에는 종합청사가 있고 뒤에는 단골 인쇄소가 있어서 일하기에 편리했다. 장차관들은 물론 기자들의 접근으로부터 자유로워 보안을 유지하기에도 좋은 장소였다. 삼청동 총리 공관으로부터도 가까웠기 때문에 밤중이라도 공관에서 호출하면 즉시 달려갈 수 있는 거리에 있었으므로 호텔작업은 당분간 계속되었다.

호텔에서 야간작업을 할 때마다 소희가 기다리는 집에 가지 못하는 아쉬움과 아기가 보고 싶은 마음은 더 간절했다. 8월과 9월은 심신을 지치게 하는 노역의 계절이었지만 시간이 모든 것을 해결해 주었다.

256

10월 4일 국무총리는 국회에 출석해 새해 시정연설을 했고 대통령은 청와대 집무실에서 텔레비전을 통해 이를 지켜봤다. 1978년 국정의 기본방향은 자주정신의 함양, 자립경제의 촉진, 자위역량의 강화로 정해졌다.

7.

1978년 1월 나는 사무관에서 서기관으로 승진했다. 남보다 뛰어난 업무능력을 발휘한 것도 아니고 특별한 공을 세운 것도 아니지만 근무 연한에 비해 승진이 빠른 것은 사실이었다. 대통령 시정연설문을 작성하는 담당관의 직급이 낮아서는 곤란하다는 총리실 상사들의 인식과 청와대 관계관들의 우회적인 압력이 결국 나를 승진대상자 명부에 오르게 했고 그렇게 해서 국무총리의 인사발령 재가를 얻어냈던 것이다. 나는 예상 밖으로 빨리 승진한 행운아가 되었지만 이제 꼼짝없이 시정연설문을 작성하는 일에 매일 수밖에 없게 됐고 이 일을 다른 직원에게 떠넘길 수도 없게 되었다.

승진을 하자 가장 기뻐한 사람은 소희였다. 두 아이의 엄마가 된 소희는 남편이 비교적 젊은 나이에 중앙청 과장이 된 것을 기뻐했고 봉급이 오르게 되었다는 사실에 은근히 가슴을 설레고 있었다. 돈 걱정을 모르고 살았던 외동딸이 이제는 집안 살림을 챙기는 주부로 나서야 했고 시댁 살림을 살피는 며느리의 역할을 떠맡아야 했다.

서기관으로 승진을 하고나서부터 내가 받는 월급은 본봉 2만5천원, 직책수당 9만 천원, 그밖에 조정수당과 호봉 승급 등을 합쳐 17만 9천원이었다. 봉급이 오르긴 했어도 민간기업과는 비교가 되지 않았다. 민간기업의 대졸 초임은 평균 18만원 수준이었으며 재벌회사의 대표 격인 현대건설 부장 급의 월급은 70만원 안팎이었다. 공무원의 평균 급여수준은 민간의 50퍼센트에 미치지 못했다.

봉급은 올랐지만 씀씀이도 늘어나고 있었으므로 소희는 주부이자 며느리의 입장에서 머리를 짜내야 했다. 소희는 매월 봉급에서 시댁 생활비를 보냈고 분기별로 상여금이 나올 때에는 막내 시동생 등록금을 조금씩 저축해 두었다. 월급봉투에서 이것저것을 제하고 나면 손에 쥐는 액수는 월 급여액의 30퍼센트가 되지 못했다. 결국 살림살이 비용도 여전히 남모르게 친정에서 조달받고 있었던 것이다. 아기의 이유식이나 기저귀를 구입하는 비용은 모두 친정의 몫이었다.

경제적 능력이 부족한 나는 남편으로서 미안했다. 결국 나와 소희는 본가의 생활을 책임지고, 처가는 사위의 생활을 뒷바라지하고…… 삼십대 초반의 인생이 이만큼이나마 유지되고 있는 것도 모두 소희 덕이었다.

8.

1978년 4월 중순의 어느 찬란한 아침. 이날따라 유달리 푸른 하늘, 빛나는 태양, 황홀하게 만개한 벚꽃, 도심의 까치 소리가 한데 어울려 상쾌한 분위기가 넘치고 있었다. 나는 명륜동 뒷골목의 열두 평짜리 한옥 대문을 나서서 창경원 돌담길을 끼고 중앙청 쪽으로 걸어갔다. 평화의 거리를 소풍하는 기분으로, 복사꽃이 만개한 과수원 한 복판을 걷는 느낌으로 중앙청을 향해 뚜벅뚜벅 걸어갔다. 일 년 내내 출근길이 오늘 아침 같으면 좋겠다는 마음으로 걷는 발걸음은 경쾌했다.

태어나서 처음 느껴보는 신선하고 낯설기도 한 감흥, 설익은 풋과일의 냄새 같은 것을 상상하며 돈화문 앞을 지나 안국동 쪽으로 걸었다.

숨 막히는 만원 버스를 타는 것보다 걸어가는 것이 그렇게 기분 좋을 줄 몰랐다. 도로 위에 내뿜는 버스의 배기가스가 약간 매캐했지만 콩나물시루 같은 버스에서 시달리는 것보다는 걷는 것이 훨씬 나았다.

평생 이런 기분으로 출근을 한다면 얼마나 좋을까. 발걸음을 옮기면서 둥둥 떠 있는 기분을 느꼈다. 소희와 두 아이들을 생각하면서 걸었다. 출근길의 기분을 오래 간직하기 위해 사무실에 도착하자마자 짧은 글 하나를 지었다.

해가 떴다. 가슴이 떨린다.
하늘이 푸르다. 눈이 부시다.
까치가 울어 귀가 시원하다.
새싹이 움튼다. 마음속 구름을 띄운다.
아침 출근길 창경원에 벚꽃이 활짝 폈다.
서른세 해 세월을 지나며
꽃향기 속에 기지개를 켜는
또 하나의 하루
인생에 단 한번 뿐인
오늘 아침

왜 이렇게 기쁘고 마음이 가벼웠을까. 혹시 무슨 검은 그림자 속을 향해 걷고 있었던 것은 아닐까. 그렇게 기분이 좋은 것은 어떤 좋지 못한 일이 닥칠지도 모른다는 어두운 낌새일 수도 있었다. 또 좋은 일에는 가끔 탈이 끼어들기 쉽다는 속담 호사다마의 의미를 되새기게 하는 예감의 전조일 수도 있었다. 기분 좋은 출근길 이후 봄이 끝나갈 무렵부터 어둡고 불길한 소식이 들려오기 시작했다.

1978년 초부터 박정희의 이너서클 내부에서 권력다툼이 시작되고 충성경쟁이 심화되기 시작했다. 그것은 안개 속에서 모습을 드러내는 국가적 흉조의 시작이었다. 현역 중앙정보부장이 대권 도전을 꿈꾸는 사람을 통제한다는 명분으로 초대 정보부장을 지낸 사람의 가택을 수색했다. 그는 여야 정치인들의 뒤편에서 음습한 정치공작을 벌이고 있었다. 중앙정보부, 보안사령부, 경찰이 정보경쟁을 벌이면서 박정희 정권은 정보의 안개 속에 빠져들기 시작했다.

대통령은 초법적 통치자가 되어 있었지만 충복들에게 끌려 다니기 시작했다. 중앙정보부장은 자신이 벌이고 있는 통치자의 종신집권 공작을 방해하지 말 것을 초대 정보부장에게 요구하는 상식 밖의 일을 벌이기도 했다. 권부 내에서 정신착란적인 일이 벌어지기 시작했다.

1978년 집권 17년째에 접어든 박정희 대통령은 정보기관과 측근 참모들은 믿고 반대자는 멀리했다. 그는 동향 출신의 정보부장이나 경호실장 같은 망나니들에게 둘러싸여 모든 것을 맡기고 의지하려고 했다. 그리고 자신이 만들어놓은 천박한 정치무대에서 얼굴을 들고 자신에게 반항하는 정치인들을 혐오했다. 겉으로는 단단해 보이던 유신체제 내부에서 균열의 조짐이 나타나기 시작했다. 금자탑과도 같았던 고도성장의 결과에 도취된 박 정권 17년이 어느덧 황혼기를 맞고 있었다. 통치자의 판단력은 흐려지고 있었다.

1977년 말부터 황혼기를 예감하게 하는 조짐이 통치자의 측근인 경호실장의 행동을 통해 드러나고 있었다. 경호실장은 청와대의 경비부대인 수경사 30경비단과 33경비단을 대대 급에서 여단 급으로 격상시키고 경호실장 휘하에 작전차장보로 전두환, 노태우 준장 등 현역 군인을 기용하면서 경호실을 병영으로 만들어놓았다.

경호실장은 매주 경복궁 30경비단 연병장에서 국기 하기식을 열었다. 대통령의 국군의 날 사열을 흉내 낸 하기식은 경호실장이 사열관 자격으로 로열박스에 앉고 장관, 국회 요직, 공화당 간부 등을 그 옆에 세워둔 채 진행되었다. 수도경비사령부의 정예부대, 공수특전단, 특수 경찰대가 벌이는 일사불란하고 화려한 하기식은 경호실장의 위세를 과시하는 열병행사였다.

전두환, 노태우가 제병지휘관이 되어 해병대 대위 출신 사열관 앞에서 우렁찬 구호를 외치며 열병을 지휘했다.

"경호실장님께 대하여, 받들어 -- 총!"

청와대 정문으로부터 직선거리 200미터도 안 되는 장소에서 벌건 대낮에 벌어진 하기식. 소름끼치도록 위풍당당한 의전행사. 대통령이 모르는 사이에 벌어진 권력의 추태. 그것은 정치의 심장을 농락하는 코미디였다. 통치자가 이 현장을 목격했다면 "멋진 사열식이군!"하며 칭찬했을까.

경호실장의 정신이상적인 행보는 계속되었다. 그는 민간인 신분임에도 불구하고 군 지휘권도 거머쥐었다. 통치자가 눈치 채지 못하는 사이에 대통령령을 뜯어고쳐 민간인인 경호실장이 경호 목적상 필요할 경우에 수도경비 사령부를 지휘할 수 있도록 만들어놓았다. 통치자는 이런 사실을 몰랐을까. 망나니가 지존의 권위를 도둑질하며 뒷전에서 통치자를 허수아비로 만들고 있었지만 어느 누구도 박정희에게 이런 사실을 고해바치는 사람이 없었다.

통치 장치의 톱니가 어긋나는 증상들이 여러 군데서 나타나고 있었다. 그러나 바른말을 하거나 용기 있게 충언하는 사람은 없었다. 총리도, 장관도, 청와대 참모도, 사회 원로들도 모두 침묵했다. 그런 가운데 1963년부터 전두환, 노태우 등 육사 11기생들이 주도해 비밀리에 결성해온 군내 사조직 하나회가 신군부라는 새로운 정치세력을 싹틔울 준비를 하고 있었다.

9.

1978년 9월 15일 청와대 비서실 302호에서 대통령 시정연설문 보완을 위한 최종 토론회 겸 축조심의회가 열렸다. 참석자들은 외교담당 특보, 경제담당 특보, 국방담당 특보, 총리 기획조정실장, 총리실 조정관 그리고 실무담당관인 나였다. 특보들 사이에 수정안을 놓고 여러 가지 의견이 오갔다.

"자주국방을 하자는데, 미국 없이는 국방이 안 된다는 인상을 주기 쉽잖소? 아예 한미 연합방위태세 강화라는 말을 빼는 게 어떻겠소?"

"그건 안 되지. 지금 어느 나라가 혼자서 완전한 자주국방을 한답니까? 오히려 최근에는 각국이 집단안보 체제로 나가는 추세니까, 그 표현은 그대로 놔둡시다."

"그래도 미국에 너무 기대는 인상은 좋진 않겠는 걸."

"그냥 원래대로 놔둡시다. 우리 국방의 중점이 자주국방이라는 걸 모르는 사람은 없을 거요."

"한미연합군 사령부의 설치를 위한 준비가 '계획대로' 진행된다고 했는데 이걸 '순조롭게' 진행된다는 표현으로 고칩시다."

특별 보좌관들의 난상토론은 계속 이어졌다.

"물가가 상당히 올랐다는 표현은 고칩시다. 그나저나 8월말 소비자물가 상승률이 얼마나 됐지?"

"14프로 정도 될 거요."

"제법 올랐구먼. 그래도 오른 거야 국민들이 다 알지 않겠소? 물가 오른 걸 자랑할 필요가 있겠소?"

"음…… 금년에 기능올림픽에서 우리나라가 또 종합우승을 했구먼. 이것도 성과에다 넣는 게 좋겠군."

"그렇지. 아주 획기적인 일이니까."

"……우리 사회에 인정어린 동포애가 끊이지 않았습니다…… 그 표현도 좋겠어."

누군가 축조심의가 아닌 시빗거리를 들고 나왔다.

"……원호성금이 많긴 뭐가 많아? 기업들도 조지고 쥐어짜니까 내는 거지. 재벌회사들 금년에 이재민 도운 실적이 있었나? 작년보다 수해도 적었으니까 모금실적도 부진했겠지만."

"……그럼 이렇게 고칩시다. 자립경제의 확립이 어떻겠어요? 국제수지도 균형이 됐고 수출도 100억불이 넘었는데, 이만한 여건 가지고도 자립경제 기반이 확립됐다고 얘기 못 할까……? 글쎄, 자립경제 완성이라고 하면 국민들이 납득하지 않을 테고……."

"확립이라는 말이 두루뭉술하고 좋지 않겠어요?"

최근 민간아파트 특혜분양 사건에 연루되어 한 달 가까이 언론보도에 시달리며 우울해하던 나의 상사도 활기차게 자신의 의견을 제시했다.

두 명의 경제담당 특별보좌관들은 정부시책 평가교수단 출신으로 이들이 대통령 특보로 발탁된 것은 평가교수라는 등용문을 거쳤기 때문이다. 특보들의 의견은 논리적이지도 현실을 반영하는 것도 아니었으며 대통령의 의중을 헤아려 연설문을 심의하는 것도 아니었다. 나는 그들의 의견은 참고하되 대통령의 생각을 비교적 정확하게 읽고 있는 공보수석비서관의 의견을 반영하는 것이 오히려 낫겠다고 판단했다.

최근 대학 교수들 가운데는 정부시책 평가교수단에 끼기 위해 신문에 정부에 아부하는 글을 쓰거나 친정부적 발언을 하여 고위층의 환심을 사려고 하는 사람들이 적지 않았다. 그들의 정책평가는 비판과 건의라는 역할보다는 정책을 의도적으로 지지하거나 긍정 일변도의 평가를 하여 통치자의 관심을 끌려는 경향이 강했다. 그런 교수들 가운데 장관 자리를 은근히 기대하는 사람도 많았다.

교수들도 대통령의 참모들도 관직의 시장에서 권력이라는 아편에 빠져들어 그들대로의 거래를 벌이고 있었다. 통치자는 어떤 제도적 장치로부터도 견제를 받지 않는 상좌에서 감투에 목마른 자들에게 자리를 배분함으로써 그들을 감읍하게 했다. 그럴수록 그는 점점 더 자기도취에 빠져들고 있었다. 그런 통치자 주변에 정부시책 평가교수들이 웅크리고 있었다.

어찌되었든 1979년도 예산안제출에 즈음한 시정연설문은 모든 작업을 끝내고 대통령의 재가를 얻어 1978년 10월 4일 최규하 국무총리가 국회에서 낭독했다.

12월 22일에는 큰 폭의 개각이 단행되면서 경제기획원, 농수산부, 상공부, 문교부, 국방부, 동력자원부 장관 등이 바뀌었다. 그중에서 특별히 나의 눈길을 끄는 사람이 있었다. 어느 일간신문의 인물평은 그를 이렇게 소개했다.

'……18년 공직생활을 재정 금융 분야에서 보낸 엘리트, 인간 컴퓨터, 독서광, 중화학공업 육성을 위한 국민투자기금의 청사진을 마련한 장본인, 농수산부 장관 당시 추곡생산 4,170만석을 돌파하여 농정사에 획기적 기념탑을 세운 사람……'

얼핏 보기에도 결코 평범하지 않은 업적과 경력이 그의 이름 석 자를 수식하고 있었다. 신임 상공부 장관 C가 바로 그 사람이었다. 나보다 13년 대학 선배였지만 나는 그를 개인적으로 알지 못했다. 나는 C라는 인물이 그로부터 18년이 지난 먼 훗날 나와 특별한 인연을 맺게 되리라고는 상상하지 못했다. 내 인생 후반기에 중대한 신상변화를 가져오게 한 사람. 그로 인해 잠시나마 본의 아니게 정치의 길에 뛰어들게 될 줄을 전혀 예감할 수 없었던 것이다.

개각이 있은 지 닷새 후인 12월 27일 제9대 대통령 박정희의 취임식이 장충체육관에서 거행되었다. 대통령이 개각을 미리 해놓고 취임식을 나중에 한 것은 장기집권을 기정사실화하고 이것을 국민에게 추인하게 만들겠다는 의도였다. 그는 취임사에서 한국의 현대사를 혼란과 정체의 50년대, 자립과 약진의 70년대로 회고하고 번영과 복지의 80년대, 통일과 중흥의 90년대라는 표현으로 미래를 전망했다. 그는 특유의 금속성에 다소 상기된 목소리로 취임사를 이어나갔다.

"이제까지 축적된 민족의 힘과 슬기를 유감없이 발휘하여 우리 역사상 다시 한 번 민족문화의 개화기를 맞이하는 위대한 연대가 되어야 하겠습니다…… 그 어떤 변화의 소용돌이 속에서도 필경 우리의 운명을 결정할 주인은 바로 우리들 자신이란 것, 이것을 잊지 맙시다…… 방방곡곡에 세차게 메아리치는 개혁과 창조와 전진의 우렁찬 발걸음을 더욱 재촉하면서 격동과 시련을 겪고 있는 오늘의 세계 속에서 한민족의 찬연한 횃불을 밝힙시다……."

그의 연설에는 평소와 달리 수식어가 많이 등장했다. 좀처럼 보기 어려웠던 화려체의 문장이 처음부터 끝까지 이어져 취임식장에 모인 사람들의 마음을 잠시나마 들뜨게 했다. 나는 그 연설문 - 박정희의 마지막 취임사가 될 - 을 누가 썼는지 짐작했다. 박 대통령의 취임사를 읽고 나는 희미한 불안감 같은 것을 느꼈다.

10.

대통령 박정희는 시간의 앞쪽으로부터 먹구름이 몰려오고 있음을 예감하지 못한 채 1979년의 업무를 시작했다. 1월 19일에 그는 연두 기자회견을 열어 확신에 찬 어조로 중화학공업의 청사진을 제시했다. 그는 멀지 않아 1980년대 중반에는 한국이 세계 10위권에 진입하는 선진공업국가가 될 것이라고 전망했다. 많은 사람들이 그의 청사진에 희망을 걸었고 많은 사람들이 그의 포부에 의문을 품었다. 다가올 1980년대 중반에도 박정희는 계속 대통령의 자리에 머물러 있으리라고 예상하는 사람들이 많았다. 그런 예상은 희망이나 기대라기보다는 조금은 우려가 섞인 것이었다.

나는 상부의 지시에 따라 외부에 나가 정부시책 강의를 계속했다. 정부시책 출강도 통치자 박정희의 장기집권을 기정사실화하고 10월 유신을 옹호하기 위한 홍보수단의 하나였다. 강의 대상기관에는 재향군인회, 반공연맹, 새마을연수원, 통일연수원, 민간연수원, 군부대 등이 포함되었고 대상자들은 관련단체의 임직원, 새마을지도자, 대학생, 군장교들이었다.

시책강의 도중에 나는 10월 유신에 관한 이야기는 한 마디도 꺼내지 않았다. 이미 여기저기서 유신체제에 대한 저항과 도전의 낌새가 감지되고 있는 시점에서 권력을 비호하는 발언을 할 수 없었다. 유신 이야기는 오히려 수강자들을 졸게 만들고 강의효과를 반감시킬 터였다. 강의를 나가면서도 나는 민청학련 사건 이후 판자촌에서 빈민구호사업을 벌이고 있는 부문회 친구를 생각했다. 친구의 근황을 전해 들으면서 공무원은 권력을 지향하는 해바라기가 되어선 안 된다는, 권력의 개가 되지 말라는 그의 충고를 떠올리곤 했다.

6월에 있은 1·4분기 심사분석 보고회의에 참석한 박 대통령의 표정이나 태도에도 역시 아무런 변화가 없어보였다. 그는 3부 요인과 전 국무위원이 참석한 자리에서 여전히 중화학공업 육성을 역설하고 공무원들의 분발을 촉구했으며 10월 유신의 정신으로 전 국민이 총화 단결할 것을 강조했다.

그러나 박정희는 그가 고집하는 유신체제와 부국강병의 노선과는 다른 모습으로 밀려오는 시대의 물결을 읽지 못하고 있었다. 세상은 변하고 있었지만 통치자는 권력의 부나방이들에게 둘러싸인 채였다. 두려운 어둠이 감싸기 시작했다.

6월 29일 카터 미국 대통령이 한국을 방문하여 7월 1일 청와대에서 박정희 대통령과 2차 정상회담을 열었다. 양국 정상의 주된 관심사는 주한 미군의 철수와 인권 문제였다. 박정희가 주한미군 철수문제부터 거론했다.

"카터 대통령 각하, 본인이 주한 미군의 철수를 당분간 중지해달라고 요구하는 이유는 북한이 공격할 경우 중국과 소련이 지원할 것이 분명하기 때문입니다. 철군은 미국만의 문제가 아닙니다. 철군하겠다면 하십시오. 그 대신 미군의 무기와 장비는 남겨 두시기 바랍니다. 무상으로 제공하면 고맙겠지만 대금을 요구하면 드리겠습니다."

"박 대통령 각하, 미국은 철군을 신중히 고려하고 있습니다. 철군은 양국의 국내 사정과도 밀접하게 관련된 것이기 때문에 나는 미국의 국내 여론을 중시하지 않을 수 없습니다."

"카터 대통령 각하, 나는 미국인의 여론을 존중합니다. 그러나 철군은 한국인의 생사와 관련된 중대사입니다. 우리는 시간이 필요합니다."

"박 대통령 각하, 철군을 중지하거나 보류시키기 위해서는 한국정부가 인권문제 개선에 적극적인 움직임을 보여줘야 합니다. 긴급조치 해제와 구속자 석방 같은 조치가 이루어지기를 기대합니다."

"카터 대통령 각하, 내 나라의 인권문제라면 나에게 맡겨주시기 바랍니다. 내 국민은 내가 먹여 살리고 내 나라 인권은 내가 책임집니다. 인권문제는 내가 적절히 처리하겠습니다."

두 정상은 팽팽히 맞서 때로는 긴장된 분위기에서, 때로는 격앙된 분위기에서 아슬아슬하게 회담을 이어갔다. 결국 한미 정상은 주한미군의 계속 주둔, 남-북-미 3당국 회담 제의 등 21개 공동성명을 발표하는 선에서 회의를 끝냈다. 회담 진행과정에서 진통은 있었지만 박정희는 오랜 골칫거리에서 해방된 기분을 느꼈다. 지난해까지 세칭 코리아게이트라고 불리는 박동선 사건과 인권문제로 한국 정부를 괴롭히던 문제들이 풀리고 한미관계가 가까스로 정상화되면서 박정희는 자신감이 솟구치는 것을 느꼈다.

"미국 대통령? 멍청한 땅콩농장 주인 같으니라고. 최강국 대통령도 내 앞에서는 별 수 없지. 야당 놈들, 미국에 기대보겠다고? 유신에 도전할 자들 어디 한 번 나서봐라."

한미 정상회담을 통해 그동안 풀리지 않았던 한미 양국 간의 현안들이 표면상 해결되자 박정희 정권은 어느 정도 대외적인 이미지를 개선할 수 있게 되었다. 그러나 정상회담으로 자신감을 얻은 박 정권은 카터 방한 이후 다시 긴급조치를 발동해 야당기관지인 민주전선의 관련자를 구속하는 등 유신 독재의 고삐를 늦추지 않았다.

7월에 유류파동이 일어나고 석유류 가격이 최고 59퍼센트나 상승했다. 국내 석유류 비축량은 30일분에 불과했다. 사람들은 불안감에 휩싸였고 취사용 등유를 사기도 어려워졌다. 버스요금이 들썩거리고 생필품 가격이 오르는 등 물가가 요동치면서 서민생활의 어려움은 더 커지기 시작했다. 사람들은 무엇인가 어두운 그림자가 다가오고 있음을 걱정하기 시작했다.

11.

7월 15일은 일요일이었지만 나는 국무총리 공관에서 온종일 국정보고서를 다듬는 일에 매달렸다. 각부 장차관들과 총리실 참모들이 모여 내용을 검토하고 토론했다. 오후 늦게 작업을 마치고 보고서 수정안을 인쇄소에 맡긴 후 정부 종합청사 당직실에서 당직사령 근무를 시작했다. 저녁 여덟 시경 국무총리실 총무수석비서관이 붉은 보자기에 싼 큼직한 박스를 들고 당직근무중인 나를 찾아왔다.

"남 서기관, 총리 각하께서 자네에게 보낸 회갑 음식이야. 1급 비서관이 4급 공무원한테 심부름을 오다니, 나 원 참, 이런 일 생전 처음이구만!"

빈정거리는 듯 농담 비슷한 말투로 보자기에 싼 박스를 전한 총무수석비서관은 총리에게 감사하라는 말을 남기고 급히 돌아갔다.

나는 낮에 국무총리 공관에 박정희 대통령이 최규하 총리에게 보낸 회갑축하 난화분이 놓여 있었던 것을 얼핏 기억했다. 붉은 보자기에 쓰인 한문 석 자는 수령자인 나의 이름이었다. 보자기를 풀고 박스를 열자 그 안에 오동나무 상자가 있었고 상자 속에는 무지개 빛깔의 맛깔스러운 음식이 가득 담겨있었다. 유리병에 담은 식혜도 들어있었다.

'살다보니 이런 일도 다 있군…….' 일요일도 없이 공관에 불려와 온종일 보고서 작업에 매달리는 부하직원이 총리가 보기엔 안쓰러웠던 것일까. 어찌 되었든 나는 국무총리의 회갑음식을 선물 받은 첫 번째 공무원이 된 셈이다. 나는 수위장을 불러 당직하는 직원들과 수위들에게 음식을 나눠주도록 부탁했다. 당직총사령에게는 따로 포장을 해서 전해드리도록 했다. 소희에게 들려줄 얘깃거리가 생겼으므로 음식 가운데 빛깔이 고운 개피떡 몇 개를 종이에 싸 두었다.

공휴일인 제헌절에도 국무총리 공관에서 국정보고서 작업을 계속했다. 점심시간에 중앙청 앞 대중음식점에서 장차관들 틈에 끼어 점심을 먹었는데, 메뉴는 불고기와 냉면이었다. 최규하 총리의 식성은 왕성했으며 냉면그릇을 비운 뒤 사라를 시켜 드는 품으로 보아 그의 건강은

269

매우 좋은 것처럼 보였다. 최 총리는 테이블 끝에 앉아있는 나에게 불고기를 담은 접시를 밀어주며 말했다.

"남 서기관, 많이 먹게. 소주도 한 잔 들게나."

그러나 나는 소주잔은 입에 대지도 못했다.

7월 21일은 국무총리가 임시국회 본회의장에 출석해 국정에 관한 보고를 하는 날이었다. 그런데 전날 저녁 국회에 배포한 국정보고서 내용 가운데 긴급히 수정할 일이 발생했다. 간밤 새벽 한 시에 백악관에서 카터 대통령이 주한 미군 철수를 중지하기로 최종 결정했다는 사실을 정부에 통보해옴에 따라 연설문 내용의 일부를 급히 수정해야만 했다. 전문을 새로 인쇄할 시간여유가 없었으므로 나는 편법을 동원하기로 했다. 다음날 아침 일찍 인쇄소로 가서 수정된 내용을 급히 인쇄해 간지로 만든 다음 허겁지겁 택시를 타고 국회로 달려가 연설문 가운데 삽입했다. 이마에서 진땀이 흘러내렸다. 공무를 수행하다보면 가끔 돌발 상황이 발생하기도 하는데, 이렇게 전례 없는 일을 갑자기 겪는다는 것은 어떤 어두운 변화를 예감하게 하는 전조일 수도 있었다. 이미 전조가 시작되고 있었다.

김영삼이 야당총재가 된 5월 이후 정국은 여야 대립으로 인해 더 험악해진 가운데 8월에는 YH사건이 일어났고 9월에는 야당총재 김영삼에 대한 총재직 가처분 결정이 내려졌다. 10월 초에는 김영삼의 의원직이 박탈되었다. 이런 일련의 사건이 전개되는 가운데 유신체제에 대한 야당과 국민의 불만은 점점 고조되었다.

10월 19일 야당의원 66명 전원이 사퇴서를 제출하자 여당 측은 야당의원의 사퇴서를 선별적으로 수리해야 한다는 주장을 제기했다. 이 사태는 부산, 마산 출신 국회의원들과 지역주민들의 반발을 일으키고 민심을 크게 자극했으며 예상치 못한 사태로 치닫는 정치적 도화선이 되

270

었다.

이에 앞서 김영삼의 정치적 고향인 부산에서 심상치 않은 사태가 발생했다. 10월 15일 부산대학에서 민주화 선언문이 배포되고 이튿날 5천여 명의 학생들이 시위에 나서자 시민들이 합세해 대규모 반정부 시위가 벌어졌다. 시위대는 16일과 17일에 정치탄압 중단과 유신체제 철폐를 외치며 경찰서, 세무서, 방송국을 파괴했고 18일과 19일에는 마산, 창원 지역으로 시위가 번졌다. 당황한 정부는 10월 18일 자정을 기해 부산지역에 비상계엄을 선포하여 시위에 연루된 학생 천여 명을 연행하고 66명을 군사재판에 회부했다. 10월 20일에는 마산, 창원 지역에 위수령을 발동하고 군대를 출동시켜 시민 500여 명을 연행했으며 59명을 군사재판에 넘겼다. 시위는 겨우 진정되었지만 사태가 종료된 것이 아니었다.

운명의 날이 오기 하루 전인 10월 25일. 대통령은 국무총리, 외무부, 내무부, 국방부, 법무부 등 관계 부처 장관과 대통령 비서실장, 청와대 수석비서관, 김재규 중앙정보부장을 청와대로 불러들였다. 그는 이 자리에서 휘하의 충복들을 질책했다.

"중앙정보부를 비롯한 정보기관들은 대체 뭘 하고 있었나? 사전 정보수집이 불충분했어. 이번 부마사태와 관련해 크게 반성해야 돼! 사태가 이렇게 커진 이유는 사전 정보활동이 부족했기 때문이야. 애초에 초동단계 진압도 실패하지 않았나? 공무원들은 또 뭘 하고 있었나?"

대통령은 안개 속에서 헤매고 있었다. 사태의 본질을 파악하지 못한 박정희는 참모들의 정보 부재를 탓하고 있었다. 어떻게 보면 그는 사태의 핵심에 다가서지 못하는 것이 아니라 그것을 일부러 외면하려고 했을지도 모른다. 박정희는 "학생이건 시민이건 서투르면 싹 깔아뭉개 버리겠다."던 경호실장의 말을 얼핏 뇌리에 떠올렸다. 위기는 짙은 안

271

개 속에서 시시각각 다가오고 있었다.

부산과 마산에서 회오리바람이 몰아치고 있을 때 우리 동네 복덕방 영감이 한 말을 나는 기억했다. 영감의 말씀은 놀라운 얘기는 아니었지만 듣기에 가슴이 서늘했다.

"무턱대고 강물을 막으면 어떻게 돼? 물이 넘치고 둑이 터져버려! 정치? 권력? 이게 혈액순환과 다른 게 뭐야? 혈관이 막히면 동맥경화에 걸리고 심장마비가 온단 말이야. 저승길은 순간이야. 정치가 별거야? 화무십일홍이라는 게 별난 소린 줄 알아? 이승만이 평생 할 줄 알았지? 그게 맘대로 되느냐고? 권력을 잡으면 물러날 줄 몰라. 진퇴가 흐리멍덩해. 그 백성에 그 정치야. 쯧쯧…… 이게 모두 자업자득이지. 누굴 탓하겠어?"

그리고 이보다 몇 달 전 담장을 낀 옆집 노인 댁에서 반상회가 열렸었다. 반상회가 끝나고 사람들이 물러간 뒤 노인이 나를 불러 앉히고 조용히 말했다. "박 통의 연설문을 쓴다고 했지……? 그이가 참 오래 했지, 오래 했어. 공도 컸지만 허물도 컸어. 이젠 쉬어야 할 때가 된 거야. 나도 갈 때가 됐지만……."

노인은 일제강점기 당시 통치자의 대구사범학교 은사였으며 1972년부터 노인회장을 맡고 있었다. 그는 동경제국대학에서 철학을 공부하고 오랫동안 교단에 서 온 보수주의 교육자며 반공주의자 – 그의 친일 행적은 아직 세상에 알려지지 않았다 – 였고 1944년에 춘천공립중학교 교장으로 재직한 적도 있었다. 올해 82세인 은사의 얼굴은 어두웠다. 그는 위기가 닥쳐오리라는 것을 예감하고 있었던 것일까.

정치의 강물을 막으면 둑이 무너진다. 이 단순한 진리가 거부되면 정권이 무너지고 나라에 불행이 닥치리라는 것을 통치자는 정말 알지 못했을까. 권력은 진실 앞에 눈을 멀게 하는 마성을 지닌 것일까. 그럴 것이다. 절대 권력은 붕괴의 두려움을 잊게 하는 아편일 수밖에 없을 것이다.

12.

소양강 댐이 터져버렸다! 한강의 기적을 꿈꾼 종신 통치자. 그가 쌓아 올린 유신의 둑이 한 순간에 무너지고 폭풍우 같은 물길이 세상을 덮었다. 그것은 환영이 아니라 현실에서 일어난 진짜 연극이었다. 주연 배우들은 이성을 잃은 채 광기에 사로잡혀 허둥댔고 궁정동 연극무대에는 피가 낭자하게 흘렀다.

1979년 10월 26일 저녁 여덟시가 지났을 때 한국은 더 이상 박정희가 통치하는 나라가 아니었다. 이 엄청난 정변으로 인해 나는 1979년에 대통령 시정연설문을 두 번이나 써야 했다. 한 번은 대통령 박정희를 위해, 한 번은 대통령 권한대행 최규하를 위해. 이것도 역사에 없던 일이며 내 생애에 전무후무할 일일 것이다.

그러나 통치자의 유고는 한 시대를 마무리하는 단순한 사건이 아니었다. 그것은 정치적 악순환의 시작이었다. 역사에는 진공이라는 것이 존재할 수 없지만 권력에는 진공이 존재했다. 이 권력의 공백을 틈타 무대 뒤에서 새로운 연극을 준비하는 무리들이 있었다.

13.

1979년 12월 12일 육군 참모총장 공관에서 일어난 한밤중의 총격은 처음에는 정치와는 무관하게 군인들끼리 벌인 하극상처럼 비쳐졌다. 그러나 이 단막극은 군부 내 사조직인 하나회 그룹이 일으킨 군사 반란이었다. 보안사령관 겸 10.26사건 합동수사본부장인 전두환의 지휘 아래 하나회 멤버들은 육군 참모총장을 강제 연행한 사건을 계기로 군의 주도권을 쥐기 시작했다. 12·12 군사반란은 신군부 세력이 정치 전면에 나서기 시작한 신호탄이었다.

1980년 2월 보안사령부는 정보처를 부활시켰고 신군부는 민주화 일정을 늦추면서 군부의 정치참여를 정당화하기 위해 언론회유 공작을 시도했다. 3월에 전두환은 중장으로 진급했고 4월에는 중앙정보부장 서리를 겸직함으로써 정보기구를 독점했다. 이것은 그가 국내 정치에 본격적으로 개입하겠다는 신호였다. 5월이 되자 신군부는 시국수습을 명목으로 집권음모를 꾸미기 시작했다.

전두환의 보안사령부는 비상계엄 전국 확대, 국회해산, 국가보위 비상기구 설치와 같은 집권 각본을 마련했다. 지역계엄만으로는 신군부의 정권장악이 어려웠으므로 전두환은 자신의 퇴진을 요구하는 시민들의 저항을 잠재워야 했다. 그는 군부가 전면에 나서 정국을 장악하기 위해서는 비상계엄을 전국으로 확대하지 않으면 안 될 것이라고 생각했다.

전두환과 신군부에 반대해 정치투쟁에 나설 움직임을 보이기 시작한 대학생들과 정치권은 5월 초부터 전두환 퇴진과 민주화 일정 제시를 외치며 시위를 벌였다. 정부와 국회는 민주화 일정을 앞당기기 위한 준비를 진행했다. 여당과 야당은 임시국회를 소집해 계엄해제, 정치일정 단축 등 정치현안을 다루기 시작했다. 민주진영의 인사들은 신군부의 각본에 경계를 보냈지만 서울의 봄을 알리는 열기에 들뜬 채 민주주의에 대한 미몽 속에서 부활의 시대를 맞을 준비에 가슴을 설레고 있었다.

대학생들의 시위가 시작되기 전 중앙정보부는 느닷없이 북한이 5월

17일을 전후해 남침할 가능성이 있다는 북괴 남침설을 발표했다. 육군 본부와 주한 미군사령관 존 위컴은 이를 공식적으로 부인했다. 북괴 남침설은 국내에 위기감을 조성하고 비상계엄 확대를 정당화하기 위해 미확인 첩보를 과장해 만든 조작극이었다.

5월 13일부터 대학생들이 가두시위를 시작했고 이틀 뒤에는 서울 역에 대학생 10만 명이 집결했다. 5월 16일 전국 총학생회장단은 대학생들이 정상수업을 받으며 당분간 시국을 관망하는 가운데 집회를 중지하기로 결정했다.

지난 해 12월 6일 통일주체 국민회의 선거로 대통령이 된 최규하는 전두환 일당에게 둘러싸여 사실상 식물 대통령이 되었다. 신임 국무총리 신현확은 신군부의 정권장악 움직임을 눈치 채고 있었지만 그로서는 제지할 능력이 없었다. 전두환의 신군부는 그들이 만든 집권 시나리오의 진행과정에서 저항이 있을 것을 예상해 진압병력 투입과 강경 진압 방침을 결정했다. 사실 3월 초부터 이미 학생시위에 대비해 전국 군부대에서 충정훈련이란 이름의 폭동진압 훈련이 진행되고 있었다. 신군부는 군부대를 미리 이동하여 시위진압 준비를 마친 상태였다. 5월 초에 경기도 양평의 20사단, 강원도 화천의 11공수여단, 충북 증평의 13공수여단이 서울로 이동해 수도경비 사령부에 배속되었다. 5월 15일 7공수여단은 광주와 대전으로 이동할 준비를 마쳤고 31사단은 광주지역의 주요 보안목표를 점거했다.

신군부는 5월 20일에 개회될 임시국회가 정국 장악에 걸림돌이 될 것을 우려해 시국수습 방안을 5월 17일로 앞당겨 시행할 것을 결정했다. 5월 17일 전두환은 보안사령부 정보처장을 국방부장관 주영복에게 보내 자신이 최규하 대통령에게 보고할 시국수습 방안이 전군 주요지휘관 회의에서 결정될 예정이므로 이를 대통령에게 전하라고 협박했다.

5월 17일 오전 전두환의 참모 이학봉은 전국 보안부대에 5월 17일 24시에 비상계엄이 전국으로 확대될 예정이니 시위 주동자들을 검거할 준비를 하라고 지시했다. 이날 정오 신군부는 정부로 하여금 계엄확대 조치를 취하도록 하기 위해 전군 주요지휘관 회의를 열었다. 노태우를 비롯한 신군부 장성들은 이 회의에서 비상계엄의 전국 확대가 필요하다고 주장했고 계엄을 이용해 군의 정치개입을 결정하도록 유도했다. 전두환 일파는 대통령과 국무총리에게 비상계엄의 전국 확대, 국회 해산, 비상대책 기구 설치를 받아들이라고 요구했다. 대한민국에는 민간정부가 사라졌다.

5월 17일 저녁 아홉시 중앙청 회의실에서 30경비단과 무장헌병들이 경계를 선 가운데 외부와 연락이 끊긴 살벌한 분위기 속에서 임시 국무회의가 열렸다. 아무런 토의절차 없이 진행된 회의에서 비상계엄 확대가 결정되었고 이날 자정을 기해 비상계엄령이 전국에 선포되었다. 정치활동 금지, 대학교 휴교령, 언론보도 사전 검열, 집회 및 시위 금지 조치가 내려졌다. 공포가 지배하는 야간의 중앙청은 정치적 겁풍(劫風)이 휘몰아치는 군사총독부로 변했다.

5월 18일 새벽 두 시 계엄군은 국회를 무력으로 점령한 뒤 봉쇄했다. 헌법에 규정된 국회 통보절차 따위는 불필요했다. 국회는 한밤중에 해산되고 헌정은 중단되었다. 대한민국은 군부 파시스트 체제로 변했으며 5.16을 복제한 듯한 5.17쿠데타는 시작되었다.

비상계엄이 확대되기 직전 보안사령부는 김대중, 김종필 등 주요 정치인들을 합동수사본부로 불법 연행하고 학생, 재야인사, 정치인 등 2천 7백 명을 체포했으며 김영삼을 가택에 연금시켰다. 계엄 확대로 인해 국회와 정부가 진행해 오던 개헌 논의는 중단되었다. 국무총리 신현확은 비상계엄 하에서 내각이 국정운영 과정에서 배제된데 대한 무력감을 이기지 못해 5월 20일에 사퇴했다. 서울의 봄은 안개 속에 막을 내렸다.

14.

신군부의 상황을 지켜본 나는 일손이 잡히지 않아 통상업무조차도 우물쭈물 뒤로 미뤘다. 사무실 내부에서는 결재를 올리려고도 받으려고도 하지 않았으며 분위기는 어수선했다. 내각은 존재했지만 허수아비나 다름없었고 국무총리나 장관들도 정상적으로 집무할 분위기가 아니었다. 전두환이라는 인물이 등장할 때부터 나는 공포감에 빠져버려 허무주의자가 된 것 같은 기분을 느꼈다. 평소 잘 알고 지내는 중앙청 출입 기자들도 보안사령관이라는 인물을 경계와 의혹의 눈길로 바라봤지만 그에 관한 기사를 마음대로 쓸 수 없었다고 털어났다.

10.26사건의 수사를 마무리한 합동수사본부장 전두환은 박정희의 시해범 김재규의 재판을 서두르고 있었으며 김재규는 곧 사형에 처해질 운명이었다.

전두환의 지시에 따라 신군부는 마침내 전라남도 광주라는 장소를 선택해 피의 연극을 시작했다. 5월 18일 계엄군이 광주에 진입했다. 광주 대학가의 무력점거, 학생과 계엄군 간의 충돌, 대학생들의 계엄 및 휴교령 철폐 요구, 이어 광주 도심으로의 진출, 계엄군의 진압, 시민들의 학생 시위대 지지, 계엄군의 시민 구타와 체포, 협상 없는 살벌한 대차…… 신군부 쿠데타 주역들이 권력 장악을 위해 꾸미는 음모에 따라 사태는 점점 험악하게 진행되기 시작했다.

5월 19일 계엄군의 폭력진압에 분노한 광주시민들이 대학생 시위에 동조해 계엄군과 투석전을 벌였다. 양측의 공방전과 시위가 격화되는 과정에서 시민들 가운데 사망자가 발생하기 시작했다. 5월 21일부터 계엄군이 시민군을 향해 무차별 발포를 하자 사상자가 속출하기 시작했다. 시위대는 계엄군에 맞서 인근 지역 지파출소에서 무기를 탈취해 무장을 시작했다. 시위대는 시민군으로, 시위는 무력항쟁으로 변했다.

5월 23일 수습대책위원회가 구성되어 시민군은 무장해제를 시작했지만 시민군에 대한 계엄군의 무장해제 요구과정에서 광주 시민들은 강온 양파로 나뉘었다. 곧 강경파가 주도권을 잡으면서 새로 구성된 지도부는 계엄군의 무력진압에 맞서 시민군을 이끌었다. 그러나 5월 27일 탱크를 앞세운 2만 5천여 명의 진압군이 광주 시내로 진입해 시민군을 공격하고 도청과 시가지를 접수했다. 열흘 동안 계속된 광란의 사태는 진압되었다. 광주 거리에 주검이 넘쳤지만 얼마나 많은 사람들이 죽고 실종되었는지 아무도 알지 못했다.

광주사태가 벌어지는 동안 외부인의 접근이 차단되어 사건의 진상이 외부에 알려지지 않았지만 광주를 탈출한 일부 시민에 의해 조금씩 소식이 전해지기 시작했다. 나는 사무실의 동료직원을 통해 광주의 진상을 전해 들었다. 광주가 고향인 직원의 부친은 고향에서 국민학교 교장으로 재직하고 있었다. 교장 선생은 광주를 벗어나 시골 친척 집에서 서울의 아들에게 광주의 혼란상을 전화로 알려왔다. 나는 광주의 상황이 상상 밖으로 심각하다는 것을 감지했다.

광주사태는 처음 유언비어처럼 전해지면서 북한 무장간첩이 침투해 저지른 소행으로 소문이 돌기도 했지만 사흘째부터는 진상이 언론에 보도되기 시작했다. 광풍처럼 몰아친 유혈극은 신군부의 지시를 받는 계엄군의 진압으로 잠잠해진 것처럼 보였다. 그러나 그것은 사건의 종료가 아닌 시작이었다. 5월 24일 박정희를 살해한 김재규에게 사형이 집행되었다. 모든 상황이 전두환의 신군부에 의해 진행되고 있었다.

도 피

1.

1980년 5월 31일 신군부는 국가보위 비상대책위원회를 만들어 국정에 직접 개입하기 시작했다. 약칭 국보위로 불리는 이 기구 — 헌법에 근거도 없는 — 는 부정부패와 사회악을 일소한다는 명분하에 국정개혁이라는 것을 시작했다.

헌법을 정지시키고 무력으로 국회를 해산시킨 뒤 정권을 탈취하는 과정에서 시간에 쫓긴 신군부는 집권의 불가피성과 정통성을 인정받기위해 대국민 홍보가 필요했다. 그들은 대국민 홍보수단으로 개혁백서를 펴낼 구상을 했다. 통상적인 행정 실적을 부풀려 개혁성과로 분식하고 광주사태를 좌익의 사주에 의한 민란으로 규정짓는 것이 국보위의 의도였다.

운명이란 잔혹한 속성을 지닌 것일까. 이 백서발간 지시가 나에게 떨어졌다. 6월 어느 날 삼청동에 있는 국보위 사무실로부터 전화 호출을 받은 나는 국보위 문공위원회 사무실을 찾아갔다. 그곳에 사복차림의 현역 장교들과 몇 명의 민간인들 — 공무원들로 보이는 — 이 있었다. 그들 중에 자신을 K 중령이라고 소개한 사람이 말문을 열었다.

"남 서기관이 행정백서 발간을 주관한 담당관으로 알고 있는데……사실인가요?"

"그렇습니다."

"박정희 대통령 각하의 연설문도 썼습니까?"

"대통령 시정연설문을 썼습니다. 정부 예산안 제출 때 국회에서 발표하는……."

"국보위가 진행 중인 개혁의 성과를 백서로 발간해서 국민에게 홍보할 계획인데, 이걸 총리실에서 맡아줘야 하겠습니다."

"……시행중인 사업을 개혁성과라고 할 수 있겠습니까?"

"국보위 발족 후 100일 동안에 거둔 개혁성과를 정리해서 역사적인 기록으로 남길 계획입니다. 지금 진행 중인 개혁이 9월 초에 끝나면 100일이 됩니다. 각 부처로부터 개혁실적을 취합해 9월 초부터 발간작업에 들어가면 될 겁니다."

그는 광주사태의 진상도 백서에 수록하도록 요구했으며 이 사건은 좌익 불순분자들의 책동에 의해 발생한 민중봉기로 규정지어야 할 것이라고 말했다. 역시 현역 장교로 보이는 다른 사람이 말을 이었다.

"광주사태는 배후에 불순분자들이 개입한 민란이야. 진실을 알지 못하는 국민에게 이 사실을 알려야 하고 백서에도 그렇게 기록해야 돼."

"아직 끝나지 않은 사건 아니겠습니까? 사건의 진상이나 원인도 정확히 밝혀지지 않았습니다."

그곳에 모여 있는 사람들도 모두 K 중령과 같은 생각을 하고 있는 것 같았다. 사회정화 담당위원인 듯한 다른 장교가 끼어들며 말했다.

"광주사태는 단순한 소요사태가 아니라고. 좌익이 사주한 민란으로 역사에 기록해야 한다니까!"

광주사태를 민란으로 규정지으려는 장교들 앞에서 나는 나도 모르게 공무원 신분임을 망각하고 말았다. 순간적으로 억제하기 어려운 어떤 본능 같은 것이 꿈틀거렸다. 그들의 주장에 대해 무엇인가를 말하지 않을 수 없었다.

"역사는 사실과 진실을 기록해야 합니다. 기록된 역사도 영원불변한 건 없습니다. 시대마다 새롭게 해석돼야 하니까요. 광주사태는 정확한 원인조차 아직 밝혀지지 않았습니다."

K 중령이 다른 장교들을 제지하며 말했다.

"광주사태가 민란이 아니라는 거요? 빨갱이가 끼어든 민란입니다. 국보위가 요구하는 대로 기록해야 할 겁니다."

"사건의 진상을 파악하기 전에 민란이라고 규정지을 순 없습니다. 설령 민란이라고 칩시다. 그렇더라도 시민을 죽이는 게 정당화될 수 있을까요? 군인이 제 나라 백성을 죽이는 게 민란을 평정하는 방법입니까? 이건 학살이고 동족상잔입니다. 민란이 아니라 군란입니다. 광주사태를 어떻게 규정해야 할 지 국보위 측에서도 고민해야 하지 않겠습니까?"

"아니, 지금 뭐라고 했소? 군란? 남 서기관이 아직 감이 안 잡히시는 모양인데, 국보위가 민란으로 이미 규정해 놓았으니 그렇게 쓰라는 얘기요. 그리고 백서의 명칭도 국보위 백서로 해야 할 거요."

"국보위가 국사편찬위원회라도 된다는 말씀입니까? 그럼 국보위에서 직접 쓰시던가, 정부 대변기관인 문화공보부에 맡기면 되지 않겠습니까?"

"국보위가 지시한 대로 백서를 만드시오. 그렇게 하는 게 신상에도 좋을 겁니다."

"신상에 좋을 거라니? 나를 협박하는 겁니까?"

"이봐! 남 서기관, 여기가 어디라고 생각해요?"

"말해 볼 까요? 하나회가 주도하는 군사평의회지!"

"닥쳐! 당신 말이지, 현실을 직시하라고! 매운 맛을 봐야 알겠다는 거야?"

"말을 삼가라고! 매운 맛이라니! 당신이 내 상관이라도 된다는 거요? 국보위가 정부에게 지시하는 기관이요? 내 대학 동기생 중에 육사 출신들이 있소. 여러분도 아마 P 중령이나 C 대령, H 대령을 알고 있을 거요. 그 친구들 육사에 근무하다가 위탁교육 와서 같은 학과에서 역사 공부한 동료들이요. 그 친구들한테 그런 식으로 백서를 쓰라고 하면 쓸까?"

"P 중령? C 대령?"

나의 대학동기들 중에 육사 출신들이 있다는 말에 K 중령과 동료 장교들은 주춤했다. 분위기를 악화시켜서는 그들도 좋을 것이 없다고 생각했는지 태도를 누그러뜨렸다.

나는 내 자신이 지극히 비정상적이며 통제된 상황 속에 처해 있음을 직감했다. 사실 서슬 퍼런 쿠데타 본부에서 현역 군인들과 논쟁을 하는 것이 얼마나 무모한 일인가. 장교들이 신상을 운운하며 위협적인 태도를 보일 때 나는 두려움을 느꼈으며 본능적으로 자신을 지켜야겠다는 생각이 들었다.

어쩔 수 없으니 한 발 물러서자. 우선 이 상황으로부터 벗어나야 한다. 그런데 저들은 무엇을 믿고 저렇게 우쭐대는 것일까. 국보위 상임위원장일 것이다. 전두환이 백서를 만들라고 직접 지시했을까, 아니면 저들이 과잉충성을 하느라 꾸며대는 것일까. 어쨌든 이것은 전두환의 신군부가 주도하는 일이다. 역사를 휴지조각처럼 여기는 위험한 발상이다.

사병집단을 이룬 하나회 장교들. 지휘계통을 무시하고 하극상을 저지른 권력의 수족들. 나는 정치장교들에게 분노가 치밀었지만 그들 앞에서 이렇듯 무력해진 자신이 참담하기 짝이 없었다. 이들이 대한민국의 장교들인가. 위협적인 태도, 오만방자함, 역사에 대한 조롱. 구국의 결단이니 국가보위니 하는 명분은 속들이다보는 구실일 뿐이다. 국보위는 정권찬탈을 위한 쿠데타조직이며 군부 파시스트들의 전위에 불과하다. 지금 계속되는 권력의 진공상태는 얼마나 좋은 기회인가.

K 중령의 안내로 나는 문공위원장이란 사람도 만났다. 그는 간부후보생 출신으로 사단장을 지낸 사람이었다. 중학교 교장선생 같은 온화한 인상을 풍기는 군인이었지만 그 또한 전두환의 지시를 받는 신군부 사람일 터였다. 그는 나에게 내용이 충실한 백서를 만들어 달라고 당부했지만 나는 노력해보겠다는 말로 적당히 얼버무렸다. 국보위는 사복 입은 장교들과 각 부처 파견공무원들이 뒤섞여 기계처럼 움직이고 있었으며 군사정부의 축소판 그대로였다.

국보위 재무분과위원 명단에 S 교수가 끼어있는 것을 알고 나는 이상한 생각이 들었다. S 교수는 이 쿠데타조직에 본인의 의사에 따라 자발적으로 참여한 것일까, 신군부의 회유와 위협에 못 이겨 징발된 것일까. 내가 행정대학원에 다니던 시절 경제학을 가르쳤던 S 교수는 자신은 오직 학자의 길을 걸을 뿐 정부에도 정치에도 몸담지 않겠다고 공언하여 학생들로부터 존경과 인기를 한 몸에 얻었던 사람이다. 그는 왜 이 험악한 시기에 군사쿠데타 기구에 몸을 담게 된 것일까.

나는 S 교수가 혹시 재무분과위원회 사무실에 있지 않을까 여기고 그곳으로 향하다가 그냥 발길을 돌려 분위기 살벌한 건물을 빠져나왔다. 중앙청 사무실로 돌아오면서 나는 바늘 떨어진 물고기라도 된 것처럼 맥이 빠지는 것을 느꼈다. '대학교수가 되는 길을 택했더라면……아, 빌어먹을!'

전두환 일당은 국회를 해산하고 헌법을 폐기했다. 집권에 걸림돌이 되는 정치인과 재야인사를 내란음모와 사회혼란 혐의로 검거하고 정관계 고위직들을 부정축재자로 체포했다. 그들은 이런 사실 자체를 사회

개혁이며 정의라고 주장한다. 이것은 역사를 희롱하는 행위이며 정치적 장난이다.

전두환의 하수인들은 공직자 숙정, 언론통폐합, 언론인 해직, 삼청교육 실시, 사회정화를 개혁성과로 기록하라고 다그친다. 그럼 단순히 나이가 많다는 이유로 퇴직을 강요당한 우리 사무실 총무과장도 개혁대상자라는 말이 된다. 평생 부정과는 담을 쌓아 온, 표창을 받아야 할 공무원을 강제로 쫓아낸 행위가 개혁이라고? 총무과장은 가족에게는 자신의 해직사실을 숨긴 채 출근한다며 오늘도 도시락을 싸들고 남산공원을 헤맬지도 모른다. 그는 멀지 않아 이민을 떠날 것만 같다.

청렴마저 도매 값으로 몰아낸 국보위. 권력에 눈이 벌게진 군인들이 정의와 개혁의 나팔을 불어대는 모습을 나는 허무의 눈길로 바라볼 수밖에 없다. 공무원이 되고나서도 역사교수에 대한 미련을 버리지 못하고 있는 얼간이 같은 내 신세. 그런 내가 국보위의 지시대로 엉터리 기록을 만들고 신군부의 집권음모에 장단을 맞춰야 하다니, 역사공부가 제 발등을 찍게 만든 것인가. 이런 일이 닥칠 수도 있음을 모르고 공무원의 길을 택한 팔불출. 그러나 인생의 앞길을 어떻게 예상한단 말인가. 사학도 출신이 공무원이 된 것이 잘못인가.

뒤늦은 후회와 번민은 어떤 결론도 끌어낼 수 없었다. 나는 사면초가에 빠졌음을 느꼈다. 어떻게 해야 할지 알 수 없는 이런 고민을 아내 소희에게 알릴 수도 없었다.

나는 백서발간 작업을 늦춰가면서 이 작업에서 벗어날 길을 찾았다. 백서의 목차와 골격은 구상해 놓았지만 세부내용의 집필은 뒤로 미뤘다. 각 부처에서 제출받은 개혁실적이란 것들을 검토해보니 박정희 정부로부터 이미 시행해 오던 것들일 뿐 그것을 개혁성과로 볼 수는 없었다.

나는 고심 끝에 하나의 탈출구를 생각해냈다. 상사들에게 백서발간 작업을 문화공보부로 넘길 것을 건의했다. 홍보업무는 정부 대변기관인 문화공보부 소관이므로 그곳에서 홍보용 백서를 발간하는 것이 좋겠다는 이유를 달았다. 그러나 그것도 근본적인 처방은 되지 못할 것이다. 어떤 기관에서 발간하든 진실과 역사의 왜곡은 피할 수 없을 테니.

국보위와 신군부라는 존재가 악령처럼 진드기처럼 나를 괴롭혔다. 군사독재는 박정희 정권 18년으로 충분했다. 아니, 너무 길었다. 그런데 또 군사독재가 시작되는 것인가. 나는 군대의 명령을 받는 공직사회가 혐오스러웠다. 시간을 끌며 백서발간 작업을 지연시켰지만 고민의 늪에서 헤어나지 못했다. 그런 가운데 8월 16일 최규하 대통령이 물러나고 전두환이 통일주체 국민회의에서 대통령으로 당선되어 8월 27일 11대 대통령으로 취임했다.

나는 공무원을 그만두기로 결심했다. 아내 소희와 가족이 알면 깜짝 놀랄 일이지만 어떻든 적당한 방법으로 둘러댈 생각이었다. 부모와 가족들은 내 사정을 이해하지 못하고 그냥 공무원으로 남아 있으라고 만류하겠지만 그래도 소희는 나를 이해해 주리라고 믿었다. 내 마음속에는 군대가 판치는 세상에서 공무원으로 일할 생각이 사라져버렸다.

2.

나는 소희와 의논한 뒤 10월 어느 날 사무실에 사직원을 제출했다. 사직하겠다는 말을 듣고 소희는 처음에는 너무 놀란 나머지 불안하고 비참한 표정을 지었다. 그러나 곧 내 입장에 대한 설명 듣고 나서 괴로운 심정으로 내 뜻에 동조했다. 사무실의 상사와 동료들은 만류했지만 나는 입장을 굽히지 않았다. 내가 사직원을 제출하고 나자 담당관이 공석이 되었으므로 백서 작업은 중단되었다. 내 뒤를 이어 작업을 계속할 후임 담당관은 지명되지 않았다.

총리실 상사들도 결국 발간 주체를 놓고 머뭇거리던 태도를 바꿨다. 국보위 백서발간 작업은 관계관들의 협의를 거쳐 문화공보부로 넘겨졌다. 백서발간이 문화공보부로 넘어가자 실장을 비롯한 상사들은 무거운 짐을 벗게 되었다는 듯 홀가분한 표정이었다. 그렇더라도 엉터리 역사를 기록해야 하는 일에 달라질 것이 무엇인가. 내가 제출한 사직원은 아직 처리되지 않은 채 신임 총무과장의 서류함 속에서 보관되고 있었지만 나는 사무실에 출근하지 않았다.

전두환의 대통령 취임 후 10월 23일 개정헌법이 확정되자 국보위는 국가보위 입법회의로 개편되고 11대 국회 개원과 함께 해산했다. 국보위 사람들 대부분이 군복을 벗고 신군부정권의 요직을 차지했다. 두려움이 나를 압박했다. 내가 공직에 있는 한 그들은 나의 행동을 항명으로 여기고 어떤 형태로든 보복을 가할지도 모른다. 그러나 이미 사직원을 제출했으므로 그들도 나를 함부로 할 수는 없을 터였다.

나는 가족의 생계가 마음에 걸렸다. 소희는 친정의 도움으로 어떻게든 꾸려나갈 테니 염려하지 말라며 나를 위로했지만 그래도 본가의 생활이 걱정되었다. 더 이상 생활비를 보내지 못하는 부모는 어떻게 할 것인가. 동생들에게 부탁하기로 하자. 동생도 이미 대학을 졸업해 취업이 되었으니 나중에 형이 다른 일자리를 구할 때까지 부모 봉양을 위해 조금만 힘을 보태면 되리라. 누이동생도 가까스로 결혼했고 막내도 졸업하게 되었으니 큰 부담은 덜게 된 게 아닌가.

1980년 종무식이 거행되던 날 나는 사무실의 사물을 정리하고 총리실을 떠났다. 내가 총리실과 결별하기 열흘 전 국보위백서가 문화공보부에 의해 발간되었다. 백서는 전두환 집권의 정당성을 옹호하는 날조,

과장, 미화의 군더더기로 가득 차 있었다. 엉터리 기록일망정 그래도 그것은 정부기록보존소에 온전히 보존해 둬야 할 문헌이었다. 언젠가 역사의 도마 위에 오를 결정적인 사료가 될 테니까.

나는 그동안 미루어왔던 일을 신속하게 진행했다. 그것은 미국으로 유학을 떠나는 것이었으며 이미 유학준비를 마친 상태였다. 소희에게는 너무 미안했지만 소희는 집안을 잘 지킬 테니 염려하지 말라며 나를 안심시켰다.

1981년 1월초 나는 미국으로 떠났다. 그리고 2월에 펜실베이니아주의 어느 대학원에 입학했다. 분노와 체념 속의 미국행. 유학은 어쩔 수 없는 도피였다. 나는 소희를 동반하고 싶었지만 이런저런 사정으로 혼자 떠날 수밖에 없었다. 유학비용은 대학원에서 지급하는 장학금으로 대부분을 충당하고 나머지는 장인이 마련해준 경비로 메워갈 계획이었다.

3.

미국에 온지 한 달이 지난 어느 날 나는 지도교수로 예정된 교수의 연구실을 찾았다. 하얀 얼굴에 구레나룻을 한 교수가 나를 쳐다보며 질문했다.

"미스터 남, 한국에서 이미 대학원을 졸업했는데…… 미국에 유학 온 특별한 목적이 있을 것 같군요?"

사실 답변할 말이 궁색한 나머지 나도 모르게 이렇게 말해버리고 말았다.

"미합중국에서 배워서는 안 될 것이 무엇인지 배우기 위해 유학을 왔습니다."

지도교수가 속삭이는 듯한 말로 또박또박 말했다.

"당신은 미국을 알고 있습니까?"

등록절차를 마친 뒤 상담을 위해 처음 만난 지도교수 로버트 리 박사는 점잖게 생긴 중년신사였다. 그런 점잖은 교수에게 초면에 예의에 벗어난 말을 한 것 같아 나는 몹시 미안했다. 미국을 아느냐는 리 교수의 질문에 나는 당황했다. 대학을 다닐 때 미국사 강좌를 수강했고 몇 권의 미국사 서적을 읽기는 했어도 미국에 관해 아는 것이 별로 없었다. 배울 것도 많고 배워서는 안 될 것도 많은 나라라는 것이 미국에 대한 평소 나의 입장이었다. 배워서는 안 될 것만 말한 것 같아 미안했으므로 나는 리 교수에게 사과했다. 그러나 리 교수는 나의 발언은 어디까지나 사견이기 때문에 사과할 필요가 없으며 오히려 한국이 미국에서 배워서는 안 될 것이 무엇인지 정부론적인 입장에서 체계적으로 연구해보라는 말을 했다.

어떤 나라에서 쿠데타를 일으키건 군부 독재를 하건 간에 미국의 이익에 부합되기만 하면 그 나라 국민의 바람과는 상관없이 그 정부를 인정해버리는 미국식 결정방식에 대해 최근에 나는 회의를 느끼기 시작했던 것이다. 한국 신군부의 등장과정과 군사정권 수립을 미국이 너무 쉽게 용인해버렸다는 생각을 떨쳐버릴 수 없었다. 나는 사실 도망치듯 미국으로 유학을 왔지만 자신은 친미주의자도 반미주의자도 아니며 미국이라는 나라를 알고자 하는 탐미주의자일 뿐이라고 생각했다. 그리고 한국에서 군사정권은 20년으로 족하다고 생각했다.

지도교수는 내게 '미국을 알고 있느냐'고 물었다. 얼마큼 알고 있느냐고 물은 것이 아니라 그냥 알고 있느냐고 물었다. 그의 질문은 단순하고 직설적이었지만 많은 것을 생각해보라고 은근히 압박하는 우회적인 질문 같기도 했다. 나는 기회가 닿으면 행정학이 아니라 다시 사학도로 돌아가 역사학을 공부해야겠다는 생각을 했다. 지도교수와의 면담은 솔직하고 진지한 가운데 이뤄졌다.

나는 대학원생 기숙사인 맥키 홀에 입주했다. 유학생활은 시작되었지만 집식구들을 생각할 때마다 착잡하고 안쓰러운 마음을 떨쳐버릴 수가 없었다. 내가 혼자 떠나올 수밖에 없었던 이유를 아내 소희 밖에는 아무도 모를 것이다.

학기 초부터 수업은 빡빡한 일정 속에 진행되었다. 일주일에 세 과목을 수강해야 하는 대학원 수업은 벅찼다. 계속되는 숙제와 독서할당량 때문에 도서관으로 자주 달려가야 했고 밤새도록 책을 읽고 내용을 정리해야 했다. 미국 학생들이 한 시간에 읽을 분량을 나는 세 시간 이상 읽어야 했다. 수업시간에 특정한 주제를 놓고 토론이 벌어질 때마다 나는 진땀을 흘리고 긴장해야 했다. 영어 청취력이 아직 모자랐기 때문에 질문하는 사람의 얼굴 표정까지 읽어야 했고 알아듣지 못하면 다시 질문의 요지를 묻곤 했다.

나는 일주일에 한 번 소희에게 편지를 썼다. 기숙사 방에서 편지를 쓰는 시간은 대체로 학생들의 발걸음이 뜸해질 무렵인 자정을 넘을 때가 많았다. 책상 위에 놓인 가족사진을 보며 편지를 쓸 때마다 아이들이 보고 싶어졌고 소희에게 미안한 마음을 견딜 수 없었다.

기숙사 방은 2인실이었으며 룸메이트는 유고슬라비아에서 온 밀란 케블라라는 친구였다. 밀란 케블라는 작달막한 키에 회색 눈동자를 지닌 남 슬라브인 총각이었으며 그의 부모는 모두 크로아티아 출신이라고 했다. 밀란 케블라는 통계학과에서 박사과정을 밟고 있는 대학원생이었다. 그는 납작하게 생긴 헌팅캡 - 흔히 도리우치라고 불리는 - 을 쓰고 돌아다녔는데, 표정이 늘 무뚝뚝했으며 웃는 모습을 볼 수 없었다.

어느 날 밤늦게 리포트를 작성하느라 책을 펼치고 종잇장을 넘기고 있을 때였다. 잠자던 룸메이트가 갑자기 벌떡 일어나며 말했다.

"당신 때문에 잠을 잘 수 없어! 전등을 꺼주면 좋겠어."

나는 그를 한참동안 쳐다보다가 말했다.

"당신을 방해한 적이 없는데? 책상의 스탠드마저 꺼버리면 나는 책을 읽을 수가 없다고. 숙제가 많으니 이해해 줘. 잠이 오지 않으면 당신도 책을 읽는 게 어때?"

"잠을 잘 수 없어 미치겠군!"

"당신 내말 똑똑히 들어. 이 기숙사 맥키 홀 239호실은 당신 별장이 아니야. 나도 기숙사 비를 지불했기 때문에 이 방에서 책을 읽을 권리가 있다고."

"사감에게 보고하겠어."

"당신 좋을 대로 해. 당신을 방해한 적이 없으니까. 지금 당장 숙제를 해야겠으니 이 방에서 나가줘! 나를 방해하지 말고…… 당장 꺼져 버리라고!"

내가 버럭 소리를 지르자 그는 갑자기 옷을 주섬주섬 챙겨 입고 방을 나가버렸다. 다음 날 나는 밀란 케블라의 성격이 평소에도 몹시 예민하다는 것과 한국인 유학생에게 이상하게 적대적인 태도를 보인다는 사실을 기숙사의 다른 한국인 학생들로부터 전해 들었다.

밀란 케블라는 기숙사 방을 나간 뒤 일주일 동안 돌아오지 않았고 캠퍼스 어디에서도 그를 만날 수 없었다. 그러나 일주일 후 그는 기숙사로 돌아왔다. 기숙사 방으로 들어서면서 그가 "하이!"하며 인사를 하자 나도 "하이!"하며 인사를 건넸다. 그런 일이 있은 다음부터 밀란의 태도는 달라져 나의 야간 학습을 방해하지 않았으며 과민반응도 보이지 않았다. 오히려 이런저런 화젯거리를 가지고 나에게 말을 걸어왔다. 나는 그의 태도가 변한 이유를 알 수 없었다.

4.

시간이 지나면서 나는 한국 유학생들을 통해 그 동안 잠시 잊었던 수수께끼 같은 사건을 다시 상기했다. 그것은 지난해에 일어난 광주사태였다. 한국인들이 아직 진상을 제대로 알지 못하는 사건에 대해 대부분의 한국 유학생들은 미국 매스컴을 통해 상세한 내용을 알고 있으면서도 입에 담기를 주저했다. 미국인 학생은 물론 아시아에서 온 유학생들도 이미 텔레비전 보도를 통해 광주사태의 진상을 알고 있었다. 그들이 광주사태를 입에 올릴 때마다 한국 유학생들은 자존심이 상해 한국인이라는 사실 자체가 부끄럽다고 실토했다. 유학생들이 광주에 관한 이야기를 할 때 나는 침묵을 지킬 수밖에 없었다.

가끔 주말에 캠퍼스 밖에 거주하는 한국 유학생 부부들이 기숙사에서 묵고 있는 유학생들을 집으로 초대하는 일이 있었다. 어느 주말 나는 동갑내기인 J의 저녁초대를 받았다. 공과대학 토목공학과 출신인 박사과정 3년차의 J는 술이 거나하게 취하자 광주사태의 야만성에 대해 비난했다.

"전두환? 신군부? 깡패 같은 새끼들, 엿이나 먹으라고 그래. 대체 뭘 어쩌자는 거야? 그래도 우리는 희망을 걸었었다고. 언제 민주주의 하자는 거야?"

J의 비난에 좌중은 저마다 흥분된 표정으로 한 마디씩 대꾸했다. 저녁식사는 반 전두환 모임이 되어버렸지만 유학생들은 그것이 얼마나 공허한 메아리인지 모르고 있었다.

봄기운이 무르익어가는 5월 초 어느 주말 나는 그레이하운드 버스를 타고 필라델피아로 향했다. 버스는 주니아타 강을 끼고 남동쪽을 향해 달리고 있었다. 강 주변의 경치가 고향의 강변과 너무도 닮았다는 느낌을 받았다. 굽이치는 강의 흐름, 강변에 솟은 산, 산을 덮은 울창한 숲, 도로변 언덕의 참나무들이 소양강과 북한강 줄기를 떠올리게 했다. 나는 경춘가도를 따라 춘천으로 가고 있는 듯한 착각마저 들었다. 왜 이렇게 펜실베이니아는 강원도처럼 촌스럽고 편안한 느낌이 드는 것일까. 펜실베이니아라는 이름에는 숲이라는 의미가 담겨 있다. 게다가 지명이 풍기듯 강 주변 산하가 강원도 산골을 빼닮았다.

그러나 이곳에 아메리칸 인디언들의 고통스런 삶의 자취와 슬픈 전설이 숨어 있었음을 나는 뒤늦게 알게 되었다. 서부개척 시대에 황금을 찾아 서쪽으로 향하던 백인들은 주니아타 강변에서 마주친 인디언들을 학살하고 수천 년 간 살아온 삶의 터전을 불태웠다. 강변 숲에서 평화롭게 살던 이로쿼이 족, 모호크 족, 알공킨 족들은 살아남기 위해 백인과 싸웠으며 후손을 보존하기 위해 더 깊은 숲속으로 숨어들었다. 그것은 구한말 관리들의 가렴주구와 착취를 피해 산속으로 피신할 수밖에 없었던 조선 화전민의 운명이나 비슷한 것이었다.

인디언들은 평화와 정령의 종족이었다. 그들은 아침에 해가 떠오르면 산과 강의 정령들에게 기도했으며 사람이 꾸는 꿈을 정령이 만들어내는 자연현상으로 받아들였다. 그들은 태양의 신에게 길을 잃고 헤매는 사람들과 가엾은 영혼들이 지혜로운 안내자를 발견할 수 있게 해달라고 기원했다. 자신의 천막이나 마을을 찾아온 손님에게는 정성스러운 마음으로 좋은 음식과 잠자리를 제공했다. 인디언들에게 대지 위의 모든 것은 존중과 경외의 대상이었다.

아팔라치아 산맥 주변에 퍼져 살던 동부 인디언들이 간직해온 삶의 신조가 있었다. 세상의 일부이며 주인공인 자신을 조화롭게 지켜라. 나와 가족의 정신적, 신체적 자아를 건강하게 지켜라. 견결한 정신의 소유자가 되기 위해 몸을 단련하라. 감정의 상처를 치유하기 위해 영혼을 풍요롭게 가꿔라. 타인의 믿음을 존중하고 자신의 믿음을 타인에게 강요하지 말라. 내가 소유한 모든 것을 타인과 나누고 그들에게 베풀어라. 미래의 씨앗인 아이들에게 사랑과 지혜의 물을 뿌려주고 삶의 길을 가르쳐라. 살아있는 동안 머리에는 – 고구려 사람이 그랬듯 – 새의 깃털을 장식하고 다녀라. 이승을 떠나면 나는 영원한 세상을 향해 날아가는 불새가 되리라……. 그들은 수천 년 동안 중앙아시아 조상들이 남긴 풍습과 정신유산을 계승했다. 그러나 상상력과 영감에 넘친 삶을 살며 평화로운 세상을 꿈꾸던 인디언들은 서부 개척자들의 사냥감이 되었다.

백인들은 펜실베이니아의 숲에 출몰했다는 전설 속의 작은 털북숭이 빅풋을 산의 정령으로 섬긴 인디언을 금수의 무리로 여겼다. 그들은 정체불명의 빅풋을 인디언의 화신으로 여기고 그들의 앞길에서 천막을 치고 살던 이 땅의 원주민들을 사냥해 버렸다. 역사의 어느 부분에서든, 대지의 어느 곳에서든 사냥꾼에게는 사냥감이 필요했다. 광주에서 군인들이 무고한 시민을 사냥했듯이. 그렇게 참혹하고 슬픈 전설이 주니아타 강변 숲속에 남게 되었다. 인디언들과 백인들은 같은 하늘 아래서 평화공존이 불가능했던 것이다.

5.
그레이하운드 버스를 타고 네 시간을 달려간 그곳에는 그림 같은 집들이 모여 있었다. 오가는 사람들이 드문 거리에는 이름을 알 수 없는 가로수의 잎들이 생기 넘치는 빛을 뿜으며 반짝였다. 오월의 풍요로운 색채가 동네에 넘치고 언덕마다 골목마다 정적이 깃들어 발걸음이 저절로 그곳으로 향했다. 집집마다 지붕과 창문에는 귀인의 품위가 흘렀고 실바람에 나부끼는 성조기가 걸려 있었다. 비단 요처럼 펼쳐진 연두색 잔디 위에는 뭉게구름 같이 솟은 분홍 꽃나무 숲이 요정의 정원처럼 환하게 빛나고 있었다. 아담하게 가꿔놓은 묘지공원에서는 금발의 아이들이 뛰어놀고 있었다.

나는 작지만 신기한 이 마을에 숨겨졌을 이야기와 바람결에 스치는 풀잎 요정들의 피리소리를 상상했다. 감미로운 향기를 풍기는 라일락과 꽃나무들 속에서 마치 에덴의 언덕을 걷고 있는 듯한 기분을 느꼈다. 네 개의 박공들, 두 개의 굴뚝, 여덟 개의 창문과 회청색 지붕, 연보라색 보도, 주홍색 우체통……. 이런 것들이 풍경화의 오브제처럼 조화를 뽐내며 부드러운 색채의 경연을 벌이고 있었다. 나는 마침내 동화 속 마을에 온 듯한 환영에 빠져버렸다. 나른한 향수를 피워 올리는 마을의 분위기는 기다리는 사람의 집으로 향하는 나의 발걸음을 한참 동안 묶어놓았다.

세상에서 처음 본 낯설고 신비한 마을의 이름은 킹 오브 프러시아였다. 물신 숭배로 가득 찬 거대한 용광로, 소음과 소비가 넘치는 세속국가의 한복판에 이런 묘한 마을이 있었다는 것이 신기하고 불가사의했다. 처음 방문한 낯선 곳이지만 동화 같은 기운이 감도는 이 마을은 프러시아 제국 어느 황제의 이름을 딴 것일까. 필라델피아에서 가까운 곳에 위치한 이 소도읍은 황제가 사는 마을처럼 생기지는 않았지만 어쩐지 나와는 전혀 다른 사람들이 살 것만 같은 느낌이 들었다. 건축물도, 가로수도, 인도에 깔린 블록도 전혀 색다른 정감을 풍겼다.

필라델피아에는 진외조부 송종주의 딸이 살고 있었는데, 내가 미국에 왔다는 것을 서울의 언니로부터 전해 듣고 나를 초대했다. 아주머니벌인 사라 송과 남편 데이비드 김은 나를 맞아 편히 쉬게 해주었고 필라델피아에 있는 세계적인 화원 롱우드가든도 구경시켜 주었다.

사라 송 내외를 따라 필라델피아 교외의 한인교회에 간 어느 일요일 나는 그곳에서 소문으로만 듣던 충격적인 일을 목격했다. 예배가 끝난 뒤 광주사태를 현지 촬영한 다큐멘터리 영화가 상영되었다. 그것은 외국 기자들이 광주사태의 현장에서 계엄군과 몸싸움을 벌이며 찍은 옴니버스 형식의 필름이었다.

화면에서는 군인들이 개머리판과 총검으로 학생을 공격하고, 부녀자의 머리채를 낚아채고, 트럭에다 사람을 짐짝처럼 던지고, 시위대를 향해 무차별 총격을 가하고 있었다. 국군이라고 불리는 군인들이, 전선을 지켜야 할 군인들이 자국민을 상대로 그런 짓을 벌이고 있었다. 나는 부르르 몸이 떨리는 것을 느꼈다. 사실이라고 믿기에는 너무 끔찍한 장면들이어서 냉정한 마음으로 화면을 응시할 수가 없었다.

40여 분 간 광란의 장면들을 지켜보던 나는 완전히 혼란에 빠졌다. 가슴이 뛰고 얼굴이 화끈거렸으며 나도 모르게 부끄럽고 창피해졌으며 분노가 치솟았다. 아! 저 추악한 한국인들…… 나도 그 중 하나가 아닌가. 영화가 상영되는 동안 많은 사람들이 가슴에 성호를 그었고 영화가 끝나자 어떤 사람은 "오, 하느님!"을 외치며 울음을 터뜨렸다. 며칠 전 꿈길을 헤매듯 구경하던 킹 오브 프러시아 거리의 그림 같은 광경이 핏빛으로 얼룩지는 것 같았다. 모든 것이 혼란이었다.

필라델피아에서 돌아온 후 나는 지난날의 내가 아닌 것처럼 느껴졌다. 학기말시험 준비와 논문작성에 시간을 빼앗기면서도 필라델피아에서 보았던 광주의 영상이 뇌리를 떠나지 않았다. 차라리 보지 않았더라면…… 그러나 나는 은폐된 진실을 두 눈으로 똑똑히 확인했다. 그것이 작은 위안이었다.

봄 학기가 끝난 어느 날 기숙사의 미국인 학생들이 내 방을 찾아왔다. 그들은 나에게 워싱턴 D.C.에서 한국과 관련된 세미나가 열릴 예정임을 알려주면서 함께 참석하지 않겠느냐고 물었다. 이틀 뒤 나는 그들과 함께 조지워싱턴 대학에서 열린 비교정치학 국제학술 세미나에 참석했다. 세미나에서 나의 관심을 끈 것은 한국의 신군부 정권의 등장에 관한 로체스터 대학 정치학 교수 빙햄 파월의 토론주제였다.

파월 교수는 한국의 5공 정권을 군사정권으로 규정하고 정권의 실세는 군부 사조직의 핵심인 대령들이라고 주장했다. 파월 교수는 한국 정치를 대령정치(colonel politics)라고 정의하면서 미국이 전두환 장군과 그의 부하 대령들의 집권 기도를 완전히 방치한 측면이 강하다고 워싱턴 정부를 비판했다. 파월 교수의 발표와 토론을 지켜보면서 나는 국보위에서 기계처럼 움직이던 사복차림의 장교들을 떠올렸다.

신군부와 하나회의 실체조차 몰랐던 한국인들. 그러나 한국인이 알지 못했던 한국의 상황을 태평양 건너에서는 손바닥 보듯 환히 꿰뚫어보고 있다. 한국은 언제쯤이나 민간이 주도하는 민주주의 국가가 될 것인가. 세미나에 함께 참석했던 미국인 대학원생 조 스커제로가 내게 물었다.

"파월 교수의 대령정치 주장에 동의해요?"

"동의합니다. 미국에 오기 전에 쿠데타 본부에서 신군부 대령들과 접촉한 적이 있지요."

"미스터 남은 정치인인가요?"

"아니요. 중앙 정부의 공무원이었죠. 지금은 더 이상 공무원이 아니지만……."

미국인 친구는 나를 쳐다보다가 어깨를 으쓱했다. 세미나에는 한국인 유학생들과 교포들도 상당수 참석해 있었다. 일행은 조지 워싱턴 대학교 캠퍼스를 둘러보고 그날 저녁 기숙사로 돌아왔다. 워싱턴의 세미나는 나를 더 울적하게 만들었다.

소희로부터는 여전히 편지가 오고 있었다. 아이들은 잘 자라고 있으며 집안에 별일 없으니 걱정하지 말고 공부에나 전념하라는 통상적인 안부 편지였다. 그런데 편지내용 가운데 장인의 건강이 다소 걱정된다는 소희의 전언이 마음에 걸렸다. 오래 전에 겪었던 중풍 증세가 재발하여 요즘 침을 맡고 한약을 복용한 덕분에 장인의 증세가 많이 좋아졌다는 소식도 나의 불안감을 잠재우지 못했다.

최근에는 국무총리실의 해빈 선배로부터도 가끔 안부 편지가 도착했다. 두해 전 선배 과장인 J에게 나는 바다 속의 진주라는 뜻으로 해빈이라는 아호를 지어 헌정한 적이 있었다. 선배는 그 아호를 자랑스러워했고 호를 만들어 준 데 대해 고맙게 생각했다. 청빈한 성품과 동료 직원에 대한 배려, 예리한 분석능력, 선비의 고고함. 해빈은 어느 면으로 보나 존경스러운 공무원이었다. 휴일에는 등산도 함께 했고 퇴근 후에는 대폿집에 들려 막걸리 잔을 부딪치며 세상사를 토로했던 지기였다. 해빈은 국내 상황과 사무실 소식을 가끔씩 전하며 내 앞날을 걱정했다. 그는 내가 사무실에 공식 접수시켰던 사직서를 되찾아 간직하고 있다가 아무도 모르게 일을 꾸며 휴직원으로 처리해 버렸다고 고백했다. 해빈의 편지로 그런 사실을 뒤늦게 알게 되었을 때 나는 얼마나 놀라고 당혹스러웠던가! 그는 내가 생각하지 못하는 것 이상의 그 어떤 것을 생각하는 사람이었다. 나는 그에게 '아무쪼록 몸 보중하기 바란다.'는 요지의 짧은 답장을 보냈을 뿐이다.

6.

소도시 스테이트 칼리지의 시민들은 주립대학 캠퍼스를 유니버시티 파크라는 이름으로 부르고 있는데, 이름 그대로 캠퍼스 자체가 하나의 거대한 공원이었다. 내가 다니던 동숭동 문리과대학 캠퍼스보다 최소한 스무 배 이상은 되는 것 같았다. 캠퍼스는 무성한 참나무와 느릅나무 숲으로 덮이고 숲 사이의 공간은 잔디밭이거나 화단이었다.

잔디 위에서는 온종일 다람쥐들이 돌아다니며 도토리 열매를 갉아먹거나 학생들이 던져주는 과자부스러기를 받아먹었다. 어떤 때는 먹을 것을 주는 학생들을 따라 강의실까지 들어오기도 했다. 교문에서 대학본부에 이르는 길 양편에는 느릅나무 숲이 터널을 만들어 놓아 그 밑을 걸어 다니면 기분이 상쾌했다. 주립대학이 처음 세워진 1855년 직후에 심어졌으므로 나무들의 나이는 120살을 넘겼을 것이다.

수업이 끝나면 나는 지끈거리는 머리를 식히기 위해 잔디밭에 누워 하늘을 쳐다보곤 했다. 숲 사이로 드러난 하늘을 쳐다보며, 흰 구름이 흘러가는 모습을 바라보며 가끔 고등학교 시절에 배운 미국민요 언덕 위의 집을 흥얼거렸다. "Oh, give me a home where the buffalo roams……." 잔디밭에 누워 잠깐 동안이라도 여유를 부리다보면 다시 아내와 아이들의 얼굴이 눈앞에 어른거렸고 그럴 때마다 잊으려고 했던 사무실 일이 되살아나곤 했다. 공직을 떠나려고 제출했던 사직서는 해빈이 되돌려 받아 그것을 휴직원 ─ 내가 상상조차 못했던 ─ 으로 처리해버렸다고 했다. 그러니 봉급은 한 푼도 받지 못해도 공무원 신분은 유지되고 있을 것이다. 그래도 현재의 상황은 너무 어색하고 불안하기만 하다.

어느 날 수업이 끝난 뒤 잔디밭에서 다람쥐 두 마리에게 비스킷 조각을 나눠주며 놀고 있었다. 다람쥐들은 도망갈 생각은커녕 손바닥에 놓인 비스킷 부스러기를 먹기 위해 팔과 손바닥 위아래를 오르내리며 부산을 떨었다. 다람쥐들이 비스킷을 움켜쥐고 사각사각 소리를 내며 갉아먹는 모습에 정신을 빼앗기고 있을 때 어느 순간 갑자기 다람쥐들이 달아나버렸다. 뒤에 인기척을 느껴 돌아보니 거기에 룸메이트 밀란 케블라가 서 있었다. 그가 내 옆에 앉았다. 그는 헌팅캡을 이마 위로 올리고 손수건으로 얼굴을 닦으며 말했다.

"……미스터 남, 여기 있었군. 당신과 한 방 쓰는 날도 얼마 남지 않았어."

"밀란, 갑자기 그게 무슨 말이야? 어디로 떠난다는 소리처럼 들리네."

"맞아. 귀국하게 됐어."

"유고슬라비아로 돌아간다는 말인가? 무슨 이유로?"

"미스터 남, 내 조국은 유고슬라비아가 아니야. 크로아티아가 내 나라야. 유고라는 말은 남쪽이란 뜻이고 슬라비아는 슬라브족의 나라란 뜻이지. 유고는 다민족 국가이고 연방국가야. 하나가 되기 어려운 나라지. 티토 할아버지 덕분에 그나마 오랫동안 한 나라로 지탱해 왔던 거야."

"티토 할아버지? 티토 대통령이 밀란의 할아버지라도 된다는 얘기야? 티토는 작년에 사망한 것으로 아는데……."

"……티토는 나의 외할아버지였어. 티토는 본명이 아니야. 원래 이름은 요지프 브로즈. 외할아버지가 돌아가시니까 세상이 변하고 모든 게 변하는군……."

잔디밭에 앉아 밀란 케블라는 많은 이야기를 했고 나는 영화를 감상하듯 그의 이야기에 귀를 기울였다. 그는 밀렸던 이야기보따리를 풀어내듯 자신이 걸어온 길을 털어놨다. 티토가 1980년 5월에 사망하자 티토 재단에서 지원하던 해외 유학생 장학금이 끊긴 탓에 더 이상 미국에서 공부를 계속하기가 어렵게 되었다고 말했다. 그래서 일단 귀국했다가 어머니가 있는 독일로 건너가 공부를 계속할 생각이라고 했다. 아버지는 자그레브에서 농업생산자 조합의 서기로 일했었고 어머니는 함부르크의 어느 대학에서 생화학 교수로 일하고 있다고 했다.

티토는 1892년 5월 크로아티아의 수도 자그레브 교외의 쿰로베츠 마

을의 가난한 농가에서 태어났다. 그는 젊은 시절 러시아 혁명에 참여
했다가 공산당에 입당한 후 반정부활동으로 오랜 투옥생활을 겪었고
스페인 내전에도 종군했다. 그가 1920년 러시아에서 귀국한 후 공산당
활동을 하고 있을 때 곁에서 심부름을 하며 연락책을 맡았던 마리아
케레보바는 1923년 가을 자그레브에서 그의 딸을 낳았다. 정식 결혼을
통해 맺어진 부부가 아니었으므로 낳은 자식은 사생아나 마찬가지였다.
마리아는 티토와 동거할 수 없었지만 티토는 마리아를 남모르게 오랫
동안 보살펴주었다. 티토가 1927년 자그레브 시 공산당 위원회의 서기
가 되었을 때 마리아는 외동딸 루스코바를 데리고 카를로바츠라는 소
도시로 옮겨와 작은 상점을 운영하며 살았다.

루스코바는 어머니 마리아의 뒷받침 속에 고등학교를 졸업한 후 자
그레브 대학교 이학부에 진학했고 대학을 졸업한 후 대학원에서 석사
학위까지 받았다. 밀란의 아버지 이비차 케블라는 자그레브 대학원생
시절인 1943년에 세 살 연하인 루스코바를 만나 전격적으로 결혼했다.
그때 2차 대전은 여전히 진행 중이었고 티토는 나치스 독일에 대항해
빨치산 운동을 벌이고 있었으며 인민해방군 총사령관으로서 유고 민족
해방 전선을 이끌고 있었다. 마리아는 사위가 될 이비차 케블라가 마
음에 들지 않았지만 손자를 빨리 두고 싶은 마음에서 그냥 눈감고 결
혼을 인정해버렸다.

2차 대전이 끝난 뒤 1946년 어머니 루스코바와 아버지 이비차 사이
에서 밀란은 태어났다. 밀란이 어머니 품에서 두 해 동안 자란 뒤 외
할머니 마리아는 딸 루스코바를 독일 함부르크의 어느 대학으로 유학
을 보내 박사과정에 입학시켰다. 그 뒤로 외할머니가 밀란을 양육했다.
밀란 역시 먼 훗날인 1974년 자그레브 대학 수학과를 졸업하고 1976년
티토 장학재단의 지원을 받아 미국에 유학했지만 티토가 사망하자 국

내 사정이 악화되어 더 이상 장학금 혜택을 받을 수 없게 되었다.

궁금증이 더해진 내가 밀란에게 물었다.

"마리아 외할머니는 살아 계신가?"

"티토 외할아버지보다 한 해 먼저 돌아가셨지."

"아버지 이비차 케블라는 살아계시고?"

"아버지 역시 일찍 돌아가셨어. 부모라곤 어머니뿐이야."

"언제 귀국할 예정인가?"

"보름 안에 돌아가야 해. 미국 영사관에서 비자 기간도 더 연장이 안 된다고 얘기하더군."

"밀란의 외할아버지는 독립투사였고 제3세계의 뛰어난 지도자였지. 티토 없는 유고는 앞으로 어떻게 될까?"

"지금도 사실 불안하지만 앞으로가 걱정이야. 유고슬라비아 연방은 아마 사라질 거야. 나도 사실은 크로아티아가 독립되기를 바라고 있지만……."

"밀란, 혹시 드리나 강을 알고 있나?"

"드리나 강? 미스터 남이 어떻게 그 강을 알지? 사바 강의 지류가 드리나 강이야. 사바 강은 내 고향 자그레브를 흐르는 강이고 드리나 강은 보스니아와 세르비아의 국경지대를 흐르는 강이지."

"대학시절에 이브 안드리치의 소설 〈드리나 강의 다리〉를 읽었지. 역사를 전공하다보니까 발칸의 역사가 흥미롭더군. 발칸의 역사는 아주 복잡한 것 같아. 인종도 종교도 언어도 다양하고…… 발칸반도는 가보고 싶은 곳이야."

"맞아. 발칸의 역사는 복잡해."

"나는 대학교에서 터키사를 공부했어. 오스만 제국의 발칸 지배, 발칸의 이슬람화를 공부하다보니 유고연방이라는 나라에 호기심이 생기더군."

"크로아티아는 가톨릭을 믿지. 나도 그렇고. 터키 사람들이 발칸에 이슬람교를 들여오면서 문제가 복잡해졌어. 그러나 누가 종교의 자유를 막을 수 있겠어?"

"……밀란에게 물어볼 게 있어."

"……?"

"한국 유학생이 싫은 이유라도 있나?"

"미스터 남, 나는 텔레비전을 통해 광주사태라는 게 무엇인지 알게 됐어. 나는 남북한을 혼동했어. 사건이 북한에서 일어난 줄 알았지. 그런데 남한 군인들이 시민들을 무자비하게 죽이고 폭행하더군. 남북한이 다를 바가 없다고 느꼈지. 남한은 내가 상상하던 민주국가가 아니었어. 그래서 미스터 남의 나라가 싫어진 거야. 학생이 아니라 나라가……."

"북한에 관해 알고 있나?"

"자그레브에 북한 유학생들 여러 명이 와 있었지. 그들은 참 이상한 친구들이었어. 어떻게 보면 허수아비를 닮기도 했고 원숭이를 닮은 것 같기도 했어. 그 중 몇 명은 같은 학교에서 공부했는데, 어떤 유학생이 김일성 전기를 읽어보라고 주더군. 얼마나 우스웠는자……."

"광주사태는 나도 미국에 와서 확실히 알게 됐어. 부끄러운 일이지. 내 나라에서 그런 일이 벌어졌다는 게……."

"내가 생각하기에는 남북한이 다를 게 없어. 우두머리들끼리 파워게임 하는 것 같아."

"파워게임? 음…… 그런가?"

둘은 해가 기울 때까지 잔디밭에서 긴 이야기를 주고받았다. 밀란 케블라의 말에는 인간사회의 보편성 같은 것을 생각하게 하는 깊은 여운이 있었다. 며칠 후 밀란 케블라는 귀국 준비를 위해 짐을 꾸렸다. 그가 떠나기 직전 나는 작은 선물을 준비했다. 독일에 있는 그의 어머니 루스코바 교수에게 갖다 드리라며 그동안 아껴두었던 홍삼 세트를 포장해서 밀란에게 주었다. 밀란은 답례로 자신이 공부하던 통계학 책 두 권을 내게 사인해서 건넸다. 그는 귀국해서 나에게 소식을 전하겠다고 말했다. 나의 룸메이트는 그렇게 떠나갔다.

밀란 케블라의 말을 떠올리며 나는 지리적으로 격리된 공간에 존재하는 두 개의 강, 사바 강의 지류 드리나 강과 한강의 지류 소양강을 생각했다. 서로마제국과 동로마제국을 갈랐던 자연적 국경, 가톨릭과 동방정교의 접경지역, 오스만 투르크의 이슬람세력과 세르비아 정교세력이 맞선 종교의 분계선, 수 세기 동안 다양한 민족과 종교가 공존과 분쟁을 거듭해온 변경. 그것이 드리나 강이었다. 20세기 초 합스부르크 제국이 드리나 강 너머로 지배의 손길을 뻗치자 국가 간에 긴장이 고조되면서 민족주의의 불꽃이 번쩍였다. 마침내 발칸반도에서 범게르만주의와 범슬라브주의가 걷잡을 수 없이 충돌해 일찍이 없었던 정치적 폭풍 ─ 1차 세계대전 ─ 을 일으켰다. 발칸반도는 정복과 피침의 화약고였으며 드리나 강은 오랜 세월 대결과 공존의 상징으로 기억되어왔다.

오랫동안 대륙국가의 침입과 정복의 제물이 되었던 것이 한반도였다. 그리고 하나이던 나라가 이념과 체제가 다른 두 쪽으로 갈라진 뒤 전쟁을 벌여 남북의 젊은이들이 피를 흘린 강이 소양강이었다. 소양강은 중공군과 미군, 유엔군이 참전해 국제전으로 번진 외중에서 몇 번씩 주인이 바뀐 피침과 탈환의 강이었다. 드리나 강이나 소양강이나 운명적으로 국제전쟁의 한 복판에 놓여 있었던 것이다. 전쟁의 틈바구니에서 피로 물들었던 소양강과 한강이 한반도의 중심을 흐르듯 드리나 강과 사바 강도 발칸반도의 가운데를 흐르고 있다.

강은 전쟁과 평화를 만들어내는 역사의 완충선일까. 이념과 체제가 부딪치는 정치 분계선일까. 그저 물과 뭍에 사는 동식물의 서식처를 구별하게 만드는 생태의 경계선에 불과한 것일까. 이런 의문에도 불구하고 발칸반도와 한반도의 강은 시간과 더불어 계속 흘러갈 것이다. 때로는 파문을 그리며 때로는 빛을 뿌리며, 안개 속에 잠기기도 하고 얼음 꽃을 피우기도 하며 침묵 속에 유유히 흐를 것이다.

7.

　편지는 기쁨과 걱정을 번갈아가며 전해준다. 며칠 전 소희에게서 온 편지는 최근 장인의 건강이 악화되고 있음을 어렴풋이 감지하게 했다. 내가 미국에 오기 전에도 장인은 한의원에서 약을 짓고 침을 맞았지만 중풍 증세가 호전되지는 않았었다. 더욱이 최근에 사업하는 친구를 위해 재정보증을 서고 부동산을 담보로 제공해 주었다가 친구의 사업이 도산하는 바람에 가게건물 한 채를 차압당하면서 장인의 심신은 더 불편해지고 혈압과 뇌경색 증세도 심해졌다는 것이다.

　소희도 편지에서 몹시 걱정스럽다는 마음을 내비쳤다. 장인의 건강이 더 나빠지고 처가의 상황이 악화되면 뒷감당을 하기 위해 외딸인 소희도 자유롭지 못할 것이다. 장인이 쓰러지기라도 한다면 장모와 딸은 어떻게 할 것인가. 그것은 상상 속의 기우가 아니라 내일 갑자기 닥칠 일일지도 모른다.

　해빈 선배로부터 도착한 소식에 의하면 전두환 정권이 정부조직을 개편할 계획인데, 국무총리실도 통폐합대상에 포함될 가능성이 크다고 전했다. 공무원을 그만둘 생각으로 유학을 온 사람에게 직접 관련이 없는 일이지만 자신이 근무하던 조직이 사라질지도 모른다는 상실감마저 떨쳐버릴 수는 없었다. 국내 상황을 잊고 공부에만 전념하려던 생각에 회색 구름이 조금씩 덮이기 시작했다.

가을학기 동안 나는 몇 편의 논문을 썼다. 신통치 않은 것도 있었지만 담당 교수로부터 괜찮은 평가를 받은 것도 있었다. 제로베이스 예산제도의 개선방안이라는 논문은 로버트 리 교수로부터 문제제기와 대안제시가 탁월했다는 평을 받았다. 한국정부 조직에 대한 상황이론(contingency theory)의 적용이라는 논문은 스티븐슨 교수로부터 학제적 접근방법과 내용구성이 적정했다는 평가를 받았다. 영어로 토론하라면 아직 서툴지만 글로 쓰는 것이라면 크게 어려울 것이 없다는 점을 교수들이 확인시켜준 셈이다.

어느 날 룸메이트였던 밀란 케블라로부터 편지가 왔다. 그는 독일 함부르크를 방문하여 어머니 댁에서 며칠간 머물고 있으며 편지도 독일에서 부치는 것이라고 했다. 그리고 곧 자그레브로 돌아갔다가 내년 봄에 독일의 함부르크나 뮌헨의 대학원에 입학하여 통계학 공부를 계속할 것이라고 전했다. 그는 내가 준 홍삼차 선물을 어머니 루스코바에게 드렸더니 매우 기뻐하더라는 말과 함께 생화학 교수인 어머니가 마침 인삼의 생리학적 작용에 관한 임상연구를 진행 중에 있다는 사실도 전했다. 그러면서 자신의 조국은 유고가 아니라 크로아티아라는 사실을 기억해 주고 외할아버지 티토에 관한 이야기는 나 혼자만 간직해 달라고 부탁하기도 했다.

8.

1981년 12월 미국 동부지방의 겨울은 추웠으며 눈이 많이 내렸다. 펜실베이니아의 겨울 날씨는 한국과 비슷했지만 강설량은 엄청나게 많

있다. 12월 하순 어느 날 대학 주변지역에는 하룻밤 사이에 70센티미터의 눈이 내렸다. 눈 덮인 캠퍼스와 스테이트 칼리지 시의 설경은 아름다웠다. 캠퍼스 안팎에 숲을 이룬 참나무와 느릅나무들. 가을 단풍을 떨어뜨리고 난 우듬지의 잔가지가 하늘을 향해 무성하게 뻗은 모습은 또 다른 감동을 느끼게 했다. 눈이 내려 순백의 세상으로 변한 겨울 숲의 풍경은 캔버스에 담고 싶을 만큼 환상적이었다.

숲이 많은 펜실베이니아는 사계의 풍광이 모두 아름다웠다. 영국 찰스2세가 네덜란드 출신 퀘이커교도인 윌리엄 펜에게 하사한 땅이라는 역사적 사실에 유래하여 펜이라는 이름이 붙여지고 실베이니아는 숲이 우거진 땅이라는 뜻에서 펜실베이니아라는 이름이 생겨났던 것이다.

12월 24일 저녁 한인 유학생들이 마련한 크리스마스 연회장으로 가는 길목에도 눈 덮인 겨울나무들이 늘어서 있었다. 그 모습이 싸리비를 거꾸로 세워놓은 듯 잔가지가 촘촘히 하늘을 가려 한겨울에도 푸근한 느낌이 들게 했다. 초록색 대신 회갈색 외투를 두껍게 걸친 참나무 숲이 길을 걷는 이방인의 외로움을 덜어주었다. 길을 걸으며 문득 서울의 거리와 명륜동 집을 생각했다. 아내와 아이들은 잘 있을까. 장인의 병세는 얼마나 깊어지고 있는 것일까. 가족은 한파 속에서 이 겨울을 어떻게 보내고 있을까. 해빈을 비롯한 사무실 동료들은 신군부 정권 밑에서 어떻게 근무하고 있을까.

크리스마스 파티장에 백여 명의 한인 유학생들과 가족이 모였다. 그들은 성가를 부르고 한국민요를 합창했으며 손수 장만한 음식을 먹고 환담을 나누었다. 그들은 고국의 정치상황에 대해서는 입을 다물고 주로 학위취득과 졸업 후 취업에 관한 이야기를 나누며 시간을 보냈다. 한때나마 흥겨운 크리스마스이브의 분위기에 젖었다가 기숙사로 돌아와 침대에 누웠지만 잠을 이루지 못했다. 보이지 않는 시간의 절벽 같은 것이 눈앞에 다가서고 있었다.

9.

겨울학기를 끝내고 1982년 3월초 다시 봄 학기가 시작될 무렵 나는 대학원에 휴학원을 제출하고 귀국 비행기에 올랐다. 장인의 병세가 생각했던 것 이상으로 심각한 상황이라는 사실을 소희로부터 전해 듣고 더는 공부를 계속할 수 없었다.

일 년 2개월 만에 집에 도착했을 때 소희는 반갑고 기뻐하면서도 내가 공부를 계속하지 못한데 대한 아쉬움과 미안함을 감추지 못했다. 춘천 외가에서 유치원을 다니고 있던 큰 아이는 명륜동 집에 와 있었으며 며칠 전에 국민학교에 입학했다. 작은 아이는 한시도 내 곁을 떨어지지 않으려고 했고 성격이 적극적이어서 장난기도 심했다.

그러나 가족을 재회한 기쁨을 잊게 할 심각한 상황이 기다리고 있었다. 장인은 석 달 전에 이미 대학병원에 입원해 있었으며 내가 귀국하기 두 달 전 의식을 잃고 중환자실로 옮겨져 있었다. 장인은 심신의 충격을 극복하지 못하고 결국 뇌졸중으로 쓰러졌지만 소희와 장모는 내가 걱정할까봐 그런 사실을 숨겨왔던 것이다.

장모는 중환자실에서 장인의 곁을 지켰다. 나는 소희와 함께 매일 병원에 가서 장인을 살폈지만 병세는 더 나빠지고 상황은 절망적이었다. 담당의사도 사실상 포기한 상태였으며 환자의 식물인간 상태가 얼마나 지속될지 알 수 없다고 했다.

그러던 3월 하순 어느 날 장인은 숨을 거두었다. 장모는 시신 곁에서 남편을 부둥켜안고 통곡했고 소희는 아버지의 손을 붙들고 울었다. 전쟁이 끝나면 고향 흥남에 대한양행의 간판을 걸겠다던 꿈은 영원히 사라졌고 애지중지 키우던 외손자의 손도 잡을 수 없게 되었다. 흥남을 탈출한 지 31년 만에 소희 아버지는 세상을 떠나갔다.

나는 장모와 상의한 끝에 장인의 시신을 춘천 교외의 공원묘지에 모시기로 했다. 산소는 북한강을 내려다보는 곳에 마련했다. 산소에는 아이들을 데려가지 않았으며 아이들은 외할아버지가 돌아가셨다는 사실을 알지 못했다. 큰 아이가 놀라거나 슬퍼할까봐 걱정되어 알리지 않았던 것이다. 고인을 묻은 봉분을 바라보고 있을 때 유행가 한 가락이 머리에 떠올랐다.

'눈보라가 휘날리는 바람찬 흥남부두에······.'

황태자

1.

국무총리실은 통폐합되어 일부 직원은 총리실에 남고 나머지 직원들은 경제기획원을 비롯한 다른 부처로 전출해갔다. 선배 해빈은 서울시로 전출해 갔다. 휴직 신분인 나는 총무처 소속의 대기인력으로 흡수되어 있었다.

나는 공부를 계속하기 위해 다시 미국으로 돌아갈 것인지를 두고 고민했지만 집안에 변화가 생긴 마당에 그것이 불가능해졌음을 깨달았다. 이제 가정을 지켜야한다는 현실적인 문제와 부딪쳐야만 했다. 국민학교에 입학한 큰아이의 아빠 역할을 해야 했고 아이에게 천천히 외할아버지의 추억으로부터 벗어나 집안에 정을 붙이게 해야 했다.

나는 소희와 의논 끝에 공무원으로 복귀하기로 하고 총무처에 복직신청을 했다. 국보위는 일 년여 전에 해체되었으므로 국보위에 있던 사람들을 두려워할 이유도 없었다. 전두환 정권은 태생의 원죄가 있으므로 권력을 휘두를 시간도 오륙년에 불과할 것이다. 그 후에는 어떤 형태로든 민간정부가 들어설 것이다. 그런 확신이 있었으므로 나는 다시 공무원이 되기로 결심했다. 해빈도 나에게 공직복귀를 권고했다.

복직신청을 한 지 며칠 후 총무처 소속으로 복직명령이 떨어졌다. 그것은 보직이 주어지지 않은 대기발령이었다. 내가 총무처 인사국장을 찾아가 내무부로 전출해 줄 것을 요청하자 인사국장은 내무부로 전출될 때까지 행정조사연구실에서 근무하면서 대기하라고 말했다. 그러면서 내무부로 전출될 때까지는 시간이 오래 걸릴 것이라고 했다.

행정조사연구실에서 대기 중이던 나에게 어느 날 개혁과제를 수행하라는 지시가 떨어졌다. 그것은 국가자격제도의 개선방안이었다. 의사, 약사, 간호사, 변리사, 건축기사, 해기사, 도선사 등 소위 '사'(師, 士)자가 붙은 각종 자격증 제도의 운영실태와 문제점을 분석해 개선방안을 마련하고 이것을 국무총리에게 보고하는 과제였다. 조사 분석 대상이 광범위하고 까다로워 문제를 파악하고 개선책을 제시하는 것이 쉽지 않았다.

이런 골치 아픈 작업을 왜 총무처 정규직원도 아닌 나에게 맡기는 것일까. 봉급 받는 값을 하라는 것일까. 개선방안의 핵심은 기능이 중복되는 자격증을 통폐합하고 자격증 관리부처를 명확히 지정하는 것이지만 엉킨 실타래처럼 복잡한 자격제도를 고친다는 것이 간단한 일이 아니었다. 그것은 거미줄 같은 미로를 헤매는 작업이었다.

두 달 동안 관련 자료를 수집하고 현장실태를 파악하기 위해 부산, 대구, 인천, 광주의 기업현장에 몇 번 출장을 다녀오기도 했다. 넉 달여의 작업 끝에 득달같은 상부의 독촉에 따라 벼락치기를 하다시피 문제점과 개선방안을 정리해 총무처장관에게 보고했다. 군수기지사령관과 국방부 차관을 지낸 삼성 장군 출신의 총무처장관은 복잡한 보고내용을 제대로 이해하지 못했지만 마치 이해했다는 듯한 표정으로 결재란에 서명했다. 그리고 다음날 나는 김상협 국무총리에게 〈국가자격제도 개혁방안〉을 직접 보고했다. 40분 동안의 장황한 보고를 끝내자 김상협 국무총리가 말했다.

"참 좋은 보고였습니다. 막힌 곳은 뚫고 굽은 곳은 펴야죠. 국가자격제도가 이렇게 복잡하고 문제가 많은 줄 몰랐습니다."

보고를 하는 도중에 나는 김상협 국무총리를 하마터면 총장이라고 부를 뻔했다. 앞에 앉아있는 김상협이라는 인물에 대해 내 머리에 각인된 이미지는 어디까지나 대학 총장이지 국무총리가 아니었다. 마음 속으로 존경해오던 대학교수가 쿠데타로 집권한 신군부정권의 국무총리가 된 것은 사실 충격적이었다. '지성과 야성의 조화, 전 인격을 갖춘 새로운 인간, 원색 경연시대의 창조적 리더십……'은 총장 김상협이 졸업식 때마다 제자들에게 사자후하던 감동적인 표제어들이었다.

사람들은 그를 상아탑의 거인, 난세의 호랑이, 정의의 사자라고 불렀고 박정희 정권 하에서도 권부의 실력자들은 그를 함부로 대하지 못했다. 그런 그가 정통성이 없는 신군부 정권의 국무총리가 되었다는 사실을 어떻게 받아들여야 할까. 마음이 소나기구름처럼 혼란스러웠다.

국무총리 김상협은 국무총리 최규하와는 여러 면에서 대비되는 인물이었다. 그날 저녁 집에 와서 곰곰이 생각하니 마치 빈 배를 타고 표류하는 듯한 느낌을 떨칠 수 없었다. 베개를 베고 누워 천정을 바라보다가 도저히 참을 수 없어 마침내 큰 소리로 웃는 나를 보고 소희는 무슨 일이냐며 의아해했다. 나는 어떤 설명도 할 수 없었다.

2.

그로부터 몇 달 뒤 나는 내무부로 발령을 받았다. 지루하게 기다린 끝의 발령이었지만 기뻐할 수가 없었다. 내무부에서는 나를 신하 기관인 산림청으로 전보시키고 산림청에서는 다시 임업연수원이라는 곳으로 내보냈다. 임업연수원은 산림직 공무원을 교육시키는 연수원이었다. 연수원에서는 어떤 보직도 주어지지 않았다. 변방의 연수기관에 밀려나서 생각해보니 내무부에서 발령장을 받던 날 차관보가 나에게 한 말이 빈말이 아니었음을 깨달았다.

차관보 S. 그는 5공 정권이 들어선 후 군대나 다름없이 변해버린 내무부에서 군 출신 장차관을 떠받드는 문민관료의 대리인 격이었다. 그는 내무부라는 관료조직을 병영화 하는데 앞장서고 있었다. 차관보 위로는 육사 14기 출신의 차관이 있었고 장관 자리에는 전두환과 육사 동기인 노태우가 앉아있었으므로 내무부 지휘부는 신군부를 그대로 옮겨놓은 형국이었다. 그는 직원들이 붙여준 독일병정이라는 별명을 자랑스럽게 여기고 있었지만 직원들 가운데는 그가 5공의 연병장에서 춤추는 꼭두각시 같다고 수군대는 사람도 있었다.

경상도 출신이 득세하고 있는 신군부 정권에서 그는 몇 안 되는 호남 출신으로서의 이점을 누리고 있었다. 그는 신군부의 환심을 사기 위해 권력의 노리개 노릇을 마다하지 않는 것 같았다. 고향인 전라도 사람들의 시선 따위도 두려워하지 않았다. 정부청사 출입기자들 가운데는 그가 광주사태를 출세의 기회로 이용했다고 비판하는 사람도 있었다.

발령장을 주는 자리에서 차관보가 나에게 말했다.

"이봐, 서기관 직급으로 내무부에 오겠다고? 강등해서 사무관으로 오면 받아주지. 당신은 계산을 잘못했어!"

"차관보님…… 계산이라니요? 제가 무슨 계산을 잘못해서 강등을 해야 합니까?"

"당신은 강등해서 오라는 내무부의 요구를 거부했어. 그건 항명이야. 내무부의 관례도 모르나? 타 부처에서 오면 한 계급 강등하는 게 전통인 것도 모르나?"

"내무부는 청와대도 하지 않는 일을 합니까? 저는 강등하면서까지 공무원 할 생각이 없습니다."

"꼬리표를 떼려면 시키는 대로 하라고! 강등이 싫다면 발령받는 곳에 가서 세월이나 기다리든지!"

"꼬리표라니요? 그게 혹시 무슨 뜻인지 말씀해 주실 수 없습니까?"

"알 거 없어. 당신은 발령장 받는 자리에서 웬 말이 그렇게 많아?"

"혹시 노태우 장관이 이렇게 인사하라고 지시하셨습니까?"

"뭐라고? 내무장관님을 감히 들먹여? 이 친구가 아직 정신을 차리지 못하고 있구먼!"

"그렇습니다. 솔직히 정신이 없습니다. 그러나 저를 귀양 보내는 선배님 이름은 기억해 두겠습니다."

"선배?"

"공직과 학교의 선배로 알고 있었습니다. 이 차욕은 평생 잊지 않겠습니다."

"이 친구가 어따 대고……."

"차관보님, 군사정권의 개가 되지는 마시오!"

발령장을 낚아채듯 받아들고 차관보 실을 나선 그 순간의 기억은 평생 잊지 못 할 악몽이었다. 차관보는 내가 다니던 대학을 10년 먼저 졸업한 사람이었지만 내 눈에는 그가 대학의 선배가 아니라 신군부의 권력에 길들여진 곡마단의 원숭이처럼 보였다. 나의 귀양생활은 그렇게 시작되었다. 임업연수원의 어느 구석방에 놓인 낡은 책상이 나를 기다리고 있었다. 나는 이 연수원에 온 불청객에 불과했다. 내게는 어떤 일도 주어지지 않았다. 연수원 직원들과 어울리기도 어려웠고 어울려야 하겠다는 생각도 들지 않았다. 연수원 사람들은 내가 어떻게 이곳까지 발령을 받아 왔는지 사연을 알지 못했으므로 쉽게 접근하려고 하지 않았다. 산림공무원 경력 30년의 연수원장은 나를 조심스럽게 대했다. 그는 내 입장을 배려해 교관의 역할을 맡아 하고 싶은 강의라도 하면 어떻겠느냐고 말했다. 나는 연수원장의 권유에 따라 교육생들에게 한국사와 행정학을 강의했다. 그것은 교육생들에게 승진을 위해 필요한 과목이었다.

명륜동에서 연수원으로 출근하는 일이 쉽지 않았으므로 나는 소희와 상의하여 명륜동 집을 처분하고 영등포의 어느 아파트를 전세 내 그곳으로 이사했다. 영등포에서는 수원까지 출근하기가 명륜동보다는 나았지만 나 때문에 두 아이들은 입학한 지 얼마 안 되는 국민학교를 옮길 수밖에 없었다. 나는 이런 인사발령이 한시적일 것이라고 생각했고 몇 개월만 기다리면 보직이 주어질 것으로 기대했다. 인사규정상 대기발령은 6개월 이상을 넘길 수 없게 되어 있었고 나를 이곳으로 보낸 차관보가 언제까지나 그 자리에 있을 수도 없다고 생각했기 때문이다. 그러나 이런 생각은 잘못된 것이었다. 6개월을 넘기고 일 년이 되었을 때도 나는 무보직 상태를 벗어나지 못했다. 강의가 없을 때는 사무실에서 독서를 하며 시간을 보냈다. 점심시간에는 구내식당에서 늦은 점심을 먹고 난 뒤 뒷산에 올라가 소나무밭을 어슬렁거렸다. 점심시간이 훨씬 지나서야 산에서 내려와 사무실로 들어왔다. 나를 맞이할 사람도 없는 사무실에서는 결재할 일도 없고 회의에 참석할 일도 없었다. 임업연수원에서 나는 외계인 같은 존재였으며 언제 그곳을 떠날 지 기약할 수 없는 나그네가 되어버렸다.

3.

같은 학과 친구 K를 만난 것은 그 무렵이었다. 그는 재벌기업인 모 그룹의 전무였고 그의 부친은 그룹의 창업자였다. 평소 자주 만나 서로의 관심사를 터놓고 얘기하고 가끔 테니스도 함께 쳤던 K는 나의 근황을 듣고 나서 의미 있는 말을 했다. 자기 회사에 와서 일하면 어떻겠느냐는 것이었다. K는 회사에서 내가 해외 자원개발 업무를 맡아 자기와 함께 사업구상도 하고 해외출장도 다니며 회사의 미래를 위해 함께 일해보자고 진지하게 제의했다. 나는 K의 제안을 깊이 생각해 보기로 하고 시간을 달라고 말했다.

일 년이 훨씬 지난 뒤에도 신상에는 변화가 없었다. 나는 무턱대고 기다릴 수만은 없었다. 고심 끝에 총무처 소청심사위원회를 찾아가 담당관에게 사정을 설명하고 소청을 제기하겠다고 말했다. 그러자 담당관인 K 사무관이 말했다.

"과장님의 경우는 충분히 소청심사의 대상이 되지만 심사결과는 거의 정해져 있습니다. 기각될 게 분명합니다. 인사법령 상으로는 소청의 사안이 되고도 남습니다. 그러나 5공 정부에서는 분위기가 달라졌습니다."

"그러니까…… 소청의 실익이 없다는 말씀인가요?"

"그렇습니다. 담당관인 저로서도 역부족입니다. 과장님과 같은 인사건은 소청심사위원들이 대부분 기각해버리는 게 요즘 분위기입니다."

"나와 비슷한 처지에 있는 공무원들이 많습니까?"

"아니오. 그렇진 않습니다. 5공 출범 후 한때 인사 불만 때문에 소청하는 경우가 많았지만 요즘은 크게 줄어들었습니다. 과장님의 경우는 분명히 억울한 케이스에 해당하지만 결과는 실익이 없을 거라는 게 제 판단입니다. 최근의 상황에 볼 때 그렇다는 얘깁니다."

"소청을 해도 어렵다면 다른 방법을 생각해 봐야지요."

K 사무관은 솔직했으며 소청을 할 경우 승소해도 불이익이 돌아갈 경우가 있으니 심사숙고하라는 말도 귀띔해 주었다. 그의 말에는 지금도 사실상 군사계엄 상태에 처해있는 것이나 다름없으니 처신을 주의

해야 할 것이라는 일종의 충고가 담겨 있었다. 그러면서 군 출신 공무원들 – 유신사무관이라 불리는 – 이 정부 각 부처에 배치되어 감시자 역할을 하고 있으므로 주의하라는 당부도 했다.

1983년이 저물어갈 무렵 나는 민간기업 취업을 위해 산림청에 사직원을 제출했다. 친구 회사에서 일할 수 있게 되었다는 한 가닥 희망이 생겼으므로 사직원 제출 사실을 소희에게는 비밀로 해두었다. 그러나 사직원을 제출하고 나서 석 달이 넘도록 수리가 되지 않았다. 산림청 인사담당자에 문의했더니 그도 내무부에서 하는 일이라 자세한 이유를 알 수 없다고 했다. 다시 내무부 담당자에게 문의한 결과 그 역시 사직원이 수리될 때까지 기다리라는 말만 되풀이했다.

도대체 어떻게 된 일일까. 군부정권이라곤 해도 명색이 민주공화국인 나라에서 어떻게 이런 일이 가능할까. 무슨 이유로 사직원조차 처리해주지 않는 것일까. 국보위 항명에 대한 보복? 강등 거부에 대한 보복? 이것은 신군부 정권이 만든 또 하나의 연좌제일까. 그렇더라도 일 년이 넘도록 보직을 주지 않고 세월만 보내게 만드는 것은 피를 말리는 고문이나 다름없지 않은가. 이런 고문을 누가 지시했을까. 나는 창살 없는 감옥에 갇힌 죄인이 되어버린 것인가.

거드름 떠는 군인들, 군 출신들에게 굽실대는 공무원들, 아부의 만화경으로 변한 관료사회. 지금 박정희 시대에도 없던 일들이 벌어지고 있다. 전두환 일당을 생각하면 분노가 치밀어 오르지만 어찌해 볼 도리도 없다. 내게는 45구경 권총도 없고 켄타우루스 같은 힘도 없다. 정의? 도덕? 군인세상에서는 약자를 위한 사탕발림에 불과한 헛소리일 뿐.

아, 내 인생은 왜 이 모양으로 굴러가고 있는 것일까. 사직원이 처리되어야 민간기업에 취업할 수 있지만 그것이 처리되지 않으므로 공무원을 그만둘 수도 없다. 나에게 벌어지고 있는 일이 전혀 내 일이 아닌 것처럼 여겨진다. 군인들에게 머리를 숙였더라면 이런 일이 벌어졌을까.

1984년으로 해가 바뀌어도 신상에 변화가 없었다. 봄이 왔을 때 점심시간 후에는 연수원 뒷산에 올라 솔밭에 누워 책을 읽으며 시간을 보냈다. 진달래꽃을 따서 입에 넣고 씹기도 하고 꽃잎을 비닐봉지에 담아 집에 가져와 두견주를 만들기도 했다. 시간은 더디게 흘러갔다.

친구 K는 내가 회사에 들어와 주기를 기다리고 있었지만 신상문제는 그대로인 채 안개 속에 가려 있었다. 나는 다시 한 번 사직원을 제출했다. 이번에는 내무부 장관에게 직접 제출하는 형식으로 내무부 총무과로 등기우편을 보냈다. 그래도 사직원은 처리되지 않았다. 두 달이 지나도 아무 소식이 없었다.

이 무렵 우리 가족은 또 한 번 이사를 했다. 이사를 간 곳은 동대문 밖 장안동의 작은 아파트였다. 이번에는 전세비용에 장모가 보태준 돈으로 집을 구입했는데, 나는 소희의 이름으로 등기를 하게 했다. 내 인생에 액운이 계속 겹치고 있으므로 나보다는 아내 이름으로 해두는 것이 좋을 것처럼 여겨졌다. 집에서 연수원까지는 더 멀어져 60킬로의 거리를 버스를 두 번 갈아타며 출퇴근해야 했다.

가을이 지나 초겨울로 접어들던 11월 어느 날 나는 내무부 기획관리실장 앞으로 편지를 써 보냈다. 기획관리실장은 강원도 사람이었다. 나는 그동안에 내가 겪어온 상황을 설명하고 사직원을 조속히 수리해 줄 것을 호소하는 글을 올렸던 것이다. 그로부터 며칠 후 지방행정국장으로부터 한 통의 전화를 받고 내무부로 출두하라는 지시를 받았다. 내가 정부종합청사로 지방행정국장을 찾아갔을 때 국장은 이렇게 말했다.

"남 서기관, 기획관리실장님으로부터 인사문제를 검토해보라는 지시를 받았습니다.

"감사합니다. 그러나 저는 제가 제출한 사직원을 속히 처리해 주십사하는 부탁을 드리러 왔습니다. 두 번이나 사직원을 제출했지만 무슨 이유인지 사직원이 처리되지 않아 민간회사에 취업을 못하고 있습니다."

"미안합니다. 너무 오래 기다리게 해서. 사직원이 처리되지 않은 이유는 달리 상세하게 말씀드리지 않겠습니다. 곧 본부로 발령을 낼 테니 며칠만 참아주세요."

"국장님, 사직원이 처리되지 않은 이유를 알고 싶습니다. 제가 어떤 잘못을 저질렀습니까?"

"그런 건 아니고…… 부내 사정 때문이었습니다."

"한 말씀 올려도 되겠습니까? 그건 부내 사정 때문이 아닐 겁니다."

"내무부 자체도 그렇고 그동안 전국적으로 인사적체가 많았습니다. 인사적체가 부내사정 아닙니까? 아무튼 미안하게 됐으니 곧 인사 조치를 하겠습니다."

"저의 사직원이 수리되지 않은 이유는 인사적체가 아닐 겁니다. 인사적체가 대체 몇 년 동안이나 갑니까? 다른 이유가 있다고 생각합니다. 제가 원하는 것은……."

나는 무언가 다른 말을 하려다가 그냥 이렇게 말해버렸다.

"……사직원을 즉시 처리해 주십사하는 것입니다."

"제 얘기를 들어 보세요"

"국장님은 인생과 공직의 선배십니다. 후배의 소원 하나 못 들어주십니까?"

"남 서기관, 기획관리실장님의 배려를 뿌리칠 겁니까?"

"사직원을 수리해 주십시오! 부탁드립니다."

"남 서기관의 공직 선배로서 미안하게 생각합니다. 마음을 풀고 곧 있을 인사 조치를 기다리세요."

국장의 말에 나는 고민했다. 그도 알지 못하는, 말할 수 없는 어떤 이유가 있으리라. 내 문제의 직접책임자가 아닌 국장이 미안하다는 말을 했다. 어떻게 해야 할까. 나를 산림청으로 좌천시킨 차관보는 두 달 전 전라도 도지사로 임명되어 나갔다. 걸림돌 하나가 사라졌을 뿐 윗사람들은 여전히 군 출신들이다. 모든 것이 혼란스럽기만 했다.

그때 나의 머릿속을 섬광처럼 스치는 것이 있었다. 구름 뒤의 태양…… 구름 뒤에 가린 태양도 태양이라는 말. 그 말이 떠올랐다. 누군가 구름 뒤에 숨은 해를 이야기한 적이 있었다. 구름은 언젠가는 걷히게 마련이고 마음의 구름도 걷히리라고. 그 사람이 누구였던가. 어느 스님이었던가.

그렇지. 언젠가 정선 J사의 적멸보궁에서 뵈었던 그 스님이 그런 말씀을 했다. 설법을 부탁한 나에게 "인내는 크고 깊은 지혜일세."하며 조용히 견안불발의 미덕을 강론해준. 그리고 나에게 대혜라는 보살 명을 내리고 수계증서를 건네준 스님. 탄허가 구름 속의 해와 인내의 지혜를 설파했던 것이다.

나는 입술을 깨물었다. 생각을 바꾸기로 결심했다. 마음의 구름을 걷어내라. 이왕에 오랫동안 기다려왔으니 정상적인 보직을 받을 때까지 조금만 더 기다리자. 그동안 절치부심 분노를 삭이며 참아오지 않았던가. 아내 소희는 또 얼마나 가슴을 졸여왔던가. 조금만 더 기다리자.

1985년 1월 초 나는 내무부 소속이 되어 새마을운동본부로 파견명령을 받았다. 발령장을 받은 뒤 기획관리실장에게 인사차 들렀을 때 실장이 말했다.

"자네 편지 잘 읽었어. 그동안 그렇게 고생하는 줄 몰랐지. 그래도 공직자의 사표는 신중해야 해. 내가 보기에 자넨 민간회사에서 일할 사람이 아니야. 우선 새마을운동본부에 나가 있다가 기회를 기다리라고, 지금은…… 공직사회도 그렇고 나라도 그렇고, 모든 걸 참아야 하는 세상이야. 내 말 명심하라고. 대통령 동생이 새마을 회장으로 있는 만큼 파견근무라고 하더라도 괄시할 사람은 없겠지."

정규 보직이 아닌 파견근무. 그래도 서기관 승진은 남보다 일찍 했으니 그걸 위안 삼아 더 기다려보자. 절해의 유배지에서 내무부 본부까지 올라온 것을 우선 다행으로 여기자. 기획관리실장은 나에게 지금은 참아야 하는 세상이라고 말하면서 신군부 정권에서 살아남는 법을 은연중 암시했다.

나는 그의 배려에 따르지 않을 수 없었다. 주변에 적대자만 존재하는 게 아니라 보살펴주는 사람이 있다는 사실에 한 가닥 위안을 느끼며 나는 새마을운동본부로 파견을 나갔다.

4.

파견근무 석 달째 되던 어느 날 나는 점심을 먹는 둥 마는 둥 하고 새마을운동본부 강당으로 달려가 피아노 앞에 앉았다. 텅 빈 강당은 나의 차지였다. 동요, 유행가, 가요를 순서도 없이 기억 속에서 끄집어내 손 가는대로 건반을 두드렸다. 20년 전 가정교사 시절 돈암동 L 대사 댁 딸로부터 심심파적 삼아 배웠던 서툰 연주 솜씨가 엷은 앙금처럼 손끝에 남아 있었다.

나는 자신이 새마을운동본부에까지 떠밀려와 있는 현실이 결국은 시대를 역류하는 신군부 군인들에 대한 저항의 결과라고 생각했다. 운명처럼 맞닥뜨린 그들과의 악연, 계속되는 불운은 내가 불러들인 것이니 참을 수밖에 없다. 그러니 건반을 두드려라! 악몽은 조금이나마 잊히겠지. 군부 파시스트들이 설치는 세상을 피아노 소리로 묻어버리자. 앞으로 얼마나 더 기다려야 이런 상황이 끝나는 것일까. 어찌됐든 내가 피아노를 두드리는 것은 연주가 아니라 악몽을 잊기 위한 행위였다. 새마을운동본부 회장이 건반을 두드리는 내 모습을 목격했더라면 그의 얼굴이 일그러졌을 것이다.

대통령의 동생이 내게 붙여준 직책의 이름을 생각할 때마다 나는 씁쓸한 웃음을 금할 수 없었다. 올림픽추진협의회 사무처 기획조정실장, 이것도 공직이라면 공직일까. 1985년 1월초 중앙 각 부처로부터 20여명의 공무원이 새마을운동 중앙본부로 파견되었다. 정부는 1986년 아시아경기대회와 1988년 서울올림픽대회를 국민이 참여하는 축제로 만든다는 명분하에 올림픽추진 협의회 – 관변단체 성격을 띤 – 를 창립하고 협의회 활동을 지원하기 위해 공무원을 파견했다. 파견공무원의 대표로 나는 협의회 사무처의 기획조정실장이라는 직함을 맡게 되었다. 그것은 기대한 조직도, 원한 직함도 아니었다. 나는 사실상 징발된 공무원에 불과했다.

어떻든 새마을본부로 파견되자마자 올림픽 협의회를 창립하기 위한 준비는 시작되었고 나는 파견공무원 대표로서 정부 관계부처와 올림픽 조직위원회, 경제사회단체, 재벌기업 등을 오가며 업무협의를 하고 준비작업을 진행했다. 새마을운동본부 회장은 올림픽추진 협의회를 만들기 위해 창립총회 발기인에 사회저명 인사들을 끌어들였다. 대학교 총장, 헌법학자, 교회 담임목사, 전직 부총리, 청소년연맹 회장, 보이스카우트 총재, 여성단체연합회장, 새마을문고 회장, 새마을금고 이사장, 새마을운동 시도지부장들이 창립멤버에 포함되었다.

민간단체를 창립하는 데도 대통령의 재가가 필요했다. 그것은 권위를 잃어버린 새마을운동의 이름값을 회복하고 이 운동의 책임자인 대통령 동생의 영향력을 확대시키려는 취지였다. 발기인 대표는 상공회의소 회장 J가 맡았는데, 그는 평소에도 새마을운동본부 회장에게 협조적인 인물이었다.

3월 초 세종문화회관에서 올림픽추진협의회 창립총회 겸 결의대회가 열렸다. 국무총리와 관계부처 장관, 대기업 총수, 각급 사회단체장과 새마을지도자 4천명이 참석한 가운데 열린 행사는 마치 박정희 시대의 새마을운동 전진대회처럼 일사불란하게 진행되었다.

나는 새마을운동본부 회장의 지시에 따라 이 행사의 사회를 맡았다. 무대에서 사회를 진행하면서 살펴보니 정부관계자들은 언제나 그렇듯 거드름을 피우는 관료주의의 전형을 보였지만 기업총수들은 어쩔 수 없이 동원된 처지를 못마땅하게 여기는 듯 불편한 기색을 감추지 않았다.

새마을지도자들의 행동은 박정희 시대보다 더 경직되고 기계적이어서 행사의 분위기와 감흥을 불러일으키지 못했다. 창립총회와 결의대회가 끝난 뒤 새마을운동본부 회장은 나에게 국무총리가 입장할 때 왜 박수를 치도록 유도하지 않았느냐며 나의 잘못을 지적했다. 그의 말은 맞는 말이었다. 나는 박수를 유도하는 일은 깜빡 잊고 단상에 앉아있는 인사들의 면면을 살피는데 신경을 썼던 것이다.

며칠 후 인천에서 열린 직장새마을 전진대회에 새마을운동본부 회장을 수행하고 참석했다. 행사가 끝난 뒤 회장이 나를 따로 불러 몇 가지를 지시했다.

"공무원도 새마을정신으로 무장해야 합니다. 여기 파견 나온 공무원들은 딴 생각할 필요가 없어요. 파견공무원들의 활동비는 내가 지원할 테니까 공무원들은 대정부협조만 잘 해주면 됩니다. 활동비가 모자라면 출장비에서라도 지원할 겁니다. 협의회 사무처 간부를 맡은 공무원들은 새마을본부 간부회의에 참석하세요. 기획조정실장은 올림픽 관련 자료를 챙겨서 새마을지도자와 사회단체 임원들에게 강의를 해주기 바랍니다. 남 실장은 총리실에 근무할 때 정부시책을 많이 강의했다죠?"

"윗분들의 지시를 따랐을 뿐입니다."

"새마을운동과 올림픽경기는 결국 똑같은 정신운동입니다. 그 점을 특히 강조해주기 바래요."

회장은 새마을운동이 올림픽과 같은 것이라고 말했다. 그의 주장대로라면 새마을운동과 올림픽은 피라미드 조직이 벌이는 캠페인이라는 점에서는 어떤 유사성이 있을지도 모른다. 그러나 새마을 운동은 여전히 권력이 이끌어가는 관청주도 운동임을 부인할 수 없다. 그가 올림픽을 새마을운동과 동일시하라고 주문한 이유는 무엇일까.

그는 박정희가 만든 근면, 자조, 협동이라는 새마을정신 — 명백히 경제적인 목표를 함축하는 — 과 올림픽의 이상을 형이하학적인 개념 속에서 아주 단순화하고 있는 것 같다. 그가 생각하는 초점은 올림픽이 아니라 어디까지나 새마을운동에 맞춰져 있다. 그렇다면 그에게 올림픽은 새마을운동의 부속품이나 장식용에 지나지 않을 것이다.

새마을운동본부 확대간부회의가 열릴 때 회장은 기억하기조차 어려운 지시들을 쏟아냈다.

'올림픽 응원가를 만들라. 강화도에 새마을 연수원을 건립할 준비를 하라. 야시장을 개설할 때 분재판매 계획을 세우라. 농촌청소년과 불우청소년에게 장학금을 지원하라. 4월중에 방송국과 협조하여 꽃전시회를 여의도광장에서 열 테니 계획을 즉시 수립하라. 새마을본부 직원의 업무능력과 책임의식이 부족하니 파견공무원에게 배워라. 물자를 아끼고 소비를 절약하라. 복장에 신경 쓰고 근무복을 착용하라. 시도 단위 올림픽추진 결의대회를 개최하라. 반상회를 놓치지 말고 올림픽 홍보를 하라. 벽지 도서지방 학생을 초청해 새마을본부와 수도서울을 구경시켜 줘라. 국민의 지지를 받는 새마을운동이 되도록 노력하라…….'

직원들은 회장의 지시를 열심히 받아 적었다. 회장은 역시 황태자였다. 새마을운동본부 회장은 나에게 형님이 대표로 있는 정당에 보고할 보고용 차트를 만들라는 지시를 했다. 나는 올림픽추진협의회의 활동 내용과 예산지원을 위한 당의 협조사항을 정리해 보고서를 만들어 회장에게 제출했다. 내 자신이 당에 가서 직접 보고할 생각은 털끝만큼도 없었다. 새마을운동본부 회장이 직접 당의 협조를 얻는 것이 좋겠다는 나의 건의에 따라 회장은 당 관계자들을 만나 지원과 협조를 요청했다.

회장의 행동반경은 손대지 않는 분야가 없을 정도로 넓었다. 새마을운동본부 회장 직함 이외에도 여러 개의 직함을 갖고 있는 그는 여기에서 멈추지 않았다. 최근에 그는 사회체육진흥회를 발족시켜 회장에 취임하기도 했다.

올림픽추진협의회 의장으로 추대된 전직 국무총리 N은 협의회의 활동을 반신반의하는 것 같았다. 그는 경제학교수 출신으로 관직에 올라 박정희 정부 시절 최장수 재무장관과 경제부총리, 그리고 전두환 집권 초기에 국무총리를 지낸 사람으로 오랜 국정경험을 쌓는 과정에서 학자출신답게 합리적 결정을 내려온 신중한 성격의 소유자였다.

그는 새마을운동본부 회장이 추진하는 국민운동에 대해서는 회의를 품고 있는 것이 분명해 보였지만 회장이 내리는 결정을 드러내놓고 반박하거나 불만을 내색하지는 않았다. 내가 가끔 N 의장에게 업무보고를 할 때 의장은 정부 관계기관을 상대로 너무 무리한 협조요구를 하지 말라는 당부를 잊지 않았다. 나는 N 의장이 그렇게 당부하는 이유를 짐작했다.

새마을운동본부 회장은 국민운동 차원의 올림픽 준비를 새마을운동의 한 방편으로 여기고 자신의 구상과 주도 아래 모든 것을 이끌어 가려고 했다. 새마을운동이라는 울타리 안팎에서 그는 황태자가 될 수밖에 없었다.

그러나 관계부처 공무원들은 새마을운동 책임자의 그런 생각에 무조건 동의하지 않았다. 아무리 대통령의 동생이라고 해도 집권이 두 해밖에 남지 않았고 정권이 바뀌면 새마을운동의 조직이나 추진방식도 달라질 수밖에 없을 것이라는 생각을 대부분의 공무원들은 은연중 품고 있었을 터였다.

올림픽추진협의회라는 조직은 만들어졌지만 운영은 순조롭지 않았다. 협의회 운영예산의 지원문제가 관계부처 간에 미묘한 갈등과 견해차를 보였고 파견공무원과 새마을운동본부 직원들 간에도 보이지 않는 균열과 어색한 관계가 지속되었다.

새마을운동본부 회장은 협의회 사무처 안에 민간인 출신을 불러들여 총무부장이라는 직함을 주었다. 새마을 서울시지부의 임원을 맡았던 J는 파견공무원들의 동태를 감시하고 그것을 새마을 회장에게 보고하는 역할을 맡았다. 그는 전혀 그런 내색을 하지 않았지만 가끔 업무와는 관련 없는 엉뚱한 짓을 하다가 들키곤 했다. 눈치 빠른 공무원들은 그를 의식해 말조심을 했고 그와 어울리지도 않았으므로 사무실 분위기는 어색해질 수밖에 없었다.

그런 가운데 언젠가 새마을운동본부 회장이 나에게 불쑥 던진 한 마디는 두고두고 생각해도 고개가 갸웃거려지는 말이었다.

"기획조정실장, 믿고 맡겼으니 책임지세요."

책임? 무엇을 책임지라는 것인가. 처음에는 그 말뜻을 이해하지 못했지만 결국 그가 원하는 것은 정부 각 부처로부터 새마을운동에 필요한 예산을 확보해오라는 것임을 깨달았다. 그는 새로운 기구의 발족을 계기로 정부 각 부처로부터 올림픽 새마을운동에 필요한 예산을 최대한 지원받으려고 했다. 그것은 생각만큼 쉬운 일이 아니었다. 새마을운동에 대한 국민의 관심이 엷어지고 새마을운동을 지원하던 정부와 공무원들도 새마을운동에 대한 열의가 시들어지기 시작했다.

새마을운동은 전두환이 내건 '선진조국 창조'라는 구호를 민간차원에서 돕는 정신운동이 될 수 없었다. 그 대신 신군부 대령 출신들이 만들어낸 사회정화운동이 공직사회와 민간단체를 세뇌시키는 지도이념 - 도덕체계를 흉내 낸 - 이 되었다. 시민사회단체는 사회정화위원회의 지시에 따라 로봇처럼 움직였다. 새마을운동과 사회정화운동이 묘한 경쟁관계를 보이기 시작하면서 공무원들은 새마을운동에 대한 재정지원에 점점 더 냉소적이 되고 있었다.

5.

박정희 시대의 새마을운동은 낡은 표지판이 되었다. 5공화국의 새마을운동은 목적이 뚜렷하지 않은 잡다한 행사와 이권사업으로 변질되고 있었다. 새마을운동본부는 겉보기에도 권력과 부패의 냄새가 물씬 풍겼다. 회장의 측근들이 계획하고 진행하는 일들 - 사실 행사가 대부분인 - 은 많은 사람들의 눈살을 찌푸리게 했다. 거대한 조직의 예산과 각계로부터 거둬들인 기부금이나 성금이 어떻게 쓰이는지 알 수 없었다.

회장의 측근들 가운데 사냥개처럼 충실한 심복이던 경리부장 K는 그가 관리하던 각종 성금 가운데서 거액 - 수백만 달러라는 얘기도 들렸다 - 의 자금을 빼돌리고 어느 날 남미 아르헨티나인가 브라질인가로 종적을 감추었다. 그러나 신문에는 대수롭지 않은 일처럼 사소한 기사로 보도되었다.

새마을운동은 변질되고 있었지만 새마을운동본부 회장은 여전히 황태자였다. 운동장에서 축구를 할 때 공은 그가 움직이는 방향에 따라 그 앞으로 굴러왔다. 그는 시합 때마다 골을 넣는 전 방위 공격수였다. 그가 골을 넣을 때마다 운동장에 모인 새마을운동본부 직원들은 박수와 함께 함성을 질렀다. 유도 유단자인 그는 다른 모든 스포츠에도 관심이 많았다. 전국 새마을지도자 체육대회가 열리면 그는 경기가 벌어지는 경기장마다 나타나 선수와 관계자들을 격려하고 그 자신이 선수가 되어 뛰기도 했다. 그가 사무실 안팎을 들락거릴 때마다 사복차림의 무장 군인들이 곁에서 그를 경호했다.

해마다 4월 벚꽃이 필 무렵 화곡동 새마을운동본부 운동장에서는 일주일 동안 새마을야시장이 열렸다. 전국 새마을지도자와 부녀회, 봉사단체들이 모여 개설한 야시장에는 좌판을 설치해 각종 음식과 술을 팔고 각 시도의 특산품을 판매하는 매점을 운영했다. 야시장에는 전국 각지의 새마을지도자와 새마을운동 관계자들이 참석해 사람의 시장을 이뤘다. 참석자들이 야시장에서 쓰고 가는 돈의 액수도 상당했을 것이다.

야시장이 개설되는 동안 새마을운동본부는 축제마당이 아니라 난장판으로 변했다. 야시장 소문을 듣고 경향 각지에서 수많은 구경꾼들이 몰려들었다. 대낮부터 한밤중까지 계속되는 흥청거림 속에 때로는 고성이 오가는 술판이 벌어지고 취객들이 운동장에서 싸움판을 벌려 소란을 피우기도 했다.

화곡동 새마을운동본부 야시장은 치외법권이 지배하는 무법지대로 변했다. 야시장이 새마을운동과 어떤 관계가 있는지 알 수 없지만 야시장에서 나오는 막대한 판매수익은 어디론가는 흘러갈 터였다. 야시장이 끝나고 난 뒤 운동장에서는 며칠 동안 견디기 어려운 냄새가 진동했다. 그것은 국민운동의 이름을 내건 오염된 난장에서 풍겨오는 악취였다.

새마을운동본부 회장의 둥지로 모여드는 벌 나비 떼는 끝이 없었다. 전국에서 찾아오는 손님들 가운데는 성장(盛裝)한 정체불명의 여성들, 남여 새마을지도자들, 부녀회원들이 많았으며 여성단체 회장, 기업인, 교수 등 방문단이 하루 종일 꼬리를 이었다. 한국을 방문한 파키스탄 대통령 지아울 하크도 청와대에 앞서 새마을운동본부 회장을 예방했다. 무슨 까닭에선지 가끔 장차관들과 청와대 비서관들도 새마을운동본부를 찾았다.

새마을운동본부 회장은 재벌기업 총수들을 자주 만났다. 회장의 부름에 따라 나는 재벌 총수들과의 모임에 여러 번 그를 수행했다.

회장이 김포에 있는 갈비 집에서 재벌 총수들과 소주파티를 벌이던 어느 날. 그는 재벌기업 회장들에게 새마을영농후계자 육성기금을 조성하고 있으니 기금을 찬조해 줄 것을 요청하며 즉석에서 백지를 돌렸다. 동석한 십여 명의 재벌총수들 – 이름만 대면 누구나 알 수 있는 – 은 새마을운동본부 회장의 면전에서 서로 곁눈질을 하며 머뭇거리다가 성금 약정금액을 백지에 쓰고 서명했다. 소주를 얻어 마신 재벌회장들은 만만치 않은 금액을 바쳐야 할 터였다. 백지에는 대부분 억대 또는 수십억 원대의 금액이 적혀 있었다. 그는 주석에서도 황태자였다.

남대문 옆 상공회의소의 특별회의실과 서울역 앞 H 호텔의 특실은 가끔 재벌기업 회장들과 새마을운동본부 회장이 만나 새마을사업과 기업의 현안을 논의하는 장소였다. 그곳은 재벌들이 새마을운동본부 회장에게 어려운 문제의 해결을 부탁하기도 하는 은밀한 장소였다. 새마을운동본부 회장이 재벌기업 총수들과 어울려 술을 마실 때 나는 그의 주량을 주의 깊게 지켜봤다. 술의 종류에 관계없이 아무리 마셔도 그는 도대체 취하는 법이 없었다. 평소 술을 즐기는 나도 황태자 곁에서는 술을 피할 수밖에 없었다.

나는 정부 관계부처를 방문하여 올림픽새마을 운동을 위한 사업을 설명하고 예산지원을 부탁했다. 내가 방문하는 공무원들도 지난날 한두 번쯤은 만난 적이 있거나 지면이 있는 친구들이었다. 그들조차도 반응은 부정적이거나 떨떠름했다. 새마을운동본부 회장이 하는 일의 무모함을 알고 있었기 때문이다. 그들 가운데 총리실에서 근무하던 내가 어떻게 새마을운동본부에서 일하고 있는지 궁금히 여기는 사람도 있었다. 언젠가 경제기획원을 방문했을 때 평소 가까이 지내던 공무원 동기생이 나를 맞으며 말했다.

"남 과장, 그동안 어디에 있었던 거야? 몇 년 동안 동기생 모임에 나오지도 않더군."

"변방에 묻혀 있었지."

"자네가 변방에 묻혀있었다니, 그래 어느 부처에서 일하고 있는 거야?"

"소속은 내무부지. 새마을운동본부에 파견 나가 있어."

"자네 무슨 백으로 거기에 나가 있나? 부럽구먼."

"나는 자네가 부러워. 난 지금 유랑생활 중이야. 장차 어디로 가게 될지도 몰라……."

"막강한 힘을 가진 대통령 동생이 있는 곳 아니야? 나도 그런데 한번 파견 나갔으면 좋겠다."

"자네가 모르는 소리야. 거긴 복마전이라고. 난 조만간 그곳을 탈출할 생각이야."

"새마을 본부에 대해 말이 많은 건 알고 있어. 그래도 현실을 보라고. 거기 파견 나갔다 온 공무원들 치고 승진 못 한 사람 없더라고."

"지난 얘기지. 저물지 않는 해가 있나? 석양이 다가오고 있어. 자넨 석양과 상관없는 과장이니까 내가 부러워하는 거야."

"석양?…… 아무튼 오랜만이니 점심이나 같이 하지."

올림픽 새마을운동은 불요불급한 행사와 말의 성찬으로 포장된 허드
렛일일 뿐이었다. 시간이 흐르면서 나는 하루빨리 새마을운동본부를
떠나는 것이 스스로를 지키는 길이라고 확신했다. 기획조정실장이고
뭐고 빨리 이 복마전을 떠나라고 자신에게 재촉했다.

얼마 전부터 왼쪽 눈의 시력이 뚜렷하게 나빠지고 있었다. A종합병
원 안과의사 - 그는 정주영 회장의 주치의였다 - 는 대체 무슨 신경
을 그렇게 썼느냐며 망막의 실핏줄이 터져 출혈되었으니 신경 쓰는 일
을 하지 말라고 나에게 충고했다. 레이저 수술을 받았지만 시력은 별
로 회복되지 않았다.

새마을운동본부에서 진행되는 일들을 지켜보며 나는 5공화국의 성벽
에 금이 가고 있음을 느꼈다. 화무십일홍이니 절대 권력은 절대 부패
한다느니 하는 이야기가 결코 공허한 소리는 아닐 것이었다. 사람들의
입술이나 책갈피 속에서만 살아있는 얘기가 아닐 것이었다.

신군부정권이 무너지는 소리. 그것은 차가운 역사의 아포리즘으로
남을 것이다. 조만간 물러나야 할 직위가 지존의 권좌는 아닐 것이다.
잠시 머물 뿐 실체도 없이 사라지는 권력이 영원한 보검은 아닐 것이
다. 나는 그렇게 믿었다.

인생의 황금시절이어야 할 삼십대. 나의 삼십대는 권력의 파랑 속에
표류하는 조각배 같은 삶이었다. 이제 파도에 밀리지 않는 인생을 살
려면 공직이라는 허상으로부터 벗어나야 하리라. 나는 모든 것에서 무
력하고 무위했으므로 지나간 삶을 무상(無相)으로 돌리고 새로운 출발
점에 서야 하리라. 지금까지의 사십년 인생은 색즉시공(色卽是空)이었
으니. 이제 부패와 광기의 요새를 떠날 때가 된 것인가.

귀 향

1.

관용차를 타고 춘천을 향해 달리며 착잡한 해방감을 느끼던 1986년 10월 초순의 밤. 나는 그 밤을 잊을 수가 없다. 새마을운동본부를 떠나는 것은 복마전으로부터의 탈출이었다. 탈출은 가을바람에 일렁이는 꺼지기 직전의 촛불과도 같은 것이었다.

관용차 운전기사의 얼굴이 이상한 느낌이 들게 했다. 자신을 K 모라고 소개한 운전기사. 그의 얼굴은 어디선가 본 적이 있는 듯했지만 기억이 떠오르지 않았다. 중앙청에서였던가, 도청에서였던가. 군대에서였던가. 어디선가 보았던, 인생의 어떤 순간 나의 망막에 잠깐 각인되었던 얼굴 표정, 그의 이글거리는 눈동자…… 그러나 기억해낼 수가 없었다. 5공 군사정권 밑에서 지난 몇 년 동안 고통과 수모를 겪은 탓인지 내 기억력은 뒤죽박죽이 되어 흐려져 있었다.

강원도청을 떠난 지 10년 만에 나는 다시 강원도청으로 돌아왔다. 내무부 기획관리실장에서 강원도지사로 영전한 K는 나를 보건사회국장으로 임명했다. 나는 자신을 곤경에서 구해준 도지사에게 감사했다. 도지사는 넉 달 간 나를 국장 자리에 앉혀두었다가 다음해 2월 내무부연수원의 1년 장기정책교육을 받도록 입교 발령을 내렸다. 나의 연수원 입교 조치에는 도지사의 정치적 배려가 숨어 있었다.

1987년은 대통령 선거가 있는 해여서 공무원은 어떤 형태로든 선거에 개입할 수밖에 없었다. 6.29민주화선언 이후 대통령의 직선제개헌이 실현되자 여당에게는 전두환의 후계인 노태우를 당선시켜야 하는 절체절명의 과제가 주어졌다. 전두환의 정치적 운명이 걸린 선거였으므로 공명선거를 기대할 수 없는 상황이었다. 1987년은 연초부터 나라 전체가 대통령선거에 휘말려 시끄러웠다. 도지사는 나에게 정치적 혼란기를 피해 연수원에서 장차 시장군수 임용에 대비한 학습을 해두라는 뜻을 내비쳤다. 그러면서 그는 연수원을 수석으로 졸업하고 돌아오라는 농담을 하기도 했다. 나는 깐깐한 성격의 도지사가 별 농담을 다 할 줄도 안다고 생각했다.

내무부연수원 장기정책교육은 11개월 동안 계속되었다. 연수가 진행되는 동안 나는 도지사가 나의 연수활동을 은연중 눈여겨보고 있다는 사실을 뒤늦게 깨달았다. 연수과정은 재미없었지만 오랜만에 치르는 필기시험이나 각종 세미나에 참석해 발표와 토론을 하는 일은 그래도 지루함을 덜게 했다.

연수원에서는 가끔 독후감 숙제를 내주었다. 나는 황석영의 장길산, A. G. 프랑크의 종속이론, 에드워드 기번의 로마제국 쇠망사를 비롯한 여러 권의 책을 읽은 후 장문의 독후감을 인쇄물로 작성해 제출했다. 이 독후감이 연수원장은 물론 노태우 내무장관에게도 전해지기를 바라는 마음으로.

수료의 최종관문인 졸업논문을 나는 정책 비판적 관점 – 5공 정권이 공무원에게 금지해 온 – 에서 썼다. 5공 정권은 곧 끝날 터였기 때문이다. 논문은 오랫동안 멀어지고 잊혔던 글쓰기에 대한 필요성을 다시 일깨워주었다. 내 졸업논문 지도교수는 공교롭게도 결혼식 주례였던 행정대학원 P 교수였다. P 교수의 지도하에 쓴 〈영세민 생활보호행정 개선방안〉이라는 논문에서 나는 생활보호행정의 전문화를 위해 사회복지사 국가시험제도를 시행하는 방안을 제시했다.

12월 16일 대통령 선거가 치러졌고 민정당의 노태우가 13대 대통령으로 당선되었다. 한 해 동안의 연수도 끝났다. 나는 수석으로 연수원을 수료해 국무총리 상을 수상했다. 아내 소희도 함께 참석한 수료식에서 나는 상장과 기념패를 받고 소희는 부상을 받았다. 연수를 끝내고 도청으로 돌아와 도지사에게 복귀를 신고하는 자리에서 도지사는 담담한 어조로 말했다.

"강원도 사람도 전국단위 경쟁에서 일등을 할 수 있다는 걸 보여 주자는 거야. 그게 내가 바라던 바였지. 생각해 보라고. 강원도가 내세울게 뭐가 있어? 산업단지가 있나, 사람들을 끌어들일 만 한 관광단지가 있나? 설악산이 풍광이 좋으면 뭘 해? 그걸 활용하는 아이디어가 있어야지. 공무원들의 머리와 의지가 있어야 돼. 강원도에는 그게 없단 말이야. 내가 자네에게 수석졸업 하라고 했던 건 농담이 아니었어. 뭔가를 보여주라는 뜻이었어. 공무원들한테 자극도 줄 겸."

도지사는 승부근성이 강한 사람이었다. 작은 키에 비해 매우 부지런하고 고집이 셌으며 마음결이 대꼬챙이 같았다. 나는 자존심 강한 도지사가 나를 통해 대리만족을 얻으려고 했을지도 모른다고 생각했다.

1988년 초 나는 H 군수로 발령을 받았다. 흔히 내무행정의 꽃으로 불리는 시장과 군수라는 자리는 고달픈 자리였다. 연초부터 총선거 관리, 산불 진화, 영농준비, 모내기 독려, 수해예방, 이재민 구호, 수해복구, 벼 베기와 추곡수매, 인허가 처리, 집단민원 처리 등 골치 아픈 일들과 씨름하는 가운데 한 해는 금방 저물었다.

더구나 이 해는 서울올림픽이 개최되는 해여서 전국의 모든 시군이 도시환경 미화작업에 매달려야 했다. 성화가 봉송되는 노선에 위치한 모든 시군은 저마다 경쟁이라도 하듯 도로변의 화단을 울긋불긋하게 꾸미고 기념탑을 세웠다. 다리마다 올림픽 깃발과 경축 현수막을 게양하고 도심에는 대형 풍선을 띠우는 등 법석을 떨었다. 도로변에 잎이 누렇게 말라버린 향나무나 측백나무가 발견되면 초록색 페인트를 분사해 감쪽같이 위장하는 수법도 등장했다. 서울올림픽은 공무원들에게 미학적 위장술도 가르쳐준 가을축제였다.

그동안에 도지사가 바뀌었다. 나를 이끌어준 도지사 K는 내무부차관으로 영전했고 내무부 고위직에 있던 사람이 새로 도지사로 내려왔다. 신임 도지사는 이상하게도 나에게 모든 면에서 비우호적이었다. 무슨 이유 때문인지 - 나중에 그 이유를 알게 되었지만 - 그는 나를 멀리하고 싫어했다. 그래도 나는 그가 태어난 고향에서 근무하는 사람임을 잊어선 안 되었다.

그는 시군을 순시하는 도중에 수시로 고향에 들렀다. 그와 마주치는 것이 부담스러웠지만 나는 그때마다 그를 수행했다. 나는 일 년간의 근무기간 중 한 번도 휴가를 가지 않았다. 군수라는 자리는 매력적이지도 않았고 권위적이지도 않았다. 이렇다 할 아름다운 추억거리를 안겨주는 고상한 보직도 아니었다. 내가 군수 직을 떠날 때는 공허하기 짝이 없는 명예 하나 밖에는 남는 것이 없었다.

2.

1989년 초 나는 내무부 산하 이북5도청으로 발령을 받아 다시 서울로 왔다. 서울로의 전근은 내무부차관 K의 배려였을 것이다. 이북5도청은 모든 면에서 낯설고 어색한 관청이었다. 월남 가족들의 모임이나 행사를 준비하고 지원하는 일이 업무의 대부분이었다. 이 관청의 사무국장으로 근무한 한 해 동안 기억에 남는 일 두 가지가 있었다. 그것은 이북5도청을 방문한 야당 지도자 김대중에게 내가 업무보고를 한 것과 현대건설 회장 정주영을 초청해 월남가족들에게 특강을 하게 한 것이었다.

1964년 문리과대학 강당에서 열변을 토하던 30대 청년시절에 비해 김대중은 늙어 있었다. 정주영은 월남가족들 앞에서 자신이 살아온 경험담을 정력적으로 쏟아냈다. 그는 강연도중 자신의 고향이 통천인데, 통천이 어디에 있는지 아느냐고 청중에게 물었다. 청중이 "그야 당연히 북한에 있는 게 아닙니까?" "금강산 부근에 있습니다."라고 답하자 그는 통천은 북한이 아니라 북강원도에 있다고 큰 소리로 말했다.

"여러분! 통천은 북한이 아니고 북강원도라니까요! 나는 북강원도 출신이에요!"

정주영의 말은 그 후로도 오랫동안 기억 속에 남았다.

대통령은 전두환에서 노태우로 바뀌었지만 중앙관청에 신군부의 잔재는 그대로 남아있었다. 6공화국도 5공화국의 원죄로부터 자유롭지 못한 군민(軍民)체제였다. 어떤 사람들은 6공화국을 5.5공화국이라고 불렀다. 노태우의 집권 이후로 부동산투기, 물가상승, 노사분규, 이념 갈등 같은 혼란이 그칠 새 없었다. 박정희 이후 정권이 두 번 교체되었지만 세상이 바뀌거나 박정희 시대보다 나아진 것은 없었다.

나는 한 해 동안 서울에 근무하다가 다시 춘천으로의 귀향을 결심했다. 공무원으로 출세를 하는 데는 거꾸로 된 선택이었지만 귀향은 나의 운명처럼 여겨졌다.

십여 년 전 국무총리실에서 대통령 시정연설문과 총리 국정보고서를 작성하고 행정백서를 간행하던 일, 정책 심사분석을 위해 전국을 돌던 일, 탄광 막장에 출장을 다녀오던 일, 공사 기관에서 정부시책을 강의하던 일은 기억의 창고 속에 남겨둬야만 했다. 그래도 총리실 근무시절은 업무경험이라는 면에서 역동적인 시절이었다. 내가 담당한 업무는 창의적인 것은 아니었지만 타인이 대신해줄 수 없는 것이었다. 일반 공무원이 접근하기 어려운 업무를 국무총리 곁에서 배웠고 대통령 시정연설문을 쓰면서 국정에 대한 감각을 익혔다.

그러나 역사기록으로 남게 될 시정연설문에 통치자와 국민 간의 소통이 없었다는 것이 마음을 어둡게 했다. 게다가 연설문의 주인공이 측근에 의해 시해당해 비정상적으로 정권을 끝냈다는 점이 늘 마음을 짓눌렀다. 비극으로 막을 내린 유신 독재정권과 폭력적 신군부정권에 이어 무능한 군민 과도정권이 들어섰지만 변화의 기미와 희망의 빛은 보이지 않았다.

3.

내가 공직생활의 오선지 위에 되돌이표를 찍은 곳은 15년 전에 근무했던 공무원교육원이었다. 한 해 전 나의 상사였던 그 사람이 여전히 도지사의 자리를 지키고 있었다. 매주 월요일마다 참석하는 실국장회의에서 나는 상사의 지시사항을 부지런히 받아 적었다. 그와 나 사이에서는 그 이상 더 소통할 일이 없었다. 그렇게 한 해가 지났을 때 도지사가 바뀌고 나는 도 본청으로 자리를 옮겼다.

그동안 나 때문에 학교를 옮겨야 하는 두 아이들에게 자주 이사를 하는 것은 고역이었을 것이다. 빈번한 자리이동과 이사는 아이들의 학습과 정서발달에 틀림없이 부정적인 영향을 미쳤으리라. 사십대의 공무원 방랑자가 된 나 때문에 아이들은 국민학교를 네 군데나 다녀야 했으니까. 물론 아이들은 아빠가 자주 이사하는 이유를 알지 못했다. 결국 나는 나 자신만 생각한 이기주의자가 돼버렸던 것이다.

아이들은 이미 국민학생이 아니었다. 큰 아이는 고등학생, 작은 아이는 중학생이 되었다. 아이들은 그래도 학교에 곧잘 다녔고 학급에서 우등생이었다. 아이들이 학교생활에 잘 적응하는 것은 아내 덕분이었을 것이다. 소희는 매일 저녁 야간학습을 하는 큰아이에게 도시락을 싸다 주고 학교가 끝나면 교문 앞에서 기다리다가 아이를 데리고 귀가했다.

나는 잦은 출장 때문에 아이들을 제대로 살필 기회가 없었다. 내가 모르는 사이에 두 아이들은 만화읽기에 탐닉했고 만화를 모방해 또 다른 만화를 그리고 있었다. 아이들이 노트에 그린 만화는 단순한 모방이 아니라 회화기법이 가미된 스케치였다. 아이들은 내가 혼낼까봐 만화노트를 집안 여기저기에 숨겨놓았다. 만화노트는 한두 권이 아닌 수십 권에 달했다. 그것은 만화작품집이었다.

나는 아이들이 숨긴 작품집을 찾아내 몰래 감상을 했다. 어떤 것은 미소를 짓게 하고 어떤 것은 배꼽을 잡고 웃게 만들었다. 나도 그려보지 못한 만화들. 웃어넘겨야 할지, 칭찬을 해줘야 할자…… 물론 아이들의 만화에는 취미와 예능 사이에 존재하는 현실적 괴리가 있을 것이다. 어떻게 해야 할까. 모른 척 해두자. 그래도 공부는 생각보다 잘 하고 있으니까.

1993년 2월 노태우가 퇴임하고 김영삼이 14대 대통령에 취임했다. 13년 동안의 신군부 집권은 막을 내리고 이른바 문민시대가 시작되었다. 1961년 박정희의 5.16쿠데타 이후 32년간 지속된 군사정권시대가 마침내 종지부를 찍은 것이다. 1960년대에 태어난 사람들은 생의 황금기인 청소년시절을 군사정권 하에서 보낸 셈이었다.

문민정권의 등장은 국민들에게 조용한 감격을 안겨주었다. 도지사가 바뀌고 신임 도지사 밑에서 나는 내무국장이 되었다. 대통령의 개혁정

책에 따라 과거에 없었던 일들이 벌어지기 시작했다. 김영삼은 군부 사조직 하나회를 없애버리고 군의 개혁과 사정을 단행했으며 금융실명제를 실시했다. 중앙과 지방에서 인사개혁이 시작되었다.

인사가 만사라는 대통령의 선언에 따라 강원도에서는 전례 없는 인사를 단행했다. 시 군청에서 이삼십 년간 잔뼈가 굵어 지방토호가 돼버린 과장들을 다른 시군으로 전보 발령한 것이다. 그것은 종전방식의 관행적인 내부순환 인사가 아니었다. 대통령의 뜻에 따르겠다는 신임 도지사의 개혁 의도가 담긴 인사였다. 강원도정이 시작된 이후 처음인 파격 인사. 지방신문은 물론 중앙지도 이 사실을 크게 보도했다.

개혁과 파격에는 수구의 파열음이 따른다. 역사에서 늘 보았듯이. 인사에 불만을 품은 몇몇 공무원들이 청와대에 진정서를 제출했다. 인사 조치의 배경을 모르는 청와대 비서실에서는 인사담당 국장인 나에게 청와대로 와서 전말을 보고하도록 소환명령을 내렸다. 내가 소환에 응하지 않자 청와대의 인사 관련 비서관인 L 행정관이 전화를 걸어왔다.

"아니, YS를 우습게 생각하는 거요? 대통령님의 인사지침을 어기니까 공무원들이 진정서를 제출한 거 아니요? 당장 청와대에 올라와 인사 경위를 보고하시오!"

"대통령께서 뜻하신 대로 했습니다. YS께서 평소 정도를 가라고 강조하셨습니다. 대통령의 정치철학을 받들어서 인사를 했는데, 뭐가 잘못됐습니까? 그런 얘기를 하는 당신은 5공 출신이요? 아니면 노태우의 졸개요?"

내가 그렇게 말하자 L은 주춤했다. 그는 몇 마디 이해할 수 없는 말을 횡설수설하다가 전화를 끊었다. 그 뒤 인사문제와 관련해 두 번 다시 그로부터 전화가 걸려오지 않았다. 두 달 뒤 청와대에서 개최된 전국 시장군수 오찬회에 참석했던 기회에 나는 전화를 걸었던 L 행정관을 찾아갔다.

"강원도 내무국장입니다. 전번에 인사 관련 언론 보도로 저에게 청와
대로 올라오라고 전화하신 적이 있었죠?"

갑작스런 나의 방문에 그는 당황하는 듯했다.

"아! 그때 강원도의 인사는 정말 파격적이었습니다. 우리도 놀랐으니
까요. 진정서를 올린 공무원들이 불평불만을 할만도 했다고 생각했죠.
타 시도에서 인사하는 걸 보고나서 강원도의 인사배경을 이해하게 됐
습니다."

그는 대통령 선거 때 김영삼 캠프에서 일하던 사람이었다. 나이도
나와 비슷해보였다. 나는 L에게 인사행정이 생각만큼 쉽지 않다는 것
을 우회적으로 말했다.

"시험에 백점은 있어도 인사에 백점은 없을 겁니다. 나는 우리 도지
사께서 대통령의 뜻을 받들어 개혁인사를 제대로 했다고 확신합니다.
다수 공무원들에게 공평한 기회를 주려면 소수의 불평을 감수할 수밖
에 없습니다. 인사와 관련된 언론보도에 신경 쓰는 거 이해합니다."

"청와대가 특히 인사에 관심을 갖는 이유는 알고 있겠죠?"

"알고 있습니다. 그러나 청와대가 언론보도보다 더 신경 써야 일은
침묵하는 다수의 반응이라고 봅니다. 지지를 위한 침묵인지 반대를 위
한 침묵인지 말이죠. 그건 그렇고, 시간 나면 우리 술 한 잔 합시다.
제가 모실 테니. 학생시절 대통령님을 모시고 막걸리 마시던 일이 생
각나는군요. 대통령님은 옛날에 한 번 모셨으니 이번에는 대통령을 모
시는 L 행정관께 술 한 잔 사겠소."

"대통령님과 막걸리를 마셨다고요? 언제 어디서 말입니까?"

"1965년 봄 대통령께서 특별 강연을 위해 모교를 방문하셨습니다. 강
연이 끝난 뒤 학생들과 어울려 캠퍼스 잔디밭에서 막걸리 파티를 했죠."

"그럼 남 국장은 문리대 출신입니까?"

"그렇습니다. 대통령께서는 저희보다 16년 선배십니다."

"남 국장도 철학과 출신입니까?"

"아니요. 저는 역사를 공부했습니다. 그때 대통령께서 모교 강연 때 후배들 앞에서 하신 말씀이 지금까지도 기념비적인 사자성어가 되고 있습니다."

"무슨 말씀을 하셨습니까?"

"대도무문(大道無門)."

"아, 대도무문! 대통령님이 휘호로 즐겨 쓰시는 문구죠."

"지난 번 인사도 대도무문을 따랐을 뿐입니다."

"그 땐 미안했습니다. 그래서 타 시도에도 시군인사를 할 때 강원도를 참고하라고 얘기했습니다."

"제가 미안했습니다. 사과드립니다."

"강원도에 갈 기회가 있으면 한 번 들리겠습니다."

문민정권이 출범한 후 일 년이 못 된 연말에 도지사가 바뀌었다. 세해 전 도지사를 역임했던 그 사람이 다시 도지사로 내려왔다. 나는 그를 세 번째나 상사로 모시게 되었다. 6공 정권에서 도지사를 했던 사람. 문민정부 대통령이 그를 다시 도지사로 임명한 이유가 무엇일까. 재임해온 도지사에게는 시대와 정권을 초월하는 어떤 탁월함이 있는 것일까. 조용한 감격 속에 맞이했던 민간정권. 그러나 개혁과 인사쇄신을 앞세우고 '신한국 창조'를 선언한 문민정부의 이런 인사도 쇄신일까. 지금까지 전례가 없던 인사인데 이것도 개혁이라고 할 수 있을까. 나의 머리와 가슴이 혼란스러워졌다.

다음해 초. 해가 바뀌자마자 시행한 인사에서 도지사는 나를 공무원교육원으로 내보냈다. 내무국장이 공무원교육원장으로 물러난 - 사실상 쫓겨난 - 예는 전국적으로도 전례가 없었다. 나의 공무원인사기록 카드가 또 한 번 더럽혀졌다. 12년 전 5공의 꼭두각시에 의해 산림청으로 보직 없이 쫓겨난 뒤 두 번째 겪는 공직기록상의 얼룩이었다.

내가 그에게 무엇을 잘못 보였을까. 무언가 잘못했거나 잘못 보였거나 그의 비위에 맞지 않는 것이 내게 있었을 것이다. 혹시 그가 자랑스럽게 여기고 있는 자신의 행정능력과 자기도취에 내가 장단을 맞춰주지 않았기 때문일까. 분명한 것은 그가 나를 싫어한다는 사실이다.

좀처럼 잊기 어려운, 어떤 장면을 떠올리면 곧잘 묻어나는 씁쓸한 기억 하나가 있다. 공무원교육원으로 발령되기 며칠 전 도지사 공관에서 도청간부 회식이 있었다. 도지사가 실 국장들에게 술잔을 돌리다가 내 차례가 왔을 때 "자네는 안 돼!"하면서 얼굴도 마주치지 않은 채 그냥 지나쳐버렸다. 실 국장들은 물론 실 국장 부인들도 이 광경을 지켜봤다. 곁에서 잠자코 앉아있던 소희가 자리에서 일어났다.

"지사님, 제 남편이 뭘 잘못해서 술잔을 돌리지 않으십니까? 이런 자리에서 사람을 망신시키는 이유라도 있습니까?"

도지사가 당황하여 소희에게 말했다.

"남 국장이 과음했기 때문입니다."

"제 남편은 과음하지 않았습니다. 제가 남편이 마신 잔을 세고 있습니다. 두 잔 밖에는 마시지 않았습니다."

공개된 자리에서 겪는 수모. 구겨진 자존심. 불편한 심기. 갑자기 눈앞에 안개가 낀 듯했다. 침묵은 더 이상 불필요했다. 나는 자리에서 일어났다.

"더 이상 앉아있지 못하겠습니다. 두 번 다시 이런 자리에 나를 부르지 마십시오."

나는 빈 잔을 손에 쥔 채 도지사를 쳐다봤다. 곁에 있던 소희가 부

르르 떠는 내 손을 잡았다. 나는 술잔을 식탁 위에 엎어놓고 도지사
공관을 나왔다. 공관을 나서면서 소희에게 말했다.

"여보, 이런 험한 꼴을 보여서 미안해……."

"난 정말 화가 났다고요."

4.

고향에서의 공무원 생활은 불협화음이 순서 없이 전개되다가 여러
번의 되돌이표에 의해 원점으로 회귀하는 변주곡 같은 것이었다. 반복
되는 일상이 답답했다. 나는 가끔 퇴근 후에 직원들과 함께 시내 대폿
집에 가서 어울렸다. 직원들이 취흥에 겨워 젓가락 장단을 치며 노래
를 부르면 함께 따라 불렀다. 술자리에는 상하의 구별이 사라지는 대
신 연대감이 형성되었다. 직원들은 그런 분위기를 즐거워했다.

이런 일이 도청 내에 알려지면서 실 국장들 사이에서 이상한 소문이
퍼졌다. 어떤 국장은 내가 매일 부하직원들과 어울려 음주와 부화방탕
을 일삼는다고 전임 도지사에게 고자질을 했고 어떤 참모는 내가 만취
해 길거리에서 오줌을 쌌다는 소문을 퍼뜨리기도 했다. 그런 소문은
당연히 재임 지사의 귀에도 흘러들어갔다. 침묵 외에 달리 대꾸할 일
이 없었다.

노회한 지역 토호들이 터줏대감 노릇을 하고 설치는, 토종 개구리들
이 물을 흐리는 우물 속의 지방관청. 동료들 간에 경쟁이 몇 배나 치
열했던 국무총리실에서도 이런 천박하고 추악한 꼬락서니는 보지 못했
다. 고향이라고 일부러 다시 찾은 관청의 모습이 이런 것이었을까. 공
무원교육원으로 쫓겨났어도 마음은 홀가분했다. 가장된 화합과 은폐된
균열, 중상과 수군거림이 지배하는 도청보다는 공무원교육원이 마음

편하게 느껴졌다.

신축 이전한 사무실 주변 환경이 정서적인 편안함을 안겨주었다. 교육원 뒷산에서 바라보는 석양의 소양강은 황금빛 전설 속의 바빌론 강을 상상하게 했다. 강이 어떻게 저런 빛을 뿜을 수 있을까. 낯선 방문객일지라도 주홍색 노을에 잠긴 소양강을 바라본다면 그 환상적인 풍광에 어리둥절해 지리라. 감성적인 사람이라면 최면과도 같은 환영에 빠져 걸음을 떼지 못하리라. 공무원 교육원은 그런 곳에 자리 잡고 있었다.

교육원으로 자리를 옮긴지 얼마 안 되었을 때 나는 오랫동안 벼르던 일을 실행에 옮겼다. 그것은 전 프로복싱 세계챔피언인 홍수환을 초청해 연수중인 공무원들에게 특강을 하게 한 것이다. 홍수환 — 오래 전 우연한 기회에 지인을 통해 알게 된 — 은 나의 강의 요청을 흔쾌히 받아들였고 어느 화창한 봄날 유쾌한 표정으로 공무원교육원을 찾아왔다.

그는 어떤 금기도 없이 자유롭게 강의해 달라는 나의 부탁을 받고 공무원들에게 프로정신에 관해 이야기했다. 논리가 정연한 것도 아니고 해박한 지식을 늘어놓은 것도 아니지만 그의 강의는 공무원들을 몰입하게 했다. 말투는 어눌했지만 말 한 마디 한 마디에 진지함과 무게가 실린 강의는 그를 설득력 있는 웅변가로 만들었다. 강의 도중 그는 이런 얘기를 했다.

"공무원 여러분, 승진에서 탈락됐을 때 기분이 어떻겠습니까? 한 번, 두 번, 세 번씩 탈락될 때 그 공무원은 얼마나 가슴 아프겠어요? 그러나 프로정신이 박힌 독한 공무원이라면 탈락한 뒤에도 죽어라 일에 매달릴 겁니다. 어금니를 물고 일하면서 다음번을 기다리겠지요. 미국 공무원들이 그렇습니다! 그 사람들이 그저 시민에게 봉사하는 공무원이라고만 생각해선 안 되겠더라고요. 제가 자동차 민원 때문에 미국 공무원들을 여러 번 상대해 봤는데……. 자기 분야에 철저한 전문가들이 었습니다. 민원인이나 기자들이 어떤 문제를 가지고 아무리 따지고 물고 늘어져도 미국 공무원들은 전문지식으로 맞섭니다. 프로권투로 말하자면 그들은 방어의 챔피언들입니다. 알래스카와 L.A에서 시청을 들락거리면서 그런 사실을 확인했습니다. 미국이란 나라가 어물어물 선진국이 됐겠습니까? 공무원이 그렇게 만든 겁니다. 프로 공무원들이……!"

홍수환은 4전 5기의 체험담을 비유적으로 말하고 있었다. 1977년 그는 헥토르 카라스키야 – 별명이 지옥의 악마인 – 를 상대로 WBA 주니어페더급 타이틀전을 벌였다. 그는 악마의 펀치를 맞고 2라운드에서 네 번 다운되었지만 승리의 여신은 그에게 미소를 보냈다. 그는 3라운드에서 왼쪽 보디블로우를 악마의 복부에 명중시키고 연타를 날려 순식간에 전세를 뒤집었다. 홍수환은 적자생존의 링 위에서 불꽃같은 투혼으로 그림 같은 KO승을 거두었다. 그는 프로정신이 무엇인가를 보여준 진정한 챔피언이었다. 그것이 4전5기의 신화였다.

강의가 끝나고 점심식사를 하는 자리에서 나는 홍수환과 재미있는 대화를 나눴다. 내가 권투의 역사, 전설적인 복서들에 관해 얘기하자 그는 훈련과정, 공격과 방어 기술, KO시킬 때와 당할 때의 기분 등 프로 선수로서 겪은 체험담을 얘기했다.

권투 이야기가 두 사람의 간격을 없애버리자 나는 홍수환에게 한 가지 제안을 했다. '4전5기의 신화'는 개인의 무용담 차원을 넘어서는 것이다. 그러니 자신의 경험담을 각계각층 사람들에게 들려주면 어떨까. 사는 게 힘들다는 젊은이들과 좌절감에 시달리는 직장인들에게 인생에도 역전이라는 게 있음을 깨우쳐주면 어떨까. 눈물처럼 빛나는 당신의 경험을……. 홍수환은 그렇게 하겠다고 약속했다.

교육원의 특강 이후 홍수환은 나의 지기가 되었다. 나는 홍수환을 챔피언으로 부르고 네 살 아래인 홍수환은 나를 선배라고 불렀다. 내 눈에 비친 권투는 주먹싸움이 아니었다. 프로권투는 사지가 뿜어내는 예술이며, 근육이 작동하는 과학이며, 몸놀림의 미학이며, 표정의 철학이었다. 그런 점에서 홍수환과 서강일과 슈거레이 레너드는 내가 가장 좋아하는, 존경스럽기까지 한 권투선수였다. 그 뒤 다시 만났을 때 홍수환이 말했다.

"링이야말로 인생 그 자체죠, 제 인생의 축소판이라고나 할까요……."

챔피언과의 만남은 인생이라는 악보에서 되돌이표를 버리라는 메시지를 나에게 전해주었다.

5.

나의 상사는 나를 공무원교육원장에 오래 놔두지 못했다. 아니, 놔둘 수 없었을 것이다. 주변의 수군거림 등 이런저런 이유가 있었겠지만 그 자신의 정치적 계산 - 일 년 뒤에 있을 민선 자치단체장 선거를 의식한 - 도 있었을 것이다.

두 달 뒤인 1994년 4월 말 나는 동해출장소로 발령을 받았다가 7월 초에 다시 삼척시로 자리를 옮겼다. 하루살이 춤 같기도 하고 윷놀이의 말판 쓰기 같기도 한 공무원 인사, 일선 책임자를 임용하는 인사가 이런 식이었다. 결코 가벼이 여겨선 안 될 기관장인사가 윷놀이의 말판 두는 것과 무엇이 다를까. 사람을 움직이는 일에 원칙도 고상한 명분 같은 것도 없었다.

어찌됐든 나는 일선 시장이 되었다. 나는 작심했다. 시장이 된 이상 앞으로 임명권자에게 휘둘리지 않으리라. 나의 상사들이여, 내 재임기간 중 자기도취와 과대망상을 앞세워 함부로 명령하거나 지시하지 말라. 나에게 맡겨진 마지막 관선 시장의 임기가 끝나는 날까지 이 지역은 내가 책임지고 관리할 테니. 여기가 내 공직의 마지막이 될 지라도.

시장으로 부임하고 나서 한 달이 지난 어느 날 밤 삼척시에 갑자기 집중호우가 쏟아졌다. 시내 곳곳이 침수되고 삼척 항 주변 동네가 물바다로 변해 백여 명의 이재민이 발생했다.

이재민을 임시 수용한 동사무실에 들렸을 때 술에 만취한 주민 한 사람이 갑자기 쇠파이프를 휘두르며 나에게 달려들었다. 너무나 뜻밖의 일이었으므로 곁에 있던 직원들이 미처 말릴 틈이 없었다. 재빨리 머리를 숙여 피하지 않았더라면 나는 아마 쇠파이프에 맞아 죽었거나 중상을 입었을 것이다. 만취한 남자가 거칠게 말했다.

"씨발놈의 공무원 새끼들, 사기만 치고 있어! 시장? 그 새끼들 하수도 만들어준다고 맨날 헛소리만 했다고! 이게 벌써 몇 번째 물난린지 알아? 으음…… 이 작자 새로 온 시장인가…… 당신…… 하수도…… 소방도로 언제 만들어 줄 거야?"

동사무소 직원들이 당황하여 어쩔 줄 모르고 있을 때 내가 취객을 노려보며 말했다.

"시장이 싸움질이나 하는 사람처럼 보입니까? 나는 당신한테 맞아죽으러 여기 온 사람이 아닙니다. 내가 피하지 않았더라면 당신은 살인자가 될 뻔 했다고!"

침수현장은 흙탕물로 가득 차 사람이 통행하기 어려웠다. 배수관로도 소방도로도 없는 골목은 비만 오면 연례행사처럼 물이 차게 되어 있었다. 침수될 때마다 양수기로 물을 퍼내야만 했다는 동네 사람들의 하소연은 단순한 불평이 아니었다. 동네 사람들은 그렇게 반세기 이상을 살아왔으며 술 취한 남자의 행동은 개인의 불만을 토로한 것이 아니었다.

이튿날 이재민 대표와 수해지역 주민들이 쇠파이프를 휘두른 장본인을 데리고 시청을 찾아왔다. 취객은 나에게 사과했고 동네 사람들은 미안한 기색을 감추지 못했다. 나는 쇠파이프가 스치며 남긴 어깨 부위의 통증을 가까스로 참으면서 동네 사람들의 말에 귀를 기울였다. 그들의 하소연을 듣고 나서 근본적인 치수대책을 약속했다. 그 대신 그들도 일방적인 요구만 되풀이할 게 아니라 하수시설을 만들기 위해 필요한 사유지를 시청이 매입하는데 협력해달라고 부탁했다. 경청과 설득은 인내심이 부족한 나에게는 피곤한 일이었다.

정치에 초인이 있을 수 없는데, 행정에 달인이 존재한다는 것은 의심스럽다. 게다가 우스꽝스럽기도 하다. 그런데 한국관료들의 혀 위에서는 달인이라는 것이 존재했다. 공무원사회에서 특정인을 추켜세우기 위해 만들어낸 말, '행정의 달인'

이것은 사실일까. 시민들이 선뜻 받아들이는 말일까. 관료들이 만든 우화이거나 아부문화의 산물이 아닐까. 달인이라면 왜 흔한 집단민원 하나 해결하지 못할까. 스스로 달인임을 자부하는 고위관료도 민원인들 앞에서는 왜 몸을 사릴까. 내로라하는 아류 달인들이 행정절차 간소화를 앞세우면서 뒤로는 왜 딴전을 부리는 것일까.

나는 달인 운운하는 말장난에는 관심이 없었다. 나의 걱정거리는 주민들과 어떻게 소통을 하느냐는 것이었다. 말장난이 아닌 의사소통. 소통을 하려면 인내심과 뚝심을 발휘해야 하고 골치 아픈 문제를 해결하려면 시간의 제약을 뛰어넘어야 한다. 그러나 이것이 말처럼 쉽지 않았다.

삼척시와 삼척군 통합작업에는 걸림돌이 하나 있었다. 삼척군 원덕읍 고포마을 한가운데 강원도와 경상북도의 경계선이 있었다. 마을안 길을 중심으로 왼쪽은 강원도 삼척군 원덕읍 월천리, 오른쪽은 경상북도 울진군 북면 나곡리였다. 고포마을은 월천리와 나곡리를 합친 이름이었다. 월천리 사람들 중에는 자기 마을이 경북 울진군으로 편입되기를 원하는 사람들이 있었다. 월천리 주민을 상대로 울진으로 갈 것인지 곧 통합시가 될 삼척시로 편입해 강원도민으로 남을 것인지를 두고 주민투표를 실시했다. 투표결과는 50대 50이었는데, 이 결과는 편입의 충분조건이 되지 못했다.

가고 싶은 곳으로 가면 될 테지. 그러나 편입결정의 과정은 정치의 싸움이었다. 중앙의 입장은 어느 쪽으로 귀속되든 상관 없었지만, 관할지역이 타도로 편입된다는 것은 강원도민에게나 삼척시민에게나 자존심이 걸린 게임이었다. 나는 작은 게임의 한복판에 있었던 것이다.

월천리 주민들과 대화를 나누고 그들로부터 많은 요구를 들었지만 결론은 하나. 먹고살 길의 마련이었다. 그들은 통합 삼척시에 남는 조건으로 생업유지에 필요한 소득사업을 요구했다. 돈이 드는 일이었다. 돈? 역시 예산문제인가. 이것이 단순한 예산의 문제일까. 나는 그들에게 미역양식장을 늘리고 미역건조장을 만들어주겠다는 제안을 했으며 그들의 숙원인 원덕읍내 연결도로의 개설을 약속했다.

나곡리를 삼척시로 통합하는 것도 불가능했다. 월천리와 나곡리 통합의 걸림돌은 공동어장이었다. 두 마을 주민은 공동어장에서 미역과 어패류를 채취하고 공동 분배해 왔다. 고포 앞바다의 미역바위와 양식장에 대한 소유권은 어느 한쪽으로 넘길 수 없는 재산권이므로 고포마을의 남북통합은 불가능했다. 고포마을은 특이한 현실이 존재하는 공간이었으며 얼핏 남북한의 분단 현실을 돌아보게 하는 장소였다.

고포마을은 조선시대 이후로 유명한 미역생산지였지만 1968년 삼척–

울진지구 무장공비침투사건이 발생하고 난 뒤부터 다른 지역 사람들로부터 은연중 따돌림을 받은 장소였다. 그곳은 마을사람들이 공비침투 사실을 알고도 신속하게 신고하지 못했다는 이유로 인근으로부터 의혹의 눈길을 받은 안보 취약지역으로 인식되었고 그 때문에 이웃과는 정서적으로 다소 소원한 지역이었다.

26년 전 현역 당시 나는 삼척-울진 무장공비 토벌작전에 참가했었다. 그때 공비들의 협박 속에서 신고를 늦출 수밖에 없었던 주민들의 상황은 충분히 이해할 만한 것이었다. 총부리를 들이댄 공비 앞에서 무엇을 할 수 있었을까. 고포마을 주민들은 분단의 멍에를 쓴 억울한 사람들이었다. 그런 정서적 상처가 아물지 않은 사람들에게는 먹고살 거리와 더불어 상처의 치유가 필요했을 것이다.

월천리 사람들은 통합 삼척시에 남기로 결정했다. 1995년 1월 1일 삼척시와 삼척군을 합친 통합 삼척시 – 이른바 도농통합형의 – 가 탄생했다. 그로부터 며칠 뒤 월천리에서 마을잔치가 벌어졌다. 마을사람들이 초대한 자리에서 나는 월천리가 정부당국으로부터 '범죄 없는 마을'로 선정되어 몇 가지 혜택을 받게 되었음을 알렸다. 그리고 마을사람들에게 약속했던 사업내용을 다시 한 번 설명해주었다.

6.

삼척은 역사적으로 유서 깊은 도시이며 나에게도 개인적으로 인연이 깊은 곳이었다. 조선시대 학자 허목은 현종 원년인 1660년 삼척군의 부사로 부임해왔다. 그는 지역의 자치규약인 향약을 앞세워 고을을 다스리고 백성의 풍속을 바로 잡았다. 귀천을 초월한 시정과 백성의 교화는 성리학의 거유(巨儒)인 허목이 성심을 다해 수행해야 할 과업이었다. 그의 눈썹은 눈을 덮을 정도로 길어 산신령의 용모를 닮게 했으며 그 때문에 자신의 호를 미수(眉叟)라고 지었다.

그의 긴 눈썹 사이로 동해바다의 거친 풍랑이 끊임없이 일렁대는 모습이 비쳤다. 그는 바다의 평온을 기원하는 동해송을 지었다. 동해송은 조수와 풍랑의 피해가 많은 곳에 세운 척주동해비의 비문이 되었는데, 허목은 그의 독보적인 서체인 전서체로 비문을 새겨놓았다. 그가 세운 척주동해비는 삼척 항으로 가는 입구 언덕에 서 있었다. 그는 68세가 되던 해에 척주지를 저술하여 삼척의 역사를 기록으로 남겼다. 척주지에는 나의 시조 할아버지 강무공의 행적도 기록되어 있었다.

허목은 2년간 부사로 재직했다. 그는 백성의 삶을 구석구석 살핀 목민관이었으며 깊은 안목과 통찰력을 갖춘 역사학자였다. 허목을 떠올리며 삼척의 역사와 문화를 현대적으로 재정리할 필요가 있음을 느꼈다. 나는 그가 남긴 척주지를 한글로 번역하는 일에 착수했고 이 번역 작업을 K대학 중문학 교수인 친구 C에게 의뢰했다.

시조 할아버지 강무공은 고려 말 우왕 때 사직단작[5]이었다. 고려 말 동해 남부해안에는 왜구가 무리를 지어 양민을 약탈하고 있었지만 조정은 왜구를 소탕할 적임자를 찾지 못하고 있었다. 이런 사정을 알게 된 강무공은 자청하여 삼척군의 지군사[6]로 내려와 왜구를 소탕하고 그 공로로 그 뒤 사복시정[7]이 되었다.

시조 할아버지가 지군사를 지낸 시기로부터 600여년이 흐른 뒤 25세 후손이 같은 지역의 행정책임자가 된 것은 우연이지만 나는 그것이 전혀 의미 없는 우연은 아니라고 생각했다.

죽서루에는 고려 말에 강무공이 쌓았다는 토성의 흔적과 비문이 남

---

5) 사직단을 지키고 관리하는 벼슬
6) 오늘날의 군수나 시장
7) 고려 말 임금의 가마와 목장 일을 맡은 정3품의 벼슬

아 있었다. 나는 가끔 죽서루를 찾아가 토성을 어루만지며 시조 할아버지를 생각했다. 죽서루 안의 대나무 숲에는 역사가 멈춘 듯 늘 정적이 감돌았다.

옛 선비들에게는 꿈이 있었다. 강이나 바닷가 소나무 숲에 누각을 짓고 자연을 관상하는 것, 산수의 경관을 즐기며 자연의 품속에서 물아일체의 경지를 체험하는 것, 체험의 감흥을 시문과 서화로 남기는 것이었다. 한편 옛 건축물은 규모나 색채의 웅혼함보다는 자연과 조화하는 우아함을 중시했다. 그것이 중세 건축의 고상한 매력이었으며 죽서루는 이런 고전건축의 미학을 보여주는 누각이었다. 고려시대에 세운 누각은 오십천 물길을 굽어보는 장소에 자리 잡고 있었다.

오십 개의 개천이 모여 강을 이룬다는 오십천에는 해마다 가을이면 연어가 찾아왔다. 연어의 고향을 지켜온 죽서루에는 예부터 시인 묵객들이 찾아와 시문을 읊고 글과 그림을 남겼다. 죽서루는 조선왕조 시대에 문예와 풍류의 공간이었다. 이 유서 깊은 누각이 역사에 대한 방랑자의 향수를 일깨웠다. 나는 삼척의 과거를 복원해야겠다고 생각했다. 서기 100년 전후 이 지역에 존재했던 고대 성읍국가 실직국(悉直國). 나는 실직국을 기원으로 하는 삼척의 역사와 문화를 전승하기 위한 박물관 건립 계획을 세웠다.

도청에 박물관 건립계획을 보고한 뒤 청와대를 방문해 정무수석 비서관 — 그의 고향은 삼척이었다 — 에게도 박물관 계획을 설명하고 예산지원을 요청했다. 국비지원을 위해서는 정치인들의 도움도 필요했다. 여야 국회의원 중에는 대학 동문들 여러 명이 있었다. 나는 부문회장이었던 제정구와 몇몇 친구들을 국회로 찾아가 박물관 구상을 밝히고 도움을 청했다.

제정구는 1992년 14대 국회의원 선거에 시흥군포에서 민주당 후보로 출마해 당선되었다. 판자촌 빈민운동의 대부답게 가난한 사람들을 대변했으며 정치개혁에 앞장서고 있었다. 그는 박물관 건립계획을 설명 듣고 국비지원을 돕겠다고 약속했다. 그는 빙긋이 웃으며 내게 말했다.

"이왕이면 민생박물관을 만들어보지 그래. 빈자들의 박물관으로 말이야. 가난하고 고달픈 삶의 자취를 전시하는 박물관은 이 나라에 없잖아?"

그랬던가. 박물관 관람객들은 화려한 것들을 뽐내는 진열장에 익숙해 있을지도 모른다. 아, 내 좁은 생각 밖의 또 다른 생각. 친구는 정치인으로 변신했지만 여전히 사려 깊은 부문회원이었다.

나는 평소 길을 꿈꿀 때가 많다. 그게 현실적이든 비현실적이든 간에. 그리고 꿈이 아닌 생시에 길에 관해 품는 한 가지 확신이 있다. 그것은 길이 역사를 만든다는 것, 길은 이웃과 세상을 연결하는 문명의 통로라는 것이다. 사람들은 본능적으로 길을 따라가는 습관에 익숙해 있으며 길 위에서 시간을 보내고 누군가 길을 열어주기를 기대한다. 인간이 길에 집착하는 이유는 길속에 삶이 있기 때문일 것이다.

예나 지금이나 길의 연결망에는 사각지대가 있기 마련이다. 삼척의 벽지에도 길이 없는 곳이 많았다. 나는 삼척시민으로 남아있기를 선택한 월천리 사람들에게 마을과 원덕읍을 잇는 해안도로를 뚫겠다고 이미 약속했었다. 그리고 또 하나의 길을 만들 구상을 했다. 삼척 항과 삼척해수욕장을 연결하는 5킬로미터의 해안도로 건설이 그것이었다.

강릉 정동진은 일출을 맞는 장소로 널리 알려졌지만 날이 갈수록 주변은 오염되고 상업화되고 있다. 동해안에 청정하고 로맨틱한 해맞이 장소를 만들 순 없을까. 가능할 것이다. 나는 삼척의 바닷가를 향해 상상의 날개를 펼쳤다. 절경이 이어지는 워터 프론트에 자연과 어울리게 건설될 해안도로는 가슴 뭉클한 일출, 환상적인 해변 풍광, 신비한 야경을 만들어낼 수 있으리라. 해안도로는 결국 관광도로가 될 테지만 바다냄새를 그리워하는 사람들에게 사색과 낭만의 도로가 될 수도 있으리라. 이 도로에 일출로라는 이름을 붙이리라. 일출로는 아름다운 추억의 길이 될 수 있으리라. 지폐가 소득이라는 이름의 날개를 달고 일출로를 따라 올 수도 있으리라……

나는 청와대 정무수석비서관을 찾아가 다시 특별교부세 지원을 요청했고 그로부터 돕겠다는 언질을 받아냈다. 특별교부세를 지원하는 관청은 내무부였지만 나는 내무부를 찾지 않았다. 3년 동안 나를 창살 없는 감옥으로 유배시킨, 신군부의 병영이나 다름없었던 부처를 찾아가 구걸할 생각이 없었다. 수석비서관이 일을 잘 처리해줄 것이라고 믿었다.

얼마 후 1995년도 추경예산에 해안도로 착공을 위한 설계비와 토지 매입비, 가옥 철거 보상비가 책정되었다. 첫 단추를 꿰었으므로 도로건설은 진행될 것이다. 몇 년은 걸리겠지만.

이 길이 완성되면 어떤 모습이 될까. 나는 도로예정지에서 바다를 바라보며 오케스트라가 〈해변의 길손〉과 송창식의 〈고래사냥〉을 연주하는 것을 상상했다. 드뷔시의 〈바다〉를 연주한다면 그것도 멋진 광경일 것이다. 해안도로변 공원에서 이젤을 걸치고 그림을 그리는 젊은이들의 모습을 상상하기도 했다. 나는 현실과 상상의 세계를 오가며 해안 도로예정지를 살폈다. 건설국장은 부지런히 설계를 다듬고 고쳐나갔다. 그는 해안선의 바위 한 개라도 손상하지 않고 자연지형을 이용한 도로를 만들기 위해 고심했다. 그는 자신이 태어난 고향을 사랑했고 나는 삼척이 고향인 그를 신뢰했다.

박물관 건립과 도로개설을 준비하고 이런저런 집단민원을 처리하는 가운데 가끔 가슴을 철렁하게 하는 일이 발생했다. 그것은 산불이었다.

삼척은 오래 전부터 산불이 잦은 지역이었다. 일단 산불이 나면 대형 산불로 이어지곤 했으며 바다에서 불어오는 바람이 늘 산불을 부채질했다. 산불진화와 관련해 기억에서 지워버릴 수 없는 일들이 있었다. 1995년 1월 초 원덕읍에서 일어난 산불도 그런 산불이었다. 산불진화 헬기의 물탱크가 강추위에 얼어붙어 헬기가 발화지점 위에서 빙글빙글 돌기만 할 뿐 물을 퍼붓지 못했다. 소방차가 인근 시멘트 공장 보일러실에서 뜨거운 물을 담아와 헬기 물통에 붓는 소동이 벌어졌다. 소방차는 열 차례가 넘게 뜨거운 물을 운반해왔다. 헬기는 뜨거운 물을 찬물과 섞어 발화지점에 쏟아 부었다. 온수로 산불을 끈 사례가 산불진화 역사상 몇 번이나 될까.

영하 20도의 냉기가 몰아치는 해발 700미터의 능선. 메마른 낙엽이 겹겹이 쌓인 가파른 비탈. 황금빛 불꽃이 띠를 이루며 바삭바삭 타들어가는 긴 발화선. 진화작업을 하는 공무원들은 한겨울 눈 속에 갇힌 노루처럼 고생스러웠다.

나는 헬기를 타고 연기 자욱한 산위를 돌면서 진화작업 중인 직원들 위로 빵과 우유가 담긴 음식주머니를 던져주었다. 눈대중을 하기가 어렵고 바람이 심하게 불어 주머니는 엉뚱한 곳으로 떨어지기 일쑤였다. 진화작업 독려를 위해 산등성이를 돌아다니다가 그루터기에 걸려 넘어져 오륙 미터를 뒹굴었다. 그 바람에 갈비뼈에 금이 가고 요로가 터져 피오줌이 나왔지만 얼굴에 상처를 입지는 않았다. 그래도 그 정도는 직원들의 고생에 비하면 사소한 것이었다. 시청 직원들은 진화작업을 할 때마다 초죽음이 되다시피 했다.

그러나 그로부터 몇 달 뒤 더 무시무시한 산불이 기다리고 있었다. 마지막 임명직 시장으로서의 임기를 악몽으로 장식하게 했던 산불은 골치 아픈 불청객이었다.

어느 날 홍수환과 전·현역 세계프로복싱 챔피언 여덟 명이 삼척시청을 방문했다. 나의 초청에 홍수환 일행이 삼척을 찾아온 것이다. 마치 바람 속을 헤치고 온 신들처럼! 권투를 좋아하는 사람이라면 텔레비전에서 익히 보았을 세계챔피언들을 시청 직원들은 면전에서 한꺼번에 만나보게 된 것이다. 그들 중에는 별명이 도끼주먹인 강원도 양양 출신의 K도 끼어 있었다. 직원들은 권투선수들을 대동한 나에게 이상한 눈빛을 보냈다. 시장이란 사람이 주먹패거리의 두목이라도 된다는 것인지 그들은 의아하게 여기는 것 같았다.

홍수환은 시청 직원들에게 한 시간 동안 특강을 했다. 강연장소인 시청 강당에는 소문을 듣고 달려온 시민들도 많았다. 특강의 주제는 프로정신과 인생살이에 관한 것이었다. 직원들은 그의 어눌한 웅변과 구수한 입담 그리고 소박한 고백에 귀를 기울였다. 홍수환의 강연내용은 공무원교육원에서 했던 것과 비슷한 것이었다. 그는 여전히 공무원의 프로정신과 전문가적 직무수행을 강조했다.

그날 저녁 나는 챔피언들과 함께 저녁을 먹으며 소주잔을 주고받았다. 챔피언들은 스포츠맨답게 술도 잘 마셨지만 홍수환은 술을 전혀 마시지 않았다. 음식점 주인이 홍수환에게 겸연쩍은 듯 물었다.

"혹시 챔피언 먹었다는 그분이 맞죠? 홍…… 수환?"

"예, 제가 홍수환입니다. 제가 챔피언 먹은 사람입니다."

홍수환은 그렇게 대답하며 알 듯 모를 듯한 미소를 짓다가 갑자기 큰 소리를 질렀다.

"엄마, 나 챔피언 먹었어! 대한국민 만세다!"

홍수환이 삼척시를 방문한 시기에도 혐오시설을 둘러싼 분쟁과 갈등은 전국적으로 번지고 있었다. 쓰레기매립장, 하수종말처리장, 분뇨처리장 같은 공익시설은 지역 내 어느 곳에든 설치하지 않으면 안 되었다. 그러나 5퍼센트도 안 되는 주민의 반대 때문에 공익시설을 만들지 못해 95퍼센트의 주민이 불편을 감수해야 하는 현실은 개선되지 않고 있었다. 전국 각지에서 혐오시설 설치를 방해해 온 소수의 반대자들이 시민을 선동하고 시위를 부추겼다. 그들은 이런저런 환경단체에 소속되었거나 그 단체들을 앞세워 비과학적이고 과격한 주장을 내세웠고 때로는 환경보호의 순수한 목적을 벗어나 불순한 정치적 목적을 드러내기도 했다. 그들은 일반 시민들과는 다른 삶의 대척점에 서서 시민에게 혐오감과 공포감을 불어넣었으며 그들 스스로 공존불가능성을 드러냈다.

삼척시 변두리 모처에 쓰레기매립장을 조성하려는 계획은 동네에서 극렬하게 반대하는 몇 사람의 주동자에 의해 진척되지 못했다. 나는 동네를 찾아가 주동자를 직접 만나 의견을 들으려고 했지만 그들은 만나기를 거부하고 다른 곳으로 피했다. 그 대신 지역주민들이 원하는 바가 무엇인지 확인하기 위해 공청회를 열었다.

그런데 그 동네에 퍼진 이상한 소문이 뜻밖에 시청의 편을 들어주었다. 시장이라는 사람은 주먹세계와 연결되어 있기 때문에 잘못 건드렸다가는 큰 코 다칠 뿐더러 쇠파이프를 맞고도 살아난 독종이라는 황당한 소문이 퍼져 있었다. 동네사람들은 주동자들이 부산 쪽으로 멀리 달아나버렸다고 말했다. 헛소문이 만들어낸 효과는 비현실적일 만큼 희극적이었다.

챔피언 일행의 방문이 시민들에게 주요 뉴스로 알려지고 이것이 사실과는 상관없는 소문을 만들어냈는지 어쩐지는 확인할 수 없었지만 주동자들은 삼척을 떠난 게 분명했다. 그들은 내가 임기를 마치고 삼척을 떠날 때까지 돌아오지 않았다. 쓰레기매립장 공사는 계획대로 진행되었다.

7.

마지막 임명직 시장. 통합시의 책임자로서 나는 시민이 선출할 후임자를 생각해야 했다. 선거를 눈앞에 두고 새로운 일을 벌이지 않았다. 계획한 사업이라도 차질 없이 집행하기 위해 예산을 확보하고 절차를 진행하는 것으로 임기를 마무리하려고 했다. 내가 시작하고 벌인 일은 후임자가 계속 처리할 것이므로 걱정할 필요가 없을 터였다.

석회암동굴 보존과 개발은 임기 중 마지막으로 진행한 일이었다. 수억 년의 비경을 숨겨온 환선굴은 훼손되어 종유석이 많이 잘려나갔고 곳곳에 파괴와 절도의 흔적이 남아 있었다. 폭포가 흐르는 깜깜한 동굴 안에는 신비한 희귀동물들이 서식하고 있었다. 동굴을 지키기 위해서는 개발과 이용이 더 적극적인 보존대책이 될 수 있다는 전문가들의 조언에 따라 동굴이용 기본계획을 세웠다. 세부계획과 후속조치는 후임에게 맡기면 될 일이었다. 삼척시 전역은 겉으로 드러나지 않은 원시 석회암동굴의 성지였다.

삼척은 불가사의한 것들이 시간의 장막 뒤에 숨어있는 이방지대였다. 인간의 시야 밖에서 보존과 변혁을 기다리는 것들이 많은 해안 도시였다. 궁궐의 목재로 쓸 만한 소나무가 보존되고 있는 산림, 할미꽃 자생지가 많은 산야, 탐스러운 왕마늘이 생산되는 곳, 사양화된 석탄산업의 그늘이 어둡게 드리운 탄광지대, 원자력발전소 건설의 적지로 정부가 은근히 탐내는 해안, 동해안에서 가장 때 묻지 않은 아름다운 포구들이 남아있는 마지막 은둔지, 죽서루와 동해척주비가 남아있는 역사의 고장, 그리고 수억 년 신비의 침묵을 지키고 있는 동굴들. 귀인의 손길이 미쳐야 할 순결하지만 불운한 미답지. 내 눈에 비친 삼척시의 인상은 그런 것이었다.

임기를 사십여 일 남겨놓은 오월 어느 일요일 나는 시청 간부들과 함께 덕품계곡이라는 곳으로 소풍을 갔다. 보름 전에 겪었던 끔찍한 산불의 악몽도 씻을 겸 하여 얼마 남지 않는 임기의 마지막 나들이를 나간 것이다.

때 묻지 않은 골짜기, 유리알처럼 투명한 냇물, 이름 모를 꽃들의 짙은 향기. 계곡은 사람들의 입에 오르내리는 흔해빠진 관광명소와는 다른 곳이었다. 비단결 향수를 피워 올리는 골짜기가 발걸음을 옮기는 동안 신비로운 꿈을 꾸게 만들었다. 한 편의 시가 떠올랐다.

이십 리 물길은 어머니 자궁 길
거울 빛 냇물은 산천어의 고향
흰 바위 골짜기마다 조각공원
구불구불 오솔길엔 꽃향기 가득
인적 드문 처녀지에
오월의 꿈이 익는구나.
이십 세기 마지막 정결을 간직한
고요한 아우성
비단 폭 하늘엔 구름도 없다.

주변에는 신비한 기운이 넘쳤다. 임기를 마치고 이 도시를 떠나더라도 계곡만큼은 자연 그대로 보존하면 좋겠다는 생각이 들었다. 동행한 간부들에게도 그런 생각을 전했다. 그러나 나는 그런 기대가 무산되리라는 것을 알고 있었다. 민선 시장들이 앞 다투어 계곡을 개발하리라는 것을. 사람들에게 인생이 자연의 일부임을 깨닫게만 한다면 개발을 해도 좋으리라. 그러나 후임자들이여, 아무쪼록 계곡이 간직해 온 원시의 정적과 향기가 상처받지 않도록 해 주기를, 이 아름다운 물길을 당신들의 혈관처럼 사랑해 주기를……. 나는 마음속으로 그렇게 주문했다.

8.

1995년 6월 27일 전국에서 일제히 지방선거가 치러졌다. 도지사에는 전 경제기획원 장관이던 C가 당선되고 삼척시장에는 전직 국회의원 K가 당선되었다. 도지사 선거에 출마했던 전임 지사는 낙선했다.

1년간의 근무를 끝내고 삼척을 떠나는 날 시청 전 직원이 청사 앞에서 나를 전송해주었다. 청사를 나서면서 한 해 전 심어놓은 야생화들이 바람에 나부끼는 모습을 쳐다봤다. 어떤 감회 같은 것이 스쳐갔다. 삼척을 떠나는 내게 삼척이 남긴 아픔이 있었다. 그것은 산불, 탄광촌, 고포마을 사람들이었다. 이들을 뒤로 하고 나는 소양강의 도시로 돌아왔다.

임명직 시장 군수였던 사람들은 도청 총무과 소속이 되어 대기 상태에 놓이게 되었다. 나는 공직을 그만둬도 아쉬울 게 없다고 생각했다. 그리고 이제부터는 다른 일을 하고 싶었다. 공무원이 집시 같다는 생각이 들었기 때문이다.

전두환 정권 내내 직급만 유지했을 뿐 보직 없이 보낸 7년 세월 - 1년여의 미국 망명유학, 임업연수원에서의 3년간 대기발령, 새마을운동 본부로의 2년간 파견, 1년간의 연수원 교육. 그리고 그 이후 나는 한 자리에 1년 이상을 있어 본 적이 없었다. 군수를 끝내고 내무부 외청을 거쳐 귀향한 후 공무원교육원장, 도청에서 세 차례의 국장을 거친 뒤 다시 공무원교육원장, 출장소장, 그리고 시장. 그렇게 거쳐 온 13년 동안의 보직은 집시의 방랑이나 다름없었다. 공무원기록카드에 그려진 지저분한 나의 자화상. 결코 영광스러울 수 없는 유랑. 모든 것이 내 탓이었다. 내가 스스로 불러들인······.

나는 결국 유기된 존재에 불과했다. 그 유기된 존재에게 내가 '너는 무엇이냐'고 물었다. 내가 대답했다. '나는 개였어. 친구가 결코 되지 말라고 당부하던 개였어. 그러나 똥개는 아니었어. 권력자들이 갈겨대는 똥이나 탐하는 그런 개는 아니었어. 국보위에 복종하고 황태자와 5공에 충성했더라면 요직에 올라 출세를 할 수도 있었겠지. 그러나 그렇게 안 한 게 오히려 다행이야. 고향에 와서 고향 개 노릇을 하다가 공직을 끝내는 것도 나쁜 운명은 아닐 거야…….'

그렇더라도 내 인생에 5공화국과 신군부는 지우개로 지워버려야 할 대상이었다. 나는 왜 집시처럼 떠돌았을까. 나는 그 이유 – 내가 아닌 역사가 대답해야 하는 – 를 알고 있다. 공무원은 나의 천직이 아니었다. 나는 다시 교수가 되고 싶었다.

그러나 우연이 운명처럼 다가왔다. 대기발령 상태에 있던 10월 어느 날 민선 도지사 C가 나를 조용히 불렀다. 1978년 12월 22일 박정희 정권의 마지막 개각 당시 상공부장관에 임명되었던 C. 신문의 인물평에 재정금융 분야의 엘리트, 인간컴퓨터, 독서광, 추곡 4천 만 석 돌파의 주인공으로 소개됐던 인물. 그 뒤 부총리 겸 경제기획원장관에 올랐던 사람이 C였다. 그가 나를 정무부지사로 임명했다.

C가 왜 나를 부지사로 임명했을까. 같은 대학 출신이기 때문에? 대학동문도 이쪽과 저쪽으로 갈린다. C와 나는 공직사회에서 만난 적도 없고 인연을 맺을 공통의 유대나 삶의 연결고리 같은 것이 없다. 어떤 형이상학적인 힘이 두 사람을 연결시켰다면 그것은 운명일지도 모른다. 세상에는 우연의 이론 – 가장 있을 수 없는 일이 가장 논리적일 수도 있다는 – 이라는 것도 있으니까. 그러나 나의 부지사 임명을 우연의 논리로 귀결시킨다면 나는 할 일이 없어질 것이다. 그 자리는 구걸이나 기도를 해서 얻은 자리가 아닌 그 무엇일 것이다. 나는 중책을 맡겨준 도지사를 충실히 보좌해야 했다.

내게 부여된 주된 임무는 중앙부처와 국회를 상대로 예산과 정책지원을 이끌어내고 강원도에 필요한 법률안을 통과시키기 위해 정치적 협의를 하는 것이었다. 맡은 일이 대부분 확신이나 예측을 불가능하게 하는 무정형의 업무였다. 중앙부처와 국회를 설득하고 정치적 협의를 통해 예산을 확보하는 것, 그것은 거버넌스, 즉 협치를 의미했다. 재정이 빈약한 강원도에서 부족한 투자재원은 민선시대의 앞날을 불안하게 하는 애로요인이었다. 예산확보에는 전 방위적인 활동이 필요했지만 그것은 생각만큼 쉬운 일이 아니었다.

1995년 민선 도정의 최대 현안은 폐광지를 살리는 것이었으며 강원도는 폐광지역개발 지원에 관한 특별법을 만들 준비를 하고 있었다. 서민대중의 연료였던 석탄이 석유류에 밀려나 사양화되면서 강원도의 탄광은 폐허로 변했다. 특별법은 폐광으로 낙후된 탄광지역의 경제를 살리기 위해 대체산업을 일으켜 탄광지역 주민의 생활을 안정시키고 지역의 균형발전을 도모하자는 것이 골자였다. 탄광지역에 내국인 출입이 가능한 카지노를 허가할 수 있게 하는 것은 최대의 관심사였다.

강원도가 발의한 법률안이 국회로 넘어간 뒤 나는 자주 국회를 찾아가 여야 의원들과 접촉하며 협력을 구했다. 관련 상임위원회 소속의원 중에는 대학 선후배와 동료들이 여럿 있었다. 대학친구 제정구 의원도 카지노 설치에 반대하던 입장을 바꾸어 법률안 통과를 지원했다. 이해 12월 폐광지역특별법이 국회에서 법률로 제정됨에 따라 이듬해 태백, 정선, 영월, 삼척이 폐광지역 진흥지구로 지정되게 되었다.

도지사는 국제협력 업무를 맡기고 가끔 나를 외국에 출장 보냈다. 1996년 5월 캐나다 앨버타 주에 출장을 다녀왔다. 앨버타 주 수상 랠프 클라인과 교류협력 협정을 체결하고 나서 뱅쿠버 섬의 소도시 빅토리아에 있는 부차트 가든을 방문했다. 부차트 가든은 폐광지에 건설된 화원이었다. 세계에서 가장 아름다운 화원을 돌아보고 귀국한 나는 한

동안 감동의 충격에서 헤어나지 못했다. 출장에서 돌아온 뒤에도 부차트 가든은 내 머리를 가득 채웠다.

부차트 가든 수준은 아니어도 강원도에 그런 류의 작은 수목원이라도 있다면…… 상상이 나의 손발과 감각기관에 전류를 일으켰다. 나는 수목원조성 계획을 세우고 도지사에게 보고한 후 부족한 예산을 중앙 부처로부터 확보하기 위한 준비를 서둘렀다. 담당 공무원들을 부차트 가든과 미국 롱우드 가든, 일본의 수목원 등에 보내 현장을 견학하게 했다. 공무원 동기생인 재정경제원 예산국장이 나의 국비 지원요청을 받고 조용히 도울 테니 걱정 말라는 신호를 보내왔다. 필요한 곳에 지인이 있고 필요한 때에 도움을 받는다는 것은 행운이었다.

캐나다 출장에서 돌아온 지 두 달 뒤 중국 심양에서 열린 국제무역경제협력 세미나에 국내 중소기업 사장단과 함께 참석했다. 세미나 개회식이 있던 날 저녁 요령성 영빈관에서 열린 각국 대표단 환영만찬회에서 나는 한국 측 대표로 기조연설 겸 만찬사를 했다. 헤드테이블에는 요령성장 문세진, 공산당 서기장 장국광, 심양 시장 장영무, 관리위원회 제1주임 장희지 등이 앉아 있었다. 내 곁에 앉은 심양 시장은 엄청난 호주가였다. 그는 "건배!"를 외치며 내 잔에 계속 술을 따라주었다. 그에게서 받아 마신 고량주가 서른 잔을 넘었다. 옆자리에서 시중을 드는 여종업원이 계속 찻잔에 뜨거운 녹차를 부어주었다.

취기가 오른 심양 시장이 내게 호형호제를 제의했다. 그는 나보다 네 살 위였다. 나는 유쾌하게 동의하고 그에게 형이라고 호칭했다. 장영무는 술을 잘 마셔야 협상도 잘 이루어진다며 농담했다. 사실 요령성과 강원도 간에 그동안 논의되어 온 교류합작 건이 성사될 수 있을지 은근히 걱정하고 있던 터였다. 중국인들 사이에 예부터 회자되어온 백례지회 비주불행(百禮之會 非酒不行) — 행사 때마다 술이 없으면 제

362

대로 일이 시행되지 않는다는 – 이라는 말이 나를 취기로부터 지탱하게 했다. 나는 취중 농담은 불확실한 관계의 정리를 암시하는 중국인 특유의 우회적인 신호일 수도 있다는 생각을 했다.

좌중의 분위기가 무르익었을 때 각국 참석자들의 노래자랑 순서가 시작되었다. 한국 측 순서가 되자 장영무 시장이 나에게 노래를 하라고 청했다. 그의 권유로 나는 단상에 올라 〈고향의 봄〉을 노래했다. '나의 살던 고향은 꽃 피는 산골……'을 따라 부르는 사람들이 있었다. 그들은 조선족 동포들이었다. 노래를 끝낸 나는 주머니에서 종이 한 장을 꺼내 들었다. 서툰 중국어로 또 하나의 노래를 시작했다. 노래를 반쯤 불렀을 때 일부 참석자들이 따라 부르기 시작했고 노래 후반부에 이르렀을 때 장내 참석자 대부분이 기립해 합창했다.

일어나라 노예 되기를 거부하는 자들아
우리의 피와 살로 새 장성을 쌓자
중국민족에 닥친 위난의 시기에
압제에 억눌린 자들의 마지막 외침
일어서라 일어서라 일어서라
우리 모두 한 마음으로 단결해
적의 포화에 맞서 전진하자
적의 포화에 맞서
전진, 전진, 전진, 전진하자

내가 부른 노래는 중화인민공화국 국가였다. 서툰 중국어로 불렀지만 중국 국가는 연회에 들떠있던 만찬장의 분위기를 순식간에 바꿔놓았다. 노래를 마치고 주빈 석으로 돌아오자 장영무 시장이 나를 끌어안았다. 옆자리의 중국인들이 내 손을 잡았다. 장영무는 "깜짝 놀랐습니다!"라고 외쳤다. 장내에는 500여명의 참석자들로 붐비고 있었다.

나는 가끔 집에서 세계 각국의 국가를 피아노로 연주하곤 했다. 선율로 그린 한 나라의 자화상. 격조와 장엄함을 양념한 대중찬가. 국가에는 민족의 슬픔, 고통, 격정, 환희가 스며있고 영광과 고난의 역사가 녹아있다. 눈을 감고 국가를 들으면 그 나라의 산과 강과 숲이 보이고 성채와 거리와 사람들의 얼굴이 주마등처럼 스친다.

이스라엘 국가 〈하티크바〉 ─ 희망이란 뜻의 ─ 를 들으면 아우슈비츠 수용소에서 해방을 맞는 유태인들의 회색빛 얼굴을 상상하게 된다. 프랑스 국가 〈라 마르세이유〉를 들으면 바스티유 감옥을 향해 행진하는 성난 군중들의 대열이 영상화되곤 한다. 영국 국가 〈신이여 여왕을 도우소서〉를 들으면 대영제국 군대를 사열하는 빅토리아 여왕의 모습이 떠오른다. 노르웨이 국가 〈그렇다. 우리는 이 조국을 사랑하리라〉는 피오르드의 아름다운 풍광 속에 풍랑을 헤치는 바이킹의 모습이 겹치게 한다. 조금 고상하게 표현하자면 국가는 한 나라의 신화와 역사의 시적 압축이며 그 나라 국민의 숨소리일 것이다. 신성함과 엄숙함 속에 대중적인 매력이 있는.

그러나 국가라는 것을 굳이 초월적이며 철학적인 것으로만 생각할 필요가 있을까. 특별함을 곁들인 대중의 찬가가 아닌가. 한 나라를 대표하는 행진곡이기도 하고 찬송가이기도 하고 가끔은 엘레지가 되기도 하는 노래일 뿐, 술자리나 칵테일파티에서 불러도 되는 게 ─ 이스라엘 국가나 일본 국가는 곤란하겠지만 ─ 아닌가. 국가란 그런 것이다. 가끔 먹기 싫은 진통제 같은 것이기도 하지만.

평소에도 역사에 대한 나의 집착은 가끔 국가라는 음악적 기호로 대체되곤 했다. 국가를 연주하거나 감상하는 것은 나에게 문화를 교감하고 상상 속의 문명을 탐색하는 수단이었다. 그것은 이국을 여행하는 감성의 열기구가 되었고 역사학도로서의 취미가 되었다. 심양의 만찬회에서도 나는 역사학적 취미를 발동했을 뿐이다. 내가 부른 중국 국가는 중국인들을 놀라게 했고 부족하나마 문화의 장벽을 넘었다는 인식을 심어줌으로써 그들을 약간은 주눅 들게도 했을 터였다.

고량주를 과음했음에도 불구하고 다음날 아침 나는 이상하리만큼 멀쩡했다. 과음하면 심신의 피로 때문에 출장일정에 차질이 생길 수도 있었지만 뜻밖에도 몸은 가벼웠다. 헤드테이블의 종업원이 곁에서 부지런히 따라준 녹차가 숙취를 막아준 것이 분명했다. 그것이 대체 무슨 녹차였을까.

나는 심양에서의 추억을 곧 잊었지만 중국인들은 내가 한 일을 잊지 않았다. 이해 11월에 도청을 방문한 요령성과 심양시 관리들은 여전히 나의 중국 국가 부르기를 하나의 사건으로 기억하고 있었다. 그들은 내가 만찬회에서 느닷없이 중국 국가를 부른 촌극을 기억했지만 국가에 대한 나의 취향을 이해하지는 못했다. 도지사는 그런 이야기를 전해 듣고 나에게 직업을 잘못 선택한 것이 아니냐며 농담을 했다.

내가 부른 중국 국가 덕분은 아니었지만 출장목적의 하나였던 교류합작 건은 요행히 성사되었다. 도지사의 기대를 저버리지 않았다는 점이 나를 기쁘게 했다. 사위지기자사(士爲知己者死 - 사기 자객열전에 나오는 예양의 말. 선비는 자신을 알아주는 사람을 위해 목숨을 바친다는 뜻). 나는 일을 맡기는 도지사의 신뢰에 대해 최소한의 도덕적 의무감이라는 것을 생각하지 않을 수 없었다.

공직을 떠나기 전 어느 날 나는 도청 운전기사들과 함께 저녁식사를 했다. 도청 차고 운행실장인 운전기사 C가 자리를 주선했다. 내무국장으로 근무하던 시절 운전기사들의 숙원이던 직급과 호봉조정 문제를 해결해 준 적이 있었음을 고맙게 생각해 기사들이 뒤늦게 나를 저녁식사에 초대한 것이다. 운전기사들이 즐겨 찾는 단골식당은 도청 부근 재래시장 안에 있는 돼지갈비 집이었다. 나는 유쾌한 기분으로 기사들과 함께 술을 마시며 이야기를 나누었다. 좌중의 분위기가 무르익어갈 무렵 운행실장 C가 공용차 기사인 K에게 말했다.

"K 기사, 이북에서 부르던 노래 한 곡조 뽑아 보라고!"

"또 그 노래를 부르라고? 가사도 잊어버렸어."

"가사는 틀려도 상관없어. 한 번 불러봐."

그러자 K 기사가 마지못해 북한 가요 한 곡을 불렀는데, 나는 노래 내용보다는 K가 북에서 내려온 사람이라는데 더 관심이 쏠렸다. 나는 옆자리에 앉은 C에게 K 기사가 언제 북한에서 내려온 사람이냐고 물었다. C는 K가 삼척—울진 무장공비 침투사건 때 대관령에서 투항했으며 귀순한 뒤 당국에서 주택과 직장을 마련해줘 도청에서 일하게 됐다고 말했다. C의 말을 듣고 기억속의 어떤 희미한 장면을 떠올리는 순간 나는 놀라움을 금할 수 없었다.

그것은 1968년 11월 초 횡계리에서 무장공비토벌 작전을 벌이고 있을 때였다. 내 시야에 들어온 표적을 향해 방아쇠를 당기려는 순간 표적이 양손을 들고 투항자세를 보이자 방아쇠에서 검지를 뗀 순간의 기억이 떠올랐다. 그랬었구나…… 그렇다면 내가 쏘려고 했던 표적이 K 기사였다는 말인가. 그때 나는 투항한 공비 가까이에 다가가 얼굴을 마주했으며 그의 얼굴에서 강렬하면서도 아주 특별한 표정을 읽었다. 두 손을 치켜 올린 공비는 각진 얼굴에 체념한 표정을 지었지만 눈동자는 이글거렸고 두툼한 입술을 굳게 다물고 있었던 것이다. 나는 그동안 쌓였던 궁금증이 견디기 어려워 K 기사 옆자리로 다가갔다. 그에게 술잔을 권하며 물었다.

"1986년 10월…… 그러니까 그때가 11년 전이었죠. 내가 도청으로 발령받고 춘천으로 올 때 관용차를 운전했던 기사가 K 기사였습니까?"

"그렇습니다. 그때 제가 모시고 왔습니다."

"그 전에 나를 만난 적이 있었나요?"

"아니요. 개인적으로 뵌 적이 없었습니다."

"그동안 서로 바쁘다보니 만날 기회가 없었군요. 도청에는 언제부터 근무하기 시작했습니까?"

"1972년이었습니다."

"그랬었군요. 내가 K 기사를 몰라봐서 미안합니다. K 기사는 고향이 어딥니까?"

"함흥입니다."

"1968년 11월 초 삼척―울진으로 침투했던 요원들이 모두 124 군부대원들이었죠?"

"그렇습니다."

"횡계리에서 교전할 때 거북이처럼 생긴 바위 뒤에 숨었다가 투항한 장본인이 K 기사였습니까?"

"……."

"그때 K 기사 앞쪽 50미터 지점에 내가 있었습니다. 지휘관이 마이크로 투항을 권유하고 있었고…… 나는 카빈총으로 조준하고 있었죠."

"예?"

"그 당시 현역에서 복무했죠. 보안부대 특수요원으로 차출돼 토벌작전에 참가했습니다. 횡계리에서 K 기사 동료들과 교전하다가 하마터면 죽을 번했어요. 수류탄 파편에 맞기도 했고……."

"예? 부지사님이 그 작전에 참가하셨다고요?"

"그렇습니다. K 기사가 투항하려고 손을 들고 일어섰을 때 내가 다가가서 물어본 말이 혹시 기억납니까?"

"아니요. 전혀…… 그때 무슨 질문을 하셨죠?"

"……인민군 부대 소속을 대라. 124 군부대냐? 청와대를 습격한 김신조와 한 부대였냐? 그리고…… 달빛 39호…… 727국…… 12조 815 같은 난수암호를 들이댔을 겁니다."

"기억납니다! 그때 124 군부대와 김신조를 물으셨지요. 그 군인이 바로 부지사님이었습니까?"

"……그렇습니다."

K 기사는 놀라는 표정을 지었다. K의 얼굴을 쳐다보는 순간 나는 비로소 희미한 기억으로부터 벗어났다. 1986년 10월 어느 날 밤 강원도로 발령을 받고 서울에서 춘천으로 오는 관용차 안에서 머릿속을 가득 채웠던 의문이 마침내 눈 녹듯 풀렸다. 어디선가 만난 적이 있는 것 같은 운전기사의 얼굴…… 저 딱 벌어진 체구와 네모난 턱, 다부진 얼굴과 타는 듯한 눈동자, 꽉 다문 입술…… 분명 그는 만난 적이 있는 사람이었다. 그가 지금 눈앞에 앉아있다.

"이런 얘길 다시 꺼내 미안하지만…… 그때 왜 투항했어요?"

"……때가 늦은 거죠. 동료들은 죽고, 날씨는 춥고 몸은 지치고, 실탄도 바닥났고…… 솔직히 죽는다는 게 겁이 났습니다. 북에 살아계신 어머니를 두고 자식이 먼저 죽는다는 것도……."

"그랬군요. K 기사 동료 몇 명도 그때 함께 귀순했어요."

"나중에 알았습니다. 120명 중에 일곱 명이 살아남았더군요."

"그때 나한테 맡겨진 두 가지 임무가 있었습니다. 저격수와 암호 해독병…… 나는 K 기사 동료들 가운데 몇 사람이 소지한 난수표를 해독했습니다."

"부지사님, 참 말문이 막히는군요……. 그런데 그때 왜 저를 쏘지 않으셨습니까?"

"방아쇠를 당기려던 참이었죠. 그렇지만 상대방이 손을 드는 게 확인 됐기 때문에 쏠 수 없었습니다. 상부의 명령을 따라야 했던 겁니다. 생 포하라는 명령 말이죠."

내가 따라준 술잔을 벌컥 들이키고 나서 K가 정색을 하며 말했다.

"부지사님…… 감사합니다!"

"감사하다니요?"

"부지사님이 방아쇠를 당겼더라면…… 저는 지금 이 자리에 없었을 겁니다."

"천만에요. 죽다니요? K 기사는 살 운명이었습니다. 북에 계신 어머 니도 K 기사가 살기를 바라지 않으시겠어요?"

"……."

"K 기사, 어디서든 사람답게 사는 게 중요합니다. K 기사가 북에서 내려왔을 때만 해도 이북이 이남보다 잘 살았죠. 모든 면에서 앞섰던 게 사실입니다. 북쪽에는 빈부 차이도 없고 거지도 없었어요. 그런데 그 이후 어떻게 됐습니까? 10년도 안 돼서 형편이 뒤바뀌지 않았습니 까? 작년만 해도 북한에서 굶어죽은 사람이 육십만 명이 넘었어요. 남 한이 아무리 썩어빠진 자본주의 사회라곤 하지만 굶어죽는 지상낙원보 다는 낫겠죠. 일하는 만큼은 그래도 보상받는 사회니까."

"……."

"K 기사, 부인과 아이들을 보면 무슨 생각이 듭니까? 악착같이 살아 야겠다는 생각이 들지 않습니까? 재미있게 사세요. K 기사 고향은 이 제 춘천입니다. 늦었지만 이남 사람으로서 K 기사를 환영합니다!"

기사들이 숨을 죽이며 두 사람의 대화를 듣고 있었다. 내가 말을 끝 내고 K 기사에게 손을 내밀자 K도 내 손을 잡았다. 나는 다시 술잔을 K에게 건넸으며 K가 마시고 난 뒤 그의 어깨를 끌어안았다. K도 나를 끌어안았다. 동료 기사들이 두 사람에게 박수를 보내며 한 마디씩 했다.

"진짜 놀랄 일이군! 세상이 이렇게 좁을 수가……!"

"그때 부지사님이 쐈더라면 K 기사 어떻게 할 번했어?"

"어떻게 하긴…… 저승으로 갔겠지."

"세상에 이런 우연도 있었네!"

술자리가 끝나기 전에 운전기사들이 노래를 불렀다. 나도 그들과 함께 젓가락을 두들기며 합창을 했다.

인생은 나그네 길
어디서 왔다가 어디로 가는가
구름이 흘러가듯 떠돌다 가는 길에
정일랑 두지말자 미련일랑 두지 말자
인생은 나그네길 구름이 흘러가듯……

9.

2년간의 정무부지사를 끝으로 나는 25년간의 공무원 생활을 마감했다. 도지사는 나를 연구기관의 책임자로 임명했다. 도 산하 연구기관인 지역발전연구원의 책임자가 된 나는 숨 막힐 듯했던 관료조직으로부터 벗어나 홀가분함을 느꼈다. 그러나 연구원장이라는 자리도 공직의 연장이었다.

그래도 연구원장이 되면서 주변을 차분하게 돌아볼 수 있는 여유는 생겼다. 내 눈에 춘천이라는 도시가 비치기 시작했다. 나는 무질서하게 변해가는 춘천의 앞날을 생각했다. 춘천은 사람들이 정을 붙이고 살만한 도시일까. 미래에 쾌적하고 이상적인 도시가 될 수 있을까. 춘천의 호수와 수변공간은 왜 이대로 방치되고 있는 것일까.

나는 춘천의 미래는 물에 달려 있다는 생각을 해왔다. 그러나 호수의 도시답지 않게 춘천 시정에는 물을 감안한 미래의 청사진이 담겨 있지 않은 것 같았다. 호수의 도시에 무지개 같은 앞날을 기대할 수는 없을지라도 춘천이 문화적으로 영감을 주는 도시가 되었으면 좋겠다고 생각했다.

때마침 춘천시가 지역발전연구원에 21세기 장기발전구상이라는 연구용역을 의뢰해 왔을 때 나는 직관적으로 호수라는 공간을 떠올렸다. 사방이 산으로 막혀 답답한 도시. 그러나 이 도시는 나의 고향이다. 내 고향, 호수의 도시 중심을 거대한 원천이 흐르고 있다. 물은 경제적 가치뿐만 아니라 자연적 인문적 자산으로 변신할 수도 있다. 나는 연구용역을 맡은 S 박사에게 호수가 춘천 특유의 자원임을 감안해 물을 테마로 한 도시의 미래상과 혁신프로젝트를 만들어보는 것이 어떻겠느냐고 제안했다. S는 내 의견에 동의했다.

S도 물은 춘천시민의 삶의 조건과 양식을 바꿀 수 있는 자산이며 춘천을 원형으로 둘러싼 산과 더불어 미학적 공간을 만들 수 있는 무상의 자원이라고 믿고 있었다. 물과 산을 생각하는 S. 그는 춘천을 한국의 취리히 같은 도시로 만들 수 있는 안목을 지닌 연구자일 것이다. 나는 그가 춘천의 수자원을 이상적인 도시 설계를 위한 과학적 분석과 상상력의 원천으로 삼을 수 있는 적임자라고 여겼다.

소양강이 호수로 변했지만 강의 역사가 실종된 것은 아닐 것이다. 물이 간직한 고유의 특성은 지속되고 있을 것이다. 자연에 영혼이라는 것이 깃들어 있다면 소양강에도 태초의 무구한 영혼은 살아있을 것이다. 그것은 대지에 새로운 변화를 가져다줄 어떤 결정적 시간을 기다리고 있을 것이다. 지구의 역사 46억년은 잊어도 좋다. 그러나 소양강 탄생 이후 수만 년의 침묵 속에서 자연이 잉태해 온 순수한 생명력을 되살릴 작업은 새로 시작되어야 할 터였다.

……소양강을 춘천의 품속에 되살린다. 원시의 영혼과 미를 일깨워 생태적, 공간적, 심미안적 청사진을 디자인한다. 푸른빛이 감도는 도시 계획을 세운다. 돈과 사람과 지식을 동원해 문화와 감성이 넘치는 거리를 만든다. 문화에 목마른 사람들의 발길을 거리로 향하게 하고 뒷골목에도 예술의 빛이 흐르게 해 사람의 가슴을 울렁거리게 만든다…….

누가 이런 일을 해야 할까. 결국 행정가가 해야 한다. 공무원들이 이런 일을 해낼 수 있을까. 한 가닥 기대 앞을 무거운 사유의 장벽이 가로막고 경험에 대한 기억이 사람을 우울하게 만든다. 다시 한국의 공무원을 생각하게 된다. 감성과 문화, 창조와 혁신, 자연이 가진 내재적 가치에는 관심이 없고 여전히 관행의 유지와 낡은 이데올로기에 집착하는 관료들. 이 절벽을 뛰어넘기가 몹시 어렵다. 더 큰 문제는 역사에 관심이 없는 공무원들은 미래에도 관심이 없다는 사실이다.

게다가 춘천사람들이 걱정해야 할 일이 생겼다. 소양호의 한 가운데 만들어진 가두리 양식장이 언제부터인가 수질을 오염시키고 있었던 것이다. 소양호의 수질은 1980년대 초까지 청정한 상태를 유지했지만 1986년 7월 처음으로 호수에 가두리 양식장이 설치된 후 양식업이 성행하면서 나빠지기 시작했다. 우후죽순처럼 생겨난 가두리양식장은 소양호 상류 수계에 스무 군데가 넘게 설치되었다. 양식장에서 배출되는 물고기의 배설물은 고농도의 질소와 인을 함유해 소양호의 수질을 부영양화 시키는 원인으로 작용했다.

여름철 호수 위에 비단처럼 드리운 신비한 색깔의 녹조는 아름다움이 아니라 걱정과 공포의 대상이 되기 시작했다. 시민단체는 가두리 양식업이 권력을 등에 업은 소수자들에게 주어진 독점적 특혜이며 환경오염의 주범이라고 비난하기 시작했다. 사람들은 가두리양식장에서

잡아 올린 향어와 송어로 회와 매운탕을 즐겼지만 양식 물고기들이 호수에 어떤 영향을 미치는지는 관심이 없었다.

그러나 1991년에 발생한 낙동강 페놀 오염사건은 사람들로 하여금 수돗물을 불신하게 만들었다. 상수원의 수질을 보전해야 한다는 사회적 요구가 강해지면서 가두리양식장으로 인한 소양호의 수질오염이 사회문제로 등장했다.

두해 전이었다. 도청에서 근무할 당시 가두리양식업자들이 양식업 면허연장 불허처분을 취소해 달라고 행정심판을 청구했을 때 나는 심판위원장으로서 양식업자의 청구를 기각시킨 적이 있었다. 청구가 기각되자 업자들은 고등법원에 항소를 제기했고 법원도 양식업면허연장 불허처분이 적법한 것으로 판결하자 양식장은 하나 둘 철거되기 시작했다. 완전히 철거되려면 몇 해를 더 기다려야 할 터였다. 양식장이 철거된 후에는 물이 맑아질까. 장마철 농경지에서 흘러내리는 흙탕물과 축산폐수, 홍수에 밀려 산더미처럼 호수로 유입되는 산림쓰레기와 플라스틱 폐품들. 분별없는 소비생활이 토해낸 문명의 잔해들 앞에서 비명을 지르고 탄식의 시를 읊은들 무슨 소용이 있을까.

나는 얼마 전 미국 출장을 마치고 귀국길에 로스앤젤레스의 어느 서점에서 사온 책을 다시 꺼내들었다. 동물학자 테오 콜본의 저서 〈도둑맞은 미래 : Our Stolen Future〉는 환경호르몬이 야생동물과 인간의 생식, 면역체계, 정신기능에 장애와 교란을 유발하는 주범이라고 밝혔다. 저자는 미국 5대호에 서식하는 야생조류 일부가 환경호르몬에 노출되어 생식불능과 행동 장애로 멸종위기에 처해 있음을 경고했다.

최근 환경호르몬으로 불리기 시작한 화학물질은 인체의 내분비를 교란시키는 물질로 판명되었다. 그렇다면 생태계 교란, 인간의 생식기능 저하, 암과 기형 유발, 야생동물의 암수성비 불균형, 동성 교배행위,

개체 수 감소 같은 부작용을 초래하는 화학물질은 한국의 강과 호수에도 가득 차 있을지 모른다. 어쩌면 이미 위험수위를 넘었을지도 모른다. 환경호르몬의 영향으로 1950년대 이후 40년 만에 세계 남성의 정자수가 4분의 1로 줄어들었다는 충격적인 연구보고에도 불구하고 한국인들은 무덤덤하기만 하다. 인류의 암담한 미래를 경고하고 있는 저주의 담론 앞에서도.

소양강을 걱정하는 나는 어떤가. 집에서 사용하는 세제와 샴푸, 플라스틱 생활용기, 일상생활에서 사용하는 그 어느 한 가지도 환경호르몬 성분을 함유하지 않은 것이 없다. 나도 그 속에 포위된 채 오랫동안 농약에 오염된 채소를 먹어왔을 것이다. 나의 체내에도 환경호르몬은 축적되어 있을 터였다.

하루도 빠짐없이 하천으로 흘러들어 수원지를 더럽히는 화학물질들. 환경호르몬을 핵물질보다 안전하다고 말할 수 있을까. 서울 시민의 상수원지인 팔당호는 환경호르몬의 저수지가 아닐까. 과연 한강수계의 인공호수들 가운데 안전한 수원지가 존재할까. 확신하기 어렵지만 팔당호보다는 청평호, 춘천호가 조금은 안전할 것이다. 그것도 수질관리가 정상적으로 이뤄지고 있을 경우를 전제로 할 때 그럴 것이다. 완벽한 수질관리는 불가능하지만 그래도 아직 안전한 상수원은 소양호와 화천 파로호 정도일 것이다.

오래 전 강변에서 태어났고 지금도 호수의 도시에서 사는 필부가 이렇게 말해도 될까. 인간이 청록색 행성의 품안에서 살아갈 수 있는 것은 그나마도 물 덕분이라고. 물은 생명의 원소이며 강은 문명의 젖줄이라고. 글쎄, 이 말을 과학자와 역사학자가 수용할까. 아마도 수용하리라. 그럼 앞으로 사람들의 생활습관과 물 관리방식에 따라 수질도 수량도 좌우되지 않을까. 아마도 그럴 것이다. 천재지변이나 인재에 의해 지표면에서 강이 바닥을 드러낸다면? 수질오염이나 녹조현상 같은 최악의 상황에 처한다면? 이것이 지나친 생각일까. 상상을 초월하는 재앙. 그러나 무관심한 정책결정자들…… 어쨌든 예상할 수 있는 일이 있다. 물은 인간의 삶을 저울질하는 시금석이 될 것이라는 것. 먹는 물의 문제가 언젠가는 국가안보차원의 무게를 지니게 될 것이라는 것. 그렇다면 앞으로 어떤 일이 발생할까.

미래의 어느 시기에 서울시민은 춘천의 물을 원하게 될 것이다. 특히 소양호는 2천5백만 수도권 시민들에게 생활 또는 생존문제의 핵심으로 떠오를 것이다. 의암호, 춘천호, 소양호의 수질관리와 사용주체를 둘러싼 갈등과 설전이 시작될 것이다. 춘천 시민과 관련기관은 호수의 수질 보전을 위해 수도권과 타협해야 할 것이다. 타협과정에서는 중앙-지방간의 정치적 교호관계가 작용할 것이다. 춘천사람들에게 가해질지도 모르는 미묘한 압박을 포함해.

마침내 호수에 대한 정책은 형식적 시행의 껍데기를 벗고 국가적 의제로 다뤄질 것이다. 소양강 댐이 개발연대에 한강의 기적 만들기의 첫 신호였던 것처럼 소양호의 수질관리는 환경연대에 생존의 질 높이기의 신호탄이 될 것이다. 맑은 물의 추억. 노인들은 맑은 강물을 기억하고 그리워한다. 젊은이들은 그것이 어떤 것인지 알지 못한다. 연두색 유리알 같은 소양강물은 한 세대 훨씬 전에 사라졌다. 그러나 최소한의 청정은 유지되어야 한다. 청정을 유지하지 못하면 춘천은 천박한 삼류 도시를 벗어나지 못할 것이다. 아니, 도시로서의 존재가치가 사라질지도 모른다. 그런 볼썽사나운 도시가 되지 않으려면 춘천은 정치의 논리 밖에 존재하는 수향(水鄕)이 되어야 한다. 물은 아름다운 힘이니까. 소양강은 정치적 흥정과 거래의 대상이 아닌 생태의 강이 되어야 하니까. 권력의 개입으로 강과 호수에 인위적 변화를 가한다면 또 다른 위험요인이 생겨날 것이다!

나는 S 박사가 담당한 춘천의 장기발전구상에 기대를 걸었지만 그의 구상이 안개 속에 가려질까 걱정이 되었다. 그 구상이 시행계획으로 구체화된다고 해도 공무원들이 그것을 제대로 집행해 나갈 수 있을까. 계획과 실천이 하나로 되는 데는 더 많은 시간이 필요할 것이다.

연구원이라는 기관 자체도 걱정스럽다. 설립된 지 얼마 안 돼 연구원에서 하는 일들은 아직 관청의 자료를 엮어 현실성이 떨어지는 구상이나 연구보고서를 만들어내는 수준이다. 나 같은 사람이 연구원에 있어서는 곤란하다. 연구원은 전문가가 있어야 할 곳이다. 나는 이제 다른 일을 해야 할 것이다.

1998년도 6월 도지사 선거에서 새로운 도지사가 당선되자 나는 잔여 임기가 2년이나 남아 있음에도 불구하고 연구원을 떠나기로 결심했다. 연구원을 떠나면서 나는 S에게 춘천의 장기발전 구상안을 자신의 소신에 따라 진행해 달라고 당부했다. 내가 연구원을 위해 할 수 있는 일은 그것이 전부였다.

그리고 이듬해 봄부터 K 대학 교수로 초빙되어 강의 - 역사가 아니라 행정학이었지만 - 를 하기 시작했다. 앞으로 최소한 3년 동안은 내가 꿈꾸던 대학교수가 될 수 있을 것이다. 나는 모든 공직에서 벗어난 해방감과 공허감을 동시에 느꼈다.

10.

지금까지 선거나 정치는 내가 살아가는 인생과는 상관없는 일이었다. 게다가 나는 공무원이었고 학자가 되기를 원했던 사람이다. 내 눈에 비친 정치는 역겨운 냄새를 풍기는 쓰레기통에 불과했고 선거판은 중상, 비방, 모략으로 얼룩진 추잡한 난장이었다. 선거에 뛰어든 후보들은 이전투구를 일삼는 어릿광대들처럼 보였다. 그렇던 내가 2002년 어느 날 도지사 선거에 출마했다. 내 인생의 시간표에 계획하지 않았던 일이었고 상상한 적도 없는 사건이었다.

대학에 강의를 나가던 5월 어느 날 나는 민주당 대표 H로부터 만나자는 전화 한통을 받았다. 영문을 몰라 잠시 머뭇거리던 나는 다음날 서울 여의도에 있는 민주당사로 H 대표를 찾아갔다. H는 같은 캠퍼스 출신의 오랜 선배였지만 같은 학과 출신은 아니었다. 지금까지 그를 만난 적도 없었다. H 대표는 간단한 상황설명을 한 다음 단도직입적으로 내게 도지사 출마를 제안 - 요청이라는 표현이 적절할 - 했다.

나는 놀라고 당황했으므로 그 자리에서 당장 어떤 답변도 할 수 없었다. 나는 내 자신이 도지사 자격요건을 갖추지 못했고 지사 선거에 나갈 생각도 없다고 말했다. 그것이 나의 진정한 속마음이었을까. 그건 솔직히 알 수 없다. 그저 자괴감이 섞인 겸양의 말 몇 마디를 했을 뿐이다. H가 나를 설득하기 위해 말했다.

"남 형, 물론 사전 양해 없이 얘기를 해서 미안한데, 우리 당을 위해 이번 선거에 좀 뛰어줘야겠소."

"말씀은 고맙습니다만, 사양하겠습니다. 2년 전 총선 때 멋모르고 당에 들러리섰던 일을 저는 아직 기억하고 있습니다. 그 일 때문에 정치에 혐오를 느꼈죠. 두 번 다시 선거판에 뛰어들지 않겠다고 결심했습니다. 좋은 후보감들이 많으니 그들을 내세우십시오."

"당에서 아무나 후보로 내세우겠어요? 이모저모 다 살펴보고 낙점을 찍는 겁니다. 세상에 자격조건 다 갖춘 사람은 없어요. 사실 2년 전 16대 총선 때 남 형을 우리 당 후보로 내세웠다가 당내 의견이 갈려 막판에 다른 사람을 세웠던 거요. 그땐 참 미안했소. 나도 그땐 힘이 미치지 못했지만. 아무튼 이번은 달라요. 지금 몇 사람이 도지사에 출마하겠다고 줄을 대고 집적거리고 있는 것도 사실이오. 그렇지만 내가 책임지고 남 형을 후보로 내세울 거요."

2년 전 국회의원 후보로 공천했던 다른 사람이란 나를 공무원교육원으로 좌천시켰던 그 사람을 가리키는 것이었다. 공천과정 막판에 당의 어느 막후 실력자를 찾아가 국회의원 후보로 거의 확정됐던 나를 하룻밤 새 뒤집어엎은 장본인이 그였다. 나를 낙마시킨 그는 국회의원 선거에서 낙선했고 지난번 도지사 선거에서도 두 차례 낙선했었다. 나는 그때의 악몽을 잊을 수가 없었으며 선거판에 환멸을 느낀 나머지 다시는 정치에 말려들지 않겠다고 결심했던 것이다.

"대표님, 저는 평소 대표님을 인격적으로 존경해왔고, 지금도 대학 선배님으로 존경하고 있습니다. 그러나 대표님의 말씀을 따르기가 어렵습니다. 정치도 선거도 저와는 아무래도 거리가 먼 것 같습니다."

"남 형, 정치라는 게 무슨 성인군자가 하는 게 아니에요. 일정한 요건만 갖추면 되는 겁니다. 일단 입문하면 그 다음부터는 경륜이 붙고 차차 정치인으로 성장하는 거요. 지난번 일은 거듭 미안하오. 그래서 이번에 강원도만큼은 경선절차 없이 명쾌하고 일목요연하게 도지사후보를 선정하자, 또 누가 봐도 자격요건을 제대로 갖춘 후보를 세워보자고 내가 주장하고 앞장섰던 거요. 그러니 대표인 내 입장도 좀 생각해 주구려."

"저는 대표님이 생각하시는 후보자격에 미치지 못합니다."

"그렇지 않아요. 자격이 되고도 남습니다. 당선이 문제지 자격이 문제가 아니에요."

"……정 그러시다면 생각할 시간을 좀 주십시오. 가족들과 의논해 볼 시간이 필요합니다."

"좌고우면 할 것 없어요. 사흘 안에 기별을 주는데, 나는 남 형이 받아들이는 걸로 알고 있을 거요. 남자가 세상에 태어나 한 번 선거에 뛰어보는 것도 경험 아니요? 당락에 상관없이 한 번 뛰어보는 겁니다. 빨리 결정해서 알려주면 좋겠소. 모든 뒷받침은 당에서 할 테니까."

H는 대학의 선배가 후배한테 하는 말투로 격의 없이 얘기했지만 나는 마음을 정리하기가 쉽지 않았다. 집에 돌아온 나는 아내 소희와 의논했다. 소희가 평소에 자주 찾았던 어느 절의 스님을 찾아가 남편이 출마해도 되겠느냐고 물었더니 스님이 빙긋이 웃으며 출마해보라는 말을 하더라고 했다. 스님의 말은 혹시 당선은 어렵더라도 출마해보는 것도 인생 경험이 아니겠느냐는 뜻이었을까. 스님은 밑져야 본전이라는 논리로 출마해보라고 말한 것일까. 그러나 선거에 밑져야 본전이라는 현실은 존재하지 않을 것이다.

나는 며칠을 두고 고민했다. 대통령 아들들의 권력형 비리연루사건, 각료 부인들의 옷 사건 ― 라스포사라는 이름의 ― 등으로 민주당에 대한 여론과 민심이 극도로 나빠진 시기에 그 당의 후보로 출마한다는 것은 아무리 생각해도 낙선할 것이 뻔한 노릇이었다. 보수성향이 강한 강원도에서 진보성향의 민주당이 설 자리는 더 좁아졌다. 가까운 친구들을 만나 의견을 들으니 친구들도 대부분 같은 걱정을 하고 있었다.

나는 H 대표를 당사로 찾아가 출마를 고사하겠다고 말했다. 당선가능성이 없을 것이라며 고사 이유를 솔직히 털어놨다. 내 말을 듣고 난 H 대표가 정색을 하며 말했다.

"남 동지, 그럴 줄 알았소. 민주당이 민심 악화로 고전하는 건 나도 알고 있어요. 그러나 민심은 민심이고 선거는 선겁니다. 우리는 이미 남 동지를 도지사 후보로 낙점했소. 남 동지가 공무원 생활을 어떻게 했는지 다 알고 있어요. 미안하지만 남 동지에 대한 뒷조사를 다해봤

단 말이오. 걱정 할 게 아무것도 없어요. 선거경비는 당에서 지원할 겁니다."

"대표님, 승산 없는 선거에 뛰어들고 싶지 않습니다. 죄송하지만 재고의 여지가 없겠습니까?"

"승패는 병가상사요. 내 뜻에 따라줘요. 선거까지 남은 시간이 이십여 일밖에 안돼요. 우리 한 배에 타서 함께 뛰어 봅시다. 남 동지, 한번 해 보자고요!"

H 대표는 어느새 나를 동지라고 부르고 있었다. 출마권유를 더 이상 고사하기가 어렵다는 것을 깨달은 나는 결국 H 대표의 말에 따르기로 하고 춘천으로 돌아와 선거관련 준비를 시작했던 것이다. 정치라는 것은 하기도 힘들지만 일단 그 세계에 뛰어들면 벗어나기도 힘든 것인가.

후보자 등록을 마치고 공식 선거전에 돌입한 나는 보름 동안 강원도 전역을 돌며 선거운동을 했다. 군중 앞에서 연설을 하고 상가를 돌며 사람들과 악수를 했으며 거리에서 유세를 했다. 재래시장 상인들을 찾아가 굽실거리며 인사를 했고 때로는 시장 할머니들 앞에서 땅에 엎드려 큰절을 올리기도 했다. 길거리에서 악수하기 싫다는 시민들의 손을 잡고 허리를 굽혔다. 중앙당에서 H 대표가 직접 내려와 나와 함께 강원도를 돌며 지원유세를 해주었다. 얼마 전 민주당 대통령 후보로 확정된 노무현도 하루 동안 영서지방을 돌며 지원유세를 했다. 그는 나를 위한 지원유세보다는 연말로 다가오는 대통령선거를 염두에 둔 듯 자신을 홍보하는데 더 열을 올렸다.

다섯 번의 텔레비전 토론에서 상대후보와 설전을 벌였지만 유권자들은 별로 관심이 없는 것 같았다. 선거와 관련된 모든 말과 공약이 공허하게 느껴졌다. 나는 정치인의 언어는 자신을 숨기는 동굴이거나 맨홀이라는 사실을 모르고 있었다.

나는 지친 몸을 이끌고 열여덟 개 시군을 돌아다녔다. 선거운동을 하면서 나도 모르게 자신이 마치 죄인이라도 된 듯 행동하고 있다는 생각이 들었다. 구체적으로 무엇을 잘못했는지 알 수 없었지만 어쩐지 죄를 지은 것 같다는 느낌을 지울 수 없었다. 사람들은 월드컵 축구 열기에 빠져 텔레비전 앞을 떠나지 못했고 한국 팀의 승리가 계속될 때마다 선거에 대한 무관심은 깊어졌다.

호남지방을 제외하고 민주당은 전국 각지에서 눈에 띠는 열세를 면치 못하고 있었다. 나는 물때를 감지하는 어부의 예지력 같은 것은 없었지만 투표일이 가까이 다가오면서 당선될 가능성이 없다는 것을 깨닫기 시작했다. 내가 만든 선거공약도 썰물처럼 빠져나가버린 민심과 월드컵 광기 속에서 공허한 메아리가 된 채 유권자의 관심 밖에서 표류하고 있었다. 나는 황야에 홀로 남겨진 방랑자 신세였다. 몸은 물 먹은 솜처럼 지쳤고 목은 쉬어버렸다.

아내 소희는 그녀 나름대로 강원도를 돌며 남편을 돕고 있었지만 그녀 또한 오래 전에 균열이 벌어진 지역정서 속에서 외로운 싸움을 계속하고 있었다. 어느 날 지역행사가 열리는 동해안의 어느 시 공설운동장을 돌며 명함을 돌리던 소희는 술 취한 사내로부터 깨진 맥주병으로 위협을 당한 적이 있었다. "여기가 어딘 줄 알아, 이 ×년아! 영서 것들이 영동에 와서 운동을 해?"라는 취객에 하마터면 가해를 입을 뻔했던 소희는 "여기가 영동 지사를 뽑는 뎁니까? 강원도지사를 뽑는 뎁니까? 영동 후보는 영서에 와서 운동해도 되고 영서 후보는 영동에 와서 운동하면 안 됩니까?"라며 항변했다.

동해안지역에 나붙은 선거 홍보물 가운데 나의 이름이 새겨진 포스터에는 얼굴부분이 찢겨나가거나 눈 부분에 구멍이 뚫린 곳이 많았다. 경찰이나 선거관리위원회에 신고해도 소용이 없었다. 상대 후보의 고향에서 발간되는 지역신문은 '영동이여 단결하라'는 기사를 실었다. 갈등과 균열의 바이러스는 감자의 고장에도 전염돼 있었다.

2002년 6월 13일 전국에서 일제히 도지사, 시장 군수, 지방의원을 뽑는 지방선거가 치러졌다. 월드컵 축구의 열기와 정치적 무관심이 투표율을 역대 선거사상 가장 낮은 48퍼센트로 낮추었다.

실낱같은 기대마저 버린 것은 아니었지만 선거결과는 걱정했던 대로, 또한 예감했던 대로였다. 나는 낙선했다. 나뿐만 아니라 서울시장으로 출마한 K, 경기도지사로 출마한 J를 비롯해 민주당으로 출마한 전국의 거의 모든 후보들이 낙선했다. 예외는 전라남북도뿐이었다. 선거결과는 참담했지만 나는 결과를 조용히 받아들여야만 했다. 소희는 나보다도 담담한 표정이었다. 선거가 끝나자 큰 아들이 말했다.

"아버지는 선전하신 셈이에요. 한나라당 텃밭에서 몇 십만 표는 얻었잖아요? 정당과 상관없이 아버지를 지지해준 사람들을 잊지 마세요. 성원에 감사하다는 신문광고도 내세요."

"……너희들 보기에도 면목이 없구나. 정치판은 이로써 끝내야겠다. 내가 갈 길이 아닌 것 같다. 그동안 집안을 돌보지 못해 엄마와 너희들에게 미안하다."

선거기간 중 홈페이지를 관리하며 인터넷으로 유권자와 소통하는 아이들을 보고 나는 작은 위안을 느꼈다. 자식들이 벌써 저렇게 컸던가. 시간의 열차가 빠르기도 하구나…….

낙선은 부끄럽고 무거운 짐이었다. 나는 후보자를 위해 고생한 선거운동원들에게 고맙다는 말보다는 미안하다는 말을 더 많이 해야 했다. 나를 위로하기 위해 선거사무실을 찾아온 친구들과 지인들에게 달리 할 말이 없었으므로 그냥 머리를 숙였을 뿐이다. 여의도 당사에 있는 H 대표에게는 전화를 걸어 기대에 미치지 못해 죄송하다고 말했다. 그러자 H 대표는 "남 동지, 생각 밖으로 잘 했어요. 강원도에서 남 동지는 이기고 민주당이 진겁니다."라고 말했다.

정치와 민심과의 관계를 나는 추상적으로밖에 알 수 없었다. 선거가 민심의 밭에 그리는 그림을 이해하지 못했다. 국회의원선거가 아닌 도지사선거에서 정당이라는 간판의 영향이 크지는 않을 것이라고 생각했다. 결과는 그것이 아니었다. 나는 민주당의 정강정책이나 이념과는 상관없이 - 나는 햇볕정책을 지지하지 않았다 - 민주당 후보로 나섰지만 소속정당의 영향은 결정적이었다. 민심을 잃은 정당에 대한 반감은 거셌다. 나는 병아리나 다름없는 아마추어였다.

나는 낙선하고 나서 한동안 멍하니 시간을 보냈다. 책을 읽으려고 했지만 손에 잡히지 않았다. 망연한 기억 속에 지난 일들이 밀물처럼 밀려왔다. 전두환 정권의 하수인들에 의해 5년 가까이 좌천의 길을 헤맸던 시절이 떠올랐다. 무관심의 사각지대에 보직 없이 처박혀 있던 유형수. 그것이 5공화국 암흑시대 나의 자화상이었다. 그런 사람이 도지사로 출마했으니 낙선하기는 했지만 그때를 생각하면 그래도 행복하다는 생각이 든다. 세상살이는 역시 새옹지마이며 요지경 같은 것인가. 인생이 만화 속에 그려진 강아지의 삶과 무엇이 다를까.

선거는 끝이 났지만 인생이 끝난 것은 아니므로 어떻든 삶은 계속될 것이다. 선거에서 패배했지만 그래도 한 가지 얻은 것이 있었다. 그것은 내가 아직은 건강하다는 사실을 확인한 것이다. 준비 없이 뛰어든 선거운동 15일 동안 나는 과로, 스트레스, 불면, 유권자의 무관심을 이겨냈다. 정치속물들이 요구하는 노예적 굴종도 견뎌냈다. 그래서 오히려 도지사 후보로 나서게 해 준 H 대표에게 고마움을 느꼈다. 학교뿐만이 아니라 정치와 인생과 세상 보는 눈에서 그는 역시 선배였다.

며칠 후 여의도 당사무실로 H 대표를 찾아갔다. 나는 그에게 고맙다

는 인사를 하고 앞으로 정치와는 결별하겠노라고 양해를 구했다. 그는
"이제부턴데?"하며 내 어깨를 두드렸다. 인사를 하고 나오는 나에게 H
가 말했다.

"남 동지, 또 만나게 될 거요."

11.

"낙선을 잊고 마음을 청정하게 다스려보세요……."

소희가 바람결에 나뭇잎이 스치는 소리처럼 그렇게 말한 적이 있다.
선거가 끝난 뒤 7월초 어느 날 나는 소희와 함께 인제 백담사를 찾아
갔다. 대웅전에서 예불을 마친 뒤 무산 스님을 종무실로 찾아가 인사
를 드렸다. 무산은 선승들의 수행을 지도하는 불교계의 어른이자 신흥
사의 회주 큰 스님이었다. 스님은 두 사람을 별실로 안내하고 짧은 환
담을 나눈 뒤 불법에 관한 강론을 했다. 강론은 낙선자에 대한 위로이
기도 했다. 한편의 서정시를 낭송하는 듯한 스님 - 시인이기도 한 -
의 강론에 마음이 물처럼 편안해졌다. 강론을 끝낸 스님이 말했다.

"방문하겠다는 그대의 연락을 받고 기다리고 있었지. 왜 이제야 날
찾았나? 진즉 만났어야 할 사람인데……."

"큰 스님, 늦게 찾아뵈어 죄송합니다. 선거 전에 인사드리려고 했지만
누를 끼쳐드릴 것 같았고 제 자신 선거법에 저촉되는 게 싫었습니다."

"안 그래도 민주당 H 대표로부터 전화 받았지. 그대를 잘 살펴달라
고 부탁하더군."

그러면서 스님은 경상도 사투리로 위스키 한 잔 하겠느냐고 물었다.
그래서 곡차는 사양하겠으니 보리밥이나 국수 한 그릇 공양하게 해 달
라고 부탁드렸다. 스님과 함께 한 겸상에서 국수를 먹고 스님이 직접

우려낸 차 대접을 받은 다음 인사를 하고 절을 떠나려고 했다. 그러자 무산 스님이 나를 불러 세웠다. 스님은 절 마당에 쭈그리고 앉아 동그라미 하나를 그리며 뜻밖의 이야기를 꺼냈다.

"……삼풍백화점이 무너진 건 때가 됐기 때문이지. 죽음을 부른 운명의 시각에 동그라미 밖에 있던 사람들에게는 때를 고르는 인연이 있었던 거야. 백화점으로 가는 발길을 돌리게 한 건 때를 아는 지혜라네. 그대의 낙선 또한 세상 돌아감의 인연이니 때를 보는 지혜로 여기고 자중자애 하시게. 그대에겐 다른 일이 있어……."

스님의 이야기는 길지 않았다. 백담사를 떠나는 나에게 무산 스님이 누런 봉투 하나를 건네주며 나중에 집에 가서 열어보라고 말했다. 그날 저녁 집에 와서 뜯어본 골판지 포장 안에는 백만 원짜리 두 묶음의 돈뭉치가 들어 있었다. 나는 놀랍고 당혹스러웠다. 아니, 불경이나 시집을 주신 걸로 짐작했지만 돈을 주시다니, 이게 대체 무슨 일인가. 낙선에 대한 위로인가, 보시의 손길인가. 사람을 놀리는 것인가. 이 돈을 어떻게 하라는 것일까. 스님이 나에게 무슨 숙제라도 내준 것일까. 돈뭉치를 두른 한지에는 붓글씨로 쓴 한자 문구가 적혀 있었다. 불신보편시방중(佛身普遍十方中). 부처는 세상 모든 곳에 두루 미친다는 의미일 터였다. 나는 의문의 돈 봉투 앞에서 머뭇거릴 수밖에 없었다. 아내가 다니는 가까운 절에 가서 예불을 하고 묵상에 잠겨보기도 했지만 스님이 준 돈의 비밀을 풀길이 없었다. 보리(菩提)의 경지를 찾으라는 손짓일까. 혹시 속계를 돌아보고 그 안에 천상계가 있음을 생각해보라는 부처의 뜻을 전하는 것일까. 그렇다면 가까운 현실에 답이 있음을 암시하는 염화미소라도 음미해보라는 것일까. 스님의 뜻을 헤아리느라 나는 오랫동안 골몰했다. 그러다가 친구인 C 교수를 만나 이야기를 나누는 과정에서 뜻밖에 해답 비슷한 것을 찾았다.

백담사를 다녀온 지 두 달이 될 무렵인 9월 1일 태풍 루사가 동해안을 휩쓸었다. 유례없는 풍수해가 발생하여 수 천 명의 이재민이 고통을 겪고 있었다. 나는 무산 스님이 준 돈의 용처가 필경 염화미소의 의미 속에 담겨있을 것이라고 생각했다. 나는 수재민을 돕는 모금에 나섰다. 친구 C 교수를 비롯해 뜻을 함께 하는 고교 동창생들, 친지들, 아내의 친구들이 모금에 참여했다. 유달리 의협심이 강한 미용원장 S 여사 – 그녀는 미용협회 회장을 지낸 보기 드문 리더십의 소유자였다 – 가 앞장서 모금활동을 벌인 결과 스님이 준 금액의 다섯 배가 넘는 성금이 걷혔다. 나는 S 여사를 앞세워 피해가 특히 심한 동해안 두 개 면 – 평소 출장을 자주 다녀왔던 – 을 찾아가 성금을 전달했다. 성금은 면장들을 통해 수재민들에게 익명으로 전달될 터였다.

스님의 뜻이 아마 이런 것이었으리라. 부처가 제자 가섭에게 보낸 미소가 이런 뜻을 함축한 것이었으리라. 나는 스님이 준 돈이 번뇌와 집착의 낚싯밥이 아니라 난민을 생각하라는 보시와 반야(般若)의 손짓이었을 것으로 믿었다. 그리고 마음속으로 조용히 다짐했다. '스님이 주신 돈을 인연이 닿은 용처에 썼습니다. 그리고 그 결과를 훗날 스님께 말씀드리겠습니다.'

12.

도지사선거 후 두 해가 지난 2004년 팔월 어느 날 아버지가 돌아가셨다. 82년의 세월은 한 남자의 생애로서 짧은 시간이 아니었지만 아들인 내가 생각하기에 행복한 시간도 아니었으리라. 아버지 인생에 과연 행복이라는 것이 있었을까 의심스러울 만큼 아버지의 삶은 시행착오와 방황의 연속이었다.

자신과는 아무런 인연도 없고 능력범위를 벗어난 일에 매달렸다가 번번이 쓰디쓴 실패를 맛보고 그로 인해 가족이 고생해야 했던 지난날들. 그 간난의 시간들 너머로 겹쳐오는 아버지의 모습은 무력한 가장이자 가엾은 청상과부의 아들, 그리고 그저 피를 나눈 타인이었을 뿐이라는 기억으로 뇌리에 남았다. 나는 아들로서 아버지에게 효도라는 것을 한 적이 없었지만 송구스럽다는 생각을 해 본 적도 없었다.

아버지는 늘 자식과 가족 밖에서 배회했다. 나는 그런 아버지에게 결코 품고 싶지 않은 연민의 정을 가슴 속에 묻어두어야만 했다. 대학에 입학해 졸업할 때까지 한 번도 등록금을 준 적이 없는 아버지를 오히려 측은하게 생각했다. 아버지는 할머니에게는 더할 나위 없는 효자였지만 그것도 마음뿐이었다. 아버지는 따뜻한 쇠고깃국 한 그릇 제대로 대접해 드리지 못한 무능한 아들이었다. 아버지가 하지 못한 일을 내가 어쩌다 할머니에게 해드린 것은 더 이상 연민의 눈길로 아버지를 바라보기 싫었기 때문이다. 그래도 전쟁 때 피난길에 앞장서 가족의 목숨을 지켜준 견결한 가장의 모습과 신문사에서 문선작업을 거들게 해 어린 내가 일찍 한자를 익히게 했던 선지자다운 학부모로서의 모습은 가슴속에 남았다.

대학병원에 일주일 동안 입원해 있던 아버지가 세상을 떠나던 날 나는 혼자 아버지 침상을 지켰다. 췌장암 말기에 접어들어 이미 어떤 처방으로도 치유할 수도 없고 삶을 연장할 수도 없었던 아버지는 생의 마지막 순간에 거친 호흡으로 실낱같은 목숨을 잇고 있었다. 아버지는 힘겹게 뜬 눈으로 나를 쳐다보며 무언가 호소하는 듯한 표정을 지었지만 의사표시가 이미 불가능했다. 나는 종이에 글씨를 적었다. '말씀 안 하셔도 압니다. 편히 눈 감고 계세요. 자식들 걱정하지 마시고'라고 쓴 글귀를 본 아버지는 아주 희미하게 눈을 깜빡였다. 아버지가 입버릇처럼 되풀이해 온 훈계 – 형제간 우애를 돈독히 하라는 – 가 생각나 내가 한자로 '莫憂 兄弟友愛'라고 쓴 글을 보여드리자 아버지는 고개를 끄덕이는 것처럼 보였다.

며칠 밤을 제대로 자지 못한 나는 아침나절 아버지의 침대 곁에서 잠깐 졸고 있었다. 그때 간호원이 "할아버지!"하고 고함치는 소리에 놀라 깨어났을 때 아버지는 이미 이승의 사람이 아니었다. 아버지는 몇 초 전 아니면 몇 십초 전에 이미 숨을 거두었던 것이다. 여든 두해 동안 힘들게 들이마시고 내쉬던 생명의 숨, 최후의 벼랑에서 거칠게 몰아쉬던 호흡은 한 순간 정지되고 세상과의 모든 인연이 끊긴 뒤였다.

"아버지!"하고 소리쳤지만 반응이 없었다. 내 얼굴을 아버지의 얼굴에 댔다. 아버지의 얼굴은 차가웠다. 나는 반쯤 열려있는 아버지의 바른쪽 눈을 손으로 감겨드렸다. 왼쪽 눈은 전쟁 당시 이미 실명이 되어 반세기 이상을 감겨온 상태였다.

나는 어머니와 동생들에게 아버지의 죽음을 알렸다. 한 달 전 미국에 교환교수로 간 동생에게는 전화를 걸어 시간적으로 장례식 참석이 어려울 테니 그냥 현지에서 추모하라고 말했다. 전화를 받은 동생은 꺼져가는 목소리로 울먹이며 미안하다는 말만 되풀이했다. 어떻게 알고 왔는지 빈소를 찾아 조문을 해준 고교, 대학교 동창생들이 너무 고마웠다. 내 아버지가 친구들에게 무얼 해 준 게 있다고…….

나는 아버지의 장례를 치르고 나서 시신을 화장한 다음 유골을 춘천 교외의 시립공원묘지에 안장했다. 아버지가 사망한 장소는 서울이지만 안식할 곳은 고향이라야 한다고 생각했기 때문이다. 아버지의 태생지는 북산면이었지만 안식처는 동산면이 되었다. 그때까지 냉정을 잃지 않던 어머니가 남편의 유골이 흙속에 묻히는 순간 "여보, 나도 데려가 줘요!"하며 소리쳤다.

아버지가 세상에서 사라지는 모습을 현실로 겪고 보니 공허한 느낌이 들었다. 죽음은 이렇게 허망한 것인가. 부부간, 부자간의 이별은 이런 것인가. 한 평짜리 납골 묘였지만 안장하기에 모자람은 없었다. 아버지의 일생은 그렇게 막을 내렸다.

　그로부터 두 해가 지난 오월 어느 날 나는 경기도 양주군에 있는 할머니의 유골을 춘천으로 모셔왔다. 연고도 없는 타향의 공동묘지에 묻힌 할머니를 생각할 때마다 나는 죄송한 마음을 금할 수 없었다. 할머니에게도 귀향이 필요했다. 시립화장장에서 할머니의 유골을 화장한 다음 뼛가루를 아버지 납골묘 옆에 있는 철쭉꽃밭에 뿌렸다. 세상에서는 그것을 화목장이라고 부르기 시작했다. 할머니와 아버지는 뼛가루가 되어 한 곳에서 다시 만났다. 서른 세 해만의 모자상봉이었다.

　할머니의 유골을 철쭉꽃밭에 뿌리고 나자 어디선가 두 마리의 나비가 날아왔다. 황갈색의 나비들은 서로 엉켜 빙글빙글 돌며 춤을 추었다. 나는 신비로운 전율을 느끼며 한참동안 나비의 춤을 지켜봤다. 춤사위를 펼치던 나비들은 어느 순간 홀연히 사라져버렸다. 나는 할머니의 영혼이 안식하기를 기원하면서 꽃밭을 향해 두 손을 모았다. 마음속으로 마리아를 불렀다. 천주교회에 다니던 할머니의 세례명은 마리아였다. 소희가 곁에서 반야심경을 암송하고 있었다.

　"아제아제 바라아제 바라승아제 모지사바하……."

　어릴 적 할머니의 모습이 떠올랐다. 주름살 깊은 얼굴에 하얀 머리, 낡은 지팡이에 의지한 구부정한 허리, 피어날 듯 말 듯한 입가의 미소. 나는 간난 속에서도 강인함과 꿋꿋함을 지킨 부도옹 같았던 할머니를 생각했다. 수호신이 된 할머니. 할머니는 소희와 나, 그리고 며칠 전에 혼례를 올린 증손자와 손자며느리를 지켜주시리라. 내가 그린 그림 속의 한 송이 꽃이 되고 한 마리 나비가 되어 우리 곁에 계시리라…….

여 행

1.

여행이란 무엇일까. 나는 생각한다. 여행은 망각이고 멸실(滅失)이라고. 악몽과 잡상을 잠시나마, 아니 영원히 잊게 할 수도 있는 망각과 멸실의 노정이라고. 그리고 또 달리 생각하기도 한다. 여행은 풍경화 같은 것이며 때로는 꿈과 환상을 담아 그리는 추상화 같은 것이라고.

그렇다. 풍경화든 추상화든 여행은 꿈꾸는 자에게 주어지는 선물일 것이다. 여행은 반복되는 현실을 탈출할 수 있는 기회이며 우물 안 개구리의 세계관을 털어버릴 수 있는 수단일 것이다. 그것은 역사와 자연을 자신의 내면으로 끌어들이는 지적, 감성적 모험일 것이다. 그래서 나는 여행을 환생을 위한 인생의 담금질이라고 정의하고 싶은 것이다.

한꺼번에 지구를 한 바퀴 도는 여행은 어떨까. 통속적인 관광이 아니라 역사의 현장, 경이로운 유적과 풍광, 사람의 숨결이 느껴지는 시장을 찾는 여행은 어떨까. 여행에서 만난 사람들과는 어떻게 교감하며 그들은 여행자에게 무엇을 안겨줄까.

세계일주 여행. 그것은 평생 마음속에 그려온 자연과 문화의 상상화였다. 그것은 청소년시절의 몽상이었고 성인이 된 후 가슴속에서 숙성시켜온 동경이었으며 공직을 떠난 후 다시 역사공부를 시작하면서 키워온 장년의 소망이었다. 나는 잠시나마 나를 끌어들였던 정치의 세계와 영원히 결별할 계기를 만들고 싶었다. 여행을 통해 지금까지 머릿속에 앙금처럼 쌓인 악몽들을 털어내고 싶었다. 여행은 삶의 찌꺼기를 다소라도 씻어낼 수 있을 테니까. 또 인생이라는 것을 이해하려면 세계를 통째로 삼키는 모험도 필요할지 모르니까.

그런 꿈이 이루어졌다. 2006년 6월 나는 최이도 부부와 함께 다섯 달 동안의 세계일주 여행에 나서게 되었다. 군대 친구 최이도가 환갑 기념 여행을 불쑥 제안했을 때 나는 처음 그가 농담하는 줄로만 여겼다. 그러나 그의 제안은 진지하고 구체적이었다. 친구는 사업에 성공해 돈은 벌만큼 벌었으나 건강에 대한 두려움 때문에 여생에 한번 세계를 여행하면서 골프를 치는 즐거움을 누리고 싶다고 말했다.

그는 오래전부터 나와 함께 세계일주 여행을 할 계획을 세워왔노라고 털어놨다. 여행계획은 내가 직접 짜면 될 것이고 외국어 소통에도 큰 문제가 없는 만큼 내가 가이드 역할을 하면 근사한 여행이 될 것이라고 말했다. 그러면서 어느 나라를 가든 내가 선택하는 장소를 찾아다니며 구경을 하되 자신은 시간이 허용하는 대로 골프를 마음껏 칠 것이라고 했다. 경비는 자신이 댈 테니 아무 부담을 느끼지 말고 가벼운 마음으로 평생 한 번뿐인 환갑여행을 즐겨보자고 말했다.

나는 고심 끝에 소희와 의논한 뒤 친구의 제안을 받아들이기로 했다. 그의 너그러운 제안에도 불구하고 나는 우리 부부에게 필요한 최소한의 용돈은 준비해야 했다. 친구의 제안에 따라 내가 여행계획을 세우고 구체적인 준비를 진행한 끝에 환갑기념 여행은 이뤄지게 되었다.

2006년 5월 큰아들의 결혼식을 치른 뒤 6월 중순 우리 부부와 최이도 부부는 마침내 세계일주 여행길에 올랐다. 네 사람은 다섯 달 동안 스물네 대의 비행기를 타고 35,400마일을 날았으며 열차를 타고 3,030 킬로미터, 자동차를 타고 17,400킬로미터를 이동했다. 지구를 한 바퀴 도는 동안 23개국을 방문했고 123개 도시와 마을을 둘러봤으며 85개

도시에서 잠을 잤다. 여행기간 중 최이도는 가는 곳마다 골프를 치고 카메라로 9천여 장의 사진을 찍었으며 나는 여행기를 쓰고 방문국의 자연과 풍광을 스케치했다.

일행은 인도와 유럽 여러 나라를 여행한 다음 대서양을 건너 멕시코로 갔으며 미국, 캐나다, 하와이, 일본을 거쳐 귀국했다. 여행 중 수많은 박물관, 미술관, 성당, 교회, 사원, 묘궁을 둘러봤고, 백화점과 아울렛, 재래시장과 벼룩시장, 노점상을 구경했다. 역사책과 화보를 뒤적이며 경외감을 느꼈던 타지마할과 마야의 유적을 돌아보고, TV 화면에서 경이의 시선으로 지켜봤던 테오티와칸의 태양의 피라미드에도 올라가봤다.

베토벤, 모차르트, 그리그가 살던 집을 방문하고 그들의 묘소를 참배할 때 가슴속에서는 위대한 작곡가들에 대한 존경심이 솟구쳤다. 지금은 박물관이 된 고호의 마지막 생가를 찾았고 그가 그린 오베르 교회를 구경했으며 그의 묘지에 헌화했다. 피카소가 평생 그린 작품을 모아 전시하는 특별전시회를 마드리드 소피아 미술관에서 구경했다. 아마도 내 인생에 그런 행운은 두 번 다시 찾아오지 않을 것이다. 프랑크푸르트에 있는 괴테의 서재에서 그가 쓴 이탈리아 여행기의 원본을 발견했을 때 느꼈던 잔잔한 감흥은 좀처럼 잊지 못하리라.

소문난 영화 촬영장소도 방문했다. 〈누구를 위하여 좋은 울리나〉를 촬영한 톨레도, 〈사운드 오브 뮤직〉을 촬영한 잘츠부르크, 〈라스트 콘서트〉의 촬영지 몽생미셸, 〈남과 여〉의 촬영지인 노르망디 도빌 해변을 포함해 스무 군데의 영화촬영 현장을 찾아다녔다.

여행이 주는 깨달음이 있었다. 여행의 재미와 감동은 여행자의 사전지식, 근면, 기록에 비례한다는 사실이다. 세계일주 여행은 심신의 고단함을 잊게 하고 내면의 감성을 조용히 발산하며 향기로운 추억의 벽돌을 쌓아가는 긴 여정이었다. 그것은 이루지 못한 꿈 – 역사교수가 되고자 했던 – 에 대한 보상이자 위안이었고 자연과 지식과 문화가 내 안에서 역사로 부활하는 감동의 순력이었다.

2.

우리 일행은 여행 중에 많은 사람들을 만났다. 내가 만난 사람들 가운데 특히 잊지 못할 사람들이 있었다. 첫 번째 방문국인 인도에서 만난 여행가이드 비크람. 그는 유쾌한 인도 청년이었으며 신앙심 깊은 시크교도였다. 수도 델리에서 라자스탄으로 가는 차중에서 내가 비크람에게 물었다.

"인도가 가난한 나라라는 것은 사실인가?"

"사실이지요. 그러나 추위에 얼어 죽는 사람은 있어도 굶어 죽는 사람은 없습니다."

"인도인은 가난을 부끄럽게 여기지 않는다던데……."

"인도인은 가난도 재산으로 여깁니다. 가난은 단지 적은 재산일 뿐이지요."

"그럼 큰 재산이라는 것도 있다는 건가?"

"신앙이 큰 재산입니다. 신앙심이 깊으면 돈이 많고 적은 것은 의미가 없지요. 인도는 종교의 천국입니다."

"카스트 제도도 재산에 해당할까?"

"아니요. 그것은 부채에 속합니다. 인도가 청산해야 할 빚인데, 그게 인도가 당면한 걸림돌입니다."

"그럼 12억의 인구는 재산일까 부채일까?"

"인도의 재산이지요. 저도 한국에서 생활해 봤지만 한국은 인구가 너무 적습니다. 땅덩어리가 적으면 인구라도 늘려야 하지 않겠습니까?"

"한국 사람들은 땅덩이에 비해 인구가 너무 많다고 걱정을 하는데?"

"인구가 많다고 꼭 자기나라 땅에서 살라는 법은 없지요. 한국인은 지금보다도 인구를 두 배 이상 늘려 해외로 내보내야 합니다. 전 세계에 코리언 네트워크를 만드는 겁니다."

"해외에 차이나타운 같은 거라도 만들라는 말처럼 들리는군."

"인도는 벌써 이십년 전부터 세계도처에 인디아 타운을 건설하기 시작했습니다. 한국인이라고 못 만들 이유가 없지요. 오천만도 안 되는 인구로는 한국이 꿈꾸는 나라를 만들기 어려울 거라고 생각합니다."

"해외로 인구를 내보내면 부작용도 많을 텐데…… 예를 들면 두뇌유출은 걱정되지 않을까?"

"인도인이 미국에 가서 산다고 미국인이 되지는 않습니다. 미국에 사는 인도인의 유전인자가 바뀔 리 없지요. 해외에서 성공한 인도인이 인도로 돌아올 필요도 없습니다."

"해외에서 성공한 인도인들이 많은 모양이지?"

"많습니다. 그러나 인도인은 주빈 메타 같은 지휘자가 귀국하는 것을 원치 않습니다. 해외에서 계속 활동해 주기를 바라지요."

"비크람 군은 외국에 나가 살고 싶지 않은가?"

"서울에 가서 2년 동안 살아봤습니다. 무역회사에서 일하면서 한국어와 풍습도 익혔습니다. 그러나 서울보다 뉴델리가 훨씬 일하기 좋습니다. 일이 있는 곳에는 어디라도 갈 생각입니다."

"비크람 군은 인도를 사랑하는군."

"한국 속담에 수구초심이라는 게 있더군요. 여우도 제 살던 곳을 그리워한다는…… 언젠가 저는 다시 외국에 나가 일할 계획이고 나이 들면 그 때 귀국할 생각입니다."

비크람은 인도 델리공과대학에서 건축공학을 전공한 청년이었다. 젊어서 다양한 경험을 쌓고 여러 나라를 여행한 다음 인도에서 건축회사를 운영하는 것이 장래의 꿈이라고 했다. 그는 한국어를 한국인처럼 말했으며 유머감각은 한국인과 비교할 수 없을 만큼 풍부했다. 가난도 재산의 일부로 여기며 최대의 재산은 신앙이라고 믿는 그는 매일 아침 신에게 기도하기 전에 자신의 턱수염을 정성스럽게 닦고 다듬었다.

일행은 터키의 고도 콘야를 여행하던 중 호텔 앞 상점에서 우연히 한 아주머니를 만났다. 그녀의 뜻밖의 초대를 받아 콘야 교외에 있는 여름 별장을 방문했다. 별장 주인인 데비지 부인은 석 달 전 남편을 잃은 전직 영어교사로 고교 3년생인 딸 하티제와 함께 살고 있었다. 부인은 자신의 아버지가 한국전쟁에서 싸운 코레 가지[8])이며 전투 중 중상을 입고 귀국했다고 말했다. 그녀는 아버지가 한국을 다시 방문하고 싶어 했지만 소망을 이루지 못하고 몇 년 전 세상을 떠났다고 말하며 잠시 눈시울을 붉혔다.

데비지 부인은 한국에 관한 구체적인 지식은 없었다. 그녀는 아시아 대륙의 동쪽 끝에 위치한 반도국가가 대륙의 서쪽 끝에 있는 반도국가와 특별한 인연을 맺은 것은 알라의 섭리로 여긴다고 말했다. 그러면서 한국과 터키는 고대 훈족의 후손들이 세운 나라이고 언어도 알타이어 계열에 속해 여러 면에서 비슷한 데가 많은 것 같다면서 언젠가는 아버지가 목숨을 걸고 싸웠던 한국을 방문하고 싶다고 말하며 어깨를 들먹거렸다.

여름 별장은 넓은 잔디 위에 살구나무와 장미꽃이 가득한 이층집이었다. 앞뜰 정원에는 원두막 같은 정자가 있었다. 데비지 부인의 언니

---

8) 터키어로 한국전 참전용사라는 뜻

와 조카가 정원에서 딴 살구와 집에서 만든 빵과 과자를 쟁반에 담아 오고 부인은 터키차를 끓여왔다.

살구 맛이 어찌나 달고 향기로운지 최이도는 평생 그렇게 맛있는 살구는 처음이라며 감탄을 금치 못했다. 나는 터키의 살구는 아마도 알라의 축복일 것이라고 데비지 부인에게 말했다. 아몬드가 섞인 과자와 말랑말랑한 로쿰 젤리는 혓속에서 부드럽게 녹았다. 나는 데비지 부인에게 터키어로 감사했다.

"엘리니제 사을륵!"

신이 음식을 만들어 준 사람의 손에 건강과 축복을 내리기를 기원한다는 뜻의 인사말이었다.

일행은 정자에 앉아 이런저런 이야기를 나누느라 시간가는 줄도 몰랐다. 부인은 우리 일행과 한국에 대해 비상한 관심을 나타냈다. 나는 터키군의 한국전 참전에 관해 책에서 읽었던 이야기, 한국을 방문한 터키 참전용사와 유가족들을 만나 펀치 볼 전적지와 관광명소를 안내했던 이야기를 들려주었다. 대학졸업 당시 터키혁명과 터키의 국부 케말 아타튀르크에 관한 연구를 졸업논문으로 썼다는 나의 말에 부인은 깜짝 놀라며 물었다.

"교수님이 터키혁명을 연구하셨다고요?"

"무스타파 케말 아타튀르크라는 인물에 관심이 많았지요. 터키 국민들이 왜 그를 국부(國父)라고 부르는지, 그가 어떻게 독립전쟁의 영웅이 되고 공화국을 만들었는지, 어떻게 민주주의를 실천했는지 알고 싶었지요. 문자개혁까지 한 아타튀르크가 어떤 인물인지 궁금했습니다."

"터키 국민들은 무스타파 케말 아타튀르크를 존경하고 있어요. 지폐에도 그의 얼굴이 그려있으니까요. 아타튀르크는 국가의 아버지라는 뜻이에요."

"한국에도 그를 흠모한 정치가가 있었습니다. 아타튀르크의 영향을 받고 군사혁명을 일으킨 사람이지요."

"그렇습니까! 그가 누굽니까?"

"박정희 대통령이었습니다. 1979년에 돌아가셨지요. 그는 아타튀르크와 마찬가지로 육군 장군 출신입니다."

"박 대통령은 어떤 분이었습니까?"

"경제적으로는 성공했지만 민주주의 지도자로서는 성공하지 못했습니다. 그래도 한국인들 가운데 그를 존경하는 사람들이 적지 않습니다. 특히 농촌사람들은……."

"한국이 부유한 나라가 됐다는 건 알고 있어요. 아버지는 늘 한국을 부러워하셨어요. 자신이 참전했던 나라가 경제적으로 번영했다는 걸 자랑하셨거든요. 한국에 가보고 싶다는 말씀을 여러 번 하셨어요."

"어려울 때 한국을 도운 터키를 고맙게 생각합니다. 터키국민이 한국을 칸 카르데슈⁹⁾라고 부르는 이유를 알고 있습니다. 저도 그렇게 생각합니다. 제 자신이 한국전쟁을 경험했으니까요."

"교수님은 터키를 너무 잘 알고 계시는군요. 저희 집에 정말 잘 오셨어요. 방문해 주셔서 고맙습니다."

"초대해 주셔서 고맙습니다. 부인께서 한국을 방문할 기회가 있기를 기대합니다."

"다음에 터키를 또 방문할 기회가 있으면 그땐 더 잘 대접해 드리겠어요."

"환대해 주신 것 잊지 않겠습니다."

일행이 방문 기념으로 터키 민요 〈위스크다르〉를 부르자 데비지 부인 가족이 합창을 하며 기뻐했다. 아내 소희는 태극문양이 그려진 접

---

9) 터키어로 혈맹 또는 피로 맺은 형제라는 뜻

이부채와 목걸이를 부인과 딸에게 선물했다. 밤이 깊어 일행이 자리를 뜨려고 하자 데비지 부인은 섭섭한 표정을 지었다. 소희와 최이도의 아내는 부인과 딸을 포옹하며 작별인사를 나눴다. 데비지 부인이 대문을 나서는 일행에게 말했다.

"여러분은 탄르 미사피르, 신이 보낸 분들이에요. 우리는 여러분을 잊지 못할 거예요."

"아! 탄르 미사피르!"

터키의 속담에 나오는 말, 탄르 미사피르. 신이 보낸 손님이라는 뜻의 터키어 탄르 미사피르(Tanrı Misafir). 그 단어가 유난히 아름답게 들렸다. 60년을 살아오는 동안 자신을 지목해 신이 보낸 손님이라고 표현한 사람은 세상에 아무도 없었다. 우리가 신이 보낸 손님이라니! 사소한 일 같지만 이것은 분명 삶의 기적이다. 여행에서 이런 기적을 만나리라곤 상상하지 못했다. 나는 샘물 같은 기쁨을 느꼈다. 데비지 부인의 여름별장을 떠날 때 동쪽 하늘에는 환한 보름달이 비치고 있었다.

또 한 사람, 프랑스 파리에서 만난 비그 죠르지라는 이름의 택시운전 기사를 기억한다. 일행이 샹젤리제 가에서 리도 쇼를 구경하고난 뒤 호텔로 돌아가기 위해 택시를 잡았다. 원래 세 명 이상은 태워주지 않는 파리의 관행에도 불구하고 죠르지 기사는 네 사람을 기꺼이 태워주었다. 죠르지는 영어로 자신을 소개하고 우리 일행이 어느 나라에서 왔느냐고 물었다. 나는 한국에서 왔다고 대답하고 파리는 기대했던 것보다 아름다운 도시이며 리도 쇼는 브로드웨이 공연보다 훨씬 더 재미있다고 치켜세웠다. 죠르지는 자신도 리도 쇼를 여러 번 봤다며 물랭루주의 캉캉 춤도 구경했느냐고 물었다.

운전도중 쉬지 않고 떠들어대는 그의 모습은 영락없는 관광안내원이었다. 나도 그의 입담에 답하기 위해 무슨 심심 파적거리가 없을 가 궁리하다가 프랑스 국가 라 마르세이유를 불렀다. 한 번은 프랑스어 – 발음은 엉망이었지만 – 로, 또 한 번은 한국어로 불렀다. 깜짝 놀란 죠르지가 백미러로 나를 쳐다보며 큰 소리로 함께 불렀다.

Allons enfants de la Patrie
Le jour de gloire est arrivé!
Contre nous de la tyrannie
L'étendard sanglant est levé……

가자 조국의 자식들이여
영광의 날이 왔도다 !
우리의 적 폭군의
피 묻은 깃발이 올랐다……

죠르지가 프랑스 국가를 어떻게 배웠느냐고 물었다. 나는 대학교 시절 프랑스 혁명사를 공부할 때 배웠다고 대답했다. 죠르지는 유쾌함과 흥분이 섞인 목소리로 우리와 농담을 주고받았다. 그는 자기에게 예쁜 두 딸이 있는데, 나에게 아들이 있으면 두 딸 가운데 하나를 한국에 시집보내겠다며 익살을 부렸다. 죠르지의 익살이 얼마나 진지했는지 낯선 여행객으로서 약간은 긴장할 수밖에 없었다.

호텔에 도착했을 때 죠르지는 자신의 주소가 적힌 명함을 주면서 내게도 명함을 달라고 청했다. 나는 미터요금 20유로에 10유로의 팁을 합해 30유로를 그에게 주었다. 택시 두 대를 타야했을 경우를 생각하면 적어도 20유로는 아꼈을 터였다. 죠르지도 평소의 두 배에 해당하는 팁을 받은 셈이므로 기분 좋은 표정이었다.

그는 택시에서 내리더니 "메르씨, 므슈"라고 하면서 우리에게 악수를 청하고 부디 좋은 여행이 되기 바란다고 인사했다. 택시기사 죠르지는 영어에 능숙했으며 영어로 이야기하는 것을 당연하게 생각하는 것 같았다. 호텔 로비에 들어서면서 내가 소희에게 말했다.

"그런데 택시 기사가 정말로 딸을 주겠다고 연락해오면 어떻게 하지……?"

"농담이에요. 파리 사람들은 낚시꾼이라는 말도 못 들었어요? 멍청한 관광객들 유혹하는 낚시꾼들 말이에요."

나는 프랑스인 택시기사가 어쩌면 여행을 끝내고 귀국한 후 자신에게 편지를 보낼 지도 모른다는 엉뚱하면서도 다소 낭만적인 상상을 했다. 죠르지는 유쾌한 프랑스인이었다.

나는 체코 청년 즈뎅엑을 잊을 수 없었다. 일행이 체코의 중세도시 체스키크룸노프에 갔을 때 저녁 식사를 위해 들른 곳은 살트라바라는 이름의 동굴식당이었다. 쇠고기, 돼지고기, 칠면조를 철판에서 구워낸 구이요리와 송어찜, 야채샐러드와 체코 산 필젠 생맥주를 즐기고 있을 때 일행을 위해 심부름을 하고 서비스를 해준 아르바이트 청년이 즈뎅엑이었다.

즈뎅엑은 주방과 테이블을 오가며 음식과 맥주를 날라다 주면서 음식 맛이 어떤지, 더 필요한 것은 없는지 물었다. 그는 우리 일행이 아시아에서 온 여행객이며 더구나 환갑 기념으로 세계일주 여행을 하고 있다는 말에 무척이나 놀라는 표정을 지었다. 또 우리의 유럽여행 일정에 일부러 체코를 넣었다는 사실을 알고 나서는 더 반갑고 친절한 태도를 보였다. 그는 놀랄 만큼 유창한 영어를 구사했다.

저녁식사를 끝낸 우리 부부는 마을을 한 바퀴 돌아본 뒤 호텔 앞 광장에서 즈뎅옉을 기다렸다. 즈뎅옉이 일을 끝낸 뒤 광장에서 만나기로 약속했기 때문이다. 자정이 가까운 시각 즈뎅옉이 광장에 나타났다. 벤치에서 그와 함께 오랫동안 이야기를 나누었다.

체코 청년은 동양에 대한 환상과 어떤 열망 같은 것을 품고 있었다. 그는 프라하가 고향이며 프라하대학 법학과를 졸업했다고 말했다. 자신은 법학을 공부했지만 국가기관이나 기업에 취직하기보다는 앞으로 작가가 되고 싶으며 소설을 쓰기 위해 아시아를 여행할 계획이라고 했다. 그가 아르바이트를 하는 이유도 여행경비를 마련하기 위한 것이라고 했다. 그는 중국, 일본, 한국에 관심이 많았으며 뜻밖에도 분단국인 한국을 꼭 방문하고 싶다는 소망을 피력했다. 아시아는 체코 청년에게 이상하리만큼 열광의 미답지였다. 그러면서 내가 체코라는 나라를 얼마큼 알고 있는지 궁금해 했다.

"교수님, 체코 방문이 처음이신데 체코가 어떤 나라라고 생각하십니까?"

"축복 받은 천재들의 나라라고 생각하네. 20세기 초만 해도 체코는 세계의 선진국이었지. 나는 대학에서 역사를 공부했고 유럽에 관심이 많았네. 체코는 오래 전부터 오고 싶은 나라였네. 내가 생각하기에 체코는 공산국가가 될 나라가 아니었지. 소련의 지배가 체코의 역사를 뒷걸음치게 만들었어."

"왜 체코가 천재들의 나라라고 생각하십니까?"

"음악, 문학의 천재들이 많기 때문이지. 나는 드보르작과 스메타나의 음악을 사랑하네. 신세계 교향곡, 첼로 협주곡, 교향시 흐르는 블타바 강은 언제 들어도 감동적이지."

"음악을 좋아하시는군요."

"카프카의 소설도 몇 편 읽었지만 내가 정말 감동을 받고 즐거워했던 소설은 따로 있었지. 야로슬라프 하셰크의 소설 〈선량한 병사 슈베이크〉…… 밤을 새워가며 읽은 명작이지. 슈베이크는 체코의 돈키호테라고나 할까. 아무튼 하셰크라는 작가는 진정한 천재일세."

"슈베이크를 읽으셨다니 놀랍습니다. 그 소설이 한국에도 소개된 줄 몰랐습니다."

"체코를 방문한 또 하나의 이유가 있다네. 블타바 강을 직접 내 눈으로 보는 거지. 내 고향의 강을 생각하면서……."

"교수님 고향에도 블타비와 같은 강이 있습니까?"

"작은 강이지만 여러 면에서 블타바를 닮은 강이 있지. 강에 얽힌 역사도 비슷한 데가 있다네. 그 이름이 소양강……."

"그 강은 어떤 강입니까?"

"나는 소양강변의 도시 춘천에서 태어났네. 오래 전 한국의 소양강은 분단의 강, 전쟁의 강이었지. 전쟁이 끝난 뒤 소양강은 산업의 강으로 변했고 지금은 댐을 막아 거대한 호수가 돼버렸다네."

"블타바 강은 체코의 상징입니다."

"블타바는 음악의 강이야. 스메타나가 작곡한 흐르는 블타바 강…… 드보르작의 고향도 블타바 강변이라고 들었네만…… 내 고향 소양강에도 그런 음악이 있다면……."

"이건 좀 다른 얘긴데요, 한국은 분단국이지만 민주국가 아닙니까? 저도 체코가 진정한 민주국가가 되기를 바라고 있습니다. 그러나 아직도 사회주의의 잔재가 남아 있습니다."

"나는 1968년도 프라하의 봄을 관심 깊게 지켜봤지. 그 때 등장한 두브체크 당서기, 자유와 민주화에 대한 체코인들의 열망, 그 뒤의 개혁 조치들…… 그러다가 소련군에 짓밟히고 소련이 임명한 후사크가 집권하면서 프라하의 봄은 사라졌어……. 두브체크는 강제 퇴임되고 민주개혁파들은 숙청됐지. 그때 즈뎅엨 군은 세상에 나오지 않았을 걸세."

"교수님은 저보다 체코 역사를 더 잘 아시는군요. 저의 할아버지도 두브체크 당서기 밑에서 일하다가 쫓겨나셨다고 들었습니다. 아버지는 할아버지의 목숨이 살아난 것만 해도 다행이라고 하시더군요. 교수님의 이야기를 체코를 사랑한다는 말씀으로 이해해도 되겠습니까?"

"물론이네. 그런데 즈뎅옉의 할아버지가 두브체크 당서기와 함께 민주화 개혁을 위해 일한 분이라니, 정말 놀랍군! 부모님은 모두 생존해 계신가?"

"두 분 모두 살아계십니다. 아버지는 1946년생이니까 올해 60이 되셨습니다. 어머니는 두 살 아래시고요."

"오! 즈뎅옉의 아버지와 나는 동갑이군!"

"참, 아까 식당에서 환갑 기념 여행이라고 말씀하셨죠?"

"그렇다네. 환갑 기념으로 체코에 왔지. 나는 체코가 부러운 게 또 하나 있다네. 슬로바키아와 평화로운 결별을 한 것 말일세. 평화로운 통일도 좋지만 평화로운 결별은 더 아름다울 수도 있지 않은가?"

"저의 어머니는 슬로바키아 출신입니다. 지금도 외가는 슬로바키아에 있습니다. 저도 어머니와 함께 여러 번 외할아버지 댁에 다녀왔습니다. 체코인은 언제라도 자유롭게 슬로바키아를 방문할 수 있습니다. 한국은 어떻습니까?"

"남북한 간에 왕래가 거의 불가능하네."

"불행한 일이군요."

"내 아내는 북한에서 태어났네. 1950년 한국전쟁 때 남한으로 탈출했지만 고향방문은 꿈도 꿀 수 없는 현실이네. 평생 아내의 고향을 찾을 가능성은 거의 없지. 내 생각은…… 고통스러운 통일보다는 평화로운 결별이 더 나을 수도 있다는 걸세."

즈뎅옉은 한 두 해 뒤 한국과 일본을 방문해 아시아에 대한 궁금증을 덜어보고 싶다고 말했다. 나는 즈뎅엑이 이해하기 어려울 만큼 동양에 대한 집착과 환상을 지니고 있음을 느꼈다. 그는 오랫동안 나와 함께 이야기를 나누었다. 나는 체코 청년과 작별하며 말했다.

"한국과 일본 여행이 꼭 실현되기를 바라네. 한국을 방문할 때 우리 서로 만나기로 하지. 내가 안내해 주겠네."

"교수님, 감사합니다. 한국을 꼭 방문하겠습니다. 체코를 사랑하는 선생님을 잊지 않겠습니다."

헤어지면서 즈뎅엑은 나를 끌어안았다. 나도 즈뎅엑을 끌어안고 어깨를 두드려주었다. 체코 청년은 광장을 떠나 호텔로 돌아오는 우리의 뒷모습을 물끄러미 바라보고 있었다.

독일 드레스덴 교외에 있는 카페식당 로이프니처 회에의 주인 라이너 블로드 씨. 그는 촌스러운 인상을 풍겼지만 친절하고 정열적인 — 흔히 보는 독일인과 달리 — 사람이었다. 멋진 콧수염을 한 그는 우리 일행이 자신의 카페를 찾아준 최초의 한국인이라면서 약간은 흥분한 듯한 표정이었다. 그는 호기심과 특별한 친근감을 드러내며 말했다.

"여러분은 우리 카페를 찾아준 최초의 동양인이며 한국인입니다. 진심으로 환영합니다!"

"감사합니다. 드레스덴이 과거 동독지역이었으니까 남한 방문객이 드물었을 겁니다. 그래도 북한 손님들은 많이 찾아 왔었겠지요?"

"천만에요. 베를린에서 북한 사람들을 만난 적은 더러 있지만 우리 카페에서 본 적이 없습니다. 베를린의 식당에서도 북한 사람들의 모습을 구경한 적이 없습니다."

블로드 씨는 일행이 주문한 쇠고기, 닭고기 스테이크와 감자 빵 외에 더 많은 음식과 술을 덤으로 제공해 주었다. 그는 매번 일행의 테이블로 와서 맛이 어떤가, 부족한 것이 없는가를 물으며 손님이 미안할 정도로 친절하고 세심하게 챙겨주었다. 그는 자신이 직접 만들었다는 독한 사과주를 가져와 일행과 함께 마시면서 분위기를 즐겁게 해주었다. 일행과 함께 어울리던 그가 뜻밖의 말을 꺼냈다.

"……한국은 통일을 성급하게 서두를 필요가 없습니다. 독일의 통일은 예정된 운명이고 사건이었지만 지금 여러 면에서 힘들고 불편한 점이 많습니다. 한국은 독일보다 통일하기가 어려울 겁니다. 장애가 많을 테니까요. 나도 원래는 서독 뷔르츠부르크 출신이지만 동독에서 오래 살다보니 적응이 됐지요. 동독은 공산관료들의 감시를 받는 통제된 나라였지만 나름대로 장점이 있었습니다. 자본주의가 앓고 있는 병 같은 게 없어서 좋았습니다. 빈부 차이가 그렇게 심하지 않았고 굶어죽는 사람도 없었습니다. 어느 정도 예술의 자유도 있었지요."

"블로드 씨, 혹시 동독시절이 그리워지십니까?"

"잊을 순 없지만 그립지는 않습니다. 모든 게 이미 지나간 일이죠. 지금 작은 식당이라도 운영하면서 귀찮은 간섭 받지 않고 마음 편히 사는데 만족합니다. 여러분들에게는 미안한 말이 될지 모르지만…… 한국은 너무 조급하게 통일하지 않는 게 좋을 것 같군요."

"블로드 씨, 유감이지만 나도 동감입니다."

"한국인에게 통일은 예술이 돼야 할 겁니다. 나는 예술가처럼 시간을 기다리며 통일을 준비하는 게 진정한 통일이라고 생각합니다. 통일은 인내의 예술입니다."

"오, 통일은 인내의 예술이라……."

통일을 예술로 표현한 블로드 씨의 말에 나는 약간의 충격마저 느꼈다. 나는 사실 오래 전부터 북한 흥남 – 아내의 고향이며 나의 삼촌이 납북되었던 – 을 방문하고 싶은 생각이 간절했다. 그러나 북한은 정치

체제라는 기계의 부품이 남한과 너무 달라 수리가 불가능한 사회라고 생각했다. 그런 사회와 어느 날 갑자기 정치적으로 통합된다는 것은 상상할 수 없었고 통일에 대한 막연한 환상을 품기 싫었다.

블로드 씨의 카페식당은 가정집 같은 따뜻한 분위기였으며 다정한 사람들끼리·모여 담소를 나누는 사랑방 같다는 인상을 풍겼다. 일행의 세계일주 여행 이야기를 듣고 놀라움을 표한 블로드 씨는 이메일 주소가 적힌 자신의 명함을 주면서 귀국하면 꼭 소식을 전해 달라고 말했다. 그는 우리의 여행이 행복하고 안전한 일정이 되기를 바란다고 정중하게 말했다. 저녁식사를 끝내고 카페를 나설 때 블로드 씨와 종업원들이 일행과 함께 어깨동무를 하고 기념사진을 찍었다. 카페는 전혀 식당 같은 느낌을 주지 않는 독일풍의 시골주택이었다.

3.
나는 마흔 세 살이던 해의 12월 어느 날 시작(詩作) 노트에 술이란 제목의 시를 지어 적어놓은 적이 있다.

사람이 만든 걸작 가운데
신도 미소를 참지 못할
삶과 죽음의 묘약
시간의 강이 흐르면서
마침내 애증의 벗이 되다
오래 인류의 심신을 불태운
망각과 욕망의 액체
사람의 혈관을 헤엄치며
바다처럼 태양처럼

마침내 영혼을 들뜨게 만들다

아, 이 무슨 조화인가
어지러운 밀밭 보리밭 향기
신기루 같은 맛깔이여
망각의 샘물인가
안식의 감로수인가

　인간이 만든 발명품들 가운데 위대함의 정도를 설명하기 어려운 걸
작. 그게 바로 술이라는 것이다. 전쟁과 평화, 혁명과 반혁명 – 이 폭
풍의 전선을 넘나들며 사랑과 증오, 갈등과 화해, 만용과 추태의 경계
를 휘젓는 중독성 물질. 지친 심신을 위안하기도 하고 때로는 아픔을
잊게도 만드는 액체. 신비의 묘약이며 고혹적인 마취제. 처음에는 인간
이 술을 지배했을 테지만 나중에는 술이 인간을 지배하기 시작했을 것
이다. 인간에 대한 술의 지배가 국경을 초월하자 술은 제국주의의 첨
병이 되었고 생리학적 한계효용의 경계선을 넘는 애물이 되었다. 그런
데도 술이 인간의 친구인 것은 분명하다.
　그런 불가해한 묘약을 나는 대학생이 되면서 입에 대기 시작했다.
술을 배우기 시작하면서 대학친구들과 어울려 주로 막걸리 집을 출입
했다. 자주 찾은 주점은 학사주점과 쌍과부 집, 값싸고 허름한 종로5가
대폿집, 동대문시장 안의 곱창 집이었다. 대학친구들과 어울려 마시는
술은 즐거웠고 싱그럽기까지 했다. 군대생활을 하는 동안 마신 술에도
즐거움은 있었다. 회식 자리에는 막걸리와 막소주, 마른 오징어와 싸구
려 과자가 등장했다. 안주거리야 형편없었지만 막걸리 잔을 들이켜고
젓가락을 두드리며 부르는 부대원의 노랫소리는 그래도 시간의 무미건
조함을 덜게 했다.

그러나 세월이 흘러 공무원이 되고나서부터 술은 즐거움보다 고역일 때가 많았다. 형식적 인간관계와 직급이 종횡으로 얽히는 공무원의 술자리에 재미라곤 없었다. 간부들의 주석에서는 호연지기 대신에 아첨과 교언이 분위기를 지배했고, 직원들끼리 술판을 벌이면 상사 헐뜯기, 인사 불만으로 취흥을 대신했다. 상하 직원들이 함께 하는 술자리에서는 어색한 침묵 속에 술잔 부딪치는 소리만 요란할 때가 많았다. "위하여!"라는 구호를 외쳤지만 그것은 술자리의 즐거움을 북돋는 것이 아니라 그냥 술이나 마시자는 기계적인 합창일 따름이었다.

일선책임자가 된 후에는 만나고 싶지 않은 사람과도 대작을 해야 했고 대낮 논밭두렁에서 안주 없이도 마셔야 했다. 술의 종류를 불문하고 입에 부어넣어야 할 때가 많았고 때로는 폭탄주를 마다않는 객기를 부려야 할 때도 있었다. 군인들과 함께 마시는 폭탄주는 견디기 어려웠다.

오래도록 경험했지만 지금도 풀기 어려운 술자리의 수수께끼 하나가 있다. 그것은 많은 사람들이 적정 주량 앞에서 헤매고 어떻게 마시는 것이 음주의 정도인지 알지 못한다는 사실이다. 술을 적당히 마셔라. 과음하지 마라. 아내와 주부들이 남편을 향해 입버릇처럼 주문하는 말이지만 알코올은 인간에게 그렇게 자비롭지 못하다.

알코올의 힘 앞에 인간은 역시 무기력하다. 마시고 나면 아세트알데히드의 심술로 인해 늘 뒷골이 아프고 숙취에 빠져 허덕이고 난 뒤에는 공연히 후회와 허탈감에 빠져든다. 그러나 알코올로부터 회복되자마자 인간의 심신은 다시 알코올에서 위안을 찾으려는 욕구의 작동을 시작하지 않는가! 알코올은 확실히 인간의 심신 위에 군림하는 마물이다.

어찌되었든 술을 즐기는 나도 공무원 신분으로 마시는 술은 정취나 즐거움이 떨어지는 게 사실이었고 술이 고역일 때가 많았다. 그러면서

늘 생각했다. 술의 정체는 무엇인가. 마시면서도 알 수 없는 묘한 물질. 그러나 이제 약간은 술의 정체를 알 것 같다는 생각이 든다. 술은 멀리 있는 것들을 가까이 당겨주고 추상적인 것을 구체적으로, 구체적인 현실을 추상화하는 신기한 물질이라는 것을 조금씩 느끼고 있으니까!

세계일주 여행을 하면서 나는 공무원 시절에는 상상할 수 없었던 색다른 술맛을 경험했다. 애증의 감정과는 상관없이 아지랑이 같은 노스탤지어를 느끼며 마시는 술은 해방과 낭만과 자유의 감로수였다. 여행 중에 마주치는 각양각색의 알코올음료들은 그저 돈을 지불하고 사는 상품이 아니었다. 종류도 천차만별. 맛, 향기, 빛깔, 알코올도수도 다양한 술은 나라마다 뚜렷한 특색이 있었다. 술에는 술이라는 단어로 일반화할 수 없는 무엇이 담겨있었다. 나는 그것을 술 스스로 선언하는 주권(酒權: liquor sovereignty)이라고 부를 것이다. 왜냐하면 술은 종족의 생활과 전통이 만들어낸 문화의 농축액이니까.

요컨대 음주는 나라의 문화와 역사를 마시며 음미하는 것이다. 평소에 술을 즐겨온 나에게 세계일주 여행은 인생의 처음이자 마지막인 세계 주류탐방 여행이기도 했다.

핀란드 산 보드카 핀란디아는 알코올 도수 45도의 독주였지만 속을 쓰리게 하거나 뒷골을 아프게 하지 않았다. 물보다도 청정한, 푸른 기운을 띤 보드카는 형언하기 어려운 깊은 향기를 풍겼다. 호수의 나라 수오미의 투명함이 핀란디아 속에 잠겨 있었다. 핀란디아 보드카는 순록 스테이크의 부드러운 맛과 잘 어울렸다.

터키의 독주 라크는 알코올 도수 40도 안팎의 과일주였다. 물에 타면 우유 빛으로 변하고 마실 때 화장품 냄새가 났으며 마시고 나면 혀에 묘한 여운을 남겼다. 시음을 했다는 추억으로 남길 수는 있어도 앞으로 즐겨 찾을 것 같지는 않았다. 그러나 터키를 기억하기 위해 나는

300밀리리터 짜리 한 병을 구입하여 다음 행선지인 영국으로 가지고 갔다.

이탈리아의 그라파는 일행이 이탈리아를 여행하는 동안 소주 대신 마신 술이었다. 알코올 도수는 45도 내외였다. 소주보다 도수가 높고 맛도 강하지만 값이 싼 대중주류였으며 포도가 숙성된 듯한 향기가 났다. 나는 밀라노의 어느 한식당에서 처음 그라파를 맛보았는데, 뜻밖에도 돼지불고기의 맛과 너무 잘 어울렸다. 친구는 소주를 구하기가 어렵다며 로마에서 구입한 그라파 두 병을 헝가리까지 가지고 갔다. 그라파는 삼겹살과 소주에 길들여진 한국인의 혀를 위안할 수 있는 이탈리아의 전통주였다.

프랑스 노르망디의 사과브랜디 칼바도스는 특이한 술이었다. 와인에 대한 특별한 취향을 지닌 프랑스 신사들이 별로 즐기지 않는다고 알려진 술이지만 나의 혓속에서는 그렇지 않았다. 강렬하고 독특한 사과 향과 맛을 지닌 프랑스 서민들의 브랜디. 몽생미셸의 레스토랑에서 맛본 알코올 함량 50도의 XO급 칼바도스는 코를 찌르는 향기를 풍겼지만 거부감을 주는 것이 아니었다. 칼바도스를 마시고 나자 나른한 희열감을 느꼈다. 무지개 같기도 하고 꽃의 정원 같기도 한 이국에 대한 환영이 모락모락 피어오르고 취기는 짜릿한 향수가 되어 전신을 감쌌다. 이 아름다운 술을 놔두고 프랑스 사람들은 너무 보르도 와인에 빠져있는 것이 아닌가.

그에 비해 멕시코의 독주 데낄라는 아주 고약한 술이었다. 용설란의 수액을 원료로 해 만든 데낄라는 칵테일을 하지 않고서는 도저히 마시기 어려운 맛과 냄새를 지녔다. 알코올 도수는 40도를 넘는 것 같았다. 게다가 목구멍에서 쉽게 받아들이지 않는 그 어떤 것 - 뭐라고 꼬집어 표현하기 어려운 - 때문에 다른 음료와 칵테일을 해도 혀와 친근해지기가 쉽지 않았다. 이 독주의 필수적인 안주가 소금이라니! 나도 친구도 데낄라 앞에 무릎을 꿇었다.

맥주는 대중적이고 친근한 술이다. 사실 술이라기보다는 몸에 활력을 불어넣는 청량음료라고 표현하는 것이 옳을지도 모른다. 체코 프라하에서 마신 필젠 생맥주는 쌉쌀한 호프 향의 풍미가 보헤미안 숲 속을 감도는 듯한 청량감과 품격을 느끼게 했다. 이렇게 매력적인 맥주가 있었을까!

독일의 맥주는 지방마다 독특한 맛을 느끼게 했다. 맥주의 본고장답게 지역별로 특징이 뚜렷했다. 옥토버페스트 축제 당일 뮌헨에서 마신 이름 모를 생맥주는 월드컵에서 자국 팀을 응원하는 독일국민들의 거대한 함성 – 4분의 3박자의 웅장한 북소리에 맞춘 – 을 생각나게 할만큼 시원하고 강렬했다. 드레스덴의 시골 카페에서 마신 붉은 맥주 둑슈타인 슈타이거는 흔해빠진 맥주와는 다른 맛과 빛깔을 지녔는데, 목구멍으로 넘길 때 톡 쏘는 청량감이 우리를 흥분시켰다.

코펜하겐의 노천카페에서 마신 칼스버그 맥주는 깔끔한 신사풍의 맛을 느끼게 했다. 그러나 꼬집어 말할 수는 없지만 무엇인가 부족한 뒷맛을 남겼다.

나는 와인의 맛을 깊이 알지 못한다. 다만 최근에 조금씩 친근해지고 있을 정도다. 그런데 유럽 본고장에서 맛본 와인은 달랐다. 음식과 어울리는 와인의 풍미와 혓속을 감도는 잔향이 조금씩 대뇌를 자극하는 것을 느끼기 시작했다.

헝가리의 레드와인 바카베르는 황소의 피라는 이름으로 알려졌는데, 전통음식 굴라쉬에 곁들여 마실 때엔 약간 떫고 강한 맛이 붉은 환영처럼 기억에 남았다. 마자르 족은 어떻게 이렇게 강렬하고 깊은 맛의 와인을 만들었을까. 헝가리 평원에서 한여름 태양빛에 익은 포도만으로는 그런 와인을 만들기 어려울 것이다. 그들은 유목민 특유의 문화와 기술을 와인에 쏟아 부었을 것이다. 헝가리의 백포도주 토카이의 신비스러운 달콤함은 어떤 향수 냄새보다도 더 사람들을 매혹시킬 것이다.

남부독일의 소 도읍 에데쇠임에서 맛본 2004년산 메스메르 레드와인은 이 지역의 토속 하우스와인인데, 카카오 향을 풍기는 듯한 뒷맛이 스테이크와 잘 어울렸다. 와인이 스테이크 맛을 더해주는지 스테이크가 와인의 풍미를 깊게 해 주는지 알 수 없을 만큼 와인의 맛은 중후했다. 얼린 포도를 발효시켜 만든 캐나다 산 아이스와인은 거부감이 없는 달콤함과 청량감이 여행의 향수를 나른하게 자극했다. 그러나 가격이 너무 비싼 게 흠이었다.

다섯 달 동안 지구를 한 바퀴 돌면서 마신 다양한 술은 시원한 청량제가 되고 가끔 뜨거운 묘약이 되어 환갑 여행객의 여수를 달래주었다. 우리 일행이 마신 술들은 족보와 보증서가 하나같이 뚜렷한 디오니소스의 물이었지만, 그 중 제일 비싼 대중주류가운데 한국산 소주가 포함돼 있었다. 집을 떠나 오래 시간이 지나다보니 가끔 한국음식이 생각날 때가 있었다. 우리는 그때마다 한식당에 들려 한식과 소주를 찾았다. 한국음식 값은 유럽 대중음식 값에 비해 비쌌으며 소주 값은 더 비쌌다. 내가 마셔본 주류가운데 용량에 비해 가격이 가장 비싼 대중주류는 한국산 소주였다. 360밀리리터 소주 한 병 값이 파리, 런던, 로마에서는 평균 2만원 내외, 암스테르담에서는 3만원, 뉴욕이 1만5천원 정도였다. 로마의 소매점에서 그라파 750밀리리터 한 병 값은 10유로 안팎이었다. 로마의 한식점에서 마시더라도 15유로 정도면 충분했다. 로마에서 한국 소주 값은 그라파보다 두 배나 비쌌다.

여행을 통해 나는 막걸리만큼 맛있는 술이 없다는 것을 확인했다.

맛 자체로 보면 다른 어느 나라 술보다도 순하고 대중 친화적이다. 취기를 탐닉하는 주당에게 막걸리는 재미없는 술일 테지만 서민적 청량감을 사랑하는 사람이라면 국적이라는 옷을 벗어던지고 막걸리에 풍덩 빠져버릴 것이다. 게다가 막걸리는 어떤 음식 – 김치는 말할 것도 없고 생선회, 소시지, 네덜란드의 청어절임, 핀란드의 멸치튀김, 프랑스의 달팽이 요리, 체코의 돼지무릎 요리 등을 포함해 – 과도 궁합이 맞을 것이다. 음식의 비린내와 느끼함을 잠재우는, 효소와도 같은 신기한 그 무엇이 있다. 붉은 낙조와도 같은 매력과 향수를 담은 기호식품으로 사랑받게 될 우유 빛 액체. 어떤 음식과도 어울리는 친화성과 역동성을 숨기고 있는 신명의 음료.

내가 오랜 경험을 통해 얻어낸 결론 한 가지를 고백해야겠다. 그것은 막걸리에 보리밥을 말아먹으면 맛이 상승작용을 해 막걸리 맛도 좋아지고 보리밥 맛은 더 좋아진다는 사실이다. 여름철 입맛이 없을 때 무채나물이나 열무김치를 반찬으로 하여 시원한 막걸리 – 약간의 소금을 친 – 에 말아먹는 보리밥은 최상의 식욕촉진제이자 성인병을 예방하는 – 임상학적으로 밝혀지기 시작했다 – 보약이 될 것이다.

그래서 나는 기다릴 것이다. 저항할 수 없는 유혹의 미각으로 지구촌 주당들의 대뇌와 침샘을 자극할 이 우유 빛 액체가 세계적 기호식품이 될 그날을. 인류의 오장육부에 평화를 심는 값싼 건강상품이 될 그날을. 막걸리 양조장이 다국적기업으로 성장할 그날을. 가격경쟁력? 저장성? 제한적 기호? 세계 주류시장의 숨은 거인들이여, 그런 것을 문제 삼는가. 인간의 육신을 좀먹는 저질 알코올음료와 마약에는 눈을 감고?

음식과 함께 여행의 즐거움을 높이고 다채로운 세상 뒤에 숨은 맛의 미학을 알게 한 추억의 촉매제. 자유와 낭만을 만끽하게 만든 감로수

이자 나른한 심신을 어루만진 청량음료. 그것은 술이란 이름의 길벗이
었다.

4.

다섯 달 동안의 여정에서 나는 현실세계의 한 모퉁이에 도사리고 있
는 저승사자를 만난 적이 있다. 그것은 죽음의 세계를 산 인간에게 침
묵의 시선으로 보여주는 돌의 좌상이었다. 멕시코 치첸이차의 마야 유
적지에 있는 쿠쿨칸 피라미드를 돌아보고 나서 나는 마야인의 과학적
상상력과 종교적 영감에 깊은 경외감을 느꼈다. 그런 경외감을 두려움
으로 만든 것이 마야의 석상 차크몰이었다.

쿠쿨칸 피라미드 근처에 전사의 신전이 있었고 전사의 신전 한가운
데로 들어서자 거대한 석상 하나가 나타났다. 그 석상을 보았을 때의
공포감과 가슴 서늘한 적막감이란! 그것은 절반은 누워있고 절반은 앉
아 있는 모습의 기괴한 돌조각이었다. 기묘한 긴장감과 두려움을 풍기
며 무언가를 기다리는 듯한 형상은 무릎을 세운 채 팔꿈치를 지면에
대고 손은 배 앞으로 내밀어 빈 접시를 받치고 있었다. 검정색 석상은
어색하게 고정된 몸을 일으켜 이제 곧 바닥에서 일어나려는 듯한 자세
였다. 석상의 시선은 나를 향하고 있는 듯했으며 엄격하고 무관심한
표정은 냉혹하고 무자비한 힘을 느끼게 했다.

차크몰의 시선이 향하는 서쪽은 고대 마야 인들에게 죽음, 암흑, 검
정색을 의미했다. 차크몰이 들고 있는 접시는 제물로 받쳐진 인간의
심장을 담아두는 그릇이며 그 시선이 머무는 곳에는 누군가의 죽음과
심장이 있다고 했다. 그 냉소어린 시선의 연장선상에 내가 사는 나라
가 있으므로 차크몰은 한국인의 심장도 기다리고 있을 것이다.

빙하기 끝 무렵 중앙아시아에서 한인의 조상들과 함께 살던 마야인의 선조들은 베링 해를 건너 중앙아메리카에 정착한 뒤 밀교적이고 창조적인 문명을 이룩했다. 마야문명의 밑바닥에는 살아있는 자의 심장을 신에게 받치는 희생의 신앙이 담겨있고 마야인은 평화로운 삶을 위한 수단으로 산 자의 희생을 선택했다. 마야의 석상은 한국의 왕릉에 서있는 석상과는 전혀 다른 느낌을 전하고 있었다.

나는 마야 유적지에서 어두운 환영 속에 포장된 죽음의 미소를 보았다. 그것은 여행자에게 공포가 섞인 색다른 감동을 느끼게 했다. 차크몰 석상은 자신을 희생해 살아있는 자들에게 평화를 안겨주리는 무언의 메시지 - '죽음은 삶의 연장이다' - 를 전하는 듯했다. 석상은 이렇게 명령하고 있었다.

'운명을 두려워하라. 여자와 질병을 조심하라. 네가 지은 죄 값을 지불하라. 너의 심장을 바쳐라!'

나는 석상을 두려움의 그림자속에서 끄집어내고 싶었다. 차크몰의 명령을 살아있는 인간에게 식탁의 풍요, 가족의 건강, 친구와의 우정, 독서의 기쁨을 누리라는 암시 같은 것으로 받아들이고 싶었다. 생사를 우주의 질서 속에서 향유하라는 명령으로 이해하고 싶었다. 치첸이차 이후 차크몰을 기억할 때마다 되뇌는 생각이 있다. 인생의 저녁이 천박스러워지는 것을 면하려면 어떻게 죽음을 맞이해야 할까.······.

5.

세계일주 여행을 마치고 귀환한 나는 작심했던 일을 시작했다. 그것은 여행 기간 중 인상 깊었던 것들을 그림 그리는 것이었다. 여러 나라를 돌며 스케치해두었던 경치와 거리풍경을 다시 정밀하게 수정하고 사진 찍었던 것들을 화선지와 캔버스에 옮겼다. 가느다란 잉크 펜과 4B, 3B, HB, 색연필을 사용해 극사실주의 기법으로 정밀한 그림을 그렸다. 그림의 대상은 주로 자연풍경, 거리모습, 여행 중 만났던 사람들이었다.

서재를 화실삼아 미칠 듯 그려댄 세밀화들. 그 속에 내 땀이 서렸다. 밤중에 그림을 그리다보면 어느새 새벽 서너 시가 되기 십상이었다. 손가락에 힘을 주고 가는 펜으로 무수한 점을 찍고 짧은 선을 연결하다보면 가끔 손목에 쥐가 나고 어떤 때는 손가락이 마비되기도 했다. A4 용지 크기의 그림 한 장을 완성하기 위해 평균 3만 개의 점을 찍었다. 손에 이상이 생겨 두 달 동안 그림 그리기를 중단한 적도 있었다. 그렇게 그림그리기를 계속해 3년이 지났을 때 색연필 그림, 연필데생, 유화를 합쳐 90여점의 그림이 완성되었다. 나는 내가 그린 그림에 세계의 자연과 문화 100경이라는 타이틀을 붙였다. 이것들은 자식들에게 남길 작은 유산이 될 것이었다.

그림을 그리는 동안 나는 글쓰기도 계속했다. 대학 동기생인 소설가 친구 ─ 평소 나의 문학적 선배로 존경해 온 ─ 의 도움과 어느 출판사의 제안에 따라 여행기간 중 써놓았던 일기를 엮어 〈황금빛 세상〉이라는 제목의 여행기를 출간했다. 친구의 권유로 서울 강남 모처에서 간소한 출판기념회를 열었는데, 이 자리에는 큰 아들과 며느리도 참석했다.

나의 여행기는 서점에서 많이 팔리지는 않았지만 그것을 읽은 친구들이나 독자들로부터 비교적 좋은 평가를 얻었다. 글 내용도 내용이지만 내가 직접 그려 넣은 삽화는 놀랍다는 반응을 보이기도 했다. 여행은 책갈피 속에서도 계속되고 있었던 것이다. 나는 여행이야말로 잊혔던 영혼이 새로운 세상을 여는 아름다운 순례라고 생각했다.

6.

다섯 달 동안의 여행을 끝내고 귀국한 뒤 나는 여행 중에 만났던 사람들과 엽서나 이메일로 연락을 주고받았다. 독일 드레스덴의 라이너 블로드 씨는 내가 여전히 건강하게 잘 있는지, 자신의 카페를 방문하던 날 드레스덴에 떴던 쌍무지개를 기억하고 있는지, 한국의 통일준비는 제대로 진행되고 있는지를 물었다. 그는 언젠가 기회가 닿으면 한국을 방문하겠다는 의사를 전해왔다.

터키 콘야에 있는 데비지 부인은 그녀의 딸 하티제가 자신이 원하던 이스탄불 대학 건축학과에 입학해 건축인테리어를 공부할 수 있게 되어 기쁘다는 소식을 전해왔다. 그리고 지금도 우리 부부가 터키민요 〈위스크다르〉를 기억하며 자주 부르는지, 한국에도 터키의 살구와 같은 과일이 있는지 물었으며 다음에 우리가 다시 한 번 터키를 방문할 기회가 있으면 그녀의 별장에서 더 훌륭한 대접을 하겠노라고 약속했다.

스페인 세비야의 산타크루스 거리에 있는 골목식당에서 종업원으로 아르바이트를 하던 폴란드 출신의 도로타 양도 소식을 전해 왔다. 그녀는 아내가 준 태극무늬 목걸이 선물을 지금도 소중히 간직하고 있으며 자신이 빼닮았다는 잉그리드 버그만이 정말 그렇게 유명한 여배우인지 몰랐고 자신이 그런 말을 들었을 때 몹시 부끄러웠다고 고백했다. 그리고 지금은 바르샤바 대학원에 복학하여 부동산 경영과 관련한 공부를 하고 있지만 언젠가는 다시 스페인으로 가서 스페인 문학을 전공하고 싶다는 희망을 피력했다.

남부독일의 소 도읍 오버라머가우의 호텔에서 휴가를 즐기던 중 만난 나토군 소속 미군 중령 마이클은 언젠가 주한미군의 야전군 지휘관으로 한국에서 근무하기를 희망하고 있으며 한국에 갈 경우 판문점과 비무장지대를 꼭 둘러볼 계획이라고 말했다. 그는 또 내가 들려준 한국전쟁의 경험담을 인상 깊게 기억하고 있으며 최근 실추되고 있는 해외주둔 미군의 도덕성을 높이고 현지 국민과의 관계를 개선하는 방안을 구체적으로 검토해 미 국방성에 보고할 계획임도 알려왔다.

라인 강의 로렐라이 동상 앞에서 독일민요 〈로렐라이〉를 부른 내게 박수를 쳐주었던 뮌헨 출신의 만프레드 씨 - 항공우주관련 회사의 부사장인 - 는 조만간 한국에 출장 갈 기회가 있으니 그때 서울에서 한번 만나자는 연락을 해왔다. 또 자신의 취미인 열차 사진 촬영은 독일에서 충분히 했으므로 한국에 출장 갈 때에도 열차를 찍어 자신이 만들 도록에 넣을 계획임을 전해왔다. 그러면서 자신도 언젠가 부부가 함께 세계일주 여행을 할 계획임을 밝혔다.

인도 청년 비크람은 지금 잠시 여행가이드 생활을 중단하고 시크교도로서 신앙생활에 전념하고 있다는 소식을 전해왔으며 우리가 한 번 더 인도를 방문해 남부지역을 여행할 기회가 있다면 자기가 충실한 길잡이 역할을 하겠노라고 했다. 그 밖에도 여행길에서 만난 여러 사람들이 그들의 소식을 전하고 우리의 안부를 물어왔다.

여행길에서 마음이 통하는 사람을 만나는 것은 가뭄 끝에 만나는 단비처럼 기쁜 일이다. 짧은 만남으로도 인생을 다시 생각하게 되고 몇 마디 대화로 서로의 삶을 엿보게 하는 인간의 해후는 축복이며 은총이다. 나는 이방인 친구들에게 일일이 답장을 보냈다. 답장을 할 때마다 인연의 소중함을 강조하는 뜻에서 어느 스님이 남긴 글귀를 자주 인용했다.

세계일화(世界一花). World is a flower.

세계는 한 송이 꽃 - 경이로움과 신성함이 담긴 짧은 시, 거대한 웅변. 여행은 인류가 한 지붕 아래서 아름다운 꽃을 기르고 감상하며 향기를 맡는 일이 아닐까. 여행은 문명의 정원을 산책하며 그 빛과 그림자를 음미하기 위해 옮기는 심신의 발걸음이 아닐까. 세계가 한 송이 꽃이라면 우주는 한 그루의 나무일 터. 인류가 한 뿌리이고 만물의 근본이 하나 ― 빅뱅이라는 이름의 ― 라면 나라와 민족이 무슨 문제가 되랴. 세상이 한 송이 꽃인 줄 모르고 국적을 따지고 적과 동지를 편 가른다면 꽃은 시들고 세상은 혼란해 지리라. 그러니 지혜의 눈으로 세상을 보아라. 세계는 한 송이 꽃인 것을!

그러니까 여행은 인간의 눈에 지혜의 꽃을 바라보이게 만드는 향기로운 유랑이 아닐까. 그것은 상상속의 샹그릴라를 관조하는 헛된 발걸음이 아니라 열린 시공간 안에서 꽃을 찾아가는 순례가 아닐까. 구원의 허상을 좇는 역정이 아니라 세속의 욕망을 연소시키고 영혼을 정화하는 유쾌한 삶의 여정이 아닐까. 이 모든 물음에 나는 동의할 수밖에 없다. 나는 세계일주 여행이 값진 것이었음을 새삼스럽게 느꼈다.

7.

여행 후 두 해가 지난 2008년 초가을 체코 청년 즈뎅엑이 한국에 왔다. 사실 그가 한국에 오리라고 확신하지는 않았기 때문에 그의 한국 방문은 더욱 반가웠다. 그가 사전에 이메일을 통해 도착 시간을 알려 왔으므로 나는 인천공항으로 가서 그를 맞았다. 그는 대학 동창이라는 친구 한 사람을 동반했다. 서울 도착 이튿날부터 나는 즈뎅엑을 안내해 경복궁, 비원, 중앙박물관을 관람하고 남대문 시장과 백화점을 구경했으며 인사동 거리를 걷다가 엿치기를 하기도 했다. 구경을 마치고 저녁에는 인사동 한식집에서 한정식을 대접했다. 저녁을 먹으며 나는 체코의 추억으로 돌아갔다.

"체스키크룸노프는 정말 아름다운 도시였네. 그곳에서 밤늦도록 즈뎅엑 군과 얘기를 나누던 광장의 추억을 잊을 수가 없었지. 즈뎅엑 군이 나를 기억하고 있었다니, 고맙군."

"체코를 너무나 잘 아시는 교수님을 어떻게 잊겠습니까? 제 기억 속에 뚜렷이 남았죠. 그리고 교수님이 재미있게 읽었다는 그 소설……."

"야로슬라브 하셰크의 〈병사 슈베이크〉."

"맞습니다! 저도 교수님 덕분에 그 소설을 다시 한 번 읽었죠. 정말 훌륭한 소설이었습니다."

"내 나라 수도에서 체코 청년과 문학을 이야기하다니, 믿어지질 않는군. 자네가 나를 행복하게 만들어주고 있네."

"교수님, 지금도 그 동굴식당 이름을 기억하십니까?"

"살트라바."

"정확하게 기억하시는군요."

"그날 자네가 서비스를 잘 해준 덕분에 맛있는 저녁을 즐겼지. 보헤미안 철판구이 음식은 정말 최고였어! 게다가 필젠 생맥주의 맛은 지금도 잊을 수가 없네."

"체코를 정말 사랑하시는군요. 저도 한국에 머무는 동안 한국을 사랑하도록 노력하겠습니다."

"즈뎅엑 군, 서울에 온 느낌이 어떤가?"

"서울은 제가 상상했던 것 이상의 도시입니다. 현대 속에 중세가 섞인 도시인 것 같습니다. 프라하는 중세 속에 현대가 섞여 있죠. 서울이 이렇게 크고 복잡한 줄 몰랐습니다. 그리고 놀란 게 한 가지 있습니다."

"그게 무언가?"

"도시를 둘러싼 멋진 산들…… 바로 그겁니다. 프라하에는 산이 없습니다. 유럽에도 산을 낀 수도는 없습니다. 서울은 축복받은 도시인 것 같습니다."

"아무렴! 축복받은 도시지! 그러나 한국인은 서울이 축복받은 도시라는 걸 잘 모르고 있네. 육백년 이상 수도였던 도시가 세계 역사에도 드문데 말이야……."

"경복궁과 비원의 기와가 인상적입니다. 기와지붕의 모양이 세련되고 미학적입니다."

"자네가 방문할 한·중·일 세 나라의 기와지붕을 잘 살펴보게. 겉으로는 똑같은 것처럼 보이지만 제각기 특징이 있다네. 사진을 찍어 귀국한 뒤 비교해 보게. 차이가 분명할 테니."

"기와지붕의 선이 매력적입니다. 저에게 어떤 문학적 영감을 줄지도 모르겠습니다."

"자넨 소설가가 되기를 바라고 있는데, 역시 문학도다운 감각이 있군. 소설가가 되겠다는 결심은 변함이 없나?"

"그렇습니다. 결심을 굳혔지요. 이번 한·중·일 세 나라 여행도 문학적 영감을 얻기 위해 나선 여행입니다."

"즈뎅엑 군이 부럽군."

내가 즈뎅엑 앞에 놓인 사기술잔에 막걸리를 따라주자 잔을 단숨에 들이켠 그가 물었다.

"이것이 무엇입니까?"

"막걸리라는 술일세. 막-걸-라…… 한국의 대표적인 전통주지. 맛이 어떤가?"

"음료 같기도 하고 술 같기도 한데…… 맛이 환상적입니다. 뭐라 표현하기 어려운……."

"자넨 서울에 오자마자 한국인이 된 것 같군. 나도 평소 막걸리를 즐

긴다네. 소주라는 대중주도 있는데 조금 독한 술이지. 나중에 맛볼 기
회가 있을 걸세."

"음식도 맛있습니다."

"술과 음식은 문화의 동의어지. 맘껏 즐겨 보게."

즈뎅엨과 그의 친구는 처음 맛보는 한국 전통음식에 매료되고 있었
다. 그들의 한국여행은 그렇게 시작되었다.

체코 청년과 이틀 동안 시간을 보낸 뒤 나는 춘천으로 돌아왔다. 그
리고 나흘 뒤 즈뎅엨과 그의 친구가 열차편으로 춘천에 도착했다. 나
는 체코 청년들에게 춘천의 대표적인 음식인 닭갈비와 막국수를 대접
했다. 즈뎅엨은 특히 닭갈비의 맛에 매료되었으며 소주도 곧잘 마셨다.
나는 체코 청년들을 승용차에 태우고 소양강변 도로를 따라 소양강 댐
으로 올라갔다. 그리고 전망대에서 소양호를 내려다보며 한참 동안 강
에 관한 이야기를 나눴다.

"스메타나가 작곡한 교향시 〈나의 조국〉…… 그 중에서 〈흐르는 블
타바 강〉…… 체코에서 즈뎅엨 군에게 소양강 이야기를 했을 거야. 서
울의 중심을 흐르는 강이 여기 소양강에서 시작된다네. 체스키크룸노
프를 흐르는 블타바 강이 프라하로 가듯이……."

"저 호수가 소양강입니까……? 댐이 생겨 호수가 됐군요."

"댐이 생기기 전에 소양강은 아름다운 강이었지. 자네에게 강이 호
수로 변한 모습을 보여주고 싶군."

나는 체코 청년들과 함께 소양호에서 유람선을 타고 양구선착장까지
거슬러 올라갔다가 되돌아왔다. 선상에서 바라보는 호수의 경치는 강이
었을 때와는 전혀 다른 모습이었다. 잔잔한 수면은 거대한 거울이었다.
거울 속에 또 하나의 하늘이 비치고 하얀 뭉게구름이 흐르고 있었다.
수면 위의 하늘은 코발트색이었고 수면 아래의 하늘은 암청색이었다.

호수 양쪽에 병풍처럼 펼쳐진 산들이 숲을 감싸고 있었다. 초가을의 숲은 짙은 암녹색으로 변했고 댐으로 인해 나지가 된 산허리의 분홍색 벨트가 수면 위로 끊임없이 이어졌다. 호수 표면에 반사된 햇빛이 산 아래쪽에 부딪쳐 군데군데 연두색 얼룩을 만들어냈다. 호숫가 양편에서 가끔 작은 마을들이 나타났다 사라지곤 했는데, 마을의 모습은 마치 걸리버 여행기의 소안국에 나오는 장난감 집 같았다.

"교수님, 호수 경치가 아름답습니다. 블타바 강 상류에도 작은 댐이 몇 개 있기는 한데, 이렇게 멋진 호수는 없습니다."

"이곳이 예전에 강이었다는 걸 짐작하겠나?"

"아니오, 전혀……."

"이 호수 밑에 나의 아버지와 할아버지의 고향이 있다네. 수면 백 미터 쯤 아래에……."

"그렇습니까? 뜻밖이군요. 언제 물에 잠겼습니까?"

"삼십오 년 전이지."

즈뎅옉은 호수의 경치에 감동하고 있었다. 그는 소양호를 바라보며 마음속에 블타바 강을 떠올린다고 말했다. 나는 그에게 블타바 강과 소양강의 역사에는 어떤 공통점이 존재할 수도 있으며 강변이라는 공간에는 민족과 지역을 초월한 인간 삶의 진정한 모습이 담겨 있을지도 모른다고 말했다. 즈뎅옉은 내 말을 듣고 나서 소설가가 되겠다는 자신의 결심을 다시 한 번 밝히면서 자신이 글을 쓰는데 영감을 줄 만한 이야기를 해달라고 말했다. 멀리 동유럽에서 온 청년에게 무슨 이야기를 들려줘야 할까. 그래, 그 얘기가 있었지. 그 스님의…….

"……세계는 한 송이 꽃일세. 한국어로는 세.계.일.화. ─ 나는 즈뎅옉에게 한글로 적어 주었다 ─ 라고 하네. 우주가 한 그루 나무라면 지구는 한 송이 꽃이겠지. 너와 내가 없고 내 것 네 것도 없고 국적이

의미 없는 세상. 그게 비록 불가능할지라도 세상을 한 송이 꽃으로 바라보라는 말일세. 지혜의 눈으로, 겸양의 시선으로 세상을 바라봐라. 세계가 분명 한 송이 꽃처럼 보일 것이다. 여행은 인간의 눈에 지혜의 꽃을 피어나게 하는 비료 같은 것. 그런 게 아닐까?"

즈뎅엑은 메모지에 내가 하는 말을 적었다. 나도 내가 한 말을 즈뎅엑에게 영어로 적어주었다. 그는 호수를 바라보며 또박또박 뚜렷한 발음으로 말했다.

"세.계.일.화. World is a flower!"

"세계는 한 송이 꽃이라네……."

즈뎅엑은 예약해 둔 춘천 호수가의 호텔에서 하룻밤을 묵은 다음 열차를 타고 나와 함께 서울로 올라갔다. 그는 나에게 체코 산 커피 잔 두 개를 선물했으며 나는 체코 청년들에게 인삼차와 비단으로 만든 접이식 태극선을 선물했다. 즈뎅엑에게는 따로 국산 만년필 세트를 선물했는데, 그것은 체코 청년이 좋은 소설을 쓰기를 바라는 뜻에서였다. 나는 공항버스를 타고 즈뎅엑을 인천국제공항까지 배웅했다. 그의 다음 여행지는 일본이었다. 공항에서 헤어질 때 즈뎅엑이 말했다.

"교수님, 체코 속담에 '행복은 내가 찾는 것'이라는 속담이 있습니다. 한국에서 며칠 동안 행복했습니다. 감사합니다."

"즈뎅엑 군, 행복은 자네가 찾는 것일세. 잘 가게!"

즈뎅엑은 구름처럼, 다시는 스쳐지나가지 않을 것 같은 바람처럼 떠나갔다. 체코 청년과의 재회는 사실상 나의 세계일주 여행을 마무리 짓는 사건이었다.

몇 달 후 주소가 프라하로 되어 있고 발신자의 이름이 안토닌 즈뎅엑으로 적혀있는 한 통의 편지를 받았다. 한국을 다녀간 체코 청년, 조용한 열정을 지닌 다정한 동유럽 친구로부터의 안부편지였다.

'……극동 여행은 잊을 수 없었습니다. 한국에서 환대해주신 교수님께 감사드립니다…… 극동 세 나라 여행만으로도 세계가 한 송이 꽃이라는 말을 실감했습니다. 꽃이라는 말 속에 숨은 의미를 앞으로 소설을 쓰는 데 반영할 생각입니다…… 소설을 펴내면 한 권 보내드리겠습니다.…… 오, 참, 그 시원하고 환상적인 막걸리 생각이 나는군요……!'

체코 청년으로부터 소설은 아직은 전해지지 않고 있지만 언젠가는 그의 반가운 간행물이 나를 찾아오리라. 그가 만든 또 하나의 한 송이 꽃아…….

손 자

1.

2011년 12월 23일 오랫동안 치매와 척추 병을 앓던 장모님이 83세를 일기로 돌아가셨다. 아침 다섯 시경 – 이상한 예감이 나를 이끌었다 – 문간방으로 들어갔을 때 노인은 눈을 감은 채 반듯이 누워 있었다. 잠 자는 모습이 평소와 달랐고 얼굴, 목, 가슴, 그 어느 부분도 움직임이 없었다. 노인의 손목에 맥을 짚어보고 코에 손을 대 보았다. 호흡은 멈 췄고 맥박도 끊겨 있었다. 이마를 만져보니 싸늘했다. 전날 저녁 죽 한 그릇을 비우고 나서 눈에 초점을 잃은 표정으로 딸과 횡설수설하던 노 인은 더 이상 이 세상 사람이 아니었다.

소희가 달려와 노인의 얼굴을 흔들며 "엄마!"를 외쳤다. 그래도 반응 이 없자 가슴에 귀를 대고 있다가 내 얼굴을 물끄러미 쳐다보더니 소 리도 없이 눈물을 주르륵 흘렸다. 그리고 들릴 듯 말 듯한 목소리로 말했다.

"엄마…… 죄송해요."

"장모님……."

갑작스런 시간의 소멸. 새벽의 쓸쓸함. 생명은 결국 멈추는 것인 가……. 그래도 노인이 그렇게 빨리 돌아가시리라고는 생각하지 않았다. 한두 달 후 가까운 노인요양소로 모실 계획이었지만 모든 것이 너무 늦었다.

혹한 속에 홍남을 철수하던 1950년 12월 23일 이후 61년 세월이 흐른 또 하나의 12월 23일, 사별한 남편보다 28년 늦게 장모님은 세상을 하직했다. 내가 모시고 산 지 일곱 해 만의 일이었다. 딸과 사위에게 짐이 되지 않으려고, 보살의 티끌을 남기지 않으려고 그렇게 가신 것일까.

오마니 - 나는 장모님을 그렇게 불렀다 - 의 죽음은 너무나 조용했다. 눈을 감은 노인의 얼굴에는 고통이라곤 없었다. 평화와 무상을 꿈꾸는 듯 열반에 든 부처의 표정이었다. 평생 염주를 돌리던 보살의 염불소리가 정적 속에 묻혔다.

장례식장에서 삼일장을 치르는 동안 노인이 평소 다니던 절의 주지스님이 빈소를 찾아와 금강경을 낭송해주었다. 장례식 때 가장 슬퍼한 것은 큰 아이였다. 태어난 후 여섯 해 동안 외조부모 밑에서 자란 외손자는 외할머니의 영정 앞에서 소리를 죽인 채 눈물만 흘렸다. 눈이 벌게진 아들에게 내가 낮은 소리로 말했다.

"너는 외할머니 등에서 자랐어……."

"……."

"할머니를 편하게 보내드리자."

"……."

28년 전 장인이 돌아가셨을 때 큰 아이는 외할아버지가 돌아가신 줄을 몰랐다. 장례를 치르고 난 뒤 아이가 외할아버지를 찾을 때 내가 "할아버지는 안 계셔. 먼 세상으로 가셨어. 이젠 만나볼 수 없어."라고 말하자 아이가 "아빠, 왜 만날 수 없어?"라고 물어보던 것이 생각났다. 그 아이가 지금 다섯 살 아이의 아빠가 되어 있다.

나는 장례를 치른 뒤 화장을 한 장모님의 유골을 춘천 시립공원묘지에 있는 납골당에 모셨다. 시립공원묘지는 아버지의 유골을 안치한 곳이기도 했다. 북에서 내려온 소희네 가족의 두 세대가 시간의 뒷길로 사라졌다.

2.

"할아버지, 우리 온의동에 가자!"

한 달 만에 집에 온 손자가 내 손을 이끌며 졸랐다. 손자는 춘천에 올 때마다 텃밭에 가는 것을 당연한 일과로 여겼다. 자기가 꽃을 심어 놓은 화단을 보고 싶은 것이다. 몇 해 전 소일거리를 위해 마련한 이 백여 평의 텃밭에 나는 작은 화단을 만들어놓고 거기에 손자 이름을 따 '훈이의 정원'이라고 쓴 나무 팻말을 꽂아 놓았다.

원래 잡초가 우거지고 경사진 볼품없는 땅이었지만 땅을 매입한 뒤 석축을 쌓고 수십 트럭분의 마사토를 쏟아 부어 밭을 만들었다. 집에 서 텃밭까지 3킬로미터는 승용차로 십여 분이면 닿을 거리였다. 국도 변에서 가까운 텃밭 뒤로는 소나무와 잣나무가 우거진 야트막한 동산 이, 가까이에는 코끼리 형상의 향로봉이 솟아 있었다. 멀리 남쪽으로 금병산 정상이 보이는 아담한 텃밭. 나는 밭 귀퉁이에 컨테이너 박스 로 농막을 만들어 놓고 봄에서 가을까지 텃밭에서 많은 시간을 보냈다. 텃밭에 고구마, 감자, 땅콩, 고추, 도라지를 심고 울타리 주위로 매실 나무, 대추나무, 소나무를 심어놓았다.

손자는 텃밭에 도착하자마자 꽃밭 앞에 쪼그리고 앉아 심어놓은 화 초를 만지작거렸다. 세 살 난 손녀도 옆에 앉았다.

"할아버지, 분홍달맞이 꽃이 피었다! 어, 세 개가 피었네. 봉오리도 맺혔다. 하나, 둘, 셋, 넷⋯⋯."

"지난번 화원에서 사다 심은 이 보라색 꽃, 이름이 뭐더라⋯⋯?"

손자가 손가락으로 꽃송이를 가리키며 대답했다.

"이건 무스카리야. 무스카리는 다년생 식물이야. 할아버지는 이것도 몰랐어?"

"몰랐어. 그럼 내년에도 또 꽃이 피겠네."

"또 피어. 어, 그런데 작년에 씨를 심은 맥문동은 왜 싹이 안 나지?"

"너무 추워서 씨앗이 얼어 죽은 모양이지."

손자는 내 손을 이끌고 텃밭 주변을 돌며 잡초와 야생화 이름을 조잘거렸다. 내가 손가락으로 나무나 풀을 가리키면 대개 틀리지 않고 알아 맞혔다. 잔디밭 귀퉁이에 서있는 키 큰 나무를 가리키며 나무이름을 묻자 손자가 대답했다.

"그거 구상나무야."

"그럼 저건 뭘까?"

"에이, 그건 너무 쉬워. 주목이야."

"그럼 울타리를 기어 올라가는 저 넝쿨은?"

"……모르겠어. 저건 뭐야?"

"오미자."

그러자 손자가 나팔꽃 비슷하게 생긴 분홍 꽃을 가리키며 내게 물었다.

"할아버지, 이 꽃 무슨 꽃인지 알아?"

내가 일부러 모른 척하고 손자에게 되물었다.

"모르겠는데. 무슨 꽃이야?"

"메꽃이야."

"그럼 이번엔 할아버지 차례다. 이건 설마 모르겠지. 이건 뭐라고 부르지?"

"응…… 뭐더라? 아, 곰보풀이다."

"반은 맞고 반은 틀렸다."

"아, 알았다. 곰보배추다!" 손자는 제비꽃, 달맞이꽃, 강아지풀, 애기똥풀, 개망초, 민들레, 질경이들을 가리키며 이름을 말했다. 야생초 가운데서도 특히 달개비에 관심이 많았다. 손자는 텃밭 주위에서 흔히 자라는 달개비 중에서 파란 꽃봉오리가 맺힌 것만 골라 종이컵에 옮겨 심었다. 컵에 심은 달개비는 요모조모 관찰하다가 집으로 가져왔다. 집 안에서 기르는 화초에도 관심이 많아 아파트 거실에서 키우는 웬만한 화초 이름은 줄줄 외웠다.

손자는 왜 이렇게 식물에 관심이 많은 것일까. 대견하기도 하지만 마음 한편으로는 걱정스럽기도 했다. 두 해 전에는 선풍기와 에어컨에 정신이 팔려 다른 것들은 거들떠보지도 않았다. 내가 아파트나 건물에 설치한 에어컨들을 손으로 가리키기만 하면 손자는 에어컨의 이름과 제조회사를 정확하게 알아맞혔다. 한 가지에 너무 집중해서 마음을 쏟는 것이 오히려 다른 것에 대한 집중력을 흐트러뜨리고 아이의 정서발달에 해롭지 않을까 은근히 염려되었다. 지금은 선풍기나 에어컨은 깨끗이 잊고 오직 식물에만 마음이 쏠려 있다. 단순히 이름만 외우는 것이 아니라 어느 식물은 장미과에 속하고 어느 식물은 국화과에 속한다는 등 식물분류 개념인 과라는 이름을 말하고 있다. 나는 조금 걱정스러웠다. 혹시 이다음에 식물학자가 된다면 몰라도……

3.

8월의 늦더위가 한창인 어느 날 태어난 손자는 그날로 나를 할아버지로 만들었다. 손자가 태어나기 전까지 나는 할아버지나 노인이라는 생각을 한 적이 없었다. 자신은 어디까지나 아저씨 그룹에 속해 있다고 생각했다. 손자가 태어나자 며느리가 내게 "기쁘세요?"라고 물었을 때 나는 기쁘다고 말했지만 사실 기쁘다기보다는 쑥스럽고 약간 부끄럽기도 한, 아주 미묘한 기분을 느꼈던 것이다.

나는 할아버지가 될 어떤 준비도 하지 않았었다. 무슨 준비를 어떻게 한단 말인가. 그러나 어느 순간 집안의 할아버지가 되었음을 깨달았을 때 자신이 이제 사회적으로 노인대열에 합류했음을 인정하지 않을 수 없었다. 노인으로서, 할아버지로서 3세의 탄생을 집안의 역사적 사실로 받아들여야 했다.

손자를 낳아준 며느리가 대견스러웠다. 주위에서 젊은이들이 나를 어르신으로 호칭하는 것을 자연스러운 일로 받아들이기 시작했다. 나는 어느 날 어느 순간 전혀 다른 존재로 변해버렸던 것이! 생의 출발선으로부터 멀리 떨어진 시각, 타인과 공유할 수 없는 나만의 관계 속에서!

4.

손자가 태어나기 훨씬 전, 어느 날 큰 아들이 한 직장에서 일하는 여직원과 결혼할 의사를 비쳤다. 나는 상대가 어떤 여성인지 궁금해 그 여직원의 이런저런 신상에 관해 아들에게 물었다. 아들은 처음에 머뭇거리다가 대답했는데, 아들의 말을 듣고 나서 나는 깊은 고민과 망설임에 빠졌다.

아들에 의하면 상대 여직원은 딸 셋을 둔 가난한 홀어머니의 둘째 딸이며 중학교 시절 아버지가 갑자기 돌아가신 후 집안 형편이 어려워져 힘겹게 살았다고 했다. 그러나 대학을 마치고 취업하여 같은 직장에서 충실히 근무하고 있고 처신도 잘 하고 있으며 언행도 단정한 건강한 여성이라고 했다. 그러면서 아들은 아버지는 무엇을 더 바라느냐고 반문했다. 나는 마땅히 되묻거나 따질 이야기가 생각나지 않았다.

나는 소희와 결혼했을 때의 기억을 떠올렸다. 그때 부모는 상대가 무남독녀라며 한사코 반대했지만 나는 반대를 무릅쓰고 결혼을 감행했다. 그 이유는 내가 소희를 진정한 동반자라고 확신했고 사람들이 흔히 결혼에 들이대는 이런저런 잣대나 통념적인 기준 따위는 불필요하다고 판단했기 때문이다. 만일 통상적이고 관습적인 가치기준 ─ 내가 평소에 천박스럽다고 생각했던 ─ 을 따랐다면 나는 대한민국에서 소문난 재벌집안의 사위가 되었을 것이다.

나는 아들이 상대 여성을 얼마나 깊이 알고 있으며 사랑하고 있는지 궁금했다. 마음속으로 너희들은 정말 사랑하는 사이냐고 묻고 싶었다. 결혼을 하고 나서 후회하지 않을 것인지도 확인하고 싶었다. 그러나 그렇게 묻는 대신 나는 직접 상대방 여성을 만나보기로 했다. 며칠 뒤 아들과 함께 직장 부근의 커피숍에서 그 여직원을 만났다. 나는 여직원도 이미 마음이 아들에게 기울었고 두 사람은 마음속으로 서로를 결혼상대로 생각하고 있음을 알게 되었다.

아들이 결혼상대로 생각하는 처녀를 보는 순간 나는 어떤 연민의 감정 같은 것을 느꼈다. 담담한 심정으로 상대를 살피려고 했지만 내 마음은 의도한 바와는 다른 방향으로 움직였다. 냉정한 판단보다는 자신도 모르게 어떤 감성의 힘 ─ 동정어린 연대감이 섞인 듯한 ─ 에 이끌리는 것을 느꼈다.

일단 만나보고 나니 상대방 처녀를 거부할 이유가 떠오르지 않았다. 거부라니? 내게 그런 권리가 있을까. 처녀는 다소곳하고 참했다. 나는 마음의 울타리를 벗어나야 한다고 생각했다. 금을 긋는 것은 편견일 수도 있으니까. 자칫 월권을 하거나 잘못 판단할 경우 자식의 앞날을 그르칠 수도 있을 테니까. 결국 상대를 판단하고 선택하는 것은 아버

432

지가 아니라 아들일 터였다. 자식의 결혼이 내 세상을 만드는 것이 아니므로.

내 앞에 앉아있는 처녀에게도 삶이 있고 나름의 꿈이 있을 것이다. 그것은 내가 어떻게 간섭하거나 제어할 수 없다. 나는 상대방 처녀의 삶을 존중해 줄 필요가 있다고 생각했다. 지금 아버지가 살아있다면 처녀는 당당하고 자신만만한 태도를 보일 것이다. 아버지의 사회경제적 지위 – 과거 어느 이익단체의 부회장이었다는 – 가 유지되고 집안이 여전히 유복하다면 얼마나 명랑하고 거침이 없겠는가.

여직원을 만나본 후 나는 아들의 결정을 따르기로 작정했다. 매사에 꼼꼼하고 신중한 네가 고른 색싯감이니 네가 책임지고 살펴 주거라. 네가 선택한 여성이니 너를 믿을 수밖에.

2006년 5월 초 광화문 프레스센터에서 큰 아들의 결혼식을 치렀다. 그리고 며느리를 맞은 후 한 달이 지났을 때 소희와 함께 다섯 달 동안의 세계일주 여행길에 올랐던 것이다.

5.

결혼한 뒤 일 년이 조금 넘어 아기가 태어나자 엄마가 된 며느리는 몇 달 동안 휴직을 하고 집에서 아기를 키웠다. 육아휴직기간이 끝나고 며느리가 다시 직장에 나가게 되어 아기를 키우는 일이 힘들어졌다. 며느리의 어머니 – 외할머니가 된 – 가 아들 집에 와서 아기를 돌보고 파출부가 집안의 허드렛일을 거들었다. 맞벌이 부부에게 육아는 몹시 힘든 일일 터였다. 그렇다고 전적으로 남에게 맡기기도 어려운 일이었다. 아들과 며느리는 퇴근 후 집에서 아빠 엄마 노릇을 하느라고 부산을 떨었지만 아직은 서툰 초심자였다.

나는 손자의 이름을 훈이라고 지어 주었는데, 작명은 오랜 친구인 K 대학 중문학 교수 C와 의논해 결정했다. 이름을 짓고 나서 친구는 "손자 녀석이 제 이름을 가지고 태어났군."하며 좋은 이름을 지었다고 만족해했다.

손자의 첫 돌잔치를 치른 뒤 나는 손자를 춘천 집으로 데리고 왔다. 아들 내외가 당분간 길러달라고 부탁하기도 했지만 손자를 직접 키워 보고 싶기도 했던 것이다.

그로부터 두 해 동안 아내와 내가 손자를 키웠다. 할아버지와 할머니가 육아에 필요한 모든 일을 했다. 우유를 먹이고 기저귀를 빨고 때가 되면 예방접종을 시켰다. 나이가 들어 아기를 키운다는 것은 보통 힘든 일이 아니었다. 아기가 미열이 나거나 아픈 증세를 보이기만 해도 인근 병원에 데리고 갔다. 어느 날 새벽에는 열이 40도까지 올라 혼절할 지경이 된 아기를 이불에 둘러싸고 대학 병원 응급실로 달려간 적도 있었다. 신종 플루가 유행일 때 고열과 감기증세를 보이는 아기를 허겁지겁 대학병원에 데려가 검사를 하고 예방접종을 시키기도 했다.

아기가 세 살이 될 때까지 우리 부부는 밤잠을 제대로 자지 못했다. 특히 할머니가 된 소희는 아기와 스물 네 시간을 함께 지내야 했다. 육아는 심신의 에너지를 쏟아야 하는 힘겨운 노동이었다.

아들과 며느리는 직장 근무 시간에도 아기를 보고 싶어 했으며 며느리는 훨씬 더했다. 며느리는 수시로 집에 전화를 걸어 아기가 잘 있는지 물었다. 아들 내외는 주말이면 춘천에 와서 아기를 보살피고 함께 놀아주다가 일요일 저녁에 상경하곤 했다. 그 시간은 우리 부부에게 짧은 휴식시간이었다. 서울로 돌아갈 때 며느리는 가끔 눈물을 훌쩍이며 아기와 떨어지는 것을 안타까워했다.

아기가 자라 조금씩 말을 배우게 되면서 엄마를 찾기 시작했다. 아침에 일어나면 가끔 방안을 두리번거리며 "엄마" 소리를 하곤 했는데, 그때마다 아기를 업고 달래야 했다. 나는 아기가 웬만큼 자랐을 때 엄마 아빠 품으로 돌려보내면 그 다음부터는 키우기가 조금은 쉬워질 것이라고 생각했다. 손자가 조금 더 자랐을 때 동네 유아원에 보냈는데, 유아원에 맡겨둔 몇 시간 동안 나는 여행기의 원고를 다듬고 그림을 그리는 일에 집중할 수 있었다.

어느 날 손자는 여태껏 들어본 적이 없는 이상한 말을 지껄였다. 손자가 손가락으로 가리키는 장식장 구석에 선인장을 심은 작은 화분이 있었다. 손자는 손가락으로 선인장을 가리키며 "아따꿍! 아따꿍!" 하는 소리를 냈다. 자세히 살펴보니 아기 손바닥에 선인장 가시에 찔린 자국이 나있었다. 손자의 소리는 선인장 가시에 손이 찔려 따갑다는 소리 ─ "앗, 따가워!" 또는 "앗, 따끔해!" 하는 ─ 였던 것이다. 그 뒤로 손자가 위험한 물건을 만지려고 할 때 내가 "아따꿍!" 하면 손자도 따라서 "아따꿍!" 하며 피하거나 경계했다. 〈아따꿍〉은 손자가 세 살이 되어 아빠 엄마 곁으로 돌아갈 때까지 위험을 스스로 인지하고 경계하는 신호어가 되었다.

손자가 서울로 간 해 초가을 손녀가 태어났다. 오랫동안 딸이 귀한 집안에 태어난 손녀는 마치 태엽을 감은 인형처럼 재롱을 부리기 시작했고 자랄수록 점점 더 귀여운 티를 냈다. 형제들도 하나같이 슬하에 아들만 두었으므로 명절날 내 집에 모이면 집안은 남자들 차지가 되고 낮고 굵은 목소리가 방안에 가득해 나긋나긋한 분위기를 찾기 어려웠다. 그러던 터에 손녀가 태어난 것이다. 며느리는 아들보다는 딸 키우기가 조금 쉬운 것 같다며 출근과 육아에 큰 어려움을 겪지는 않는다고 했다. 손자 녀석은 새로 태어난 여동생을 시샘하고 곧잘 동생을 괴롭혔지만 그것은 남매간의 정을 쌓는 성장의 한 과정일 터였다.

6.

　젊은 부모가 아이 기르는 일을 걱정하는 것은 남이 가르쳐준다고 배우는 일이 아니다. 양육에 따르는 걱정거리는 생활의 섭리이며 자연현상이다. 성장과정에서 문제를 일으키지 않는 어린이가 있을까. 손자가 유치원에서 다른 아이들과 잘 어울려 놀지 못한다며 며느리가 걱정하는 것도 당연한 일이었다. 음악에 맞춰 아이들이 춤을 추고 운동을 할 때, 장난감을 조립하거나 만들기를 할 때, 유치원 선생님이 큰 소리로 무언가를 지시할 때 그에 따르지 않고 혼자 딴전을 부리는 일이 많다고 했다. 유치원 선생님이 관찰한 바로는 손자가 다른 아이들에 비해 산만하고 집중력이 떨어진다는 것이었다.

　어느 날 서울 큰 아들 집에 들렀을 때 아들이 나에게 한 말은 이런 것이었다. 손자가 소리로 하는 지시나 정보를 잘 이해하지 못한다. 큰 소리로 하면 더욱 그렇다. 음성을 통한 정보 전달이 제대로 안 돼 유치원 선생님의 말씀을 잘 알아듣지 못한다. 다른 애들이 하는 걸 쳐다보거나 딴청을 부린다. 집중이 안 되니까 정보인지가 느리고 이해하는 데도 시간이 걸린다. 그런데 문자를 통해서는 정보전달이 정상적으로 되는 것을 보면 아빠인 자신도 혼란스럽다……

　문자를 통한 정보전달은 정상적이라는 아들의 말에 나는 몇 해 전의 일이 떠올랐다. 손자를 내 집에서 키우고 있을 때 손자가 책상 위에서 수십 장의 한글 카드를 가지고 놀다가 하나하나 반듯하게 정리하는 것을 보고 놀란 적이 있었다. 단 한 개의 글자도 삐뚤게 놓지 않았으므로 나는 손자가 정말 문자를 이해하고 있는지 의문스러웠다. 손자에게는 한글을 가르친 적이 없었지만 손자는 마치 문자의 형태를 이해하고 있다는 듯이 그렇게 했다. 그 모습을 보고 나는 손자를 함부로 대해서는 안 되겠다고 생각했다. 손자가 말을 안 듣거나 말썽을 부릴 때 큰 소리로 꾸짖으며 가벼운 체벌을 가한 적이 있었음을 후회했다. 손자에게 대한 사랑과 연민을 잘못 이해했던 자신을 질책했다. 손자에게 속삭일 줄을 모르는 할아버지의 무지가 새삼 부끄러워졌던 것이다.

결국 아들의 걱정은 손자가 다른 아이들과 잘 어울리지 못하고 학교에 입학하면 학급에서 따돌림이라도 당할까봐 염려된다는 것이었다. 사회성이 부족할까봐 걱정하는 것이리라. 그러나 아들과 얘기를 나누면서도 정말 걱정해야 할 문제가 무엇인지 얼른 떠오르지 않았다. 그 나이 어린아이가 산만하고 딴청을 부리며 집중하지 못하는 것은 흔한 일이 아닌가.

집중력은 훈련과 습관의 문제다. 손자의 집중력을 기르기 위해서는 부모뿐만 아니라 할아버지의 태도를 고치는 것도 필요할 것이다. 나는 손자에게 말하는 방법과 듣는 태도를 고쳐야겠다는 생각을 했다. 손자의 이야기를 듣는 데는 인내심 ─ 내게는 많이 부족한 ─ 이 필요했다. 그리고 속삭이는 법을 배우라고 스스로에게 타일렀다.

손자는 여전히 식물에 대해 유별난 호기심을 보였다. 가끔 내가 생각하지도 못한 뜻밖의 것을 말하거나 질문했다. 손자가 잠들기 전 나는 이솝이야기를 읽어 주고 어떻게 경청하는지를 살폈다. 읽어주고 난 뒤 이야기의 내용 중 몇 가지를 질문하면 그때마다 손자는 곧잘 대답하곤 했다. 그러나 꼬치꼬치 구체적인 질문을 하면 "할아버지, 이제 그만 해"라고 부탁하며 조금은 피곤해했다. 이솝이야기 몇 편을 읽어주면 손자는 곧잘 잠에 빠져 들었다. 나는 손자의 행동과 집중력에 어떤 문제가 있는지 구체적으로 확인할 수 없었다.

어린 시절의 나는 어땠을까. 나 자신 아버지와 학교 선생님으로부터 지진아나 문제아로 의심받은 적이 있었다. 학교수업에 적응하지 못하고 선생님 말씀을 잘 알아듣지 못해 뒤처졌던 국민학교 4학년까지의 시절이 그랬다. 수업시간에 선생님의 설명에 집중하지 못했고 딴 생각에 빠져 창밖을 멍하니 내다보곤 했다. 시계 보는 방법을 이해하는데 두 해가 넘게 걸렸다. 생각이 흐트러진 나머지 옷 입는 것을 잊는 경우도 있었는데, 한 번은 바지를 입지 않고 팬츠 바람으로 학교에 가서 반 아이들한테 놀림을 당한 적도 있었다.

왜 그랬을까. 나는 모른다. 그렇지만 내 행동이 잘못 된 것이라고 생각해본 적은 없었다. 학급에는 나를 괴롭히는 힘센 아이들과 여학생도 있었다. 어떤 아이는 팔씨름을 핑계로 나의 가느다란 팔을 꺾기 일쑤였고 어떤 아이는 할미꽃 뿌리를 내 코에 쑤셔 넣고 하늘에 별이 보이느냐며 킬킬대기도 했다. 나는 괴롭힘과 따돌림 속에서 만들어지고 있었다.

5,6학년 때부터는 공부를 잘 했고 중학교 2학년 때까지만 해도 우등생이었다. 내가 공부를 잘 하고 우등상장을 타도 아버지는 칭찬이나 보상을 해준 적이 없었다. 중학교 3학년 때는 갑자기 닥친 집안의 궁핍이 나를 불안하게 만들어 공부도 학교도 싫어졌다. 성적이 크게 떨어지자 모든 게 귀찮아졌고 친구와 어울리지도 못했다. 선생님도 더 이상 나를 주목하지 않았다. 모범적인 우등생이었던 나를 주목은커녕 열등생 취급을 했다.

무엇이 나를 그렇게 만들었던 것일까. 세상은 나의 바깥에 있었고 바깥의 변화는 혼란스러웠다. 궁핍과 주위의 무관심 때문에 어느 한 가지에도 집중할 수 없었다. 내가 세상에 원하는 것과 세상이 나에게 요구하는 것이 너무 달랐다. 나는 부족한 것들의 울타리 안에서 배회하고 있었던 것이다. 그러나 손자는 나와는 다르다.

아빠로서 자식을 걱정하는 것은 당연하다. 나는 아들에게 염려하지 말라고 말했다. 집중력 부족? 사회성 부족? 그런 것들은 아이들이라면 한번쯤 겪을 수 있는 교정의 대상이지 걱정의 대상이 아니다. 그런 문제는 모든 아이들에게서 발견되는 것이고 정도의 차이만 있을 뿐, 평소의 생활과 훈련을 통해 고쳐나가면 될 것이다. 진짜 문제는 집 바깥에 있을 것이다. 그것이 교실이든 사회든, 환경이든 제도이든.

아이 걱정을 말릴 수는 없다. 그러나 걱정하는 것만큼 잘 자랄 것이다. 어린이의 갈망과 허기가 무엇인지 살피고 그것들을 풀어주면 오히려 어린이가 부모의 걱정거리를 덜어줄 수 있지 않을까. 다만 정상적인 성장을 위해 손자가 너무 복잡한 것들에 얽매이지 않으면 좋으리라. 아인슈타인도, 르네상스의 천재들 가운데 많은 사람들도 어릴 적에 정신의 산만함과 사유의 문제를 겪었으니까.

7.

휴대전화의 벨이 울렸다. 내가 전화기를 귀에 대자 손자의 목소리가 들려왔다.

"할아버지, 분꽃 씨 땄어?"

"아직 따지 못했어. 그런데 몇 개를 따라고 했지?"

"육십 개!"

"그걸로 뭘 하려고?"

"가루로 만들어 엄마 줄 거야."

"그 가루로 뭘 하게?"

"엄마 화장품 만들게."

"화장품? 어떻게 그런 생각을 했지?"

"할아버지, 분꽃 씨 내일 꼭 가져와야 해."

"내일은 안 돼. 할아버지와 할머니는 지금 춘천에 있는 게 아니야.

거제도라는 섬에 와 있거든. 부산에서 이틀 동안 있다가 춘천에 갈 거
야. 그러니까 다음 주 수요일 서울 갈 때 꽃씨를 갖다 줄게. 수요일에
할아버지가 훈이네 집에 간다고 약속했었지? 그때 꼭 갖다 줄 게."

"할아버지, 꼭 가져와야 해."

손자의 전화를 받고 생각했다. 손자가 어느새 저렇게 자란 것일까.
나도 그만큼 늙었다는 얘길 테지.

나는 혹시 수용소 유적공원 안에 분꽃이 피어있는지 사방을 둘러봤
지만 어디에도 분꽃의 모습은 보이지 않았다. 화단에는 분꽃 대신 늦
가을 코스모스와 맨드라미가 가득 피어있었다. 탐스러운 연두색 열매
가 주렁주렁 달린 모과나무가 군데군데 눈에 띠었다. 거제도 포로수용
소 유적공원에는 전세버스를 타고 온 남녀 관광객들이 무리지어 몰려
다니고 있었다.

나는 6.25 당시 아내와 처가식구가 흥남을 탈출해 5년간 피난생활을
했던 거제도를 오래 전부터 찾아보고 싶었다. 아내도 자신이 아기였을
때 목숨을 부지했던 피난민촌 현장이 어떤 곳인지 궁금하다며 한번쯤
방문하고 싶어 했다. 대학 동문인 P 교수의 초청으로 친구 K와 함께
부산에 놀러간 기회에 교수 부부의 안내로 오랫동안 가보고 싶었던 거
제도를 마침내 찾아간 것이다. 그러나 피난민 촌이 들어섰던 장승포
일대의 해변은 아파트와 상가가 빽빽이 들어선 도회지로 변했고 어디
에서도 피난민촌 흔적은 찾을 수 없었다.

포로수용소가 있었던 장소에 만들어놓은 거제포로수용소 유적공원
한쪽에 흥남철수작전 기념공원이 있었다. 그곳에 기념비와 소희네 식
구가 타고 온 마지막 피난선인 메러디스 빅토리 호의 모형이 세워져있
었다. 기념비 뒤에는 흥남철수작전과 관련된 인물인 알몬드 장군, 현봉
학 박사, 김백일 장군, 포니 대령 등을 새겨 넣은 사진과 그들의 활동

내용을 기록한 화강암 석판이 벽면에 설치되어 있었다.

메러디스 빅토리 호 모형에는 줄사다리를 타고 배에 오르는 피난민들의 조각상을 만들어 놓고 그 앞에는 보따리를 머리에 인 아낙네와 아이들의 청동 조각상을 만들어 놓았다. 나는 소희가 피난민 조각상을 어루만지며 빙긋이 미소 짓는 모습을 지켜봤다. 내가 소희에게 다가가 나지막하게 물었다.

"기분이 어때? 여기가 생후 4개월짜리 아기를 살린 구원의 섬이야."

"기분이 이상해요."

"63년 전 12월 23일 당신이 저 배에 올랐을 때 흥남부두의 기온이 영하 30도였어. 그리고 거제도에 도착했을 때는 영상 이었을 거야."

"오늘 거제도 날씨가 왜 이렇게 더운 가 했더니 여기가 남쪽 바닷가네요."

"여긴 춘천과도 달라. 따뜻한 남쪽 나라야."

"난 추운 게 정말 싫어요."

"추운 건 나도 싫어. 1.4후퇴 때 내가 어떻게 짚신을 신고 삼마치 고개를 넘었을까? 여섯 살 아이가 그 추위에 얼어 죽지 않은 게 신기해. 당신은 따뜻한 거제도에 피난했지만 난 삭풍과 눈 속에서 지냈다고. 지금 전쟁이 터진다면 훈이 같은 어린애들이 그런 추위에 피난갈 수 있을까?"

"그런 일이 있어선 안 되죠. 훈이는 험한 세상에서 살게 해선 안 돼요."

"물론이지. 그런데 여기가 섬인지 육지인지 도무지 분간할 수가 없네. 6.25때 사진을 보니 거제도는 황량한 벌판과 산밖에 없는 무인도 같은 섬이었는데…… 육십 삼년 세월이 흐르는 동안 상전벽해가 돼 버렸군."

"난 거제도가 작은 섬인 줄만 알았어요. 여기만 보면 섬인지 육진지 분간을 못하겠어요."

거제도는 1950년 12월 흥남철수의 주인공들이 도착했을 때의 황량한 섬이 아니었다. 내가 산업시찰 당시 잠깐 스쳐갔던 1970년대의 회색빛 동네가 아니었다. 거제도는 거대한 조선소와 국가산업단지가 생겨 해안선의 윤곽과 섬사람들의 직업을 바꿔놓은 산업의 섬으로 탈바꿈했다. 육십삼 년 전 이곳에 만들어졌다는 피난민수용소의 모습은 햇볕에 퇴색한 수채화의 흔적보다도 더 희미해져 상상하기 어려웠다.

짧은 시간의 거제도 방문은 긴 터널을 통과한 뒤 새로이 맞는 낯선 길의 느낌이 들게 했다. 아내가 그 터널을 빠져나오는 데 육십삼 년이라는 세월이 걸렸다. 우리 부부에게 그 세월은 두 세대와 공존하는 시간의 강을 건너게 했고 세대의 길이만큼 어느새 인생의 저녁에 들어섰음을 깨닫게 했다. 나는 거제도에서 손자의 얼굴을 떠올리고 따다 주기로 약속한 분꽃 씨를 다시 마음속에 새겼다.

부산과 거제도를 다녀온 후 나는 춘천시내 여러 군데를 돌아다니며 철늦은 분꽃 씨를 채집하느라 부산을 떨었다. 그리고 약속된 수요일 아내와 함께 서울에 있는 손자를 찾았다.

8.

한동안 소식이 뜸했던 M 화백이 춘천에 왔다. 그는 미술학 박사인 친구 L 교수와 동행했다. 시가지에서 떨어진 외곽도로변의 향토식당은 햇빛이 잘 드는 아늑하고 토속적인 화로구이 집이었다. 숯불구이 닭갈비를 먹으며 M은 파리 루브르박물관에서 개최될 자신의 작품전시에 관한 이야기를 했다. M은 며칠 후 프랑스 국립미술협회 살롱 전에 자신의 추상화 작품을 출품하기로 예정돼 있었다. 1861년부터 시작해 벌써 152회째를 맞는 살롱전은 프랑스 대통령이 초대하는 형식으로 열리는 것이어서 더 큰 의미를 갖게 될 터였다.

"전시회 날짜가 확정됐소?"

"12월 15일로 잡혔습니다."

"전시 장소는?"

"르브르 박물관 지하에 있는 카루젤 전시관입니다."

"이번 전시회는 M 화백 인생에 중요한 전환점이 될 거요. 한국에서는 M 화백이 대표로 참석해 전시할 테지만 다른 아시아 국가에서는 누가 참가할 예정이요?"

"아시아에서는 저 외에 일본과 중국뿐입니다. 르브르 측에서는 각국 대표 미술단체들이 추천한 작품과 프랑스 국립미술협회의 심사를 거쳐 선별한 작품만 전시한다고 합니다."

"초대작품의 내용…… 그러니까 그려야 할 주제범위가 어떤 것이라고 했소?"

"각국의 문화와 전통을 바탕으로 한 추상화지요."

"그러니까 M 화백의 출품작은……."

"오방색 추상화입니다. 제 그림이 미술계의 한류를 해외에 소개하는 첫 번째 추상화가 될 거 같습니다. K-팝이라는 게 있지 않습니까? 저는 K-아트를 만들어 소개하고 싶습니다."

"언젠가 내가 제안한 불교의 명상을 주제로 한 추상화도 이번에 출품합니까?"

"물론입니다. 미륵반가사유상을 추상한 그림을 그렸죠. 작품제목은 말씀하신대로 색즉시공입니다. 다른 열네 개 작품과 함께 이미 파리로 보냈습니다."

"색즉시공은 종교적 주제가 아니고 철학적 주제예요. 세상의 모든 사물은 실체가 없다는 의미지. 모든 것은 끊임없이 변하고 언젠가는 사라지게 될 거라는……."

"미륵반가사유상을 추상의 복판에 배치하고 보니까 동양적인 환상을 담은 작품이 됐습니다."

"동양적 환상일 뿐 아니라 우주적 환상일 테지."

"멋진 해석입니다!"

"이번 르브르 전시회는 M 화백이 세계화단에 등장하는 계기가 될 거요. 그대에게 한국은 좁고 답답해. 오방색 추상화라…… 정말 매력적이고 동양적인 테마요. 눈썰미 있는 서양 사람들이 보면 놀라겠지."

"그래서 전시회 도록을 만들어야 하는데 교수님의 도움이 필요합니다. 도록에 수록할 글을 써 주셨으면 합니다."

"……무슨 얘긴지 짐작하고 있소."

"주한 외국대사들의 추천사인데 프랑스 대사와 러시아 대사, 멕시코 대사가 추천사를 써 주기로 했습니다. 대사관에서 쓰기가 어려우니까 제가 한글로 작성해오면 자국어로 번역해 주겠다고 약속했지요. 이런 글을 쓰는 데는 아무래도 교수님이 적임자라고 생각하고 찾아온 겁니다."

M 화백의 동행친구인 L 교수가 거들었다.

"교수님께서 써주십시오. 교수님의 여행기를 읽었습니다. 세계 각국의 미술관을 거의 다 돌아보셨더군요. 전시작품을 설명하는 글 내용이 인상적이었습니다. 여행기에 그린 그림은 말할 것도 없고요. 저도 명색이 미술대학 교수지만 놀랐습니다."

"나는 M 화백이 그리는 오방색 추상화의 전도사가 되고 싶은 겁니다. 서양 사람에게 오방색의 세계를 보여주고 한국의 전통과 우주적 환상을 알려주자는 게 내 생각이에요, 글을 쓰는 것은 부수적인 일이고."

"감사합니다. 어려운 부탁인 줄 압니다만 이렇게 부탁드리는 것도……."

"서둘러 써야겠군."

"감사합니다."

"르브르 박물관이라…… 나도 그런데서 전시회 한 번 갖는다면 원이 없겠군. 허허"

"제가 국내 전시회 할 때 교수님 작품도 함께 전시하는 게 어떻습니까?"

"아, 그 세밀화를 두고 하는 말씀이군. 세계일주 여행 후 그린…… 여행국의 자연과 문화를 주제로 90여 점의 그림을 그려놓았죠. 그 그림에 '세계의 자연과 문화 100경'이라는 제목을 붙였는데, 아직 몇 점을 더 그려야 해요."

"전에 교수님 댁에 들렀을 때 몇 점을 봤습니다. 정말 치밀한 세밀화였습니다. 저와 함께 전시회를 한 번 갖도록 하시죠."

"그건 나중 일이고…… 이번 르브르 박물관 전시회가 M 화백에게 하나의 사건이 됐으면 좋겠소. 세계 미술계에 공식 데뷔하는 거니까. 아무튼 독일의 게르하르트 리히터와는 또 다른 개성을 보여주는 화가가 되기를 바라겠소!"

"감사합니다."

나는 오래 전의 일을 떠올렸다. 나는 M 화백을 삼척에서 근무할 때 처음 만났다. 자신의 고향인 삼척에서 전시회를 갖고 싶다며 찾아온 M을 문예회관에 초청해 전시회를 열게 했다. 그때 M은 한국화와 서양화를 동시에 그리는 30대의 화가였다. M이 그린 작품은 전형적인 수묵담채화와 유화, 파스텔화였는데, 그의 작품을 보고 내심 놀라움을 금치 못했다.

　그동안 많은 전시회를 관람했지만 그의 그림은 기성 작가들의 그림과 다른 데가 있었다. 무엇보다도 데생에 속도감이 느껴졌고 색채감각이 뛰어났다. 작품의 대부분이 서양화와 동양화의 울타리를 넘어 융합을 지향하는 느낌을 주었다. 선, 색채, 구도, 여백, 전체적인 조화 면에서 동양화는 서양화로, 서양화는 동양화로 수렴해가는 인상을 풍겼다. 그런 기법은 신선한 경이감을 불러일으켰다.

　그로부터 2년 뒤 내가 도청에서 근무할 때 다시 M을 불러 춘천문예회관에서 전시회를 열도록 주선해 주었을 때만 해도 M은 여전히 동·서양화가의 면모를 유지하고 있었다. M은 자신이 그린 여러 점의 작품을 도청에 기증했고 나는 그의 작품을 청사 곳곳에 걸어놓게 했다. 그리고 10여년이 지난 뒤 그는 전혀 다른 그림을 그리기 시작했다. 그가 창작해낸 그림은 오방색 추상화였다.

　한국인의 생활풍속과 전통 속에서 명맥을 이어 온 오방색. 오방색(청색, 적색, 황색, 백색, 흑색)은 동양사상의 하나인 음양오행에서 유래한 다섯 가지의 순수한 기본색을 가리키는 것이었다. 음양의 세계에서 청색은 동쪽의 청룡, 적색은 남쪽의 주작, 황색은 중앙의 곰, 백색은 서쪽의 백호, 흑색은 북쪽의 현무를 상징했다.

　오방색은 인간 활동의 공간구조와 공간을 특징짓는 색채를 사변적으로 표현한다. 그것은 궁극적으로 우주만물의 형상을 나타내는 원초적인 색채다. 아이들이 입는 색동저고리, 신선로에 담긴 음식, 다식, 연, 팽이에 담긴 소박한 색깔들. 그 오방색이 M의 손끝에서 현대의 추상화로 부활했다. 나는 그의 예술적 변신을 지켜보며 그가 장차 한국이라는 활동공간을 벗어나지 않으면 안 될 것이라고 생각했다.

　저녁식사를 마친 뒤 M과 함께 집으로 와서 차를 마셨다. 거실에 걸린 M의 그림을 보고 동행자가 말했다.

"여기 걸려 있었군요. M 화백 그림이……."

"2년 전에 M 화백이 선물한 그림이요. M 화백, 그림 제목이 뭔지 기억하겠소?"

"파노라마…… 라고 기억합니다만."

"삶의 파노라마요. 그 동안 많은 작품을 그렸으니 일일이 제목을 기억할 수 없겠지. 나는 저 그림에 내 나름의 제목을 붙였소."

"교수님이 붙인 제목은 무엇입니까?"

"빅뱅."

"우주 탄생을 말씀하시는군요."

"그래요. 사람의 인생도 빅뱅 같다는 느낌이 들어요. 저 그림 속엔 인생의 대 폭발 같은 무엇이 있는 것 같소…… 울트라마린, 주홍색, 노란색, 흰색이 암흑 속에서 파도치는 마그마를 그려놓은 것 같소…… 우리 집에 오는 손님들마다 저 그림을 보고 제목이 뭐냐고 묻곤 해요."

"빅뱅을 종교적으로 해석하십니까?"

"아니오. 생명을 잉태한 우주의 현상으로 봐요. 저 그림에 신을 개입시키면 예술성은 떨어지고 말겁니다. 빅뱅은 역사의 씨앗이에요. 오방색도 결국 역사가 만든 색채일 테고……."

"제 그림이 교수님 댁에서 호강하는군요. 주인을 제대로 찾아 온 것 같습니다."

"M 화백은 한국에서는 더 받을 상이 없어요. 사실 미술에 상 따위는 큰 문제가 아니지. 그림으로 사람의 영혼을 움직이는 것…… 그게 진짜 예술작품이오. M 화백, 오방색 추상화로 미술의 혁명을 일으켜보시오!"

"영원한 멘토가 돼 주십시오."

"난 멘토 자격은 없어요. 그보다는 그대 작품의 관람객이 되고 전도사가 되고 싶은 거자…… 그리고 부탁이 있소."

"말씀해 보십시오."

"이 다음에 내 손자를 위해 오방색 그림 한 점을 그려주면 좋겠소. 내 마음속에 있는 손자의 모습 말이오. 살아있는 동안 내 집에 걸어놓고 싶소. 제목도 〈손자〉로 해 주고…… 그 그림을 내가 사겠소."

"알겠습니다. 손자를 무척 사랑하시는군요."

"내 인생의 마지막 희망이자……."

"꼭 그리겠습니다."

9.

오래간만에 집에 온 작은 아들이 거실 소파에 앉아 기타를 치고 있었다. 탁자에 놓인 악보를 보며 지금까지 들어본 적이 없는 낯선 멜로디를 튕기고 있는 아들에게 소희가 말했다.

"참 듣기 좋은 노래네. 누가 만든 곡인데?"

"제가 만든 곡이에요."

"요새도 동호인 연주회에 나가니?"

"그럼요. 지난주에도 사내 리허설에서 연주회를 가졌는데, 저도 두 곡을 새로 만들어 발표했어요."

"지금 연주한 곡에 무슨 제목이라도 있니?"

"무상의 발라드라는 곡이에요."

"무상의 발라드? 무슨 뜻이지?"

"마음속의 잡념을 없애고 명상에 잠기는 노래…… 말하자면 그런 거예요."

"그 곡을 두 사람이 같이 연주하면 더 좋겠네. 남녀 듀엣으로 연주하면 훨씬 더 어울리겠다. 그런 여자 친구는 없니?"

"……아직 없어요."

"지난번에 만났다던 그 여자친구…… 시향에서 바이올린 켠다는 처녀는 요즘도 만나고 있니?"

"안 만나요. 더 이상 안 만날 거예요."

"왜? 다투기라도 했니?"

"아니오. 세상이 자기 것이라고 생각하는 여자에게 제가 해 줄 수 있는 일이 별로 없을 것 같아서…… 더는 만나지 않을 거예요. 회사 일도 바빠요."

"……."

모자간의 대화를 듣고 있던 내가 끼어들었다.

"인연이 닿는 여성은 따로 있게 마련이지. 아직 네 눈에 띠지 않을 뿐이야."

"아버지, 여자 친구 얘기는 그만 하시고…… 노래만 들으면 저절로 음계와 박자가 떠오른다는 아버지의 절대음감은 도대체 어떻게 익히신 거예요?"

"절대음감? 나도 몰라. 음악공부를 한 적도 없으니까. 노래를 들으면 그냥 음계가 머리에 입력되니까. 나도 모르는 일에 그냥 익숙해졌을 뿐이야. 나도 모르는 일에……."

"아, 나도 아버지 같은 절대음감이 있으면 더 좋은 곡을 만들 수 있을 텐데."

"기타 취미에 빠지는 것도 좋지만 이제는 결혼할 준비를 해야지. 더 나이 들면 힘들어진다. 네가 여자를 고르는 것도 중요하지만 여자가 너를 고르게 할 순 없니?"

"제가 무슨 특별한 재주가 있나요? 여자 찾는 일이 생각만큼 쉽지

449

않네요."

작은 아들이 전자회사에 입사한 지 여섯 해가 넘었다. 아들은 공과대학에서 1학년을 끝내고 한 해 재수한 끝에 S 대학교 미술대학에 들어갔다. 그러나 전공이 마음에 들지 않았던지 공부를 게을리 하다가 다시 디자인 전문대학원에 입학해 3년 동안 산업디자인을 공부했다. 디자인은 아들이 원하던 전공분야였다. 디자인 대학원은 학생들을 사관생도처럼 혹독하게 다루고 강도 높은 실습훈련을 시켰다. 3년간의 과정을 마치고 아들은 대학원을 수석으로 졸업해 올해의 학생이라는 명예도 안았다.

졸업 후 공채를 거쳐 젊은이들이 선망한다는 전자회사에 입사했지만 본인이 원하던 부서에 배치되지 못하자 무척 의기소침해 있었다. 그런 아들을 격려해 줄 적절한 방법이 내겐 없었다. 능력을 키워라. 기회가 올 것이다…… 아버지로서 할 수 있는 말은 그것뿐이었다.

그리고 점점 더 나이 들어가는 작은 아들의 혼사가 걱정되기 시작했다. 그동안 여러 번 선을 보고 교제도 해봤지만 마음에 드는 상대를 아직 만나지 못했다고 했다.

짝을 만나지 못하면 혼자 사는 것도 나쁘진 않으리라. 가치관을 공유하지 못한 여성과 함께 살 순 없으니까. 혼자서 쓰기에 크게 부족하지 않은 월급을 타서 적당히 소비생활을 즐기고 누군가에 얽매이지 않고 사는 것도 자유로울 수는 있다. 그러나 자유로운 만큼 잃는 것도 있을 것이다. 같은 또래의 기혼 친구들이 만들어가고 있는 가정이라는 가치를 스스로 포기해버리는 것이니까.

노년에 가까이서 서로를 살펴주고 잡담일망정 대화를 나눌 사람이 없으면 세상에서 격리되는 느낌은 깊어질 것이다. 평생 처녀로 사는 것이 여자의 일생에서 노추로 끝나는 경우가 많듯 평생 총각으로 사는 것도 부자연스럽고 비정상적인 일이다. 인간의 사고와 의지가 나이와 시간을 초월한다면 좋겠지만 사람은 늙을수록 마음이 약해지는 법. 그러니 신중히 생각해야 하리라. 혼자 사는 것은 자연스럽지도 않고 당당해 보이지도 않으니. 점점 추한 모습과 궁상만 더해갈 뿐.

내 생각의 구름이 좀처럼 걷히지 않았다. 기타를 퉁기던 아들이 말했다.

"아버지, 지난번에 훈이에게 큰 소리로 혼내셨어요? 형한테 들었는데 훈이에게는 알아듣도록 조용히 말하는 게 중요하대요. 손자한테 무섭게 대하지 마세요. 제가 조곤조곤 얘기하니까 말귀를 잘 알아듣던데…… 장손이니까 잘 키워야 해요."

"잘 키워야지. 그나저나 아버지는 언제쯤이나 세 번째 손자를 볼 수 있을까?"

"……기다리세요. 시간이 해결해 줍니다."

안개 자욱한 오후 해가 겨우 얼굴을 내밀었을 무렵 작은 아들은 차를 몰고 서울로 갔다.

10.

해가 바뀐 첫 주말 큰 아들이 손자 손녀를 데리고 왔다. 유치원이 겨울방학에 들어가자 손자가 할아버지 집에 가자며 졸랐다고 했다. 집에 도착하자마자 텃밭에 가자고 조르는 손자에게 이끌려 집을 나섰다. 날씨는 쌀쌀했고 연말에 내린 눈이 발목까지 덮여 텃밭은 눈썰매를 타기에 좋았다. 작은 설원이 된 텃밭에서 나는 손자를 썰매에 태우고 이리저리 끌고 돌아다녔다. 손자 녀석은 신이 나서 소리를 질렀다.

썰매놀이가 끝나자 손자는 시들어버린 화초가 어떻게 되었는지 궁금하다며 눈 덮인 꽃밭을 파헤쳤다. 눈 속에서 파란 빛깔을 유지한 채 겨울을 나고 있는 작은 식물들이 있었다. 그것을 발견한 손자는 화초들이 살아있다며 탄성을 질렀다.

"할아버지, 화초가 살아있어!"

"살아 있다고? 화초 이름이 뭐지?"

"복수초야."

"올 봄에 꽃이 필까?"

"필거야. 여러해살이니까."

"꽃 색깔이 무슨 색이지?"

"노란색"

손자는 농막에서 자기 삽을 꺼내달라고 졸랐다. 아동용 삽을 꺼내주자 손자는 밭에 쌓인 눈을 퍼와 조그만 둔덕을 만들고 그 주위에 작은 돌로 경계석을 깔아 그것을 봄맞이 꽃밭이라고 불렀다. 화살나무에 매달린 빨간 열매를 따서 가루를 만든다며 넓적한 돌멩이 위에 놓고 찧기도 했다.

손자는 그 또래 아이들이 마법의 장난감처럼 집착하는 로봇인형 같은 것에는 관심도 없다. 어떻게 보면 대견하지만 손자의 행동에는 혹시 어린아이의 취향 속에 감춰진 어떤 편벽증 같은 것이 숨어있을지도 모른다. 아이들의 집중력 부족이라는 것도 이런 행동과 관련이 있는 것일까.

내가 손자 나이였을 때는 어린애다운 꿈도 가슴 설렘 같은 것도 없었다. 그 시기는 전쟁의 잔해에 갇혀 지낸 적막과 허기의 시절이었다. 먹을 것을 제때에 입에 넣는 것이 일상의 행복이었고 탄피 껍데기를 주워 장난을 하던 어린애의 나 홀로 놀이가 오락의 즐거움이었다. 일곱 살짜리 눈엔 풀도 꽃도 나무도 관심의 대상이 아니었다. 그런 것들은 어린애의 망막에 비친 무심한 무기체들일 뿐이었다.

그런데 그로부터 오십 오년 뒤에 태어난 신세대 손자는 다르게 행동하고 있다. 손자는 꽃과 풀을 보고 초보적이지만 과학적인 사유를 하는 듯하다. 식물에 대한 호기심은 자연에 대한 관심이라는 점에서 안심이 된다. 자연이야말로 지구상에서 가장 오래된 스승이고 법정이니까. 그렇다면 식물에 대한 손자의 집착을 어떻게 생각해야 할까. 잘은 모르겠지만 어쨌든 한 쪽에 너무 몰입하는 것은 곤란하다. 어린이가 사물을 관찰 할 때는 적당한 호기심 정도에서 바라보는 것이 좋으리라. 너무 깊이 빠져들면 유아적 상상력을 키우는 것이 아니라 외골수나 일탈이 될 수 있을지도 모르니까.

손자는 나와 함께 만들기를 좋아했다. 모형 집을 짓고 배를 만들고 꽃밭의 설계도를 그리며 가끔 알 수 없는 그림을 그리기도 했다. 손자가 그린 꽃그림은 꼼꼼하고 치밀했다. 나는 손자의 그림을 내 서재 벽에다 하나 둘씩 붙여 놓았다. 손자가 그린 나의 얼굴이 나를 보고 웃고 있었다.

나는 가끔 마음속으로 손자에게 묻곤 했다. '너는 왜 할아버지를 두려워하면서도 따르지? 네 눈에는 내가 뭐로 보이느냐? 호랑이처럼 보이느냐, 강아지처럼 보이느냐?' 그리고 또 이어지는 생각이 있다. 나는 할아버지 노릇을 제대로 해온 것일까. 아니, 그렇지를 못했다. 그럼 손자의 성장을 위해 무엇을 해야 할까. 손자가 세상에 적응하도록 어떤 방식으로 생각의 그네를 태워주고 부족함을 메워줘야 하는 것일까.

바보 같은 의문도 솟았다. 할아버지로서 얼마나 도덕적이어야 할까. 서당 훈장 같은 할아버지가 되어야 할까. 무슨 교훈이라도 들려줘야 하는 것일까. 들려줄 교훈이랄 것이 없다. 손자가 가는 길은 제 아빠 엄마가 잘 살펴줄 것이다.

그렇더라도 세상의 손자들이 어려서부터 사설학원을 배회하고 사교육의 늪에 빠져버리는 것은 걱정스럽다. 아이들을 놀리지 못하고 어려서부터 경쟁대열에 뛰어들게 하는 것은 인간을 소모품으로 만들어버릴 우치(愚痴)일 뿐이다. 과열경쟁을 부추기는 사회와 이것을 아무렇지 않은 듯 방관하는 국가. 이런 국가와 사회에 안심하고 손자의 미래를 맡길 수 있을까.

나는 할아버지로서 여생을 낙관과 긍정의 세계관 속에서 살아가고 싶다. 그러나 손자가 살아갈 세상을 상상하면 기대만큼이나 걱정도 앞선다. 유교적 전통이 소멸하는 것보다 더 걱정스러운 것들이 있다. 스마트 폰에 휘둘리는 과잉정보화, 인터넷 언어의 일탈, 진선미의 기준이 모호한 대중문화, 고전적 생활양식을 거부하는 말초적 소비생활, 인문적 가치를 비웃는 천민자본주의, 과잉복지로 인한 재정 위기, 청년실업, 불치의 정치부패, 폭력의 확산, 창궐하는 성형외과 병원들, 심각한 공해, 남성정자 수의 감소, 청춘남녀간 결혼 회피. 그리고 공허하기 짝이 없는 통일주장과 담론들…….

손자의 이름을 지어준 C 교수를 만날 때마다 함께 걱정하는 것이 있다. 이 나라는 손자 세대들이 안녕과 행복을 추구하며 살기에는 점점 더 천박한 공동체로 변해가고 있는 게 아니냐는 것이다. 재화로, 이념으로, 세대로 조각이 난 세상을 어떻게 짜 맞춰야 하느냐는 것이다. 그런 판국에 사회와 경제의 관리자들이 삶의 목적보다는 수단, 건전한 방법보다는 얄팍한 기술만을 가르쳐 온 결과 휴머니즘, 고전, 정통이라는 가치가 사라져가고 있다는 것이다.

친구의 말이 옳다. 인간의 가치가 실종된 기술만능 사회 – 동물농장 같은 – 에서 허덕이게 될 젊은이들의 모습을 상상하는 것은 고통스러운 일이다. 그러나 이 모든 걱정거리에도 불구하고 손자손녀에게 이렇게 말해주고 싶다.

"이 세상은 새싹과 낙엽, 향기와 악취, 바람과 비가 섞여 소용돌이를 일으키는 복잡한 곳. 너희들은 그 속을 헤치고 나가야 해. 하늘에는 구름만 떠 있는 게 아니란다. 찬란한 태양이 빛나고 비온 뒤에는 무지개가 떠오르기도 한단다. 겨울이 가면 봄이 오게 마련이지. 그러니까 독수리의 눈으로 하늘과 땅을 바라보고 앞을 향해 걸어가거라. 너희들 앞에 닥치는 모든 것들에 파도처럼, 수미산처럼 맞서거라. 세상이 아무리 험해도 인생은 오블라디 오블라다[10]란다."

손자는 거친 세상에서도 자신의 길을 찾아갈 것이다. 손자는 그 나이의 나보다 훨씬 지혜롭다. 또 손자의 세상은 복잡하긴 하지만 더 넓게 열린 공간이 될 것이다. 그 열린 공간에 손자의 길이 있을 것이다.

나는 손자의 세상보다 더 가난하고 거칠고 더러운 세상에서도 살아남았다. 인생의 절반 이상을 궁핍, 불안, 걱정 속에서 살았다. 어두웠던 터널 속의 내 젊은 시절. 그러나 할아버지인 내가 생전에 지은 카르마를 손자에게 전해줄 수는 없다. 내 업보는 내가 짊어질 테니까. 내가 보고 싶은 것은 손자가 정말로 좋아서 선택한 진로에 들어서는 모습이다.

11.

소양호반 예술농원에 음악이 울려 퍼졌다. 열다섯 명의 젊은이들로 구성된 체임버 오케스트라와 김덕수 사물놀이패가 창작곡 〈소양강〉을 협연했다. 바이올린, 첼로, 더블베이스, 트럼펫, 트럼본, 호른, 오보에의 섬세하고 장중한 화음 속에 아리랑과 양산도를 합해놓은 듯한 민요

---

10) ob-la-di ob-la-da, 아프리카 요루바 부족의 언어로 인생은 계속된다는 뜻

변주곡이 미풍을 타고 강물처럼 흐르기 시작했다.

원시적 음색의 북과 징소리가 실내악단의 연주를 받쳐주고 꽹과리가 민요가락의 속도감을 더해주었다. 뒤이어 김덕수가 두드리는 장고가 폭발하면서 동서양 악기의 합주가 산중 계곡과 소양호 수면에 울려 퍼졌다. 현악기가 만들어 낸 부드럽고 정제된 화음, 야성적이고 박진감 넘치는 장구와 북, 징과 꽹과리가 하나가 되었다.

창작곡의 피날레에 김덕수가 별도로 이끄는 열두 개의 북이 천둥 같은 소리를 울렸다. 북소리는 안단테와 알레그로와 비바체를 오가며 산중 우레를 만들었다. 우레는 수면으로, 하늘로 퍼지면서 그곳에 모인 관람객들로 하여금 천국과 지옥을 넘나들게 했고 긴장과 전율을 느끼게 했다.

관현악 창작곡 〈소양강〉은 예술농원에 모인 관객들을 감동의 늪에 빠뜨렸다. 서울에서 온 음악 애호가들, 각국 대사와 대사관 직원 가족들, 멀리 러시아에서 온 오케스트라 단원들은 연주회에 몰입하고 열광했다. 김덕수 사물놀이 패는 이십 년 전에 만든 예술농원에 해마다 찾아와 신명나는 판을 벌였다. 그들은 양악과 창과 판소리에 역동적인 혼을 불어넣어 관람객들의 넋을 빼놓곤 했다.

농원 주인 C는 농고를 졸업한 농사꾼이었다. 그가 이십 년 전 소양호를 굽어보는 청평산 산허리에 일궈놓은 농원은 평범한 민박 산장이었지만 그는 여기에 예술가들을 끌어들였다. 실내악, 현악 독주, 판소리, 창, 사물놀이, 전통춤 공연이 사계절 내내 계속되었다. 예술농원은 돈벌이에는 별로 관심이 없는 젊은이들이 찾아와 열연하는 산중 무대가 되었다.

그러나 외지인들이 관심을 갖고 모여드는 연주회 객석에서 춘천 사람들을 찾아보기는 어려웠다. 고장에서 이런 연주회가 열린다는 사실을 아는 시민들도 드물었다. 문화도시를 표방하는 관청과 공무원들도 소양호 숲 속에서 울리는 생명의 소리에 가슴을 열줄 몰랐다. 그야 어찌됐든 관현악의 화음과 사물놀이의 굉음은 고향사람들의 무관심을 산곡에 묻으며 소양강변에 신비한 메아리를 만들어내곤 했다.

소양강변 산속에서 음악의 메아리가 울리기 시작한 것은 소양강이 탄생한 5만 년 전 이후 처음이었다. 젊은 예술인들의 산중 연주와 민속공연은 강변의 자연을 풍요롭게 만들었고 예술농원을 찾은 음악 애호가들의 영혼을 기쁨으로 감쌌다. 그때마다 관객들의 박수소리가 작은 산울림을 만들었고 산과 강은 순화된 아름다움으로 빛났다.

오랜만에 가족이 함께 찾은 초가을 예술농원에는 음악의 여운 속에 청평산과 소양호의 아름다운 풍경이 펼쳐졌다. 연주회가 끝나자 아들과 며느리는 흥분한 표정을 감추지 못했다. 손자가 "할아버지!"하면서 내 손을 잡았다. 음악이 안겨준 감흥과 초가을 산하의 풍광이 모두를 들뜨게 했다.

12.

수면에서 피어오르는 물안개가 아침 햇빛에 반사되어 신비한 풍경을 만들어냈다. 호수는 반짝이는 물안개의 정원으로 변했고 빛나는 정원을 가로질러 엷은 무지갯빛이 감돌았다. 춘천을 서쪽으로 둥글게 감싼 의암호는 비단이불 같은 장막을 수면에 드리우고 아침을 맞았다. 하늘을 가린 엷은 안개 속에서 얼굴을 내민 태양이 서광 속의 일식을 연출하고 있었다. 경이로운 기운을 뿜어내는 의암호의 안개풍경은 대기와 물이 극사실주의 기법으로 그려낸 오방색 추상화였다.

소양호 위에도 안개가 자욱했다. 지상에서 자연과 인간의 흔적을 지워버리는 공중장막. 안개는 소양강의 역사와 자취를 신기루처럼 산곡에 함몰시키는 물의 화려한 변신이었다. 우유 빛 물의 화신은 자주 호반도시의 아침을 지배했다. 그러나 사람들은 아직 안개 속에 숨은 비밀의 정원을 찾지 못하고 있다. 안개의 요정이 다가와 이렇게 속삭인다면 이곳에 사는 사람들은 어떻게 해야 할까.

'당신은 춘천에 살고 있나요? 소양강을 사랑한다면 안개를 품어보셔요. 당신의 정원과 생명수가 안개 속에 있군요. 안개가 춤추는 모습이 보이세요? 호수의 숨소리가 들리세요? 안개 너머에서 빛나는 태양이 보이세요? 안개 속에서 새롭게 피어나는 수중 도시를 그려보세요……'

물의 시대를 알리는 전령이 사람들 곁으로 천천히 다가오고 있다. 마시고, 씻고, 농사짓고, 즐기는 물…… 생명, 안식, 정화의 근원. 사람들은 물의 경이로움을 느끼기 위해 점점 더 강과 호수와 계곡으로 몰려올 것이다.

어느 날 내가 의암 호수 난간에 기대 소양강 처녀 상을 바라보고 있을 때 춘천을 찾은 낯선 방문객이 곁에서 중얼거리는 소리를 들었다.

"호수의 도시에서 호수가 잠자고 있군. 신화를 만들 수 있는 황금의 호수가…… 루체른, 할슈타트, 소주…… 환상의 호수도시들이야. 물이 생활의 고단함을 잊게 하고 잔잔한 향수를 피워 올리는 곳이지. 도시가 닭장을 면하려면 자연의 깃털로 품어야 해. 이 좋은 호수, 천국의 물! 여기 사람들은 황금연못이라는 말도 듣지 못한 모양이군…… 으흠."

나는 귀를 의심했다. 저렇게 말하는 사람은 대체 누구일까. 두근거리는 가슴을 진정하고 낯선 길손의 말이 이어지기를 기다렸다. 그는 계속했다.

"물이 행복해지면 사람들도 행복해지지. 물은 삶의 힘이야. 물 없는 강은 땅 없는 나라나 마찬가지…… 그러니까 물을 지키는 사람들이 필

458

요한 거야."

낯선 사람의 말은 누구에게 들으라고 하는 말이 아닌 독백이었다. 그것은 메아리를 남기는 선연한 잠언이었다. 나는 그가 여행가 같기도 하고 소설가 같기도 하고 어쩌면 과학자 같기도 하다는 생각이 들었다. 섬뜩하기도 하고 신선하기도 한 말. 이 사람은 대체 무슨 말을 하려는 것일까.

그 길손과 이야기를 나누고 싶어 고개를 돌렸을 때 그는 어느새 홀연히 사라져버린 뒤였다. 나는 환청에 빠진 듯 최면에 걸린 듯했으며 마치 호수 한복판에 서 있는 것 같은 착각에 빠졌다. 그 방문객은 대체 누구일까. 방문객의 얘기가 엉뚱한 것만은 아니었어. 말 속에 북소리 같은 울림이 있었으니.

13.

물이 소중해지는 시대에 강의 생명력과 문명창조력을 비웃는 일이 벌어진다는 것은 우울한 일이다. 반도 남쪽에서 수 만 년 동안 흐르던 강들은 깊은 상처를 입었다. 4대강사업이라는 것이 끝나자 강은 원형의 아름다움과 본연의 기능을 상당 부분 상실했다. 권력의 날개를 달고 운하건설의 속내를 숨긴 채 강행된 치수사업은 대지의 조화를 어지럽히고 강에 대한 원초적 향수를 사라지게 했다. 정치와 권력이 강을 병들게 만들고 대지의 혈관을 공포의 녹조로 물들였다. 태고의 청정함은 회복불능 상태가 되었다.

생태의 원형이 파괴된 강에서 공공기관과 건설 회사들이 담합을 벌이고 돈벌이의 먹이사슬을 이루며 토목 경쟁을 벌였다. 강은 소수자에게 독점적 이익을 안겨준 대신 다수자에게 눈덩이 같은 빚을 남겨주었다. 강이 더 이상 기적의 현장이 될 수 있을까. 두렵고 우울한 일이지만 인간의 행위에 따라 재앙의 현장으로 변할 수도 있을 것이다.

4대강사업의 변방에서 1970년대의 모습을 유지하며 흐르는 소양강을 생태의 강이라고 부를 수는 없다. 소양강은 탄생한 이후 간직해오던 원시적 순수성을 잃어버렸다. 한강의 기적이란 이름으로 한국경제 고도성장의 신호탄이 되었던 자부심의 흔적도 찾기 어렵다. 다른 강들은 더 심각한 모습으로 변했다. 강들은 나(我)와 고향이라는 존재의 정체성을 확인하기 위해서라도 가슴에 그려야 할 그림, 즉 조국이라는 이미지를 헝클어뜨린 현장이 되고 말았다.

사실 손자가 태어나기 전까지 나는 조국이라는 것을 실감한 적이 없었다. 대한민국은 내가 태어난 공간으로서의 의미를 지녔을 뿐 애정과 자부심을 마음속에 담아 부둥켜안고 싶은 나라가 아니었다. 학창시절이나 공무원 시절에도 조국이라는 관념이나 국가에 대한 애정을 느낄 수 없었다.

내가 태어난 이후 대한민국은 상식과 원칙이 무시되고 부패와 불법이 춤추며 기득권층과 파렴치한들이 정치와 정의를 농단하는 나라였다. 증오와 폭발이 잠재된 섬뜩한 피의 제전을 벌이고 쿠데타로 집권해 온갖 탈법과 부정을 저지른 군 출신 대통령을 국민화합이란 이름으로 사면하고 활보하게 하는 나라. 이런 나라를 나는 조국이라고 여길 수 없었다.

경제적으로는 기적 같은 성장을 이룬 것이 사실이지만 경제성장이 자랑스러운 조국이라는 확신도, 사랑해야 하는 조국이라는 심리적 당위도 심어주지 못했다. 나에게 대한민국은 양적 성장 이외의 것은 특별히 내세울 게 없는 후진국일 뿐이었다. 재화의 분배는 부익부 빈익빈의 늪으로 빠져들었고 재벌들은 벌어들인 돈을 금고에 쌓아두고 안

팎으로 빼돌리기에 분주했다. 너구리도 들 굴 날 굴이 있음을 금과옥
조로 여기는 그들은 냉담하리만큼 노동자와 영세서민을 외면해왔다.

재벌의 가족경영. 범접할 수 없는 족벌의 울타리. 자식에게 기상천외
의 편법으로 회사의 경영권을 대물림하는 아버지 회장들. 그들은 같은
날 입사한 2, 3세 자녀들로 하여금 동료직원들을 제치고 광풍의 속도
로 승진케 해 임원을 만들어 왔다. 개천에서 용 나던 시절은 영원히
지나가버린 것일까. 후안무치하게 침묵하는 그들. 그들은 기업의 소유
주인가, 관리인인가. 소비자와 정치인의 기생숙주인가.

기업을 만들어 물려준 사람은 누구인가. 누가 기업의 제품을 만들었
나. 누가 그들의 제품을 소비해 왔나. 누구의 희생을 딛고 그들은 세금
감면 특혜를 받아왔나. 살찌는 고용주 밑에서 저임금 중노동을 감수한
사람은 누구인가. 그들은 누구를 위해 누구에게 정치자금을 바쳤던가.
자신들이 개척자라고? 자수성가를 했다고? 고용을 늘리고 인재보국에
앞장섰다고? 재벌들은 이 '누구'에 대한 답을 한 적이 없다.

관료사회를 비웃는 재벌의 관료화, 독과점, '갑의 횡포', 부동산투기
와 불로소득, 무분별한 ─ 골목상권까지 파고들어 구멍가게마저 고사시
키는 ─ 기업 확장. 진화를 거부한 채 소화불량에 걸린 공룡기업들의
트림 소리. 이런 공룡회사에 입사하지 못해 조바심을 치는 젊은이
들…….

경제정의는 생명수가 되어야 할 강물 속에 폐기된 지 오래되었다.
탐욕의 시장이 경제의 민낯이었다. 이런 재벌들을 성장의 이름아래 방
치하는 나라를 나는 조국으로 섬길 수 없었다. 나의 삶 속에 그런 조
국은 허상일 뿐이었다.

461

14.

그러나 손자가 태어난 후 나는 조국이란 것을 생각하기 시작했다. 그리고 그 조국이 사랑, 자부심, 연민으로 지킬 대상이 되기를 염원하고 있다. 지금까지 살아온 부패와 불의의 사회는 손자세대에 정의의 공간이 돼야 하기 때문이다. 내가 바라는 것은 대한민국이 최소한도의 상식과 원칙이 통하는 나라가 되는 것이다.

지난날 자랑스러운 조국이라고 생각해 본 적이 없었던 대한민국. 그와는 달리 소양강은 애환과 추억이 깃든, 내 인생의 혁명신조를 새겨넣은 공간이었다. 작고 평범한 강이었지만 그곳에 삶을 생각하게 하는 그 무엇이 있었다.

그러나 나는 지금 소양강의 도시에 애정보다는 걱정과 연민의 눈길을 보낸다. 이 도시가 여전히 남루하고 초라한 모습을 벗어나지 못하고 있기 때문이다. 호수의 도시가 호수를 외면하고 있는 현실이 나를 우울하게 한다. 춘천이 내 마음속에서 '존재하지 않는 도시'가 될까 두렵다.

고향이란 태어나고 자란 곳일 뿐 죽음을 맞는 장소는 아닐 것이다. 귀소본능이나 귀거래사가 고향에서 생애의 마지막을 장식해야 한다는 말은 아닐 것이다. 고향은 자식들에게 한때의 성장지이며 기억의 창고일 뿐이지만 나에게는 추상의 공간이 아닌 생존의 안방이다. 생애의 끝이 언제일지 알 수 없으나 이곳에서 죽음을 맞게 될는지도 모른다. 그래도 아내와 내가 살고 있는 춘천에서 아직은 할 일이 남아있다.

텃밭에서 김을 매고 여름에는 대룡산 너머로 불어오는 동남풍을, 겨울에는 화악산 너머에서 불어오는 북서풍을 맞으며 계절의 변화를 느끼는 일. 호숫가 너머 산자락 위로 연보라색 실루엣이 어둠속에 스러질 때 지난날의 추억에 잠기는 일. 세상사에 대한 애증과 연민을 털어버리기 위해 붓을 들고 캔버스 앞에서 시간을 보내는 일.

그리고 뒤늦게 등단하기는 했지만 소설가의 길을 걸을 수도 있을 것이다. 내가 문단에 등단할 수 있도록 도와준 어느 소설가가 내게 한 말이 있다.

"글 쓰는 데는 나이가 문제가 아니야. 의지와 영감의 원천이 문제지. 인생에서 겪는 경험은 역사와 허구, 심지어는 우화를 만들 수도 있어"

그의 말은 나로 하여금 내 대뇌와 오장육부가 정상적인 기능을 유지하는 한 의식의 숲길을 따라가며 부지런히 글을 써야 하겠다는 생각이 들게 한다. 그런데 정말로 글을 제대로 쓸 수 있을까. 그게 여생의 잔업이 될 수 있을까. 어떻든 할아버지로서 아직 할 일이 있음은 분명하다.

그것은 손자 세대에게 물려줘선 안 될 부끄러운 비밀들을 과거 속에서 들춰내 하나하나 밝히는 것. 인간의 지성이 만들어낸 인문가치와 자연을 외면하는 청맹과니를 시민광장에서 사라지게 하는 것. 나라의 자존심과 시민을 욕되게 하는 야만의 정치를 끝장내게 하는 것.

이것은 무엇을 뜻하는 것일까. 역사를 새롭게 쓰는 일이다! 나도 친구들도 여분의 인생을 살고 있는 게 아니잖은가. 내 곁에는 대화를 나눌 친구들이 있다. 손끝이 맵고 결기 있는 친구들. 시간의 밖으로 영영 나가버리기 전에 가끔 그들을 만나 역사를 이야기하리라. 나눌 이야기가 있고 쓸 글이 있다는 것은 실존이며 기쁨이다.

또 하나. 생애의 마지막 등잔불 아래서 지난 시절 전쟁과 삶의 기록을 아들에게 남기려고 돋보기를 치켜 올린 채 손을 떨며 무언가를 쓰고 있는 아흔 셋 연세의 노모. 이 어머니의 마지막 삶을 조바심 속에서 지켜야 한다.

기억은 지나간 삶속에 존재했던 사실을 잊게 하거나 왜곡하기도 한다. 기억은 때때로 악몽일 수도 있지만 향기로운 자산이며 축복일 수도 있다. 그래서 내 자식들에게 하고 싶은 이야기가 있다. 아버지는 소망하던 학자가 되지 못했으며 공직자로서 부적합했고 모자란 사람이었다. 공인으로서 이렇다 할 전범도 보이지 못했다. 굴절된 삶을 비틀거리며 살아왔고 선거에서 패배하는 아픔도 겪었다.

그러나 변증법의 양극을 오가며 살아왔더라도 인생에서 낙오한 것은 아니리라. 나는 생애에 좀처럼 하기 어렵다는 세계일주 여행을 다녀온 행운의 사나이다. 여행은 즐겁고 신나는 경험이었으며 마음속에서 나의 신세계와 '우리'의 유토피아를 꿈꾸는 지적, 감성적 모험이기도 했다. 그것은 현실에서 즐기고 느끼는 아라비안나이트였으며 여행 끝의 귀향은 문명의 화원으로부터의 설레는 귀환이었다.

여행 이후 세상은 역시 넓다는 것을 터득했고 세상으로부터 받아들여야 할 것이 많음을 깨달았다. 그리고 손자의 시대를 맞이해 나는 이제 내가 겪은 일들을 말할 수 있는 나이에 도달했음을 또한 깨닫게 되었다. 비록 내 눈에 비치는 세상의 모든 것을 긍정할 수는 없을지라도.

15.

주홍색 새털구름이 서쪽 하늘가를 수놓은 하짓날 저녁. 나는 소희와 함께 소양강변에서 바람을 쐬고 있었다. 황금빛으로 빛나는 소양강물 위의 잉어동상 너머로 석양이 붉게 물들어가고 있었다.

"강물 빛이 눈부시군. 강변이 온통 황금빛 세상이야."

"당신이 쓴 여행기의 제목 그대로예요."

"환갑여행을 다녀온 지도 꽤 오래 됐네."

"벌써 팔 년이 흘렀네요."

"나이 칠십이 다 돼 가는군. 나도 그새 많이 늙었어."

"당신이 여행기에 썼어요. 육십부터가 진짜 인생을 사는 황금기라고요."

"글에서는 그렇게 썼지."

"인생도 그럴 거예요."

하지가 지나면 낮의 길이가 짧아지듯 남은 인생의 길이도 조금씩 짧아지리라.

아침나절 서울로 가기 위해 아들 며느리와 함께 집을 나서던 손자가 한 말을 떠올렸다. 소희가 "할머니도 훈이 따라 서울 가고 싶네."라고 하자 손자가 "그게 어디 가능한 일인가요? 할머니가 가시면 할아버지는 외로워서 어떻게 해요?"라고 했다. 초등학교 1학년이 이런 말을 하다니. 놀랍고 어이없는 표현, 기쁘면서도 당혹스러운 손자의 말을 듣던 할머니 소희의 표정 – 약간은 넋 나간 듯한 – 이 되살아났다.

"아까 훈이가 서울 가면서 하는 말 들었지?"

"그러게 말이에요. 어린애가 그런 말을 하다니……."

"손자 녀석이 많이 컸어. 내 인생의 저녁이 된 거야."

"한밤중이 되려면 아직 멀었어요."

"언제 이렇게 저녁이 됐을까……?"

"저녁은 누구한테나 찾아와요."

"……우린 평생 여기에서 살아야 하나?"

"떠나는 방법이 있죠. 다른 곳으로 이사를 가든가 여기서 살다가 아주 세상을 떠나든가."

"당신 할머니, 장인 장모님, 우리 할머니, 아버지 모두 춘천에 묻히셨어. 그것 때문에 못 떠나는 건 아니지만……."

"떠나고 싶으세요?"

"내 딴엔 고향을 지킨다고 여태껏 살아왔어. 그렇지만 이젠 고향이 타향처럼 느껴질 때가 있어."

"당신은 춘천에서 태어났어요. 소양강변에서요."

"그랬지. 하지만 고향이 모든 걸 감싸줄까? 나 혼자 짝사랑해온 것 같아. 어떤 때는 외계인 같다는 느낌이 들기도 해."

"아이들도 여기서 자랐어요. 여기서 학교도 다녔어요."

"……."

강물 위로 시원한 바람이 불어왔다. 천 년 전에도, 백 년 전에도 불어왔을 소양강 바람. 소희의 희끗해진 머리카락이 바람결에 조금씩 날렸다. 금빛 물빛과 석양의 기운이 소희의 얼굴을 주홍색으로 물들였다.

"내 고향은 흥남이 아니라 춘천이에요. 살면서 정 붙인 곳이 고향이에요"

"어릴 적 소양강은 내 혁명의 강이었지. 이제 혁명의 강은 사라져버렸어. 언제부턴가 자꾸만 고향을 떠나고 싶다는 생각이 들곤 했어."

"그래도 고향에 텃밭이 있잖아요? 손자가 꽃을 심고 뛰어놀 장소가 있다는 게 얼마나 다행이에요?"

"……."

"옛날의 소양강은 잊어버려요. 둘이 텃밭이나 부지런히 가꿔요. 손자 꽃밭도 잘 보살피고요. 손자손녀는 집안의 꽃이에요."

"집안의 꽃…… 그래, 집안의 꽃이지."

"손자가 무슨 꽃을 좋아하는지 알죠?"

"사랑초…… 자주색 사랑초지."

"다음에 서울 갈 땐 사랑초를 심어다 주세요."

"사랑초. 그래, 사랑초를 심어다 줄 거야."

"손자가 좋아할 거예요."

"사랑초……."

소양강에 대한 기억, 살아온 모든 공간에 대한 회상. 지난날의 삶은 손가락으로 허공에 그린 그림이었을까. 삶의 노 젓기를 끝낸 뒤 시간의 밖으로 나가면 무엇이 남을까.

손자를 생각하며 인생의 저녁을 걷고 있는 소희와 나의 머리에도 어느새 하얗게 시간의 서리가 내려앉았다.

내 앞에 어린 시절의 일들이 가물거리는 소양강이 있고 호수가 있었다. 제4빙하시대의 마지막 빙기인 뷔름 빙기로부터 오만여 년 동안 쉬지 않고 흘러온 강이. 아직은 언제 그 곁을 떠나야 할지 알 수 없는 강이.

2부 후기 소양강 연대기

강의 탄생

1.

이 글은 소양강변에서 태어난 한 남자의 삶을 그린 이야기다. 소설의 중심이 되는 서사는 끝났다. 그러나 작가는 독자들께 소양강에 관한 전혀 다른 이야기를 들려드리고자 한다. 이 소설의 시공간적 배경인 소양강의 탄생과 역사에 관해 잘 알려지지 않았던 이야기를.

소양강이 탄생된 후 강을 중심으로 전개된 역사를 회고하는 것은 소설의 주인공이 겪은 체험이나 사건 같은 개인적 영역과는 별개의 이야기다. 소양강의 숨겨진 역사를 소개하는 목적은 선인들이 경험했던 인생의 애환을 돌아봄으로써 힘겹게 살아가는 오늘의 젊은이들에게 삶의 온기를 느끼게 하고 희망의 지평을 넓혀주고자 함이다. 그게 비록 촛불의 온기일지라도, 독자들은 평범한 강인 소양강의 과거사를 살피고자 하는 작가의 의도를 깊이 이해해주시기 바란다.

그럼 소양강이 어떤 강인지 알아보기 위해 잠시 과거로 돌아가 강의 기원과 탄생과정을 전시회의 그림을 감상하듯 살펴보자. 강의 내력을 되돌아보는 것도 물고기를 잡는 것만큼이나 재미있고 흥미로운 일이 아닐까.

소양강(昭陽江)은 강원도 중동부 산악지대에 위치한 인제군 서화면 무산리에서 발원해 북동쪽으로부터 남서쪽으로 흘러내려 양구, 내평리, 신북평야, 우두 벌 옆을 통과한 뒤 춘천 서북쪽에서 북한강과 합류하는 길이 약60킬로미터의 강을 가리킨다. 본류의 길이가 510여 킬로미터인 한강의 지류이므로 큰 강이라고 할 수도 없고 글 쓰는 사람들이 자연물로서의 격을 높여 부르거나 흔히 감성을 담아 부르는 대하(大河) 축에는 끼지 못하는 평범한 강일뿐이다.

설악산 계곡수와 오대산, 계방산에서 흘러내린 내린천이 인제 합강에서 하나가 돼 제법 큰 강줄기를 이루고 이것이 옛 춘성군 북산면 내평리를 지나면서 소양강은 이름 자체 - 밝은 해의 강이란 뜻의 - 가 암시하듯 투명한 물빛을 유지한 채 강폭은 조금씩 넓어져 유장한 모습을 갖추기 시작한다.

물은 굽이굽이 아래로 흐르며 곳곳에 여울을 만들어 흐름이 갑자기 빨라지기도 하고 여울 아래쪽 깊숙한 곡면으로 몰려든 물은 암녹색 소를 만들어 소용돌이를 일으키기도 한다. 내평리에서 춘천 사이를 흐르는 강변에는 오랜 세월을 두고 퇴적된 고운 모래밭과 둥근 자갈들이 깔린 평지와 둔덕이 이어진다.

댐이 만들어진 1973년까지 소양강은 대체로 이런 모습이었다. 물론 지금은 소양강 댐의 축조로 인해 강의 원형을 찾아보기 어렵고 뗏목놀이를 재현하는 축제에서나 겨우 옛 모습을 상상할 수 있을 뿐이다.

비록 강의 중간에 거대한 댐이 생겨 흐름이 잠시 멈추기도 하지만 고인 물은 댐 밑에서 다시 흐르기 시작해 춘천의 중심으로 흘러든다.

천재지변이 일어나지 않는 한 강의 유체운동이 멈추는 일은 없을 것이다. 흘러내린 강물은 그 아래 의암 댐 – 1967년에 축조된 – 에 의해 다시 호수를 만들어 춘천을 흔히 불리듯 호반의 도시로 만들어 놓았지만 물길은 멈추지 않고 가평 쪽의 북한강으로 흘러내린다.

춘천사람들은 화천에서 흘러내려 춘천에서 합류한 북한강 – 조선시대에 모진강으로 불렸던 – 물길도 으레 소양강의 일부처럼 여겨왔다. 그러므로 소양강은 인제에서 내려오는 물길뿐만 아니라 춘천지역을 통과하는 강 전체를 가리키는 관습적인 고유명사가 되어버린 셈이다. 그런 관습적 호칭은 정확히 언제부터 생겨났는지 알 수 없지만 자연스러운 것이었다. 그만큼 소양강은 춘천의 정체성을 상징하는 강이었다. 문헌자료로 보면 신증 동국여지승람에 소양강이라는 명칭이 처음 등장한 것으로 보아 소양강은 조선왕조 초기부터 불려온 것으로 짐작된다.

다시 1973년 이전의 소양강으로 돌아가 보자. 소양강 양쪽으로는 평지가 드물고 해발 500미터에서 1200미터에 이르는 가파른 산들이 물길을 따라 뻗어있다. 내설악, 오대산, 계방산, 가리산, 사명산, 청평산은 소위 백두대간으로 불리는 태백산맥의 서쪽을 따라 파도의 형상을 이루며 달리는데, 이들 산자락으로부터 솟아난 맑은 샘물이 실핏줄 같은 개천을 만들고 마침내 큰 줄기를 이루어 장구한 흐름을 이어온 것이다.

상류의 물길은 굴곡이 심하고 유속이 빠르며, 홍수가 날 때에는 좁은 계곡들이 범람해 육상교통의 흐름을 방해하곤 했다. 신작로가 물에 잠기거나 무너져 내리면 소양강 상류지역에서 춘천 읍내로 장보러가는 사람들을 실어 나르는 버스나 화물차는 곧잘 끊겼다. 수십 리 길을 걸어 다니던 행상들의 발길도 며칠씩 묶이기 일쑤였다.

소양강은 지난 세월 물자와 사람의 운송로였다. 조선시대에는 일찍부터 관수물자를 보관하는 창고들이 소양강변에 세워졌다. 춘천의 지명유래를 전하는 문헌과 지도 — 청구도, 조선지도, 동여도, 1872년의 지방지도 같은 — 에 의하면 춘천도호부에서 북쪽으로 3리(1.2킬로미터) 떨어진 곳에 물자운송 나루터인 소양강진이 있었고 소양강 건너 우두평야 언덕에는 소양강창이 있었다. 야적지 형태로 만들어진 소양강창은 춘천, 양구, 화천, 인제, 홍천에서 거둬들인 세곡을 보관했다가 양수리를 거쳐 한강변의 용산과 마포나루터로 운반하는 역할을 맡았던 조달기관 겸 세무관청이었다.

조선의 실학자 이중환이 쓴 택리지의 기록을 보면 소양강 물길을 따라 뗏목이나 배를 타고 물자를 실어 날라 장사를 한 사람들이 많았고 수운을 이용해 부자가 된 사람들도 있었던 것 같다. 인제, 홍천, 화천의 벌목꾼들은 벌채한 소나무를 뗏목에 실어 한양 마포나루에 나가 팔았으며 소양강변, 북한강변에는 소금, 생선, 박물을 사고파는 나루터가 생겨났다. 춘천에서 화천방향으로 거슬러 올라가는 곳에 있었던 모진나루터는 소문난 곳이었다. 모진나루터와 그 아래쪽에 설치된 옥산포, 춘천 서쪽의 신연나루터는 한양에서 소금배가 올라오고 영서지방의 특산물을 한양으로 실어 나른 육지 속의 작은 포구였다.

이렇듯 소양강 물길은 장사길이기도 했으며 춘천 읍내는 그 가운데 위치한 장터였다. 조선 후기 소양강을 끼고 한양을 들락거리는 벌목꾼들과 행상들의 발길이 잦아지자 춘천에는 이들을 맞이할 객줏집과 주막이 들어서기 시작했고 제법 규모를 갖춘 주점들이 하나둘 생겨났다. 춘천 변두리에는 시골 호주가들이 즐겨 찾는 서민용 술청이 터를 잡고 읍내 중심가에는 기생이나 여종업원을 둔 작은 기와집 주가(酒家)들이 장사꾼들과 지방 관리들을 불러들였다.

이런 변화는 소양강 뱃길을 따라 빈번해진 수운과 상행위가 불러온 경제적 결과였다. 춘천지역의 이러한 사정은 구한말 강원도 관찰사의 임지가 원주에서 춘천으로 바뀌고 춘천이 도청소재지가 된 일제강점기에도 크게 달라지지 않았다.

소양강은 오랜 세월을 거치면서 때때로 홍수와 가뭄을 겪었고 기상의 변화는 강변 산야의 모습을 조금씩 바꿔놓았다. 소양강이 강변에 가져다준 선물은 춘천 북방의 기름진 들판이었다. 우두벌과 신북평야, 양구평야는 비좁고 척박한 강원도 농토 가운데서 그나마 비옥한 땅이었다. 그러나 지난날 소양강이 이 지역에 남긴 유산은 풍요로운 삶이나 미래의 꿈보다는 전쟁과 식민지배에 대한 악몽과 상처들이었다.

특히 1950년 한국전쟁의 기억은 세기가 바뀐 뒤에도 춘천 노장세대들의 뇌리에 깊이 남았다. 칠십 넘은 노인이나 나이 든 장년들에게 전쟁이 안겨준 악몽의 한 구석에는 향수나 그리움처럼 떠오르는 추억거리도 남아있을 것이다. 그러나 그 추억 속의 소양강은 이념과 전쟁의 강이었다. 그리고 뒷날 경제개발 과정에서 인간의 힘에 의해 지리와 환경이 변화하는 모습을 보여준 소양강은 산업과 생태의 강이었다.

세월이 흐르면 기후도, 자연생태도, 산하의 모습도, 인간들의 생각도 변한다. 왜 모든 것은 변하는 것일까. 그것은 지구가 끊임없이 변전하는 우주의 일부이기 때문이리라.

세상이란 인간, 자연, 시간이 상호작용하는 공간이다. 이 공간에서 자연의 힘과 인간의 행위는 서로 얽혀지며 역사를 만들어간다. 하나의 지역에서 시작된 역사는 시공간의 경계를 넘어 끊임없이 진화하고 접속한다. 현재는 과거와의 대화를 이어간다. 강변의 역사도 마찬가지다.

태고의 시간으로 거슬러 올라가며 역사 이야기를 늘어놓는 것은 지루한 한담이 될 수도 있다. 그러나 역사와 인간의 삶을 이야기하는데 문명의 혈관인 강을 빼놓을 수 없다. 소양강의 과거사는 현대인들이

미처 알지 못했던 경이롭고 때로는 의문스러운 사실들을 알려줄 것이다. 이제 소양강의 탄생, 그날을 향해 거슬러 가보자.

2.

자구가 46억 년 전에 탄생했다는 사실은 초등학생들도 배워 알고 있다. 그러나 한반도와 한강이 언제 생겨났는지 아는 사람들은 많지 않으리라. 하물며 소양강이 언제 탄생했는지를 아는 사람들이 흔하겠는가. 알 필요도 없다고 생각할 뿐더러 상상하기도 어려울 것이다.

자구 탄생 후 7천만년이 지난 어느 날 우주 한가운데로부터 화성 크기의 행성이 날아왔다. 자구와 충돌하면서 튕겨져 나간 파편들이 한 덩어리가 돼 달을 만들었다. 자구 표면에는 소행성 파편의 충돌과 방사선 열로 인해 붉은 팥죽 같은 마그마가 흘러 넘쳤다. 지표면이 식어가면서 지구에 떨어진 소행성과 운석의 성분이 물, 공기, 이산화탄소, 암모니아를 만들어 생명탄생의 환경이 마련되었다. 최초의 생명체 아메바로부터 진화가 시작되고 원생대에는 해파리, 산호, 벌레 모양의 생물들이 바다에서 살기 시작했다.

5억 년 전 고생대 캄브리아기부터 지구는 다양한 생물로 가득차기 시작했다. 척추동물을 제외한 모든 동물들이 나타났다. 이 시기에 지구는 현재와 같은 형태의 5대양 6대주가 존재하지 않고 혼란스러운 모자이크의 모습을 하고 있었다. 한반도 역시 이 시기에 만들어지지 않았다. 대륙의 안정된 형태가 갖춰지려면 더 오랜 시간을 기다려야 했다.

오늘날 인류가 살고 있는 지표면의 대륙은 원래 하나의 덩어리로 이뤄진 초 대륙 판게아였다. '어머니의 대륙' 판게아에서 갈라져 나온 땅덩이들은 이동을 거듭해 여섯 대륙의 형태를 갖추게 되었다. 지구 내부의 맨틀이 대류현상을 일으키며 거대한 판을 움직이고 판이 움직인 결과 지진, 화산폭발, 산맥의 형성 같은 지각활동이 일어났다.

3억 년 전 석탄기에 적도 남쪽에 위치해 있던 한반도가 페름기와 트리아스기를 거치면서 조금씩 북상하기 시작하여 1억 9천만 년 전의 쥐라기와 그 이후 백악기를 거쳐 약 1억 년 전부터 지표면은 현재의 형태를 갖추게 되었다. 그리고 한반도가 오늘날과 거의 같은 위치에 자리 잡았다. 육지, 바다, 공기, 햇빛이 조화를 이룬 지구는 청록색 원구를 완성했다.

지질학자들이 삼척과 태백의 석회암 지역을 대상으로 연구한 결과 한반도의 생성시기가 구체적으로 밝혀졌다. 강원도 탄광지역에서 흔히 발견되는 삼엽충 화석은 한반도의 생성연대를 알려주는 증거가 되었다. 5억 4천만 년 전에서 4억8천만 년 전까지의 캄브리아기에 바다에서 번성했던 삼엽충이 강원도에서 발견되었다는 것은 태곳적 이 지역이 바다였음을 뜻한다. 따듯한 바다는 삼엽충 가족에게 번식의 안식처였다. 강원도는 해저생명을 잉태하고 키우는 은둔의 인큐베이터였다.

공룡들의 전성기인 중생대 쥐라기에 한반도의 모습과 환경은 오늘날과는 달랐다. 이 시기에 한반도에서는 대규모 지각변동과 습곡작용이 일어났다. 이 작용으로 차령, 노령, 소백산맥이 희미한 윤곽을 그리기 시작했다. 한반도는 중국, 일본과 육지로 연결되어 있었고 한반도 남쪽 경상도와 전라도 일대는 거대한 호수로 덮여 있었다. 공룡들은 호수 주변에서 악어, 거북, 새, 익룡들과 함께 어울려 살았다.

6천 5백만 년 전인 백악기 끝 무렵 외계로부터 날아온 소행성이 지구와 충돌했다. 굉음과 충격파가 지구를 진동시켰고 지구는 하루 만에 초토화되었다. 1억 년 전 가까스로 자리 잡았던 한반도 주변의 지형은 화염과 폭풍, 해일과 암석증기로 인해 다시 한 번 일그러졌다. 한반도 전역에서 평화롭게 풀을 뜯던 브론토사우루스, 브라키오사우루스, 알로사우루스 무리와 육식공룡들의 모습은 자취를 감췄다.

그러나 쥐라기의 주인공들은 그 후 6천5백만 년 뒤 한반도에서 마침내 침묵의 미소를 드러냈다. 남해안 일대에서 수천 개의 공룡 발자국과 알의 흔적이 발견된 것이다. 생명의 광시곡은 시공간의 지평을 넘어 기적처럼 연주되는 법이다.

150만 년 전 신생대에는 백두산과 한라산, 울릉도와 독도가 거의 같은 시기에 화산폭발을 일으켰다. 한반도는 마그마가 넘실대는 용광로였다. 강원도의 지형은 이 시기부터 오늘날과 비슷한 형태로 변화하기 시작했다. 그러나 이때에도 소양강은 태어나지 않았다.

한강유역에서는 선캄브리아 시대 이후 여러 지질시대에 걸쳐 화성암, 변성암, 퇴적암이 만들어지고 지각변동으로 인해 지형이 끊임없이 변했다. 백악기에 한반도를 가로질러 동북방향에서 생성된 화강암은 풍화와 침식을 거치면서 낮은 구릉과 산지를 만들었다. 소양강 주변의 변성암 지역도 아기 소양강을 탄생시키기 위한 진통을 거듭하며 높고 험한 산지를 만들었다.

마지막 지질시대인 신생대 4기 플라이토세. 이때 한강과 소양강 유역, 강원도 중북부 지방은 화강암, 편마암, 편암 지대로 완전히 틀이 잡혔다. 그리고 15만 년 전쯤 한반도의 지층이 융기와 침강을 마무리하면서 주름진 대지가 산과 산맥을 만들어냈다. 백두대간과 태백산맥이 형성된 것이다. 금강산과 설악산이 비로소 뚜렷한 형체를 드러냈다. 그리고 이들 산간계곡에서 실핏줄 같은 작은 내가 만들어지기 시작했다.

5만여 년 전 제4빙하시대의 마지막 빙기인 뷔름 빙기가 시작될 무렵 마침내 아기 소양강은 탄생했다. 그리고 빙기가 끝날 즈음 소양강은 완전한 강의 형태를 갖추고 천천히 흐르기 시작했다. 그것이 1만2천 년이나 1만4천 년 전쯤 되었을까. 정확한 시기는 지구라는 이름의 행성이 기억하리라. 그 시각 금강산 쪽에서 북한강도 흐르기 시작했다. 소양강과 북한강은 우주의 이기(理氣)가 탄생시킨 대자연의 분신이었다. 강의 탄생은 교향곡 천지창조의 첫 악장을 장식하는 장엄하고도 미묘한 운율 그 자체였다.

소양강과 북한강이 동시에 생겨나면서 강 상류에는 금이 간 암석이 만들어낸 절리(節理)가 크고 작은 계곡을 만들었다. 특히 소양강 상류에는 계곡들이 직각을 이루며 만나는 곳이 많아 상류로 갈수록 깊고 험한 지형을 만들었다. 인제 설악산에서 시작해 양구를 거쳐 흘러내린 소양강과 금강산에서 발원해 화천 쪽으로 흘러내린 북한강은 춘천에서 하나가 돼 남서쪽으로 흘러가 한강에 합류했다. 영월과 정선에서 흘러내린 남한강도 양평에서 한강에 합류했다.

소양강변 양쪽에는 강의 유로를 따라 좁고 긴 단구모양의 평지인 하안단구가 곳곳에 생겨났다. 하안단구는 세월이 흐르면서 사람들의 주거지와 경작지로 이용되기 시작했다. 그리고 신석기시대 끝 무렵부터 이 지역을 중심으로 부락이 생겨나기 시작했다. 강 상류의 깊은 산골에는 펀치보울이라 불리는 와지(窪地)[11]도 곳곳에 형성되었다. 여기에는 물이 풍부하고 농사짓기에 알맞은 땅이 산재해 있었다. 규모가 큰 와지는 예부터 사람들의 피난처로 이용되기도 했다.

북한강은 굽이치는 모습과 주변 산세가 소양강과 닮았다. 지도를 펴놓고 한강 전체의 모습을 살피면 소양강은 북한강의 지류임이 분명하지만, 춘천을 중심에 놓고 보면 북한강 역시 소양강의 일부로 보인다. 북한강 주변에서는 중생대 쥐라기 말 대보조산운동[12]의 영향으로 강력

11) 웅덩이 모양의 땅
12) 쥐라기 말 한반도 전역에서 일어난 지각변동

한 습곡작용이 일어났다. 습곡작용으로 인해 북한강 유역도 복잡한 지질구조와 험준한 형태를 띠게 되었다. 소양강과 북한강은 형제 강이었다.

3.
    소양강과 북한강 유역에 인간의 흔적이 보이기 시작했다. 정확한 시기를 알 수는 없지만 시간의 장막 뒤로부터 사람들의 모습이 그림자처럼 나타났다. 사람들이 구석기시대라고 부르는 인류가 출현한 후 1만 년 전까지의 시기. 이 시기에 소양강과 북한강변에 살았던 사람들은 한국인의 조상인 동시에 강원도 사람의 조상이기도 했다. 그들은 들짐승을 사냥하고 물고기를 잡으며 살았지만 더 이상 여기 저기 떠도는 유목민은 아니었다.
    양구 상무룡리는 구석기 사람들이 터 잡고 살던 아름다운 곳이었다. 수입천과 서천 샛강이 마주치는 언덕에서, 그리고 여기에서 1.5킬로미터쯤 떨어진 상류에서 각각 두 개의 부락을 이루고 살던 사람들은 먹을 것과 입을 것을 마련하느라 하루 종일 바쁘게 움직였다. 그들은 강에서 물고기를 잡고 야산에 올라 멧돼지를 잡았으며 강가에서 물새알을 주웠다. 낚시하는 방법을 아직 익히지 못한 사람들은 돌땅치기라는 방법으로 물고기를 잡았다. 물고기가 숨어있는 돌멩이 위를 더 큰 돌멩이로 내려치면 물고기가 기절했다. 이런 방법은 가족 두 사람만 나서도 언제든지 써먹을 수 있는 방법이었다.
    멧돼지나 노루를 잡을 때 사람들은 무리를 지어 긴 막대기, 사냥돌, 주먹도끼, 찌르개를 사용했다. 어떤 때는 나무껍질로 만든 그물을 둘러쳐 짐승을 포획하기도 했다. 사냥하는 남자들은 고함을 지르거나 짐승

소리를 냈고 돌멩이를 두들겨 짐승들을 겁먹게 하거나 웅크리게 했다. 가끔은 부락사람 수십 명이 열을 지어 짐승을 둘러싼 다음 포위된 짐 승을 몰아 물가로 뛰어들게 하여 몽둥이와 사냥돌로 때려잡기도 했다.

　사냥기술은 조금씩 좋아지고 잡은 사냥감을 조리해 먹는 방법도 점 점 개선되었다. 잡아온 짐승을 자르개, 밀개, 째개 등을 이용해 가죽을 벗기고 살을 도려내 잘게 썰어 부락의 가족들에게 분배했다. 상무룡리 사람들은 오랫동안 날고기를 먹었지만 세월이 흐르면서 불에 익혀먹는 조리법을 터득했다. 더운 날씨에는 날고기가 금세 부패한다는 사실을 깨닫게 되면서 불에 굽거나 햇볕에 건조시켜 육포를 만들어 먹었다.

　불은 그들의 조상이 일찍이 발견해낸 나뭇가지 마찰법을 이용해 얻 을 수 있었다. 부락 사람들은 불을 조리 뿐 아니라 난방에도 이용하기 시작했다. 움집 가운데 화덕을 만들어놓고 추위를 피했으며 화덕 주위 에서 많은 시간을 보냈다. 불은 이윽고 상무룡리 사람들이 살아가는데 없어서는 안 될 절대적인 생활수단이 되었다. 불을 꺼지지 않게 운반 하면서 보관하는 일은 거의 불가능했다. 상무룡리 사람들은 불이 있는 장소에 정착할 수밖에 없다는 사실을 깨달았다.

　그들에게도 오래 된 원시적인 언어가 있었다. 모음과 자음이 완전히 구분된 소리를 내지는 못했지만, 자연현상이 만들어내는 소리를 목구 멍에 담기 위해 무의식적으로 노력했다. 상무룡리 사람들의 끈기 있는 흉내가 조금씩 언어의 형태를 갖추어 나갔다. 동물울음을 흉내 내 음 절과 발성법을 익히기도 했다. 그들은 가족의 이름을 짓지는 않았지만 한 두 음절의 단어로 부호화하여 가족구성원끼리 서로 불렀다.

　상무룡리 사람들은 그들의 거주지 주변에 있는 큰 나무, 바위, 높은 산을 영험한 기원의 대상으로 신령시 했다. 나무와 바위 앞에 엎드려 절을 하고 천둥 번개 치는 하늘을 향해 두려움과 경외감으로 허리를 굽했다. 홍수에 넘쳐나는 강물을 향해서도 구원의 기도를 올렸다. 종교라는 것이 달리 없었지만 먹고 사는 일과 가족의 안녕을 위해 두렵고 간절한 마음으로 자연에 매달려야 했다. 그들은 가족끼리 다투지 않았고 부락 간에도 싸움하는 일이 없었다. 다툼보다는 협동과 상조가 살아가는데 필요한 덕목이었다.

상무룡리 사람들은 아름다운 강변 언덕에서, 갈등과 싸움이 없는 그들만의 세계에서 사이좋게 모여 살았다. 시간은 그들의 소박한 영혼 안에서 별빛처럼 흘러갔다. 자연과 평화는 원시 석기인들의 삶을 잇게 해준 생존의 지붕이었다. 그들에게 꿈은 불필요했다. 하루하루 먹을거리를 얻기 위해 가족과 부락사람들은 힘을 모았다. 그들은 자연의 정령이 가족을 보살펴 주리라는 믿음 속에 단순하고 슬픔 없는 일상을 살아갔다. 자신들의 삶의 자취가 장구한 역사의 편린이 될 줄을 알 지 못한 채 그들은 그곳에서 살다가 몇 차례의 홍수와 지각변화를 거치면서 다른 곳으로 이주해 갔다.

오랜 시간이 흐르고 난 뒤 그들이 살던 곳에서 생존의 흔적이 나타났다. 상무룡리 사람들은 6천여 점의 구석기 유적과 함께 현대에 부활했다. 1986년 북한 금강산댐의 수공을 막는다는 명분하에 평화의 댐 건설공사가 시작되었다. 이 댐을 계획한 신군부 정권의 속셈은 그 후 우스갯짓이었다는 것이 밝혀졌지만, 이 공사로 인해 구석기 시대를 살았던 상무룡리 사람들의 발자취가 세상에 드러난 것이다.

상무룡리 유적지에서 발굴된 석기들은 다른 구석기 유적지에서 발굴된 것들과 큰 차이가 없었다. 그러나 한 가지 종류가 뚜렷하게 달랐다. 그것은 흑요석이었다. 공주 석장리, 웅기 굴포리, 부산 동삼동, 경기도 포천에서도 흑요석기가 발견되었지만, 한반도에서의 원산지와 이동경로는 밝혀지지 않았었다. 그러나 양구 상무룡리에서 흑요석이 발견됨에 따라 베일 속에 가렸던 그들의 이동경로가 밝혀지기 시작했다.

중앙아시아의 알타이 산맥과 바이칼 호 주변지역 – 흔히 시베리아로 불리는 – 에서 살던 알타이족, 투바족, 소요트족, 부리야트족, 축치족, 코랴크족, 유카키르족, 길랴크족은 상무룡리 사람들과 원래 형제이거나 이웃사촌쯤의 종족이었다. 이들 종족은 제4기 홍적세인 빙하기가 끝나기 전부터 무리를 지어 중앙아시아에서 동남과 동북방향으로 이동을 시작했다. 그 가운데 코랴크족, 축치족, 유카키르족, 길랴크족은 1만 2천여 년 전 얼어붙은 베링 해를 건너 알래스카로, 알래스카에서 북미대륙으로 넘어갔다. 그들 중 일부는 더 멀리 멕시코의 유카탄 반도를 거쳐 남미의 안데스 산맥으로 흘러갔다. 중앙아시아 석기인들의 후손은 중남미에 경이로운 왕국과 신비의 제국을 건설했다. 그것은 마야와 잉카였다.

다른 종족들의 일부는 몽골고원과 동북 대평원의 경계를 이루는 대싱안링 산맥을 넘어 만주와 한반도 쪽으로 내려왔다. 한반도로 온 구석기 종족은 다시 두 갈래로 나뉘어 남하했다. 일부는 압록강을 넘어 서해안을 따라 남진했고 일부는 두만강을 넘어 백두산 쪽으로 내려왔다. 백두산 근처의 종족은 동해안을 따라 남하하다가 금강산 기슭에서 양구방면으로 옮겨왔다. 그들은 화산이 만들어낸 흑요석을 간직하고 있었다. 흑요석은 장구한 세월이 흐르는 동안 중앙아시아의 알타이 지방, 바이칼 호, 캄차카 반도, 북아메리카, 멕시코의 테오티와칸을 잇는 신화와 영적 지배의 연결고리가 되었다. 상무룡리 사람들이 살던 때로부터 아득한 시간이 흐른 뒤 아라비아 사막의 도시 메카에 카바 신전이 세워졌다. 물신숭배를 초월해 강고한 신앙을 세상에 선포한 이슬람의 상징, 육면체의 운석. 그 또한 흑요석 멘히르가 아니었을까.

흑요석의 종족. 상무룡리 사람들은 그들이 흑요석의 자손임을 잊지 않았다. 흑요석은 그들의 뿌리를 확인하는 생활도구였으며 그들이 거쳐 온 경로를 더듬는 원시문명의 이정표였다. 화산지대에서나 볼 수 있는 반짝이는 검은 돌은 석기를 만드는 재료 이상의 그 무엇이었다. 상무룡리 구석기인들에게 흑요석기는 평화와 문명의 이기였다.

상무룡리 사람들 앞에 전개된 새로운 산하, 아늑한 강변, 바람을 막아주는 산, 따뜻한 기후는 북방에서 기약 없이 이어지던 이동 수렵시대의 마감을 예고하는 반가운 조건들이었다. 그리고 그들이 훗날 다시 옮겨갈 곳은 그 아래쪽 소양강변의 내평리와 천전리였다.

중앙아시아를 시원으로 하는 구석기 인류의 그물망은 그 뒤 몽골의 셀렝게 강, 만주의 쑹화 강, 북 시베리아의 아나디르 강을 거쳐 알래스카의 유콘 강, 아메리카의 콜롬비아 강, 콜로라도 강, 리오그란데 강으로 뻗어나갔고 남아메리카의 아마존 강 상류에까지 도달했다.

한강과 소양강은 태곳적부터 이들 하천망 속에 편입된 강변 문명의 발상지였다. 소양강은 지질학적 탄생의 역사뿐만 아니라 거미줄 같은 문명의 이동선상에서 보더라도 하늘에서 떨어지거나 땅에서 솟아난 고립된 강이 아니었다.

삭 주

1.

한반도의 역사가 청동기시대로 진입하고 있을 무렵의 어느 여름날, 소양강 상류 내평리에도 밤이 깊었다. 아비와 마누는 밤하늘을 쳐다보았다. 검은 융단 같은 하늘은 별의 바다였다. 밤하늘의 별은 아름답기도 하고 두렵기도 한 존재였다. 별은 아바 가족과 부락 사람들에게 신이었다.

별이 빛나는 밤마다 아바는 아내 마누와 함께 고인돌 곁에서 두 손을 모으고 알 수 없는 단어들을 중얼거리며 주문을 외웠다. 때로는 늑대 울음 같기도 하고 때로는 비둘기 울음 같기도 한 소리를 내며 고인돌 주변을 맴돌았다. 그럴 때면 강변 건너 산기슭에서 진짜 늑대와 여우의 울음소리가 들려오곤 했다. 비 오는 날 밤을 제외하면 늑대와 여우의 울음소리는 거의 매일 밤 들려왔다. 가끔은 멀리서, 가끔은 눈앞 강 건너에서, 그리고 어떤 때는 독창으로 어떤 때는 합창이 되어 울렸다. 그들은 어느새 동물들의 울음소리에 익숙해 있었다.

어둠속에서 고인돌 주변을 함께 돌던 아바가 마누에게 손짓으로 어딘가를 가리키며 말했다.

"저기…… 강 건너, 짐승…… 울음소리가 들려."

마누가 귀를 종긋 세우고 어둠 속 강 건너 쪽을 응시했지만 아무 소리도 들리지 않았다. 자갈 밑에서 울어대는 귀뚜라미 소리와 풀벌레들의 속삭임은 들렸지만 동물의 울음소리는 들리지 않았다.

"아바, 아무 소리도 안 들려."

검은 하늘에 희뿌연 커튼자락을 펼쳐놓은 은하수가 그믐밤의 암흑을 희미하게 비춰주었다. 강 건너에서 늦여름 밤의 침묵을 깨는 소리가 들려왔다. 그것은 덩치가 큰 짐승의 울음이 분명했다. 가끔 산 너머에서 울리던 묵직하고 제법 익숙한 종류의 소리였다. 그때 갑자기 무시무시한 포효와 함께 찢어질 듯한 고음이 울렸다. 울음의 주인공은 둘이었다. 쫓는 자와 쫓기는 자…… 날카로운 고음을 내는 동물이 물을 튀기며 강물로 뛰어드는 소리가 강 건너에서도 또렷이 들렸다. 육중하지만 날쌘 느낌을 주는 추적자의 거친 발소리도 들렸다.

물속에서 쫓고 쫓기는 발자국 소리와 울부짖음이 암흑속의 광상곡이 되어 강변에 울려 퍼졌다. 도망자의 찢어지는 울음과 추적자의 으르렁거리는 소리는 몇 초 동안 계속되다가 곧 잠잠해졌다. 강변은 다시 침묵 속에 잠겼다. 아바는 침을 삼키며 강 건너를 응시했다. 그의 눈에 움직이는 물체가 보였다. 그것은 푸른빛을 띠는 섬광이었다. 두 개의 섬광은 천천히 움직이다가 잠시 후에는 완전히 사라졌다.

아바는 움집 안으로 들어가 아이들을 살폈다. 아이들은 곤하게 잠들어 있었다. 일곱 살 난 아들 바우와 네 살 배기 딸 자리는 깐돌바닥 위에 두껍게 덮은, 마른 갈대풀을 엮어 만든 깔개 위에서 코를 골며 자고 있었다. 아이들은 낮에 강에서 돌을 줍고 물놀이를 한 탓에 피곤했을 것이다. 아이들을 확인한 아바는 움집 밖으로 나와 아내를 불렀다.

"마누, 비비를 찾아줘."

"움막 안에 뒀어. 오늘밤에 또 불 피워야 해?"

"불을 피워야 해. 짐승들이 또 올지 몰라."

마누가 어둠 속에서 활비비를 찾아 아바에게 건넸다. 마누는 불 피우는 도구인 활비비와 발화판을 언제나 움집 안에 두었다. 비 오는 날 밖에 두어 젖기라도 하면 활비비도 발화판도 소용이 없었다. 활비비는 늘 건조한 상태를 유지해야 했고 발화판은 더 뽀송뽀송해야 했다. 발화도구에 습기가 차면 불 만들기가 어려웠으므로 그럴 때는 부싯돌을 사용해야 했다. 부싯돌로 쓰는 차돌은 강변에 널렸지만 마찰석으로 쓰이는 황철광은 구하기가 어려웠다. 게다가 습한 여름철에 부싯돌로 불을 피우는 것은 여간 힘든 일이 아니었다. 청동기시대가 한창 진행되고 있을 무렵의 내평리 소양강변에서 활비비는 여전히 유용한 사계절 발화도구였다.

아바는 참나무로 만든 발화판의 구멍 속에 발화막대를 끼워 넣고 막대를 활비비의 시위에 감아 돌리기 시작했다. 어둠 속에서도 아바의 동작은 신중하고 침착했다. 활비비 시위에 감긴 막대 끝을 왼손으로 감아쥐고 바른손으로 활비비를 한참 돌리자 연기가 피어오르고 미세한 불먼지가 생기기 시작했다. 불먼지는 잠시 후 조그만 불덩이가 되어 불쏘시개에 옮겨 붙었다. 아바는 불쏘시개 위에 마른 풀과 나뭇가지를 올려놓았다. 불이 제법 타올랐을 때 마누가 그 위에 송진 부스러기를 뿌렸다. 집 안에 쌓아둔 나무더미에서 그녀는 관솔 몇 개를 더 가지고 나와 움집 앞의 여러 곳에 불을 피워놓았다.

움집 앞이 갑자기 환해졌다. 아바의 움집 앞에 불이 밝혀지자 어느새 이웃에서도 불꽃이 타오르기 시작했다. 잠시 후 내평리 강변의 모든 움집마다 불이 밝혀지고 부락은 환해지기 시작했다. 강변에는 수십 개의 불꽃이 봉화처럼 타올라 어둠을 밝히는 빛이 밤의 장막을 걷어냈다.

불꽃의 장관은 밤의 강변을 불타는 주홍색으로 물들이고 부락사람들의 삶의 터전을 심야의 굿판으로 만들었다. 그것은 맹수를 경계하기 위한 암흑 속의 불꽃축제였다. 불은 아바 가족과 부락사람들에게 짐승을 쫓는 수단이기도 했다. 벌써 그 이전부터 불은 사람들에게 생활의 동력인 동시에 공포와 경계, 경외와 숭배의 대상이 되고 있었다.

다음날 아침 해가 뜰 때 아바는 강가로 나가 강물에 담가 놓은 낚시를 거두기 시작했다. 그는 이틀 전에 야트막한 여울을 가로질러 두 군데에 돌무덤을 쌓고 그 가운데 꽂은 두 개의 굵은 막대기 사이를 가느다란 칡껍질로 만든 모릿줄로 연결해두었다. 그리고 모릿줄에 일정간격으로 수십 개의 아릿줄을 달아 그 끝에 수달의 뼈를 갈아 만든 낚싯바늘을 매달았다. 낚시 바늘에는 미끼로 잠자리 유충과 귀뚜라미를 달았다.

한 개의 낚시로는 많은 물고기를 잡을 수 없었다. 그는 난생 처음 주낙이라는 것을 생각해냈다. 낚싯줄에는 수십 마리의 물고기들이 매달려 있었다. 물고기는 모두 차고 맑은 물에서나 사는 어종들이었다. 잡아 올린 누치, 열목어, 어름치, 돌고기, 쏘가리가 자갈밭 위에서 펄떡거렸다.

아바는 잡은 물고기를 조리하기 위해 야외 화덕에 불을 피웠다. 네 식구가 먹을 물고기는 나뭇가지에 꿰어 굽고 나머지는 연기에 그을린 다음 자갈밭 위에 깔아놓고 햇볕에 말렸다. 불에 구워먹는 물고기는 맛이 있었지만, 그는 언제부턴가 소금이라는 하얀 가루에 찍어 먹으면 훨씬 맛이 좋다는 사실을 알게 되었다. 소금은 내평 부락으로부터 더 하류 쪽에 있는 부락 사람들에게서 우연히 얻어온 희귀한 조미료였다.

아바는 부락사람 열댓 명과 함께 강변 하류를 따라 열흘 동안 집단 사냥을 나간 적이 있었다. 소양강변은 험한 산과 맑은 강이 끊임없이 연결되는 동식물의 서식지였다. 그곳은 물고기와 산짐승을 동시에 사냥할 수 있는 최적의 장소였다. 그들은 어로와 수렵을 하면서 춘천 북방의 천전리에 이르렀다. 같은 소양강 줄기의 부락이었지만 천전리 강변에는 내평리보다 더 넓은 들이 펼쳐져 있고 더 많은 사람들이 모여 살고 있었다.

아바 일행이 도착한 천전리 강변일대에는 받침대가 낮은 고인돌이 엄청나게 널려 있었다. 내평리 강변에도 고인돌은 있었지만 열 개를 넘지 않았다. 고인돌이 많다는 것은 그 일대에 사는 사람들의 숫자가 많다는 증거일 터였다.

그들은 천전 부락 사람들에게 노루, 사슴, 멧돼지 고기를 말려 만든 육포를 주고 그 대신 생전 처음 보는 소금가루를 얻었다. 천전리 사람들에게 물고기는 흔했지만 짐승고기는 귀했다. 아바는 물건과 물건을 맞바꾸는 첫 경험을 했다.

그 때 벌써 천전리 사람들은 소금가루를 소양강 하류의 가평지역으로부터 구해오고 있었다. 가평 사람들은 북한강 하류의 양수리 쪽에서, 양수리 사람들은 마포와 김포 쪽에서, 그리고 한강 하류 사람들은 서해안 쪽에서 소금을 구해오고 있었다. 아바 일행은 물물교환으로 소금가루를 얻고 내평 부락으로 돌아왔다. 그 뒤 아바가 내평리와 천전리를 오가면서 겪게 된 놀라운 경험 하나가 가족의 식생활에 혁명을 일으켰다.

어느 날 아바가 불을 피워놓고 무언가를 만드는 일에 열중하고 있었다. 그는 빗살무늬가 새겨진 황토색 항아리에 물을 담아 화덕 위에 올려놓고 거기에 진흙가루를 섞은 다음 물고기 내장과 갈대뿌리를 넣었다. 끓는 물을 식힌 뒤 기름기와 건더기를 건져내고 뿌연 물만 남긴 채 몇 번 더 끓이는 작업을 계속하자 누르스름한 가루가 그릇 밑바닥에 침전되었다.

항아리가 식었을 때 그가 가루를 손가락에 찍어 맛보았다. 가루는 짠 맛을 냈다. 그는 항아리를 이용해 이런 작업을 수십 차례 반복했는데, 그것은 끈기와 인내심을 요구하는 고된 노역이었다. 그는 바닷물이 아닌 강물로 소금을 만드는 방법을 터득한 것이다. 짠 맛을 내는 가루의 양은 아주 적었다. 그러나 그것은 황금보다도 귀한 조미료이자 아바 가족의 생명과 건강을 지켜줄 소중한 약제였다.

아바는 소양강변 뒷산에 올라가 나무열매를 따거나 줍는 일도 게을리 하지 않았다. 머루, 다래, 으름, 도토리는 주요 채집 대상이었지만 버섯은 그 때까지도 식용의 대상이 될 수 있다는 사실을 알지 못했다. 곡식은 아바 가족과 부락 사람들에게 아직은 낯선 먹을거리였다.

아바 가족과 부락 사람들 그리고 그들의 후손은 그 후 몇 대에 걸쳐 소양강 상류 내평리 사구에서 그렇게 살아갔다. 그들은 소양강변의 자연과 하늘이 제공해준 환경에 적응하면서 조금씩 생존방식을 바꾸어 나갔다. 그들의 운명은 인간과 자연 사이에 작용하는 법칙과 관계 속에서 결정될 수밖에 없었지만 원시적인 삶은 고달픈 가운데서도 이어졌다.

그러던 어느 여름날 소양강에 큰 홍수가 일어났다. 내평리 사람들의 절반 이상이 강물에 휩쓸려 죽거나 실종되었다. 겨우 살아남은 몇몇 사람들은 마을을 떠나 다른 곳으로 옮겨갔다. 아바 가족은 살아남은 다른 가족들과 함께 하류의 천전리 벌판으로 이동했고 다른 일부는 양구 쪽으로 거슬러 올라갔다. 내평부락에 남은 사람은 아무도 없었다. 지금부터 4천 년 전에서 3천 5백 년 사이의 어느 시기, 그러니까 신석기 시대에서 청동기시대로 접어든 무렵의 일이었다.

그들이 남긴 유물과 생존의 흔적은 장구한 세월을 뛰어넘는 고고학적 물증이 되었다. 고인돌, 움집, 화덕, 돌도끼, 돌화살촉, 반원형 돌칼, 숫돌, 빗살무늬 토기들은 그들의 삶을 엿보게 하고 그들의 소망을 후세인에게 알려주는 문명의 숨소리였다. 그리고 그 숨소리는 몇 천

년 동안 소양강변의 땅 속에 묻혀 있어야 했다. 그들이 살며 꿈꾸던 소박한 세상과 함께.

2.

기원전 4세기에서 3세기경 중국에서는 여, 제, 조 나라 간에 패권을 둘러싼 싸움이 벌어졌다. 대륙의 동란을 피해 중국 북부의 유민들이 무리를 지어 고조선의 강역인 요동과 한반도로 흘러들어왔다. 기원전 194년 연 나라 망명자 위만이 반란을 일으키자 고조선 왕 준왕은 남쪽의 진국으로 달아나고 위만이 고조선 왕위에 올랐다. 위만은 연 나라 지방에서 왔지만 머리를 묶고 조선인의 옷을 입었으며 맥족의 문화에 젖은 사람이었다. 그는 조선의 토착민인 맥족과 함께 성장하면서 토착민 사회에 정착한 사람이었다. 위만조선은 모든 면에서 고조선의 명맥을 이은 조선인의 나라였다.

중국 대륙을 통일한 한나라는 밖으로 시선을 돌려 요동과 한반도로 진출하려고 했다. 위만조선이 한의 팽창정책에 맞서 저항하자 한 무제는 기원전 109년 대군을 동원해 수륙 양면으로 위만조선을 침략해왔다. 위만조선은 한 해 동안 한 나라에 맞서 싸웠으나 주화파들이 항복하고 우왕이 피살됨으로써 고조선의 도읍 왕검성은 함락되었다. 기원전 108년 한국사상 최초의 고대국가였던 고조선은 사라졌다.

기원전 5세기의 부여도 맥족이 중심이 되어 북만주 땅에 세운 나라였다. 부여의 맥족 중 일부가 3, 4세기가 지난 뒤 한반도 북부를 넘어 강원도 동해안 쪽으로 남하했다. 고조선, 고구려, 부여에 거주하는 고대 한국인을 총칭하는 종족의 이름. 맥족은 중국인이 오랑캐의 뜻을 담아 부른 명칭과는 달리 고유의 생활양식과 미풍양속을 지닌 독립된 종족이었다. 모든 고대국가가 대체로 신화나 전설 같은 신비의 의상을 걸치고 역사무대에 등장하는 법이지만 춘천 북방의 작은 부족국가는 신화의 베일을 벗고 역사의 실체로 등장했다.

위만조선이 기원전 108년에 망하고 요동 고토에 한 사군의 하나인 낙랑이 들어서 400년간 명맥을 유지하는 동안 춘천 신북 소양강변에 맥(貊)이라는 이름의 부족국가가 등장했다. 맥국은 청동기시대 말기와 초기 철기시대인 서기 100년 전후에 나타나 637년까지 존속했던 작은 부족국가였다. 중국인의 입장에서 볼 때 동쪽 오랑캐라는 뜻을 지닌 동이족과 동이족에 속하는 맥족도 명칭 그대로 오랑캐 족이었을 것이다. 그러나 그것은 대륙의 한족이 그들 자신과 이민족을 구별하기 위해 중화의 시각에서 부른 이름이었을 뿐이다. 맥족이 세운 부족국가 맥은 인구는 적었지만 배산임수의 자연환경 속에서 미풍양속을 유지하며 풍요로운 곡식을 거둬들인 축복받은 소국이었다. 설화나 전설 속에 전해온 상상 속의 나라가 아니라, 소양강변의 비옥한 벌판에서 곡식을 가꾸고 가축을 기르며 물고기를 잡아 식탁의 풍요로움을 누린 사람들의 평화스러운 공동체였다.

맥국의 중심은 춘천 신북읍의 발산리였다. 발산리 뒤쪽에 솟은 수리봉은 겨울철 북풍을 막아주었다. 남쪽을 향해 펼쳐진 널찍한 들에서는 가을철에 풍요로운 곡식을 거둬들였다. 맥국 사람들은 추수가 끝난 뒤 10월이면 하늘에 수확을 감사드리는 제사를 올렸는데, 제사방식은 고조선, 부여, 고구려의 그것과 비슷했다. 그들은 제천의식을 끝낸 후 여흥으로 가무를 즐겼다. 발산리에 모인 사람들은 열흘 밤낮으로 술을 마시고 노래하며 소규모 부락별로, 남녀별로 무리지어 집단가무를 펼쳤다. 중국의 후한서와 삼국지 위지 동이전에서는 이를 무천이라고 불렀다.

제관의 구령에 따라 새털과 갈대묶음을 손에 든 사람들이 수십 명씩

489

조를 짜서 일어선 채 한 줄로 뒤를 따라가며 허리를 굽혔다 치켰다 하는 동작을 반복했다. 그들은 "어휘! 어휘!"하는 소리를 지르며 손발로 장단을 맞춰 춤을 추었다. 맥국 사람들은 노래와 춤으로 추수의 기쁨을 표현하고 부족의 번영을 기원했으며 시적 감성과 상상력을 넓혔다. 두레의 풍속도 아마 이때부터 시작되었을 것이다.

이 무렵 소양강은 맥국의 중심지인 발산리 앞쪽으로 굽이쳐 흐르고 있었다. 세월이 흐르고 때때로 홍수가 발생해 소양강 상류로부터 흘러온 토사가 신북읍 일대에 드넓은 평야를 형성하게 되면서 소양강 줄기는 점점 남쪽으로 이동하기 시작했다. 넓었던 강폭은 조금씩 줄어들기 시작했지만 맥국은 강변의 기름진 땅에서 번영을 지속했다.

그러나 소양강변에서 오래 명맥을 유지하던 맥국은 선덕여왕 6년인 637년 신라의 관할지역이 된 우수주에 편입되어 부족국가로서의 수명을 다했다. 원시적인 정치단위로서의 맥국은 소멸했지만 그들이 남긴 생활양식과 풍속, 부족의 전통과 유산은 살아남아 후세인들에게 전승되었다. 맥국은 규모는 작지만 풍요로운 소양강변의 부족국가였다. 뒷날 조선시대의 학자 정약용은 맥국의 역사적 실체를 고증하기 위해 춘천 신북읍 발산리를 찾아와 일대를 답사했다. 그는 그의 저서 아방강역고에서 맥국의 실재를 설명했다.

3.
5세기 초 고구려의 장수왕이 영토를 남쪽으로 넓힘에 따라 강원도 전역이 고구려 관할 아래 들어갔다. 이 무렵 신라는 자비마립간 시대로 영토범위가 경상남북도를 벗어나지 못했다. 이때만 해도 강원도 지방 고을의 이름이 모두 고구려 식이었던 것은 강원도의 고대사가 고구러로부터 시작되었기 때문이다. 그러나 신라는 선덕여왕 6년인 637년에 춘천을 우수주로 정하고 우수주에 군정장관인 군주를 두어 신라의 최전방 지역을 지키고 백성을 다스리게 함으로써 춘천은 국방의 중심지가 되었다. 통일신라시대에는 지방행정구역을 9주 5소경으로 나누고 그 밑에 군, 현, 면을 두었다. 춘천은 삭주, 강릉은 명주, 원주는 북원경이라고 칭해 지방행정 중심지로 삼았다. 특히 삭주는 군사적으로 중요한 장소였다. 왕은 삭주의 관할 아래에 있는 11군 27현을 다스리는 군정 책임자로 도총관을 임명하고 소양강변 우두산에 변수당(邊守幢)이라는 수비대를 주둔시켜 변경을 지키게 했다.

삭주는 신라가 멸망할 때까지 300년 동안 군사와 행정의 중심도시로서 명맥을 유지했으며 소양강은 군사요충의 중심을 흐르는 방어선이었다. 삭주(朔州)라는 이름의 고대도시는 이름 자체가 암시하듯 겨울철에는 지금보다도 훨씬 더 추웠다.

고려시대 성종 초 지방행정 중심지에서 잠시 제외됐던 삭주는 성종 14년 삭방도라는 이름으로 되살아났다. 그 뒤 문종 때는 삭방도의 규모가 축소되고 교주도로 개칭되었지만 당시 지방관으로 누가 부임했는지는 기록이 전하지 않아 알 수 없다. 그런데 여진족의 반란 때 난의 평정에 공이 컸던 병마부사 이개라는 사람이 한때 춘천도 감창사로 있으면서 청평산의 아름다움에 반해 문수원을 세웠다는 기록으로 미루어 보아 교주도가 한때 춘천도로 불렸음을 짐작할 수 있다.

이개는 인주 이 씨로 그 일문은 여러 대에 걸쳐 왕실과 혼인관계를 맺어 이 씨 외척들의 세도가 조정을 주물렀다. 그러나 이 씨 문중 간에도 알력과 세력다툼이 벌어졌다. 이개의 아들 이자현은 과거에 합격해 대악서승이라는 벼슬에 올랐으나 벼슬을 버리고 혼탁한 조정을 벗어나 어릴 때 아버지 슬하에서 자라던 춘천 땅에 돌아와 경운산 산중에 숨어 살았다.

이자현의 춘천 은거는 사촌형인 이자겸이 두 딸을 왕비로 받치고 조정의 실권을 좌우하는 방자한 행동에 분노를 느낀 나머지 그의 횡포와 감시망에서 벗어나기 위한 선택이었다. 이자현이 경운산에 들어와 살면서부터 우연히 도적이 사라지고 호랑이와 늑대가 자취를 감추었다. 그는 산의 이름을 청평산(淸平山)으로 고치고 스스로를 청평거사라고 불렀다. 그는 청평산에서 참선과 수행에 몰입했고 때때로 그 아래 소양강에서 몸을 씻고 시문을 지으며 세월을 보냈다. 그는 고려, 조선조 천년을 통해 권력과 파당에 물들지 않은 선비로 후인들의 존경을 받았다. 그 뒤 이자현과 뜻을 같이하는 선비들이 소양강을 거슬러와 청평산으로 들어왔다. 고려시대에 소양강변 청평산 일대는 시인 묵객들과 타락한 정치권력에 때 묻지 않은 사람들이 칩거하기에 좋은 은신처였다. 이자겸은 외척의 권세를 휘두르다가 왕위까지 넘보기에 이르렀지만 결국 역적으로 몰려 영광으로 유배됐다가 사망했다.

고려 현종 때에는 전국의 행정구역을 직할지역인 경기 외에 5도(양광도, 경상도, 전라도, 교주도, 서해도)와 양계(동계와 북계)로 나눴다. 양계는 군사 목적을 위해 국경지대에 설치한 특수지역이었다. 교주도에는 교주군(강원도 회양지역), 춘주군(춘천지역), 동주군(철원지역) 등 세 개의 군을 두었다. 도(道)라는 명칭이 사용되기 시작한 것은 이때부터였다. 고려 후기에 춘천과 주변지역은 무신정권의 발호와 조정의 혼란에도 불구하고 한동안 평온을 지속해 왔다. 소양강은 태곳적의 유리알 같은 청정을 유지해왔다. 그러나 강변의 평온은 고려 17대 임금 고종 대에 키탄 군과 몽골군의 침입으로 깨지고 삭주 시대 이후 600여 년 동안 지속되었던 소양강의 평화는 피로 얼룩지는 운명을 맞게 되었다.

몽골

1.

고려 고종 17년인 1230년 5월 하순 키탄(거란) 군이 강원도 지역을 침입했다. 몽골제국에 귀속하기를 거부한 9만여 명의 키탄 인들 중 상당수가 고려 국경을 넘어 강원도 원주까지 진출했다. 그들은 수차례 원주 관아와 민가를 공격하고 주민을 살육한 후 춘주(오늘의 춘천)로 진격해왔다. 춘주 사람들은 봉의산성에서 안찰사 노주한의 지휘 아래 항전했으나 수백 명이 살육되고 노주한은 치열한 전투를 벌이던 중 전사했다. 키탄 군은 약탈을 일삼다가 소양강 너머로 물러갔지만 이는 더 참혹한 외침의 서막이었다.

고종 18년인 1231년부터 고종 46년인 1259년까지 28년 동안 일곱 차례에 걸쳐 몽골군의 침략을 받은 고려는 역사상 유례없는 참화를 입었다. 몽골군은 고려 땅을 황폐화시키고 논밭의 곡식을 불태웠으며 백성들을 사냥감처럼 살육했다. 부녀자들은 겁탈당하거나 노비가 되어 몽고에 끌려갔다. 몽골군의 1,2차 침입은 대원수 살리타이의 지휘 하에 이루어졌고 3차 침입은 당원대 군, 5,6,7차 침입은 차라대 군에 의해 이루어졌다. 춘천지역에서 벌어졌던 유례없는 혈전은 제4차 침입 때 몽골 대원수인 예구(也窟) 군과의 싸움이었다.

고종 40년인 1253년 10월 중순 철원의 동주성을 무혈점령한 몽골군이 춘주에 나타났다. 후타라인이 이끄는 몽골군 선발대가 춘주 안찰사 박천기와 무애 선사가 이끄는 고려군에 막혀 소양강을 사이에 두고 대치하고 있을 때 총사령관 쑹타이가 지휘하는 본진이 우두 평야에 도착한 것이다. 몽골군 선발대는 여러 차례 소양강 도하를 시도하다가 고려군의 수중매복 작전에 걸려들어 병력손실을 입었다. 그들은 강을 건너지 못한 채 고려군의 유격전술에 번번이 골탕을 먹었다.

그러나 춘주 관아의 병사들과 양민, 노비로 구성된 2천여 명의 고려군은 2만 명의 몽골군을 상대하기에 모든 면에서 역부족이었다. 박천기는 고려군을 이끌고 봉의산성으로 철수했다. 소양강변 들판에서 추수가 한창일 무렵 몽골군의 갑작스런 침공 소식에 놀란 춘주 주민들은 봉의산성 안으로 피신했다. 봉의산성 아래에 도착한 몽골군은 몇 번씩이나 산성을 공격하며 고려군에게 항복을 요구했지만 고려군은 그때마다 투항을 거부했다. 지난번 여러 차례의 침공에서 고려 군민들의 성 밖 기습공격에 번번이 혼이 난 몽골군은 이번 봉의산성 공격에서는 종전과는 다른 작전을 펴기 시작했다.

고려시대나 지금이나 봉황이 날개를 편 채 웅크리고 앉아있는 모습의 봉의산은 소양강을 뒤로 하고 춘천의 한가운데 솟은 진산이다. 봉의산성은 7부 능선에 경사 70도 안팎의 가파른 지형을 이용해 군데군데 석축을 쌓아 만든 성이었다. 몽골군이 침략하기 이전인 고려 중기에 축조된 산성은 석축둘레가 1,240미터, 높이가 5미터 안팎인 소규모 성이었다.

몽골군은 봉의산성을 포위했으나 고려군 특공대는 밤낮을 가리지 않고 틈만 나면 기습공격을 감행했다. 번번이 기습을 당한 몽골군이 제대로 반격을 하지 못하자 총사령관 쑹타이는 화가 치밀었다. 그의 얼굴은 일그러졌고 눈에서는 불꽃이 타올랐다. 그는 부하 후타라인을 믿을 수 없었으므로 자신이 직접 몽골군을 이끌고 하루라도 빨리 성을 함락시키려고 했다. 분노와 답답함을 참고 있던 쑹타이가 후타라인에게 지시했다.

"밍간노얀들을 여기로 집합시켜라. 각 부대는 자기 위치에서 경계를 철저히 하라. 성안에 있는 고려인들이 도망가지 못하도록 내려오는 길목에 목책을 세우고 구덩이를 파라."

밍간노얀은 천 명 단위의 병사로 구성된 부대의 지휘관을 일컫는 명칭인데, 오늘날 군대의 대대장에 해당하는 지위였다. 몽골군은 10명(아르반), 100명(자운), 1,000명(밍간), 10,000명(튀멘) 단위로 부대를 편성했으며 이 단위부대의 지휘관을 노얀이라고 불렀다. 노얀은 모두 귀족 출신이었다.

쑹타이는 일만 오천여 병력을 밍간노얀 단위로 구분해 봉의산성을 포위했다. 그런 다음 자신은 직접 오천 명의 병력을 이끌고 봉의산 지리를 잘 아는 고려인 안내원을 앞세워 봉의산성 성문 쪽으로 올라가 성을 살폈다. 그는 포로로 잡은 춘주 사람들을 끌고 와 그들에게 성문 앞에 있는 나무들을 자르도록 명령했다. 이 광경을 성안에서 지켜보고 있던 안찰사 박천기, 문학 조효립, 무애 선사는 결전이 임박했음을 느꼈다. 안찰사 박천기가 무애 선사에게 물었다.

"스님, 어떻게 하면 좋겠습니까?"

무애 선사가 침묵하던 끝에 대답했다.

"식량도 바닥을 드러내고 있고 몽골군의 포위망을 뚫는 것도 어려울 것 같고…… 소승도 마땅한 대책이 떠오르지 않는군요. 성안 양민들만이라도 피해가 없도록 싸울 수밖엔……."

"몽골군이 산성을 겹겹이 포위하고 있어 군사들 사기도 떨어진 듯합니다."

이들의 대화를 옆에서 듣고 있던 조효립이 침묵을 깨고 입을 열었다.

"이곳이 함락되면 군병들이야 죽음을 피할 길이 없겠지만 노인들, 부녀자들, 아이들은 어떻게 될 것 같습니까?"

"몽골군은 무차별 학살을 한다고 들었습니다. 아녀자들은 필경 끔찍한 변을 당하겠지요."

조효립은 깊은 한숨을 쉬며 오랫동안 병약한 자신의 부인을 생각했다. 긴장과 공포에 가득 찬 병졸들과 주민들도 성벽 아래를 보며 웅성거렸다. "이곳도 이제는 끝이로구나." "어디로 피난을 간단 말인가?" "여자들이야 살려주겠지?" "저놈들 소문 못 들었나? 여자들은 겁탈하고 나서 죽일 거야. 아니면 노비로 끌고 가거나……."

춘주 주민들도 이미 북쪽 피난민들로부터 몽골군에 대한 소문을 들어 그들의 잔학성을 알고 있었다. 주민들은 봉의산성이 함락된 후에 닥쳐올 결과에 대해 절망했고 소름이 끼치도록 두려워했다. 무애 선사가 박천기에게 말했다.

"수령, 싸우기도 전에 겁부터 집어먹을 순 없습니다. 몽골군에게 허망하게 항복할 수야 없지 않습니까? 그러자면 병졸과 백성들의 사기를 올려줘야 합니다."

"스님, 알겠습니다. 조 녹사! 성안에 비축한 식량과 남은 술을 모두 꺼내 여기 동헌 마당에 갖다 놓으시오. 초병들만 남기고 군졸들과 백성들을 모두 마당으로 모이도록 하시오!"

"분부대로 하겠습니다."

날이 어두워지면서 성문 바로 밑에서 고려인 포로들을 동원해 다음 날의 공격을 위한 평탄작업을 끝낸 몽골군은 곳곳에 진을 치기 시작했다. 박천기는 성안의 주민들과 병사들을 동헌 마당에 모이게 해 음식을 만들게 한 다음 그동안 굶주렸던 배를 채우고 남아있는 술을 마음껏 마시게 했다. 한밤중 봉의산성 안에서는 결전을 앞두고 뜻밖의 잔치판이 벌어졌다. 봉의산성 안에서 들려오는 잔치소리에 귀를 기울이던 총사령관 쑹타이는 자신과 몽골군을 비웃는 듯한 고려인들의 행동에 다시 한 번 얼굴이 일그러졌다. 곁에 있던 후타라인이 말했다.

"총사령관님, 지금 당장 성을 공격하겠습니다!"

"놔두게. 우리 몽골군은 평지전투에서는 강하지만 산성을 치는 것은 무리일세. 성안에는 틀림없이 식량이 떨어졌을 테지. 배가 고프면 저들은 스스로 성문을 열어놓을 걸세."

"총사령관님, 지금이 기회입니다. 명령을 내려 주십시오!"

"잠깐, 저들이 잔치를 벌이는 것은 식량이 얼마 남지 않았다는 증거야. 우리 병사들도 경계병만 남기고 쉬도록 하게. 그러나 저들 중 한 명이라도 빠져나가면 노얀들에게 책임을 물을 테니 감시를 철저히 하게!"

"알겠습니다. 총사령관!"

후타라인은 하급 노얀들을 불렀다.

"오늘은 고려인들이 마지막 잔치를 벌이고 있어 탈출이나 기습공격 같은 것은 없을 것이다. 병사들을 쉬게 하라. 그러나 만약을 대비해서 경계는 철저히 하도록!"

남아있는 먹을거리로 음식을 만들어 마지막 잔치판을 벌이는 봉의산성 사람들에게 내일은 존재하지 않았다.

"자, 성민 여러분, 마음껏 드시오!"

"그래, 죽을 때 죽더라도 배터지게 한 번 먹어나보자."

고려 병사들과 성민들은 이것이 삶의 마지막이 될 것이라는 것을 알고 있었다. 남은 순간이나마 식구들과 함께 숟가락질을 하는 것도 살아생전 마지막 기회가 될 것임을 알고 있었다. 무애 선사와 의논을 끝낸 박천기는 조 녹사를 불렀다.

"조 녹사의 별동대에게 명령을 내리겠네."

"명을 받겠습니다!"

"몽골군은 우리에게 식량이 얼마 남지 않은 것도 알고 있을 걸세. 그리고 오늘 만큼은 저들의 경계가 허술할 테니 포위망을 뚫고 나가 인근 성에 원군을 요청하게!"

"알겠습니다. 즉시 시행하겠습니다."

조 녹사는 백 여 명의 별동대를 소집했다. 별동대원들은 어둠을 틈타 성의 동쪽으로 열 명씩 조를 이루어 성벽을 타고 내려갔다. 선발대원 몇 명이 몽골군이 세워놓은 목책을 넘다가 구덩이에 빠지면서 비명을 질렀다. 그 순간 몽골군 초병이 호각을 불고 불화살을 공중으로 쏘아 올렸다. 하늘이 환하게 밝아지면서 고려군의 정체가 드러났다. 조 녹사는 남은 별동대에게 공격명령을 내렸다.

"공격하라! 앞으로 나가라! 한 명이라도 살아남으면 인근 성으로 가서 원군을 요청하라!"

어둠을 뚫고 앞으로 나아가던 고려군 가운데 많은 병졸들이 몽골군이 파놓은 구덩이에 빠졌다. 칼과 칼이 부딪치는 날카로운 금속성이 암흑속의 적막을 깨뜨렸다. 가파른 산길에 피아를 구별할 수 없는 어둠 속에서 고려군은 칼과 창을 휘두르며 산 아래로 내달았다. 여기저기서 비명소리가 들려왔으나 소리의 주인공이 아군인지 적군인지 알 수 없었다. 얼마 후 비명 소리가 잦아들었고 조 녹사 주위에는 몽골군이 몰려들고 있었다.

"아아, 책임을 다하지 못했구나!"

조 녹사의 얼굴은 잿빛 땀으로 얼룩졌고 칼과 창에 찔린 몸 곳곳에서 피가 흘러내렸다. 힘겹게 침묵을 지키며 몽골군들을 노려보던 조 녹사가 부르짖었다.

"자, 오너라! 몽골의 짐승들아! 내가 너희들을……"

칼을 들고 울부짖으며 몽골군을 향해 달려가던 조 녹사의 왼쪽 가슴에 창이 꽂혔다. 두 눈을 부릅뜬 채 몽골군을 노려보던 조 녹사의 몸이 천천히 앞으로 꼬꾸라졌다. 몽골군이 계속 쏘아올린 불화살이 밤하늘을 밝히고 있었다.

2.

안찰사 박천기와 춘주 주민들이 봉의산성에 들어온 지 이십 여일이 지났다. 계절은 아침저녁으로 찬바람이 부는 십일월 초로 접어들고 있었다. 성안 주민들이 벌인 최후의 잔치로 인해 식량은 거의 떨어졌고 성안에 있는 우물도 말라버렸다. 화살과 돌멩이도 바닥나기 시작했다. 앞서 나간 특공대원으로부터는 아무런 연락도 없었다. 박천기는 경계병을 제외한 성안의 병사들과 주민들을 동헌 마당으로 불러 모았다.

"나는 춘주를 지키는 안찰사다. 목숨을 버릴망정 몽골군에게 항복하지 않는다. 고려의 백성들이여! 하늘은 우릴 버린다고 해도 춘주와 고려 땅을 버리지는 않을 것이다. 죽음을 각오하고 싸울 텐가!"

동헌에 모여 있던 사람들은 박천기의 떨릴 듯 비장한 외침에 한 목소리를 내며 싸우겠다고 화답했다. 이때 무리 가운데서 누군가가 외쳤다.

"……안찰사님, 당장 먹을 물이 없습니다. 모두들 목이 말라 죽을 지경입니다. 저 같이 젊은 놈도 견디기가 힘든데, 노약자들은 어떻겠습니까?"

한참 동안 말이 없던 박천기는 보승군을 지휘하는 유시립을 불렀다.

"유 장군, 우리가 여기에 끌고 온 소와 말이 몇 마리나 있소?"

유시립은 안찰사의 의중을 알아차렸다는 듯 "알겠습니다."란 짧막한 답을 하고나서 병사들과 함께 소와 말들을 끌고 왔다. 소와 말들도 사람들이나 마찬가지로 여물을 먹지 못해 비쩍 말라 있었다. 병사들이 유시립의 명령에 따라 칼을 빼들고 가축의 목을 쳤다. 그들이 한 번 칼을 들 때마다 쓰러지는 소와 말의 목에서 핏물이 뿜어 나왔고 주민들은 동이를 가져와 핏물을 받았다.

"자, 줄을 서시오! 한 모금씩 목을 축이시오."

박천기는 어떤 방법으로든 결단을 내려야만 했다. 양곡은 떨어졌고 소와 말의 피로 목을 축이는 것도 임시방편에 불과했다. 몽골군이 산성을 점령하면 그들은 부녀자들을 농락한 후 학살하거나 노비로 끌고 갈 것이 분명했다. 박천기가 무애 선사에게 말했다.

"무애 스님, 제가 결사대를 만들어 퇴로를 열겠습니다. 퇴로가 열리면 스님은 성민들을 이끌고 이곳을 벗어나십시오."

"나무관세음보살······ 소승도 나이가 들었나봅니다. 이젠 예전처럼 심신이 움직여주질 않는군요."

"스님, 부탁합니다!"

"몽골군은 성 앞에 목책을 치고 구덩이를 팠습니다. 저곳을 뚫고 나간다는 것은 아무래도 어려울 듯싶습니다."

"제 생각도 그렇습니다. 그렇지만 안에서 죽으나 밖에서 죽으나 매한가지 아니겠습니까? 이왕 죽을 바에는······."

"······안찰사님, 알겠습니다. 소승도 성 안에서 최선을 다하겠습니다. 나무관세음보살······."

"고맙습니다. 스님!"

박천기는 유시립을 불렀다.

"이젠 어쩔 수 없소. 유 장군은 남아있는 곡식을 한데 모아 모두 불태우시오. 나는 내일 날이 밝는 대로 결사대를 편성해 성 밖에 나아가

적과 싸우겠소. 마지막 결전이오! 여기는 무애 스님에게 맡기기로 했으니 유 장군은 나와 함께 나갑시다."

"알겠습니다."

유시립은 병사들에게 얼마 남지 않은 양곡을 불태우도록 지시했다. 잠시 후 양곡은 장작불 속에서 검은 연기와 함께 불타기 시작했다. 최후의 식량이 불타는 소리는 늦가을의 산성에서 메마른 장송곡처럼 울렸다. 그때 문학 조효립이 한 여인과 함께 활활 타는 불길 속으로 뛰어들었다. 그 여인은 조효립이 늘 병약함을 걱정해 왔던 그의 아내였다. 사람들은 너무도 놀랐지만 그것이 무엇을 의미하는지 이미 알고 있었던 듯 다만 눈물을 훔치며 바라보기만 했다. 이 소식을 들은 박천기는 말없이 우두커니 서서 성 밖을 내려다보고 있었다.

이튿날 새벽 박천기는 병사들을 포함하여 몸을 움직일 수 있는 장정 800여 명을 동헌 마당에 불러 모았다. 그는 장정들을 바라보며 외쳤다.

"자, 마지막이다. 나아가 싸우자! 노비문서도 모두 불태웠다. 이제 위도 없고 아래도 없다!"

여러 날 동안 제대로 먹지 못해 수척해진 장정들의 얼굴. 이들을 지켜보는 가족들의 눈길. 몸을 떨고 있는 아이들과 아녀자들의 모습……새벽의 찬 기운 속에 마당에 모인 사람들은 소리 없이 눈물을 흘리고 있었다. 성 밖을 응시하던 박천기가 호령을 내렸다.

"성문을 열어라!"

굳게 닫혔던 봉의산성의 성문이 열렸다. 박천기는 병사들을 이끌고 밖으로 나왔다. 유시립과 이십여 명의 병사들이 나무기둥과 장창을 이용해 목책을 부쉈다. 목책이 넘어지는 순간 고려군은 구덩이를 넘으며 몽골군 진영으로 뛰어들었다. 선봉에 선 박천기가 몽골 병사들을 쓰러뜨리기 시작했다. 고려군의 기습공격에 몽골군은 당황하여 대오가 흩어졌다. 신악전투에 서툰 몽골군은 고려군의 위세에 놀라 뒤로 물러섰다.

멀찌감치 뒤에서 지켜보던 몽골 총사령관 쑹타이는 고려군의 전격적이고 저돌적인 공격에 등골이 서늘해졌다. '항복할 줄 알았던 놈들이 공격을 하다니, 참 대단한 자들이군. 그러나 몽골군에 대항한 네놈들의 최후가 어떻게 될 것인지를 똑똑히 보여주마.' 쑹타이가 몽골군을 향해 소리쳤다.

"물러서지 마라! 물러서는 자들은 내가 베어버린다!"

물러서기만 하던 몽골군이 쑹타이의 호령에 다시 전열을 가다듬고 대항하기 시작했다. 고려군은 칼, 장창, 단검을 휘두르며 몽골군과 백병전을 벌였다. 몽골군은 겹겹이 인의 장막을 치며 고려군을 둘러싸고 압박을 가하기 시작했다. 성안에서 양만을 이끌던 무애 선사는 성문으로 나오다가 밀물처럼 몰려드는 몽골군과 마주쳤다. 성 밖 어느 곳으로도 빠져나갈 틈이 보이지 않았다. 후방의 몽골군은 식별이 가능했지만 성 앞에서 서로 뒤엉켜 접전을 벌이는 양군은 피아를 구분할 수 없었다. 양쪽 병사들이 모두 피범벅이 되어 한데 뒹굴었다.

시간이 흐르면서 백병전을 치르던 고려군들은 힘을 잃기 시작했다. 베고 찌르고 또 베어도 몽골군의 숫자가 줄어들지 않자 고려군은 제풀에 지치기 시작했다. 고려군의 기세가 조금이라도 약해지는 듯 보이기만 하면 그때마다 몽골군의 칼, 장창, 도끼, 철추가 날아들었다.

백병전 현장의 뒤쪽에 있던 쑹타이는 몽골군 궁수들을 앞에 내세웠다. 그는 접전을 벌이며 뒤엉켜 있는 양군 진영으로 화살을 날리도록 명령했다. 피아 구분 없이 대량의 사상자가 속출하기 시작했다. 갑옷을 관통할 수 있도록 제조된 철갑화살에 의해 전투를 벌이던 몽골군은 영문도 모른 채 쓰러졌다.

소수의 병력으로 버티던 고려군도 몽골군의 화살에 맞아 쓰러지기 시작했다. 몸에 여러 발의 화살이 꽂힌 박천기는 칼을 땅에 꽂고 천천히 무릎을 꿇었다. 그는 눈을 뜬 자세로 움직이지 않았다. 이 모습을 지켜보던 무애 선사는 양민들을 다시 성 안으로 밀어 넣었다. 쑹타이는 자신의 병사를 죽일 수밖에 없었던 결정에 몸을 부르르 떨며 명령을 내렸다.

"저 성 안에 있는 모든 것들을 없애 버려라! 풀 한 포기 살아남지 못하도록 불태워라!"

무애 선사는 성안을 돌아보고 하늘을 우러러 탄식했다. '아, 모든 게 끝나가고 있구나. 나는 육백 년을 이어온 맥국의 후손. 지금은 고려백성으로 몽골군의 침략에 맞서고 있으니 어찌 악귀의 만행을 승려로서 보고만 있겠는가? 광대무변, 자비 가득한 부처님의 힘이 몽골군을 물리치리라. 팔만대장경의 무량한 불력이 백성을 지켜 주리라. 이승에서 힘이 다할 때까지 싸우겠노라. 나무관세음보살……'

무애는 성문 앞에서 다가서는 몽골군을 홀로 상대했다. 그는 십여 명씩 조를 짜서 들이닥치는 몽골군을 향해 칼을 휘둘렀다. 고대 맥국으로부터 전수되어 온 비기가 바람을 가르기 시작했다. 칼을 한 번 휘두를 때마다 몽골군 병사들의 목과 팔이 잘려나갔다. 몽골군이 자랑하던 반달형의 칼 만곡도는 무애의 검무 앞에서 힘을 잃었다. 무애의 칼이 무지갯빛 섬광을 번득이며 전후좌우로 움직일 때마다 몽골군 병사들의 핏물이 튀어 무애의 얼굴은 피투성이가 되었고 승복은 붉게 물들었다. 성문 앞에는 몽골군의 시신이 쌓이기 시작했다.

멀리서 이를 지켜보던 총사령관 쑹타이는 무애 선사의 모습에 경악을 금치 못했다. '어떻게 중이라는 자가 저렇게 칼을 쓸 수 있을까……?' 그는 궁수들에게 명령하여 철갑을 뚫는 화살을 무애에게 날려 보내게 했다. 무애는 그 화살을 칼로 쳐냈다. 쑹타이는 직접 무애에게 화살을 겨냥했다. 얼굴에 튀긴 핏물을 닦기 위해 팔을 들어 올리는 순간 쑹타이가 쏜 화살이 왼쪽 팔에 꽂혔다. 무애는 신음을 참으며 화살을 뽑았다. 그때 몽골병사들이 뒤에서 던진 장창들 중 하나가 무애의 허벅지를 관통했다. 그 순간 격렬한 통증과 마비가 엄습했다.

그는 점점 희미해져가는 의식 속에서도 몽골군을 향해 칼을 휘두르며 앞에 몰려드는 적병 서너 명을 베었고 허벅지를 관통한 창을 뽑아낸 뒤 앞으로 내달렸다. 그는 피 묻은 칼을 휘두르며 주변을 몽골 병사들의 피바다로 만들었다.

무애 선사가 적진에서 몽골병사들과 맞서고 있을 때 몽골군 일부가 성안으로 몰려 들어가기 시작했다. 그들은 남녀노소를 가리지 않고 춘주 성민들을 사살하기 시작했다. 성 안 여기저기서 고함과 비명소리가 넘쳤다. 비명소리는 꿈결에 지옥에서 들려오는 저승피리의 합주 같았다.

무애는 성문을 지키지 못한 자신을 질책했지만 그의 몸에서는 이미 힘이 빠져나간 뒤였다. 그를 향해 날아오는 수십 발의 화살 중 몇 발이 몸에 꽂혔다. 화살, 창, 칼에 찔린 몸의 여기저기서 분수처럼 핏물이 솟았다. 두 눈을 부릅뜬 채 죽음의 검무를 연출하던 무애는 무릎을 꿇었다. 그리고 앞으로 꼬꾸라지는 순간 고통도, 슬픔도, 기억도 사라졌다. 그에게 영원한 무상의 세계, 공(空)의 세계가 다가왔다.

3.

무애 선사가 눈을 감았을 때는 춘천 발산리에서 명맥을 이어오던 맥국이 멸망한 후로부터 616년이 지났을 때였다. 맥국은 사라졌지만 맥족의 혼은 그의 가슴에 살아 있었다. 무애는 맥국의 전승비기인 천궁검법을 이어받은 승려이자 맥국 왕실의 마지막 집사였다. 그는 세속

일에 초연한 입장을 취하며 입산수도에 전념해왔다. 그러던 그는 이십여 년 전 의병을 모집해 함경도지방에 쳐들어온 여진족을 물리치고 고려 양민을 구출해냈으며 전란의 와중에서 부모를 잃은 맥국의 마지막 왕통 이정을 봉의산 암자로 데려왔다.

무애는 봉의산 숲속에서 어린 이정에게 글과 무예를 가르쳤고 이정이 자라 청년이 되었을 때 자신이 간직해온 비기를 전수했다. 그는 제자가 맥국의 이상을 계승하기를 소망했지만 그것은 이미 현실적으로 불가능하며 피안의 미륵정토에서나 이루어질 과업이라고 스스로를 위안했다. 그런 그가 춘주 안찰사 박천기의 부름에 응해 다시 속세에 나섰고 춘주 양민들을 구하기 위해 침략군들과 싸우다가 마침내 쓰러진 것이다.

그가 세상을 뜨면서 춘주의 요새 봉의산성은 몽골군에 함락되었다. 봉의산성에 살아남은 사람은 한 사람도 없었고 산성 안팎에는 백성들의 시신이 어지럽게 쌓였다.

봉의산성 전투가 끝나던 날 저녁 무렵 춘주 땅에 비가 내렸다. 시신에서 뿜어 나온 피가 빗물을 타고 봉의산 계곡으로 흘러내렸다. 붉게 물든 빗물은 사라진 영혼들의 소리 없는 울음 속에 소양강으로 흘러들어갔다.

몽골군이 봉의산성을 불태우고 물러간 뒤 이정이 옛 맥족의 후예들로 구성된 전사들을 이끌고 산성에 도착했다. 그의 눈앞에 이미 처참한 시신으로 변한 무애 선사가 눈을 뜬 모습으로 누워 있었다. 이정은 스승의 시신을 부둥켜안고 하늘을 우러러 울부짖었다.

"아아! 스승님……!"

그는 스승의 시신을 화장한 뒤 유골을 소양강 물에 뿌렸다. 이정과 맥족의 전사들은 소양강 너머로 사라진 뒤 다시는 춘주 땅에 모습을 나타내지 않았다. 뒷날 이 지역에서 한동안 떠돈 이야기에 의하면 이정 일행은 한반도를 떠나 머나먼 서역 천산산맥 계곡으로 흘러들어 맥국을 계승한 나라를 세웠다고 전해지기도 했지만 확인할 수 없는 풍문일 뿐이었다. 그들은 끝내 사람들의 기억에서 사라졌고 역사에서 종적을 감추었다.

경국의 물길

1.

1392년 7월 17일, 이성계는 474년간 이어진 고려의 수도 개경 수창궁에서 신왕조의 태조로 등극했다. 그는 다음해 조선이란 국호를 정하고 즉위 3년이 되던 해에 한양으로 수도를 옮겼다. 한양 천도는 소양강 유역에서 오랫동안 살아온 사람들에게 한양을 개경보다 더 가깝게 만들고 춘천의 풍물을 바꿔놓은 획기적인 사건이었다. 강원도 사람들은 육상교통과 수운을 통해 수도에 더 가깝게 접근할 수 있게 되었다.

태조 4년인 1395년에 교주강릉도의 이름은 강원도로 바뀌고 다음해 원주에 감영이 설치되었다. 조선 8도제는 성종 시대에 만들어진 후 시대의 흐름에 따라 약간씩 달라졌지만 1894년 갑오경장에 이르기까지 골격이 유지되었다.

춘천은 이 지방에 사람이 살기 시작한 후 조선 초기에 이르기까지 여러 번 이름을 바꿔왔다. 고대의 맥에서 신라시대에는 우수, 우약주, 삭주로, 고려시대에는 광해주, 수춘, 춘주로, 조선시대에는 춘천으로 바뀌었다. 조선시대 춘천에는 행정관청으로 도호부가 설치되었고 왕은 도호부의 수령으로 품계가 종3품인 부사를 임명했다.

춘천에는 조선 초기부터 각종 관청 건물이 들어서기 시작했다. 봉의산 아래 쪽 봉의동과 옥천동 일부를 아동리라고 불렀는데, 아동리(현재의 도청 자리)에는 도호부 청사와 도호부사의 집무실인 동헌이 지어졌다. 그러나 동헌은 임진왜란 때 불타버렸고 난 후인 1646년 부사 엄황이 그 자리에 규모가 번듯한 새 동헌을 지어 이름을 문소각(聞韶閣)이라고 불렀다. 문소각은 봉황새가 날개를 펴고 웅크린 모습을 한 봉의산 자락 아래에 남쪽을 향해 자리 잡았다. 문소각을 짓고 난 감회를 엄황은 이렇게 표현했다.

"영서와 관동의 여러 곳을 돌아보니 기이하고 수려한 관청 터가 많았다. 그러나 춘천을 다스리는 이곳처럼 산수의 경개가 뛰어난 곳을 내 일찍이 보지 못했다. 이곳에서 보는 춘천의 경치를 어디에 비길 것인가!"

엄황은 가끔 동헌 뒷산인 봉의산에 올랐다. 산 정상에 서면 대룡산, 금병산, 삼악산, 화악산, 수리봉, 용화산, 청평산이 한눈에 들어왔다. 춘천을 원형으로 둘러싼 산들과 그 한가운데를 태극문양을 이루며 흐르는 소양강은 무관 출신인 그에게 선비의 풍류와 시적 영감을 안겨 주었다. 그에게 봉의산의 소나무는 청렴한 목민관의 상징처럼 여겨졌다.

푸른 산이 둘러싸고 맑은 물이 흐르는 춘천은 엄황에게 속계의 도솔천이었고 봉의산은 하늘에서 도솔천의 중심에 떨어진 진산이었다. 엄황은 문소각 터를 하늘의 조화가 빚어낸 명당이라고 믿었다. 소양강을 사랑한 그는 춘천을 떠나기 전 퇴락해가던 소양정을 수리하고 그 옆에 작은 정자 선몽당을 지었다. 그는 춘천지(春川誌)를 저서로 남겼다.

임진왜란이 일어나기 훨씬 전인 1573년 뒷날 문소각이 들어설 자리의 동쪽에는 객사인 수춘관이 있었고 수춘관 뒤에는 객사가 달린 정자 봉의루가 있었다. 그러나 봉의루의 전망이 별로 좋지 않았기 때문에 그 반대편인 서쪽에 격선당을 지어 객사와 정자를 대신하게 했다. 격선당에서는 소양강과 북한강의 합류지점에 다정한 모습으로 떠있는 작은 섬 중도가 보였다. 중앙에서 온 관리들과 시인 묵객들에게 격선당은 담론과 풍류를 즐기기에 더없이 아름다운 풍광을 제공했다.

수춘관 부근에는 사창청이, 도호부 관아 아래쪽 언덕에는 군기청과 부속건물이 세워졌다. 동헌의 동쪽 끝에는 향사당을 짓고 그 앞에 작은 연못을 파 연정이라는 정자를 세웠다. 또 향사당 동쪽 교동 언덕에는 향교가 세워지고 그 동쪽에는 사직단, 사직단 옆에는 성황사가 들어섰다. 향교에서 오리쯤 떨어진 곳에는 육상 교통기관인 역사가 있었는데, 역사의 이름은 보안역이었다. 이렇게 봉의산을 중심으로 들어선 관아와 부속 건물들은 품위 있고 아담한 시가지 경관을 조성했다.

소나무가 울창한 봉의산은 사시사철 진산의 푸름을 간직했고 봄이면 산자락 아래로 진달래와 철쭉 꽃밭이 분홍 융단을 깔아놓은 듯했다. 봉의동, 옥천동, 교동 언덕에는 복사꽃, 살구꽃, 조팝나무 꽃이 구름처럼 피어났다. 관아 건물 사이에는 산 벚꽃이 숲을 이루고 민가가 몰려 있는 마을에도 봄꽃들이 활짝 피어났다. 봉의산 정상에서 내려다본 춘천은 봄 냇가에 펼쳐진 울긋불긋한 꽃동산이었다. 소양강은 대지 위를 굽이쳐 감도는 옥색 비단 띠였다.

엄황이 춘천 부사로 재임하던 인조 22년, 1644년의 춘천 인구는 호구 수 2,253호에 남자 8,873명, 여자 2,611명이었다. 그러나 실제의 호구수와 인구는 훨씬 더 많았을 것이다. 그 이유는 당시 조선은 대가족제도여서 형제들은 성인이 된 후에도 분가를 하지 않았고 심한 경우에는 삼종 간에도 제사를 함께 지내 한집안으로 취급하여 분가를 하지 않았으므로 실제 호구 수는 두 배 이상 늘어날 수 있었기 때문이다. 인구수도 두 배 이상 많았을 것이다. 왜냐하면 15세 이상 관례를 지낸 사람만 관청에 등록을 했으므로 15세 미만의 아동들은 인구수에서 제외되고 여자의 경우 양반과 중인을 제외한 평민들은 성년이 넘어서도 관에 신고하지 않았기 때문에 실제 인구는 이보다 많았을 것이기 때문이다.

도호부 청사에는 도호부사 밑에 문무관리, 관노, 관기, 관비, 의녀, 백정, 장인 등을 합쳐 350여명이 근무하고 있었고 그 가운데 관기와 관노, 비복들만 200여명을 헤아렸다. 청 밖에서 근무하는 인원도 문무관리와 군병을 합쳐 1,340명에 이르렀으며 상근 병력 수도 670명에 달했다.

2.

조선시대에 춘천지방에는 호환이 자주 발생했다. 공포와 위엄의 화신. 화려한 털로 온몸을 감싼 동물의 제왕. 소양강변 산곡은 백두산 호랑이들의 신령스러운 서식처였다. 호랑이들은 물을 좋아했다. 한여름 소양강변에서는 사냥을 마친 호랑이들이 나타나 물을 마시고난 뒤 강변 나무그늘에서 낮잠을 자는 모습이 자주 목격되곤 했다. 이 희한한 광경은 근처를 지나던 사냥꾼이나 심마니들에게는 공포와 신비의 대상이었다.

청평산, 가리산, 화악산, 대룡산 일대에는 수를 헤아릴 수 없는 호랑이들이 출몰해 대낮에도 산길을 걷기가 어려웠다. 호랑이가 출몰하는 지역에는 도적의 발길마저 끊겼다. 춘천도호부는 빈번한 호환을 막기 위해 각 면과 현에 수십 명의 착호장(호랑이 사냥 반장)을 두고 리 단위에 수백 명의 심종장(호랑이 발자국을 추적하는 자)을 두어 호랑이 사냥에 나서게 했다. 이들은 관아 밖에서 일하는 별정직 공무원들이었다.

춘천도호부는 왕실에 진상하는 공물을 보내기 위해 여러 명의 공감 장인을 두었고 꿩을 잡는 매 사냥꾼인 응사 두 명도 채용했다. 도호부로부터 녹봉을 받는 응사는 왕실에 공납하기 위해 매년 살아있는 꿩

80마리와 훈련도감과 군기사에 바칠 꿩 2천 마리를 잡아야 했다. 춘천도호부에서는 다른 고장에서는 보기 어려운 물품도 왕실에 진상했는데, 꿀, 송이, 육포, 잣, 웅담, 각종 산약재 등이 그런 진상품이었다.

이런 품목들로 미루어보면 당시 인제군 기린면과 홍천군 내면이 춘천에서 먼 거리에 위치해 있었음에도 불구하고 한때 춘천도호부의 속현이 된 이유를 짐작할 수 있다. 기린면과 내면지역은 꿩을 포획하거나 왕실 진상품을 채취하는 주요 장소였고 이들 지역이 모두 소양강 상류지역이어서 배를 이용해 공물을 쉽게 운반할 수 있었기 때문이다.

춘천도호부는 매년 대동청에 쌀 575석을 납부했고 봄가을로 서울 각 군영에 쌀 345석을 보냈다. 군영에서 쓸 활의 재료, 목재, 포목, 등화용 동물기름도 생산하여 해마다 바쳤다. 이런 진상품과 공물은 대체로 육로를 통해 한양으로 보냈지만 봄가을에 한강의 수위가 적당할 때는 소양강에서 배에 실어 보냈다. 육로로 공물을 실어 나를 때 그 수송부대의 규모는 굉장했다. 관청에서 상근하는 보인 70명, 군사 100여명, 한양 어영에서 내려온 인원 80명, 양민 40여명 등 모두 300명에 달하는 인원이 동원되었다.

조선시대에 전국을 연결하는 가장 중요한 교통통신 수단은 역참제와 봉수였다. 육로교통에서는 춘천 도호부의 보안역이 중심 역 구실을 했고 경기도와 한양방면으로 통하는 역으로는 안보역이 있었다. 춘천에서 한양으로 통하는 길은 소양강 아래 칠송동, 소리개 앞에서 북한강 나루를 건너 덕두원에서 삼악산 북쪽 석파령을 넘어 마당골로 빠진 뒤 안보리로 가는 길이었다. 그 길은 아래쪽 신연강 양안의 암벽이 너무 험했기 때문에 생긴 우회로였다. 화천으로 가는 역은 사북면에 있는 인풍역, 금강산과 인제 방면으로 가는 역은 북산면의 부창역, 홍천과 원주로 가는 역은 춘천 남쪽의 원창역이었다. 역은 대부분 소양강과 북한강 물길을 따라 설치되었다.

춘천지방의 봉수망으로는 봉의산과 청평산에 봉수대가 있었고 인제 가리산 정상에도 봉수가 설치되었다. 한양의 남산 봉수대에서 시작한 봉수신호는 경기도 양주, 봉의산, 청평산, 가리산을 거쳐 동해안으로 연결되었으며 춘천은 봉수 연결망의 중간에 위치한 중개소였다. 봉수 역시 북한강과 소양강 물줄기를 거슬러 올라가는 중요 지점에 설치되었던 것이다. 봉수는 정유재란 당시 제 기능을 제대로 발휘하지 못해 폐지되고 그 후 파발제도로 대체되었다.

춘천은 북한강과 소양강이 합류하는 곳이어서 일찍부터 한강을 이용한 조운제도가 발달했다. 조운은 지방에서 현물로 거둬들인 조세를 배에 실어 한양까지 운반하는 제도로 내륙지방의 수로를 이용하는 경우에는 수운이라고 했다. 지방의 세곡을 운반하기 위해 수로의 중심이 되는 강변에는 수운창을 설치했는데, 춘천에는 우두동에 소양강창이 있었다.

소양강창의 관할지역은 춘천, 홍천, 양구, 인제, 화천, 통천, 고성, 간성, 양양 등이었다. 소양강창에서 모은 세곡은 뱃길을 따라 한양의 국고수납 창고인 군자창으로 운송되었다. 원주에는 흥원창을 설치해 원주, 영월, 평창 강릉, 삼척 등지에서 세곡을 거둬들였다. 왕조시대에 지방물자의 중앙조달은 나라 재정 운영에 필수적이었기 때문에 바닷길이나 강을 이용한 조운은 국가안보 차원의 중요성을 지닌 제도였다.

세곡의 운반 이외에 소양강의 운송에서 큰 비중을 차지한 것은 목재와 토산물, 소금이었다. 목재는 주로 뗏목을 이용했지만 목재를 그대로 방류하여 한강변의 특정지역에서 수거하는 방법을 이용하기도 했다. 국가의 독점품목인 소금은 배를 이용해 한강 수로를 따라 각 읍의 나루까지 운반하여 공급했고 수로가 미치지 않는 지역은 가장 가까운 읍의 나루까지 실어 나른 후 육로로 운반했다.

춘천으로 올라온 소금 배는 소양강 하류의 신연진, 사농동의 옥산포, 춘천댐 위의 모진에 들러 소금을 하역했다. 춘천도호부는 양강포감고라는 관리를 임명하여 소양강과 북한강을 오르내리는 소금배와 상업선을 감시하고 포구를 감독하게 했으며 선감고라는 벼슬을 두어 조세를 거두는 일을 맡겼다. 선감고 밑에는 나루터에 상주하는 사공 열 명을 배치했는데, 소양강의 사공은 관청에서 보수를 받는 직제상의 공무원이었다.

소양강은 조선시대에 수운과 더불어 뗏목의 강이었다. 지금까지 전해오는 노래 〈뗏목 아리랑〉은 뗏목에 얽힌 소양강변 사람들의 삶과 애환을 오랜 추억으로 떠올린다.

아리아리 쓰리쓰리 아라리요, 아리아리 고개로 넘어가네
우수 경칩에 물 풀리니 합강정 뗏목이 떠내려 가네
아리아리 쓰리쓰리 아라리요, 아리아리 고개로 넘어가네
창랑에 뗏목 띄워 놓으니 아리랑 타령 처량도 하네
아리아리 쓰리쓰리 아라리요, 아리아리 고개로 넘어가네
도거리 갈보야 술 거르게, 보매기 여울에 떠내려 가네

소양강의 뗏목은 강원도의 임산물, 특히 소양강 상류 인제지역의 목재를 옮기는데 이용되었다. 인제의 목재는 소양강으로, 정선의 목재는 남한강으로 운반되어 한강 본류를 타고 한양에 이르렀다. 인제와 홍천 내면지역에서 소나무를 벌채한 목상들은 맨 처음 산치성을 지냈다. 산신령에게 올리는 제사인 산치성의 절차나 제물은 다른 일반적인 산제시와 비슷했다. 치성이 끝나면 벌목꾼 대장이 제단에서 가장 가까운 소나무 한 그루를 도끼로 찍고 산판꾼들은 나무 주위에 둘러서 막걸리 한 잔으로 음복을 했다.

벌목은 11월에서 다음해 3월 사이에 행해졌다. 강원도는 눈이 많이 내리는 지방이므로 눈 쌓인 산에서는 목재의 하산작업이 쉽고 벌목이 끝나면 해빙기에 맞추어 뗏목을 띄우기에도 좋은 계절이기 때문이다.

나무의 규격은 보통 길이가 6미터, 직경이 15센티미터 이상이 되도록 도끼와 톱으로 잘라냈다. 산판꾼들은 길이 6미터의 통나무 서른 개 정도를 칡넝쿨이나 쇠줄을 이용해 너비 5~9미터로 엮어 앞 동가리를 만든 다음, 네 개의 동아리를 더 붙여 한 바닥을 만들어 모두 다섯 개의 동아리를 연결했다. 둘째 동아리부터 다섯째 동아리까지는 엮는 나무의 수를 두세 그루씩 줄여 뒤로 갈수록 좁아지게 만들었으며 뗏목 한 바닥을 보통 150그루에서 200그루 사이로 짜이게 만들었다. 앞 동가리의 앞부분에는 노의 구실을 하는 그레를 걸기 위해 강다리를 세웠으며 삿대는 따로 만들었다.

사공들은 뗏목이 출발하기 전에 강치성을 올렸다. 강물에 제사를 지내는 강치성 자리에는 제물로 돼지머리, 채나물, 밥, 포, 삼색실, 소지용 한지 석장을 올리고 뗏목과 사공의 안전을 기원했다. 뗏목이 떠날 때 사공들은 가족과 작별인사를 나누지 않는 것이 관례였고 여자는 뗏목 근처에 접근하는 것이 허용되지 않았다. 사공들은 인제에서 구운 옹기, 말린 산채, 산약재, 땔나무 같은 것을 뗏목에 싣기도 했다.

뗏목을 운행하는 사람은 앞 사공이 한두 명, 뒤 사공이 한 명이었다. 인제 합강에서 춘천 소양강 뗏목 정류장까지는 하룻길이었지만, 춘천에서 한양까지는 일주일에서 열흘이 걸렸다. 뗏목 여행을 할 때마다 사공들은 목숨을 걸고 노를 저어야 했다. 물길이 거칠거나 갑자기 홍수가 발생했을 때 뗏목이 뒤집혀 목숨을 잃는 사고가 가끔 발생했다. 사공들은 운행 도중 뗏목 위에서 밥을 지어 먹었고 해가 지면 뗏목을 강가의 돌무지에 매어두고 주막에서 하룻밤을 묵었다.

인제에서 한양에 이르는 강변에는 서른 개가 넘는 뗏목정류장이 있었다. 인제 합강에서 내평리, 청평골, 소양강나루, 마당골, 대성리, 팔당, 광나루, 뚝섬, 서빙고, 노량진, 마포로 이어지는 연결로에는 뗏목 정류장 주위에 객줏집이나 주막이 들어섰다. 사공들은 술값만 치르면 잠은 봉놋방에서 공짜로 잤다. 사공의 노임은 조선 중기 이래로 인제- 춘천 구간은 대체로 쌀 네 말, 춘천-한양 간은 쌀 스무 말 안팎이었다. 뗏목을 운행할 때 인제에서 출발한 사공들은 〈뗏목 아리랑〉을 불렀고 정선에서 출발한 사공들은 〈정선 아리랑〉을 불렀다.

한양에서 목상들에게 뗏목을 넘긴 사공들은 마포나루에서 소금이나 건어물을 사서 봇짐을 만든 다음 다시 소양강으로 향하는 돛배에 올라 보름이 넘는 여행을 했다. 뗏목은 사람과 자연이 하나가 되어 산촌의 삶과 풍물을 왕도로 옮겨주고 왕도의 궁궐과 양반 대갓집의 동량을 만들어 준 문명의 잠수레였다. 그러나 조선 왕조 오백년 동안 전승되던 뗏목은 1943년 한강에 청평 댐이 건설되면서부터 자취를 감추었다. 오늘날에는 전설 속의 수상열차가 되어 기억 속에 자리 잡고 있을 뿐이다.

3.

고려시대에 몽골군의 침략으로 유린됐던 춘천은 임진왜란 초기에도 적지 않은 피해를 입었다. 임진년인 1592년 6월 왜군 오백여 명이 춘천에 쳐들어와 관청과 민가를 불태우고 살인과 약탈을 저질렀다. 봉의산 아래의 수춘관을 비롯한 관청과 향교가 불타 없어지고 양민들의 초가도 대부분 불에 탔다. 경기·강원방어사를 겸임하던 원호가 경기도 여주로부터 급히 춘천으로 달려와 우두산과 소양강변에서 왜병의 주력을 물리치고 진병산 길목에서 물러가던 왜병의 퇴로를 차단하자 패잔병들은 화천, 금화 방면으로 도주했다. 그 후 왜군은 다시 춘천에 쳐들어오지 않았다.

왜군의 춘천 침공 당시 모든 관아와 유적들이 불타 없어졌으나 천년을 넘게 자리를 지켜온 소양정만은 화를 면했다. 상당한 시일이 흐른 뒤 관청은 다시 지어지고 백성들도 어렵게 새 삶을 준비하기 시작했다. 춘천도호부사 엄황이 봉의산 아래에 문소각과 관청을 지은 것은 정유재란이 끝난 후 48년의 세월이 흘렀을 때였다.

그러나 백성들의 삶은 외면한 채 왜란 이전에도, 왜란 중에도, 왜란이 끝난 뒤에도 조정 대신들 간의 당쟁과 암투는 계속되었다. 정치와 사회를 어지럽히고 민생을 아랑곳하지 않는 정쟁은 천천히 조선의 국력을 약화시키고 나라를 쇠락의 늪으로 이끌어갔다. 당쟁은 나라의 운명을 어둡게 만든 족쇄였으며 장차 경국(傾國)의 온상이 될 터였다. 임금들은 하나같이 무능하여 당쟁의 물결에 휩쓸린 채 국정의 중심을 바로잡지 못했다. 민심이 임금과 조정으로부터 멀리 떠난 것은 물론 곳곳에서 불만세력이 움트는 것은 당연한 일이었다.

광해군 4년인 1612년 소양강 상류인 춘천 북산면 사전리 강변에 일곱 명의 젊은이들이 무리를 이루어 무륜당이라는 정자를 짓고 숨어 지내고 있었다. 그들은 한양 정가에서 권세를 휘두르는 정승 판서급 대신들의 서출들로 서얼제도 때문에 벼슬길이 막히고 사람대접을 받지 못하는데 분개하여 산 속에 들어와 작당을 하고 무위도식하는 일당이었다. 그들의 이름은 서양갑, 심우영, 박응서, 박치의, 박치인, 이경준, 허홍인이었다.

그들은 스스로를 강변칠우 또는 죽림칠현으로 부르면서 소양강 뱃길을 이용해 소금장사도 하고 때로는 산중에서 도적질을 하면서 나날을 보냈다. 그들은 서얼의 차별을 폐지하고 벼슬길에 나갈 수 있도록 해달라는 상소와 청원을 해보았지만 그들의 호소는 번번이 무위로 끝났다.

그들의 요구가 거부당하자 도적질도 대담해지기 시작했다. 소양강 상류의 북산면 내평리와 사전리 일대는 홍천, 원주에서 철원, 원산으로 가는 길목이어서 도적질하기에 더없이 좋은 장소였다. 강변칠우의 도적행위는 시간이 갈수록 대담해져 행동반경을 넓혀가더니 인마와 재물의 왕래가 잦은 경상도 문경새재까지 확대되었다. 그러나 그들의 일원인 박응서가 문경새재에서 은 장사를 털다가 그를 죽이는 사건이 발생하여 포도청에 체포당하는 바람에 박응서와 함께 도적질에 나섰던 무륜당 일당도 모두 잡히고 말았다.

이 무렵 조정에서는 대북파와 소북파가 갈려 정권을 다투고 있었다. 대북파의 이이첨, 정인홍은 유영경의 소북파를 제거하기 위해 정치적 각본을 짜고 무륜당 일당을 여기에 끌어들였다. 대북파는 무륜당 일당이 소북파와 짜고 영창대군을 옹립했다는 허위사실을 꾸며 이를 거짓 실토만 해준다면 살려주겠다고 그들을 유인했다. 무륜당 일당이 대북파의 각본에 따라 거짓을 고함으로써 소북파들이 축출되는 이른바 계축옥사와 유혈극이 벌어졌다. 영창대군은 서인이 되어 강화도로 유배되고 영창대군의 외조부이자 인목대비의 아버지인 김제남, 영의정 유영경과 그 일파는 사약을 받고 처형되었다. 이 정치적 사건에 간접적으로 연루되었던 이항복은 함경도 북청으로, 신흠은 춘천으로 각각 유배되었다.

당대의 시조 작가로 널리 알려진 신흠 – 뒷날 인조 임금 때 영의정을 지냈다 – 은 계축옥사 때 춘천으로 유배를 와 십년 동안 소양강 하

류의 중도에서 살았다. 소양강변에서 지내는 동안 그는 부귀영화의 덧
없음과 자연 속에서 사는 소박한 삶을 시조로 옮겼다. 그가 아침 일찍
밭일을 할 때면 중도 맞은편의 소양강변 봉황대 밑에서는 매일 아침
여러 척의 배가 한양으로 떠나는 모습이 보였다. 떠나는 배를 바라보
며 신흠은 오랜 유배의 심정을 이렇게 읊었다.

> 봉황대 밑에서 한양으로 떠나는 배
> 매일 아침 마지막 배까지 전송하며
> 흘러가는 저 물을 다만 부러워하노라

이 글이 북청에서 유배중인 이항복에게 전해지자 이항복은 신흠을
위로하는 글을 보내왔다.

> '춘천과 북청 땅이 모두 신하를 쫓아낸 곳이 되었구려. 공의 중간
> 소식을 들으니 수건 한 장으로는 눈물을 씻을 수가 없소. 그래도
> 청평산 아래 소양강 물은 하루 낮밤만 서쪽으로 흐르면 한양 나루
> 에 도달하지 않겠소.'

춘천은 당쟁을 피해 온 관리와 선비들의 은신처인 동시에 유배지이
기도 했다. 왕조시대에 귀양이나 유배는 죄인을 수도로부터 멀리 쫓아
보내는 형벌이었다. 귀양은 죄인의 벼슬을 삭탈하고 자신의 고향으로
추방하는 가벼운 형벌로 방축향리라고도 불렸으며 대체로 일정한 기간
이 정해져 있었다. 유배는 귀양보다 강한 형벌로 연고가 없는 외딴 섬
이나 지방으로 쫓아 보낸 뒤 일정 구역을 정해 사람들의 접근을 금하
는 처벌로 대체로 왕권에 위협이 되는 죄인에게 내리는 중벌이었다.
중죄인들은 가능한 한 멀리 변방으로 보냈는데, 한양의 죄인들은 대개

전라도나 제주도로 유배되었다. 유배는 원칙적으로 죽을 때까지 형지에서 살게 하는 형벌이었다.

조선시대에는 죄의 경중에 따라 원근의 등급을 정했는데, 원칙적으로 2천리(800킬로미터), 2천5백리(1,000킬로미터), 3천리(1,200킬로미터)의 세 종류가 있었으나 국토가 좁았으므로 등급대로 시행되지는 않았다. 춘천은 전라도나 제주도보다 한양에서 가까운 거리에 있었지만 중앙관리들에게 귀양지라기보다는 오히려 유배지였다. 춘천 중도에서 십년간의 유배를 끝내고 한양으로 돌아가 벼슬이 영의정에까지 올랐던 신흠은 그 뒤 비교적 순탄한 일생을 보냈다.

그러나 병자호란이 끝나고 삼십여 년이 흐른 뒤 춘천에는 당쟁의 소용돌이 속에서 서인의 우두머리 급을 비롯해 중앙정계의 거물들이 드나들기 시작했다. 그런 인물들 가운데 먼저 춘천에 발을 들여놓은 사람은 김수흥이었다. 그는 현종 때에 호조판서와 우의정을 지냈으며 1674년 영의정으로 재임할 때 효종 비인 조대비의 복상문제로 남인들의 공격을 받고 사헌부와 사간원의 탄핵을 받아 춘천으로 유배되었다. 그의 유배지는 북한강변인 춘천 서면 현암리였다.

그가 현암리에 은거하자 성리학자인 그의 형 김수증도 춘천으로 와 북한강변 화악산 골짜기에 있는 사내면 곡운동에 터를 잡았다. 김수증은 육조의 여러 벼슬을 거친 뒤 성천부사로 재임하다가 그의 동생 김수항이 송시열과 함께 유배되는 것을 보고 벼슬에 대한 환멸을 느낀 나머지 자신의 아호를 은신처의 지명을 따라 곡운이라고 정하고 여기에 곡운서원을 세웠다. 그는 이곳에서 삼십여 년 간 서책을 벗 삼고 강론을 하며 살다가 75세에 세상을 떠났다.

전직 영의정 김수흥이 춘천에서 유배생활을 하는 동안 그의 조카인 김창협과 김창흡이 자주 현암리를 찾아와 그를 위로했다. 김수흥이 춘천에 온 지 일 년 뒤 현종이 죽고 숙종이 즉위하자 유배에서 풀려난 그는 다시 한양으로 갔지만 그의 두 조카들은 춘천 현암리에서 숨어 살았다. 그들은 곡운서원에 자주 들려 김수증으로부터 성리학 강의를 들었으며 현암리에 백운단이라는 강론소를 짓고 춘천 인근의 생원들과 유생들을 모아 담론을 즐기며 권력과는 담을 쌓고 세월을 보냈다.

이 무렵 백운단에 성계헌등 300명의 유생들이 모였다. 그들은 장희빈의 아들을 원자로 책봉한 데 반대한 송시열, 김수흥, 김수항을 구하기 위해 연명으로 상소를 작성하여 조정에 올렸다. 백운단의 상소는 받아들여지지 않았고 송시열은 제주로 유배를 간 뒤 숙종 15년인 1689년에 사약을 받고 사망했다. 그래도 유생들은 굽히지 않고 5년 동안 끈질기게 상소를 올려 마침내 서인들로 하여금 장희빈을 축출하고 인현왕후를 복위시키는 움직임에 나서도록 만들었다. 세상에 거의 알려지지 않았던 이 일이 있은 뒤 얼마 안 되어 장희빈과 남인 일파는 정계에서 축출되었다. 정치의 변방인 춘천은 당쟁의 외중에서 개구리처럼 웅크리고 있던 강변 유배지였지만 어둠속에서 희미한 빛을 발한 시대의 호롱불이었다.

광해군 때 무륜당 일당이 활동했던 소양강 상류의 내평리 일대는 숙종과 영조 때 이른바 흑두건 일당이 출몰하여 도적질을 일삼아 조정에 걱정거리를 안겨주었다고 전해지는 장소이기도 했다. 설화든 허구이든 간에 그런 얘기가 전해오는 이유는 분명했다. 그것은 고질적인 당쟁과 어지러운 정치, 피폐한 민생 때문에 쌓인 백성의 불만 때문이었다.

민생은 외면한 채 양반들끼리 파당을 짓고 권력다툼을 벌리며 부패를 일삼는 난세에 포도청의 눈을 속이고 한양의 궁궐과 대갓집들을 휘젓고 다니며 종로 저잣거리와 강원도 내평리 소양강변을 신출귀몰하며 오가는 의적. 흑두건의 정체는 유언일망정 백성들로부터 갈채를 받고 그들의 마음을 시원하게 달래주는 통쾌한 얘깃거리였을 것이다.

　소양강 상류 내평리 일대는 백성들에게 희망이 보이지 않는 왕조시대에 무룬당 사건과 흑두건 전설이 만들어낸 내륙의 외로운 섬이었다.

4.

　1834년 11월 순조의 세손인 여덟 살 난 헌종이 조선의 24대 임금이 되었다. 어린 임금 대신 김조순의 딸 순원왕후가 정사를 후견하면서 안동 김씨의 세도정치는 횡포를 더해가고 정치는 문란해졌다. 조정이 민생을 살피기는커녕 백성을 더 괴롭혔고 나라의 기강과 법도는 일찌감치 실종되었다. 헌종 즉위 초 전국 각지에서 농민들이 난을 일으켰다. 가뭄과 흉년이 겹치며 곳곳에서 기근사태가 일어나 굶어죽는 사람이 속출했다. 농민의 난은 예고된 것이었고 이 때 발생한 민란은 전국적인 대혼란의 시작에 불과했다.

　관리의 착취와 지주의 횡포 때문에 영세소작농으로 전락한 농민들의 삶은 날이 갈수록 피폐해졌다. 흔히 삼정으로 불리는 토지세와 병역과 환곡제도가 극도로 문란해 관리들의 부패와 가렴주구가 도를 지나쳤고 이를 참다못한 농민들은 고향을 버리고 낯선 땅을 떠돌았다. 농촌은 텅 비어 한 면에 민가가 열 채도 못되는 마을이 점점 늘어났다.

　농민들은 전국 각처의 깊은 산속으로 숨어들어가 화전민이 되었다. 그들은 일정한 정착지 없이 여기저기 거처를 옮기며 산을 불태워 만든 임시 개간지에서 밭을 갈았다. 감자, 옥수수, 조, 메밀, 보리가 주된 작물이었다. 그들은 산자락에 구덩이를 파고 움집을 지었다. 하루 두 끼를 채우기가 어려울 정도로 곡식은 부족했으며 춘궁기에는 늘 굶주려야 했다. 수확은 적고 생활은 비참했지만 화전민들은 관리들의 착취와 수탈을 피할 수 있었음을 위안으로 삼았다.

그러나 화전민에게도 끝내 관리들의 손길은 뻗쳤다. 관리들은 화전민에게서 세를 거두어가기 시작했다. 시달리다 못한 화전민들과 소작으로 연명하던 농민들은 국경을 넘어 간도, 연해주로 이민을 떠나기 시작했다. 조선을 떠나지 못한 화전민들은 더 깊은 산속으로 숨어들었고 강원도 산골과 벽촌에도 화전민이 몰려들었다.

소양강 주변 산속에도 화전이 생겨나기 시작했다. 해마다 늦가을과 이른 봄에 춘천, 양구, 홍천, 인제 등지의 산등성이에서는 전에 볼 수 없었던 기이한 광경이 목격되기 시작했다. 화전민이 밭을 일구기 위해 숲을 태우는 연기가 포연처럼 김처럼 모락모락 하늘로 솟아올랐다. 화전의 지력이 소모되면 그들은 다른 곳으로 옮겨갔다. 이런 일은 강원도의 거의 모든 산골에서 일어났으며 소양강변의 산자락은 조금씩 기계충 먹은 머리처럼 변하기 시작했다.

일제 강점기에도 소규모 자작농과 소작농이 늘어났다. 1916년 조선총독부 통계에 따르면 1정보에도 미치지 못하는 작은 토지에서 경작하는 농가가 전 농가호수의 60퍼센트인 150만호였다. 1924년에는 조선의 전체농가 2,728,921호 중에서 1년 수지가 적자인 호수는 1,273,326호로서 전 농가의 44.6퍼센트에 달했다. 농가의 절반이 매년 빚을 져야만 겨우 연명할 수 있을 정도의 생계수준에 머물러 있었다. 굶주린 농민은 풀뿌리와 나무껍질을 벗겨먹어야 했으며 산야의 칡덩굴은 그들에게 최상의 식자재였다.

일본의 식민통치 아래서 이런 추세는 시간이 흐를수록 더해갔다. 자작농이 소작농으로 전락하면서 소작농의 숫자가 부쩍 늘어나고 일본인 지주도 늘어났다. 소작농이 지주에게 바치는 소작료는 평균 생산량의 절반이었다. 게다가 소작농은 비료대, 수리조합세, 곡물운반비, 지세를 물어야 했고 지주에게 노동력도 제공했다. 그 결과 화전민의 숫자가 또다시 증가하기 시작했다. 1916년 24만여 명이던 화전민 숫자는 1927년에는 70만 명으로 늘어났다. 만주나 일본으로 이민하는 사람의 숫자도 해를 거듭할수록 늘어나 1927년에 56만이던 만주 이민자 수는 1936년에 89만에 달했다.

조선의 농촌이 피폐해지면서 강원도 전역에도 화전민의 숫자가 다시 늘어났다. 한성주변과 경기도에서 농사짓던 소작인들과 남도의 유민들이 강원도 산골을 찾았다. 유민들은 평창과 태백의 벽지로, 춘천 북방의 깊은 산골짜기로 숨어들었다. 소양강 상류의 내평리, 부귀리, 추곡리, 물로리, 조교리, 상걸리 쪽에도 화전이 생겨나기 시작했다. 이들의 유랑과 은둔은 1974년 정부의 화전정리 사업이 시작될 때까지 계속되었다.

5.

소양정은 신라시대에 처음 지어 1300년의 역사를 지닌 오랜 누각이었다. 춘천 봉의산 뒤편 소양강을 굽어보는 곳에 세워진 정자는 굽이쳐 흐르는 강물과 그 너머의 우두평야, 그 뒤로 멀리 수리봉과 마적봉을 조망할 수 있는 춘천의 명소였다. 소양정은 조선시대 중기에 와서 한 때 이요루(二樂樓)[13]로 이름을 바꾼 적도 있었지만 곧 본래 이름으로 환원되었다.

소양정은 조선시대 시인 묵객들이 찾아와 시문을 남긴 춘천의 대표적인 풍류공간이었다. 매월당 김시습, 청음 김상헌, 도암 이재 등이 소양정을 찾은 문인들이었으며, 다산 정약용도 1820년 정자에 올라 소양

---

13) 산과 물을 함께 즐기는 누각의 뜻

강을 바라보는 감회를 읊고 그들이 남긴 글을 그의 춘천기행문에 수록했다.

선조 13년인 1580년 정월, 마흔 다섯 나이에 강원도 관찰사로 부임한 정철이 관내를 순시하는 도중에 소양정을 찾았다. 그는 소양정에 올라 관찰사를 제수 받은 감격을 시로 읊었다.

양주에서 말 갈아타고 여주로 돌아드니
섬강이 어디인가 치악산이 여기로구나
소양강물은 흘러 어디로 간단 말인가

선조 임금이 있는 한양을 향해 유유히 흘러내렸을 소양강. 소양강을 바라본 정철은 12년 뒤에 왜의 침략으로 맞게 될 미증유의 환란을 예감하기나 했을까. 강물을 굽어보며 당쟁에 휘둘리는 임금의 무능과 우유부단함을 걱정했을까. 소양강물조차도 그에게는 성은이 가득한 왕도로 흘러가는 권력의 강으로 비쳤던 것일까. 그는 관찰사로 부임한 후 백성들을 위해 몸을 아끼지 않고 선정을 베풀었을까. 그는 시대를 초월한 충신이며 현신이었을까. 선비나 관리의 행적은 세월의 거울에 비추이듯 후세 사람들에게 부단히 회자되고 평가받게 마련이다.

선조 38년인 1605년에 발생한 홍수 때 소양정은 봉의산 계곡에서 갑자기 쏟아져 내린 물에 휩쓸려 무너졌고 정자에 걸려있던 문필가들의 액자도 사라졌다. 그 뒤 1610년 광해군의 처남 유희담이 춘천부사로 부임해와 소양정을 다시 건립했고 인조 25년인 1647년에는 부사 엄황이 낡은 건물을 수선하면서 정자 동쪽에 선몽당이라는 조그만 부속 정자도 세웠다. 그러나 소양정은 정조 즉위 첫해인 1776년에 다시 엄청난 홍수로 인해 파괴되었고 1780년 이동형이 춘천부사로 부임해 다시 지은 후에도 여러 차례 수리를 거듭했다.

소양정이 공교롭게 암군과 현군의 시기에 치명적인 피해를 입은 것은 소양정과 나라의 명운을 암시하는 서늘한 조짐이었을지도 모른다. 그래도 고종시대에 이르기까지 소양정은 멋들어진 지붕과 단청의 아름다움을 유지했다.

일제 강점기에도 소양정은 춘천의 역사와 정체성을 상징하는 기념물로 남아 그 자리를 지켰다. 일본인들은 천 년 누각 소양정을 없애는 대신 소양정 반대편인 봉의산 너머 춘천 읍내를 굽어보는 언덕에 신사를 세웠다. 춘천 사람들은 물론 춘천에 와서 사는 일본 사람들도 소양정이라는 역사의 유산을 마음속에 담지 않을 수 없었다.

그러나 소양정은 한국전쟁 때 끝내 불타버렸다. 소양정이 불타 없어져버린 한국전쟁 전까지 춘천 사람들 가운데는 여전히 소양정에 관한 역사와 그에 얽힌 이야기를 기억하는 사람들이 있었다. 오늘날의 소양정은 한국전쟁 이후 원래의 장소보다 높은 곳에 옮겨 지은 것이다. 전쟁과 함께 소양정에 대한 기억도, 소양정 앞을 흐르는 소양강에 대한 기억도 조금씩 희미해져갔던 것이다.

6.

고종 25년인 1888년 춘천에 유수부가 설치되었다. 그로부터 2년 뒤인 1890년 고종은 춘천 봉의산 남쪽 산자락에 이궁을 짓도록 명령했다. 춘천 유수 민두호는 2년 6개월에 걸쳐 문소각을 개축해 이궁 건물을 지었다. 이궁의 건립은 어려운 지방재정 형편을 무릅쓰고 이뤄낸 힘겨운 역사였다.

고종이 이궁을 짓도록 명령한 이유는 혼란하고 불안한 국제정세 때문이었다. 고종이 왕위에 있던 1890년대의 조선은 풍전등화의 위기를 맞고 있었다. 일본, 청, 러시아가 조선에 대한 지배권을 둘러싸고 대립하던 시기에 고종은 비상사태가 발생할 경우 피난을 할 장소를 물색해야만 했다. 여러 장소 가운데 소양강의 도읍 춘천이 선택되었다. 이궁의 건립은 무너져가는 조선의 운명을 예감하게 하는 사건이었지만 대부분의 조선 사람들은 이궁의 존재를 알지 못했으며 먼 훗날 춘천 사람들의 기억 속에서도 사라져갔다.

그러나 이궁의 건립은 1895년 8도가 폐지되고 전국이 23부로 개편될 때 강원도를 영동 영서로 양분함으로써 춘천 부를 설립하는데 결정적인 계기가 되었다. 이궁의 존재는 1896년 8월 전국이 13도 체제로 개편됨에 따라 1897년에 강원도청의 소재지를 춘천으로 정하는데도 기여했다. 이궁은 건물 자체의 용도로서는 쓸모없는 결과를 가져왔지만, 춘천이라는 미래의 신생 도시를 만드는데 큰 역할을 했다.

물물교환이 경제생활의 주요 수단이었던 조선시대에 춘천의 상업 중심지는 소양강 건너 샘밭(泉田)이었으나, 1900년대에는 점차 춘천읍내 아동리 앞으로 옮겨왔다. 춘천부 관아 밑에서 읍내 중심 네거리까지의 300미터 사이에는 조선시대 한양의 종로에 있었던 것과 같은 육의전 골목이 있었다.

육의전 골목집들은 이십여 호쯤 되었고 건물 양식은 모두 비슷비슷했다. 거리에 면한 쪽에는 반 칸 마루 두 쪽이 붙었고, 부엌과 창고를 겸한 헛간과 주인이 사는 안채 외에 방이 두어 채 더 붙어있는 집들이 대부분이었다. 가게 주인들은 이 집에서 보부상을 재우고 그들의 상품을 보관, 중개, 알선, 판매하는 역할을 했다. 그들은 여관숙박업에 창고업과 소개업, 도소매상까지 겸한 장사꾼들이었다.

1900년대 초 춘천이 강원도 관찰부의 수부로 출발하면서 도시화의 첫걸음을 떼기 시작했다. 을사보호조약으로 통신권이 일본에 넘어간 후 1907년에는 중앙로에 현대식 건물의 우편국이 들어섰다. 우편국은 춘천에 서양인이 지은 양관이나 학교 이외에 최초로 지어진 현대식 관공서 건물이었다. 1909년에는 도청 아래 요선동 언덕에 경찰관 교습소가 세워졌다. 그것은 한일합병을 앞두고 경찰관을 대량 양성하기 위한 일제 식민통치 준비작업의 일환이었다. 초가집들이 밀집해 있는 언덕 한가운데 유리 창문이 햇빛에 반사되어 번쩍번쩍 빛나는 하얀색 교습소 건물은 유난히 춘천 사람들의 시선을 끌었다.

같은 해에 일본인들은 춘천 읍내 아동리 언덕에 대규모의 형무소를 짓고 이 건물에 조선총독부 경성감옥 춘천분감이라는 이름을 붙였다. 그러나 춘천 사람들의 시선이 곱지 않았을 뿐 아니라 일본인들이 보기에도 위치가 마땅치 않아 1916년 약사리 언덕에 형무소를 새로 지었다. 6,900평의 넓은 부지에 지은 건평 800여 평의 건물 주위로 붉은 벽돌 담이 세워졌다. 형무소의 이름은 조선총독부 서대문형무소 춘천지소로 바뀌었다.

강원도는 1896년 13도제가 시작되었을 때도 이궁을 관찰부로 사용했고 1910년 한일합병 이후에도 도청 청사로 계속 사용하다가 1916년 문소각이 불타버린 자리에 도청 청사를 새로 지었다. 한옥과 서양식 목조건물을 혼합한 도청 건물은 춘천 사람들에게는 새로운 구경거리였다.

약사동에는 제법 규모가 큰 농업학교가 들어섰고 중앙로 네거리에 금융조합이 생겼다. 1906년 이토우 히로부미에 의해 통감정치가 시작되고 모든 외국과의 조약이 폐기되어 외국 공관들이 조선에서 철수한 후에도 옥천동에는 서양 선교사들이 여러 채의 양관을 짓고 선교활동을 벌였다. 아래위로 검정색 복장을 하고 민가를 방문하는 푸른 눈의 선교사들은 춘천 사람들에게는 낯설기만 한 이방인들이었다.

1917년 6월 춘천군 부내면이 춘천면으로 개칭될 무렵 춘천은 중앙로에 큰 길이 뚫리면서 제법 도시의 형태를 갖추기 시작했다. 이 때 춘천에 가장 먼저 들어온 일본인은 헌병들이었다. 그 다음 관리, 교사, 건축업자, 상인들의 순으로 들어왔다. 일본 상인들은 군대와 관리들의 비호를 받으며 1919년까지 150여 호가 춘천 중심부에 자리를 잡았다. 일본인들은 요선동 언덕에 일식 기와집을 짓고 관사촌을 이루어 살았고 건축업자와 상인들은 중앙로 중심가에 비집고 들어와 절충식 양관 건물을 짓고 영업을 했다.

1922년 경성-춘천 간에 신작로가 정비되었는데, 이 도로는 46번 경춘 국도의 모체가 되었다. 도이 이치요시와 아키다 하루쿠라라는 두 사람의 일본인이 사재를 털어 자동차 한 대를 사들여와 경춘 간을 열 시간여 만에 달렸으나 3년 동안 적자운행을 하다가 영업을 포기했다.

뒤이어 춘천 거리에는 관용차가 등장했다. 자동차를 처음 본 아이들은 무리를 지어 자동차 뒤를 따르며 신기해했다. 자동차 앞부분에 달린 작은 나발에서 경적 대신 "뿡뿡"하는 소리가 날 때마다 아이들은 "와!"하고 함성을 질렀고 휘발유 냄새를 맡으려고 달음박질하며 차 뒤를 따라다녔다. 자동차가 첫 선을 보이고 나서 몇 해 뒤에 전국적으로 〈방구뿡뿡자동차〉라는 동요가 아동들 사이에 불리기 시작했고 춘천의 어린이들도 따라 부르기 시작했다.

1923년 2월에 춘천전기주식회사가 등장하면서 춘천 읍내에 전깃불이 켜지기 시작했다. 같은 해에 춘천에 수돗물도 나오기 시작했다. 소양강 물을 정수한 수도는 실내에까지 끌어들이지는 못하고 주로 집안 마당에 설치했다. 1923년에 춘천에 전기와 수도가 들어서면서 춘천 사람들은 새로운 문명시대의 문턱을 넘어서고 있음을 실감하기 시작했다.

1925년까지 본정이라 불린 읍내 중앙로에는 서양기와를 지붕에 올리고 하얀 회벽을 바른 목조 건물들이 들어섰다. 이들은 모두 관공서 건물이었다. 낯설고 새로운 서양식 건물들은 나지막한 초가들 사이에 끼어들어 춘천 사람들의 눈에는 기이한 도시풍경으로 비쳐졌다. 도청 밑에는 경찰관교습소, 낙원동에 잠업취체소, 중앙로 아래쪽으로 도립병원, 세무서, 내선자동차주식회사, 농사시험장등이 생겼고 미쓰비시 합명회사, 번영회, 상공회, 토목협회, 강원인쇄, 춘천양조 등의 신식 건물들이 자리를 잡았다. 춘천-원주 간 국도도 이 무렵에 확장되고 춘천 중심부에 도로원표가 세워졌다.

1931년 4월1일 조선의 지방제도가 개정됨에 따라 춘천 면이 춘천 읍으로 승격되고 각 동리는 일본식 이름인 정(町), 통(統)으로 이름이 바뀌었다. 춘천 사람들은 도시의 모습이 점차 현대적으로 바뀌는 것이 일본인들의 지배와 편의를 위해 만들어지는 식민통치의 결과임을 인식하기 시작했다.

1932년 경성으로 가는 중앙로 길이 완성되고 사창고개를 뚫은 찻길도 열렸다. 이해 공지천교가 만들어지고 신연강에 철교가 놓이면서 경성-춘천 간의 자동차 운행시간은 네 시간대로 단축되었다. 경춘 간의 본격적인 영업운행은 1935년 19인승 자동차가 들어와 하루 평균 180명의 승객을 실어 나를 때까지 더 기다려야 했다. 1935년대에 들어서면서 경성과 춘천 간에 여객버스 운행이 빈번해져 중앙시장 위쪽에 버스터미널이 생겼다. 사람들은 이것을 차부라고 불렀다.

중앙로 큰 길이 포장도로로 변신한 것은 1939년 말의 일이었다. 이때 읍내 중심이 된 명동에는 공회당이 건립되었고 그 맞은편의 상설 영화관은 관람객들을 끌어들이고 있었다. 명동과 중앙로 거리에는 양산을 받쳐 든 일본 여성들과 양복에 중절모를 착용한 일본 남성들의 모습이 보이기 시작했다.

1939년 7월 25일 사철인 경춘철도주식회사에 의해 춘천역과 경성의 성동역을 연결하는 경춘선 철도가 완공되었다. 춘천은 경부선이나 경인선에 비해 늦기는 했지만 그래도 낭만이 있는 철도교통 시대에 접어들었다. 이에 따라 춘천고보 앞을 거쳐 춘천역사로 가는 금강로 큰길이 열렸는데, 금강로 개설은 낙원동의 둔덕을 허물고 엄청난 분량의 흙을 퍼낸 대 공사였다. 낙원동 산등성이에 막혔던 시가지가 소양강변 역전을 향해 시원스럽게 뻗어나갔다. 춘천은 골목길과 초가지붕 시대에서 신작로와 절충식 양옥시대로 접어들고 있었다.

7.

아버지가 5년간 다녔던 춘천농업학교는 아버지가 태어나기도 훨씬 전인 1910년에 개교했다. 춘천 최초의 중등학교였다. 개교한 뒤부터 농업학교 학생들은 소양강과 특별한 인연을 맺기 시작했다. 학교가 개교한 후 다섯 해가 되었을 때 수업시간에 체육과목이 생겨났는데, 이때 체육담당 교관으로 가지끼 도모다네라는 일본 청년이 부임해 왔다.

그는 농업학교 학생들에게 수영을 가르치기 위해 소양강을 교육장소로 삼았다. 1920년부터 학교에서는 매년 교내 수영대회를 소양강에서 열었다. 가지끼 교관은 학생들에게 가혹하리만큼 수영을 철저하게 가르쳤다. 그의 철저한 조련 덕분에 농업학교 학생들은 전교생이 현역 선수의 실력에 버금가는 수영솜씨를 갖추게 되었다.

그런데 1924년 여름 교내 수영대회가 열렸을 때 강물 속에서 행사를 지휘하던 그가 갑자기 경련을 일으키며 익사했다. 이 사건은 춘천에 거주하던 일본인 사회에 적지 않은 충격을 몰고 왔다. 일본인들 사이에 가지끼 교관은 학생들에 의해 고의적인 집단사고를 당한 것이라는 풍문까지 나돌 정도로 그의 죽음은 춘천 사회에 큰 파문을 남겼다. 그러나 사망 원인은 끝내 밝혀지지 않았으며 이 사고는 얼마 후 기억 속에서 사라졌다. 그러는 동안 소양강은 광폭한 폭력을 숨긴 채 미증유의 재앙을 준비하고 있었다.

8.

을축 년인 1925년 7월 소양강과 한강에 대규모의 홍수가 발생했다. 세칭 을축 대홍수로 불리는 이 물난리는 두 차례에 걸쳐 일어났다. 첫 번째 홍수는 7월 9일에서 12일까지, 두 번째 홍수는 7월 15일부터 19일까지 발생했다. 7월 7일 필리핀 부근에서 발생한 태풍이 북상하여 한반도 서해까지 올라왔다. 오호츠크 해 부근의 고기압이 강한 세력을 유지함에 따라 중부지방은 고기압의 끝부분과 태풍의 중간에 끼어들어 7월 9일부터 강풍을 수반한 집중호우가 내렸다. 1차 홍수가 시작되기 사흘 전에도 이미 상당량의 비가 내렸는데, 여기에 더 많은 비가 내린 탓에 피해가 더욱 커졌다.

1차 홍수 때 비가 가장 많이 내린 날은 7월 10일이었다. 경성은 1일 강우량 196.5밀리, 의정부는 193.7밀리를 기록했으며 소양강과 북한강 유역이 남한강 유역보다 심해 춘천 146.3밀리, 양구 144밀리, 홍천 144.5밀리 등 평균 100밀리 이상의 강우량을 기록했다. 7월 12일 오전 11시 한강 수위는 11.8미터에 달해 1920년 7월 장마 때의 최고수위를 넘어서 경성은 물론 광주, 고양, 김포 등 한강 연안의 도로, 가옥, 전답, 교량이 대부분 침수되었다. 7월 12일 오후부터는 날이 개여 한강 수위도 줄어들기 시작해 7월 15일에는 3.7미터로 낮아졌다.

그러나 7월 15일 오후부터 다시 비가 내려 2차 홍수가 시작되었다.

17일에서 18일 오전까지 계속된 집중호우는 수도권보다 북한강과 소양강 상류에서 더 많은 강우량을 기록했다. 소양강 유역인 춘천, 양구, 인제, 홍천 등지에서는 7월 16일에 이미 200밀리 이상의 강우량을 기록한데다 17일에도 양구 읍에서 239.6밀리, 양구군 수입면에서 255.3밀리, 춘천에서 194밀리를 기록함으로써 7월 15일에서 18일까지의 강우량은 양구의 519.4밀리를 최고점으로 하여 춘천 이북 지역의 평균 강우량은 대부분 400밀리에서 500밀리를 기록했다. 한강 본류와 남한강 유역에서도 7월 15일에서 18일 간에 걸쳐 평균 300밀리미터 정도의 비가 내렸다.

한강은 밀물처럼 밀려오는 홍수를 견뎌낼 수 없었다. 한강 제방은 예상 최고수위 12.5미터를 감당할 수 있도록 제방 높이를 13.2미터로 확정한 상태에서 공사가 완성 단계에 이르고 있었다. 그러나 을축 년의 홍수는 이 높이를 벗어나 한강 제방의 곳곳이 무너지고 강물이 저지대로 넘쳐 들어와 용산 일대를 진흙탕으로 만들었다.

전신, 전화, 교통은 완전히 끊기고 각 지역의 피해상황은 파악할 수조차 없었다. 원효로 일대는 수심 3미터 안팎의 물속에 잠기고 원효로 4가의 전차 종점은 수심 7미터 아래로, 마포 전차종점은 수심 6.6미터 아래로 잠겼다. 경성 시내의 모든 전차는 7월 17일 저녁부터 20일까지 운행이 중지되고 통신과 우편도 끊겼다. 철도는 경부선, 경인선, 경원선의 모든 선로가 운행불능 상태에 빠졌다. 뚝섬과 노량진에 있는 수원지도 기능이 마비되어 시민들은 우물물과 비상급수에 의존해야만 했다. 수도권 중남부 지역과 한강 하류지역은 물바다로 변해 손을 쓸 수 없는 지경이 되었다.

조선총독부는 군대, 소방, 관공서, 청년단을 동원했고 민간독지가의 도움을 얻어 식량과 일용물자를 공급하는 등 이재민 구호와 긴급 재해

복구에 나섰다. 그러나 일본 관원들은 일본인 집단거주지역을 우선하여 구호와 복구 작업을 시작했고 조선인들에게는 구호의 손길이 뒤늦게 미쳤다.

춘천의 피해도 수도권 지역에 못지않게 심각했다. 해발 75미터인 중도와 그 위쪽 위도가 완전히 물에 잠기고 우두평야 일대는 침수돼 논에 심은 벼는 끝부분만 보였으며 채소밭은 자취를 감췄다. 소양로를 비롯한 시가지 저지대의 주택은 모두 물에 잠겨 시민들은 기와집 골언덕이나 봉의산 쪽으로 피신해야만 했다. 시내 복판에 있던 고등보통학교 운동장과 교실도 침수돼 수업이 중단되었다.

이때까지도 춘천 읍내 주위에는 시가지를 보호할 제방이 축조되어 있지 않았다. 춘천 시내를 동서로 가로지르는 공지천은 물이 넘쳐 오래 된 자연제방이 대부분 사라지고 약사천도 범람하여 주변 가옥들이 물에 씻겨나갔다. 1923년 11월 2일 통수식을 한 후 소양강 수원지에서 물을 뽑아 올려 봉의산 정수지로부터 수돗물을 공급해오던 상수도는 모두 끊겨버렸다. 시민들은 우물물이나 샘물을 마실 수밖에 없었으며 관청에서 동네 우물을 제때 소독해주지 못해 탁한 물을 마시고 설사병에 걸린 사람들이 늘어났다.

을축 대홍수로 인해 강원도에서는 65명이 사망했고 가옥 737채가 흔적도 없이 사라졌으며 42,592채의 가옥이 침수피해를 입었다. 73,610 정보의 논밭이 물에 씻겨 매몰되고 교량 1,597개소가 파손되거나가 없어졌다. 춘천을 비롯하여 수해를 입은 강원도 각 지역에서도 이재민 구호와 복구가 시작되었지만 물자와 예산이 다른 도에 비해 워낙 부족했기 때문에 구호대책을 제대로 펴지 못했으며 이재민들의 불편은 클 수밖에 없었다. 경성의 수해복구는 그나마 총독부의 조치로 신속히 이루어지고 있었지만 강원도와 춘천의 복구 작업은 늦어져 그 후 원상을 회복하는데 5년 이상이 걸렸다.

홍수로 인해 소양강변 곳곳에는 엄청난 양의 토사가 쌓여 새 땅이
생겨났으며 강폭은 전에 비해 좁아졌다. 춘천 소양정 아래쪽을 흐르던
소양강 중심부분의 강폭은 300미터에서 200미터로 줄어들었다. 태극
모양을 그리며 흐르던 강은 전보다 더 완만한 곡면을 이루어 강변 풍
광을 약간은 밋밋하게 만들었다. 소양강은 을축 대홍수를 불러와 식민
지 총독부의 도시를 물에 잠기게 한 분노의 강이었다.

9.

대 홍수의 상처가 아물어가고 사람들의 생활이 점차 안정을 화복하
면서 춘천의 인구가 조금씩 늘기 시작했다. 을축 년 홍수 이후 십 년
이 지나 실시한 인구조사에 의하면 1935년 춘천 읍의 인구는 84,264
명이었고, 그 가운데 일본인은 1,965명이었다. 춘천 사람들도 다른 지
역 주민들이나 마찬가지로 점점 더 교육에 관심을 기울이기 시작했다.
생활수준은 여전히 궁색을 면치 못했고 변두리 농촌에는 굶는 사람들
도 많았지만, 읍내에 거주하는 사람들은 일본인들로부터 자극을 받아
자녀교육에 눈을 돌리기 시작했다.

이 때만해도 춘천의 유일한 중등교육기관은 1910년에 개교한 춘천농
업학교 뿐이었다. 그러나 1930년대에는 더 많은 학교가 세워져 춘천
시내에는 청소년 학생 수가 천여 명에 달했다. 1924년에 개교한 고등
보통학교와 1934년에 개교한 공립고등여학교는 지역의 대표적인 인문
계 중등학교였다. 아침 등교시간에 교복을 입은 남녀학생들이 두세 명
씩 짝을 이뤄 읍내 거리를 걸어가는 모습은 식민통치하에서 살아온 사
람들의 눈에 봄 나비의 춤사위처럼 비쳤을 것이다.

봄, 여름철에 읍내의 많은 학생들은 수업이 끝난 후 소양강으로 몰려가 수영과 뱃놀이를 했다. 봉의산 아래 위치한 소양정 바로 앞쪽에는 보트장이 있었고 파출소 밑 하류 쪽에는 인제에서 내려온 뗏목이 머물다가는 뗏목정류장이 있었다. 사공들이 뗏목을 젓는 모습과 뗏목터에 모인 사공들이 부르는 〈뗏목 아리랑〉 노래 소리는 학생들에게 잊지 못할 구경거리였다. 보트장에는 일본인들도 많이 모여들었다. 춘천 시민과 학생들뿐만 아니라 일본인들에게도 소양강은 친숙한 놀이터였으며 향촌문화와 풍속의 공연장이었다.

1932년까지 소양강에는 다리가 없어 사람들은 나룻배를 이용해 강을 건넜다. 그러나 1933년 12월에는 소양교가 완공됨에 따라 강을 경계로 하여 남북으로 갈렸던 춘천 읍내와 우두평야가 하나로 연결되었다. 춘천의 역사에서 소양강 다리의 건설은 중요한 사건이었다. 1932년 7월에 착공한 후 완공될 때까지 18만여 원의 공사비가 들어갔고 연 인원 8만4천 명의 인력이 동원되었다. 소양교는 1933년 12월 11일 1년 4개월간의 공사를 마친 끝에 준공되었다.

준공 닷새 뒤에 준공 축하식과 함께 다리를 건너는 초도식이 거행되었다. 초도식에는 춘천 읍내의 지역유지 400여 명이 초대되었다. 춘천 읍내에서 가장 다복한 가족으로 뽑힌 77세의 차원거 노인이 그의 아내 유팔삼 할머니와 장남인 차진순 부부, 장손인 차지민 부부를 데리고 축하 식전에 참석했다. 축하식이 끝난 뒤 식전에 참석한 사람들은 길이 397미터의 다리를 건너갔다가 다시 되돌아왔다. 춘천 사람들은 감격하여 흥분된 표정을 감추지 못했다. 준공 축하식을 구경하기 위해 춘천 읍내와 인근에서 몰려온 수만 명의 사람들이 봉의산 언덕과 소양강변 일대를 개미떼처럼 메웠다. 그것은 1300년 전 통일신라시대에 삭주라는 행정 단위가 생긴 이래 처음 보는 최대 규모의 행사였으며 이

색적인 볼거리였다.

아버지가 다니고 있던 농업학교는 1939년 춘천 읍내에서 소양강 건너 사농동으로 이전하면서 소양강과 더 인연이 깊어졌다. 강변의 소양정에는 봄, 여름, 가을철에 농업학교 학생들의 발길이 끊이지 않았다. 소양정은 학생들에게 동맹휴학의 모의장소로, 동호인 모임의 토론장소로, 전임하는 교사와의 석별을 기념하는 사진촬영 장소로 자주 이용되었다.

소양강 다리가 만들어진 후 다리 위에서는 지금까지 볼 수 없었던 진풍경이 벌어졌다. 그것은 자전거 행렬이었다. 춘천농업학교가 춘천 읍내에서 소양강 건너로 이전함에 따라 읍내 학생들의 통학시간이 30분 안팎에서 한 시간 이상으로 늘어났다. 이 때문에 자전거를 이용하는 학생이 늘어나기 시작했고 교장을 비롯한 모든 교직원들도 자전거로 통근하기 시작했다. 아침 등교시간에는 읍내 소양로 거리에서 농업학교에 이르는 4킬로미터의 도로에 200대가 넘는 자전거들이 긴 행군 대열을 만들어 춘천에서는 지금까지 볼 수 없었던 희한한 광경을 연출했다. 사람들은 이것을 자전거 부대라고 불렀다.

일제 강점기 말에 이르러 소양강은 학생들에게 심신단련 장소로 이용되었다. 겉으로는 심신단련이라는 구실을 내걸었지만 소양강은 식민통치를 미화하고 내선일체 사상을 고취시키기 위한 육체적 정신적 훈련 장소였다. 일본인 교사들은 자주 학생들을 소양강으로 끌고 가 미소기라는 이상한 행사를 벌였다. 학생들에게 팬티만 입힌 채 머리를 흰 수건으로 질끈 동여매고 강물 속에서 이상한 주문을 외우게 했으며 얼음 같이 찬 물에서 몸을 씻게 했다. 미소기는 훈련이라기보다는 고문에 가까웠다. 학생들이 미소기 행사를 치를 때면 담당 교관인 나까

무라는 언제나 이렇게 외쳤다.

"제군들, 미소기는 천조대신 아마테라스께서 내리신 엄숙한 명령이다. 오염된 심신을 물로 씻어내라. 제군들의 정신을 태양으로 집중하라. 그게 천황 폐하께 다가가는 길이다."

일본 천황가의 조상이라는 태양의 여신 아마테라스는 무엇이며, 일장기에 그려진 빨간 동그라미는 또 무엇이었을까. 학생들은 미소기의 의도를 알아차렸지만 소양강에서 치르는 고역의 행사를 묵묵히 참고 견딜 수밖에 없었다.

태평양 전쟁이 막바지에 이르고 일본의 패색이 짙어갈 무렵 미소기는 대일본 제국과 천황에 대한 충성을 강요하는 행사로 변했다. 목욕과 온천욕은 일본인들에게 신체적, 정신적 쾌락을 제공하는 일상적 행위지만 미소기는 그것을 넘어선 유사 종교적, 정치적 행사가 되었다. 미소기 의식은 점점 확산되어 농업학교 학생들뿐만 아니라 모든 학생들과 직장인들에게도 강요되어 전시체제 하의 조선인에게 고통을 안겨주었다. 그런 가운데 소양강은 해방 전까지도 춘천지역 학생들의 수영 연습장으로 이용되었다.

10.

강물을 막으면 호수가 된다. 호수는 자연의 모습과 생태를 변화시키고 인간의 삶을 바꿔 놓는다. 1939년 소양강의 형제인 북한강에 화천댐과 청평댐이 건설되기 시작했다. 두 댐은 1944년에 완성되어 발전을 하기 시작했다. 두 댐 모두 10만 킬로와트 안팎의 발전용량을 갖춰 수도권에 전기를 보내기 시작했다. 전기는 빛과 힘이었으며 편리하고 신기한 현대문명의 동력이었다. 댐은 여름장마 때 한강 수위를 조절하여 을축 대홍수의 악몽을 기억하는 서울 사람들의 불안을 조금은 덜어줄 수 있게 되었다.

그러나 댐은 나머지의 모든 것을 사라지게 하거나 가두어버렸다. 조상 대대로 일궈온 논밭과 영혼의 쉼터가 수몰되거나 갇혀버렸다. 농촌 사람들이 약초와 산채를 채집하고 땔나무를 베던 야산의 숲도, 사람들이 오가던 오솔길과 아이들이 뛰놀던 강변 모래사장도 사라졌다. 오백 년을 이어오던 소양강의 뗏목이 자취를 감추고 소양강을 오르내리던 돛배도 사라졌다. 바다와 강을 오르내리던 민물장어, 소양강과 북한강에서 자라던 토종 물고기가 모습을 감췄다. 옛사람들이 남긴 고인돌, 석기시대와 청동기시대의 유물이 수장되었다.

두 댐은 식민통치와 제국주의의 산업적 상징이 되었으며 한국전쟁 당시 점령과 탈환의 목표물이 되고 훗날 더 많은 형제 댐들을 낳게 될 모체였다. 철근 콘크리트 댐은 유장하게 흐르던 강의 모습과 곡선의 미감을 삼켜버렸고 음악적 상상력과 영감을 메마르게 했다. 아름답고 비장한 선율의 원천이 사라지는 것은 국가의 예술적 잠재력을 시들게 하는 자연과 문화의 서글픈 훼손일 터였다. 한강을 테마로 한 교향시가 탄생하기를 어떻게 기대할 수 있었을까.

댐은 산업개발의 기적이 자연을 훼손할 수도 있음을 보여주기 시작했지만 이것은 문명의 역기능과 생태파괴로 향하는 작은 출발에 불과했다. 사람들은 댐이 가져다준 생활의 편리함에 묻혀버렸다. 한강 유역에 사는 사람들뿐만 아니라 대부분의 한국인들은 일제강점기에 만든 댐을 문명의 기념비로 기억하기 시작했다. 한강의 기적 1호사업인 소양강 댐이 건설된 것은 그로부터 삼십사 년이 지난 뒤였다.

11.

　조선왕조 후기부터 진행돼 온 일련의 상황은 무거운 빗방울을 머금은 짙은 먹구름이었다. 사화, 당쟁, 궁중 음모, 세도정치, 관리부패, 삼정의 문란, 농촌 해체, 민생의 황폐, 그리고 한반도 안팎에서 일어난 일본과 대륙 국가들과의 전쟁은 왕조시대의 종언을 알리는 전조들이었다.

　세종, 정조 같은 인물이 더 이상 등장할 수 없는 상황 속에서 비틀거리는 군주와 부패한 양반 권세가들이 만든 세도정치의 합주곡은 몰락을 재촉하는 불협화음을 냈다. 백성들은 고통스러운 조세와 공물과 부역의 굴레로부터 도망칠 길이 없었다. 그렇다고 구체제의 가녀린 임종이나 찬란한 폭발을 기대할 수도 없었다. 조선왕조 말기는 사공도 노도 없이 강물에 떠내려가는 뗏목의 운명이었다.

　소양강변에서도 뗏목의 운명은 감지되었다. 무륜당 사건, 흑두건 전설, 중앙관리의 유배, 이궁의 신축, 일본 헌병의 진주, 을축 대홍수, 화전민의 증가, 소양강에서 행했던 미소기 행사…… 이런 일련의 사건들 역시 나라가 무너지고 삶의 공동체가 해체되는 과정에서 울려온 장송의 메아리였다. 주인 잃은 뗏목의 종착지는 망국의 바다였을 뿐.

　이렇듯 나라가 스러져가는 조짐은 구한말부터 한강 상류의 소양강변에서도 나타나고 있었다. 가난하고 힘없는 백성들은 나라가 기우는 모습을 두 눈으로 지켜보면서도 망국의 운명에 끌려갈 수밖에 없었다. 소양강은 오랫동안 경국의 비운을 알리는 물길이었던 것이다. 세월이 흐르고 한국전쟁의 비극을 넘어 마침내 역사의 신이 한강의 기적을 손짓하는 신호탄을 쏘아 올릴 때까지.

12.

2014년 여름 소양강 하류 중도에서 엄청난 분량의 청동기시대 유물이 발굴되었다. 고인돌 100여기, 집터 900여기, 환호, 비파형 동검, 청동도끼, 토기 등 1400여 점의 유물 유적이 수천 년 동안의 잠에서 깨어나 세상에 모습을 드러냈다. 어쩌면 인류의 시선을 집중시킬지도 모를 선사의 보물들. 아비와 마누가 살던 내평리로부터 중도에 이르기까지 소양강변은 청동기문화의 온실이었던 것이다.

청동기 이전부터 사람들이 모여 살았을 소양강변 마을. 소양강변에서 발견된 놀라운 흔적들은 새롭게 현재와 과거와의 대화를 시작하게 될 것이다.

이 대화는 과거와 미래의 삶을 어떻게 연결시킬까. 역사의 현장 중도에 세워질 어린이 놀이터는 선대인의 삶의 흔적과 어떻게 다정한 조화를 이룰까. 유년의 기억과 사유 속에 역사와 미래의 꿈을 심는 환상적인 문화충전의 요람이 될 수 있을까. 청동기 마을은 고대와 현대와 미래를 융합하는 야외박물관이 될 수 있을까. 선사시대의 경이로운 삶을 담은 이야기들. 그 이야기를 전하는 놀이터가 탄생할 수 있을까. 아이들과 어른들에게 신비한 스토리텔링의 교실이 될 수 있을까.

청동기 시대 사람들도 꿈을 꾸었다. 21세기 한국인들도 꿈을 꿀 것이다. 소양강의 역사는 또 어떤 모습으로 바뀔까. 모든 의문은 시간과 더불어 그 해답을 발견할 것이다. 그 속에서 소양강의 연대기는 이어질 것이다.

終

에필로그

　시간은 우주의 궤적이 만드는 영겁의 강물이다. 자연은 그 시간 속에 있다. 자연도 시간의 터널 속에서 존재하며 어디론가로 흘러간다. 인간은 시간과 자연 속에서 생명과 역사를 이어간다. 사람들은 나이를 먹게 되면 강물을 바라보듯 살아온 인생을 원근의 시각으로 돌아보게 마련이다. 하류에서 상류를 바라볼 때도, 상류에서 하류를 바라볼 때도.

　고대의 강은 인간의 친구였으며 문명의 요람이었다. 현대의 강은 전쟁과 개발과 오염으로 신음하고 있으며 어느 틈엔가 사라지는 강과 호수들도 있다. 강의 살갗인 산야는 더럽혀지고 숲은 개간과 남벌과 산불로 인해 사라지고 있다. 메말라가는 대지 위로 갈증의 시대가 다가오고 있다. 이 위태로운 시대에 물이 심연에 숨겼던 정체를 드러내기 시작했다.

　미래의 강은 인간의 삶에 호의적일까 적대적일까. 강이 생태의 순수함을 잃는다는 것은 인간의 앞날에 암운을 던지는 섬뜩한 묵시록이 될 수도 있음을 뜻한다. 그것은 인간과 자연이 맞서는 지상에서의 마지막 전쟁이다.

　소양강의 운명은 어떻게 될까. 분단과 전쟁의 강으로 망각 속에 묻힐까. 한강의 기적 만들기가 시작된 경제개발 연대의 이정표로 그냥 역사 속에 묻히게 될까. 아무도 알 수 없다. 소양강은 더 이상 1960년대의 강이 아니다. 남모르게 생태와 반생태의 경계선에서 가쁜 숨을 고르고 있다.

밝은 해의 강이란 뜻을 지닌 작지만 아름다웠던 강. 5만 년 전 뷔름기에 탄생한 원형을 더 이상 찾을 수 없게 된 인공의 호수. 그러나 간직하고 싶은 상상 속의 모습이 있다.

소양강이 1960년대의 맑음을 되찾는다면 호반의 도시에서 봄날 조팝나무의 향기는 들판에 넘치리라는 것. 여름날 꿀벌들의 웅성거림과 초가을 고추잠자리 날개의 반짝임은 계속되리라는 것. 맑은 아침 호수면 위에서 물안개는 무지갯빛 군무를 끊임없이 펼치리라는 것. 밝은 햇빛 속의 호수는 하늘을 담은 거울이 되리라는 것. 적어도 수천 년 동안은……

사랑하는 젊은이들이여, 강은 미래 행 여객기에 탑승한 인간의 과거를 생각하게 하며, 인간에게 생명의 소리를 속삭이며, 신선한 영감이 문명의 진보에 필요한 밑천임을 알려주고 있지 않은가. 그러니까 소양강을 교향시가 흐르는 영감의 강, 생명의 강이 되도록 만들 수는 없을까. 강 본연의 모습대로 아름답고 정결하게, 아득한 옛날에도 그랬듯 문명의 발원지로 강답게 만들어야 하지 않을까.

아득한 뷔름기 이후 흘러온 은빛 물길이
불행한 이들에게 레테의 강이 되고
심신이 아픈 이들에게 치유의 강이 되고
사랑하는 이들에게 안식의 호수가 되기를……

초판 인쇄 2015년 7월 9일
초판 발행 2015년 8월 31일
지은이 남동우

펴낸이 노승택
펴낸곳 다트앤
편집주간 안혜숙
편집디자인 임정호
표지디자인 남 건

등록 1992년 8월 8일
등록번호 제22 - 1421호

주 소 경기도 고양시 덕양구 용현로 3. 611호(행신동 행신프라자)
전 화 02-582-3696
팩 스 02-3672-1944

값 20,000 원
ISBN 978-89-6070-591-3